BASTEI LÜBBE

Barbara Kayser

# Sie nannten sie Anna

---

# Anna und ihre Kinder

BASTEI
LÜBBE

BASTEI-LÜBBE-TASCHENBUCH
Band 11 769


Printed in Great Britain November 1991
Einbandgestaltung: Manfred Peters
Satz: Fotosatz Froitzheim, Bonn
Druck und Bindung: Cox & Wyman, Ltd.
ISBN 3-404-11769-7

Der Preis dieses Bandes versteht sich einschließlich
der gesetzlichen Mehrwertsteuer.

# Inhalt

Barbara Kayser

# Sie nannten sie Anna

BASTEI LÜBBE

ERSTER TEIL

# Das Dorf
1925–1927

# 1.

Selbst in späteren Jahren hatte Anna noch das Lachen der Mutter im Ohr.

Die Mutter lachte, wenn sie die Wäsche wusch, und sie lachte, wenn sie mit weißen Handschuhen und Schleierhut die Dorfstraße hinunter zum Bahnhof eilte, um Freunde in Aschaffenburg zu besuchen.

Und die Dorfbewohner blickten ihr kopfschüttelnd nach. Das Lachen der Mutter erfreute Anna nicht.

Für sie war die Welt kein heiterer Ort. Die Welt war voller Rätsel. Warum lebte Anna nicht bei ihren Eltern und Geschwistern? Sondern im Lehrerhaus bei der strengen Frau Weise, die Anna so alt und böse vorkam?

Frau Weise, die in hochgeschlossenen schwarzen Kleidern umherging, die sehr fromm war und sparsam bis zum Geiz und die täglich sagte:

»Das Leben ist kein Vergnügen, Anna, sondern eine schwere Aufgabe!«

Frau Weise hätte das nicht täglich zu sagen brauchen.

Anna merkte auch so, daß das Leben alles andere als ein Vergnügen war.

Es war kein Vergnügen, im Lehrerhaus zu wohnen, in dem es kein Lachen und kein Singen gab. Von Zärtlichkeit ganz zu schweigen.

Anna hungerte nach einem guten Wort, einem

freundlichen Blick. Nein, das Leben war wirklich kein Vergnügen, nicht für Anna.

Und die Mutter?

Die Mutter war das Gegenteil von Frau Weise: jung und schön. Sie hatte einen anmutigen Gang, blondes Haar und grüne Augen. Die Mutter war fröhlich, sie sang.

Und verschwenderisch war sie! Sofern sie etwas zum Verschwenden hatte, was durchaus nicht immer der Fall war; denn die Zeiten um das Jahr 1925 waren nicht die besten.

Annas Vater stammte aus dem Dorf, aus einer frommen Familie. Die Leute im Dorf sagten, es sei eine Schande, daß der brave Karl Rohrschneider diese Maria Kowaleska geheiratet hatte, deren Vater aus Polen gekommen war.

Und daß der Karl dieser Maria alles durchgehen ließ und daß er ihr völlig ergeben sei.

Die Mutter war und blieb fremd im Dorf. Sie sprach anders, kleidete sich anders, und sie war stolz und gutmütig. Für die Armen und Ausgestoßenen hatte sie ein Herz.

Für ihre Tochter Anna hatte sie es nicht.

Da war etwas um die Mutter, wofür es kein Wort und keinen Namen gab. Etwas, das auch Anna ausschloß aus der Gemeinschaft des Dorfes.

Der Grund dafür lag bei der Mutter, das spürte Anna.

Aber was war der Grund? Anna wünschte so sehr, die Mutter möge einer abgerackerten Bauersfrau gleichen. Aber sie war ganz anders. War Geld im Haus, so lebte die Familie in Saus und Braus. War keins da, dann verrichtete die Mutter gegen geringen Lohn Feldarbeit bei den Bauern, oder sie reinigte das Schulhaus.

Aber auch in den schlechtesten Zeiten putzte sie ihre Kinder am Sonntag heraus mit Schleifen und hübschen Kleidern. Und die Dorfbewohner schüttelten wieder die Köpfe, wenn die kleinen Mädchen mit wallenden Locken zur Kirche gingen.

Die Leute tuschelten miteinander.

Es konnte nichts Gutes sein.

In Annas Herz brannte immerwährende Scham. Sie hatte nur einen Wunsch: fortzugehen. Fort aus dem Dorf, fort von Frau Weise, fort von der Mutter. Am liebsten wäre sie ein Waisenkind gewesen, damit sie wenigstens einen Ort hatte, wo sie hingehörte: das Waisenhaus.

Aber Anna war kein Waisenkind.

Sie hatte zwei Elternhäuser und doch keins. Sie mied das Haus der Eltern, dessen Heiterkeit sie als ihr gegenüber ungerecht empfand, und sie fror in der Kälte des Lehrerhauses, in dem sie sich nur geduldet fühlte.

Dabei hätte es so schön sein können.

Die Landschaft, in der das Dorf lag, war lieblich. Der Strom zog vorbei an grünen Wiesen, auf denen Gänse und Enten schnatterten und die Wäsche in der prallen Sonne bleichte.

In der Ferne standen Weinberge, und dahinter schien sich das Dunkel der Wälder bis in den Himmel zu recken.

Das Lehrerhaus sah einladend aus. Es war das

größte Haus im Dorf. Erbaut aus roten Ziegelsteinen, mit grünen Fensterläden, so stand es inmitten eines gepflasterten Hofes, vor einem großen Obstgarten. Da waren der Ziehbrunnen und die Hundehütte, in der Treff, der Jagdhund, wohnte.

Treff war Annas Freund.

Und sie hatte noch einen Freund: den Pflaumenbaum, der ihr im Herbst reife Früchte hinunterwarf. Die durfte sie nur heimlich essen – wenn Frau Weise es nicht sah. Frau Weise hätte das nicht erlaubt, dessen war Anna sicher.

Der Pflaumenbaum hatte es besser als Anna.

Er wuchs direkt vor dem Fenster des schönsten Zimmers im Hause, und er hatte das Glück, immer in das wunderbare Zimmer schauen zu dürfen. Es war ein Zimmer, das nie benutzt wurde. Einmal im Jahr öffneten sich seine Pforten für den Frühjahrshausputz, dann schlossen sie sich wieder.

Zum Frühjahrshausputz kam Annas Mutter.

In einem grauen Kleid, die Haare unter einem Tuch versteckt. Sie räumte die Möbel in den Hof, öffnete Schränke und Truhen, klopfte den Teppich und wusch die Fenster.

Anna half der Mutter. Frau Weise sah das nicht gern, obwohl sie sonst bestrebt war, Anna zu beschäftigen.

Aber Anna liebte das Zimmer und war darauf bedacht, es als letzte zu verlassen. Sie schob dann schnell die Gardine beiseite, damit sie vom Hof aus ab und zu einen Blick hineinwerfen konnte.

Es war ein herrlicher Raum.

Für Anna bedeutete er eine Insel der Schönheit,

ein Paradies. Weiß lackierte Möbel, zierliche Stühle und Sessel, die Polster mit glänzendem Stoff bezogen. Blaßlila Schleifen wanden sich um kleine Buketts aus roten und gelben Rosen. Auf dem Boden lag ein moosgrüner Teppich mit erdbeerroten Blumenkränzen. An der Wand stand ein Sofa, und in der Sofaecke lehnte eine große Puppe mit beweglichen Gliedern.

Für das Kind Anna war sie keine tote Puppe. Nein!

Sie war eine Prinzessin, die durch Zauber in tiefen Schlaf gesunken war.

Lange Zeit hatte Anna gehofft, daß die Puppe erwachen und ihr zulächeln möge.

Aber die Puppe schlief immer.

Sie war so schön mit ihrem blassen Gesicht, den blonden Locken, dem Spitzenkleid und der breiten rosa Schärpe aus steifer Seide, die um die Taille gebunden war. Auch die Strümpfe waren rosa, und die Füßchen steckten in schwarzen Lackstiefeletten, die an der Seite mit winzigen weißen Perlmuttknöpfen geschlossen waren. Auf dem Kopf trug sie einen breitrandigen Strohhut. Dieser Hut war Annas ganze Seligkeit. So einen Hut zu besitzen war ihr Wunschtraum.

Einmal fragte Anna:

»Mutter, warum wohnt keiner in diesem Zimmer? Auch Frau Weise geht niemals hier rein.«

»Ach, Anna, Frau Weise hatte einmal eine Tochter, die hieß Luise, die wohnte in diesem Zimmer. Sie ist tot. Sie starb an einem Blutsturz. Das ist lange her. Luise war schon erwachsen. Verlobt mit dem

Junglehrer. Und der ehemalige Verlobte, der hat inzwischen geheiratet.

Frau Weise hadert mit dem Schicksal:

Er lebt und ist glücklich, und Luise ist tot. Aber, Anna, sprich nicht darüber!«

So erfuhr Anna von Luise.

Frau Weise erwähnte den Namen nie. Sie trug ihren Schmerz schweigend unter ihrem schwarzen strengen Kleid.

Luise! – Schon der Name klang Anna unendlich vornehm.

Luise!

Luise hatte in diesem Zimmer gelebt, auf dem geblümten Sofa gesessen, die Puppe im Arm gehalten.

Luises Lackschuhe waren über den moosgrünen Teppich gelaufen; denn natürlich hatte sie immer Lackschuhe getragen, davon war Anna überzeugt.

Sie selbst ging barfüßig. Sie durfte die Puppe nicht berühren. Mit ihr spielen?! Das verbot sich von selbst.

Frau Weise fand, daß Spielen schädlich für Anna sei.

»Das Leben ist kein Vergnügen, sondern eine schwere Aufgabe«, sagte sie.

»Bewähre dich zuerst, Anna! Ich meine es gut mit dir.

Ordnung, Fleiß, Pflichterfüllung, Gehorsam, ja, Demut – das mußt du lernen. Und darum fasse ich dich hart an.

Du siehst ja, wohin die Leute kommen, die nur an Putz, Singen und Tanzen denken. Die Leute, die immer in den Spiegel gaffen und sich etwas auf ihre Schönheit einbilden.

Tugend braucht keinen Schmuck und keinen Tand.

Ich will dich zu einem guten Mädchen erziehen, Anna.

Ich hoffe, daß mein Bemühen Früchte trägt. Oder sollte das stärker sein, was die Natur in dich hineingelegt hat?

In dir ist viel Hochmut, Anna. Den möchte ich brechen.«

Das sagte sie oft.

Und sie sagte es auch an einem Sommertag. Im Arbeitszimmer von Herrn Oberlehrer Weise.

Herr Weise saß an seinem Schreibtisch und korrigierte Schulhefte, er schien die Worte seiner Frau nicht zu hören.

Herr Weise war ein stattlicher Mann. Anna bewunderte ihn, sie wäre gerne sein Kind gewesen. Ja, sie liebte ihn, obwohl er ihr niemals half, niemals beistand, jedenfalls nicht, wenn seine Frau anwesend war. Traf ihn Anna allein an, dann sprach er manchmal mit ihr, lachte sogar ein bißchen. Neben ihrem Mann wirkte Frau Weise noch unansehnlicher: eine kleine schwarze Gestalt, ein rundes altes Gesicht, strähniges dünnes Haar, ein dürftiger Knoten im Nacken. Sie betrachtete Anna, und aus ihren schwarzen Augen sprach eine Mischung aus Abneigung und Trauer.

Ja, ja, Anna lebte, und Luise war tot. . .

»Anna«, sagte Frau Weise, »heute nachmittag gehst du in den Wald und holst Tannenzapfen.«

Das war hart. Anna fürchtete sich davor, allein in den Wald zu gehen.

Oh, Frau Weise war erfinderisch, wenn es darum ging, Arbeiten für Anna auszudenken: weißen Sand heranschaffen, um damit die Holztische zu scheuern, Maikäfer von den Bäumen schütteln als Hühnerfutter, Kamille, Pfefferminze, Hagebutten, Brombeerblätter, Lindenblüten sammeln. . .nur kein Müßiggang.

Müßiggang ist aller Laster Anfang.

Oder wie Frau Weise es heute sagte:

»Arbeite, Anna! Dann kommst du nicht auf dumme Gedanken wie andere Leute.«

Damit verließ sie das Zimmer.

Herr Weise drehte sich um.

»Komm her, Anna!« sagte er leise. »Ich habe etwas für dich.«

Er gab ihr einen Apfel. Anna verbarg ihn unter der Schürze. Obwohl Herr Weise es ihr nicht ausdrücklich verbot, darüber zu sprechen, meinte Anna doch zu wissen, daß Frau Weise nichts von dem Geschenk erfahren durfte.

»Danke, Herr Weise!« sagte Anna.

Er antwortete nicht, er hatte sich wieder seinen Heften zugewandt.

Anna verharrte noch einen Augenblick im Zimmer, dann ging sie hinaus in den kühlen Gang. Die Wände des Korridors waren mit Geweihen bedeckt. Herr Weise ging gern auf die Jagd. In einer Ecke des Ganges hingen das Gewehr, der Jagdanzug und das Angelzeug. Dort stand auch der Stuhl, auf den Anna sich setzte, wenn sie las oder lernte. Der Stuhl war ihr Zufluchtsort, dort war sie ungestört. Sie setzte sich, holte den Apfel hervor und verspeiste ihn. Sie wartete auf die Stimme von Frau Weise.

»Anna, Tisch decken!«

Anna wusch sich die Hände, vorsichtig, um nicht die Wand des Badezimmers zu bespritzen. Sie wechselte die Schürze und strich ihre Zöpfe glatt. Sie trug keine Schleifen, obwohl sie welche besaß. Frau Weise duldete das nicht.

Anna betrachtete ihr Gesicht im Spiegel. Es gefiel ihr.

»Anna!« mahnte die Stimme von Frau Weise aus der Küche.

Vielleicht bin ich wirklich eitel! dachte Anna.

In der Küche standen weißgescheuerte Holztische, ein großer Herd und daneben eine Truhe, bis zum Rand voll mit Tannenzapfen, von denen Frau Weise jedes Jahr gewaltige Mengen anhäufte. Sie benutzte ausschließlich Tannenzapfen zum Feuern. Anna hielt das Tablett in den Händen, und Frau Weise baute Teller, Bestecke, Servietten auf. Anna trug das Tablett ins Eßzimmer. Es wurde kein Wort gesprochen. So war es jeden Tag.

Das Eßzimmer hatte drei Fenster, deren Läden im Sommer halb geschlossen blieben. Das Sonnenlicht fiel in zitternden Streifen auf die alten, dunklen Möbel. Es herrschte peinliche Sauberkeit. Auf dem blankgebohnerten Fußboden lagen keine Teppiche. Teppiche gab es nur im Zimmer von Luise.

Ein Sofa mit weißen Deckchen lud zum Sitzen ein. Aber Anna wäre nie auf den Gedanken gekommen, sich in die roten weichen Polster zu lehnen.

»Kinder und junge Leute haben sich nicht auf

Polsterstühle und Sofas zu setzen!« sagte Frau Weise.

Es gab noch mehr schöne Dinge in diesem Zimmer, aber man durfte sich nicht an ihnen freuen.

Da war das Klavier, auf dem mehrere Flöten lagen.

Herr Weise spielte wunderbar Klavier.

Er konnte überhaupt alles, er wußte alles, er kannte jeden Baum, jeden Strauch, war Gärtner, Imker, Jäger und Gelehrter zugleich.

Anna fand es unbegreiflich, daß ein so feiner, kluger Herr als einfacher Lehrer in diesem Dorf lebte.

In der Kirche spielte er Orgel, und an Festtagen sang er sogar die Messe. Er hatte eine volle, tiefe Stimme.

Im Haus hörte man seine Stimme nur selten.

Bei der Mittagsmahlzeit saß er still und gleichmütig auf seinem Platz.

Anna murmelte das Tischgebet:

»Komm, Herr Jesus, sei unser Gast. . .«

Dann aßen sie.

Anna saß kerzengerade, ohne mit dem Rücken die Stuhllehne zu berühren.

Sie aß mit vorbildlichen Manieren, so wie Frau Weise es sie gelehrt hatte. Bisweilen irrten ihre Augen zu dem Bild an der Wand. Da tanzten drei junge Mädchen in weißen Schleierkleidern einen Blumenreigen.

Frau Weise räusperte sich, und Anna senkte wieder den Kopf über den Teller, die linke Hand auf die Tischplatte gelegt.

Die Mahlzeit verlief in beklemmender Stummheit.

Ach, Anna wünschte sich weit weg, weit weg!

Oder wenigstens in die Küche, an den warmen Herd, um für eine kleine Weile den Augen der Frau Weise zu entrinnen.

Dann war das Essen beendet. Anna war nicht gesättigt, aber das war sie nie; denn sie wagte nicht, um eine zweite Portion zu bitten.

»Lieber Gott, für Speis' und Trank sagen wir Dir herzlich Dank!« betete Anna.

Jetzt machte Herr Weise endlich den Mund auf:

»Ich gehe in den Garten. Die Himbeerhecke schneiden.«

Anna riskierte einen flehenden Blick zu Herrn Weise hin. Sie hoffte so sehr, er möge ihr gleichfalls eine Arbeit im Garten zuteilen. Er schien den Blick nicht zu bemerken.

Sie räumten die Küche auf, spülten Teller und Besteck. Anna kannte ihre Pflichten.

Sie trug die Wasserkannen zum Brunnen, füllte sie, schleppte sie in die Küche zurück, brachte die Speisereste in den kalten Vorratskeller.

Dort trödelte sie ein paar Minuten. Aber es half nicht, das Zaudern. Sie mußte in den Wald.

Sie hatte Angst und Zorn im Herzen, als sie den Handwagen holte, sieben Säcke auszählte und die Stricke suchte, die sie brauchte, um die gefüllten Säcke zu verschnüren. Die Dorfstraße war leer. Die Pflastersteine unter ihren nackten Füßen verströmten Wärme. Sie erreichte den Kirchplatz mit der Mauer, vor der Büsche und Bäume wuchsen. Die roten und gelben Blüten hauchten einen Duft aus wie von Pfeffer, Honig und Zimt. Herr Weise hatte die Sträucher gepflanzt.

An der Kirchmauer spielten Kinder Verstecken.

Frau Weise gab Anna bisweilen eine halbe Stunde Freizeit, nicht zu oft. Dann stand Anna da und wartete, daß die Kinder sie zum Spielen aufforderten.

Nur selten ging ihr Wunsch in Erfüllung. Nur dann, wenn ihr Frau Weise das Netz mit den bunten Gummibällen überließ. Die Kinder im Dorf besaßen nur Stoffbälle, mit Holzwolle gefüllt. Gummibälle, rote, gelbe, blaue – das war für die Kinder etwas Besonderes. Deshalb ließen sie Anna mitspielen.

Im Sommer waren es die Bälle oder das Tamburin. Im Winter der Rodelschlitten mit den rotbraunen Gurten. Das alles hatte Luise gehört.

Luise! Luise hatte keine Tannenzapfen holen müssen!

Da war die Sandgrube. Nun ging es bergauf. Die Räder des Leiterwagens mahlten sich tief in den Sand, die Hitze war drückend. Schweiß perlte von Annas Stirn. Sie schauderte vor dieser Grube mit den ausgebaggerten Höhlen, die sie an offene Gräber erinnerte. Hier war einmal ein Mädchen ermordet worden.

Oberhalb der Grube öffnete sich der Wald, die Tannen reihten sich aneinander wie zu dunklen Mauern.

In der Lichtung stand eine kleine Kapelle mit dem Bild der Gottesmutter.

Anna pflückte Blumen und legte sie auf den Sockel. Dann kniete sie nieder, zog den Rosenkranz aus der Schürzentasche und ließ die Perlen durch die Finger gleiten.

»Gegrüßet seist du, Maria, du bist voller Gnaden, der Herr ist mit dir. . .«

Nach dem Ave Maria sagte sie: »Du mußt mir helfen, daß ich heil aus dem Wald herauskomme, liebe Gottesmutter. Du mußt mir helfen und mich beschützen. Ich habe nur dich! Ich vertraue mich dir an. Wenn du mir hilfst, dann bete ich jeden Tag einen Rosenkranz mehr. Auch zwei oder drei. Ich habe solche Angst vor dem Mörder.«

Anna betete ein zweites Ave Maria. Und noch während sie betete, war sie voller Zorn. Und sie dachte:

Wie leicht könnte mir die Mutter Maria helfen! Ein Wunder tun, das mich in eine andere Welt brächte, fort von Weises, fort von der Mutter, von der alles Leid kommt. Warum hilft mir die Muttergottes nicht?

Bete ich nicht genug? Immer noch nicht genug?!

»Du mußt mir helfen! Wenn du mir nicht hilfst, wer soll es dann tun? Ich will auch immer in der Kirche andächtig mitsingen.«

Das Singen in der Gemeinde hatte nämlich mehr Kraft als zehn Gebete.

So sagten es die Nonnen in der Schule.

Weiter ging es bergauf. Der Pfad verengte sich und verlor sich im Unterholz. Es roch nach Tannen, Pilzen und durchsonnter Erde. Ein Vogel jauchzte hellauf. Die Moospolster sahen aus wie grüne Samtkissen.

Anna begegnete keinem Menschen.

Sieben Säcke waren zu füllen. Um jeden Tannenzapfen mußte sie sich bücken. Anna arbeitete schnell, ohne die kleinste Pause einzulegen. Die

Furcht kauerte hinter jedem Busch, hinter jedem Strauch und lauerte auf sie.

Schließlich fielen die Sonnenstrahlen schräg in den Hochwald. Der Abend kam. Die sieben Säcke waren gefüllt.

Anna lud sie auf den Wagen und band sie mit den Stricken fest. Ihre Hände waren wund und die Arme lahm.

Durst und Hunger plagten sie.

Sie nahm die Deichsel und trat den Heimweg an.

Der Wagen mit den hochgetürmten Säcken rollte schneller den Berg hinunter, als Anna zu gehen vermochte. Sie stemmte sich gegen die Deichsel, aber sie konnte die Last nicht halten. Der Wagen stürzte um. Sie mußte ihn von neuem beladen.

Anna weinte.

Als sie auf der Dorfstraße anlangte, atmete sie auf.

Aber nun kam das Schlimmste:

Sie mußte den Leiterwagen durch das Dorf ziehen, wie es nur die Ärmsten taten. Anna schämte sich. Armut war für sie gleichbedeutend mit Schande. Ach, es war so schlimm! Anna neigte das hochrote Gesicht bis auf die Brust, entschlossen, keinen Menschen anzuschauen. So bemerkte sie Herrn Weise erst, als er vor ihr stand. Sie hob den Kopf und sah in sein Gesicht, das jetzt so freundlich war.

»Anna«, sagte er ohne Einleitung, »du kannst dir heute abend beim Spengler ein Fahrrad abholen. Es ist zwar nicht neu, aber noch tadellos. Es gehört dir.«

Sie starrte ihn ungläubig an. Ein Fahrrad?

Ein eigenes Fahrrad? Für sie allein? Es war nicht zu fassen.

»Danke, Herr Weise!« stammelte sie.

Sie wagte es nicht, seine Hand zu nehmen und sie dankbar zu drücken. Und er ermutigte sie nicht. Er lächelte ein wenig. Sie wußte nicht, was er dachte. Dann ging er weiter.

Anna faßte die Deichsel und zog an. Das Gefährt rumpelte über die holperige Dorfstraße. Anna dachte an Herrn Weise und an das Fahrrad.

Sollte es wirklich ihr gehören?

Und wo konnte sie es verstecken?

Denn es war selbstverständlich, daß Frau Weise nichts von dem Fahrrad wissen durfte. Oder?

So war es mit allen Geschenken, die von Herrn Weise kamen.

Herr Weise! Warum machte er ihr ein so teures Geschenk? Er hat gewußt, daß ich um diese Zeit aus dem Wald komme, dachte Anna. Er ist mir entgegengegangen, um mit mir zu sprechen. Zu Hause traut er sich nicht.

Anna fuhr in den Hof des Lehrerhauses hinein.

Der Hund lief ihr entgegen, er winselte vor Freude. Sie legte ihm die Hand auf den Kopf und sprach mit ihm: »Du bist ein braver Hund, Treff! Freust du dich, daß ich wieder da bin? Das ist schön.«

Der Hund leckte ihr den Handrücken. Er hatte sie vermißt. Das tat gut.

»Komm, Treff!« sagte sie.

»Ich muß dich anbinden. Sonst rennst du ins

Haus und machst mit deinen Tatzen häßliche Flecken auf den Fußboden. Dann müßte ich auch noch die Treppe putzen, und ich bin schon so müde. Sei mir nicht böse, lieber Treff!«

Treff war nicht böse, als Anna ihn an die Kette legte.

Er saß ruhig vor seiner Hütte in der Nähe des Pflaumenbaums. Frau Weise erschien in der Tür.

»Hast du Durst, Anna? Hol dir ein Glas Wasser aus der Küche! Dann bringst du die Säcke auf den Dachboden. Ich gehe voran und schließe auf.«

In der Küche nahm Anna ein Glas und hob den Deckel vom Eimer. Dann trank sie in langen Zügen. Es war klares, kühles Brunnenwasser.

Sie ging in den Hof, band die Stricke auf, nahm den ersten Sack auf die Schultern und schleppte ihn zum Dachboden hinauf.

Dort stand Frau Weise im Abendlicht, das durch die Dachluke fiel.

Auf den Holzdielen lagen Berge von Zapfen, säuberlich nach der Größe geordnet: die langen harzigen Zapfen der Weymouthskiefern, die kleinen runden der Lärchen und die länglichen hellbraunen der Fichten.

Auch auf dem Boden war die Ordnung mustergültig.

Anna schüttete den Sack aus. Frau Weise zückte ihr Lorgnon, schaute prüfend auf die Zapfen und nickte wohlwollend. Das war ein Lob.

Als Anna mit dem zweiten Sack oben ankam, ächzte sie leise.

»Anna«, sagte Frau Weise, »trag den Sack auf

dem Kopf! Dann ist die Last besser verteilt. Es ist leichter.«

Alles in Anna sträubte sich dagegen, den Sack auf dem Kopf zu tragen. Bettelleute trugen die Säcke auf dem Kopf, die Hände in die Hüften gestemmt.

Anna wollte nicht wie die Bettelleute gehen. Sie wußte, daß es leichter war, gewiß. Sie hatte es im Wald ausprobiert. Aber sie wollte nicht, sie wollte nicht!

Wie sagte Frau Weise? »In dir ist viel Hochmut, Anna. Den will ich brechen.«

Nein, nicht auf dem Kopf! Lieber rieb sie sich den Rücken wund oder trug den Sack vorn, an die Brust gepreßt, so daß der rauhe Rupfen und der harte, spitzige Inhalt ihr Arme und Knie zerkratzten.

Siebenmal legte Anna den beschwerlichen Weg zurück.

Vom Hof über die Steintreppe zur Haustür, den gefliesten Gang entlang, an Luises Zimmer vorbei, die blankgebohnerte Treppe hinauf, durch die kleine Diele und schließlich die enge gewundene Stiege zum Dachboden empor.

Als Anna sich gewaschen, frisch frisiert und umgekleidet hatte, fiel ihr das Fahrrad wieder ein, das beim Spengler auf sie wartete. Wo sollte sie es lassen?

Bei den Eltern!

Das ließ sich einrichten, wenn sie am Abend die Milch vom Bauern holte. Manchmal hatten die Bauern noch nicht gemolken, oder sie waren beim Futterschneiden, beim Stallstreuen, oder die Milch mußte erst durchgeseiht werden. Anna würde die

Gelegenheit wahrnehmen und das Rad zu den Eltern bringen.

## 2.

Das Fahrrad übertraf alle Erwartungen. Es war so gut wie neu. Über dem Hinterrad spannte sich ein grobmaschiges Netz in Grün, Lila, Dunkelrot und Gelb. Das Netz sah aus wie Seide. Und die Satteltasche war aus braunem Leder.

Anna hatte die Milchkanne beim Bauern abgestellt. Sie führte das Rad die Dorfstraße entlang.

Die Freude gab ihr Mut: Sie grüßte höflich alle Leute, die ihr begegneten, und die Leute grüßten zurück.

Ja! dachte Anna. Man muß etwas haben und es vorzeigen, dann wird man anerkannt. Dann mögen einen die Leute. Gummibälle, Tamburin, Rodelschlitten und jetzt das Fahrrad! Nun werden sie schon kommen.

Und sie kamen.

Es geschah das Unglaubliche. Marianne und Elfriede blieben bei Anna stehen.

Marianne war die Tochter des Gendarms, und Elfriedes Vater hatte eine große Schneiderwerkstatt. Marianne und Elfriede trugen stets Schuhe und Strümpfe, jetzt im Sommer geringelte Söckchen. Ihre Schürzen waren weiß und bestickt. Sogar durch ihre Frisur unterschieden sie sich von Anna und den übrigen Kindern. Marianne und

Elfriede trugen nur einen Zopf, und der war kunstvoll geflochten. Und immer hatten sie Seidenschleifen im Haar – auch wochentags.

»Du hast aber ein schönes Rad, Anna!« sagte Elfriede. »Wem gehört das?«

»Mir!« sagte Anna.

»Dir?!«

Die Mädchen untersuchten das Rad fachmännisch.

Meins ist schöner als das ihre! dachte Anna. Ich habe sie ja gesehen, wenn sie am Sonntag den Fluß entlangradeln. . .

»Wir fahren am Sonntag zum Waisenhaus«, sagte Marianne. »Wir besuchen Grete.«

Anna hielt den Atem an.

»Willst du mitkommen, Anna? Wir treffen uns um zwei Uhr am Kirchplatz.«

Ein Wunder! Marianne und Elfriede luden Anna ein.

Marianne und Elfriede, die mit den Arzt- und Apothekertöchtern verkehrten! Marianne und Elfriede schämten sich Annas nicht, obwohl sie wußten, daß Anna im Lehrerhaus wie ein Dienstmädchen gehalten wurde und mit dem Leiterwagen Tannenzapfen holte.

»Ich komme gern«, sagte Anna und fügte prahlerisch hinzu: »Ich bringe auch Kuchen und Obst mit. Das bekomme ich von Herrn Weise.«

Sie war sich bewußt, daß sie mehr versprach, als sie halten konnte. Ihre Freude war übergroß. Sie hatte zwei Freundinnen! Das Fahrrad hatte ihr zwei Freundinnen gebracht!

Sie verabschiedete sich und begann zu laufen. Ihr

Gesicht brannte. Das Leben war doch nicht nur eine schwere Aufgabe, es war auch schön.

Und was würden die Mutter, die Geschwister zu Herrn Weises Geschenk sagen? Die würden staunen! Ein Fahrrad?!

Das Haus der Eltern lag am anderen Ende des Dorfs. Hier war alles anders als bei Weises.

Das Haus war klein, die Mauern weiß gekalkt. Vor den Fenstern blühten rote Geranien.

Auch der Garten war klein. Und er war ungepflegt. Auf den Beeten wuchsen und welkten die Blumen in wildem Durcheinander. Gras überwucherte die Wege. Die Sträucher waren nicht beschnitten. Darum trugen sie im Herbst auch nur wenige Früchte. Mit dem Gemüse war es ähnlich. Im Frühjahr wurde der Samen in die Erde gelegt und dann seinem Schicksal überlassen. Das Unkraut gedieh besser als Karotten und Petersilie.

Das Haus hatte keine Klingel, die Tür stand offen. Anna führte das Rad über den Hof in den Schuppen. Dort lag ein braungefleckter Hund. Er nahm keine Notiz von Anna, er bellte nicht einmal. Es war kein Hund wie Weises Treff. Die Mutter hatte ihn aufgenommen, als er eines Tages herrenlos vor der Tür stand. Sie hatte ihn »Prinz« getauft, diesen Streuner.

Ausgerechnet Prinz!

Der Hund erhob sich, reckte sich träge und lief davon. Niemand kettete ihn an, es gab keine Hütte. Niemand fragte danach, ob seine Pfoten schmutzig waren.

Prinz war ein Familienmitglied.

»Das wäre ja schrecklich«, hatte die Mutter einmal gesagt, »das arme Tier ganz allein in einem winzigen Verließ?! Im Haus ist Platz genug. Unser Prinz ist schließlich auch eine Kreatur Gottes, und er freut sich, wenn er bei uns ist. Wie wäre einem Menschen zumute, wenn er mit einem Eisenring um den Hals in Regen und Kälte auf der nackten Erde liegen müßte? Manche Menschen haben eben kein Herz.«

Der Hund stieß mit der Schnauze die Tür auf, und Anna bot sich das gewohnte Bild: Familienleben bei Rohrschneiders! Es waren nur die drei Geschwister daheim.

Auf der Ottomane lag Julian, der Bruder. Er war älter als Anna.

Der Hund sprang zu Julian auf die Ottomane und rollte sich zusammen. Niemand tadelte ihn.

Am Klavier saß Katharina, im Schaukelstuhl Elisa. Sie sangen zweistimmig, es hörte sich hübsch an.

Immer wurde in diesem Haus gesungen und Zither, Gitarre oder Klavier gespielt. Die Geschwister waren wie die Mutter, die man im Dorf hämisch die »polnische Gräfin« nannte. Sie arbeiteten, wenn gearbeitet werden mußte, und sie sangen und tanzten, wenn sie Zeit dazu hatten. Sie hatten oft Zeit dazu.

Sie waren anders, anders als Weises, anders als die Leute im Dorf.

Verglichen mit den Räumen im Lehrerhaus wirkte das Wohnzimmer liederlich. Ein abgetretener Teppich bedeckte den Boden. Um den hellen Eichentisch in der Mitte standen Stühle mit strohgeflochtenen Sitzen und zusammengesessenen Kissen. Die

Wände waren sauber gestrichen. Das machte die Mutter selbst, wenn es ihr gerade einfiel. Dann schoben die Geschwister die Möbel zusammen, legten gebrauchte Bettücher, oder was sie sonst bei der Hand hatten, darüber, und die Mutter malte mit einem großen Pinsel, den sie schnell beim Maler auslieh, Wände und Decken an.

Die Türen prangten in den merkwürdigsten Farben, eine Seite war blau, die andere gelb – oder grün und braun. Das machte die Mutter je nach Lust und Laune.

Und sie sang vergnügt bei der Arbeit.

Ins Lehrerhaus kam der Maler nur alle vier Jahre.

Wochenlang wurde alles vorbereitet, Decken und Planen wurden aus dem Keller geholt, gewaschen, getrocknet, gespannt, die Böden mit Papier ausgelegt oder mit Sägespänen bestreut. Es war eine ungemütliche Zeit, es war geradezu eine Staatsaktion. Darüber konnte die Mutter nur lächeln.

»Manchen Leuten ist nicht zu helfen«, sagte sie. »Sie müssen sich das Leben unbedingt noch schwerer machen, als es schon ist. Mir tut der arme Mann leid. Die Wohnung ist für uns da, nicht wir für die Wohnung. Vor lauter Putzen, Schonen, Einteilen und Sparen kommen manche Leute nicht zum Leben.«

Sie kommen nicht zum Leben, dachte Anna, wenn sie das hörte. Aber sie kommen zu Ordnung, zu Besitz. Es wird immer mehr, und auch für das Alter und für Notfälle ist vorgesorgt. Und wenn man viel hat, wird man geachtet und geehrt.

Annas Eltern waren nicht arm. Der Vater kaufte das Obst bei den Bauern auf und lieferte es in die

Mostereien. Er verkaufte Apfelwein und Most an Gastwirtschaften. Er war viel unterwegs und verdiente gutes Geld. Aber das Geld zerrann der Mutter unter den Fingern. Sie konnte nicht wirtschaften. Sie scheute sich vor keiner Arbeit, aber sie konnte das Geld nicht festhalten. Doch verzagte sie nicht, wenn kein Geld da war. Es machte ihr nichts aus, für ein Stück Fleisch die Wäsche beim Metzger zu waschen.

»Da fällt mir kein Zacken aus der Krone«, sagte sie. »Es kommen schon wieder bessere Zeiten. Und außerdem hockt man nicht immer in den eigenen vier Wänden. Man hört interessante Neuigkeiten. Und sie kochen mir immer sehr guten Kaffee.«

Der Vater meinte zwar: »Maria, bleib zu Hause und halte Ordnung!«, aber sein Widerstand war schwächlich, und sie lachte darüber.

»Ach, Karl! Die Hauptsache ist, daß wir alle gesund und fröhlich sind. Mir tun diese vertrockneten, verbitterten Leute leid, die herumschleichen wie der fleischgewordene Überdruß. Wenn ich tot bin, kann ich nicht mehr lachen.«

Anna stand im Wohnzimmer und blickte sich um.

»Die Mutter kommt gleich«, sagte Elisa und gab dem Schaukelstuhl einen Stoß.

Julian drehte sich auf den Rücken und streichelte den Hund. Er lachte.

»Ah, unsere Stolze ist wieder da!«

Anna setzte sich auf die Bank vor dem grünen Kachelofen. Sie überlegte. Wollte sie lieber bei den Eltern oder im Lehrerhaus leben? Die nachlässige Gemütlichkeit des Zimmers, in dem jeder trieb, was er wollte, zog sie an und stieß sie auch ab. Außerdem war sie in dieses Leben hier nicht einbezogen. Sie gehörte hier nicht hin, sie gehörte nirgends hin.

Die Tür ging auf und die Mutter trat ein.

Mit ihr kam die Kellnerin aus dem Dorfgasthof. Ein Mädchen, dem Frau Weise nicht einmal die Hand gereicht hätte. Zur Mutter kamen sie alle.

Und die Mutter in dem langen schwarzen Seidenrock und der weißen, durchsichtigen Bluse! Das Haar frisch onduliert. Und schwarze Pumps mit hohen Absätzen. An einem Werktag?! Als ob sie zum Tanzen gehen wollte. Was sollten nur die Leute denken?

Manchmal hatte Anna den Verdacht, daß die Mutter sich absichtlich so benahm. Als ob es ihr Spaß machte, wenn die Leute sich über sie entrüsteten.

Anna stand artig auf.

»Guten Abend, Mutter!«

»Ja, Anna! Du bist da?« sagte die Mutter freundlich, ohne ihr die Hand zu reichen.

Sie setzte sich mit der Kellnerin an den Tisch. Die Geschwister spielten, sangen und lasen unbekümmert weiter.

»Ich habe mein Fahrrad in den Schuppen gestellt«, sagte Anna.

»Ist gut!« sagte die Mutter.

Das war alles? Keine Frage, kein erstaunter Ausruf, keine Überraschung? Nichts!

»Elisa«, sagte die Mutter, »hol eine Flasche Wein und Kuchen aus dem Schrank.«

Wein und Kuchen! empörte sich Anna in Gedanken. Am Freitagabend. Wein und Kuchen für die Kellnerin.

»Deshalb kann er Sie doch nicht rausschmeißen, Fräulein Frieda«, sagte die Mutter. Offenbar setzten sie ein bereits begonnenes Gespräch fort.

Frieda weinte.

»Ich weiß mir keinen Rat, Frau Rohrschneider. Am liebsten möchte ich mir das Leben nehmen.«

»Das ist der Kerl doch nicht wert!«

Die Mutter machte eine geringschätzige Bewegung mit der schöngeformten Hand, der man die grobe Arbeit nicht ansah.

»Gibt Gott s'Häsle, gibt er auch s'Gräsle.«

Die Frieda wird doch nicht etwa ein Kind bekommen, dachte Anna entsetzt. Und die Mutter nimmt es dann womöglich auf? Das ist ihr zuzutrauen.

»Ich muß gehen«, sagte Anna.

»Bleib doch noch«, sagte die Mutter.

Aber sie sagte das eher beiläufig. Die Sorgen der Kellnerin schienen ihr wichtiger zu sein als die Tochter.

Beim Hinausgehen warf Anna einen Blick auf das Kruzifix, das schräg in der Ecke neben der Tür hing. Es war mit geweihten Palmkätzchen geschmückt. Der Weihwasserkessel darunter war frisch gefüllt. Darauf achtete die Mutter, obwohl sie selten zur Kirche ging.

»Laßt mich mit den Betschwestern in Ruhe!« pflegte sie zu sagen. »Es ist dem lieben Gott wohlgefälliger, wenn man den Armen und Bedrängten hilft, als wenn man ein hartes Herz hat wie die Pharisäer, die dauernd auf der Kirchbank liegen.«

Als Anna auf der Straße stand, wußte sie es. Sie

wußte, daß es besser war, die Kälte des Lehrerhauses zu ertragen, als bei der Mutter zu sein. Herr und Frau Weise waren hochangesehene Leute. So angesehen wie der Arzt und der Apotheker.

Der Ausflug am Sonntag kam ihr in den Sinn, das stimmte sie froh. Sie holte die Milch beim Bauern ab und wanderte heim.

Es wartete nicht mehr viel Arbeit auf sie. Sie mußte noch Trinkwasser vom Brunnen holen, die Milchkanne waschen und die Hühnerställe schließen.

Beim Abendessen war es wie immer. Anna saß kerzengerade auf dem harten Stuhl, ohne mit dem Rücken die Lehne zu berühren. Herr und Frau Weise, stumm und kühl.

Nach dem Dankgebet räumte Anna das Geschirr ab. An der Tür machte sie einen Knicks zu Herrn Weise hin, ohne zu sprechen. Annas Zimmer lag im ersten Stock. Es war recht groß und hatte weißlakkierte Möbel. Die Teppiche standen zusammengerollt in einer Ecke. Der Fußboden war spiegelblank. Am Fenster hingen Gardinen aus grauweißem Bauernleinen mit Hohlsaumstickerei, die Anna unter Anleitung von Frau Weise an langen schweigsamen Winterabenden gearbeitet hatte. Anna ging zu Bett und schaute durch das geöffnete Fenster zum Himmel auf, der hoch und dunkelblau war, mit vielen Sternen. Ihr Freund, der Pflaumenbaum, streckte die höchsten Äste bis zu ihrem Fenster empor.

Anna betete lautlos zur Gottesmutter. Sie dankte ihr – für die Freundinnen, Marianne und Elfriede.

Ihre Lider waren schon bleischwer, als sie Schritte

auf dem Gang hörte. Frau Weise trat ein. Anna tastete nach dem Lichtschalter neben ihrem Bett.

»Laß das, Anna!« sagte Frau Weise. »Wir brauchen kein Licht. Die Lichtrechnung war das letzte Mal ohnehin zu hoch.«

Sie näherte sich dem Bett und legte ein Stück Schokolade auf den Nachttisch. Billige Blockschokolade.

»Ich will sehen, ob du dich beherrschen kannst, Anna«, sagte sie.

»Der Mensch muß lernen, sich zu beherrschen. Es gibt Leute, die nehmen sich hemmungslos, wonach es sie gelüstet. Du darfst die Schokolade nicht essen, Anna! Hörst du? Wenn ich sie am Morgen noch unberührt vorfinde, dann bekommst du sie vielleicht.«

Anna schwieg. Es war nicht das erste Mal, daß sie solchen Versuchungen ausgesetzt wurde. Früher, am Anfang, da hatte sie kaum widerstehen können und mit der Zungenspitze an der unteren Seite der Schokolade geleckt.

Das war vorbei. Sie würde die Schokolade nicht essen.

Der nächste Tag war ein Samstag.

Anna brachte die Schokolade in die Küche. Doch schon als sie Frau Weises Gesicht sah, wußte sie, daß sie dieses Mal keine Schokolade erhalten würde.

Frau Weises Gesicht war noch verschlossener als gewöhnlich. Sie hatte die dünnen Lippen zusammengekniffen. Sie sah alt aus. Vielleicht hatte sie Schmerzen?

Herr Weise war schon in der Frühe in die Stadt gefahren. Anna mußte im Garten Gemüse und Salat ausziehen und war erlöst, daß sie der lastenden Gegenwart von Frau Weise entfliehen konnte.

Der Garten war ein Schmuckkasten, der Boden locker gehackt, die Wege schnurgerade, wie mit dem Lineal gezogen. Nirgends wuchs Unkraut. Ein Blick genügte, um den Fleiß zu erkennen, der für die Pflege des Gartens verwendet wurde.

Anna war gern im Garten. Es roch nach Tomaten, Bohnen, Thymian, Dill und feuchtem Grün.

Anna ließ die Augen schweifen, und gleich darauf wünschte sie, sie hätte nicht über den Zaun geblickt.

Die Mutter kam die Straße herunter! In ihrem schönen grauen Kleid mit weißen Spitzenkragen, den blauen Hut auf dem blonden Haar. Die Mutter! Sie fuhr in die Stadt. Wie Herr Weise.

Anna duckte sich hinter den Zaun. Scham und Zorn würgten sie in der Kehle. Am Samstag fuhr die Mutter in die Stadt! Am Samstag, wo jeder Mensch in Arbeit erstickte.

Und wer kochte zu Hause das Essen? Keiner! Sie aßen Brot mit Wurst, nahmen sich, was gerade in der Speisekammer war, und gaben sich damit zufrieden. Es war nicht zu glauben!

Der Samstagnachmittag verlief friedlich. So war es immer im Dorf, wenn sich der Sonntag ankündigte. Alle Straßen und Hofeingänge waren sauber gefegt, die Steintreppen mit Seifenlauge gescheuert. Aus den Schornsteinen stieg dünner Rauch von Holzfeuern, und es roch nach frischgebackenem Brot.

Die Pferde wurden zur Tränke geführt und gestriegelt, bis ihr Fell glänzte. Lässig lehnten die Burschen an den Torpfosten. Ihr weißer Hals stach scharf von den braunverbrannten Gesichtern ab. Die Mädchen wuschen sich den Kopf und flochten einander viele kleine feste Zöpfe, um krause Wellen in das Haar zu pressen.

Dann kam der feierliche Augenblick des Kirchganges. Das Dorf hatte eine schöne alte Kirche.

»Eine Barockkirche!« sagte Herr Weise.

Schon am frühen Nachmittag knieten die Kinder vor dem Beichtstuhl, empfingen die Absolution für ihre kleinen Sünden und beteten die auferlegten Bußen mit dem Rosenkranz in den Fingern.

Alle Dorfbewohner gingen am Samstag zur Heiligen Beichte. Zuerst die Kinder, dann die Frauen und am Schluß die Männer, sie kamen vor dem Abendläuten.

Danach war das Dorf gerüstet für den Tag des Herrn. Die Straßen, die Häuser, die Ställe waren gesäubert, und auch die Seelen der Menschen waren rein.

Herr Weise kehrte am Abend aus der Stadt zurück. Er schritt beschwingt aus wie ein junger Mann, war lebhaft und gut gelaunt. Vermutlich hatte er einen Schoppen Wein getrunken.

Bei Tisch brachte er sogar ein Gespräch mit Frau Weise in Gang, erzählte von seinen Bienen, seinen Weinbergen, und sie redeten über den Acker, den sie kaufen wollten. Ja, Weises waren wohlhabend, weil sie an allen Ecken und Enden sparten. Sogar die Scheuertücher wurden geflickt, wenn sie ein

Loch hatten. Frau Weise gab Anna genaue Anweisungen, wie sie das Scheuertuch halten mußte, damit es sich nicht so schnell abnutzte. Auf dem Dachboden hingen viele Säckchen, worin Brombeerblätter, Lindenblüten, Kamille, Pfefferminze und Hagebutten trockneten.

Daraus wurde der Tee bereitet. Das war billig und gesund.

Anna hörte still der Unterhaltung zu.

Sie dachte an ihr Elternhaus. Dort trank man schwarzen Tee oder Kaffee, den man beim Krämer kaufte.

Das war teuer, reinste Verschwendung. Sie würden es nie zu etwas bringen. Dabei stand der Lindenbaum im Hof, direkt vor der Tür. Aber sie ernteten die Blüten nicht, es schien ihnen zu viel Mühe.

»Das bißchen Tee macht den Kohl auch nicht fett«, sagte die Mutter.

Anna verscheuchte die aufsteigende Erbitterung gegen das Elternhaus. Sie hatte schon gebeichtet, ihr Herz war auf den Heiland vorbereitet, sie wollte jetzt nur noch an die Kommunion am Sonntag denken. Ja, der Sonntag, er brachte den Ausflug mit den feinsten Mädchen aus dem Dorf!

Alle würden es sehen und Anna beneiden.

Aber das waren eitle und sündige Gedanken. Anna bemühte sich, ihre Freude in Zaum zu halten.

Der Sonntag kam.

Nach dem Hochamt standen die Männer noch eine Weile vor der Kirche beisammen und plauderten.

Punkt zwölf wurde in jedem Haus gegessen. Um zwei Uhr war Betstunde.

Anna lief zum Haus der Eltern.

Der Vater saß im Schaukelstuhl und las die Zeitung. Er blickte auf, als Anna eintrat.

»Grüß Gott!« sagte Anna.

Der Vater ließ die Zeitung auf den Teppich fallen.

»Grüß Gott, Anna!« Er lachte.

Auch der Vater war groß und stattlich wie Herr Weise. Er hatte rötliches Haar.

Eigentlich sehen sie alle gleich aus, dachte Anna, der Vater, Julian, Elisa, Katharina. Nur ich nicht.

»Willst du zur Mutter, Anna?« fragte der Vater freundlich. Er war immer freundlich zu Anna.

»Die Mutter schläft noch. Sie ist gestern spät heimgekommen. Sie war in der Stadt, im Kino.«

Im Kino? Am Samstag, wenn andere Leute nicht wußten, wo ihnen vor Arbeit der Kopf stand! Und dann spät heimgekommen und am Sonntag bis in den Nachmittag hinein schlafen!

Julian richtete sich langsam von der Ottomane auf.

»Na, Stolze?« sagte er.

Der Vater sah Anna lächelnd an.

»Brauchst du etwas, Kind?«

»Nein, Vater!« antwortete sie.

»Ich radle mit Marianne und Elfriede zum Waisenhaus, Grete besuchen.«

»Püh!« machte Julian auf seiner Ottomane.

»Das freut mich für dich, Anna«, sagte der Vater.

## 3.

Anna lachte, als sie auf dem Kirchplatz anlangte, wo Marianne und Elfriede an ihren Rädern lehnten.

»Grüß Gott!« rief Anna. »Habt ihr schon auf mich gewartet? Ich freue mich schrecklich auf den Ausflug mit euch.«

Sie staunte. So gesprächig war sie sonst nicht.

Marianne und Elfriede sahen einander an und blickten dann zu Boden.

»Fahren wir gleich los?« fragte Anna. »Oder kommt noch jemand?«

Wieder wechselten die beiden einen betretenen Blick. Sie schauten unschlüssig die Dorfstraße hinunter.

»Wir dürfen nicht mit dir fahren«, sagte Marianne mürrisch.

Annas Herz sank, die Freude fiel in sich zusammen. Aber noch wollte sie nicht aufgeben.

»Geht es heute nicht?«

»Wir dürfen überhaupt nicht mit dir fahren«, sagte Marianne. Sie spielte unruhig mit der Glocke ihres Rades.

»Nie! Wir dürfen nicht mit dir zusammen sein. Unsere Eltern erlauben das nicht.« Sie sah Anna dabei nicht an.

Anna wurde es heiß, in ihrem Kopf dröhnte es, das Atmen fiel ihr schwer. Und trotzdem, trotzdem! Sie wollte es nicht glauben, sie wollte die Niederlage nicht annehmen.

»Soll ich als erste fahren?« fragte sie, indem sie ihr Rad bestieg.

Die Mädchen machten keinerlei Anstalten, ihrem Beispiel zu folgen.

»Warum dürft ihr nicht mit mir fahren?« fragte Anna mit zitternder Stimme. »Warum denn nicht?«

»Wir dürfen eben nicht!« sagte Elfriede und zeichnete mit der Schuhspitze kleine Kreuze in den Staub der Straße.

»Wir wissen nicht warum.« Und sie fügte verdrießlich hinzu: »Fahr doch allein, Anna!«

»Fahr doch allein, Anna!« sagte auch Marianne.

Sie wollten sich nicht den Sonntag verderben lassen, sie wollten fröhlich sein – ohne Anna.

»Wiedersehen!« Sie radelten davon.

Anna stand da wie angewurzelt.

Warum? Warum durften sie nicht? Sie tat doch nichts Böses. Sie wurde in dem strengen Lehrerhaus erzogen, solange sie denken konnte. Sie war folgsam, ging zur Kirche, betete zur Muttergottes. Und doch – was hatte sie nur getan?

Anna war verzweifelt.

Einige Bauern gingen vorüber. Sie schauten Anna und das Fahrrad an. Mit Schadenfreude, mit Mitleid? Ganz gleich. Es war alles gleich. Das Fahrrad, die Sonne, der blaue Himmel. Die Dorfstraße war nicht mehr schön, nichts war schön.

Anna schob das Rad den ganzen Weg bis zum Elternhaus zurück. Dort stellte sie es in den Schuppen. Sie wußte, daß sie es nie mehr anrühren würde.

Sie weinte nicht. Gut, wenn keiner sie haben wollte, dann wollte sie auch keinen! Sie brauchte keine Freundin. Sie schaute keinen Menschen an. Sie haßte alle, die ihr begegneten. Sie haßte Marianne und Elfriede, sie haßte die Schule, das ganze Dorf. Wenn doch ein Blitz einschlagen wollte, damit das Dorf in Flammen aufging!

Dann würden die Leute über etwas anderes zu reden haben als über Anna und – die Mutter.

Dann könnten Marianne und Elfriede nicht in der Schule erzählen, daß Anna Rohrschneider mit einem von Herrn Weise geschenkten Rad zum Kirchplatz kam und abgewiesen wurde. Der Gedanke daran war unerträglich.

Ich kann nicht! dachte Anna. Ich will weg, weg! Herr Weise muß mir helfen.

Sie wollte viele Kilometer zwischen sich und die erlittene Kränkung legen.

Ihre Augen waren immer noch trocken.

Aber als sie in dem sauber gefegten Hof des Lehrerhauses stand, unter dem Pflaumenbaum, als sie allein war hinter den Mauern, die den Hof umgrenzten, da weinte sie. Sie setzte sich auf die unterste Stufe der Steintreppe und weinte laut.

Es war niemand zu Hause. Herr Weise war beim Fischen, und Frau Weise machte einen Besuch im Altersheim.

Treff lief zu Anna hin. Er legte Steine und Holzstückchen vor ihre Füße und wollte mit ihr spielen. Er stieß aufmunternd mit der Schnauze gegen ihre Knie.

Anna drückte ihren Kopf in das warme Fell. »Ach, Treff«, schluchzte sie, »du kannst mir ja nicht helfen. . .«

Ein leichter Wind kam auf. Der Pflaumenbaum

bewegte seine Äste, ein paar Früchte fielen herab. Anna hob sie nicht auf. Sie weinte, bis die Kirchenglocken zur Andacht riefen. Der Sonntag ging zu Ende.

Vom Hof aus hörte Anna, wie die Burschen und Mädchen heimkamen, um das Vieh zu versorgen.

Herr Weise betrat den Hof, das Angelgerät über der Schulter. Treff sprang an ihm hoch, und Herr Weise klopfte ihm zärtlich auf den Kopf.

»Du bist ein guter Hund, du bist ein guter. . .« Er brach mitten im Satz ab, als er Anna sah.

»Schon zurück?«

»Ja!« sagte sie.

»Warum?«

Warum? Sollte sie ihm erzählen, daß Eltern ihren Töchtern verboten, mit Anna Rohrschneider zu verkehren? Nein! Von ihr würde das niemand erfahren, auch Herr Weise nicht.

»Ich habe dir das Fahrrad geschenkt«, sagte er, »damit du nicht immer so allein bist.«

»Ich weiß«, sagte Anna, und sie dachte in zorniger Entschlossenheit: Jetzt rede ich mit ihm!

»Ich habe eine Bitte, Herr Weise, eine große Bitte!«

Er machte ein betroffenes Gesicht, als ob ihn eine unangenehme Ahnung anflöge. Kein Wunder! Er sah ihre verweinten Augen, hörte ihre heisere Stimme.

»Komm, Anna!« sagte er. »Setz dich zu mir unter den Pflaumenbaum. Ich muß die Angelschnüre aufwickeln. Du kannst mir dabei helfen.« Sie gingen zum Bänkchen. Er nahm umständlich

Platz. Offenbar wollte er das Gespräch hinauszögern; er teilte Anna verschiedene kleine Arbeiten zu.

Sie mußte ihre Ungeduld zügeln. Das war schwer. Sie fürchtete, den Mut zu verlieren, wenn es noch lange dauerte. Sie nahm die Würmer aus der Blechschachtel und vergrub sie wieder in der Erde, stellte die Gummistiefel in den Schatten, entwirrte die Schnüre.

»Nun, Anna«, begann Herr Weise schließlich, »was willst du von mir?«

»Ich möchte nicht mehr in die Dorfschule gehen, Herr Weise!« sagte sie.

Er blickte kurz auf, dann senkte er den Kopf und knotete weiter an seinen Schnüren. Er schwieg lange. Anna fühlte, daß ihm ihr Wunsch sehr ungelegen kam.

»So?« sagte er schließlich. »Du willst nicht mehr in die Dorfschule gehen?«

Es klang sanft, aber auch unbehaglich.

Anna drängte die Tränen zurück, die ihr wieder in die Augen stiegen. Sie bemühte sich mit aller Kraft, ihrer Stimme Festigkeit zu verleihen.

»Ich möchte fort, Herr Weise. Ich halte es hier nicht aus. Bitte, helfen Sie mir! Bitte!«

»Hast du schon mit deiner Mutter darüber gesprochen, Anna?« fragte er ausweichend.

»Nein!« antwortete sie. »Das wird sie nicht interessieren!«

Herr Weise hob die Schultern, wieder trat eine lange, lange Pause ein. Dann sagte er bedächtig: »Ich bespreche das mit Frau Weise, Anna. Vorläufig mußt du noch in der Dorfschule bleiben.«

Mit ihrer Selbstbeherrschung war es plötzlich vorbei. Sie ballte die Fäuste. Und dann strömten die Worte, so wild und schnell wie die Tränen, die sie nun nicht mehr zurückhalten konnte.

»Nein, nein! Ich will sofort weg. Schon morgen. In eine andere Schule. In die Stadt. Ins Internat nach Aschaffenburg. Ich will lernen, viel lernen, damit ich klüger werde als alle hier. Und wenn ich groß bin, dann will ich noch viel, viel weiter weg. Irgendwohin, wo mich keiner kennt. Und ich will einen Mann heiraten, der mehr ist als alle Männer im Dorf. Ich werde es ihnen schon zeigen, wer ich bin und was ich kann. Und...«

Am liebsten hätte sie Herrn Weise auch noch ihre Meinung über die Mutter gesagt und daß man über sie im Dorf tuschelte.

»Anna, Anna, bitte!« sagte Herr Weise erschrocken. »Was ist in dich gefahren? Du bist außer dir. Du weißt nicht, was du sprichst. So kenne ich dich nicht. Du bist doch sonst so fügsam.«

Er wies mit nervöser Gebärde zum Pflaumenbaum hin.

»Du darfst die Pflaumen essen, die auf der Erde liegen. Sie sind zuckersüß.«

»Danke, Herr Weise! Ich will sie nicht«, sagte Anna. Sie hob die Früchte auf und legte sie auf das Fensterbrett vor Luises Zimmer, wo sie auch lagen, wenn Frau Weise anwesend war.

Er gibt sie mir ja doch nur heimlich! dachte Anna böse.

In den folgenden Tagen war die Stimmung im Lehrerhaus noch frostiger. Anna ahnte, daß hinter verschlossenen Türen ein Kampf zwischen dem Ehepaar stattfand.

Noch war nichts entschieden. Würde Herr Weise sich durchsetzen ? Er ging mit bekümmerter Miene umher.

Anna dachte oft an die Schule in der Stadt, an die Internatsuniform, an die blaue Tellermütze mit den bunten Ecken am Rand. In Luises Zimmer hing so eine Mütze. Luise war natürlich im Internat gewesen.

Die Zeit der Ungewißheit verstrich langsam. Anna konnte die Spannung kaum mehr ertragen. Ob sie sich der Mutter anvertraute? Ich bin doch ihre Tochter! dachte Anna.

Am Abend besuchte sie die Eltern. Und sie hatte Glück. Die Mutter kam gerade aus der Tür.

»Ja, Anna«, sagte sie belustigt. »Was hast du nur für Flausen im Kopf? Du willst in die Stadtschule, höre ich von Herrn Weise? Ideen hast du, Ansprüche!«

Sie pfiff dem Hund. »Komm, Prinz!«

Und zu Anna: »Ich habe leider keine Zeit. Frau Engel hat ein Kind bekommen, das siebente. Stell dir das vor! Ich muß zu ihr. Sie braucht meine Hilfe.«

Sie ging eilig davon.

Anna blickte ihr nach. Eigentlich hatte sie es nicht anders erwartet.

Warum hatte Herr Weise der Mutter überhaupt

von ihrer Unterredung erzählt? Wann hatte er es ihr erzählt? Und wo?

Anna ging ins Haus.

Im Wohnzimmer bastelte Julian an seinem Fahrrad. Er hatte nicht einmal den Teppich zurückgeschlagen. Der Tisch war nicht abgeräumt, das Geschirr vom Abendessen stand noch da. Auf einem freien Eckchen spielten Katharina und Elisa Karten.

In diesem Haus gibt es keine Ordnung, dachte Anna. Und der Vater sitzt ganz zufrieden im Schaukelstuhl!

»Guten Abend!« grüßte Anna höflich. Julian grinste.

»Na, Stolze? Wann gehst du denn zu den Englischen Fräulein? Gleich nach den Sommerferien? Hier im Dorf ist es dir wohl nicht fein genug?«

Also wußte auch Julian schon Bescheid! Alle wußten Bescheid. Anna schwieg.

Julian lachte. »Brauchst deswegen nicht rot zu werden, Annele. Uns ist das egal.«

Am nächsten Morgen sagte Frau Weise:

»Anna, Herr Weise will mit dir sprechen.«

Herr Weise saß an seinem Schreibtisch. Auf der Schreibtischplatte lag ein aufgeschlagenes Oktavheft, in das Zahlen und Notizen geschrieben waren. Wie eine Liste sah das aus, wie eine Rechnung.

Herr Weise wandte sich Anna zu.

»Wir haben uns entschlossen, dich nach den Sommerferien zu den Englischen Fräulein nach Aschaffenburg zu schicken, Anna. Nicht ins Internat. Das käme doch zu teuer. Als Fahrschülerin. Du bist dir hoffentlich darüber klar, daß das mit großen

Unkosten verbunden ist und daß wir für dich Opfer bringen. Du sollst auch etwas dazu beitragen, indem du in Zukunft bei der großen Wäsche hilfst, ich meine – mehr als bisher. Einverstanden?«

»Ja!« flüsterte Anna.

»Gut!« Herr Weise machte eine verabschiedende Geste. Anna war entlassen. An der Tür knickste sie zu seinem Rücken hin.

»Danke, Herr Weise, vielen Dank!«

Sie wanderte in die Küche. Wie benommen war sie. In der Küche stand Frau Weise. Sie redete vom Ernst des Lebens, von Fleiß, Disziplin, Pflichterfüllung, Gehorsam, von Dankbarkeit, vorbildlichem Benehmen und von der Auszeichnung, die Anna zuteil wurde.

Anna vernahm die Stimme nur undeutlich. Sie wußte nur eins: Ihr Traum war Wirklichkeit geworden! Sie würde jeden Tag in die Stadt fahren, mit dem Zug, in dem Waggon mit der Aufschrift ›Schülerwagen‹. Sie würde zu den Auserwählten im Dorf gehören, die eine Schülermütze trugen.

Und sie hatte etwas Wichtiges gelernt: Man konnte sein Ziel erreichen, mochte es noch so hochgesteckt sein. Kämpfen mußte man, dann war alles möglich.

So begann für Anna ein neuer Lebensabschnitt.

Bei den Englischen Fräulein unterrichteten Nonnen, die weiße gestärkte Hauben trugen.

Anna erhielt ihren Platz zugewiesen. Sie wurde der Klasse nicht vorgestellt. In ihrer Bank saßen noch zwei Mädchen, beide waren aus der Stadt. Die eine hieß Christine. Mut und gute Vorsätze beflügelten Anna. Hier wollte sie Klugheit und Bildung erwerben. Unbildung war in ihren Augen mindestens so beschämend wie Armut.

Als sie am späten Nachmittag zum Bahnhof ging, die ersehnte blaue Mütze auf dem Kopf, die Schulmappe unter dem Arm, da fühlte sie sich frei von allen Bedrückungen. Der erste Schritt in die richtige Richtung war getan.

Zwei Burschen überholten sie, Schüler aus dem Gymnasium. Einer drehte sich um und sagte:

»Sieh da, die Dorfschöne!«

Der andere lachte. Dann rannten sie weiter.

Anna wurde flammendrot.

Sie sprach mit niemand über den Vorfall. Mit wem hätte sie auch sprechen sollen? Sie war von Frau Weise erzogen worden. Und Frau Weise sagte: »Ein anständiges Mädchen aus gutem Hause wird nicht von Burschen auf der Straße angesprochen. Wenn doch – so hat sie das ihrem eigenen Benehmen zuzuschreiben.«

Das kleine, harmlose Wort – Dorfschöne! – traf Anna tief. Aber es warf sie nicht um. Sie wußte, daß sie für jede Freude bezahlen mußte, daß jeder zaghafte Triumph in eine Enttäuschung mündete.

Darum unternahm sie auch keinen Versuch, sich im Schülerwagen oder in der Schule den anderen Mädchen zu nähern. Sie wartete ab, daß sich die Mädchen um sie bemühten.

Anna wartete zwei Jahre. Dann hatte sie eingesehen, daß es keinen großen Unterschied gab zwischen der Dorfschule und den Englischen Fräulein.

Auch hier gewann Anna keine Freundin. Sie wurde im Unterricht kaum beachtet, selten aufgerufen, erfuhr wenig Förderung, erntete weder Interesse noch Lob für ihre Leistungen.

Ob die Nonnen aus dem Dorf einen Brief an die Englischen Fräulein geschrieben hatten? Wahrscheinlich stand in dem Brief etwas über die Mutter. Nichts Gutes.

Anna war keine hervorragende Schülerin. Sie gehörte zum guten Durchschnitt.

Wenn Anna später auf diese beiden Jahre zurückblickte, dann erschien ihr die Zeitspanne sonderbar verkürzt, die Erinnerung blaß und unscharf. Natürlich hatte sie viele Erlebnisse, jeder Tag war ein Erlebnis: Die Sorgen um die Noten, die Angst vor dem Versagen, die Genugtuung, wenn sie im Lehrerhaus ein Zeugnis vorlegen konnte, das Herrn Weise zufriedenstellte.

Aber im Grunde ging das alles spurlos an ihr vorüber. Außer, daß sich ihre Überempfindlichkeit steigerte, das Mißtrauen, das sie hinter jedem Lachen, jedem Scherz, jedem neugierigen Blick, mit dem die Mitschülerinnen sie bedachten, eine gewollte Kränkung, eine gehässige Zurücksetzung wittern ließ.

Und mit dem Mißtrauen wuchs der rachsüchtige Wunsch, es allen zu zeigen, aufzusteigen, turmhoch über ihnen zu stehen.

Wie konnte ein armes Mädchen vom Land aufsteigen?

Anna sah nur eine Möglichkeit: Heirat.

In der Phantasie frönte sie ihrem Geltungsdrang.

Oft malte sie sich ihren Hochzeitszug aus.

Wie sie zur Kirche schritt in weißem Kleid, Schleier und Myrtenkranz, mit Blumen im Arm. Und ihr zur Seite ein wunderbarer Mann, hochgewachsen, vornehm, respekteinflößend wie – Herr Weise. Ein Arzt vielleicht?

Ja, ein ›Herr Doktor‹! Und aufgereiht an der Dorfstraße standen ihre Peiniger, die Leute, die Anna einst verachtet oder übersehen hatten, auch Marianne und Elfriede – vor allem Marianne und Elfriede. Nun grüßten sie ehrerbietig und lächelten.

Anna war schon im zweiten Jahr bei den Englischen Fräulein, als sich etwas ereignete, das ihr Leben schwer erschütterte. Es war wieder Herbst geworden. Frau Weise verreiste, wie alljährlich, zu ihrer Kur.

Die Polstermöbel bekamen Schonbezüge, die nicht bewohnten Zimmer wurden verschlossen.

Sie gingen zum Bahnhof. Anna zog den kleinen Leiterwagen, auf dem Frau Weises Koffer stand. Verstohlen betrachtete sie Frau Weise, die krank und grau aussah in ihrer altmodischen schwarzen Kleidung. Die strähnigen Haare, der schreckliche Hut! Sie trug graue gehäkelte Handschuhe. Eine alte, häßliche Frau! Wie schwerfällig sie da neben ihrem großen eleganten Mann ging!

Zum Abschied erteilte sie ihm Ermahnungen: »Die Eier hebst du auf. Ich lege sie dann ein, wenn ich zurückkomme. Das Obst muß täglich gepflückt werden. Ihr bringt es zur Marktfrau. In der Stadt bekommt man einen guten Preis dafür. So haben wir die Kosten für meine Kur bald wieder hereingewirtschaftet«

Anna hörte zu. Ein Gefühl wie Mitleid flog sie an. Frau Weise reiste ab. Anna fuhr zur Schule.

Als sie heimkam und aus dem Zug stieg, sah sie Treff am Bahnhof stehen. Er trug einen zusammengerollten Zettel am Halsband. Anna lief auf ihn zu.

»Treff! Hast du eine Nachricht für mich?«

Sie nahm ihm das Röllchen ab, es war kunstvoll geknifft. Anna glättete das Papier und las:

»Anna, komm mit Treff zur Jagdhütte!« Es war die Handschrift von Herrn Weise.

Treff bellte und sprang heraus. Anna folgte ihm.

Am Kirchplatz bogen sie ab und gingen den Feldweg entlang bis zum Fuß der Weinberge.

Es war ein heißer Tag mit flimmernder Luft. Schäfchenwolken fächerten sich am blauen Himmel auf. Die Weinberge standen in voller Reife, grüne und blaue Trauben hingen schwer aus dem gelbroten Laub. Es war schön. Die Jagdhütte lag im Hochwald. Als Anna mit Treff anlangte, rührte sich nichts in der Hütte. Die Holzläden vor den kleinen Fenstern waren geschlossen.

Anna wartete. Sollte sie klopfen?

Treff bellte. Die Tür öffnete sich, Herr Weise kam heraus. Ein vollkommen veränderter Herr Weise. Er strahlte über das ganze Gesicht. Jung sah er aus, verwegen wie ein lustiger Bursche.

»Grüß dich, Anna!« sagte er.

»Wir haben dich rufen lassen. Wir wollen uns hier draußen einen schönen Tag machen.« Er bückte sich zu dem Hund und streichelte ihn.

»Das hast du fein gemacht, Treff! Brav, brav!« lobte er. »Kommt rein, Kinder!«

Er ging voran.

Im Raum war es dämmerig, durch die Ritzen der Läden drang das Sonnenlicht. Eine Frau lachte.

Anna wurde die Kehle eng. Das war die Mutter! Wahrhaftig die Mutter! Was tat die Mutter in der Jagdhütte von Herrn Weise? Was suchte sie hier?

Die Mutter trug ein weißes Kleid mit enger Taille. Das blonde Haar war gewellt. Eine Locke hatte sich aus der Frisur gelöst und hing ihr über die Stirn. An den Ohren blitzte ein Schmuck, den Anna noch nie zuvor an ihr gesehen hatte. Ohrgehänge aus blauen Steinen, lang wie Trauben. Die Mutter war geschmückt wie ein junges Mädchen, das zum Ball geht. Sie hatte ein Glas in der Hand und trank daraus einen winzigen Schluck.

Die Mutter! Annas Verwirrung war uferlos.

Ein gedeckter Tisch. Eine Weinflasche ragte aus einem mit Wasser gefüllten Eimer. Es war echter Wein, das sah Anna mit einem Blick, kein Obstwein, der so gut wie gar nichts kostete. Und überall Blumen. Was ging hier vor?

»Na, Anna?« Die Mutter lachte wieder.

Anna ging auf sie zu. Die Mutter duftete durchdringend nach Rosen und Jasmin.

Von dem Feldbett hatte man die graue Wolldecke entfernt. Ein weißes Kopfkissen, ein gutes weißes Kopfkissen aus Frau Weises Wäscheschrank!

In Annas Kopf schwirrten die Gedanken wie in einem Bienenkorb. Die Mutter festlich gekleidet?

Es war doch kein Sonntag! Und Herr Weise so

fröhlich? Ja, wenn er in die Stadt fuhr und am Abend heimkam, dann war er in ähnlicher Stimmung.

Was bedeutet das alles?

Anna hatte schon früher beobachtet, daß Herr Weise freundlich zur Mutter war. Wenn sie das Lehrerhaus putzte oder für Frau Weise die große Wäsche wusch, dann suchte er ihre Gesellschaft. Manchmal schob er ihr eine Tafel Schokolade zu, auch eine Tube mit feiner Hautcreme. Er schürte sogar für sie den Herd ein, über dem der Kupferkessel mit der Wäsche dampfte. Herr Weise, der sonst nie im Haushalt einen Finger krumm machte!

»Wir essen gleich«, sagte die Mutter. »Du hast bestimmt Hunger, Anna.«

Die Mutter hatte gekocht? Sie kochte nicht gern und nicht gut. Kein Vergleich mit Frau Weise.

Es gab eingemachtes Kalbfleisch mit Reis. Für Anna stellte die Mutter ein Glas mit Himbeersaft hin.

Das Festmahl stammte aus Frau Weises Vorräten, aus den Weckgläsern, die sie in der Hütte aufbewahrte, damit Herr Weise sich selbst verköstigen konnte, wenn er auf der Jagd war. Und sie tranken Wein!

An einem Werktag?! Rätselhaft, rätselhaft.

Ach, es war nicht gut, gar nicht gut!

Es konnte nicht gut sein, daß Herr Weise der Mutter sein Glas entgegenhob und ihr etwas ins Ohr flüsterte und daß die Mutter hellauf lachte.

Und es war vor dem Essen auch nicht gebetet worden, wie es sich gehörte bei guten Leuten.

Anna aß schweigend. Sie trank den Saft, er schmeckte ihr nicht. Er war dick, zu süß, die Mutter hatte zu wenig Wasser hineingegossen.

Frau Weise wäre entsetzt gewesen über die Vergeudung.

Die Mutter plauderte unaufhörlich. Von Kleidern, die sie kaufen wollte, von einem Film, den sie gesehen hatte, sogar vom Fasching und von dem Kostüm, das sie anziehen würde.

Die Mutter war sehr vergnügt. Nach dem Essen öffnete sie das Fenster und atmete tief die Waldluft ein. Es klang wie ein glücklicher Seufzer.

»Aaah! Ist das schön hier! Das Leben ist herrlich, man muß es nur zu genießen verstehen.«

Herr Weise trat neben sie und strich ihr die Locke aus der Stirn. Anna schlug die Augen nieder. Nie hatte Herr Weise seiner Frau das Haar aus dem Gesicht gestrichen, nie hatte er so nahe bei ihr gestanden.

Es war furchtbar!

Anna schämte sich für die Mutter und für Herrn Weise. Sie wußte nicht, wo sie hinschauen sollte.

Sie heftete den Blick auf den Ofen, in dessen weiße Kacheln ein Künstler das heimatliche Dorf farbig eingebrannt hatte. Da waren der Strom, in dem die Frauen die Wäsche spülten, die Wiesen, auf denen sie bleichte, die Straße, die Kirche, der Platz, das kleine Rathaus, der Friedhof.

»Ich gehe am Abend noch zur Jagd«, sagte Herr Weise.

»Da gehe ich mit!« lachte die Mutter. »Ich werde auch ganz ruhig auf dem Anstand sitzen.« Sie ging zum Bauernschrank, nahm braune Schnürstiefel heraus und verschwand damit in der Kammer, um sich umzukleiden.

Anna stockte der Atem.

Die Mutter benahm sich, als sei sie hier zu Hause, als habe sie ein Recht auf die Hütte, auf die Weckgläser, auf den Inhalt des Bauernschrankes.

Und Herr Weise summte vor sich hin und braute sich einen Kaffee am Herd. Er lächelte geistesabwesend auf eine ganz und gar unbekannte Art.

Anna begann zu zittern. Sie wollte das alles nicht sehen, nicht wissen, nicht dabei sein.

Treff, der bisher schnarchend neben Annas Stuhl gelegen hatte, gab einen japsenden Laut von sich.

Nun schien Herr Weise aus seinen Träumen zu erwachen. Er fuhr sich über die Stirn.

»Anna«, sagte er zerstreut, »es ist wohl besser, wenn du heimgehst, bevor es dunkel wird.«

Die Worte waren eine Erlösung für Anna.

»Ich gehe gleich«, wisperte sie. Die Stimme wollte ihr nicht gehorchen. »Gute Nacht, Herr Weise!«

Sie verließ die Jagdhütte. Sie war völlig verstört. Im Wald brach schon der Abend an. Von den Wiesen stiegen die ersten Nebel auf. Still und friedlich war das Land. Anna schlug die Hände vor das Gesicht.

Sie weinte.

Die Mutter und Herr Weise! Sie lachten, waren unbefangen, ausgelassen und fröhlich wie zwei Kinder. Hinter dem Rücken von Frau Weise? Natürlich, denn es war ausgeschlossen, daß Frau Weise davon wußte! Sie würde das gar nicht billigen, niemals.

Ihr ganzes Leben lang begriff Anna nicht, was Herrn Weise und die Mutter bewogen haben mochte, sie in ihr Geheimnis einzuweihen. Wer war Anna denn? Ein Mädchen, noch nicht sechzehn, unerfahren, schamhaft, gläubig den Lehren der Kirche ergeben.

Das Leben ging weiter, als sei nichts geschehen. Frau Weise kehrte von ihrer Kur zurück. Der Winter kam, Weihnachten, ein neues Jahr. Frost, Kälte, eisglatte Wege, und die Bäume standen da in ihren weißen starren Gewändern.

Dann schmolz der Schnee.

Wieder wurde Anna ins Arbeitszimmer befohlen, wo Herr Weise ernst und würdevoll vor seinem Schreibtisch saß. Immer war er ernst und würdevoll, so daß Anna manchmal an ihrem Verstand zweifelte und glaubte, sie habe die Szene in der Jagdhütte nur geträumt oder in einem schlechten Buch gelesen.

»Anna«, sagte er, »wir wollen deinen Herzenswunsch erfüllen und dich ins Internat geben. Nach Würzburg. Ins Sankt-Anna-Stift. Vorläufig für ein Jahr.«

Die Eröffnung kam für Anna überraschend. Sie knickste dankbar.

Endlich, endlich sollte sie dem Dorf entfliehen,

ein volles Jahr dem Lehrerhaus und der Mutter fernbleiben. Endlich.

Allerdings – nach den Vorbereitungen, die Frau Weise dann in den folgenden Monaten anordnete, schien es sich eher um einen Abschied fürs Leben zu handeln.

Anna strickte, schneiderte, stickte in jeder freien Minute unter der gestrengen Aufsicht von Frau Weise.

Ein ganzer Ballen feines Leinen wurde zerschnitten, und Anna nähte daraus stapelweise Unterwäsche und Nachthemden und versah sie mit Hohlsaum und Monogramm.

Die Wäsche wurde gebündelt und in einen großen rohrgeflochtenen Schließkorb gelegt. Anna bekam zwei neue Kleider, die sie selbst anfertigte. Ein graues Strickkleid für den Winter, ein weißes Leinenkleid mit blauer Lochstickerei für den Sommer. Einen neuen Mantel bewilligte Frau Weise nicht. Anna hatte ja den blauen Schulmantel mit den großen Perlmuttknöpfen. Er war ihr wohl etwas zu kurz geworden inzwischen, sie sah darin wie ein Kind aus, aber er war noch sehr schön.

Die Abreise rückte heran. Am Vortag stand Anna neben dem Schließkorb, der schon mit der Anschrift des Klosters versehen war und bei der Bahn aufgegeben werden sollte. Es kam ihr zum Bewußtsein, daß dieser Schließkorb alles enthielt, was sie besaß – mit ihren sechzehn Jahren.

Am Abend wanderte sie zu den Eltern, um Abschied zu nehmen. Es war Donnerstag, Ostern stand vor der Tür. Man roch den Frühling in der Luft. Auf den Höfen lagen Berge von Saatkartoffeln, die entkeimt und zurechtgeschnitten wurden, bevor man sie in die Erde legte.

Auf dem Hof des Elternhauses gab es keinen Kartoffelberg. Im Wohnzimmer saß die Mutter im Schaukelstuhl und trank Kaffee.

Julian hockte vor dem Radioapparat, er hatte den Kopfhörer aufgesetzt.

»Guten Abend!« grüßte Anna.

Die Mutter machte eine einladende Bewegung mit der Hand.

»Ja, Anna, komm setz dich!«

»Danke, Mutter!« Anna nahm Platz. Sie sah sich suchend um.

»Vater ist geschäftlich unterwegs«, sagte die Mutter. »Elisa und Katharina sind auch nicht daheim.«

Das tat weh. Wie gleichgültig sie es hinnehmen, daß ich fortgehe, dachte Anna. Sie sagen mir nicht einmal Adieu.

»Morgen geht's also nach Würzburg«, fing die Mutter wieder an. »Wer weiß, wann wir uns wiedersehen?« Sie lächelte dabei. »Du hast doch keine Angst vor der langen Reise, so ganz allein? Freust du dich?«

Anna schwieg.

Die Mutter erwartete keine Antwort.

Und Anna widerfuhr etwas Merkwürdiges. Wie hatte sie diesen Tag herbeigesehnt! Unter Tränen und Schmerzen. Aber nun wollte sich die Freude nicht so recht einstellen. Auf einmal kam ihr das Dorf nicht mehr so schrecklich vor. Anna entdeckte, daß ihr Herz am Dorf hing, an der Kirche, am Lehrerhaus, am Pflaumenbaum, an Treff, an Herrn Weise, sogar an Frau Weise. Und an den Mitschülerinnen. Sie waren keine Freundinnen, aber Anna kannte sie doch wenigstens.

Und warum schickte man sie so weit weg? Und noch vor dem Osterfest?

In Würzburg würde sie zwar ein bekanntes Gesicht wiederfinden – Christine, ihre Banknachbarin aus der Schule –, aber Christine kam erst nach Ostern in Begleitung ihrer Eltern. Christines Eltern. Christines Eltern ließen es sich nicht nehmen, ihre Tochter persönlich in die Obhut der Klosterfrauen zu geben.

Die Mutter stellte die Kaffeetasse auf den Teppich, erhob sich und ging ins Nebenzimmer. Sie hatte ein schwarzes Kleid an, mit roten Heckenrosen bedruckt. Es war ausgeschnitten, so daß ihr Brustansatz zu sehen war.

»Ich schenke dir etwas, Anna«, sagte sie aus dem Nebenzimmer. »Etwas für die Großstadt.«

Es war eine spanische Reisetasche aus Rohrgeflecht mit Lederecken und Lederriemen. Darin waren ein marineblaues leichtes Wollkleid mit rotem Lackgürtel und ein Paar schwarze Lackschuhe.

»Vielen Dank, Mutter!« sagte Anna.

»Besuch doch meine Schwester«, sagte die Mutter noch, »du weißt schon, Tante Lina. Die uns immer die schönen Kleider schickt. Ja, die Lina hat mehr Glück gehabt als ich. Dabei war ich immer die hübschere. So ist das nun mal im Leben. Sie wohnt im Sommer in Rimpar mit ihrem Apotheker.«

Anna reichte der Mutter die Hand.

»Auf Wiedersehen, Mutter! Grüße bitte den Vater von mir. Auch Katharina und Elisa. Und vielen Dank!«

Die Mutter nickte.

»Schreib mal, Anna!« Das war alles, der ganze Abschied.

Anna wandte sich zum Gehen.

»Adieu, Julian!«

Der Bruder nahm den Kopfhörer ab.

»Leb wohl, Anna!« Er lachte ein bißchen. »Du gibst eine schöne Nonne ab.«

Anna zuckte verständnislos die Schultern.

Auf dem Hof warf sie einen Blick in das verlotterte Gemüsegärtchen und drehte sich am Tor noch einmal um.

Die Mutter stand in der Tür. Sie hatte den blonden Kopf zurückgelegt, winkte und lachte.

Und wenn Anna in späten Jahren an die Mutter dachte, tauchte diese Erinnerung vor ihr auf:

Die Mutter, jung, schön, im Heckenrosenkleid, und sie lachte.

ZWEITER TEIL

# Die Stadt
1927-1931

## 1.

Am nächsten Morgen trat Anna ihre Reise an. Sie trug das graue Kleid, den blauen Schulmantel, selbstgestrickte weiße Strümpfe und Schuhe, die mit einem Riemchen geschlossen waren. In der Hand hatte sie die spanische Reisetasche von der Mutter, über der Schulter eine umgearbeitete Jagdtasche von Herrn Weise. Ihre Haare waren zu Schnecken aufgesteckt.

Anna fühlte sich wohl. Die Angst, die sie am Abend bedrängt hatte, war verflogen.

Frau Weises Gesicht war mild und feierlich gewesen beim Adieusagen. Wenn sie zu einer Beerdigung ging, dann hatte sie so ein Gesicht.

Herr Weise hatte Anna noch ein Fläschchen Kölnisch Wasser zugesteckt.

In Aschaffenburg mußte Anna umsteigen. Sie suchte den Bahnsteig, auf dem ihr Zug nach Würzburg stand, stieg ein und fand einen Fensterplatz. Sie legte die spanische Tasche ins Gepäcknetz, hängte den blauen Schulmantel auf und setzte sich.

Jetzt begann das Neue.

Über Aschaffenburg war sie noch niemals hinausgekommen. Der Schaffner warf die Türen zu, der Zug fuhr an.

Anna gegenüber saß ein Herr und las in einer Zeitschrift. Am kleinen Finger hatte er einen Ring mit einem Stein, der ab und zu aufblitzte.

Ein feiner Herr, stellte Anna bei sich fest. An den Schläfen hat er schon graue Haare.

Anna stand auf und schaute aus dem Fenster. Überall war der Osterputz im Gange. In den Gärten vor den Häusern hingen Betten und Winterkleidung auf den Wäscheleinen.

»Soll ich Ihnen das Fenster öffnen?« fragte der feine Herr plötzlich.

»Ja, bitte!« sagte Anna. »Und vielen Dank!«

Dann hielt sie den Kopf aus dem Fenster. Der Fahrtwind wehte ihr ins Gesicht. Er war frisch und kühl.

Weiter ging es, immer weiter. Die Landschaft wurde fremd. Wälder tauchten auf, sie fuhren durch Tunnels.

Anna wollte das Fenster schließen, es gelang ihr nicht.

»Darf ich Ihnen helfen, kleines Fräulein?« fragte der Herr.

»Danke!« sagte Anna und setzte sich wieder.

Der Herr legte seine Zeitschrift beiseite.

»Sie besuchen wohl eine Tante zu Ostern, kleines Fräulein?«

Anna antwortete nicht gleich. Sollte sie mit dem Herrn sprechen? Was würde Frau Weise dazu sagen?

Aber der Herr war ja so freundlich, und Frau Weise würde es nie erfahren.

Ich bin frei, dachte Anna.

Ich kann tun, was ich will.

Warum soll ich mich nicht ein bißchen unterhalten?

»Nein, ich besuche keine Tante«, sagte sie artig.

»Ich fahre nach Würzburg. Ich besuche dort eine Schule.«

»Würzburg? Eine Schule?« wiederholte der Herr. Er fischte ein silbernes Zigarettenetui aus der Jakkentasche und ließ es aufspringen.

»Wie heißt die Schule denn?«

»Es ist eine Klosterschule«, gab Anna Auskunft. »Ich bleibe dort nur ein Jahr«.

Sie schwiegen eine Weile. Draußen flogen Wälder, Wiesen und Dörfer vorbei. Kinder standen an Bahnübergängen und winkten.

»Könnten Sie mir dann bitte den Weg vom Bahnhof bis zur Theaterstraße erklären?« fragte Anna. »Ich war noch nie in Würzburg. Ich kenne mich dort nicht aus.«

»Theaterstraße?« Der Herr lehnte sich zurück, blies den Rauch durch die Nase und betrachtete Anna von oben bis unten.

Anna stieg das Blut ins Gesicht.

»Es ist gar nicht weit, mein Fräulein«, sagte der Herr.

»Danke!« Anna wich seinen Augen aus und suchte verlegen nach einem Taschentuch.

»Wie alt sind Sie, kleines Fräulein?«

»Ich bin sechzehn«, sagte Anna.

»Und es ist Ihr Wunsch, ins Kloster zu gehen?« Der Herr beugte sich vor.

Anna setzte sich kerzengerade auf. »Ich gehe nicht ins Kloster! Das ist nur eine Schule, in der man vor allen Dingen in Hauswirtschaft und Handarbeit unterrichtet wird.«

»So?!« sagte der Herr gedehnt und ein wenig spöttisch. »Das ist doch das Sankt-Anna-Stift! Ich habe immer gehört, daß die Mädchen dort für das Klosterleben vorbereitet werden.«

Ins Kloster! Julians Worte fielen Anna ein: »Du gibst eine schöne Nonne ab!« Es war, als ob sich ein Vorhang vor ihrer Stirn wegriß. So war das also. Ins Kloster mit Anna! Darum gebärdeten sich alle, als ob Anna der Welt für immer Lebewohl sagte, darum machte Frau Weise ihr Beerdigungsgesicht.

Sie wollen mich im Kloster vergraben, dachte Anna empört. Damit sie mich endgültig los sind, damit ich nie mehr in Erscheinung trete und ihr Leben störe. Aber ich will nicht, ich will keine Nonne werden!

»Nun?« Der Herr lächelte. »Die Aussicht auf ein ruhiges, frommes Leben scheint Ihnen nicht zu passen, kleines Fräulein. Es wäre ja auch ein Jammer! Ein schönes Mädchen wie Sie? Mit Ihrer Figur? Das ganze Leben liegt noch vor Ihnen, alle Freuden, alle Abenteuer. . .«

Der Zug lief in Würzburg ein. Der Herr erbot sich, Annas Reisetasche zu tragen. Sie ging mit ihm durch die Sperre und war froh, daß sie nicht allein war.

»Trinken Sie noch einen Kaffee mit mir?« fragte er. »Ich kenne ein Kaffeehaus ganz in der Nähe vom Bahnhof.«

Anna erschrak.

Es ging alles so schnell, es war alles so neu. Sie stand plötzlich in einer anderen Welt, in der sie selbst entscheiden und Verantwortung tragen mußte.

»Ja, bitte!« sagte sie. »Wenn es nicht zu lange dauert.«

Der Herr nahm sie beim Arm und geleitete sie durch den Bahnhof.

»Ich kümmere mich um Sie, kleines Fräulein«, sagte er.

Anna war ihm dankbar.

In dem Kaffeehaus grüßte die Kellnerin freundlich. Sie sah Anna an, lachte und rückte ihr einen Stuhl zurecht. »Bitte sehr, mein Fräulein!«

Der Herr rieb sich die Hände. Der Stein am kleinen Finger blitzte auf. Er bestellte Kaffee und Torte.

Die neue Welt ist schön, dachte Anna. Alle Menschen sind nett zu mir. Hier kennt mich keiner, hier weiß keiner etwas von der Mutter. Das habe ich mir von klein auf gewünscht. Und dies ist ein weitgereister Herr und nicht die Spur eingebildet. Er hilft mir.

Marianne und Elfriede durften nicht einmal mit mir Rad fahren...

Alles versank, das Dorf, das Lehrerhaus, die Erziehung und die Ermahnungen von Frau Weise. Das sonst stets wache Mißtrauen schlief fest.

Die Kellnerin blieb am Tisch stehen und plauderte mit dem Herrn, den sie kannte.

»Wo muß denn das Fräulein hin?«

»Ich besuche meine Tante Lina«, sagte Anna schnell.

Sie wollte nicht, daß er der Kellnerin vom Kloster erzählte.

»Kennen Sie bitte den Weg nach Rimpar? Ist das weit?«

Der Herr lachte und ließ wieder sein silbernes Zigarettenetui aufspringen. Er hielt es Anna hin.

»Wollen Sie auch eine versuchen, kleines Fräulein?«

»Um Himmels willen!» entfuhr es Anna. Rauchen! Das tat nicht einmal die Mutter.

Die Kellnerin und der Herr lachten. Schließlich sah er auf seine Armbanduhr.

»Es wird Zeit!« sagte er. »Ich bringe Sie auf den Weg. Ich muß ohnehin in die Richtung.«

Das Kloster, der Zwang, der sie dort erwartete, erschienen Anna inzwischen unerträglich.

»Ach ja!« sagte sie. »Ich will erst einmal zu meiner Tante.«

Und sie dachte: Tante Lina ist reich. Sie hat in Rimpar ein Haus. Vielleicht kann ich ganz bei ihr bleiben? Oder wenigstens über Ostern.

»Sie sollten Ihre Reisetasche zur Gepäckaufbewahrung bringen«, sagte der Herr.

Anna stimmte zu. »Ja, und der Schließkorb bleibt vorläufig auch bei der Bahn stehen, bis ich weiß, was mit mir wird.«

»So ist es recht!« lobte der Herr. »Bravo! Sie sind ein tapferes Mädchen.«

Sie wanderten durch die Stadt und durch die Grünanlagen. Vielleicht bin ich in einer Stunde schon bei Tante Lina, dachte Anna.

Sie erzählte dem Herrn von der Schule in Aschaffenburg, von Herrn und Frau Weise, von dem Jagdhund Treff, den sie zurücklassen mußte.

Anna wollte nicht so viel erzählen, aber ihr Mund redete von selbst. Der Herr gab keine Antworten mehr.

»Ist es so weit nach Rimpar?« fragte Anna. »Jetzt sind wir schon über eine Stunde gelaufen.«

Ihr war warm geworden, sie knöpfte den Mantel auf.

Der Herr veränderte sich von Minute zu Minute mehr. Er drängte sich im Gehen immer näher an sie heran, versuchte, seine Hand auf ihre Schulter zu legen.

Anna hüpfte beiseite und kicherte nervös. Furcht beschlich sie. Weit und breit war kein Mensch zu sehen. Sie sprach noch schneller und noch lauter.

Sie näherten sich einem buschigen Wäldchen. Der Herr spähte sichernd nach rechts, nach links, er beschleunigte seine Schritte. »Ich finde den Weg jetzt allein«, sagte Anna. »Leben Sie wohl. Und vielen herzlichen Dank auch!«

Er ließ sich nicht abschütteln.

»Das kann ich nicht verantworten, schönes Kind. Keine Angst Ich bringe Sie schon nicht um.« Er lachte.

Plötzlich war er nicht mehr der hilfsbereite, feine Herr aus dem Zug. Er hatte ein rotes Gesicht und glasige Augen. Annas Angst wuchs ins Unermeßliche. Die Sandgrube kam ihr in den Sinn, die Sandgrube mit den ausgebaggerten Höhlen im Dorf.

»Wenn Sie lieb zu mir sind, dann besorge ich Ihnen eine gute Stelle«, sagte der Mann.

Er ist nicht normal, dachte Anna. Ob ich fortrenne? Warum kommt denn kein Mensch, der mich rettet? Was soll ich tun? Sie wußte sich nicht zu helfen.

»Hat Sie schon mal ein Mann geküßt?« fragte der Mann mit schwerer Zunge.

Er faßte sie um die Taille und zog sie ins Dickicht. Sein Arm war stark, obwohl er zitterte.

Er will mich ermorden! dachte Anna in wilder Panik. Sie kämpfte mit ihm, versuchte ihm das Gesicht zu zerkratzen, er hielt ihre Hände fest, sie biß ihm in den Handrücken. Sie schrie: »Lassen Sie mich los, lassen Sie mich los!«

Dann bettelte sie:

»Bitte, lassen Sie mich gehen, bitte, bitte!«

Sein rechter Arm hielt sie umfaßt. Seine linke Hand tastete an ihrem Körper hoch bis zur Brust. Dann knöpfte er seine Hose auf.

Anna stieß ihn mit aller Kraft zurück. Ihre Tasche rutschte über die Schulter und fiel auf den Boden. Anna hob sie nicht auf. Sie rannte davon.

Sie lief und lief. Keuchend erreichte sie die Stadt. Die Lungen schmerzten, das Herz schlug wie ein Hammer gegen die Rippen.

Zu ihrem tiefen Erschrecken gesellte sich nun die Verzweiflung. Die Tasche war verloren! Die Tasche mit dem Geld, dem Schulgeld für zwei Monate, mit ihren Papieren, mit dem Brief, den sie im Kloster abgeben sollte.

Anna irrte ziellos in der fremden Stadt umher. Sie konnte nicht klar denken, und sie war zum Umfallen erschöpft.

Sie stand vor dem Dom. Ihr fiel ein, daß es Karfreitag war.

Anna knöpfte den Mantel zu, strich sich das Haar glatt und trat ein.

Im Dom war es kühl und friedlich. Der Schein der Kerzen beleuchtete das Bild der Gottesmutter.

Anna kniete nieder. Ihr Rosenkranz war in der Tasche, die an dem gräßlichen Ort zurückgeblieben war.

Anna legte die Hände zusammen und betete das Ave Maria. Immer wieder, immer wieder.

Die Kerzen spendeten Wärme, über ihr wölbten sich schützend die Pfeiler wie schon seit Jahrhunderten über verzweifelten Gebeten.

»Gegrüßet seist du, Maria, bitte, hilf mir! Bitte, hilf mir! Du mußt mir helfen, du mußt!«

Sie schaute zu dem Bild empor. Der Blick der Gottesmutter erschien ihr streng und vorwurfsvoll.

Anna senkte die Lider. Ich habe Strafe verdient! dachte sie reumütig. Ich war unfolgsam, leichtsinnig, hochmütig, eitel. »Hilf mir nur noch dies eine Mal!« Sie schluchzte auf. »Wenn du mir hilfst, dann will ich immer gut sein. . .«

Hinter Anna tauchte eine alte Frau auf.

»Ich muß den Dom jetzt schließen«, sagte sie.

Ihr Rücken war rund, ihr Gesicht ein Gewirr von Falten, das Haar weiß und dünn, man sah die Kopfhaut durchschimmern. Die wässerigen Augen tränten. Den Rosenkranz hatte sie um die rechte Hand gewickelt, aus der die Adern blau und dick heraussprangen. Sie trug eine lange schwärzliche Joppe. Sie war wohl ganz arm. An ihr hing ein dumpfer säuerlicher Geruch.

Anna erhob sich. Sie ging neben der Frau durch die Kirche und half ihr, die Kerzen auszublasen. Anna sammelte das herabgefallene Wachs auf.

Die alte Frau schloß den Dom und stolperte davon. Anna wanderte hinter ihr her. Was sollte sie anderes tun? Die alte Frau drehte sich um.

»Gehst du nicht nach Hause, Kind?« fragte sie.

»Ich weiß nicht, wo ich hin soll«, flüsterte Anna.

»Dann kannst du bei mir übernachten«, sagte die Frau. Sie sagte es gleichmütig, als sei sie es gewohnt, Fremde mitzunehmen.

Sie gingen stumm durch die stillen Straßen der Stadt in die sinkende Nacht hinein.

In einer engen Gasse blieb die Frau stehen. Alte Häuser klammerten sich aneinander, als müßten sie sich gegenseitig stützen.

Die Frau öffnete eine Holztüre.

Die buckeligen Steine im Flur glänzten feucht. Es roch nach schimmeligem Mauerwerk und ungelüfteten Kleidern. Die Frau wohnte im ersten Stock.

Sie tastete sich die dunkle Stiege hoch. Die Treppe war brüchig, sie knarrte bei jedem Schritt. Das Geländer wankte, als Anna es berührte.

Die Scheiben der Glastüre, hinter der die Frau wohnte, waren mit vergilbtem Papier verklebt.

Die Frau zündete eine Kerze an und legte ihr Gebetbuch neben das Kruzifix auf die Kommode. Das Licht flackerte über die Wände. Im Zimmer standen zwei hohe Betten. Von der Decke hing eine Glühbirne. Das Fenster hatte keine Vorhänge.

Die Frau deutete auf das eine Bett.

»Da kannst du schlafen, Kind!«

Es roch schlecht. Anna hätte gern das Fenster geöffnet, aber sie wagte nicht, darum zu bitten.

Sie legten sich zu Bett. Es wurde vorher nicht gegessen und auch nicht gesprochen.

Die Bettwäsche war unsauber. Anna ekelte sich. Sie legte ihr Unterkleid über das Kopfkissen und streckte sich aus. Stocksteif lag sie da. Die alte Frau betete zischelnd ihren Rosenkranz.

Von der Gasse her fiel Licht in den Raum.

Annas Augen gewöhnten sich bald an das Halbdunkel. Sie erkannte Heiligenbilder an den Wänden. Sie sah einen wurmstichigen Schrank, einen Sessel, Stühle, einen Tisch.

Die Müdigkeit war stärker als der Hunger und die Angst vor der Zukunft.

Anna schlief ein.

Als sie am Morgen erwachte, war sie allein.

Sie stand auf und wanderte durch die Wohnung, die vor Schmutz starrte. Es roch süß, widerlich nach Gas. Es gab eine Stube, eine Kammer und eine fensterlose Küche, die durch einen Lichtspalt erhellt wurde. Die Wasserleitung war auf dem Treppenabsatz. Die Toilette ebenfalls. In der Küche stand schmutziges Geschirr, und in einer kleinen Wanne war Wäsche eingeweicht. Das Wasser stank modrig.

Die alte Frau kam zurück. Sie brachte einige Brotscheiben mit. Die Frau sagte nichts. Sie kochte Malzkaffee, stellte auch Anna eine Tasse hin und gab ihr ein Stück trockenes Brot.

»Darf ich die Wohnung sauber machen?« fragte Anna schüchtern. »Und die Wäsche waschen? Ich habe ja Zeit...«

»Es ist ja nicht dreckig«, murmelte die Frau. »Aber – wenn du willst. . .Die Waschküche ist im Keller. Ich gehe in die Kirche.«

Erst nach Tagen ging Anna auf, daß die Frau das wenige, das sie zum Essen benötigte, von frommen Bäckern, Gemüsefrauen und manchmal auch von Metzgern geschenkt erhielt. Sie brachte das Essen immer nach dem Kirchgang.

Anna zog die Betten ab, sammelte alles schmutzige Zeug und ging in die Waschküche. Sie schürte den Herd ein, lüftete die Betten in dem kleinen Hinterhof. In einer Büchse entdeckte sie Seife und Soda. Sie machte Wasser heiß und spülte das Geschirr, scheuerte die Dielen, seifte die Möbel ab, wusch die Wände, die mit alter Ölfarbe bedeckt waren.

Sie arbeitete fieberhaft, um die verkommene Wohnung in eine menschenwürdige Behausung zu verwandeln.

Die Frau erkundigte sich nicht, wie lange Anna bleiben wollte. Sie stellte nur eine einzige Bedingung: Daß Anna ihr am Abend den Rosenkranz vorbetete. Und sie sagte: »Du kannst in der Kammer schlafen, Kind.«

So ergab es sich, daß Anna bei der alten Frau blieb. Sie wohnte nun in der Semmelgasse, so hieß die enge Straße.

Drei Tage lang verließ Anna nicht die Wohnung. Sie saß am Fenster und blickte in die Gasse. Das war ihr Osterfest. Heimweh quälte sie. Jeden Abend weinte sie sich in den Schlaf. Aber es kam ihr nicht der Gedanke, an Weises oder an die Mutter zu schreiben.

Niemals hätte sie es gewagt, Frau Weise unter die Augen zu treten nach allem, was geschehen war. Nie! Sie wagte es nicht und sie wollte es nicht.

Am Dienstag nach Ostern entschloß sich Anna, etwas zu unternehmen. Arbeit zu suchen, Geld zu verdienen.

Sie wanderte durch die Straßen und blickte in die Auslagen. Der Tag war zu warm für die Jahreszeit.

Vor einem Gebäude mit prächtiger Fassade blieb sie stehen. ›Haus zum Falken‹! Im Parterre waren Geschäfte.

Auf der einen Seite eine Buchhandlung. Im Schaufenster daneben lagen gestrickte Kinderfäustlinge und Batisttaschentücher, mit Hohlsaum verziert. Das Firmenschild: ›Marcus Seliger – Feine Handarbeiten.‹

Das kann ich auch, dachte Anna.

Sie öffnete die Tür. Eine Glocke läutete schrill. Im Laden war es warm und blitzsauber. Ein wunderbares Geschäft!

Weiche Wolle in Mengen, blankes Stickgarn in allen Farben. Gestrickte Kinderkleidchen, Jäckchen, gehäkelte Kragen aus Seidengarn, Tischdecken, Taschen, bestickt mit herrlichen Mustern, gerahmte Bilder in Gobelinstickerei und. . .

»Sie wünschen?« fragte die grauhaarige Dame hinter dem Ladentisch.

»Was kann ich für Sie tun, Fräulein?«

»Ich. . .ich. . .Könnte ich bitte für Sie arbeiten?« stotterte Anna, hochrot vor Verlegenheit.

Die Dame lächelte überrascht und musterte Anna forschend. Sie sah auf den blauen Schulmantel, auf das graue Strickkleid, auf die Haarschnecken über Annas Ohren.

Sie sagte lange nichts. Zu lange für Anna. Dann fragte die Dame: »Was können Sie denn, Fräulein?«

Ein Hoffnungsschimmer. Anna griff danach wie der Ertrinkende nach dem Strohhalm.

»Ich kann alles«, beteuerte sie, »stricken, häkeln, Hohlsaum, Monogramme in die Wäsche sticken. Auch Kreuzstich und Richelieu. Oder Perlenstickerei. Das habe ich bei den Englischen Fräulein gelernt. Ich könnte auch Entwürfe machen.«

Die Dame dachte nach.

»Haben Sie Ihr Kleid selbst gestrickt?«

Anna nickte. »Ja, natürlich!«

»Das ist hübsch, sehr hübsch!« sagte die Dame. »Es ist immer gut, wenn man etwas gelernt hat, nicht wahr? Wir könnten es ja versuchen. Ich gebe Ihnen zur Probe Wolle für ein Paar Kinderfäustlinge mit und eine weiße Decke, in der die Fäden für den Hohlsaum schon vorgezogen sind. Jetzt wollen wir zunächst einmal Ihren Namen und Ihre Adresse aufschreiben. Sobald Sie mit der Arbeit fertig sind, bringen Sie sie mir.«

Als Anna wieder auf dem Marktplatz stand, holte sie tief Atem. Sie hatte Arbeit, Arbeit!

Auf der Stelle kehrte sie in die Semmelgasse zurück, in die kleine Wohnung, in der es jetzt frisch nach Wasser und Seife roch. Nur der leicht süßliche Gasgeruch ließ sich nicht vertreiben.

Optimismus schoß in ihr hoch. Wenn sie erst Geld hatte, dann wollte sie einen Abendkurs besuchen, Stenographie und Schreibmaschine lernen.

Anna richtete sich ihren Arbeitsplatz vor dem Fenster ein. Auf dem erhöhten Podest. Von dort aus überschaute sie die Gasse und die spielenden Kinder. Das gab ihr das Gefühl, nicht so allein zu sein.

Und auf der anderen Seite, im gegenüberliegenden Haus, saß ein Mädchen am Fenster und las in einem Buch. Das Mädchen hatte einen schwarzen Pagenkopf.

Die Gasse war schmal wie ein Schacht. Anna glaubte, mit dem Arm hinüberlangen und an das Fenster klopfen zu können. Sie entzifferte sogar den Titel des Buches, als das Mädchen es vor die Augen hob. Es war ein juristisches Werk. Anna wünschte so sehr, die Studentin möge aufblicken und ihr zulächeln. Aber sie tat es nicht.

Auch im Dorf hatte Anna alle Gesichter gekannt, aber die Menschen hatten ihr kaum jemals zugelächelt oder mit ihr gesprochen.

Das Dorf! Anna drohte das Heimweh zu überwältigen.

Sie hatte keine Zeit, lange zu weinen, sie mußte arbeiten, die Fäustlinge stricken, den Hohlsaum mit großer Sorgfalt nähen.

Schon am Donnerstag war sie fertig.

Mit zitternden Fingern breitete sie die Arbeiten auf dem Ladentisch aus.

Die Dame blickte prüfend auf die Fäustlinge, nahm sie in die Hand, drehte sie hin und her und legte sie wieder auf die Platte. Sie sagte nichts, sie griff nach der Hohlsaumstickerei.

»Wie lange haben Sie daran gearbeitet?« fragte sie.

»An den Fäustlingen habe ich einen Tag gestrickt«, sagte Anna aufgeregt. »Und für den Hohlsaum – ich brauche für den Meter ungefähr eine Stunde.«

»Das Hohlsaumnähen muß noch bedeutend schneller werden, wenn Sie bei uns etwas verdienen wollen«, sagte die Dame.

»Sie sind also mit mir zufrieden?« fragte Anna.

»Ja, Fräulein Rohrschneider!« sagte die Dame. »Wir werden Sie beschäftigen. An jedem Freitag ist Ablieferungstermin. Die Proben bezahle ich Ihnen jetzt gleich, und ich gebe Ihnen neue Arbeiten mit. Ich bin Fräulein Seidel.«

Damit begann Annas Tätigkeit für das Geschäft Marcus Seliger. Sie war so froh, daß sie sich einen Spaziergang durch die Stadt erlaubte. Sie hatte Geld in der Tasche, selbstverdientes Geld! Es war ein Anfang, nur ein Anfang. Sie würde schon etwas finden, einen Beruf, der ihr Freude machte. Vorläufig genügte Marcus Seliger.

In jedem Fall hatte sie Boden unter den Füßen.

Sie fragte sich zur Universität durch. Vielleicht traf sie dort einen ehemaligen Gymnasiasten, einen aus dem Schülerwagen, der in Würzburg studierte? Mit dem sie ein paar Worte wechseln konnte?

Die alte Frau sprach so wenig. Sie lebte schon nicht mehr in dieser Welt, sie schien nicht recht bei Sinnen zu sein.

Annas Kehle war manchmal wie eingerostet. Daheim im Lehrerhaus hatte man ja auch nur wenig gesprochen. Anna stand vor dem medizinischen Kollegienhaus und betrachtete die Studenten, die dort ein und aus gingen. Hinter den langen, hohen Fenstern entdeckte sie junge Mädchen in weißen Kitteln. Sie hantierten mit Pipetten und Gläsern.

Auf einmal wußte Anna, was sie wollte. Im Labor arbeiten, einen weißen Kittel tragen!

Wie sie ihr Ziel erreichen sollte, wußte sie noch nicht. Aber sie wollte es, sie wollte es ganz fest. Sie dachte unentwegt daran. Und sie erinnerte sich an den Schließkorb und die spanische Tasche, die in der Gepäckaufbewahrung standen.

Sie ging zum Bahnhof und bat um die Auslieferung, obwohl sie die Gepäckscheine verloren hatte. Weil sie genaue Angaben über den Inhalt der Gepäckstücke machte und die Dinge bis in die kleinste Einzelheit beschrieb, händigte man ihr schließlich ihr Eigentum aus.

Ein Dienstmann half ihr, den großen Schließkorb in die Semmelgasse zu schleppen.

Von nun an ging sie an jedem Freitag, nachdem sie ihren Lohn entgegengenommen hatte, durch den Botanischen Garten an den Labors vorbei, durch die Koellikerstraße, und sie schaute auf die Gebäude, in denen die wissenschaftlichen Institute untergebracht waren.

Sie traf keinen Bekannten.

Keinen aus dem Schülerwagen, aus der Schule, aus Aschaffenburg.

Sie schrieb nicht nach Hause. Sie war immer noch nicht polizeilich angemeldet, hatte keine Papiere.

Sie traute sich nicht, in dem Wäldchen nach ihrer Tasche zu suchen.

Sie wußte nichts von der Existenz eines Fundbüros, in das möglicherweise ein ehrlicher Finder die Tasche gebracht haben mochte. Hätte sie davon gewußt – sie wäre nicht hingegangen. Sie fürchtete, daß man sie dann ins Dorf zurückschickte.

Es kamen Stunden, in denen sie sich fragte, ob man sie daheim vermißte. Aber sie schob den Gedanken beiseite. Sie hätte alle Hände voll zu tun, den kleinen Haushalt zu versorgen und für Marcus Seliger zu stricken, zu sticken, zu nähen.

Tief im Innern war sie fest entschlossen, ein Mädchen in einem weißen Kittel zu werden.

Anna aß wenig. Nur das, was die alte Frau heranschaffte. An manchem Tag waren es nur ein Köpfchen Salat oder ein paar Kartoffeln mit Salz.

Sie magerte ab. Das graue Strickkleid schlotterte um ihren Körper. Mit einer Sicherheitsnadel machte sie den Rock enger, damit er ihr nicht über die Hüften glitt. Anna ertrug den Hunger mit großer Selbstverständlichkeit. Das Leben war eben kein Vergnügen, sondern eine schwere Aufgabe.

## 2.

An jedem Samstag ging Anna zur Beichte in die Kirche. Dann zog sie die Lackschuhe an und das Kleid, das die Mutter ihr zum Abschied geschenkt hatte.

Während sie es überstreifte, tauchte das Bild vor ihr auf: Wie die Mutter in der Tür lehnte, im Heckenrosenkleid, jung, blühend und lachend.

Nach der Beichte spazierte Anna durch die Stadt,

bewunderte die schmiedeeisernen Tore der Residenz, wanderte durch Gärten, tauchte in Laubengänge ein, freute sich an Statuetten, lauschte dem Plätschern der Brunnen und blickte staunend den buntbemützten Studenten nach, die mit ihren Mädchen promenierten.

Vom Residenzplatz her erklangen Lautenspiel und Gesang. Mädchenstimmen. Sie sangen dreistimmig: »Mein Steuermann bist du, durch Tal und Wetter führst du mich dem sicher'n Hafen zu. . .«

Anna entdeckte eine kleine Menschenansammlung.

Sie reckte sich. Da waren die Mädchen. In blauen Uniformen, engen Röcken und taillierten Jacken mit goldenen Knöpfen und Epauletten, wie sie die Soldaten hatten. Auf dem Kopf trugen sie steife Hauben.

Uniformierte Männer verteilten Zettel an die Umstehenden. Auch Anna erhielt einen Zettel. Sie las:

»Kommen auch Sie in unser Haus in der Liebigstraße! Jeden Abend ab acht Uhr finden Sie eine offene Tür. Die Heilsarmee.«

Eine offene Tür? Auch für Anna?

Die Mädchen sangen ein Marschlied.

»Wacht auf, wacht auf!«

Die alte, verwirrte Frau wurde von Tag zu Tag törichter. Das abendliche Rosenkranzbeten war das einzige, das sie mit Anna verband.

Am Sonntagabend machte sich Anna auf den Weg zur Heilsarmee. Sie mußte lange suchen, bis sie die offene Türe fand. Es war nur eine schäbige Baracke, aus der Lautenspiel und Singen ertönten.

Es wurde ein schöner Abend für Anna. Die Menschen redeten sich mit »Bruder« und »Schwester« an. Es wurden schöne Lieder gesungen und gebetet.

In der Mitte des Raumes saß ein uniformierter Mann und las aus einem Buch vor.

Anna schrieb ihren Namen in die Anwesenheitsliste ein.

Wochen vergingen. Die Tage wurden länger, der Mai kam. Die Sträucher in den Vorgärten wurden grün. Im Hofgarten arbeiteten die Gärtner. Der Flieder hatte pralle Knospen, die Kastanien steckten ihre ersten Lichter auf.

Überall gingen Mütter mit ihren Kindern spazieren.

Anna gewöhnte sich an ihr Leben. Sie gewöhnte sich an die alte Frau, an die Arbeit für Marcus Seliger, an die Sonntagabende bei der Heilsarmee. Zweimal in der Woche besuchte sie eine private kaufmännische Abendschule. Ein Mann hatte ihr einen Reklamezettel in die Hand gedrückt, mit dem für die Schule geworben wurde.

Sie ging außerst sparsam mit ihrem Geld um – wie Frau Weise. In ein Oktavheftchen schrieb sie die Aufträge, die geleisteten Arbeiten und die erhaltenen Zahlungen ein. Wie Frau Weise führte sie über jeden Pfennig Buch. Sie bemühte sich sogar, Geld zurückzulegen. Ein Muschelkästchen war ihre Sparbüchse. Trotzdem leistete sie sich ein Paar Florstrümpfe, die ersten Florstrümpfe.

Sie kaufte auch wenige Meter blaues Leinen, stichelte ein Kleid daraus und bestickte es.

An eine Nähmaschine war natürlich nicht zu denken.

Anna fand die Stadt schön. In der Wohnung der alten Frau hatte sie ein muffig riechendes Büchlein gefunden.

Es war ein Reisehandbuch über Würzburg.

Mit dem Büchlein in der Hand unternahm sie ihre Streifzüge und entdeckte immer neue Schönheiten.

Sie schlenderte die Juliuspromenade entlang bis zum Mainkran, auf dem Kranenkai flußabwärts bis zur Friedensbrücke.

Dort begann der Röntgenring mit dem physikalischen Institut, »wo Wilhelm Röntgen 1895 die nach ihm benannten Strahlen entdeckte. Nobelpreis 1901.«

Es gab so viel zu sehen und zu lernen. Anna wurde sich schmerzhaft ihrer mangelnden Bildung bewußt.

Und die vielen Kirchen, die sie besuchte! Sie zählte zwölf. Es gab aber sechsunddreißig, verriet ihr das Buch.

Wenn jenseits der großen Allee der rote Sandsteinbau der Universitätskirche aufleuchtete, dann dachte Anna an ihr Ziel, an das Labor, an die weißen Kittel.

Man mußte nur fest bleiben. Und klug sein. Das wußte sie schon lange.

Und dann rannte sie schnell zurück in die Semmelgasse, um der alten Frau den Rosenkranz vorzubeten.

Der Monat Mai ging zu Ende.

Anna war auf dem Weg zur Maiandacht. Sie hielt

sich gewissenhaft an die Regeln ihrer Kirche, die den Mai der Anbetung der Himmelskönigin weiht.

Auf der Kommode der alten Frau hatte sie einen kleinen Maienaltar aufgebaut. Aber die Armut des Zimmers drückte sie zu Boden. Es zog sie in die Kirche.

In der feierlichen Pracht, in der weihrauchgeschwängerten Luft, wo ein Meer von Kerzen brannte, umrahmt von weißen Nelken, Flieder und Jasmin – dort konnte sie beten und weinen.

»Allmächtiger Gott, Herrgott, unser Erlöser«, sang der Priester mit klarer Stimme, »höre uns gütig an, erbarme dich unser und sei uns gnädig.«

Die Orgel setzte ein, der Mädchenchor auf der Empore: »Maria, Maienkönigin, dich will der Mai begrüßen. . .« Es war Annas Lieblingslied, und sie sang laut mit.

Nach der Andacht verließ Anna die Kirche.

Vor dem Portal stellte sich eine Gruppe Mädchen in Reih und Glied auf, von Klosterfrauen geführt.

Die Mädchen trugen Internatstracht, sie hatten auf der Empore gesungen.

Plötzlich entdeckte Anna ein bekanntes Gesicht. In der letzten Reihe. Christine! Ihre Banknachbarin aus der Schule in Aschaffenburg.

»Christine!« rief Anna flüsternd.

Christine drehte sich um, riß überrascht die Augen auf und lief zu Anna hin.

»Du lebst? Du bist in Würzburg? Anna! Morgen um die gleiche Zeit. Hier vor der Kirche!« raunte sie und rannte zu ihrer Gruppe zurück. Sie trafen sich am nächsten Tag zur verabredeten Zeit vor der Kirche.

»Anna!« rief Christine. »Ach, Anna, ich habe mir Sorgen um dich gemacht.«

»Du?« fragte Anna ungläubig.

»Na, sicher!« sagte Christine. »Du warst im Kloster angemeldet, du solltest vor Ostern eintreffen. Und du bist nicht gekommen. Einfach spurlos verschwunden. Ich dachte schon, du seist tot. Wir haben für dich gebetet. Was machst du in Würzburg?«

»Ich wohne bei einer alten Frau in der Semmelgasse«, antwortete Anna.

»Und was tust du da, Anna?«

»Ich möchte gern in einem Labor der Universität etwas lernen«, sagte Anna. »Aber wie komme ich dahin? Ich weiß nicht, wie ich es anstellen soll. Ich kenne ja keinen Menschen.«

»Vielleicht kann dir mein Bruder helfen«, meinte Christine. »Er studiert Chemie, der kennt viele Leute. Jetzt muß ich aber laufen. Wiedersehen, Anna! Wir treffen uns am nächsten Sonntag um drei Uhr vor der Universität.«

»Komm aber auch, Christine!« bat Anna. »Ich habe viel Heimweh. . .«

»Ich auch!«sagte Christine.

Aber als Anna dann zurück in die Semmelgasse lief, spürte sie nichts vom Heimweh. Sie freute sich. Es ging aufwärts! Christine war so nett zu ihr gewesen, so nett!

Wer hätte das gedacht? Nun ja, Christine war nicht aus dem Dorf, sondern aus Aschaffenburg. Das war gut so.

Aus den geöffneten Fenstern eines Hauses drang schmetterndes Singen:

»Student sein, wenn die Veilchen blühen. . .« Und der Refrain:

»Das ist das Leben ohne Sorgen. Herr, laß es nie zu Ende gehn!« Ein Leben ohne Sorgen? Das Leben als Vergnügen?

Was hatte Frau Weise immer gesagt?

Frau Weise konnte beruhigt sein. Für Anna blieb das Leben eine schwere Aufgabe. Sie würde an diesem Abend noch viele Meter Hohlsaum nähen, ihr würden die Augen brennen bei der dürftigen Beleuchtung. Manchmal tanzten rote Ringe über das weiße Leinen. Und selbst durch Annas Träume dehnten sich endlose Stoffbahnen, die gesäumt werden mußten.

Der Sonntag war warm und sonnig.

Anna feilte ihre Nägel, zog das neue blaue Leinenkleid mit den gestickten Blümchen an, die dünnen Florstrümpfe, die Lackschuhe und holte ein Jäckchen aus ungebleichter Schafswolle aus dem Schließkorb.

Anna hatte sich am Vorabend die Haare gewaschen. In der Waschküche, unten im Keller.

Nun bürstete sie ihr Haar, bis die Funken sprühten, flocht die Zöpfe, steckte sie auf. Dann betrachtete sie sich im Spiegel. Sie war sehr schlank geworden, aber ihr Gesicht hatte frische Farben, sie sah gesund aus.

Anna wollte hübsch aussehen.

Ja, Christine! Welch ein glücklicher Zufall hatte sie zusammengeführt. Anna war dankbar.

Am Fenster gegenüber tauchte der schwarze Pagenkopf der Studentin auf, die niemals lächelte, und Anna fühlte sich versucht, ihr zuzuwinken. Doch sie ließ es bleiben.

Sie ging zur Universität.

Die Straßen waren voller Fliedergeruch. Im Park blühten Hunderte von Tulpen. Ein Tag zum Freuen.

Dann wartete Anna vor der großen Freitreppe.

Es wurde drei Uhr, Christine kam nicht.

Fünf Minuten nach drei, zehn, fünfzehn – keine Christine. Annas hochgespannte Freude fiel im Handumdrehen in rabenschwarze Finsternis: Das kannte sie doch? So war es immer gewesen. Wie damals im Dorf mit Marianne und Elfriede, als sie mit dem Fahrrad von Herrn Weise. . .

»Verzeihung, sind Sie Fräulein Rohrschneider?« fragte eine Stimme in ihre bitteren Gedanken hinein.

Ein junger Mann stand vor ihr, ein junger Herr, groß, blond, mit dem Hut in der Hand. Ein Student – ohne Sorgen.

»Ja,« sagte Anna.

Er verbeugte sich leicht.

»Ich bin Claus Wintzer. Ihre Freundin Christine kann nicht kommen. Aber sie hat mir erzählt, was Sie auf dem Herzen haben. Ich bin mit Christines Bruder befreundet, ich studiere auch Chemie wie er, und da bin ich nun.«

Er war sehr munter.

Anna wußte nicht, was sie sagen sollte. Ihr Kopf war leer. Endlich fiel ihr etwas ein.

»Sind Sie ein Miltenberger?«

Er lachte. »Nein, das nicht. Aber ein Württemberger. Warum fragen Sie?«

»Ach, Sie erinnern mich an einen Primaner, der fuhr mit mir im Schülerwagen nach Aschaffenburg, als ich noch bei den Englischen Fräulein war. Ich habe nie mit ihm gesprochen. Aber es hätte ja sein können, daß er in Würzburg studiert. Ja, der kam aus Miltenberg«, sagte Anna stockend.

Sie kam sich unbeholfen vor, und sie spürte, wie ihr das Blut in die Wangen stieg.

»Leider bin ich kein Primaner mehr«, sagte er. »Ich studiere schon im sechsten Semester. Verglichen mit Ihnen bin ich ein alter Herr.«

Sie gingen nebeneinander. Er hatte einen besonderen Gang, federnd, beweglich, flink. Anna konnte kaum mit ihm Schritt halten.

»Wie sind Sie eigentlich nach Würzburg gekommen, Fräulein Rohrschneider?« erkundigte er sich.

»Meine Pflegeeltern wollten mich ins Kloster stecken«, sagte Anna zögernd. »Deshalb habe ich mich auf meine eigenen Füße gestellt.«

»Pflegeeltern?« wiederholte er.

»Ja! Herr und Frau Weise. Herr Weise ist Lehrer in unserem Dorf, Oberlehrer.«

Er blieb stehen. »Sind Sie denn Vollwaise? Auch keine Geschwister?«

»Ich habe einen Bruder und zwei Schwestern«, sagte Anna unbehaglich. »Auch meine Eltern. Aber ich bin im Lehrerhaus erzogen worden, sehr streng erzogen.«

»Das verstehe ich nicht!« Er schüttelte den Kopf und sah Anna an, als erwarte er eine Erklärung. »Das verstehe ich nun wirklich nicht.«

Anna schwieg.

Sie konnte es ihm nicht erklären. Sie wußte ja selbst nicht, warum alles so war, wie es nun einmal war. Und sie wollte auch nicht darüber sprechen. Sie wollte, daß Claus Wintzer sie für ein Mädchen aus gutbürgerlichem Hause hielt, für ein Mädchen wie Christine. Sie lenkte ungeschickt vom Thema ab: »Schönes Wetter heute!«

Er lachte auf, verschluckte sich am Rauch seiner Zigarette und hustete.

»Verzeihung!« Er lachte immer noch. »Sie sind reizend. Wo wohnen Sie?«

»In der Semmelgasse.«

Er strahlte sie an und lief mit seinen tänzelnden Schritten weiter.

»Da haben wir den gleichen Weg. Ich wohne in der Wallgasse. Ich kenne einen Assistenten im Pharmakologischen Institut. Doktor Neudeck. Ich werde mit ihm sprechen und Sie ihm empfehlen. Sie hören dann von mir. So!«

Er pfiff die Melodie von »O Tannenbaum«. Dann sagte er: »Das ist der Pfiff der Hohenstaufen, der Studentenverbindung, in der ich aktiv bin. Wenn Sie ihn hören, bin ich in der Nähe.«

Er begleitete Anna bis vor das alte, häßliche Haus.

»Auf Wiedersehn, Herr Wintzer!« sagte sie. »Und vielen Dank!« Anna wollte so schnell wie möglich hinter der morschen Tür verschwinden.

»Was haben Sie denn? Sagen Sie mal, Fräulein Rohrschneider, sind Sie immer so todernst? Nun lachen Sie doch mal!«

Anna probierte ein geschwindes Lachen. Es gelang ein wenig schief. Sie schämte sich ihrer Behausung.

»Sie lernen's schon noch!« Er zwinkerte lustig mit den blauen Augen. Dann zog er mit großer Gebärde seinen Hut. »Auf baldiges Wiedersehn, gnädiges Fräulein Anna Rohrschneider!«

Er schien dauernd zu Scherzen aufgelegt zu sein.

Am Abend ging Anna zur Heilsarmee. Der Oberst bat sie, am kommenden Samstag auf dem Residenzplatz mit den anderen zu singen. Die Uniform wurde gestellt.

»Ich komme!« versprach Anna.

Sie sagte das nicht gern. Sie dachte an Claus Wintzer. Wenn er sie dort sah, wenn er entdeckte, daß sie zu den Einsamen gehörte? Zu den Besitzlosen?

Er war wichtig für sie. An ihm hing ihre Zukunft, das Labor, der weiße Kittel. Und sie war überzeugt davon, daß er sich dann von ihr abwenden würde. Nein, nein, er durfte es nicht erfahren! Sie mußte alles verstecken, ihre Herkunft, ihre Armut, das Elternhaus, die Mutter, den unsichtbaren Makel.

»Sie sind reizend!« hatte er gesagt. Und: »Auf baldiges Wiedersehn!« Nun hätte sie ja dem Oberst absagen können, eine Ausrede erfinden? Das konnte sie nicht. Sie wollte nicht treulos sein, nicht undankbar. Die Heilsarmee hatte ihr eine offene Tür gegeben, sie aufgenommen, als sie sich ganz verlassen fühlte.

Und wußte sie denn, ob Claus Wintzer sich

wieder melden würde? Hatte er nicht die Stirn gerunzelt, als er von ihren Pflegeeltern hörte? Er ahnte sicher schon, daß mit ihrer Familie etwas nicht stimmte. Dabei wollte sie ihn gern wiedersehen, so gern.

Am Samstagnachmittag stand Anna im Kreis ihrer »Brüder« und »Schwestern« auf dem Residenzplatz. In Uniform, mit Schutenhut, klobigen Bindeschuhen, dicken grauen Makostrümpfen.

Man spielte Laute, und Anna sang: »Mein Steuermann bist du! Durch Tal und Wetter führst du mich dem sicher'n Hafen zu. . .«

Passanten blieben stehen, lauschten ein Weilchen, setzten ihren Weg fort. Studenten bummelten vorbei. Anna wagte nicht, aufzuschauen. Und sie hielt die Augen auch gesenkt, als sie anschließend die Zettel verteilte, die Zettel mit der Einladung zur offenen Tür. Nur wenige Leute interessierten sich dafür. Sie nahmen die Zettel wohl mehr aus Höflichkeit.

Eine Hand streckte sich Anna entgegen.

Sie hob den Kopf und blickte in zwei braune Augen. Sie gehörten einem Herrn mit dunklem Haar und schmalem Gesicht voller Mensurnarben. Er kam ihr bekannt vor, obwohl sie ihn noch nie zuvor gesehen hatte.

Er nahm einen Zettel und lächelte ihr freundlich zu. Dann ging er davon. Er hatte eine Zeitung unter den Arm geklemmt. Er trug graue Lederhandschuhe in der linken Hand und schritt ruhig aus. Nicht so wie Claus Wintzer, der immer galoppierte, die Zigarette zwischen den Fingern.

Sie schaute ihm nach. Und plötzlich wußte sie, an wen er sie erinnerte: an Herrn Weise!

Ein Bild schob sich Anna ins Gedächtnis, der Wunschtraum, wie sie sich ihren Hochzeitszug durch das Dorf ausmalte, um sich an Marianne und Elfriede zu rächen: weißes Kleid, Schleier, Myrtenkranz, Blumen im Arm und ihr zur Seite ein vornehmer Mann, hochgewachsen, überlegen. Ein Herr Doktor...

Am Abend hatte sie das kleine Erlebnis schon vergessen. Sie saß am Fenster auf dem erhöhten Podest und betete der alten Frau den Rosenkranz vor.

»Gegrüßet seist du, Maria, du bist voller Gnaden, der Herr ist mit dir...«

Draußen brannten die Straßenlaternen, am Himmel blitzten Sterne auf.

Ein Pfiff ertönte, der Pfiff der ›Hohenstaufen‹.

»O Tannenbaum...«

Anna betete gewissenhaft alle Perlen ab. Sie sprach ein wenig schneller als sonst. »Anna!« Sie schlug das Kreuzzeichen. Die alte Frau war eingeschlafen.

Vom Fenster aus sah sie Claus Wintzer. Er stand auf der gegenüberliegenden Gassenseite und wartete.

Sie wusch sich die Hände unter dem Wasserhahn im Treppenflur und eilte die Treppe hinab.

»Guten Abend, Fräulein Anna!« rief Claus Wintzer. »Ich bringe gute Botschaft! Im Pharmakologischen Institut ist eine Stelle als Laborhilfe frei. Und Fräulein Anna Rohrschneider möchte bitte die Güte haben, sich am Montag, pünktlich um elf Uhr, bei

Herrn Dr. Neudeck vorzustellen.« Er lachte und reichte ihr die Hand. »Die Arbeit wird auf die Ausbildungszeit angerechnet. Nur eine einzige Bedingung ist daran geknüpft – daß Sie Maschinenschreiben können. Was sagen Sie nun?«

»Danke!« sagte Anna. Mehr brachte sie nicht heraus.

Sie schlenderten in der Gasse auf und ab. Und er redete – vom Institut, von den Arbeitsbedingungen, von den Aufgaben, die ihr bevorstanden. Es hörte sich alles sehr kompliziert und gelehrt an. Er gebrauchte einschüchternde Fremdwörter, die sie nicht verstand.

»Ich glaube, ich kann das nicht«, sagte sie. »Natürlich können Sie das!« widersprach er energisch.

»Sie sind ein intelligentes Mädchen, nur viel zu bescheiden und zu ängstlich. Nur Mut! Ich hole Sie an jedem Abend ab. Mein Institut liegt nebenan. Von Ihrem Labor können Sie auf meinen Arbeitsplatz schauen. So nah bin ich Ihnen! Ich helfe Ihnen, wenn Sie Schwierigkeiten haben sollten. Sie freuen sich doch?«

»Ja!« sagte sie. »Vielen Dank!«

»Bitte sehr!« erwiderte er lachend. »Es war mir eine Ehre und ein Vergnügen...Und was machen Sie am Sonntag? Wie wär's mit einem Ausflug? Nach Unterdürrbach? Das ist ein hübsch gelegenes Weindorf. Und den Bismarckturm gibt's gratis zu sehen. Morgen um drei Uhr vor der Universität?«

Anna nickte.

»Gute Nacht, kleine Anna!« Er drückte ihr die Hand. »Schlafen Sie gut und träumen Sie etwas Schönes!«

»Gute Nacht, Herr Wintzer!«

Anna träumte nichts Schönes. Die halbe Nacht saß sie wach und stickte kleine Schmetterlinge in feinste Seidenwäsche. Anna hatte das Muster selbst entworfen.

Anna schlief schlecht.

Schon am Montag sollte sie sich vorstellen! Claus Wintzer setzte bei ihr Kenntnisse voraus, die sie nicht besaß. Wie er sich überhaupt ein falsches Bild von ihr machte. Von ihrem richtigen Leben wußte er nichts und würde er nie etwas wissen. Claus war ein Student – ohne Sorgen.

Sie wälzte sich in ihrem Bett hin und her, aber sie rang sich zu einem Entschluß durch. Sie würde sich am Montag vorstellen. Und sie würde ihr Bestes geben und sich bewähren, falls man sie einstellte. Man mußte nur wollen, ganz fest wollen.

Am Sonntag machten Anna und Claus Wintzer den Ausflug. Sie wanderten an Weinbergen entlang, über den Steinberg. Anna sah den Bismarckturm – gratis. Dann waren sie in Unterdürrbach und kehrten in einem Gartenlokal ein. »Was essen Sie, kleine Anna?« fragte Claus Wintzer. »Ich nehme Bratwürstel und Sauerkraut.«

Essen in einem Lokal? dachte Anna. Das ist zu teuer, das kann ich mir nicht leisten. Frau Weise hob tadelnd den Zeigefinger: Welch eine Geldverschwendung!

Anna hatte an diesem Tag nur ein Stück trockenes Brot gegessen und einen Topf Malzkaffee getrunken. Sie hatte furchtbaren Hunger. Aber sie sagte:

»Nein, danke, Herr Wintzer! Ich könnte jetzt unmöglich etwas essen. Ich bin noch satt!«

Als die knusprig braungebratenen Würste und das Kraut auf dem Tisch standen, schloß sie einen Herzschlag lang die Augen, damit Claus nicht ihren Hunger bemerkte.

»Guten Appetit, Herr Wintzer!« sagte sie.

»Danke!«

Er schnitt ein Stückchen von der Wurst ab, spießte es auf die Gabel, packte ein Bündelchen Sauerkraut darauf und hielt Anna die Gabel hin. »Bitte, kleine Anna!«

»Nein, danke, Herr Wintzer!« wehrte sie ab.

»Sie werden doch nicht stolz sein?« sagte er.

Sie widerstand nicht länger. Sie nahm das Stückchen Wurst und kaute genußvoll. Es schmeckte köstlich.

»Sie haben recht, Herr Wintzer«, sagte Anna ernst. »Frau Weise hat das immer an mir gerügt. Sie sagte immer: deinen Stolz will ich brechen. . .«

Sie verstummte. War sie wieder zu vertrauensselig? Lenkte sie das Gespräch in gefährliche Bahnen? Wenn er nun nach den Eltern fragte, nach ihren häuslichen Verhältnissen?

»Ach, Anna!« sagte er nur. Dann lachte er. »Sag du zu mir! Sonst komme ich mir ja uralt neben dir vor.«

»Sie sind immer so fröhlich, Herr Wintzer!« sagte sie.

»Ja, ich bin ein kleiner Schelm!« scherzte er.

In der Stadt machten sie einen Umweg durch die Wallgasse. »Hier wohne ich!« sagte Claus.

»Dort oben im zweiten Stock, das dritte Fenster

von rechts. Das ist mein Zimmer. Wenn du einmal Kummer hast, dann kommst du einfach hierher und pfeifst. Versuch's mal!« Sie versuchte es. Dann pfiffen sie beide »O Tannenbaum...« Wenn das Frau Weise wüßte! Daß Anna auf der Straße pfiff, zusammen mit einem Studenten?

## 3.

Um elf Uhr vormittags betrat Anna das medizinische Kollegienhaus in der Koellikerstraße.

Es roch durchdringend nach Tieren und Chemikalien.

Anna stieg die Treppe aus Granitstein hinauf und blieb auf dem Treppenabsatz stehen. Drei hohe weißlackierte Türen schlossen das Treppenhaus von den dahinterliegenden Räumen ab. Sie las von links nach rechts die Beschriftungen: Pharmakologisches Institut, Kursaal, Physikalisch-chemisches Institut.

Halblaut wiederholte sie die ungewohnten Bezeichnungen.

Dann öffnete sie die Tür zum Pharmakologischen Institut, trat ein und befand sich in einem großen Vorraum, der wiederum von drei Türen begrenzt wurde.

Auf der rechten Tür stand in schwarzen Druckbuchstaben: Direktor des Instituts.

Anna konnte sich nicht dazu entschließen, anzuklopfen. Sie traute sich einfach nicht.

Die mittlere Tür war halb geöffnet. Weiße Kittel

mit fremden Gesichtern beobachteten aufmerksam, wie ein anderer weißer Kittel den Bauch eines Hundes mit einer großen Schere aufschnitt, behutsam Herz und Lunge herausnahm und sie in eine flache Glasschale legte.

Aus einer der Türen kam ein Mann, die Zigarre im Mund. In jeder Hand trug er eine tote Katze, so wie Herr Weise die Hasen zu tragen pflegte, wenn er von der Jagd heimkehrte.

Anna wollte grüßen, aber ihr versagte die Stimme.

Er sagte auch nichts. Er schaute nur spöttisch zu ihr hin. Er sah furchterregend aus. Kohlschwarze Augen unter buschigen Brauen, der weiße Kittel offen über einem blauen Hemd, die Ärmel bis zu den Ellenbogen aufgekrempelt, zwei starke, dichtbehaarte Arme.

Wie ein Affe, wie ein Urmensch!

Er verließ den Raum und sagte zu Anna:

»Die toten Tiere werden im Kurssaal verbrannt. In einem gußeisernen Ofen.«

Nach einer Weile kam er wieder zum Vorschein, immer noch mit der Zigarre im Mund, er trug zwei Frösche in der Hand. Der Hohn in seinen Augen vertiefte sich. Er ging in einen anderen Raum und baute sich so auf, daß Anna zusehen mußte, was er nun begann: Einen Frosch setzte er in ein Glas, dem zweiten stieß er eine lange Nadel von oben bis unten in das Rückgrat.

Anna zuckte zusammen.

Würgende Übelkeit stieg vom Magen auf. Sie schluckte. Der Urmensch grinste.

Am liebsten wäre Anna davongelaufen.

Aber sie bewegte sich nicht vom Fleck.

Eine junge Dame trabte heran. Die Absätze ihrer Stöckelschuhe klapperten auf dem Steinfußboden, sie klapperten immer, das sollte Anna noch merken.

Sie war in einen blütenweißen, gestärkten Kittel gekleidet. »Was wollen Sie?«

Sie sagte das so unfreundlich, daß Anna fürchtete, ihr würde wieder die Stimme versagen. Sie atmete hastig.

»Guten Morgen! Ich soll mich bei Herrn Doktor Neudeck vorstellen. Ich heiße Anna Rohrschneider, bitte.«

»Ssso?!« sagte die junge Dame und musterte Anna von oben herab.

Dann warf sie den Kopf in den Nacken und ging zu dem Urmenschen. Die beiden unterhielten sich leise und lachten.

Annas altes Mißtrauen wurde wach. Da stand sie nun, unbeweglich auf dem gleichen Platz. Das Telefon läutete, aus den Räumen drangen Stimmen und Gelächter, überall wurde gearbeitet. Keiner kümmerte sich um Anna.

Sie lachen uber mich, dachte Anna.

Sie sprechen über mich. Nichts Gutes.

Sie kam sich verloren vor, von Feindseligkeit und Geringschätzung umgeben.

Die Tür mit der Aufschrift »Direktor des Instituts« bewegte sich.

Der Urmensch nahm die Zigarre aus dem Mund, riß die Tür auf und machte einen Diener. »Herr Professor!«

Auch der Professor hatte eine Zigarre in der

Hand. Er war ein dicker älterer Herr mit grauem Haar und einem fröhlichen Gesicht.

Er sah Anna an und lächelte.

»Ja, was haben wir denn da für ein Kind? Mit schönen dicken Flechten über den Ohren?« fragte er freundlich. »Auf wen wartest du?«

Anna knickste.

»Ich soll mich bei Herrn Doktor Neudeck vorstellen. Ich heiße Anna Rohrschneider, bitte, Herr Professor.«

Er wiegte das Haupt.

»Bist du etwa die neue Laborantin? – Ah, da ist Doktor Neudeck ja selbst...«

Dr. Neudeck trug eine Brille mit scharfen Gläsern.

Er hatte ein rundes Gesicht, sein glattes dunkles Haar war schnurgerade gescheitelt. Niemals hätte Anna in ihm einen »Doktor« vermutet.

Er war noch in Hut und Mantel.

»Guten Morgen, Herr Professor!« grüßte er.

»Guten Morgen!« sagte der Professor.

Er ergriff Annas Hand.

»Na, was sagen Sie zu Ihrer neuen Hilfe?« Er lachte gemütlich. »Da kann die Wissenschaft ja blühen und gedeihen, nicht wahr?«

Und zu Anna: »Komm mit, Kindchen!«

Sie folgte ihm in sein Zimmer.

Er setzte sich bedächtig an seinen Schreibtisch und deutete auf einen Sessel. »Bitte!«

Anna blieb stehen. »Ein junges Mädchen hat sich nicht in einen weichen Sessel zu setzen!« hatte Frau Weise immer gesagt.

Der Professor wurde ungeduldig.

»Setz dich doch!«

Anna nahm vorsichtig auf dem Rand des Sessels Platz, kerzengerade. Auf dem Schreibtisch stand eine kleine Tafel: »Ich kann kein Geld mehr borgen!«

»Nun erzähl mal, was du gelernt hast!« sagte der Professor.

»Was sollte ich denn können?« wagte Anna zu fragen.

»Na, kannst du Maschinenschreiben und Stenographie? Hast du in der Schule Latein gehabt?«

»Ja, Herr Professor!« antwortete Anna.

Sie sagte zu allem einfach »Ja«.

»Es wird schon werden!« meinte er begütigend. »Wen kennst du in unserem Institut?« Dann wechselte er die Anrede und wurde formell: »Wer hat Sie an Doktor Neudeck empfohlen, Fräulein Rohrschneider?«

Die Frage brachte Anna in Bedrängnis. Nach Frau Weises Begriffen war sie noch viel zu jung, um eine Herrenbekanntschaft zu haben. Vielleicht dachte der Professor wie Frau Weise? »Claus Wintzer! Er studiert Chemie. Er ist mit dem Bruder meiner Schulkameradinnen befreundet. Und auch mit Herrn Doktor Neudeck.«

»So, so!« Der Professor nickte zustimmend.

»Hm, hm. Ja, Sie werden als Praktikantin bei uns angestellt, Fräulein Rohrschneider. Ohne Gehalt. Das wissen Sie wohl. Wir haben sogar eine Ausbildungsgebühr erhoben...Nun wollen wir Sie den Mitarbeitern vorstellen!«

Er führte Anna durch die verschiedenen Räume des Instituts. Anna hörte Namen, sah Gesichter, ihr schwirrte der Kopf. Die Dame mit den Stöckelschuhen hieß Fräulein Kohl und war ausgebildete technische Assistentin, während sich der Urmensch als Labordiener entpuppte. »Sie brauchen erst übermorgen mit der Arbeit zu beginnen. Auf Wiedersehn, Fräulein Rohrschneider.«

»Auf Wiedersehn, Herr Professor, vielen Dank!« Anna knickste.

Er lachte ein bißchen.

Anna wanderte heimwärts. Sie trug den Kopf hoch, sie glühte vor Stolz und Freude. Sie hatte ein Ziel erreicht! Der Weg nach oben lag vor ihr, und sie war entschlossen, diesen Weg zu gehen.

Claus! Sie lief in die Wallgasse, um wenigstens einen Blick auf sein Fenster zu werfen.

Am nächsten Tag traf sie ihn.

Der Hut saß ihm ein wenig schräg im Nacken, er wirkte noch fröhlicher als sonst.

»Es hat geklappt?!« rief er ihr entgegen. »Gratuliere, Anna! Du hast dich ja so schön gemacht?«

Ja, sie hatte ihren Schließkorb durchforstet, das weiße Kleid mit der blauen Lochstickerei und ein blaues Wolljäckchen herausgefischt, ein schmales blaues Samtband um das Haar gewunden, damit die Zöpfe fester saßen.

»Wie war's im Institut?« fragte er.

Sie berichtete ausführlich. ». . .alle waren freundlich zu mir. Nur Fräulein Kohl und der Urmensch nicht. Ich meine – der Labordiener. Vor ihnen habe ich Angst.«

»Warum denn?« fragte er. »Schau, Anna, du bist eine blutige Anfängerin und wirst entsprechend behandelt. Vorläufig mußt du den Kopf einziehen und ein paar Schikanen einstecken. Später, wenn du eingearbeitet bist, alle Geräte und alle Techniken beherrschst, dann kannst du auch mal zurückschlagen.

Und der Urmensch, wie du ihn nennst? Von ihm habe ich gehört. Durch Doktor Neudeck. Das ist ein eminent tüchtiger Mann in untergeordneter Stellung, der nichtsdestoweniger um seine Unentbehrlichkeit weiß. Für seinen Professor geht er durchs Feuer. Aber zu Leuten, die eine Rangstufe niedriger stehen als er selbst, da kann er gemein sein. Nach oben buckeln, nach unten treten! Du mußt pünktlich, fleißig, aufmerksam sein, damit dir keine Fehler unterlaufen. Erhalte dir vor allen Dingen das Wohlwollen des Professors! Im Institut kommt er gleich nach dem lieben Gott. So, nun lach mal schön!«

Sie lachte.

Er wackelte vorwurfsvoll mit dem Finger.

»Das ist nichts, Fräulein Rohrschneider, das muß noch bedeutend besser werden. Üben, üben, meine Dame!«

Das Wetter war warm. Die Geschäfte waren geöffnet. Blumenfrauen boten Tulpen, Rosen und Nelken feil.

An einem Kiosk kaufte Claus für Anna ein Herz aus Waffelteig. »Damit du mir nicht verhungerst!«

Anna war hungrig – wie immer. Aber sie biß nicht in das Waffelherz hinein.

Sie wanderten nach Veitshöchheim.

Es wurde ein herrlicher Tag. Sie wanderten mainabwärts, bis sie nach Kloster Himmelspforten kamen, dann nach Zell, schließlich über die Brücke nach Oberzell.

Dort besichtigten sie die Abtei.

Sie redeten nicht viel.

Sie bewunderten das Schloß, den Park, das Grottenhaus, blickten über den See in der Mitte des Hofgartens und ruhten sich auf einer Bank aus.

Anna aß das Waffelherz.

Der Heimweg führte sie durch die Wiesen am Main.

Sie setzten sich ins Gras. Claus streckte seine langen Glieder aus. Wäscherinnen standen auf den Treppenstufen, die in das Wasser führten, auf den Wiesen bleichten Wäschestücke in der Sonne, Gänse schnatterten herdenweise vorbei. Auf dem Main zog ein Floß schwerbeladen stromabwärts. Anna dachte: Ich brauchte nur das Floß zu besteigen und würde nach Hause schwimmen.

Ein Windstoß rauschte durch die Pappeln, die den Fluß säumten.

»Der Wind, der Wind, das himmlische Kind!« murmelte Anna.

Claus lachte.

»Er weckt die Prinzessinnen auf!«

Auf der Wiese blühten blaue Blumen. Anna pflückte sie.

»Vergißmeinnicht?« fragte Claus. »Männertreu!« verbesserte Anna. Sie steckte ihm die Blume in das Knopfloch. Dabei neigte sie sich über ihn und kam ihm so nahe, daß sie seinen Atem spürte. Er war ihr angenehm.

Claus nahm ihre Hand. Sie ließ sie ihm. Und dann fing er an zu singen:

»Der Birnbaum blüht nicht nur zur Freude,
Er blüht nicht nur zur Augenweide,
Kommt seine Zeit, kommt seine Zeit,
Dann ist er voller Süßigkeit.
Drum, holdes Mädchen, laß dich lieben,
Sonst wird sich einst dein Herz betrüben.
Bald bist du alt und bist allein
Und mußt die schönste Zeit bereun.«

Anna hörte zu und summte die Melodie mit.

»Rosemarie, Rosemarie, sieben Jahre mein Herz nach dir schrie, Rosemarie, Rosemarie, aber hörtest es nie«, sang Claus jetzt.

Das Lied hatte viele Strophen. Anna hatte es noch nie gehört. Sie fand den Text wunderschön.

So vieles war geschehen, seit sie in Würzburg war. Aber dies hier war das beste: Zum erstenmal hatte sie einen Menschen gefunden, der sie liebhatte und es ihr auch zeigte, indem er mit seiner Hand die ihre umschloß.

Am nächsten Morgen besuchte Anna schon um sechs Uhr die Frühmesse, zusammen mit der alten Frau.

Sie kniete auf dem rohen Holz der alten Kirchenbank und betete. »Maria, hilf, du hast schon so oft geholfen. . .« Anna glühte nicht mehr vor Stolz und Freude, sie dachte nicht mehr an den Weg nach oben. Ganz klein war sie und demütig.

Vor ihr baute sich ein Gebirge von Schwierigkeiten auf: der erste Arbeitstag.

Das Wagnis, das sie eingegangen war, erschien ihr riesengroß. Die Tätigkeit im Labor würde den vollen Tag in Anspruch nehmen. Wann sollte sie die Aufträge für Marcus Seliger ausführen?

Sie mußte das gleiche Pensum schaffen wie bisher. Wovon sollte sie sonst leben? Es blieben ihr nur die Nächte. Dabei fühlte sie sich oft so elend.

Sie aß zu wenig, weil nichts da war. Nur am Abend kochte sie für die alte Frau. Das war ihre einzige richtige Mahlzeit am Tag, und die war kümmerlich genug. Anna erflehte den Beistand der Gottesmutter.

»Maria, hilf!«

Sie stand auf, schlug das Kreuzzeichen, verneigte sich zum Tabernakel hin und verließ die Kirche.

Die alte Frau blieb zurück, sie betete immer bis neun Uhr.

Anna ging durch den Botanischen Garten zum Pharmakologischen Institut. Die Sonne wärmte schon. Birken, Pappeln und Linden bewegten ihre Äste im Morgenwind. Spatzen und Tauben flatterten. An den Mauern brummten Fliegen. Um halb acht stieg Anna die breite Steintreppe des medizinischen Kollegienhauses empor. Nirgends waren Stimmen zu hören. Anna war die erste im Haus.

Im Pharmakologischen Institut waren die Türen nur angelehnt. Bis auf die Tür zum Chefzimmer. Sie war geschlossen. Anna ging durch die mittlere Tür ins Labor.

Katzen standen in ihren Glaskäfigen, starr nach der Tür sehend. Ein Äffchen saß geduckt in seinem Glashaus und betrachtete Anna neugierig.

Ratten, Mäuse und andere Tiere klopften an die Wände ihrer gläsernen Gefängnisse, sprangen auf und stießen gegen die Luftlöcher in den Blechdekkeln.

Die Stille war gespenstisch.

Auf den Labortischen standen Glaskolben, Brenner, unbekannte Geräte.

Nun richteten sich alle Tiere in den Käfigen auf.

Ihre erhobenen Vorderpfoten preßten sich an die Glaswände ihrer Behausungen, ihre Köpfe fuhren hin und her, die Augen hefteten sich gebannt auf Anna und verfolgten angstvoll jede ihrer Bewegungen.

Sie merken, daß ich fremd bin! dachte Anna. Ach, ihr Armen!

Plötzlich bellte ein Hund. Vor Schreck ging Anna beinahe in die Knie.

Der Hund war in einem Raum hinter dem Labor untergebracht. Auch er saß gefangen in einem Käfig.

Anna ging zu ihm, streichelte durch das Gitter sein Fell und sprach besänftigend auf ihn ein: »Ich tue dir nichts. Du bist ein schöner Hund, ein guter Hund, so brav, so brav!«

Er beruhigte sich. Sie kraulte ihm den Hals.

»Ich hatte auch mal einen Hund, der hieß Treff, er war mein Freund. Du bist auch mein Freund, ja? Und zu Hause hatten wir einen Hund, der war ein Stromer, aber die Mutter hat ihn Prinz getauft. Du verstehst alles, ja? Guter Hund. . .«

Stöckelschuhe klapperten über den Fußboden.

Anna erhob sich aus der Kniebeuge.

»Guten Morgen, Fräulein Kohl!« sagte sie.

Die technische Assistentin erwiderte den Gruß nicht.

»Wer hat Ihnen erlaubt, in diesen Raum zu gehen?« fragte sie ärgerlich.

»Ich wollte nur den Hund beruhigen«, sagte Anna. »Er hat gebellt. Es tut mir leid. Verzeihen Sie bitte!« Fräulein Kohl nahm die Entschuldigung wortlos entgegen. Nun kamen schwere Schritte die Treppe herauf.

Es war der Labordiener mit der Zigarre.

»Guten Morgen, Fräulein Kohl!« sagte er.

»Guten Morgen!« dankte sie.

»Guten Morgen!« grüßte auch Anna, wie es der Anstand gebot.

Der Labordiener nahm Anna ebenfalls nicht zur Kenntnis.

Er tuschelte mit Fräulein Kohl.

Dr. Neudeck tauchte auf. »Guten Morgen!« sagte er.

»Guten Morgen, Herr Doktor!« antworteten Fräulein Kohl und der Labordiener gleichzeitig.

Dr. Neudeck entdeckte Anna. Er reichte ihr die Hand.

»Ja, was stehen Sie denn hier so einsam und verlassen, Fräulein Rohrschneider?«

Er stellte seine Aktentasche in einen Schrank und nahm einen weißen Mantel heraus.

»Haben Sie keinen Mantel, Fräulein Rohrschneider? Nein? Fräulein Kohl, bitte einen Mantel für Fräulein Rohrschneider!«

Fräulein Kohl holte einen Mantel. Er war unsauber und geflickt.

»Danke, Fräulein Kohl!« sagte Anna, immer noch bestrebt, ihre Sympathie zu gewinnen.

Umsonst.

Dr. Neudeck ging mit Anna ins Labor. Er zeigte ihr ihren Platz und danach den Tierstall, aus dem Meerschweinchen und weiße Mäuse zu holen waren.

Anna versuchte, die von ihm bestimmten Tiere aus dem Stall herauszufangen. Zuerst die Meerschweinchen.

Die Tiere liefen weg, schrien und fiepten.

Hatte Anna endlich ein Tier, dann kratzte es so, daß sie es wieder fallenließ.

Dr. Neudeck war ein geduldiger Mann.

Im Labor setzten sie die Meerschweinchen in Gläser. »Jetzt die weißen Mäuse!« sagte Dr. Neudeck.

»Die sind noch flinker als die Meerschweinchen. Sie müssen sie am Schwanz fassen und dabei drehen. Nach unten halten und so drehen, daß sie nicht beißen können.«

Anna schaffte es nicht, so sehr sie sich bemühte. Sie war den Tränen nahe.

Dr. Neudeck gab ihr eine Zange.

»So! Jetzt fassen Sie die Mäuse damit am Genick. Aber Vorsicht!

Wenn man die Zange nicht richtig anwendet, tut das den Tieren weh. Dann kneifen sie aus, und man erwischt sie gar nicht mehr. Sie lernen das schon, Fräulein Rohrschneider. Es gehört halt Übung dazu.

Sie sind nervös. Das ist verständlich. Gleich am ersten Tag stürzt so viel auf Sie ein. Bald haben Sie einen Überblick, dann läuft das glatt. Sie sind sehr geschickt, das sehe ich schon jetzt. . .Noch etwas! Wie alt sind Sie?«

»Sechzehn, Herr Doktor!«

»Sie haben ein möbliertes Zimmer, nicht wahr? Wo ist das?« fragte er weiter.

»In der Semmelgasse!«

Anna dachte nun, daß er nach all den Papieren fragen könnte, die wohl immer noch im Wäldchen bei Rimpar lagen und dort verrotteten.

Aber er tat es nicht.

»Ist gut«, sagte er, »das reicht einstweilen.«

Das reicht einstweilen? Es genügte, daß sie Anna Rohrschneider hieß, in der Semmelgasse wohnte und sechzehn Jahre alt war? Offenbar war der Name Claus Wintzer eine Garantie dafür, daß man ihr auf Treu und Glauben Zutritt zur Welt der Wissenschaft gewährte.

Der Tag erschien Anna sehr lang, sie sah oft nach der Uhr. Bei Laborschluß war sie so erschöpft, als hätte sie zehn Säcke voller Tannenzapfen gesammelt.

Hunger nagte an ihr.

Sie hatte seit dem Frühstück nichts mehr gegessen. Das Frühstück hatte aus einer Tasse Malzkaffee und zwei Scheiben Brot bestanden, dünn mit Margarine bestrichen, wie üblich.

»Sie müssen bitte auch das Telefon bedienen, Fräulein Rohrschneider«, sagte Dr. Neudeck noch, als sie sich verabschiedete.

Claus wartete auf sie vor dem Institut.

»Oh, Claus!« jammerte Anna. »Ich soll das Telefon bedienen. Der Apparat ängstigt mich. Ich habe doch noch niemals telefoniert. Wie soll ich mich da melden?«

»Das ist einfach!« Claus hielt seine Hand wie eine Muschel an das Ohr und säuselte mit gezierter hoher Stimme »Pharmakologisches Institut. Rohrschneider. Guten Morgen oder guten Tag! Einen Augenblick, bitte, Herr Doktor!« Er lachte.

»Es wird ja wohl meistens ein Herr Doktor sein, der da anruft. Du lernst das schon, kleine Anna.«

## 4.

Anna lernte schnell. Die Arbeit machte ihr Freude, die Atmosphäre im Institut war wohltuend – wenn man von dem Labordiener und Fräulein Kohl absah.

Schon nach kurzer Zeit lag manchmal eine Buttersemmel oder ein Stück Schokolade auf ihrem Laborplatz.

Jetzt hatten Frau Weises Regeln keine Gültigkeit mehr. Anna aß die Geschenke einfach auf, ohne viel zu fragen, woher sie kamen. Sie war immer hungrig.

Dr. Neudeck lud sie regelmäßig einmal in der Woche in sein Haus zum Abendessen ein. Manchmal hütete sie seine beiden Kinder.

Auch der Direktor des Instituts, Professor Mannasy, und seine Frau luden Anna ein, was sie als hohe Auszeichnung empfand.

Die Wohnung des Professors gemahnte ein wenig an das Lehrerhaus. Aber nur ein wenig. Hier lagen farbschöne Teppiche auf den Fußböden, die Wohnung strahlte Wärme und Großzügigkeit aus.

Annas Tischmanieren waren tadelsfrei.

Das immerhin hatte sie Frau Weise zu verdanken.

Der Professor mochte Anna sehr gern. Er nannte sie ›Vitaminmädchen‹, was sich rasch im Institut einbürgerte. Allmählich taute Anna auf.

Sie dachte nicht mehr so oft an die Lehren von Frau Weise. Das Dorf verblaßte – die Eltern, die Geschwister, das kleine, weißgekalkte Haus mit dem liederlichen Gemüsegarten. . .

Anna wollte das alles vergessen.

Sie fühlte sich wie ein Waisenkind, ihre neue Heimat war das Institut. Und sie hatte es sich ja eigentlich immer von klein auf gewünscht, ein Waisenkind zu sein.

Und da war Claus Wintzer! Claus!

Jeden Morgen lief sie durch die Wallgasse, pfiff vor seinem Haus, dann erschien sein Kopf im Fenster, und danach gingen sie gemeinsam zum Institut. Am Abend holte er sie ab.

Sie erzählte ihm von den Tieren, von der Fütterung, daß sie Mäusen und Ratten Injektionen in die Schwanzvene verabreichte, Abstriche und mikroskopische Untersuchungen machte und sogar kleinere Operationen an den Versuchstieren durchführte.

Es tat gut, sich alles von der Seele zu reden.

Zur Heilsarmee ging sie nicht mehr. Auch nicht zur kaufmännischen Abendschule.

Wieder ereignete sich etwas zum ersten Mal in Annas Leben: Claus ging mit ihr in ein Konzert! Es war ein großes Erlebnis für Anna.

Sie liebte Musik. Im Lehrerhaus hatten sich regelmäßig am Mittwoch jeder Woche die Lehrer aus den umliegenden Dörfern bei Herrn Weise getroffen, um mit ihm zu musizieren und zu singen. Aber Anna hatte man nicht zu den Musikabenden zugelassen. Wie oft hatte sie von der Küche oder von ihrem Bett aus den Tönen und Stimmen gelauscht, unter Tränen, zornig, beleidigt, weil man sie von allem Schönen ausschloß.

Auch zu den Sängerfesten hatte man sie nicht mitgenommen, wo sich die Chöre aus dem ganzen Land versammelten. Herr Weise war an der Organisation der Sängerfeste beteiligt.

Ebenso blieb der heiße Wunsch nach Klavierstunden unerfüllt. Herr Weise erteilte Unterricht, aber anderen Kindern, nicht Anna.

Das Konzert fand im Hutschengarten statt.

Professor Ansorge spielte Chopin.

Anna hatte sich ein Kleid aus blauem Taft genäht.

In der Reihe hinter ihr saßen Fräulein Kohl und eine ältere Dame, die unverkennbar ihre Mutter war. Beide waren hochelegant: Sie trugen sogar kurze weiße Glacéhandschuhe.

Der Pianist spielte wunderbar.

Anna konnte kaum die Tränen zurückhalten. Das war die Entschädigung für viele Musikabende im Lehrerhaus ohne sie.

Sie applaudierte begeistert.

Und dann folgte ein Klavierstück, das sie kannte.

Walzer Nr. 9 in As-Dur stand im Programm. Opus 69, L'Adieu. . .

»Claus!« flüsterte sie aufgeregt. »Das hat Herr Weise immer gespielt, das habe ich so oft gehört. Ach, ist das schön, ist das schön. . .«

Und da beugte sich Frau Kohl vor und sagte mit messerscharfer, lauter Stimme:

»Ruhe bitte! Benehmen Sie sich gefälligst anständig. Sie befinden sich hier unter kultivierten Leuten. . .«

Nach dem Konzert ließ Anna niedergeschlagen den Kopf hängen.

Claus lachte.

»Fräulein Isolde Kohl ist eifersüchtig. Sie ist ein feines Mädchen, habe ich von Doktor Neudeck gehört. Ihr Vater war Offizier. Er ist im Krieg gefallen. Nun ist sie schon so lange im Institut und hat immer noch keinen Mann eingefangen. Hübsch ist sie ja, tipptopp. Und sie stellt natürlich gewisse Ansprüche hinsichtlich ihres Zukünftigen. Standesgemäß sollte er schon sein. Ihre Mutter hat nur eine kleine Pension. Das schränkt den Kreis der Bewerber ein. Mit der Mitgift ist es nicht weit her, denke ich mir.«

»Was ist Mitgift?« fragte Anna.

»Du bist süß!« Claus lachte. »Unter Mitgift versteht man das Vermögen, das eine Braut in die Ehe bringt. Das, was ihr die Eltern mitgeben, wenn sie heiratet.«

»Ach so!« machte Anna. »Ist die Mitgift denn so wichtig?«

»Ein bißchen Geld kann nie schaden!« sagte er. »Ich bräuchte nicht nach Geld zu heiraten. Meine Eltern legen vor allem Wert darauf, daß meine Auserwählte einen erstklassigen Ruf hat. Da würden sie genaue Nachforschungen anstellen und den Hintergrund meines Mädchens durchleuchten. In puncto Moral sind sie ein wenig engherzig, wie das bei braven, sittenstrengen Bürgern so üblich ist. Und sie haben ja auch recht. . .«

Anna hörte sich das an.

Sie hatte bisher nie an eine Heirat mit Claus gedacht. Und jetzt schien sie ihr in jedem Fall unmöglich.

Nachforschungen?

Nein, nein.

Und sie dachte auch: Vielleicht haben Fräulein Kohl und ihre Mutter meinen Hintergrund durchleuchtet? Sie wissen von dem unordentlichen kleinen Haus, sie wissen, daß die Mutter blutige Metzgerwäsche wäscht, das Lehrerhaus putzt, daß die Leute im Dorf sie hämisch »polnische Gräfin« nennen, daß sie in die Stadt fährt mit Schleierhut und Spitzenschirm und daß sie sich heimlich mit Herrn Weise in der Jagdhütte trifft.

»Ich weiß so wenig von deiner Familie, kleine Anna«, sagte Claus in ihre Ängste hinein. »Erzähl doch mal!«

Sie glaubte Argwohn in seiner Stimme zu hören.

»Da gibt es nicht viel zu erzählen. Ich war ja immer im Lehrerhaus. . .«

Claus schüttelte den Kopf.

»Das ist etwas, was ich absolut nicht verstehe. Wirklich nicht! Was macht dein Vater? Beruflich, meine ich.«

»Er ist Kaufmann«, sagte sie wahrheitsgemäß. »Er verkauft Obst an die Mostereien und Wein an die Gastwirtschaften. Die Eltern haben ein eigenes Haus. Meine Schwester Katharina spielt gut Klavier. Und alle spielen sie Zither. Und sie singen Volkslieder, sie singen so hübsch, daß die Leute auf der Dorfstraße stehenbleiben und zuhören. Auch mein Bruder Julian. . .«

»Wie heißt der?« unterbrach Claus belustigt.

»Julian!« sagte Anna.

»Was für ein komischer Name!« lachte Claus. »Wer hat sich denn den ausgedacht?«

»Die Mutter!« antwortete Anna kurz.

»Ja, die Mutter!« meinte er. »Wie ist sie denn? Siehst du ihr ähnlich?«

»Ich weiß nicht«, murmelte Anna. »Die Mutter ist jung und sehr schön. Der Vater sagt, sie sei künstlerisch begabt.«

»So wie du, kleine Anna, nicht wahr?« scherzte er.

»Vielleicht!« sagt sie. »Ich danke dir sehr für das Konzert, Claus. Du hast mir damit eine große Freude gemacht.«

An einem der nächsten Tage arbeitete Anna in der Bibliothek. Sie war blaß, und ihre Augen waren gerötet. Sie hatte die halbe Nacht hindurch Hohlsaum genäht. Außerdem war sie hungrig.

Der Professor saß an seinem Schreibtisch, rauchte seine Zigarre und las.

Anna blickte immer wieder zu ihm hinüber. Sie wunderte sich, daß er kein Gespräch mit ihr begann.

In seinen Augen war eine ungewohnte Kühle.

Es vergingen Stunden, ohne daß er das Wort an Anna richtete. Anna stieg auf die Leiter.

Plötzlich wurde es ihr schwarz vor Augen. Sie kletterte eilig nach unten, holte keuchend Luft und setzte sich. »Jetzt ist mir beinahe schlecht geworden«, sagte sie. Professor Mannasy räusperte sich.

»Sie sehen sehr elend aus, Vitaminmädchen«, sagte er ohne Herzlichkeit. »Ich beobachte das schon seit langem und mache mir meine Gedanken. Und jetzt ist mir einiges zu Ohren gekommen, das mir Ihr schlechtes Aussehen erklärt und das mir gar nicht gefällt.«

Anna hörte ihm verständnislos zu.

Wußte der Professor etwa, daß sie für Marcus Seliger arbeitete? Wußte er, wie arm sie war?

Armut war für Anna immer noch gleichbedeutend mit Schande. Sie brachte kein Wort heraus.

Professor Mannasy legte die Zigarre in die Aschenschale. »Sie sollten zeitiger zu Bett gehen, Vitaminmädchen!« sagte er streng. »Das Vergnügen läuft Ihnen nicht davon. Sie sind noch so jung! Ich möchte nicht, daß Sie in Ihr Unglück rennen. . .« Er nahm seine Zigarre, stand auf und verließ die Bibliothek. Anna sah ihm erstarrt nach. Sie begriff nichts. Vergnügen? War das Hohlsaumnähen in der Nacht ein Vergnügen? Was hatte der Professor auf einmal gegen sie?

Die Angst, sein Wohlwollen zu verlieren, krampfte ihr Herz zusammen.

Professor Mannasy war in den nächsten Tagen nicht unfreundlich, aber er vermied jedes persönliche Wort.

Anna ging bedrückt ihrer Wege. Sie bemühte sich, so gewissenhaft wie möglich zu arbeiten, aber es half ihr nichts.

»Vitaminmädchen«, fragte Dr. Neudeck, »was haben Sie? Sorgen?«

»Herr Professor Mannasy ist nicht mehr nett zu

mir«, sagte Anna unglücklich. »Ich verstehe das nicht.«

Dr. Neudeck ging auf und ab, hob die Hände, ließ sie fallen und sagte schließlich: »Können Sie sich wirklich nicht denken, warum der Professor enttäuscht von Ihnen ist?«

Anna schüttelte den Kopf, während sie dachte: Auch Dr. Neudeck weiß von meiner Arbeit für Seliger, das ist es, alle wissen, daß ich arm bin und daß ich nicht hierher gehöre.

»Es ist folgendes«, sagte Dr. Neudeck, »unlängst wurde für Sie ein großes Paket abgegeben. Der Laufbursche aus dem Geschäft Seliger hat es gebracht. Das stimmt doch?«

Anna nickte. Ja, es stimmte. Der Laufbursche hatte ihr Heimarbeit gebracht. Sie hatte das Institut als Adresse angegeben, um sich den Weg zu Seliger zu ersparen. Sie mußte haushälterisch mit ihrer Zeit umgehen.

»Tja«, fuhr Dr. Neudeck fort, »und die Assistentin hat angedeutet, daß Sie Geschenke bekämen aus diesem feinen Wäschegeschäft, vermutlich von einem reichen Herrn. . .verstehen Sie?«

Anna entsann sich, wie frech und zweideutig der Labordiener gegrinst hatte, als sie das Paket in Empfang nahm. Und hatte Fräulein Kohl nicht gemurmelt: »Stille Wasser, tiefe Gründe!«?

»Herr Dr. Neudeck«, sagte Anna, und die Tränen stiegen ihr in die Augen, »das ist nicht wahr, niemals ist das wahr! Wenn der Herr Professor so etwas von mir denkt, dann kann ich ihm nie mehr in die Augen sehen. Bitte, bitte, erklären Sie dem Herrn Professor, daß das nicht stimmt!«

Einen Augenblick lang hatte sie es auf der Zunge, ihm alles zu gestehen: die Stickerei, den Hunger, vom Labormantel zu erzählen, der so teuer gewesen war, von der alten Frau, die sich nicht wusch und seit neuestem nachts aus dem Bett fiel, vom Rosenkranzbeten...

Aber sie konnte sich nicht dazu durchringen.

Das gehörte nicht in diese saubere, geordnete Welt.

Sie konnte es nicht sagen!

Womöglich stieß man sie zurück, sicher sogar!

Sie wollte im Institut bleiben, als Gleiche unter Gleichen.

Daß sie anders war, durfte niemand erfahren.

Das Leben ist kein Vergnügen, sondern eine schwere Aufgabe! So hatte es Frau Weise prophezeit, und so war es auch.

»Es ist wirklich nichts Schlimmes an dem Paket, ganz bestimmt nicht! Ich schwöre es Ihnen, Herr Dr. Neudeck, ich schwöre es Ihnen bei allem, was mir heilig ist...« Anna weinte.

Dr. Neudeck sah sie lange an.

»Ich glaube Ihnen ja, Vitaminmädchen«, sagte er schließlich. »Ja, ja, ich glaube Ihnen, beruhigen Sie sich doch! Ich spreche mit dem Professor, Vitaminmädchen. Es wird alles wieder gut.«

Es wurde alles wieder gut.

Anna merkte es daran, daß der Professor ihr wieder ab und zu einen Riegel Schokolade zuschob.

Dr. Neudeck gab Anna einen privaten Auftrag.

Sie sollte für eine chemisch-pharmazeutische Fabrik Medizinflaschen, die als Geschenk gedacht waren, wie Puppen anziehen.

Anna entwarf kleine Trachtenkostüme und fertigte sie auch selbst an. Sie betrachtete diesen Auftrag als Gefälligkeit und wagte nicht, dafür Geld zu verlangen.

An ihrer Notlage änderte sich nichts, und nirgendwo zeigte sich ein Hoffnungsschimmer.

Das Sommersemester näherte sich dem Ende.

Im Institut wurde es ruhiger. Es wurden schon keine Vorlesungen mehr gehalten.

Viele Studenten hatten Würzburg bereits verlassen und waren heimgefahren.

»Ja, Studenten machen's so, lieben mehr als eine. Bin ich nicht mehr Studio, lieb' ich dich alleine...«, sangen sie.

Auch Claus Wintzer freute sich darauf, nach Hause zu fahren.

Anna hoffte bis zum letzten Tag, er würde in Würzburg bleiben. Sie hoffte das gegen jede Vernunft.

Es kam, wie es kommen mußte. Claus sagte: »Heute fahre ich heim.«

Die Eröffnung traf Anna hart. Aber sie sagte nichts. An einem späten Abend standen sie auf dem Bahnsteig. Claus war mit Koffern beladen.

Er stieg ein und beugte sich aus dem Fenster des Abteils.

Anna überreichte ihm stumm ein Päckchen. Es enthielt eine Schachtel Zigaretten. Seine Lieblingsmarke. Und ein Buchzeichen, ein Ripsband, in das sie mit weißen, grünen und roten Glasperlen seinen Namen eingestickt hatte. Claus nahm es entgegen.

»Oh, heißen Dank, kleine Anna! Das dachte ich mir doch, daß du noch eine Überraschung für mich hast.«

Er lachte.

Anna wandte sich ab und ging davon.

An der Unterführung drehte sie sich noch einmal um.

Claus schwenkte seinen Hut und winkte.

Der Zug verließ die Bahnhofshalle, und Anna weinte.

Sie sah Claus Wintzer drei Monate lang nicht.

Es wurde eine schlimme Zeit.

Alle zwei Wochen erhielt sie einen Brief von Claus. Er schrieb von den Eltern, von den Brüdern, von seinem Corps, seinen Freunden, von Ausflügen, von seiner Stadt, Tuttlingen.

Die Briefe atmeten Fröhlichkeit und Humor. Claus, wie er leibte und lebte.

»Bald ist die schöne Zeit vorbei«, schrieb er, »und das karge Studentenleben in Würzburg beginnt wieder...«

Anna war fassungslos. Sie verstand ihn nicht. Wie konnte er so vergnügt dahinleben? Vermißte er sie denn gar nicht? Sie selbst vermißte ihn von morgens bis abends.

Zorn wallte in ihr auf, so wie sie als Kind zornig gewesen war. So ist es immer! dachte sie verbittert. Claus ist nicht der richtige für mich.

Er hat mich nicht lieb, keiner hat mich lieb! Auf solche Briefe kann ich verzichten.

Aber sie lief Tag für Tag dem Postboten entgegen, wenn er die Semmelgasse entlangwanderte.

Und sie war traurig, wenn der Postbote lächelnd sagte: »Nein, Fräulein Rohrschneider, heute hat er nicht geschrieben.«

Und sie freute sich maßlos, wenn er sagte: »Hier, Fräulein Rohrschneider! Heute hat er geschrieben...«

Dann riß sie den Brief ungeduldig auf, las die fröhlichen Sätze, und schon überschwemmten sie Groll, Traurigkeit und Resignation.

Sie erwartete in naiver Selbstverständlichkeit, daß Claus ihr den allerersten Platz in seinen Gedanken zuwies und daß sie sein ganzes Herz ausfüllte.

Im Grunde betrachtete sie ihn als ihren Besitz, als ein sehr kostbares, durch nichts zu ersetzendes Eigentum.

Dabei gab es kaum etwas, worauf sich dieser Anspruch gründete. Claus hatte sie niemals umarmt, niemals geküßt, von Liebe war nicht die Rede gewesen...Aber was wußte Anna von Liebe?

Und im Labor sah die gelernte Assistentin mit spöttisch hochgezogenen Brauen auf die deprimierte Anna und fragte: »Nun, wie geht es Ihrem Herrn Wintzer, Fräulein Rohrschneider? Schreibt er fleißig?«

Anna erwiderte kein Wort. Sie war zu schwach, um sich zu empören.

Zu ihrem Kummer um Claus, zu dem Gefühl der Verlassenheit, zu der schadenfrohen Gehässigkeit von Fräulein Kohl gesellten sich noch handfestere Probleme:

Da war der Hunger.

Die alte Frau brachte immer weniger zum Essen mit.

Oft vergaß sie es ganz. Dann kochte Anna keine warme Mahlzeit mehr am Abend.

Manchmal war der Hunger so furchtbar, daß Anna sich dazu hinreißen ließ, von den Milchbrokken und dem Rosinenmus zu essen, die für die Versuchstiere bestimmt waren. Ratten, Katzen, Affen, Meerschweinchen erhielten ihre Diät.

Anna kaufte die Lebensmittel ein, die dazu nötig waren. Sie führte die Kasse, die stimmen mußte. Sie säuberte Gläser und Töpfe, damit die Speisen einwandfrei waren. Alles war genau berechnet. Die Rationen wurden gewogen. Anna wußte, daß sie Unrecht tat, wenn sie den Tieren auch nur die kleinste Menge wegaß.

Sie schämte sich und beichtete diese Sünden.

Es geschah nicht oft, aber zu oft für ihr empfindliches Gewissen.

Noch andere Sorgen bedrückten sie.

Die Kleider, die sie aus dem Dorf mitgebracht hatte, waren abgetragen und fadenscheinig.

Anna war inzwischen gewachsen.

Der Herbst kündigte sich an, es regnete bisweilen.

Das graue Strickkleid sah schäbig aus. Anna putzte es mit einer blauen Seidenschleife auf.

Am schlimmsten stand es mit den Schuhen.

Die Sohlen waren durchgelaufen. An dem rechten Sportschuh löste sich die Sohle und schlappte beim Gehen. Anna versuchte sie zu befestigen, zuerst mit einem Reißnagel, dann mit Leim. Es nützte nichts.

Sie legte gefaltetes Zeitungspapier in die Schuhe, um ihre Füße notdürftig vor der Nässe zu schützen.

Und die Lackschuhe, auf die sie so stolz gewesen war, hatten abgestoßene Spitzen. Graues, ruppiges Leder kam zum Vorschein.

Anna verdiente bei Marcus Seliger nicht genug, um sich neue Schuhe kaufen oder die alten in Reparatur geben zu können.

Und im Labor erhielt sie immer noch keine Bezahlung. Ihre Armut, die zu verbergen sie sich so ängstlich bemühte, wurde sichtbar.

## 5.

Allen Widrigkeiten zum Trotz begann Anna schon in den Semesterferien mit ihren Weihnachtsvorbereitungen. Frau Weise hatte das Kind Anna angehalten, jeden Gegenstand aufzuheben, und sei er noch so unscheinbar. Man warf eben nichts fort!

Und so hatte Anna in Würzburg gesammelt: Wachsreste, Wollreste, bunte Bänder, Stanniolpapier, Sperrholz, Seidenpapier in den verschiedensten Farben. Sie holte Pfeifengras und Schilf aus dem Seubelriedmoor, weichte es ein, bügelte es naß und flocht daraus Sterne. Aus dem Stanniolpapier modellierte sie silberne Kugeln und füllte sie mit Watte, damit sie leicht wie ein Federball am Baum schweben sollten.

Sie nahm Laubsäge und Malkasten aus ihrem Schließkorb und sägte Engel aus Sperrholz, malte ihnen süße Gesichter, goldene Flügel, wallende Locken, blaue, rote, grüne und weiße Gewänder.

Aus Wachs knetete sie Krippenfiguren: Maria und Joseph, ein winzigkleines Jesuskind, die Hirten mit ihren Schafen, Ochsen, Esel, die prächtigen Weisen aus dem Morgenland.

Die Krippen bastelte sie aus Baumrinde und Stroh.

Anna wollte Engel und Krippen nicht nur verschenken. Sie dachte auch daran, sie zu verkaufen.

Sie hoffte, bis zum Beginn der Adventszeit dreißig Krippen herstellen zu können.

Würde sie Kunden dafür finden?

Ein Persilkarton diente zur Aufbewahrung von Annas Schätzen. Er stand unter ihrem Bett. Und jedes Mal, wenn sie einen Stern, einen Engel, ein Jesuskind oder einen Hirten in den Karton legte, war sie von Freude erfüllt.

Und sie dachte: Es lohnt sich zu hungern. Dafür lohnt es sich.

Für die alte Frau strickte Anna ein Paar Strümpfe aus schwarzer Wolle. Ein praktisches Geschenk! Was konnte die alte, verwirrte Frau schon sonst noch gebrauchen?

Aber Claus!

Das seidene Ripsband mit der Perlenstickerei hatte sie ihm schon voreilig bei seiner Abreise in die Semesterferien gegeben.

Nun nähte sie ihm eine Krawatte. Aus blauer Seide mit roten Streifen.

Claus, Claus! Anna zählte die Tage bis zum Wiedersehen.

Im Oktober rief Dr. Ritter im Labor an.

Das war nichts Besonderes. Dr. Martin Ritter war Arzt im Luitpoldkrankenhaus. Er gab häufig Bestellungen für Impfstoffe auf. Anna kannte ihn nicht persönlich.

Nur seine Stimme, die immer freundlich war, tief und ruhig. Gelegentlich erkundigte er sich nach Annas Befinden, fragte, wie ihr die Arbeit im Labor gefiele, oder wünschte ihr ein schönes Wochenende.

Und nun sagte er:

»Fräulein Rohrschneider, wir haben so oft miteinander telefoniert. Ich würde Sie gern einmal sehen.«

Damit hatte Anna nicht gerechnet.

Sie war still.

»Überrascht Sie mein Vorschlag?« fragte er. »Wie wäre es, wenn Sie heute mit mir eine Tasse Kaffee trinken würden? Im Königskaffee?«

Das Königskaffee war das feinste Kaffeehaus der Stadt. Ab vier Uhr nachmittags war dort Konzert.

Kein Ort für Anna.

Schon ihre Kleidung verbot einen Besuch dieses Lokals.

»Vielen Dank für die Einladung, Herr Doktor!« sagte sie. »Aber ich habe leider sehr wenig Zeit.«

»Aber, aber!« sagte er und lachte leise. »Jetzt in den Semesterferien ist doch nicht mehr so viel im Labor zu tun.«

Anna suchte nach einer einleuchtenden Ausrede.

»Das schon, ja, ja. Aber ich arbeite zu Hause. Für Weihnachten. . .Ich mache Krippen, Engel, auch Damenhandtaschen in Perlenstickerei, kleine Bilder in Kreuzstich, ich meine – in Gobelinstickerei. . .«

Das klingt ja sehr interessant!« sagte er. »Verkaufen Sie Ihre Arbeiten auch?«

»Natürlich! Deshalb mache ich es ja hauptsächlich«, entfuhr es ihr. »Ich brauche dringendst. . .« Sie verstummte erschrocken.

»Verzeihung, Herr Doktor!«

»Liebes Fräulein Rohrschneider«, sagte er, »betrachten Sie mich bitte als einen Kunden. Hiermit bestelle ich zwei Krippen. Und vielleicht kann ich Ihnen noch mehr Kunden besorgen.«

»Das wäre ja wunderbar!« sagte sie erfreut.

»Haben Sie schon ein paar Krippen fertig?« fragte er.

»Ja, sicher!« bestätigte Anna eifrig. »Sie können zwei Krippen gleich haben, Herr Doktor. Wohin darf ich sie Ihnen liefern?«

»Ich komme zuweilen in die Poliklinik. Dann hole ich mir die Krippen bei Ihnen ab, Fräulein Rohrschneider«, sagte er. »Ist es Ihnen recht?«

Es war Anna nicht recht. Sie fürchtete die neugierigen Augen des Labordieners und der Assistentin.

»Ich bringe Ihnen die Sachen ins Luitpoldkrankenhaus«, sagte Anna schnell. »Ich muß öfter in die Pathologie.«

»Zerbrechen Sie sich darüber nicht den Kopf! Das sehen wir dann. Meine Einladung in das Königskaffee bleibt bestehen. Auf Wiedersehn, Fräulein Rohrschneider. Es war nett, mit Ihnen zu sprechen.«

»Auf Wiedersehn, Herr Doktor. Und vielen Dank!«

Anna legte auf.

Martin Ritter?
Was war das für ein Mann?
Ganz gleich, er wollte zwei Krippen kaufen.

Sie sah ihn sehr bald.

Sie stand im Kurssaal vor ihrem Tisch. In den Gläsern saßen die Versuchstiere und schauten zu ihr auf.

Sie hatten sich an sie gewöhnt, sie kannten ihre Stimme. Anna hob eine große weiße Ratte auf ihre Schulter. Das weiche Fell des Tierchens berührte ihre Wange. Einer anderen Ratte flößte sie mit der Pipette ein Medikament ein.

Es klopfte.

»Herein!« rief Anna.

Durch die Tür trat ein hochgewachsener Mann mit einem schmalen Gesicht voller Mensurnarben und dunklem Haar. In der linken Hand trug er graue Lederhandschuhe. Er betrachtete Anna, wie sie dastand mit der weißen Ratte auf der Schulter. Dann lächelte er ihr mit seinen warmen braunen Augen freundlich zu.

Anna schoß das Blut in die Wangen. Sie erkannte ihn sofort. Sie hatte ihn zum erstenmal auf dem Residenzplatz gesehen. Als sie in Schutenhut und Uniform sang: »Mein Steuermann bist du. . .«

»Sind Sie Fräulein Rohrschneider?« fragte er.

Anna nickte. Verlegenheit schnürte ihr die Kehle zu. Sie wünschte, er möge sich nicht an ihre erste Begegnung erinnern und daraus seine Schlüsse ziehen, die dann klar auf der Hand lägen. Ach, immer diese Angst, daß man ihre Armut entdeckte! »Mein Name ist Ritter«, stellte er sich vor. »Ich hatte hier zu tun, und darum nehme ich die Gelegenheit wahr, um Ihnen guten Tag zu sagen. . .«

Er unterbrach sich und sah Anna grübelnd an.

Anna senkte den Kopf. Ihre Hände zitterten, als sie die Ratte in ihr Glas zurücksetzte.

Dr. Ritter lachte.

»Ich möchte meine Weihnachtskrippen abholen, Fräulein Rohrschneider. Sonst verkaufen Sie sie noch an andere Leute.«

Er erkannte sie nicht. Gott sei Dank!

Anna fiel ein Stein vom Herzen.

»Ich habe die Krippen nicht im Labor«, sagte sie. Sie mußte sich räuspern.

»Ja, was machen wir denn da?« fragte er.

Wieder sah er sie forschend an.

»Wo habe ich die schönen großen Augen schon einmal gesehen? Könnten Sie meinem Gedächtnis ein wenig nachhelfen, Fräulein Rohrschneider?«

Anna schwieg.

Er reichte ihr die Hand und hielt ihre einen Augenblick lang fest. »Wir treffen uns in der Stadt. . .Ich rufe Sie noch an. . Bis bald!«

»Auf Wiedersehn, Herr Doktor!«

Anna öffnete ihm die Tür.

»Haben Sie auch einen Vornamen?« fragte er.

»Anna!« sagte sie.

»Schön.« Er ging die Treppe hinunter.

Sie hörte, wie der Professor ihn begrüßte. Sehr freundschaftlich.

Die gelernte Assistentin durchquerte den Vorraum. Sie lächelte giftig. Aber sie sagte nichts.

Anna schloß rasch die Tür. Ein seltsames Gefühl bewegte sie: Sie fühlte sich geschützt durch diesen fremden Mann und seinen Namen.

An Herrn Dr. Ritter würde sich Fräulein Kohl nicht heranwagen. Das würde sie sich nicht getrauen.

Dr. Ritter und Anna?

Eine ganz und gar unmögliche Verbindung...

Vom Fenster aus schaute sie ihm nach. Dort ging er.

Claus schrieb: »...ich komme am Montag. Nachts mit dem Zwei-Uhr-Zug aus Stuttgart...«

Endlich! Endlich sollte die Einsamkeit ein Ende haben! Anna entschloß sich, Claus abzuholen. Trotz der späten Stunde. Sie war es gewohnt, bis zwei Uhr nachts aufzubleiben, wenn sie über den Handarbeiten für Marcus Seliger saß.

Aber als sie dann durch die stillen, menschenleeren Straßen wanderte, konnte sie ihrer Furcht kaum Herr werden. Im Wartesaal saßen zwei betrunkene Männer. Es roch nach warmen Würstchen, Senf, Rauch, Schweiß und Alkohol. Ein Mann sagte zu Anna:

»Na, Fräulein, wie wär's mit einem Bier für den Anfang?«

Anna flüchtete ins Freie.

Der Zug rollte endlich ein.

Die Bremsen quietschten, die Türen öffneten sich. Und dann ertönte der Pfiff: »O Tannenbaum...« Anna rührte sich nicht. Erst als der Pfiff ein zweites Mal ertönte, hob sie die Hand und winkte.

Claus kam durch die Sperre, stellte den schweren

Koffer auf die Erde, nahm seinen Hut ab und beugte sich zu ihr. »Grüß dich, kleine Anna!« Er lachte.

»Grüß dich, Claus!«

Sie sah sein Gesicht, hörte sein Lachen, und aller Groll, aller Kummer versanken.

»Eigentlich habe ich noch Durst«, sagte er. »Ich würde gern im Wartesaal ein Glas Bier trinken.« Er schien nicht sonderlich überrascht zu sein, sie um zwei Uhr in der Frühe auf dem Bahnhof zu sehen.

Er trank dann doch kein Bier im Wartesaal.

Als er die Betrunkenen sah, meinte er:

»Nein, kleine Anna, das ist nichts für dich, da gehen wir lieber.«

Es wurde nicht mehr viel gesprochen. Sie trugen sein Gepäck in die Wallgasse. Anna wartete auf der Straße, bis er zurückkam. Dann begleitete er sie in die Semmelgasse. Sie standen sich gegenüber. Er war so groß, daß sie den Kopf in den Nacken legen mußte, wenn sie ihm in das Gesicht schauen wollte.

Plötzlich beugte er sich herab und nahm sie in die Arme. Er drückte sie fest an sich.

»Liebe, liebe Anna! Nun sind wir wieder beisammen. Gute Nacht! Wann sehe ich dich?«

Sie verharrte glücklich in der warmen Umschlingung.

»Ich habe mir den morgigen Nachmittag freigenommen. . .«

»Also bis morgen!« Er küßte sie auf die Wange. »Wir machen uns einen schönen Tag.«

Es wurde ein schöner Tag.

Hand in Hand wanderten sie durch die Weinberge.

Die Weinlese war in vollem Gange. Sie sahen ein Weilchen zu. Dann strebten sie zu dem Wäldchen am Bismarckturm hinauf, sie sangen, lachten sich an und raschelten mit den Füßen im trockenen Buchenlaub.

An einer windgeschützten Stelle legten sie sich nieder. Claus zündete sich eine Zigarette an und legte den Arm um sie. Ihr Kopf lag auf seiner Brust.

Immer wieder drückte er sie und küßte sie auf die Wange. »Nun erzähl mal, kleine Anna! Was gibt es Neues?«

Anna berichtete vom Labor, von den Versuchstieren, von der Vitaminforschung. Sie erwähnte auch Dr. Ritter und seinen Besuch im Institut.

»Er will mich wieder anrufen«, sagte sie.

Claus lachte ein bißchen, zündete eine Zigarette an der alten an, und so lagen sie da, bis es dunkelte. Anna hörte sein Herz klopfen und drückte ihren Kopf noch fester an seine Brust.

Eine barsche Männerstimme schreckte sie auf.

»Was machen Sie denn da?« Es war ein Polizist. »Können Sie sich ausweisen?«

Claus sprang auf und zog seine Papiere aus der Tasche. Der Polizist prüfte sie.

»Und das Fräulein?« fragte er.

»Ich habe nichts«, sagte Anna.

»Sie haben keinen Ausweis?«

»Nein!«

Der Polizist schüttelte den Kopf.

»Während der Weinlese dürfen Sie hier nicht liegen und rauchen. Sie gehen jetzt besser heim.«

Er schüttelte noch einmal den Kopf und entfernte sich.

Anna atmete erleichtert auf.

»Diesen Tag müssen wir uns merken, Anna!« sagte Claus. »Es ist der 22. Oktober.«

Er schrieb das Datum auf seine Zigarettenschachtel.

»Ich vergesse diesen Tag mein Leben lang nicht!« sagte Anna.

Die Adventszeit rückte heran.

In den Schaufenstern lagen Engelshaar, Schneewatte, Mistelzweige und Tannengrün zwischen den Waren.

Am zweiten Dezember hatte Anna Geburtstag.

Sie wurde siebzehn.

Ihre Gedanken wanderten ins heimatliche Dorf zurück. Sie erinnerte sich an die schöne alte Kirche, an den kleinen Platz davor, an die Wege am Strom, die Weinberge, die Wälder.

Wie war ihr Geburtstag im Lehrerhaus gewesen?

Ein kleines Geschenk, heimlich zugesteckt von Herrn Weise. Nicht mehr.

Anna war sehr dankbar.

Sie traf Claus beim Brückenbäck. Es war eine einfache Bäckerei. Im Laden standen zwei runde Tische mit Stühlen. Hier konnte man für wenig Geld eine Tasse Kaffee trinken und ein Stück Kuchen essen.

Claus saß schon im Hintergrund an einem der Tische, als Anna den Laden betrat.

Sie setzte sich zu ihm.

Er bestellte ein Glas Frankenwein für sich und für Anna eine Tasse Kaffee und Schokoladentorte.

»Zur Feier des Tages!« sagte er lustig.

Dann holte er umständlich sein Geschenk aus der Brusttasche. Ein schmales Päckchen, in Seidenpapier gewickelt und mit einem roten Band verschnürt.

Er setzte scherzhaft eine gewichtige Miene auf und überreichte es Anna mit förmlicher Verbeugung.

»Danke, lieber Claus!« sagte Anna.

Sie freute sich, aber sie konnte ihre Freude nicht zeigen.

»Vielen Dank!« wiederholte sie und öffnete das Päckchen. Ein Gedichtbändchen kam zum Vorschein. Von Rainer Maria Rilke. »Freust du dich?« fragte Claus.

»Ja!« sagte sie.

Er entwand ihr das Buch und schlug es auf.

»Das ist das schönste!«

Er neigte sich vor und las flüsternd:

»Ihr Mädchen seid wie die Gärten
des Abends im April
Frühling auf vielen Fährten,
aber noch nirgends ein Ziel.«

Sie sahen sich an, er lächelte, und sie errötete. Als sie nach Hause gingen, hielt Anna das Buch fest in der Hand. Ihr war feierlich zumute.

»Es nimmt dir niemand weg, Anna!« sagte Claus. »Sei nicht so ernst! Lach doch mal!«

Das sagte er oft.

In der Wohnung der alten Frau rückte Anna den Stuhl ans Fenster und blätterte in dem Bändchen.

Sie las ein Gedicht nach dem anderen, gerührt und dankbar.

»Seit mich mein Engel nicht mehr bewacht,
kann er frei seine Flügel entfalten
und die Stille der Sterne durchspalten, –
denn er muß meiner einsamen Nacht
nicht mehr die ängstlichen Hände halten –
seit mich mein Engel nicht mehr bewacht.«

Anna las die Verse immer wieder.

Sie lächelte der Studentin mit dem schwarzen Pagenkopf zu, auf der anderen Straßenseite hinter dem Fenster. Aber das Mädchen lächelte nicht zurück.

Am Abend versuchte Anna ein Gespräch mit der alten Frau. Ob sie sich auf Weihnachten freue? Auf den Christbaum? Die Alte murmelte unverständliche Dinge.

Anna bangte vor dem Alleinsein am Weihnachtstag. Die alte Frau würde ihr die Einsamkeit kaum erleichtern. Annas Bemühungen waren ihr gleichgültig.

Wieder hoffte Anna gegen jede Vernunft, daß Claus in Würzburg bleiben würde.

Er mußte bei ihr bleiben!

Sie plante schon jetzt, wie sie die geschwärzten Wände des Zimmers mit Tannenzweigen ausschlagen würde, die Heiligenbilder mit kleineren Zweigen bekränzen, rings um die Lampe und an die Decke ausgesägte Engel hängen, so daß sie lieblich baumelten.

Ein Tannenbaum auf der Kommode, geschmückt mit Kugeln und selbstgezogenen Kerzen.

Um den Gasgeruch zu vertreiben, wollte sie Föhrenzweige abbrennen und Äpfel im Ofen schmoren, bevor Claus kam.

Sie malte sich seine Überraschung aus, wenn er den Raum betrat und der Baum im Lichterglanz erstrahlte, wenn er die Krippe sah, wenn sie ihm verstohlen das Geschenk in die Hand drückte, die Krawatte aus blauer Seide mit roten Streifen, hübsch verpackt mit breiter goldener Schleife.

Einmal fragte sie ihn:

»Du fährst doch an Weihnachten nicht nach Hause, Claus? Du bleibst hier!«

Er sah sie verwundert an.

»Was für eine Frage? Bis Weihnachten ist es ja noch eine Ewigkeit.«

Sie wagte nicht, ihn zu bedrängen und ihn zu bitten, ihm zu sagen, daß sie mutterseelenallein ohne ihn sei. Und sie redete sich ein, daß es für ihn eine Selbstverständlichkeit war, Weihnachten mit seiner kleinen Anna zu feiern.

So selbstverständlich, wie sie ihn um zwei Uhr in der Nacht vom Bahnhof abgeholt hatte.

Ihre Anstrengungen konnten doch nicht umsonst gewesen sein. Was sollte denn sonst aus der ganzen Pracht im Persilkarton werden?

## 6.

Dr. Ritter rief im Labor an.

»Guten Tag, Fräulein Rohrschneider!« sagte er. »Ich brauche die Krippen, die ich bei Ihnen bestellt habe. Bitte, bringen Sie sie mir heute ins Königskaffee.« Und noch bevor Anna Einwendungen machen konnte, fuhr er sehr bestimmt fort: »Zwischen zwei und vier Uhr, bitte! Ich erwarte Sie. Und sollten Sie noch andere hübsche Dinge übrig haben, so bringen Sie sie auch mit!«

Er sagte das fast befehlend.

»Es ist gut, Herr Doktor, ich komme!« versprach Anna.

In der Mittagspause packte sie drei Krippen zusammen. Sie steckte ihre Zöpfe im Nacken zu einem Achter auf. Die häßlichen Flecken an den Schuhen hatte sie mit schwarzer Tinte übertüncht.

Pünktlich um zwei Uhr langte sie vor dem Königskaffee an. Es kostete sie Überwindung, das Kaffeehaus zu betreten. Das war etwas anderes als der Brückenbäck.

Sie stieß die großen Flügeltüren auf und stand in dem halbrunden Vorraum. Ein schwerer brauner Vorhang trennte ihn vom Lokal.

Sie suchte nach der Stelle, an der sich der Vorhang teilte.

Das Kaffeehaus war fast leer.

An einem Tisch saßen Dr. Ritter und zwei Herren.

Dr. Ritter entdeckte Anna.

»Guten Tag, Fräulein Rohrschneider!«

»Guten Tag, Herr Doktor!« Anna machte Anstalten, ihre Tasche zu öffnen.

Er hinderte sie daran.

»Ich bitte Sie! Setzen Sie sich doch zu uns, wenigstens für ein paar Minuten. . .«

Die beiden Herren hatten sich schon erhoben und blickten Anna neugierig entgegen.

»Das sind meine Kollegen«, sagte Dr. Ritter. »Sie arbeiten wie ich im Luitpoldkrankenhaus.« Händeschütteln, Verbeugungen. Anna fühlte sich sehr unbehaglich.

Dr. Ritter schien sich glänzend zu fühlen.

»Was möchten Sie, Fräulein Rohrschneider, Kaffee oder heiße Schokolade?«

»Eine Tasse Schokolade, bitte!« Anna hustete hinter der vorgehaltenen Hand. Sie wünschte sich weit weg von diesem Ort.

Die drei Herren waren gut gelaunt und gesprächig. Sie bespöttelten sich gegenseitig und warfen mit ironischen Bemerkungen um sich.

Es war eine Sprache, die Anna nicht verstand. Sie wußte nicht, wie sie sich verhalten sollte. Anna war immer wortkarg, aber an dieser Art von Unterhaltung konnte sie sich überhaupt nicht beteiligen. Sie kam sich gänzlich fehl am Platze vor, sie wußte nicht, ob sie lächeln oder ernst bleiben mußte.

Nachdem sie zweimal an ihrer Schokolade genippt hatte, sagte sie kurz angebunden:

»Ich möchte mich verabschieden, bitte. . .«

Sie stand halb von ihrem Stuhl auf.

Dr. Ritter drückte sie sachte zurück, und die beiden Herren stellten augenblicklich ihre Witzeleien ein.

»Nun wollen wir mal sehen, was Sie uns mitgebracht haben!« sagte Dr. Ritter aufmunternd.

Anna baute stumm Krippen, Engel, Sterne auf dem Tisch auf. Auch zwei Damenhandtaschen mit Perlenstickerei und ein kleines Bild in winzigem Kreuzstich.

»Entzückend!« rief der eine Herr.

»Bezaubernd!« lobte der andere Herr.

»Sie sind ja eine Künstlerin!« sagte Dr. Ritter. »Wer hätte das gedacht? Ich kaufe alles. Was kosten die Sachen? Ich bezahle sie sofort.«

»Ich weiß den Preis nicht«, sagte Anna peinlich berührt.

»Ich mache Ihnen einen Vorschlag. Ich erkundige mich in dem Geschäft Sally Goldmann in der Kaiserstraße. Ich habe dort ähnliche Sachen gesehen. Und ich gebe Ihnen den gleichen Preis, der dort verlangt wird. Einverstanden?« fragte Dr. Ritter.

»Ja, danke!« sagte Anna. »Damit wäre wohl alles geregelt. Ich möchte nicht länger stören.«

»Warum denn so eilig?« fragte Dr. Ritter. »Im Labor ist doch jetzt nicht mehr viel los, wo die Weihnachtsferien demnächst beginnen. Wann fahren Sie heim, Fräulein Rohrschneider?«

»Ich bleibe in Würzburg!« sagte Anna.

»Warum denn das?« forschte er erstaunt.

Warum? Warum? Immer diese lästigen Fragen! Wie einfach wäre es, grob zu antworten: Ich bin ein Waisenkind, ich habe keine Eltern. Laßt mich in Ruhe! Mischt euch nicht in meine Privatangelegenheiten, sie gehen euch nichts an. . .

Statt dessen sagte sie:

»Ich habe den Feiertagsdienst übernommen, um

die laufenden Versuche zu überwachen. Das heißt: Die Versuche ruhen natürlich, aber die Tiere müssen gefüttert und betreut werden wie – Patienten.«

»Das darf nicht wahr sein!« sagte der eine Herr, und er spöttelte ein wenig: »Kinder gehören am Weihnachtstag ins Elternhaus.«

»Das meint Herr Professor Mannasy auch«, sagte Anna. »Ich habe mich freiwillig zur Verfügung gestellt. Es war Herrn Professor Mannasy gar nicht recht.«

»Wohnen Sie bei Verwandten in Würzburg?« fragte der andere Herr.

»Nein!« sagte Anna widerwillig.

»Und da sind Sie über Weihnachten ganz allein?« warf Dr. Ritter ungläubig ein und machte mitleidige Augen. Anna war vollständig verwirrt. Darum sagte sie kühl: »So allein bin ich nicht. Ich kenne einen Studenten, der während der Festtage auch in Würzburg ist.«

Sie war sich bewußt, daß sie hier etwas sagte, was vielleicht nicht stimmte.

»Ich muß jetzt wirklich gehen. Auf Wiedersehn!«

Sie ließ ihre Schokolade stehen.

Die Herren erhoben sich, verneigten sich.

Anna wurde rot und strebte dem Ausgang zu.

Dr. Ritter begleitete sie bis vor die Tür. »Ich komme morgen zu Ihnen ins Labor, damit wir den finanziellen Teil unseres Geschäftes erledigen.«

»Bitte nicht!« sagte sie eindringlich. »Ich hole mir das Geld bei Ihnen im Krankenhaus ab. Oder Sie schicken es mir in die Semmelgasse. Dort wohne ich. Ich gebe Ihnen meine Anschrift. Das wäre mir das liebste. Herr Doktor, bitte!«

»Gern, gern!« sagte er.

Am Abend fand Anna ein Paket in der Semmelgasse. Das Paket war nicht von Claus. Sondern von Dr. Ritter. Es enthielt einen Briefumschlag mit dem Geld für die Krippen und – eine große Puppe! Mit beweglichen Gliedern, blassem Gesicht, langen schwarzen Wimpern, hellblonden Korkenzieherlokken und einem weißen, breitrandigen Florentinerhut. Auch das Kleid war ähnlich, aus weißer Spitze, mit rosa Schärpe aus steifer blanker Seide. Eine Puppe wie sie in Luises Zimmer auf dem Sofa saß! Was für ein sonderbarer Zufall! Was für ein sonderbarer Mann! Anna setzte die Puppe auf ihr Bett und betrachtete sie lange.

Am nächsten Tag rief Anna Dr. Ritter vom Labor aus an. In einem unbewachten Moment, als sie vor der gelernten Assistentin Fräulein Kohl sicher war.

»Herr Doktor, vielen Dank für das Geld und für das Geschenk! Als Kind habe ich mir immer eine solche Puppe gewünscht, aber ich habe sie nie bekommen. . .«

Er lachte leise. »Die Hauptsache ist, daß Sie sich freuen und vielleicht sogar ein bißchen lachen, Fräulein Anna. Übrigens – es geht mir nicht aus dem Kopf, daß Sie während der Feiertage in Würzburg bleiben. Da werden Ihre Eltern doch sicher sehr traurig sein?«

Anna unterdrückte ein gereiztes Stöhnen. Schon wieder Fragen! Sie entschloß sich jäh, ihm halbwegs reinen Wein einzuschenken, damit das leidige Thema ein für allemal begraben wurde.

»Das ist anders, Herr Doktor. Ich bin bei Pflegeeltern aufgewachsen, bei Herrn und Frau Weise. Herr Weise ist Oberlehrer in dem Dorf, aus dem ich komme. Aber ich habe auch noch meine Eltern und drei Geschwister.« Und überstürzt fügte sie hinzu: »Noch einmal vielen Dank! Ich wünsche Ihnen ein schönes Weihnachtsfest und ein gutes neues Jahr. Auf Wiederhören!« Sie legte auf.

Im Institut wurde es ruhiger.

Zwei Tage vor dem Heiligen Abend kam Claus in das Institut und holte sie ab.

Es war kalt. Anna fror, sie hatte keine Handschuhe. Claus nahm ihre Hand, schob sie in seine Manteltasche und umschloß sie mit seinen Fingern.

So machten sie es immer.

»Freust du dich auf Weihnachten, Claus?« fragte sie. »Natürlich!« erwiderte er.

»Weißt du«, fing sie an, »eigentlich kommt nur das Käppele oder die Stifthaugerkirche für die Christmette in Frage. Die beiden Kirchen sind am schönsten geschmückt. Ich habe sie mir angesehen. Wo gehen wir hin?«

Er ließ ihre Hand los und blieb stehen.

»Aber, kleine Anna! Ich fahre morgen nach Hause.«

Eine Sekunde lang war sie ganz still.

Dann sagte sie aufgeregt: »Das ist doch unmöglich, Claus! Ich habe schon alles vorbereitet für das Fest. Für uns beide.«

Sie begann zu weinen. Stolz und Selbstbeherrschung sprangen von ihr ab wie dünnes Eis.

Sie preßte seinen Arm und bettelte:

»Bitte, Claus, bitte! Bleib doch wenigstens am Heiligen Abend bei mir. Bitte, bitte!« Sie schluchzte.

Er gab ihr sein Taschentuch. Dann fingerte er nach einer Zigarette. Im Aufflammen des Zündholzes sah sie sein Gesicht. Es war bekümmert und ratlos.

»Anna«, sagte er schließlich, »es ist ganz undenkbar, daß ich bei dir bleibe. Weihnachten? Und ich nicht daheim? Wo meine Eltern sind, alle meine Brüder. Ich habe es für natürlich gehalten, daß auch du heimfährst. Jeder Mensch ist Weihnachten bei seiner Familie. Warum du nicht? So ein kleines Mädchen wie du sitzt in dem stinkenden Labor? Ich begreife das nicht! Fahr einfach nach Hause! Zu deinen Pflegeeltern oder zu deinen Eltern. . .«

Anna sagte nichts. Sie wußte, daß sie verloren hatte. Gegen die Wärme seines Elternhauses kam sie nicht an. Da war jedes weitere Wort zwecklos.

Sie versuchte nicht mehr, ihn umzustimmen.

Sie wußte plötzlich auch, daß sie kein Verständnis von ihm verlangen konnte.

Er wußte nicht, daß Weises und die Eltern keine Ahnung hatten, wo sie sich aufhielt, schlimmer noch, daß die Mutter womöglich froh war, die Tochter endlich nicht mehr sehen zu müssen.

»Gut, Claus«, sagte Anna ergeben. »Du mußt fahren, also fahre! Aber vorher gebe ich dir noch mein Weihnachtsgeschenk.«

Sie wanderten zur Semmelgasse. Sie sprachen nicht. Anna ging in die Wohnung und zog den Persilkarton unter dem Bett hervor. Am liebsten hätte sie ihn nie mehr angeschaut. Ich hätte mir besser etwas zum Essen kaufen sollen! dachte sie verbittert.

Sie nahm das goldbebänderte Geschenk heraus und stieß den Persilkarton mit dem Fuß unter das Bett zurück. Auf dem Bett saß die Puppe, die Dr. Ritter ihr geschickt hatte. Sie lächelte mit geschlossenen Augen. Anna ging zurück auf die Straße und drückte Claus das Päckchen in die Hand.

»Wann zündet ihr die Lichter an? Ich möchte dann an dich denken. . .« Sie rang um ein wenig Gemeinsamkeit.

Und er machte einen matten Scherz: »Ich bringe dir meinen bunten Teller mit, Anna. Das verspreche ich dir.«

Anna wanderte langsam in die Stadt.

Menschen drängten sich auf den Gehsteigen, mit Paketen beladen. Kinder umringten den Stand eines Maronibraters und ließen schon eine Wunderkerze sprühen. Es wehte ein Duft aus Vanille, Zimt, gebrannten Mandeln und Marzipan. Aus den Kaufhäusern erklangen Weihnachtslieder.

Auf dem Marktplatz lehnten Tannenbäume in langen Reihen an den Häuserwänden.

Für wen sollte sie denn ein Bäumchen kaufen?

Für mich! dachte Anna.

Sie kaufte einen hübschen kleinen Baum und ging noch einmal ins Institut. Sie hatte dort nichts zu tun. Die Tiere wurden nur einmal am Tag gefüttert. Das große Haus war leer. Die Wände warfen Annas Schritte in hohlem Echo zurück.

Hier roch es nicht weihnachtlich, es stank nach Tieren und Chemikalien.

Anna hatte dem Professor die allerschönste Krippe auf den Schreibtisch gestellt, weil sie gehört hatte, wie er zu einem Assistenten sagte: »Wissen Sie, was meine Frau sich zu Weihnachten wünscht? Nur ein Krippele...« Der Larbordiener mit der Zigarre im Mund befestigte gerade einen Zettel am Schwarzen Brett.

Anna hielt sich abseits, bis er sich entfernte. Dann las sie, was auf dem Zettel stand:

»Gesucht werden für Heiligabend zum Vorlesen der Weihnachtsgeschichte und zum Singen von Weihnachtsliedern Studenten oder Studentinnen. Zu melden im Altersheim in der Heidingsfelder Straße.«

Anna las den Text mehrere Male. Vielleicht melde ich mich! dachte sie.

Am Heiligen Abend reinigte Anna die Wohnung der alten Frau, die das ungeschmückte Bäumchen auf der Kommode kaum beachtete.

Sie nahm die schwarzen Wollstrümpfe, die Anna ihr gestrickt hatte, ohne Gemütsbewegung entgegen. Sie bedankte sich nicht einmal.

Anna ging ins Labor, fütterte die Tiere, die freudig auf und nieder hüpften. Sie sprach mit ihnen und wünschte ihnen »Gesegnete Weihnacht!«.

Es war erst früher Nachmittag, als Anna wieder in der Wohnung der alten Frau anlangte.

Anna fröstelte. Die alte Frau war in das Kloster neben der Kirche gegangen und hatte im Fortgehen gesagt: »Du brauchst heute nichts mehr nachzulegen. Es ist nicht kalt.«

Anna wusch ihre Strümpfe, polierte die alten Möbel, befestigte Kerzen an dem Bäumchen. Sie beschäftigte sich ruhelos, um zu verhindern, daß bittere Gedanken in ihr aufstiegen. Die Gedanken kamen dennoch: Weihnachten, das Fest der Liebe? Warum nicht auch für mich?

Sie hielt es nicht mehr im Zimmer aus.

Aus ihrem Schließkorb nahm sie ein großes, viereckiges Baumwolltuch und glättete es auf dem Fußboden. Dann zog sie den Persilkarton unter dem Bett hervor und legte Engel, Sterne, Kugeln auf das Tuch. Sie knüpfte es zusammen, so wie es die Bäuerinnen taten, wenn sie das Essen aufs Feld trugen. Vom Turm des Käppele ertönten sechs Schläge, als Anna den Glockenstrang an dem eisenbeschlagenen Holzportal des Altersheims zog.

Eine Nonne öffnete.

»Gelobt sei Jesus Christus!« grüßte Anna. »Ich habe den Aushang im medizinischen Kollegienhaus gelesen und möchte mich zum Vorlesen und Singen melden.«

Die Nonne lächelte.

Sie führte Anna in einen großen Saal, in dessen Mitte lange schmale Tische in Hufeisenform aufgebaut waren, mit weißen Tafeltüchern, Tannenzweigen, roten, kleinen Lichtern. An der Kopfseite des Saales reckten sich zwei hohe Tannenbäume, spärlich geschmückt mit Lamettafäden und weißen Kerzen.

Anna knüpfte ihr Tuch auf.

»Darf ich die Bäume schmücken?«

Die Nonne warf einen Blick in das Tuch.

»Das sind aber liebe Sachen! Viel zu schade für

uns. Sie sollten die hübschen Dinge für sich behalten.«

»Ach nein!« sagte Anna. »Ich gebe sie gern.«

Und das war die Wahrheit.

Die Nonne holte eine Leiter, und Anna schmückte die Bäume.

Die Bewohner des Altersheims betraten den Saal. Wie gebrechlich sie waren! Wie unsicher sie dahintappten! Greise und Greisinnen. Mit erwartungsvollen, törichten Augen betrachteten sie die Bäume. Die Oberin erschien, der Pfarrer, die Studenten, die sich gleich Anna gemeldet hatten. Sie alle setzten sich an den Tisch zwischen den Weihnachtsbäumen.

Die Kerzen wurden entzündet, und die kleinen roten Lichter auf den Tischen brannten flackernd.

Die Oberin und der Pfarrer sprachen.

Die alten Leute waren gerührt. Viele weinten.

Auch Anna kämpfte mit den Tränen.

Da saß sie nun unter fremden Menschen.

Anna dachte an die prunkvolle Barockkirche, wenn Herr Weise um Mitternacht die Weihnachtsgeschichte vorsang zu brausender Orgelmusik.

»Kinder gehören an Weihnachten ins Elternhaus!« hatte kürzlich jemand gesagt.

Er hatte wohl recht damit.

Flüchtig dachte Anna an Claus.

Vor ihr lag aufgeschlagen das Neue Testament. Die Oberin nickte ihr zu. Anna begann zu lesen.

Es war die Weihnachtsgeschichte aus dem Lukas-Evangelium: »Es begab sich aber zu der Zeit, als Kyrenius Landpfleger in Syrien war, daß ein Gebot vom Kaiser Augustus ausging, daß alle Welt geschätzet würde; und ein jeder ging, daß er sich schätzen ließe, ein jeglicher in seine Stadt...«

Anna stockte: Wo war ihre Stadt? Ihre Vaterstadt?

Dann las sie weiter:

»So machte sich auch auf Joseph aus Galiläa, aus der Stadt Nazareth und begab sich in die Stadt Davids, die da heißt Bethlehem, auf daß er sich schätzen ließe mit Maria seinem vertrauten Weibe...«

Anna hatte geendet.

Der Student an ihrer Seite setzte die Lesung des biblischen Textes fort.

Danach spielte eine Nonne auf dem Harmonium: »Stille Nacht, heilige Nacht...«

Die Studenten und Anna sangen kräftig, die Alten im Saal fielen mit gebrochenen Stimmen ein.

Dann wurden Teller mit Kuchen von Platz zu Platz geschoben, schwarzer Tee wurde ausgeschenkt.

Die alten Leute schwatzten, erzählten Geschichten, nickten schläfrig vor sich hin oder weinten herzzerreißend.

Um neun Uhr war alles vorbei.

Auch Anna hatte einen bunten Teller bekommen. Sie schüttete Plätzchen, Äpfel, Nüsse und Rosinen in ihr Tuch, knotete es zusammen, verabschiedete sich und wanderte zur Semmelgasse. Es war eine klare Winternacht.

Hinter den Fenstern der Häuser sah man die Kerzen der Weihnachtsbäume brennen, Kinderstimmen sangen. Der Mond beleuchtete die Häuser und ließ ihre Mauern noch weißer erscheinen.

In Anna war es still.

Der Abend im Altersheim hatte sie mit dem Alleinsein versöhnt.

Als sie den Schlüssel in das Schloß der Wohnungstür steckte, fiel ein weißes Papier zu Boden.

Sie hob es auf, eilte in ihre Kammer und knipste das Licht an. Es war ein Telegramm für Anna Rohrschneider. Das erste Telegramm ihres Lebens.

»Fröhliche Weihnachten und ein glückliches Neues Jahr wünscht Dir Dein Claus!«

Anna drückte das Telegramm an ihr Herz.

Sie zündete die Kerzen an ihrem kleinen Bäumchen an, holte den Gedichtband aus dem Schließkorb, setze sich vor die Kommode und las halblaut:

Schau, unsere Tage sind so eng
und bang das Nachtgemach,
wir langen alle ungelenk
den roten Rosen nach.
Du mußt uns milde sein, Marie,
wir blühn aus deinem Blut,
und du allein kannst wissen, wie
so weh die Sehnsucht tut.
Du hast ja dieses Mädchenweh
der Seele selbst erkannt,
sie fühlt sich an wie Weihnachtsschnee
und steht doch ganz in Brand...«

Als die Glocken zur Christmette läuteten, blies Anna die Kerzen aus und legte das Buch in den Schließkorb zurück.

Sie hatte eine Entdeckung gemacht:

Man konnte Weihnachten auch anders feiern, als es die Bürger in der Behaglichkeit ihrer gesicherten

Existenz taten. Anna konnte es jedenfalls. Sie war ja auch anders.

Die alte Frau war noch nicht heimgekehrt.

Deshalb ging Anna in die nahegelegene Kirche, um sie abzuholen. Sie kniete vor einem Seitenaltar. Im Kloster neben der Kirche wurde gesungen. Nach der Mette strömten die Menschen in die Nacht hinaus.

Auch die alte Frau kam.

Anna geleitete sie heim. Die Frau fragte nicht, wo Anna den Heiligen Abend verbracht hatte. Mechanisch bewegten sich ihre Lippen, während die Perlen des Rosenkranzes durch ihre knochigen Finger klapperten.

Am 6. Januar kam Claus nach Würzburg zurück. »Ein neues Jahr, ein neues Glück!« lachte er, als er Anna vor dem Institut erwartete.

Es war sehr kalt, die Erde hart gefroren. Sie schlitterten über die vereisten Gehsteige. Annas Hand steckte in seiner Manteltasche, von seinen Fingern umschlossen.

Sie gingen zum Brückenbäck, zu ihrem Stammplatz im Ladenraum.

»Ich habe dir meinen bunten Teller mitgebracht!« sagte er vergnügt.

Er hatte nicht nur Gebäck und Süßigkeiten mitgebracht, sondern auch eine Packung Briefpapier, feines blaugraues Briefpapier.

»Schön!« sagte Anna. »Danke, Claus!«

Er lachte verschmitzt und drohte ihr mit dem Finger. »Das ist aber nicht für Liebesbriefe an Dr. Ritter gedacht. Hat er sich wieder mal gemeldet?«

»Nein!« sagte sie. »Wo denkst du hin!«

»Was hast du am Heiligen Abend gemacht, kleine Anna?« erkundigte er sich. »Ich habe dauernd an dich gedacht.«

»Ich auch an dich!« gestand sie ein. »Ich war eingeladen.« Daß sie den Heiligen Abend im Altersheim verbracht hatte, unterschlug sie.

Sie wußte nicht, warum sie sich dieser schönen Feier schämte. So war sie nun einmal.

»Nun bist du ja da!«

Sie knabberten an dem Gebäck, tranken Kaffee, Claus erzählte von Zuhause.

»Meine Eltern lassen dich grüßen, Anna. Ich habe von dir gesprochen. Sie laden dich ein, die nächsten Ferien bei uns zu verbringen. Freust du dich?«

»Ja!« sagte sie.

Und dann bummelten sie durch die Stadt, über die alte Brücke mit den Heiligen.

»In Zukunft können wir nicht mehr so oft wandern und singen«, sagte er. »Ich muß arbeiten. Meine Doktorarbeit ist angenommen. Es bleibt dabei: Du holst mich morgens ab und ich dich abends. Mehr gibt es nicht!«

Er blieb plötzlich stehen, nahm ihre beiden Hände und sah ihr in die Augen.

»Ich würde dich gern heiraten, Anna. Möchtest du das auch?« Zuerst war sie sprachlos vor Überraschung.

Dann fragte sie beklommen: »Ist das dein Ernst, Claus?«

»Ja!« antwortete er. »Ein Freund von mir ist im gleichen Semester wie ich. Er hat jetzt geheiratet und sich eine Wohnung in Veitshöchheim gemietet. Dort ist das Leben billiger als in der Stadt.«

Er meinte es ernst! Er machte ihr tatsächlich einen Heiratsantrag! Stolz wallte in Anna auf, das Herz klopfte ihr bis zum Halse. Aber sie entsann sich, wie Claus nach dem Konzert von seinen Eltern gesprochen hatte, die ein wenig engherzig in puncto Moral seien. Und daß sie Nachforschungen anstellen würden, falls Claus ein Mädchen wählte, das nicht aus ihrem Freundeskreis stammte. Nachforschungen – ein schreckliches Wort! Anna machte sich keine Illusionen.

Sie glaubte zu wissen, daß sie nicht das Mädchen war, das sich die Eltern von Claus Wintzer als Braut für ihren Sohn wünschten.

Er drängte nicht auf eine schnelle Antwort.

»So still, Anna? Überlege es dir! Es kommt alles zu plötzlich. Ich verstehe dich schon. . .«

Du verstehst nichts! dachte sie. Du weißt nicht, auf welch hartem Boden ich gewachsen bin.

Sie schwiegen ein Weilchen.

Claus fischte nach einer Zigarette.

»Rauchst du sie für mich an?« fragte er.

Sie nahm die Zigarette, hielt sie an die Lippen und gab sie ihm zurück.

Es war eine Gewohnheit, die Anna liebte.

Er nahm ihre Hand, steckte sie in seine Manteltasche und hielt sie fest.

»Liebe kleine Anna!« sagte er.

In der Semmelgasse fand Anna vor der Türe einen Blumenstrauß.

»Blumen für mich?«

Anna war mehr erschrocken als erfreut.

In der Wohnung entfernte sie das Seidenpapier. Es waren rote Tulpen, violette Iris, goldgelbe Mimosen.

Ein teurer Strauß!

Sie riß den Briefumschlag auf. Ein Kärtchen fiel ihr entgegen.

»Liebes Fräulein Rohrschneider, ich möchte nicht versäumen, Ihnen ein gutes Neues Jahr zu wünschen. Verspätet zwar, aber doch sehr herzlich. Ihr Martin Ritter.« Anna drehte das Kärtchen zwischen den Fingern, blickte auf den Strauß und schüttelte den Kopf.

Sie freute sich.

Aber es kamen ihr auch Zweifel.

Ach, es war lästig! Auch daß sie ihn dann wieder anrufen und sich bedanken mußte und vielleicht wieder mit unbequemen Fragen belästigt wurde. Sie holte ein großes Gurkenglas, füllte es mit Wasser und stellte die Blumen hinein. Sie nahmen sich fremd in dem armseligen Zimmer aus.

## 7.

Am nächsten Morgen vergaß Anna alles. Den Heiratsantrag von Claus und die Blumen von Dr. Ritter.

Denn Fräulein Kohl rief sie ins Schreibzimmer. »Fräulein Rohrschneider, ich brauche Ihre Papiere, Geburtsurkunde, Polizeiliches Führungszeugnis und so weiter. Es ist mir schleierhaft, wie wir das

Fehlen Ihrer Unterlagen übersehen konnten. Total schleierhaft! Sie hätten sie schon bei Ihrer Einstellung vorlegen müssen. Also bitte! Vergessen Sie das nicht. Es eilt.« Diesen Augenblick hatte Anna lange befürchtet.

Es mußte ja einmal kommen. Schon bei Beginn ihrer Arbeit hatte sie mit Schrecken daran gedacht, daß sie ihre Papiere brauchte, die in der Jagdtasche im Wäldchen bei Rimpar lagen, mit Laub, Schnee und Baumrinde bedeckt.

Jetzt gab es keinen Ausweg mehr.

Sie mußte an Herrn Weise schreiben, was sie schon längst hätte tun sollen.

Ihr blieb keine andere Wahl.

Und sie schrieb:

*»Lieber Herr Weise!*

*Lange haben Sie nichts von mir gehört.*

*Ich hoffe, daß es Ihnen, Frau Weise und der Mutter gutgeht.*

*Ich wohne hier in Würzburg bei einer alten Frau und werde im Pharmakologischen Institut der Universität zur technischen Assistentin ausgebildet.*

*Meinen Lebensunterhalt bestreite ich durch Handarbeiten für ein gutes Geschäft. Vorwiegend nähe ich Hohlsaum, in den Abendstunden.*

*Nun habe ich eine große Bitte an Sie:*

*Ich benötige dringend alle meine Papiere, Geburtsschein, polizeiliche Abmeldung, Schulzeugnisse und was sonst noch in Ihren Händen ist.*

*Ich habe nämlich alles verloren.*

*Bitte, schicken Sie mir die Unterlagen umgehend.*

*Ich danke Ihnen im voraus sehr herzlich für die Mühe.*
*Mit den besten Grüßen – auch an Frau Weise und die Mutter!*
*Ihre Anna.«*

Es folgten zwei Tage qualvollen Wartens, das jeden anderen Gedanken zudeckte.

Und dann kam Anna morgens ins Institut.

Zwei Stunden später als sonst, sie hatte noch Futter für die Versuchstiere eingekauft.

Im Schreibzimmer saß Herr Weise und las in einer Zeitung.

»Besuch für Sie, Fräulein Rohrschneider! Ihr Herr Pflegevater!« sagte die Assistentin. Sie sprach höflicher als sonst.

Herr Weise schien sie zu beeindrucken.

Herr Weise stand auf und faltete seine Zeitung zusammen.

»Guten Tag, Anna! Ich habe deine Papiere gebracht.«

Er gab ihr die Hand.

»Guten Tag, Herr Weise!« wisperte sie.

Das unerwartete Wiedersehn ließ ihre Stimme zittern. Herr Weise, Vorbild, Ideal, Wunschvater, Verkörperung der Heimat – da stand er vor ihr und sah sie an.

Am liebsten wäre sie ihm um den Hals gefallen, um sich auszuweinen. Sie tat es natürlich nicht. Sie hatte es ja nie getan. Stürmische Zärtlichkeit war im Lehrerhaus nicht der Brauch gewesen, dort hatte es überhaupt keine Zärtlichkeit gegeben.

»Wo arbeitest du?« fragte er.

»Bitte, hier!«

Sie gingen in den Kurssaal. Herr Weise schloß sekundenlang angeekelt die Augen, als ihm der beißende Geruch entgegenschlug.

Sie waren allein in dem Raum.

Anna machte sich an ihre Arbeit. Herr Weise setzte sich.

»Seit wann bist du hier, Anna?«

»Schon lange. . .«

»Anna!« sagte er. »Warum hast du uns das angetan? Deiner Mutter und mir? Und auch Frau Weise? Du machst dir keine Vorstellung, in welche Angst und Verzweiflung du uns gestürzt hast. Du warst verschwunden, spurlos verschwunden. Verschollen! Es war entsetzlich. Wir haben dich suchen lassen. Alles umsonst. Und das Aufsehen im Dorf! Furchtbar, furchtbar. In der Kirche wurde für dich gebetet. . .Anna, Anna! Wie konntest du so herzlos sein, so gefühllos? Als ich gestern deinen Brief bekam, glaubte ich, mich träfe der Schlag. Du lebst?!! Und du läßt uns fast ein Jahr lang im unklaren? Bitte, erkläre mir dein Verhalten!« Sie wußte nicht, wie sie es ihm in wenigen Sätzen erklären sollte, ohne über ihre leidvolle Kindheit zu sprechen. Und das konnte sie nicht.

Sie sagte nur: »Ich wollte nicht ins Kloster. . .«

Er schüttelte den Kopf.

»Anna!« Es klang erschüttert.

Dann nahm er aus seiner Reisetasche eine Tüte.

»Das schickt dir Frau Weise!«

Es waren Plätzchen, mit Hirschhornsalz gebakken, die Frau Weise an die Armen zu verteilen pflegte.

Anna hatte sie ohne Aufsicht backen und auch

austragen dürfen, weil Frau Weise wußte, daß Anna eine Abneigung gegen dieses Gebäck hatte und nicht davon naschen würde.

»Vielen Dank!« sagte sie trotzdem.

Er gab ihr noch einen Apfel, einen dicken, rotbackigen Boskop. Ein ausgewähltes Exemplar. Sicher hatte er ihn heimlich an sich genommen, denn Frau Weise hätte ihn nie hergegeben.

Anna hielt den Apfel an die Nase und roch daran.

Sie biß nicht hinein.

»Heißhunger wirkt immer unfein!« hatte Frau Weise gesagt.

»So einen wunderbaren Apfel habe ich schon lange nicht mehr gegessen«, sagte Anna. »Ich hebe ihn mir auf. Danke, Herr Weise.«

»Du bist sehr blaß und mager geworden«, sagte er. »Hast du nicht genug zu essen?«

Sie beantwortete seine Frage nicht, sondern erkundigte sich nach dem Dorf.

»Was macht die Mutter? Der Vater? Und Katharina, Elisa und Julian? Wie geht es Treff? Hat er mich vermißt? Wie war die Obsternte?«

»Im Dorf hat sich nicht viel geändert«, sagte er. »Alles geht seinen alten Gang. Aber, Anna, das ist jetzt unwichtig. Wichtig bist du. Und deine Zukunft. Was machst du uns für Sorgen! Ich kann mich von dem Schock nicht so rasch erholen...«

Durch die geöffnete Tür sah Anna, daß der Professor durch den Vorraum schritt.

»Herr Professor Mannasy könnte Ihnen alles erklären, Herr Weise!« sagte sie.

Der Professor verströmte gemütlichen blauen Zigarrenrauch. »Unser Vitaminmädchen ist tüchtig, fleißig, zuverlässig.«

»Vitaminmädchen?« wiederholte Herr Weise fragend.

»So wird Fräulein Rohrschneider hier scherzhaft genannt wegen der Versuche mit Saya-Milch an vitaminkranken Tieren«, erläuterte der Professor. »Unsere ganze Arbeit dient der Vitamin- und Hormonforschung, Herr Weise. Und Fräulein Rohrschneider absolviert hier ihr Praktikum. Es wird ihr auf die Ausbildungszeit angerechnet. Zum Abschluß erhält sie dann ein Zeugnis als pharmakologisch-technische Assistentin. Aber das wissen Sie ja sicher längst, Herr Weise.« Er wandte sich an Anna: »Also, Vitaminmädchen, wenn Sie fertig sind, dann laufen Sie nur und widmen Sie sich Herrn Weise. Er möchte sich bestimmt unsere schöne Stadt anschauen...«

Herr Weise war an einer Stadtbesichtigung nicht interessiert. »Ich möchte unbedingt sehen, wie du wohnst, Anna!« sagte er. Sie gingen in die Semmelgasse.

Herr Weise war entsetzt.

Der wackelige Treppenaufgang, die geschwärzten Wände und Decken, der widerliche Geruch und schließlich die alte Frau! Trotz größter Bemühung gelang es ihm nicht, sie in ein Gespräch zu ziehen. Sie nahm ihn nicht zur Kenntnis, huschte hin und her wie eine verschreckte Maus, stammelte undeutliche Worte und ließ den Rosenkranz durch die Finger gleiten.

»Furchtbar! Furchtbar!« sagte Herr Weise immer

wieder und griff sich an die Stirn. »Wenn das Frau Weise wüßte!«

Herr Weise fragte nicht weiter.

Im Ratskeller aß er mit Anna zu Mittag.

Wenn das Frau Weise wüßte! dachte sie spöttisch.

»Hör zu, Anna!« sagte er dann. »So geht es nicht weiter. Wir haben andere Pläne für dich. Frau Weise wünscht, daß du auf einem Landgut den Haushalt erlernst. Damit wären die Probleme zu unser aller Zufriedenheit gelöst, glaube ich. Denn wir haben leider nicht das Geld, dir eine Ausbildung zu finanzieren. In Würzburg bleibst du auf keinen Fall.«

»Ich gehe nicht aus Würzburg fort!« sagte Anna. »Unter keinen Umständen. Mir gefällt es im Institut. Ich habe gehungert, die Nächte hindurch gearbeitet, ich habe gefroren, ich bin monatelang mit nassen Füßen gelaufen, weil die Sohlen meiner Schuhe Löcher hatten...und jetzt soll ich alles aufgeben, nur weil Frau Weise es wünscht?«

Sie redete sich in Leidenschaft hinein.

Sie schilderte ihren Kampf ums Dasein bis in alle Einzelheiten. Herr Weise war der Mensch, den das alles betraf.

Sie war drauf und dran, ihm zu sagen, daß er letzten Endes für alles verantwortlich sei und daß es Frau Weise gewesen sei, die sie in die Fremde getrieben habe. Aber sie hielt es zurück.

»Ich gehe nicht fort aus Würzburg!« wiederholte sie. »Ich will meine Ausbildung abschließen. Ich will meine Freiheit behalten.«

»Anna!« sagte Herr Weise beschwörend. »Das hältst du nicht durch. Du steckst deine Ziele zu hoch.«

»Ich halte durch!« widersprach sie heftig. »Frau Weise hat mich hart erzogen, und ich bin harten Anforderungen gewachsen. Das habe ich wohl bewiesen. Das Leben ist kein Vergnügen, sondern eine schwere Aufgabe! Das hat mir Frau Weise täglich gepredigt. Es stimmt. Für mich stimmt es. Und ich werde mich Frau Weises Wünschen nicht beugen!«

Herr Weise wiegte das Haupt. In sein Gesicht trat ein versonnener Ausdruck.

»Was du alles fertigbringst, Anna! Du bist sehr eigensinnig. Wie deine Mutter. Die hat auch ihren Kopf für sich und tut, was sie will. . .Sag mal, wieso hast du eigentlich deine Papiere verloren?«

»Ach, das war gleich am Anfang. Ich wollte zu Tante Lina nach Rimpar. Und da habe ich die ganze Tasche verloren, das Schulgeld, die Papiere, alles. Ich stand ohne einen Pfennig da. . .«

Mehr sagte sie nicht.

Herr Weise ächzte. »Furchtbar, furchtbar!«

Sie verließen den Ratskeller.

»Ich will noch zur Residenz«, sagte Herr Weise, »dort befindet sich ein Heim für ausländische Studentinnen. Die Leiterin ist Schwester Bonavita, eine Tante deiner Mutter.«

»Das wußte ich nicht!« sagte Anna verwundert.

Sie läuteten an der Pforte.

Eine schmächtige Ordensfrau führte sie dann in einen weißgekalkten Raum. Er war völlig schmucklos bis auf das Kruzifix und den Weihwasserkessel.

Schwester Bonavita kam bald. Sie war blaß und hager.

»Gelobt sei Jesus Christus!« Anna knickste.

»In Ewigkeit, Amen!« Schwester Bonavita lächelte.

»Das ist Anna, die Tochter von Maria Rohrschneider!« sagte Herr Weise.

»Ach?« Schwester Bonavita nahm Annas Hand, betastete sie und lächelte wieder.

»Genau wie die Maria! Die gleichen Hände. Was tut sie in Würzburg?«

Herr Weise erzählte vom Pharmakologischen Institut und schilderte, wie miserabel Anna wohnte: »...Sie hat nicht einmal einen Schrank. Ihre Kleider hängen hinter einem Vorhang! Mir erscheint eine Veränderung unbedingt notwendig, aber ich kann das nicht allein entscheiden, ich muß es zuerst mit Frau Weise besprechen. Frau Weise ist Annas Pflegemutter, wie Ihnen wohl bekannt ist...«

Schwester Bonavita nickte.

»Ja, ja, ich weiß alles. Von Maria!«

Sie sah Anna liebevoll an.

»Du kannst jederzeit zu mir kommen, wenn du Rat und Hilfe brauchst.«

Dann entließ sie ihre Besucher, sie hatte die ganze Nacht bei einem Kranken gewacht.

Sie waren schon an der Tür, als Schwester Bonavita sagte: »Anna, wenn du deine Ausbildung beendet hast, könntest du in einem Missionskrankenhaus in Afrika arbeiten. Traust du dir das zu?«

»Ach ja!« antwortete Anna. »Afrika – das wäre weit genug.« Herr Weise reiste am späten Nachmittag ab.

Anna war nun polizeilich angemeldet, ihre Papiere lagen dem Institut vor, alles war geordnet, aber ihr Leben änderte sich nicht.

Jeden Morgen lief sie in die Wallgasse, pfiff »O Tannenbaum« und wanderte mit Claus ins Labor. Die Arbeit machte ihr von Tag zu Tag mehr Freude. Sie erntete Anerkennung, wenn auch nicht von Fräulein Kohl oder dem Labordiener.

Claus steckte mitten in den Prüfungsarbeiten, er hatte nicht viel Zeit. Doch an jedem Abend holte er Anna vom Institut ab.

Beim Abschied nahm er sie in die Arme und drückte sie fest an sich. Er küßte sie auf die Wangen.

Er sprach nicht von Liebe, er wiederholte auch nicht den Heiratsantrag, aber sie gehörten zusammen. Das wußte Anna, dazu bedurfte es keiner Worte. Sie lernte auch seine beiden Brüder kennen, Max und Carl. Es waren nette junge Männer, Studenten – ohne Sorgen.

Einmal gingen sie zusammen auf einen Studentenball, und Anna tanzte, obwohl sie es nie gelernt hatte.

An Herrn Weise schrieb sie nicht oft.

Ab und zu erstattete sie Bericht und bat ihn, Frau Weise, die Mutter, den Vater und die Geschwister zu grüßen.

Herr Weise antwortete kurz.

Geld schickte er nicht, auch keine Eßpakete. Nur einmal kam ein Korb mit Äpfeln an. Sie waren alle vernarbt und angeschlagen, aber sie schmeckten gut.

Und ihr Fahrrad durfte sich Anna vom Bahnhof abholen.

Es war in der Mittagspause, und es regnete.

Anna radelte zum Institut und stellte das Rad in den Schuppen, wo auch die anderen Mitarbeiter ihre Räder unterzubringen pflegten.

Am Abend lehnte das Rad naß am Gartenzaun.

»Aber die anderen haben ihre Räder doch auch im Schuppen stehen!« protestierte Anna beim Labordiener.

»Ja, die Herren Assistenten dürfen das auch«, sagte er und machte böse schwarze Augen. »Aber nicht Sie, Fräulein Rohrschneider!«

Kurz vor den Semesterferien erhielt Anna einen Brief von Frau Wintzer, der Mutter von Claus.

»Liebes Fräulein Rohrschneider«, schrieb sie, »mein Sohn hat uns so viel Nettes von Ihnen erzählt. Wir möchten Sie gern persönlich kennenlernen. Sie sind herzlich eingeladen...«

Anna dachte an die Nachforschungen, an die Durchleuchtungen ihres Hintergrundes, die von der Familie Wintzer zu befürchten waren, und darum sagte sie zu Claus: »Herr Weise kommt nach Würzburg. Hier findet wieder eine Lehrertagung statt. Er will mich sehen, hat er geschrieben...«

Sie zeigte Claus Herrn Weises Brief.

Claus schaute auf die Zeilen und stutzte.

»Der schreibt ja fast so wie du, kleine Anna. So steil und schwer entzifferbar. Natürlich ist seine Handschrift flüssiger als deine, intellektueller. Aber sonst? Du hast eine merkwürdige Schrift, Anna. Sie paßt gar nicht zu dir. Aus jedem Wort baust du ein in sich geschlossenes Häuschen, das in gebührendem Abstand zum nächsten Wort steht...«

Claus lachte plötzlich schallend. »Ach was, ich halte nichts von Graphologie. Das ist keine exakte Wissenschaft.«

Anna lachte nicht.

Der Gedanke, daß ein Mensch imstande war, aus ein paar Buchstaben auf ihren Charakter zu schließen, beunruhigte sie. Sie lebte ja ständig in Erwartung einer Katastrophe. Aber ihre Ängste quälten sie nicht mehr so stark wie früher. Sie hatte anderes zu bedenken, sie mußte arbeiten. Das änderte sich auch während der Semesterferien nicht, in die Claus allein reiste.

Und Anna war nicht mitgereist. Sie wartete auf seine fröhlichen Briefe.

Anna hatte gehofft, die Mutter würde ihr schreiben, nun da sie die Anschrift der Tochter wußte. Aber nichts kam. Kein Gruß, kein Kärtchen, kein Sterbenswort. Sie liebt mich nicht! dachte Anna. Sie hat mich nie geliebt. Ich habe keine Mutter, ich bin ein Waisenkind. Sie dachte oft an die Mutter.

An den Sonntagen radelte sie ins Seubelriedmoor, um Frösche und Molche zu fangen, für die sie im Labor eine geringe Bezahlung erhielt.

Oder ins Frauenland, wo ein großes Projekt entstand. Ein missionsärztliches Institut, in dem Schwestern und Laborantinnen für Afrika ausgebildet werden sollten. Ja, dachte Anna dann. Afrika wäre weit genug. Für die Mutter und auch für mich. Ich gehe nach Afrika. Die Mutter wird mich nicht vermissen.

Und Herr Weise schrieb:

»...Dein Bruder Julian hat bald seine Lehrzeit beendet. Er wird Koch. Und Deine Schwester Elisa ist auch in Würzburg. Sie erlernt dort die Schneiderei. Sie hat ein möbliertes Zimmer...«

Anna radelte zu der angegebenen Anschrift unten am Main. Elisa war nicht da, und die Vermieterin meinte erstaunt: »Das wußte ich ja gar nicht, daß Fräulein Elisa eine Schwester in Würzburg hat. Auch ihre Mutter hat nichts davon gesagt. Sie besucht Fräulein Elisa oft. Und sie schreibt ihr fast jeden Tag einen Brief...«

Es war wie eine Ohrfeige.

Die Mutter, die schöne Mutter, die im Heckenrosenkleid in der Tür lehnte und lachte! Sie schrieb Elisa fast jeden Tag einen Brief, besuchte sie, liebte sie.

Und Anna? Was bedeutete ihr Anna?

Sie will meine Mutter nicht sein, dachte Anna unglücklich. Ich will ihre Tochter nicht sein.

Und als Herr Weise nach Würzburg kam, Anna in den Ratskeller zum Essen einlud, da fragte Anna nicht nach der Mutter, obwohl sie dachte:

Vielleicht ist sie hier? Vielleicht trifft sie sich mit Herrn Weise in Würzburg? Heimlich, hinter dem Rücken von Frau Weise, hinter dem Rücken von Vater...

Auch in diesem Jahr begann Anna schon im Sommer mit ihren Weihnachtsvorbereitungen, bastelte Krippen, flocht Sterne, sägte Engel aus, leimte, malte, nähte, strickte. Für Frau Weise fertigte sie ein Blumenbildchen in Gobelinstickerei an.

Für sich selbst strickte sie einen grauen Wollrock und zwei dazu passende Pullover, auch grau mit blauen Streifen.

Anna war rastlos tätig.

Einmal saß sie auf einer Bank und strickte, als eine Gruppe Reiter vorbeitrabte. Lässig saßen sie auf den gestriegelten Pferden, in roten Röcken, die Zügel zwischen den behandschuhten Fingern, mit blanken Stiefeln, Wildlederhosen und Schirmkappen.

Sie sahen sehr reich aus.

Wie fühlt sich ein Mensch hoch zu Roß? dachte Anna. Ich werde es nie erfahren.

Trotz Überanstrengung, unzureichender Ernährung und fehlendem Schlaf war Anna niemals krank.

Sie versäumte nicht einen einzigen Tag im Labor.

Dort liefen Versuche für die Industrie an, die gesondert honoriert wurden.

Auch Anna erhielt ihren Anteil. Nun zahlte sie der alten Frau an jedem Monatsersten eine kleine Miete.

Die Versuche wurden von einer Gruppe von Wissenschaftlern durchgeführt. Und ein russischer Pharmakologe war dabei, Professor Dr. Selkow.

»Der arme Russe langweilt sich!« sagte Professor Mannasy. »Zeigen Sie ihm doch unsere Stadt, Vitaminmädchen!«

Professor Selkow war ein gedrungener Mann mit dunklem Lockenkopf. Immer hatte er eine Aufmerksamkeit für Anna bereit, Schokolade oder Blumen, die er auf dem Weg durch den Botanischen Garten pflückte.

Als sie durch den Hofgarten schlenderten, fragte Anna: »Ist Ihre Heimat auch so schön wie Deutschland?«

Er lächelte.

»Rußland ist ein schönes, weites Land. Die Leute hier machen sich keine Vorstellung von seiner Größe. Und sie denken, daß wir Russen arm und unkultiviert sind und vom Fußboden essen. Die haben keine Ahnung!«

Er blieb stehen und sah Anna an.

»Würden Sie mit mir nach Rußland gehen? Als meine Frau, Fräulein Anna!«

Sie schüttelte den Kopf, sie wußte nicht, was sie antworten sollte.

Aber sie dachte: Rußland wäre weit genug. In Rußland würde niemand nach der Mutter fragen.

Selkow faßte ihre Hand.

»Wollen Sie nicht darüber nachdenken?«

»Nachdenken kann ich ja«, meinte sie.

Dr. Ritter war an den Versuchen beteiligt.

»Fleißig beim Krippenbasteln, Fräulein Anna?« fragte er.

»Ja, Herr Doktor!« sagte sie.

»Ich habe genug Kunden. Die mögen mich gern.«

»Ja, wer mag Sie nicht gern!« sagte er. »Auch unser Russe mag Sie. Haben Sie ihm Würzburg gezeigt? Was erzählt er denn so?«

»Er hat mich gefragt, ob ich mit ihm nach Rußland gehen würde. Als seine Frau!«

»Wie bitte?« Martin Ritter begann sich aufzuregen. »Das werden Sie doch hoffentlich nicht tun, Fräulein Anna! Ich war in Rußland, ich spreche die

Sprache des Landes. Die Wohnverhältnisse sind dort katastrophal. Eine Wohnung für Sie allein gibt es da nicht. Sie hätten nicht einmal ein eigenes Zimmer. Auch das müßten Sie mit anderen teilen. Sie dürfen nicht nach Rußland gehen, Fräulein Anna!«

Sie sagte nichts.

»Ich bestelle schon jetzt drei Krippen bei Ihnen«, fuhr er fort, »für mich und meine Angehörigen.«

»Danke, Herr Doktor!« sagte sie artig.

Er lachte leise.

In der Mittagszeit ging die Gruppe zum Essen ins ›Lämmle‹, das einen schönen Garten hatte, den alte Bäume beschatteten.

»Sie kommen mit uns, Fräulein Anna!« erklärte Dr. Ritter. »Ich nehme Sie unter meine Fittiche. Und wenn Sie das nächste Mal mit unserem russischen Gast durch Würzburg wandern, gehe ich mit.«

So kam es, daß Anna mit bedeutenden Wissenschaftlern an einem Tisch saß. Sie waren alle sehr nett zu ihr.

Männer mochten Anna gern, schien es.

Es war eine gute Zeit für Anna.

Professor Selkow wurde nach Rußland zurückgerufen. Anna ging nicht mit ihm.

Aber es tat ihr leid, daß er nicht mehr da war. Am Samstag traf sie Martin Ritter auf der Straße.

»Wohin des Wegs?« erkundigte er sich.

»Ich gehe zur Beichte!« sagte sie.

»Oh! Sie sind katholisch?«

»Natürlich!« bestätigte sie.

»So natürlich ist das auch wieder nicht«, sagte er. »Ich bin evangelisch.«

»Ach?« fragte Anna erstaunt. »Und da brauchen Sie nicht zu beichten?«

Er lachte. »Nein!«

»Ich muß meine Sünden beichten«, sagte sie. »Alle!«

»Was haben Sie denn für Sünden?« fragte er belustigt.

»Zum Beispiel – wenn ich naschen würde von dem schönen kalifornischen Trockenobst, das für die Versuchstiere da ist. Oder, daß ich nicht vor Tisch bete, wenn ich mit Ihnen und den anderen Herren im Lämmle zu Mittag esse.«

»Wenn es nur das ist«, sagte er, »dann brauchen Sie Ihr Gewissen nicht zu belasten.« Er lächelte sie freundlich an.

Als Anna im Beichtstuhl kniete, erschienen ihr ihre Sünden doch sehr belanglos.

Aber der Pfarrer drang in sie.

»Du gehst also mit fremden Herren zum Mittagessen?«

»Ja, das sind Wissenschaftler, die im gleichen Labor arbeiten wie ich...«

»Und du gehst auch mit ihnen spazieren?« fragte er.

»Ja!« sagte sie.

»Berühren sie dich? Fassen sie dich am Busen an?«

Anna war entsetzt.

»Nein, nie!«

Sie betete dann die auferlegten Bußen ab und nahm sich vor, in Zukunft nur noch der Gottesmutter ihre Sünden anzuvertrauen.

Claus kehrte aus den Semesterferien zurück.

Anna holte ihn vom Bahnhof ab.

Er drückte sie an sich.

»Bin ich froh, daß ich wieder bei dir bin, Anna!« Und dann scherzte er: »Bald kannst du auch zu mir Herr Doktor sagen. . .« Der Winter kam.

Anna hatte Geburtstag, sie wurde achtzehn. Sie feierte mit Claus beim Brückenbäck.

Und dann wanderten sie in die Semmelgasse. Ihre Hand steckte in seiner Manteltasche, fest und wärmend von seinen Fingern umschlossen.

Am Abend rückte Anna den Stuhl ans Fenster und las ihr Lieblingsgedicht.

»Seit mich mein Engel nicht mehr bewacht,
kann er frei seine Flügel entfalten
und die Stille der Sterne durchspalten –
denn er muß meiner einsamen Nacht
nicht mehr die ängstlichen Hände halten. . .«

Sie war glücklich.

## 8.

In diesem Jahr meldete sich Anna nicht freiwillig für den Feiertagsdienst im Institut, obwohl sie wußte, daß Claus am Heiligen Abend nicht bei ihr sein würde und sie auch nicht die Absicht hatte, ihn ein zweites Mal darum zu bitten.

Vorsorglich schrieb sie schon Mitte Dezember an Herrn Weise:

*»Lieber Herr Weise!*
*Weihnachten rückt heran. Da Sie mir bisher noch nicht geschrieben haben, frage ich Sie heute, ob ich die Festtage daheim verleben darf.*
*Ich freue mich auf das Wiedersehen mit dem Dorf, mit Ihnen, mit Frau Weise und mit dem Elternhaus.*
*Bitte, geben Sie mir bald Bescheid.*
*Ob Treff mich wohl wiedererkennen wird?*
*Ich danke Ihnen schon jetzt und grüße Sie alle recht herzlich,*
*Ihre Anna.«*

Nun konnten sie kommen mit ihren Fragen!

»Und was machen Sie an Weihnachten, Fräulein Rohrschneider?«

»Ich fahre nach Hause!« Das sagte Anna zu Claus, zu Dr. Ritter, zu Professor Mannasy, zu allen, allen. Sogar zu der alten Frau.

Eine Woche vor Heiligabend traf Herrn Weises Antwort ein. Anna riß den Umschlag auf.

*»Liebe Anna!*
*Entschuldige, daß Du erst heute Nachricht von uns erhaltst.*
*Aber Frau Weise ist plötzlich erkrankt und muß das Bett hüten. Deshalb bitte ich Dich, Deinen Besuch auf einen späteren Zeitpunkt zu verschieben.*
*Vorgestern ging ein Weihnachtspaket an Dich ab. Ich hoffe, es macht Dir Freude.*
*Viele Grüße! Dein Onkel Weise.«*

Anna war tief enttäuscht.

Am Abend gab sie Claus den Brief.

Er las ihn schnell und sagte dann:

»Ja, du fährst eben zu deinen richtigen Eltern, kleine Anna. Du fährst einfach hin, ohne vorherige Anmeldung. Die freuen sich bestimmt, wenn du plötzlich vor der Tür stehst. Schließlich bist du ja ihr Kind!«

Er redete eben, wie er es verstand.

In der Semmelgasse stand ein Paket vor der Wohnungstür. Von Herrn Weise. Es enthielt Äpfel, die verhaßten Plätzchen, blaue Wollhandschuhe und eine blaue Mütze, von Frau Weise gestrickt.

Anna freute sich nicht.

Sie dachte an die Geschenke, die wieder in dem Persilkarton auf die Bescherung warteten.

Sie warteten vergeblich, würden nicht gebraucht werden.

Am nächsten Morgen rief Martin Ritter an.

»Liebes Fräulein Anna, wie geht es Ihnen? Gut – hoffe ich. Ich fahre erst am 23. Dezember nach Hause. Und wann brechen Sie auf?«

»Ich fahre überhaupt nicht weg«, sagte sie.

»Aber Sie sagten doch...«

»Ja!« unterbrach Anna ihn ungeduldig. »Aber Frau Weise, meine Pflegemutter, ist erkrankt. Und Herr Weise hat mich gebeten, meinen Besuch zu verschieben.«

»Wie schade! Nun, dann fahren Sie doch zu Ihrer richtigen Mutter, Fräulein Anna! Sie freut sich bestimmt. Das wird eine schöne Weihnachtsüberraschung für Ihre Mutter...«

Plötzlich hatte Anna es satt, diese gutgemeinten und doch so törichten Ratschläge anzuhören, die aus einer Welt kamen, die nicht die ihre war.

Ihre Verzweiflung entlud sich in bösen Worten: »Nein! Ich fahre nicht zu meiner Mutter. Sie hat sich nie um mich gekümmert, hat mich nie gemocht. Am liebsten hätte sie, daß ich tot wäre, dann hätte die arme Seele Ruhe. So denken sie über mich in meinem Elternhaus. Nicht eine Träne würden sie mir nachweinen. Ich bin überflüssig, ich bin zuviel...«

»Fräulein Anna«, schnitt er ihr das Wort ab, »ich glaube, Sie bilden sich das alles ein. So etwas dürfen Sie nicht sagen! Welche Umstände auch immer dazu geführt haben, daß Sie bei Pflegeeltern aufwachsen mußten – Sie dürfen das nicht Ihrer Mutter als Schuld anlasten. Jede Mutter liebt ihr Kind. Vielleicht liegt es an Ihnen selbst? Vielleicht schreiben Sie Ihrer Mutter nicht oft genug? Zeigen ihr nicht deutlich genug, daß Sie an ihr hängen?« Anna bereute ihre Heftigkeit.

»Verzeihen Sie, bitte, Herr Doktor, daß ich Sie mit meinen Problemen belästigt habe.«

»Aber ich bitte Sie!« sagte er begütigend.

»Übrigens – Sie sprachen da einmal von einem Studenten, den Sie kennen. Bleibt er wieder in Würzburg?«

»Nein!« sagte Anna. »Auf Wiedersehn, Herr Doktor!«

Dann saß sie da.

Was hatte sie gesagt? »...daß ich tot wäre...«

Ein Bild schob sich ihr ins Gedächtnis.

Ein vermoostes Kindergrab auf dem Gottesacker eines Einöddorfes, inmitten einer trostlosen Gegend. Einmal im Jahr – an Allerheiligen – mußte das

Kind Anna ein Kränzchen aus Strohblumen winden, die Frau Weise in ihrem Garten zog. Und dann erhielt das Kind eine Kapselflasche mit Weihwasser, eine kleine Kratzhacke und als Wegzehrung zwei Äpfel und ein Stück trockenes Brot; denn das Kind hatte eine lange Wanderung vor sich. Über Feldwege, an der Sandgrube vorbei, zum Kapellchen mit der Gottesmutter, in den Hochwald hinein. Immer laufen, laufen, stundenlang zwischen dunklen Baumreihen, und die Angst umklammerte das Herz wie eine Faust und ließ das Herz nicht los, bis der Wald sich öffnete und eine einförmige Landschaft freigab. Da waren die wenigen Häuser des Dorfes, der Friedhof, der kleine grüne Hügel, eingerahmt von einem niedrigen Eisenzaun, den eine Pforte verschloß.

Ein Kreuz stand auf dem Grab. Darunter der Weihwasserkessel, den Anna auffüllte. Sie legte das Strohblumenkränzchen auf das Moos, hackte die erdige Umrandung auf, zupfte Gräser und Unkraut aus.

Sie erkannte den Namen des Kindes nicht, das hier den Schlaf der Ewigkeit schlief, und sie erfuhr auch nicht, warum Frau Weise es nie besuchte, wo sie doch Luises Grab mit so großer Hingabe pflegte.

Einmal hatte Anna die Mutter gefragt.

»Ach ja!« hatte die Mutter gesagt. »Es hat nicht lange gelebt, das Kind. Wer weiß, wozu es gut war. Nun hat die arme Seele Ruh'. Herr Weise war damals noch ein junger Lehrer...«

Vom nächsten Tag an überstürzten sich die Ereignisse. Es begann damit, daß man Anna einen Eilbrief ins Labor brachte.

Der Brief kam aus Hagen in Westfalen.

*»Liebes Fräulein Rohrschneider!*
*Mein Sohn Martin hat mich gestern telefonisch gebeten, Sie zum Weihnachtsfest einzuladen, was ich hiermit gern tue. Ich bitte Sie, uns die Freude Ihres Besuchs zu machen, und grüße Sie sehr freundlich.*
*Selma Ritter.«*

Anna konnte nur staunen, und sie schämte sich.

Das hatte sie nicht gewollt, daß Dr. Ritter aus lauter Mitleid seine Mutter veranlaßte, diesen Eilbrief zu schreiben. Sie wußte nicht, wie sie reagieren sollte, und fragte darum Professor Mannasy um Rat:

»Ich wollte heimfahren, aber meine Pflegemutter ist erkrankt, ich muß meinen Besuch verschieben. Das habe ich auch Herrn Dr. Ritter erzählt, und nun kommt diese Einladung. Ich weiß nicht, ob ich sie annehmen darf oder nicht. . .«

Der Professor lächelte, wurde ernst, lächelte wieder: »So, so! Sie wissen nicht, wie Sie das alles deuten sollen, Vitaminmädchen? Ja, möchten Sie denn mit Dr. Ritter fahren?«

Anna zuckte die Schultern.

»Tun Sie es ruhig, Fräulein Anna«, sagte er. »Tun Sie es! Ich freue mich für Sie. . .«

Noch war Anna unschlüssig.

Als Claus sie am Abend abholte, sagte sie:

»Die Mutter von Dr. Ritter hat mich für Weihnachten eingeladen. Lies mal!«

Claus wurde nervös.

Er überflog die wenigen Zeilen, aber er äußerte sich nicht dazu.

Er zog eine wissenschaftliche Zeitschrift aus der Manteltasche.

»Kleine Anna, hier ist ein Stellenangebot einer chemischen Fabrik in Darmstadt. Sie suchen eine Laborantin. Das wäre doch etwas für dich!«

Anna war erschrocken. »Für mich? Was soll ich in Darmstadt?«

»Arbeiten, Anna!« sagte er. »Es ist nur für eine Versuchsreihe. Bis die zu Ende ist, bin ich auch mit meiner Doktorarbeit fertig. Dann kommst du nach Würzburg zurück, wenn du willst. Wir gehen jetzt zum Brückenbäck. Dort setze ich für dich eine Bewerbung auf, die schreibst du ab und gibst sie gleich zur Post. Vergiß es nicht, Anna! Ich fahre morgen heim. . .«

»Ich vergesse es nicht!« sagte sie mit steifen Lippen. Sie war wie betäubt.

Claus schickte sie weg! Es war ihm gleich, daß er sie dann nicht täglich sehen konnte. Er schob sie von sich fort, so, wie sie immer fortgeschoben worden war. Von der Mutter, von Frau Weise, von Herrn Weise. Und nun auch von Claus!

Wie einfältig, wie leichtgläubig war sie gewesen! Lernte sie denn nie dazu? Ein Mädchen wie Anna wurde nicht geliebt! Claus schickte sie weg!

Sie war nicht darauf vorbereitet, weder innerlich noch äußerlich. Sie fühlte sich herausgeschleudert aus der warmen Zusammengehörigkeit. Claus liebte sie nicht, brauchte sie nicht, nicht so, wie sie ihn brauchte.

Als Anna in ihrer Kammer war, flammte Schmerz in ihr auf, und ihre Gedanken wurden noch schwärzer. Sie konnte sie nicht vertreiben, sie krochen aus allen Winkeln, fielen von der Decke herab. Sie weinte.

Wäre Claus empört über die Einladung von Frau Ritter gewesen, hätte er seine Weihnachtspläne geändert, um wenigstens für einen Tag bei ihr in Würzburg zu bleiben, wie sie es insgeheim gehofft hatte. Sie hätte mit Freuden auf die Reise nach Hagen verzichtet.

Sie verbrachte eine schlaflose Nacht.

Aber sie setzte sich auch hin und schrieb die Bewerbung, so wie Claus sie ihr aufgeschrieben hatte. Sie hatte es ihm versprochen.

Am nächsten Morgen rief sie Dr. Ritter im Luitpoldkrankenhaus an, um ihm mitzuteilen, daß sie die Einladung seiner Mutter annähme.

Er freute sich.

»Wir werden eine schöne Reise zusammen haben, Fräulein Anna. Vorher gibt es noch einiges zu besprechen. Sie haben doch sicher heute nachmittag Zeit, Sie sind ja schon im Urlaub. Treffen wir uns im Königskaffee? Erinnern Sie sich? Vor einem Jahr haben Sie dort Ihre heiße Schokolade nicht ausgetrunken.«

»Diesmal trinke ich sie aus«, sagte Anna.

Im Königskaffee spann sich eine sonderbare Unterhaltung an.

Zuerst versicherte Dr. Ritter wiederholt, wie dankbar er Annas Entschluß begrüßte, die Festtage im Hause seiner Eltern zu verbringen. Und dann fragte er:

»Nehmen Sie viel Gepäck mit?«

»Ich habe eine spanische Reisetasche von meiner Mutter«, sagte Anna. »In die packe ich meine Sachen ein. Für die paar Tage brauche ich ja nicht viel.«

Er blickte zu dem Garderobenständer, an dem Annas Mantel hing. Der blaue Schulmantel war ihr schon vor zwei Jahren zu kurz gewesen. Inzwischen ragten ihre Gelenke aus den Ärmeln heraus, und der Rock schaute eine Handbreit unter dem Mantelsaum hervor. »Ziehen Sie den blauen Mantel auf der Reise an, Fräulein Anna?«

Sie nickte. »Ja!« Und in ihr dämmerte die Erkenntnis: Dr. Ritter sorgte sich um ihre Garderobe.

Ach, wie einfach war das alles mit Claus! Claus hatte niemals ihren Mantel oder ihre selbstgenähten Kleidchen bemängelt. Nie! Es waren ja auch hübsche Sachen.

»Wir machen einen Bummel durch die Stadt und sehen uns die Schaufenster an», schlug Dr. Ritter vor. »Ist das recht?«

Sie schlenderten durch die Hauptgeschäftsstraße. Beim Kaufhaus Rom & Wagner blieben sie stehen. Dr. Ritter deutete in die Auslage. »Der blaue Mantel mit dem Fehkragen müßte Ihnen gut stehen, Fräulein Anna. Ein schöner Mantel!«

Anna nickte.

Ja, ein schöner Mantel! Aber der Preis?! Wie viele Meter Hohlsaum müßte sie für Marcus Seliger nähen, bis sie das Geld beisammen hätte! Und wie viele Krippen basteln!

»Gehen wir hinein? Probieren Sie den Mantel doch wenigstens an!« forderte er sie auf. Und als sie zauderte, fügte er hinzu: »Bitte, Fräulein Anna, tun Sie es mir zuliebe!«

Anna gab nach und betrat mit ihm das Geschäft. Und dann wurde es furchtbar.

Zuerst die Empfangsdame, dann die Verkäuferin!

»Was wünscht der Herr, bitte? Ah, der Mantel aus dem Schaufenster? Der mit dem Fehkragen. Es ist ein Einzelstück. Ich lasse ihn selbstverständlich holen. Für das kleine Fräulein?«

Es war Anna sehr peinlich, daß sie hier als »kleines Fräulein« dastand, dem ein eleganter Herr einen Mantel kaufen wollte.

Und dazu die Blicke der Verkäuferinnen!

»Wenn sich die Herrschaften einen Augenblick gedulden möchten, bitte!«

Anna setzte sich, obwohl sie am liebsten davongelaufen wäre.

Martin Ritter ging ein paar Schritte weiter und betrachtete die Kleider, die in Reih und Glied auf dem Ständer hingen.

Sofort war eine Verkäuferin zur Stelle.

»Ein Kleid für das kleine Fräulein?« Und zu Anna gewandt: »Welche Größe haben Sie? Achtunddreißig?«

»Ich weiß es nicht!« sagte Anna.

Sie hatte noch nie ein Kleid von der Stange gekauft.

Die Verkäuferin wählte mit flinken Händen einige Kleider aus. Sie dirigierte Anna in die Kabine, hängte die Kleider auf einen Haken und verschwand.

Anna prüfte die Kleider, eins nach dem anderen. Lauter schöne, festliche Gewänder. Aus Seide, dünnem Wollstoff, plissiert, gerafft, mit vergoldeten Schnallen an den Gürteln.

Und dann wußte sie, was sie wollte.

Das graublaue Wollkleid mit dem bunten Perlenkragen. Sie nahm es vom Bügel, der Stoff floß weich durch die Finger.

Die Verkäuferin kam zurück.

»Haben Sie etwas gefunden? Ja? Ah, Sie haben einen guten Geschmack, Fräulein. Da haben Sie mit sicherem Griff eines unserer feinsten Kleider herausgefischt. Darf ich Ihnen beim Auskleiden helfen?«

Sie nahm Anna den Mantel ab.

Anna zog ihren grauen Strickrock und den Pullover aus und legte beides auf den Hocker.

Die Verkäuferin starrte auf Annas Wäsche. Auf die Batistuntertaille, auf die Unterhose, die bis zu den Knien reichte und mit Bogenstickerei versehen war.

»Ist das Handarbeit? Haben Sie die vielen winzigen Bögen etwa selbst gestrickt? Gibt es das denn überhaupt noch? Ich mein – solche Wäsche?«

Anna sagte nichts.

In ihrem Schließkorb gab es nur ›solche Wäsche‹, und in Frau Weises Wäscheschrank auch.

Das Kleid paßte wie angegossen.

Anna ging auf den großen Spiegel zu, der die ganze Wand einnahm und den Raum endlos zu verlängern schien. Sie konnte kaum glauben, daß das, was sie da in dem Spiegel sah, sie selbst war.

»Was kostet das Kleid?« fragte sie.

»Fünfundsiebzig Mark, Fräulein!«

»Ich kaufe es«, sagte Anna.

Fünfundsiebzig Mark! Das war eine Menge Geld, wenn sie bedachte, wie mühselig sie es verdienen mußte.

Aber sie wollte das Kleid besitzen, sie wollte es unbedingt.

Dr. Ritter trat zu ihr. »Der Stoff hat die gleiche Farbe wie Ihre Augen! Ich finde sogar, er läßt Ihre Augen noch heller erscheinen. Wirklich schön! Der Mantel ist inzwischen gekommen. Ich hoffe, er hat Ihre Größe. Dann hätten Sie alles, was Sie benötigen.«

Er war wie verwandelt.

Anna schlüpfte in den Mantel, fühlte den weichen Pelzkragen an ihren Wangen. Natürlich war der Mantel schön, natürlich kleidete er sie. Das brauchte die Verkäuferin nicht ständig zu beteuern, das sah Anna selbst. Kein Vergleich mit dem blauen Schulmantel, dem alten, liebgewonnenen Stück.

Aber: »Hundertfünfundachtzig Mark! Das ist zu teuer. So viel kann ich nicht ausgeben.«

Dr. Ritter redete flüsternd auf sie ein:

»Bitte, Fräulein Anna! Ich lege Ihnen den Betrag aus. Sie zahlen ihn mir im Laufe des nächsten Jahres zurück. Sie müssen den Mantel kaufen!«

»Nein, ich mache keine Schulden!« erklärte Anna eigensinnig.

Sie war es nicht gewohnt, sich in ihren persönlichen Angelegenheiten Vorschriften machen zu lassen. Von keinem. Die Zeiten, da Frau Weise sie geduckt und bevormundet hatte, lagen weit zurück.

»Ich hätte den Mantel auch gern. Aber es geht nun einmal nicht. Vielleicht im nächsten Jahr. Ja, in diesem Jahr das Kleid, im nächsten Jahr den Mantel.«

Er seufzte.

»Warum wollen Sie sich denn nicht das Vergnügen mit dem Mantel gönnen?«

»Das Leben ist kein Vergnügen, sondern eine schwere Aufgabe«, sagte sie.

Sie sah ihn an.

Er lachte, aber er hatte verdächtig blanke Augen.

Am 23. Dezember vormittags fand sich Anna in der Bahnhofshalle ein.

Martin Ritter erwartete sie. Er nahm ihr die spanische Reisetasche ab. Anna gab sie ungern her. Die Tasche enthielt ihre Sachen, auch das neue Kleid, teuer bezahlt mit durchwachten Nächten und brennenden Augen.

Sie fanden ihr Abteil mit den reservierten Plätzen. Anna zog ihren Mantel aus, und Dr. Ritter hängte ihn unter den seinen.

Er hatte an alles gedacht. Anna bekam eine Schachtel Keks, eine illustrierte Zeitung, ein Sitzkissen.

Sie stand gedankenversunken am Fenster.

Es war ihre erste Bahnfahrt seit langer Zeit. Seit damals, als sie von Aschaffenburg nach Würzburg gereist war. Und so viel war inzwischen geschehen.

Vom Nebengleis fuhr der Zug nach Aschaffenburg ab. Heimweh überfiel Anna. Heimweh nach dem Dorf. Es war unbegreiflich. Sie hatte in dem Dorf nichts Gutes erfahren. Oft genug hatte sie es gehaßt, ihm eine Feuersbrunst gewünscht, und doch hatte sie auf einmal Heimweh.

Der Zug setzte sich in Bewegung.

Anna stand immer noch am Fenster. Nun fuhr sie wieder ins Ungewisse, zu Menschen, die sie nicht kannte und vor denen sie sich jetzt schon fürchtete.

Sie konnte nicht mehr verstehen, warum sie sich überhaupt auf diese Reise eingelassen hatte.

Mit Claus reisen, das wäre schön. Mit Claus zur Festung Marienberg emporblicken, bis sie den Augen entschwand...Claus, Claus! Der einzige Mensch auf der Welt, der zählte. Und der schickte sie fort, verbannte sie nach Darmstadt...

Dr. Ritter bemühte sich, Anna aufzuheitern.

Er erzählte von seinem Vater, den er ›Professor‹ nannte: »...der Professor läßt es sich niemals nehmen, mich vom Bahnhof abzuholen. Auch nicht, wenn ich in finsterer Mitternacht ankomme. Er ist ein begeisterter Jäger. Und er hat seit vielen Jahren Tagebuch geführt. Man kann ihm keine größere Freude machen, als ihn zu fragen, was sich vor zehn oder zwanzig Jahren ereignet hat. Dann geht er an seinen Bücherschrank, zieht den betreffenden Jahrgang heraus und liest vor. Dabei kommen oft die wunderlichsten Dinge zutage.

Der Professor wird Ihnen gefallen, Fräulein Anna. Er ist auch bei einem Pflegevater aufgewachsen.

Und meine Mutter – Mutter Selma, wie sie allgemein heißt – ist eine belesene Dame. Sie hat eine Vorliebe für die englische Lebensweise. Sie ist eine hervorragende Hausfrau mit großem Ehrgeiz. Alles macht sie selbst. Handarbeiten, Weihnachtsbäckerei, Geschenke für Kinder, Enkelkinder, Freunde und Bekannte. Bei uns blinkt es vor Ordnung und Sauberkeit.«

Er lachte. »Es läßt sich nicht leugnen, Mutter Selma ist die beherrschende Persönlichkeit im Hause Ritter. . .«

Auch Anna lachte ein wenig.

Doch gleichzeitig durchzuckte sie ein argwöhnischer Gedanke: Das hört sich alles irgendwie nach Frau Weise an!

Dr. Ritter zeigte ihr ein Foto von seiner Mutter.

Gott sei Dank! Mutter Selma hatte keinerlei Ähnlichkeit mit Frau Weise. Einschüchternd wirkte sie dennoch. Eine ältere Dame mit weißem Haar und sehr hellen Augen. Anna betrachtete das Foto lange.

»Ist Frau Ritter sehr streng, Herr Doktor?« fragte sie schließlich.

»Das klingt ja so kleinlaut!« Er lächelte sie mit warmen braunen Augen an.

»Keine Angst, Fräulein Anna! Sie sind unser lieber Gast. Mutter Selma ist immer freundlich, unerschütterlich freundlich. Ich hoffe, daß auch mein Bruder in freundlicher Stimmung ist, unser Jeremias. Mit ihm ist es nicht so ganz einfach. Er ist unberechenbar, auch jähzornig. Er war schon einige Male verlobt. Er wohnt nicht im Haus, sondern hat eine eigene kleine Wohnung. Meine Schwester Lisa werden Sie leider nicht kennenlernen. Sie ist in Lüneburg mit einem Oberstudienrat verheiratet. Sie kommen nur im Sommer, wenn ihre beiden Kinder im Garten spielen können. . .«

So erzählte er.
Er schien sehr an seiner Familie zu hängen.
Wie Claus...

An Claus mußte Anna denken, als sie beim Mittagessen vom Speisewagen aus den Rhein sah, den Strom mit seinen grünen Wassern, den Schleppkähnen, weißen Raddampfern und den vielen Burgen hoch über dem Ufer.

Bei Claus hatte sie lachen und singen gelernt, und ihr fiel das Lied von der Lorelei ein: »Ich weiß nicht, was soll es bedeuten, daß ich so traurig bin...«

Es war ein Fehler, die Einladung anzunehmen, dachte Anna, und sie fragte sich, ob es Dr. Ritter nicht auch schon insgeheim bedauerte.

Der Zug fuhr ins Industriegebiet hinein. Rauchwolken verschlossen die Landschaft. Rote und gelbliche Feuer leuchteten am Himmel.

»Es gefällt Ihnen wohl nicht, Fräulein Anna?« meinte Martin Ritter.

»Ich bin noch niemals in einem Industriegebiet gewesen«, sagte sie. »Ich komme vom Land. Hier ist alles so düster.«

## 9.

Es dauerte noch Stunden bis Hagen. Als sie aus dem Zug stiegen, war es schon dunkel.

Martin Ritter rief den Gepäckträger.

»Nanu? Wo ist denn der Professor? Das ist ja

noch nie dagewesen! Er hat sich verspätet. Wir wollen warten.« Sie warteten auf dem Bahnsteig, bis alle Reisenden durch die Sperre gegangen waren.

Der Gepäckträger wurde ungeduldig.

Sie gingen in den Wartesaal, vor die Bahnhofshalle, auf den Vorplatz.

»Das verstehe ich nicht«, sagte Martin Ritter. »Kein Professor! Er muß krank sein, anders ist das nicht zu erklären. . .«

Er ist nicht krank, dachte Anna hellsichtig.

Er ist nicht krank. Mutter Selma erlaubt es nur nicht, daß er uns abholt. Mutter Selma mag mich nicht. Ach, es war ein großer Fehler, die Einladung anzunehmen.

»Wir nehmen ein Taxi und fahren nach Hause«, sagte Dr. Ritter zerstreut. »Dann sehen wir ja, was los ist.«

Das Taxi rollte durch die Innenstadt, dann ging es bergauf zu einem Villenvorort.

An einem Gartentor läutete Dr. Ritter.

Es öffnete ein Stubenmädchen in schwarzem Kleid, mit weißer Schürze und Häubchen.

»Guten Abend, Herr Doktor!«

»Guten Abend, Fräulein Lenchen!« sagte er.

»Darf ich Ihnen den Koffer abnehmen, Herr Doktor?«

»Nein, Fräulein Lenchen!« sagte er freundlich und deutete auf Annas Reisetasche.

»Bitte, bringen Sie das Gepäck von Fräulein Rohrschneider nach oben ins Fremdenzimmer. Wo ist der Herr Professor?«

»Die Herrschaften essen zu Abend«, antwortete Fräulein Lenchen.

»Sooo?!« fragte Dr. Ritter gedehnt und zog die Augenbrauen hoch.

»Ist denn jemand krank?«

»Ach nein!« sagte Fräulein Lenchen.

»Die Herrschaften haben einen Spaziergang gemacht, und deshalb essen sie heute früher als sonst.«

Die Zeichen waren leicht zu deuten: Mutter Selma hatte mit dem Professor über den Gast gesprochen, der da ins Haus schneite. Und Fräulein Lenchen hatte einiges mitbekommen und sich so ihre Gedanken gemacht. . .

In der Diele hingen Geweihe und Stiche an den Wänden. Zwischen den Teppichbrücken spiegelte das Parkett.

»Martin!« rief eine Stimme.

Mutter Selma erschien.

Anna war nicht überrascht. Imposant wie eine Königin trat sie auf, unangefochtene Autorität ausstrahlend, das weiße Haar hochfrisiert. Kein Stäubchen auf dem schwarzen Kleid, das Spitzenjabot am Halsausschnitt – blendend weiß. Die blauen Augen waren noch heller als auf dem Foto. Es waren Augen, denen nichts verborgen blieb.

Sie umarmte den Sohn, als wolle sie ihn nie mehr freigeben

»Mein lieber, lieber Junge, da bist du ja! Endlich, endlich. Ich habe dich so lange nicht gesehen. . .« Der Sohn entzog sich lächelnd dem Gefühlsausbruch, faßte Annas Hand und sagte:

»Darf ich euch Fräulein Anna Rohrschneider vorstellen?«

Mutter Selma reichte Anna die Hand, griff herzhaft zu und sagte freundlich:

»Es ist nett, daß Sie gekommen sind, Fräulein Rohrschneider.«

Ja, sie war freundlich. Aber nicht zu freundlich. Es war jene Liebenswürdigkeit, die Anna ein ganz klein wenig fortschob, auf den Platz, auf den sie hingehörte.

Der Professor trat neben seine Frau. Er war klein und zart.

»Nun, habe ich euch ein schönes Christkind mitgebracht?« fragte der Sohn wohlgelaunt.

»Herzlich willkommen, liebes Christkind!« sagte der Professor. Er hatte warme Augen.

Fräulein Lenchen stand wie angewurzelt am Treppenaufgang und starrte Anna an.

»Für euch ist in Vaters Zimmer gedeckt! Wir haben schon gegessen.«

Mutter Selma ging voraus.

»Bitte, Martin! Bitte, Fräulein Rohrschneider!«

Sie folgten ihr in das Zimmer des Hausherrn. Auch hier Jagdtrophäen und Gewehre hinter der verglasten Tür eines Schrankes.

An einem runden Tisch nahmen sie Platz.

Fräulein Lenchen schenkte Tee aus einer Silberkanne ein. Anna saß kerzengerade auf ihrem Stuhl, ohne mit dem Rücken die Lehne zu berühren. Das Atmen fiel ihr schwer, und ihre Finger zitterten derart, daß sie die zweite Hand zu Hilfe nehmen mußte, als sie die Tasse zum Munde führte.

Mutter Selma eröffnete die Unterhaltung, in der es um Leute ging, die Anna nicht kannte. Sie äußerte festgefügte Ansichten.

Anna sprach kaum ein Wort, außer wenn Mutter Selma eine Frage an sie richtete, und sie ahnte, daß das wohl so bleiben würde während ihres Besuchs.

Nun ja – zu schweigen hatte sie gelernt.

Mutter Selma erhob sich, ging zum Schreibtisch und fächerte die Briefe auf, die dort lagen.

»Wir sind bei Baron Kotzmann eingeladen, Martin!«

Sie reichte ihm eine Karte.

»Du kommst doch mit, nicht wahr? Ach, Martin, lieber Junge, du bist schmal geworden...«

Der Professor hatte bisher still zugehört.

Seine Augen wanderten von Anna zu seinem Sohn.

Nun protestierte er sanft:

»Übertreib nicht, Mutter! Martin sieht frisch und gesund aus. Und Fräulein Anna ist müde von der Reise und von den vielen Eindrücken, die auf sie einstürmen. Zeig ihr das Zimmer, damit sie sich erholen kann«

Als Anna die Tür des Fremdenzimmers hinter sich geschlossen hatte, holte sie tief Luft. Sie ließ sich auf der Bettkante nieder und legte beide Hände vor das Gesicht. So saß sie eine Weile da, bis sie sich entspannte. Dann stand sie auf und dehnte ihre Glieder. Was für ein hübsches Zimmer! Weiße Möbel, Teppich, seidenbeschirmte Lampe, Tannenzweige, in denen eine rote Kugel glühte. Eine Schale mit Weihnachtsgebäck. Ein Waschbecken, fließend warmes und kaltes Wasser...Anna dachte an ihre Kammer in der Semmelgasse, an das knarrende alte

Bett, an den wurmstichigen Stuhl, die nackte Glühbirne, an den Geruch nach Gas und Abflußrohren, an die grauweiße, emaillierte Schüssel, die sie unter dem Wasserhahn im Treppenflur zu füllen pflegte, um sie dann, vorsichtig balancierend, auf den schwankenden Waschständer zu stellen.

Und nun wohnte sie in einem Zimmer, das mindestens so schön war wie das von Luise.

In einer roten Schreibmappe lagen Briefpapier und Umschläge.

Daneben ein Buch: »Als Großmutter noch ein Kind war.« Anna blätterte in den Seiten.

Wann hatte sie zum letztenmal ein Buch gelesen? Sie konnte sich nicht entsinnen. Ja, Artikel über Hormon- und Vitaminforschung in Fachzeitschriften oder in wissenschaftlichen Werken und ab und zu ein Gedicht, selten genug, am Geburtstag, an Weihnachten:

»Du mußt uns milde sein, Marie,
wir blühn aus deinem Blut,
und du allein kannst wissen, wie
so weh die Sehnsucht tut. . .«

Anna setzte sich an den Sekretär und schrieb:

*»Lieber Herr Dr. Ritter!*
*Ich danke Ihnen von Herzen, daß Sie mir den Aufenthalt in Ihrem schönen Elternhaus geschenkt haben.*
*Sie haben sicher bemerkt, daß ich vor allem Neuen Angst habe, auch vor neuen Menschen. Darum bitte*

*ich Sie, mich nicht zu oft mit Ihren verehrten Eltern allein zu lassen. Ich weiß nicht, worüber ich mit ihnen sprechen soll.*
*Es tut mir leid, daß ich Ihnen so viel Mühe bereite.*
*Ihre Anna.«*

Sie steckte den Brief in einen Umschlag und verschloß ihn sorgfältig.

In der Nacht schlief sie tief und traumlos, zehn Stunden lang.

Als sie erwachte, schien die Sonne. Anna öffnete einen Fensterflügel und atmete die kalte Winterluft ein. Sie hörte das Geräusch einer Bürste: Fräulein Lenchen putzte Schuhe vor der Haustür. Und dann hörte Anna die aufgebrachte, weinerliche Stimme von Mutter Selma und das beschwichtigende Flüstern des Professors. Irgend etwas schien nicht in Ordnung zu sein. Beim Frühstück war nichts von einer Verstimmung zu spüren.

Anna schob heimlich ihren Brief unter die Serviette von Dr. Ritter, der neben ihr saß.

Der Professor lächelte.

Mutter Selma war freundlich.

»Haben Sie sich eine Handarbeit mitgebracht, Fräulein Rohrschneider? Für die ruhigen Tage zwischen Weihnachten und Silvester?«

»Nein, Frau Professor!«

»Da habe ich etwas für Sie, Fräulein Rohrschneider. Eine Schürze. Sie können die Kreuzstichbordüre sticken.« Und belehrend fügte sie hinzu: »Frauenhände dürfen niemals ruhn!« ›Müßiggang ist aller Laster Anfang!‹ Wie ein Echo hörte Anna

Frau Weises Stimme im Kopf. ›Arbeite, Anna, dann kommst du nicht auf dumme Gedanken – wie andere Leute!‹

»Am 30. Dezember gehen wir ins Theater«, sagte Mutter Selma.

»Man gibt Tannhäuser. Kennen Sie die Oper, Fräulein Rohrschneider?«

»Nein, Frau Professor!«

»Ich gebe Ihnen das Textbuch! Man sollte niemals unvorbereitet in die Oper gehen. In diesem Werk hat Richard Wagner zwei Sagen miteinander verknüpft. Das Gedicht vom Sängerkrieg auf der Wartburg, das aus dem dreizehnten Jahrhundert stammt, und das Volkslied vom Tannhäuser – aus dem sechzehnten Jahrhundert. Möchten Sie das Textbuch lesen, Fräulein Rohrschneider?«

Mutter Selma lächelte.

»Gern, Frau Professor! Danke!«

Der Tag verlief harmonisch.

Anna machte sich überall nützlich, wo sich Gelegenheit bot. Sie bat um ein Staubtuch, um Fräulein Lenchen zu helfen, deckte den Mittagstisch und ging Mutter Selma in der Küche zur Hand.

Dr. Ritter blieb in ihrer Nähe, und Mutter Selma freute sich über seine Gegenwart.

Der Bruder Jeremias tauchte auf. Er war in gemäßigt freundlicher Laune.

»Mein lieber Martin«, sagte er, »ich bin enttäuscht von dir. Ich hatte gehofft, du würdest wieder bei mir wohnen und wir könnten jeden Abend losziehen zum Skat, zum Billard, auf ein Bier. . .«

Dann begrüßte er Anna und meinte:

»Schön ist sie ja! Sieht aus wie eine junge Henny Porten. Wie Henny Porten. . .«

Er wiederholte den Namen mehrmals: »Wie Henny Porten, wie Henny Porten. . .«, bis Anna fragte:

»Wer ist Henny Porten?«

Er lachte.

»Wie bitte? Sie wissen nicht, wer Henny Porten ist? Das ist eine berühmte Filmschauspielerin!«

»Verzeihung, ich war noch niemals in einem Kino!« sagte Anna betreten.

»Das sollten Sie aber schleunigst nachholen, Fräulein Anna!« erklärte er. »Denk daran, Martin!«

Und dann war Weihnachtsabend mit Kerzenschimmer, dem Geruch von Bienenwachs und Tannen, dem Geknister von Seidenpapier, dem Geschmack von Lebkuchen und Glühwein. Danksagungen, Umarmungen, Rührung. Goldene Bänder flatterten zu Boden.

»Gefällt es Ihnen, Anna?« fragte Dr. Ritter und nahm ihre Hand. Sie sah ihn an. Ihr versagte wieder einmal die Stimme. Aber singen konnte sie dann doch. Die vielen, vielen Weihnachtslieder.

Aber das war es nicht allein, was Anna froh machte. Nicht das gute Essen, der strahlende Salon, nicht die drei reizenden alten Damen mit den verwelkten Gesichtern, Oma Grafe, Tante Hermine, Tante Lieschen.

»Sie haben eine herrliche Stimme, Fräulein Anna!« sagte Tante Lieschen. »Sind Ihre Eltern und Geschwister auch so musikalisch?«

Anna mußte lächeln.

Martin Ritter hatte sie gewarnt.

»Tante Lieschen ist reizend, aber Vorsicht, Fräulein Anna! Sie ist sehr wißbegierig!«

»Sie singen so schön, Fräulein Anna!« Tante Lieschen betupfte die Augen mit einem Tüchlein.

»Sie ist überhaupt schön!« mischte sich Bruder Jeremias ein. »Sieht aus wie Henny Porten. Wie Henny Porten. . .«

Der Professor lächelte Anna zu, und Mutter Selma stimmte ein neues Lied an.

»Sie machen entzückende Sachen, Fräulein Anna!« sagte Tante Lieschen. »Diese Krippen mit den süßen kleinen Wachsfiguren! Martin hat mir eine geschenkt. Ich finde sie sehr künstlerisch. Haben Sie das bei Ihrer lieben Mutter gelernt?«

»Nein, bei den Englischen Fräulein. . .«

Dann wurde wieder gesungen.

Am nächsten Morgen hörte Anna zum zweitenmal das Flüstern in den unteren Räumen. Vor allem die beschwörende, klagende Stimme von Mutter Selma.

Sie kehrten immer wieder, diese gewisperten Debatten, die verstummten, sobald Anna das Zimmer betrat. Ihr Mißtrauen wurde wach. Sie witterte Unheil. Sie sprechen über mich! dachte sie. Nichts Gutes. Anna wurde nervös, als Martin Ritter mit dem Professor und Jeremias zu einem Frühschoppen aufbrach, zu einem Herrenabend und anschließend ». . .zu Baron Kotzmann!« wie Mutter Selma stolz sagte.

Ohne Martin fühlte Anna sich in diesem Haus ungeschützt. Anna machte Besuche mit der Familie.

Bei Oma Grafe, bei Tante Hermine, bei Tante Lieschen.

Es war immer das gleiche. Man aß gut und reichlich, zündete die Kerzen am Christbaum an, es wurde gesungen. Und Tante Lieschen versuchte diplomatisch und erfolglos, Anna auszuhorchen. Alle Wohnungen glänzten vor Wohlanständigkeit und Biedersinn.

Am 28. Dezember legten die Herren grüne Jagdanzüge an. Im Sauerland fand eine Treibjagd statt.

»Wir bleiben zwei Tage fort!« sagte Dr. Ritter.

»Zwei Tage?!« fragte Anna erschrocken. »Oh, bitte lassen Sie mich nicht allein, Herr Doktor, bitte!« Sie umklammerte seinen Arm.

»Aber Anna!« Er wehrte ihre Hände ab. »Es tut Ihnen keiner etwas. Sie brauchen wirklich keine Angst zu haben! Sind denn nicht alle nett zu Ihnen?«

»Doch, doch!« erwiderte sie hastig. »Aber ich möchte nicht, daß Sie fortgehen. Sie sind mein Schutzpatron. . .«

Bruder Jeremias lachte laut und höhnisch.

Der Professor nickte teilnahmsvoll.

Und Mutter Selma tat, als habe sie die kleine Szene nicht bemerkt. Sie griff nicht ein, sondern wünschte nur: »Waidmanns Heil!«

»Waidmanns Dank!« grüßten die Herren zurück und gingen. Anna war Mutter Selma ausgeliefert.

Mutter Selma ließ sich Zeit. Erst am Abend bat sie Anna zu sich.

Mutter Selma thronte auf dem Sofa. Da Frauenhände niemals ruhen durften, hatte sie eine Handarbeit auf dem Schoß, eine große Kaffeedecke, an der sie stickte. Anna saß auf einem Hocker und arbeitete an der Kreuzstichbordüre der Schürze, die ihr zugeteilt worden war. Sie fühlte sich ins Lehrerhaus zurückversetzt: lange, schweigsame Winterabende. Frau Weise und das Kind Anna, die Köpfe über eine Handarbeit gebeugt...

Mutter Selma schwieg nicht.

»Wie alt sind Sie, Fräulein Rohrschneider?«

»Ich bin Anfang Dezember achtzehn geworden, Frau Professor!«

»Mein Sohn Martin ist achtunddreißig!« Mutter Selmas Stimme hob sich bedeutsam.

Dazu war nichts zu sagen. Anna fädelte einen neuen Stickfaden in die Nadel.

»Es ist mir aufgefallen, daß Sie meinen Sohn mit Beschlag belegen. Bisher hat er stets mich um Rat oder wenigstens um meine Meinung gebeten, wenn er vor wichtigen Entscheidungen stand. Diesen Vorzug hat mir noch niemand streitig gemacht. Das blieb Ihnen vorbehalten, Fräulein Rohrschneider!«

Anna wurde heiß vor Unbehagen.

Sie senkte den Kopf tiefer über die Schürze.

»Das war nicht meine Absicht, Frau Professor, ich bitte vielmals um Entschuldigung.«

Mutter Selmas Töne wurden milder.

»Wir haben Sie alle gern, Fräulein Rohrschneider. Sie gefallen uns auch. Aber wir sind unglücklich, weil Sie katholisch sind. Und Sie sind auch noch sehr jung. Sehr jung!«

Annas Unbehagen wandelte sich in Erstaunen.

Was meinte Mutter Selma?

Daß Anna sehr jung und katholisch war, auch dazu gab es nichts zu sagen.

»Sie müssen wissen, Fräulein Rohrschneider, Martin verkehrt in den ersten Kreisen unserer Stadt. Er ist häufiger Gast im Adelsklub. Ich hätte es lieber gesehen, wenn er dort die Frau fürs Leben gefunden hätte.«

Anna ließ ihre Schürze sinken.

Sie empfand Erleichterung.

Das also war des Rätsels Lösung! Das war der Anlaß für die erregten Debatten, die flüsternd und mit Tränen am Morgen ausgekämpft wurden!

Anna hob den Kopf und sah Mutter Selma offen an. »Aber, Frau Professor, ich will Herrn Dr. Ritter doch gar nicht heiraten! Er ist ja auch viel zu alt für mich.«

»Wie bitte?« Mutter Selma erstarrte.

Sie legte ihre Decke beiseite, nahm die Brille ab und setzte sich mit steifem Kreuz auf.

»Wie bitte? Sie wollen meinen Sohn gar nicht heiraten? Und da fahren Sie mit ihm am Weihnachtsfest zu seinen Eltern?«

Es klang, als habe Anna ein Verbrechen gegen die öffentliche Ordnung begangen.

»Ja!« entgegnete Anna in aller Unschuld. »Sie haben mich doch eingeladen, Frau Professor.«

Einige Sekunden lang war Mutter Selma sprachlos. Sie fuhr sich über die Augen und sagte schließlich mit leiser Stimme: »Wir wollen nicht weiter darüber sprechen. Gute Nacht, Fräulein Rohrschneider!«

»Gute Nacht, Frau Professor!« Anna war entlassen.

Sie hatte keine gute Nacht.

Sie zermarterte sich den Kopf, sie machte Professor Mannasy Vorwürfe. Hätte er ihr nicht zugeraten, sie läge jetzt nicht in dem hübschen Zimmer, sondern in ihrer Kammer, in die sie sich zurücksehnte.

Jawohl, zurück in die Semmelgasse, wo sie nichts hörte von ersten Kreisen, Adelsklub und Baron Kotzmann, wo sie sich nicht unterhalten mußte, ohne etwas zu sagen.

Heiraten? Jetzt schon?

Mutter Selmas Sorgen möchte ich haben! dachte Anna grimmig. Meinetwegen braucht sie sich nicht zu grämen. Meinetwegen kann ihr Martin eine Adlige heiraten, ich stehe seinem Glück nicht im Wege.

Und überhaupt – er hat mich ja noch gar nicht gefragt!

Anna lebte seit beinahe zwei Jahren allein und hatte ihre Unabhängigkeit lieben gelernt.

Was hätte sie darum gegeben, sich mit Claus zu treffen! Welche Wohltat, an seiner Seite durch den ersten Schnee eines klaren Wintertages auf die Frankenwarte zu laufen, ihre Hand in seiner Manteltasche vergraben, Hunger im Magen.

Claus, das Labor, der stinkende Kurssaal, die Tiere in ihren Ställen, das patzige Fräulein Kohl, das Gleichmaß der Arbeitstage, das alles erschien Anna auf einmal unendlich wertvoll.

Sie wollte weg, zurück in ihr eigenes Leben!

Der nächste Tag war nicht so unerfreulich, wie Anna befürchtet hatte.

Das heikle Thema wurde mit keiner Silbe berührt.

Am Nachmittag kam Tante Hermine zu Besuch, sie war eine Schwester von Mutter Selma. Anna stickte die Kreuzstichbordüre fertig, und die Damen lobten ihre Geschicklichkeit.

Mutter Selma war freundlich, sehr freundlich. Sie schenkte Anna die Schürze. »Zum Andenken, liebes Fräulein Rohrschneider! Zum Andenken an die Tage in Hagen...«

Am Abend durfte sich Anna zeitig zurückziehen. Die Jäger wurden erst in der Nacht erwartet.

War das Mißverständnis nun ausgeräumt? Anna hoffte es von ganzem Herzen.

Aber als sie am Morgen hinunterging, hörte sie schon vor der Tür des Wohnzimmers die kummervolle Stimme von Mutter Selma: »Mein lieber, lieber Junge, hast du dir deinen Entschluß auch reiflich überlegt?«

Es gab keinen Zweifel mehr: Der Sohn gedachte an Anna festzuhalten, gegen den erklärten Willen seiner Mutter. Es wurde darüber nicht gesprochen. Jedenfalls nicht in Annas Gegenwart.

Das Frühstück fand in gedrückter Stimmung statt. Mutter Selma wirkte nicht mehr so hoheitsvoll wie am ersten Tag. Sie hatte verweinte Augen.

Martin Ritter bemühte sich munter plaudernd, die Situation zu überspielen.

»Heute abend gehen wir ins Stadttheater«, sagte er. »Freuen Sie sich auf die Oper, Fräulein Anna?«

»Ja, Herr Doktor!«

Und der Professor lächelte und erzählte von der Treibjagd.

Die Hausglocke schrillte. Und dann trat Fräulein Lenchen ein.

»Ein Telegramm für Fräulein Rohrschneider!«

»Für mich?« Anna nahm den Briefumschlag vom Tablett.

»Danke, Fräulein Lenchen! – Man hat es mir nachgeschickt vom Institut. . .Ein Assistent macht Feiertagsdienst. . .«

Sie faltete das Papier auseinander und las halblaut: »Bewerbung angenommen – stop – Einstellung erfolgt ab 15. Januar. . .«

Das Telegramm kam aus Darmstadt.

Durch Annas Kopf wirbelten die Gedanken: Die Lösung kommt immer von außen! Wer hatte das gesagt? Die Mutter? Herr Weise?

Dieses Telegramm – es ermöglichte ihr den Rückzug in ihr eigenes Leben! Lebhaft beantwortete sie die Fragen, die an sie gerichtet wurden.

»Sie haben sich nach Darmstadt beworben, Fräulein Anna?« fragte Martin Ritter. »Davon weiß ich ja gar nichts?«

»Davon weiß auch Professor Mannasy nichts«, sagte Anna. »Ich habe im Institut nichts darüber verlauten lassen. Ich war nicht sicher, ob man mich nimmt.«

»Ja, wollen Sie denn die Stellung annehmen?« schaltete sich Mutter Selma ein.

»Ich glaube schon, Frau Professor!«

»Sie haben ernstlich die Absicht, Würzburg zu verlassen, Fräulein Anna? Das kann ich nicht glauben. Das sieht mir mehr nach einer Kurzschlußhandlung aus!« sagte Dr. Ritter, und seine Stirn rötete sich.

»Möchten Sie jetzt früher abreisen als geplant, Fräulein Rohrschneider?« erkundigte sich Mutter Selma.

»Ja, Frau Professor! Ich muß im Labor alles abwikkeln und mit Herrn Professor Mannasy sprechen.«

»Das ist ganz gegen unsere Verabredung!« rief Dr. Ritter. »Mein Urlaub ist noch nicht zu Ende. Wir fahren am zweiten Januar! Vorher können Sie ohnehin nichts erledigen, Fräulein Anna.«

»Es ist gut, Herr Doktor!« sagte Anna, und sie dachte: Das sind ja nur noch drei Tage. Die stehe ich durch. Ich habe schon schlimmere Zeiten durchgestanden...

Am Abend zog sie das neue Kleid an.

»Bildschön!« sagte Jeremias. »Wie Henny Porten, wie Henny Porten...«

Anna lachte.

In der Oper saß Martin Ritter neben ihr. Sie war ergriffen, als Elisabeth auf der Bühne kniend sang: »Allmächt'ge Jungfrau, hör mein Flehen! Zu dir Gepriesne, ruf ich...« Da fiel es ihr schwer auf die Seele, daß sie an den Weihnachtstagen nicht die Messe besucht und nicht einen einzigen Rosenkranz gebetet hatte. Es waren noch zwei Tage. Man machte es ihr leicht und ersparte ihr jede Peinlichkeit.

Beim Abschied gab es Tränen.

»Mein lieber Junge, du hättest doch noch bis zum fünften Januar bleiben können!« sagte Mutter Selma. Und zu Anna sagte sie: »Liebes Fräulein Rohrschneider, ich hoffe, daß wir Sie bald einmal wiedersehen.«

Der Professor begleitete seinen Sohn und Anna bis auf den Bahnsteig. Bevor Anna in den Zug stieg, umarmte er sie wortlos und küßte sie auf die Wange. Sie spürte, daß seine Lippen zitterten. Anna winkte ihm aus dem Abteilfenster zu, bis die kleine Gestalt nicht mehr zu sehen war.

## 10.

Die Rückreise verlief schneller als die Hinfahrt. Oder schien es nur so?

Je weiter sich der Zug von Hagen entfernte, desto fröhlicher wurde Anna. Und als sie den Main sah, die vertraute Landschaft, da hätte sie singen mögen.

»Fräulein Anna«, sagte Dr. Ritter plötzlich, »wissen Sie eigentlich, was auf Sie zukommt, wenn Sie nach Darmstadt gehen? In einer so großen Fabrik sind Sie nur eine Nummer unter vielen. Da sind Sie nicht mehr das Vitaminmädchen wie in Würzburg, wo alle Sie gern mögen. Sie haben mir geschrieben, daß Sie sich vor allem Neuen fürchten. Und was erwartet Sie in Darmstadt? Neue Aufgaben, neue Gesichter. Sie werden sehr allein sein.«

»Ich werde auch dort Freunde finden«, erwiderte sie.

»Fräulein Anna«, fuhr er fort, »bleiben Sie in Würzburg! Ich bitte Sie, meine Frau zu werden. . .«

Also doch. Sie hatte gehofft, er würde nicht davon sprechen. Also doch.

». . .schon als ich Sie das erste Mal sah, Fräulein

Anna, da dachte ich: so sollte die Mutter meiner Kinder aussehen.«

Das erste Mal? Meinte er, als sie auf dem Residenzplatz in der Uniform der Heilsarmee das Lied vom Steuermann sang und Zettel verteilte und sich vor Verlassenheit krümmte? Oder dachte er an ihre erste Begegnung im Labor? Sie fragte nicht. Und sie hätte gern gesagt: Herr Doktor, ich bin Ihnen dankbar, ich möchte nicht, daß Sie aus meinem Leben verschwinden und mir womöglich böse sind. Noch niemals war ein Mensch so gut zu mir wie Sie – außer Claus.

Claus? Wo war in Dr. Ritters Plänen ein Platz für Claus? Sie wollte das alles sagen, aber die Sätze formten sich ihr nicht.

»Ich kann noch nicht heiraten, Herr Doktor. Ich habe keine Aussteuer, kein Geld. Ich muß mir alles selbst schaffen. Und ich möchte nicht heiraten, bevor ich nicht meine Ausbildung beendet habe. Und. . .ich denke auch daran, nach Afrika zu gehen und in einem Missionskrankenhaus zu arbeiten. . .«

»Nach Afrika?« fragte er.

»Was haben Sie für ausgefallene Ideen, Anna? Mal ist es Rußland und jetzt Afrika? Nach einem Jahr in Afrika sind Sie krank. Das Klima, die primitiven Lebensumstände! Nicht umsonst erhalten die Missionsärzte in Afrika alle drei Jahre einen sechsmonatigen Urlaub.«

Sie kam nicht gegen ihn an.

In ihrer Ratlosigkeit griff sie nach einem letzten Einwand.

»Und außerdem kann ich das ja gar nicht allein

entscheiden. Sie müßten Herrn Weise, meinen Pflegevater, fragen.«

Er sah sie an und schüttelte den Kopf. Sie wußte nicht, was er dachte.

»Mein Antrag gilt, Anna!« sagte er. »Und jetzt entschuldigen Sie mich bitte. Ich möchte eine Zigarette auf dem Gang rauchen.«

Sie hatte ihn noch niemals rauchen sehen.

Anna stand vor dem Fenster, lehnte die Stirn an die Scheibe und schloß die Augen. Sie kam sich unterlegen, klein und dumm vor. Sie hörte das Geräusch der Abteiltür und öffnete die Augen. Bald würden sie aussteigen, Dr. Ritter würde sie in die Semmelgasse begleiten, und dann war alles vorbei, und sie würde leichter atmen.

Und sie atmete leichter, als sie dann endlich in ihrer Kammer war, die noch enger, noch finsterer auf sie wirkte als zuvor.

Anna lag in dem schwarzen, hochbeinigen Bett, das bei jeder Bewegung ächzte, und sie dachte noch: Die Wände kommen näher, sie wollen mich einmauern, ich muß aufstehen und sie zurückschieben – da wurde es strahlendhell. Sie ging am Arm von Dr. Ritter über den Kirchplatz des Dorfes. Im weißen Brautkleid, das Gesicht unter dem Schleier verborgen. Sie traten in die Kirche ein, und Hunderte von Lichtern flammten auf. Die Stufen zum Allerheiligsten waren mit roten Teppichen bedeckt. Und Menschen säumten die Gänge oder standen unter der Empore. Die Herren im Frack oder in Uniformen mit Goldtressen und blinkenden Orden. Und hinter einer Bank versteckt zwei Mädchen in ärmlichen Kleidern: Marianne und Elfriede.

Anna lächelte sieghaft unter ihrem Schleier.

Sie erwachte, noch geblendet vom Glanz des Traumes, weil der Wecker läutete. Dr. Ritter hatte ihn ihr geschenkt. Es war Morgen.

Draußen schneite es in dünnen, wässerigen Flokken. Anna radelte zum Institut. Der Wind schnitt ihr ins Gesicht, Hände und Füße wurden eiskalt. Sie lehnte ihr Rad an den Zaun und betrat das Kollegienhaus. Auf der Treppe begegnete ihr Professor Mannasy. Er streckte ihr beide Hände entgegen:

»Guten Morgen, liebes Fräulein Anna! Ich beglückwünsche Sie zu Ihrer Wahl. . .«

Welche Wahl? dachte sie erschreckt. Weiß er von Darmstadt?

». . .Dr. Ritter ist ein feiner Mensch, ein Ehrenmann durch und durch, ein ausgezeichneter Arzt. Er hat mir schon vor Ihrer Reise gesagt, daß er sich mit Ihnen verloben möchte. Ich gratuliere Ihnen. . .«

Was sollte sie sagen? Sie war der Situation nicht gewachsen. Anna Rohrschneider, die unbezahlte Praktikantin, die nach jedem Stückchen Schokolade griff, das man ihr auf den Laborplatz legte, diese Anna konnte unmöglich sagen, daß sie Doktor Ritter gar nicht heiraten wollte.

». . .Sie müssen demnächst mit Dr. Ritter zu uns kommen, liebes Fräulein Anna. Meine Frau freut sich ebenso wie ich über diese Verlobung. Noch einmal: Herzlichen Glückwunsch!«

»Vielen Dank, Herr Professor!« Er schüttelte ihr die Hand. Anna ging in den Stall, um nach den kranken Tieren zu sehen.

Dort machte sich der Labordiener zu schaffen. Er

nahm die Zigarre aus dem Mund und hielt Anna die Hand hin, ohne sie anzuschauen:

»Fräulein Rohrschneider, ich gratuliere. Der Chef hat es mir erzählt.«

Anna hatte das Gefühl, daß hohe Wellen über ihr zusammenschlugen.

»Ich habe Ihr Fahrrad in den Schuppen gestellt, Fräulein Rohrschneider«, sagte der Labordiener. »Es wird ja sonst ganz naß im Freien.« Anna fand ihre Sprache wieder. »Vielen Dank!«

»Haben Sie schon Fräulein Kohl gesehen, Fräulein Rohrschneider?« Die schwarzen Augen des Labordieners glühten schadenfroh. »Ich habe es ihr gleich gesagt.«

Im Labor nahm Dr. Neudeck ihre Hand. »Das ist eine große Überraschung, Fräulein Anna. Wir freuen uns über Ihre Verlobung. Alle.«

Und die technische Assistentin, Annas Peinigerin vom ersten Tag an, säuselte: »Da kann man ja gratulieren! Werden Sie bald heiraten? Herzlichen Glückwunsch, Fräulein Rohrschneider!«

Anna saß auf ihrem Hocker und überwachte die Versuche. Die Schränke, die Tische mit den Gläsern und Kolben, die Käfige mit den Tieren, die jede Bewegung registrierten, der Geruch, die Menschen – es waren die gleichen wie vor dem Weihnachtsfest.

Und doch war alles anders.

Am Abend holte Martin Ritter sie im Labor ab.

Er kam ins Institut, unterhielt sich mit Professor Mannasy und holte Anna ab, als sei das die selbstverständlichste Sache der Welt.

Claus hatte immer draußen gewartet.

Als Anna mit Dr. Ritter ihren Arbeitsplatz verließ, begleitet von vielen Blicken, da hatte sie plötzlich das Gefühl, daß sich ihr Leben wie in einer Kugel zusammenballte, die auf abschüssiger Straße dahinrollte. Die Kugel rollte und rollte, Anna konnte sie nicht halten, sie konnte nicht abspringen.

Sie aßen im ›Lämmle‹ zu Abend, und er fragte: »Nun, wie war's denn heute?«

Sie erzählte von den vielen Glückwünschen. Er lachte, langte über den Tisch und streichelte ihre Hand. »Ich freue mich«, sagte er einfach.

Es schien ihn nicht zu stören, daß Anna stumm blieb. Anschließend gingen sie ins Kino.

Dr. Ritter sagte: »Der Titel des Films heißt: Wenn der weiße Flieder wieder blüht. . .Es ist Ihr erster Film, nicht wahr?«

»Ja!« bestätigte sie. Was sollte sie anderes sagen? Das Gefühl, in einer rollenden Kugel zu sitzen, hielt an.

Dr. Ritter neigte sich zu ihr und nahm ihre Hand, sein Mund war dicht an ihrem Ohr, er flüsterte ihr Worte zu, die sie nicht verstand, die aber weich und freundlich klangen.

Und auf der Leinwand kniete der Held des Films vor seiner Angebeteten nieder, schaute sie schmachtend an und sang:

»Wenn der weiße Flieder wieder blüht,
sing ich dir mein schönstes Liebeslied.
Immer, immer wieder
knie ich vor dir nieder. . .«

Die Verliebtheit des Paares wollte kein Ende nehmen. Anna sah gebannt auf die Leinwand. Es fiel ihr ein, daß weder Claus noch Dr. Selkow noch Dr. Ritter von Liebe gesprochen hatten, als sie ihr einen Heiratsantrag machten.

Nach dem Film begleitete Dr. Ritter sie in die Semmelgasse. Er machte einen Umweg durch die Grünanlagen des Glacis. Und dort zog er sie an sich und küßte sie.

»Du kleiner, verflogener Spatz!« murmelte er.

Das also war der erste Kuß! Ein fremder Mund auf ihren geschlossenen Lippen. Mehr nicht. Claus hatte sie nie auf den Mund geküßt.

»Ich werde Herrn Weise, deinem Pflegevater, schreiben«, sagte er dann. »Und auch Darmstadt in deinem Namen abtelegraphieren, Anna. Ich nehme das für dich in die Hand.«

»Danke, Herr Doktor!«

Er lachte und drückte ihren Arm.

»Aber, Anna, nun sag doch endlich Martin zu mir.«

»Ja, Herr Doktor...Martin...« Und sie dachte in jäher Verzweiflung: Ich kann es nicht, ich kann nicht Martin zu ihm sagen!

Die alte Frau war noch wach, als Anna die Wohnung betrat. Anna setzte sich auf ihren Stuhl und betete den Rosenkranz vor, wie sie es immer tat. Die Perlen des Rosenkranzes glitten durch ihre Finger. Das Gleichmaß der Bewegung und die immer wiederkehrenden Worte des Gebetes taten ihre Wirkung. Anna spürte, wie sich ihre Verwirrung in ruhige Ergebenheit auflöste. Und sie dachte: Vielleicht soll es so sein, vielleicht hat mir die Gottesmutter diesen Martin Ritter geschickt, damit er mich beschützt und lenkt. Amen.

Es wurde still in ihr. Und es blieb still, während sie noch stundenlang in ihrer Kammer saß und Hohlsaum für Marcus Seliger nähte.

Am nächsten Tag brachte ein Bote einen Anemonenstrauß. Er war von Martin Ritter. Anna füllte ein Marmeladenglas mit Wasser und stellte die Blumen hinein. Er hat mich gern! dachte sie. Warum hat er mich gern? Ich begreife es nicht. Und sie dachte auch: Claus hat mir niemals Blumen geschickt.

Claus pfiff am Abend vor ihrem Fenster.

Sie ging hinunter auf die Straße.

»Guten Abend, Anna!« begrüßte er sie.

»Da bin ich wieder. Heute angekommen. Hast du Nachricht aus Darmstadt?«

»Ja!« sagte sie. »Aber ich habe das Angebot abgelehnt.«

»Warum?« fragte er.

»Ich möchte in Würzburg bleiben . . .«

Er fragte nicht weiter. Er fragte nicht, wie und wo sie das Weihnachtsfest verbracht hatte, er fragte nicht nach Dr. Ritter und nicht nach Hagen. Er sagte: »Ich bin sehr intensiv mit meiner Doktorarbeit beschäftigt, kleine Anna. Ich muß arbeiten, arbeiten. Ich habe keine Zeit für dich, es tut mir leid, aber es geht wirklich nicht. Du verstehst das doch?«

»Ja, ich verstehe!« sagte sie.

Sie verstand, daß er die rollende Kugel nicht aufhalten konnte oder nicht aufhalten wollte. Und sie fragte sich, ob er vielleicht schon von der Verlobung erfahren hatte.

»Es tut mir leid, Anna!« wiederholte er. »Es tut mir wirklich schrecklich leid. Du mußt es mir glauben.«

»Ich glaube es dir ja, Claus!«

Sie drängte die Tränen zurück.

Er drückte sie kurz und heftig an sich. »Gute Nacht, kleine Anna!« Dann wandte er sich ab und ging davon.

Sie sah ihn mehrere Wochen lang nicht. Martin Ritter dagegen sah sie täglich. Er kam zu ihr ins Labor, oder sie ging zu ihm in die Klinik, um ihm Impfstoffe und Medikamente zu bringen. Im Rahmen einer pharmakologischen Versuchsreihe führte er Ohrenoperationen an Affen aus, an Mantelpavianen.

Er blieb sich immer gleich, war überlegen, fürsorglich und liebevoll. Und Anna lernte, ihn Martin zu nennen. Sie lernte schnell, so wie sie es immer schnell lernte, die Wendungen ihres Geschicks hinzunehmen und das Beste daraus zu machen. Oder das, was sie für das Beste hielt.

Eines Tages trat Professor Mannasy ins Labor, öffnete weit die Tür, blauen Zigarrenrauch verströmend, deutete auf Anna und sagte gemütlich: »Das ist sie!«

Er trat beiseite und gab den Weg für einen älteren Herrn frei, einen sehr eleganten Herrn. Ein Wissenschaftler, dachte Anna.

»Mein Name ist Wernicke«, sagte der Herr, während er Anna mit schnellen Blicken musterte. »Ich freue mich, Sie kennenzulernen, Fräulein Rohrschneider.«

Er reichte ihr die Hand.

»Guten Tag, Herr Doktor!« Sie knickste ein wenig.

Er lächelte freundlich, fragte nach der Arbeit, plauderte dies und das und sah ihr direkt in die Augen.

Sie hielt seinem Blick stand, konnte aber nicht verhindern, daß sie errötete.

Das schien ihm zu gefallen.

»Ich würde mich gern ausführlicher mit Ihnen unterhalten, Fräulein Rohrschneider«, sagte er. »Könnten wir eine Tasse Kaffee zusammen trinken?«

Anna war es gewohnt, daß die Doktoren und Professoren sie einluden.

»Es tut mir leid, Herr Doktor«, sagte sie höflich. »Aber ich habe bereits eine Verabredung im Königskaffee. Mit Herrn Dr. Ritter.« Professor Mannasy lachte schallend. »So ist sie! Da kann man nichts machen. . .«

Dr. Wernicke verabschiedete sich.

Anna konnte sich sein Interesse an ihr zwar nicht erklären, aber sie dachte auch nicht weiter darüber nach. Die Arbeit im Labor nahm sie voll in Anspruch.

Als sie am Nachmittag in das Königskaffee kam, saß Dr. Wernicke mit Martin an einem Tisch. Die beiden unterhielten sich und lachten.

Anna sagte nicht viel.

Dr. Wernicke zog alle Register seines Charmes und machte ihr Komplimente.

»Kavalier der alten Schule!« sagte Martin, als sie dann allein waren.

»Er ist sehr angetan von dir. Du hast bei ihm einen Stein im Brett, das merke ich schon. Er ist Junggeselle und ein großer Damenfreund.« Er lachte strahlend.

»Und das macht Sie. . .dich so glücklich?« fragte Anna verwundert.

»Ja!« sagte er.

»Das macht mich sehr glücklich. Du machst mich glücklich, mein Spatz.« Und dann sprach er von der Zukunft. »Ich habe eine Zwei-Zimmer-Wohnung in der Klinik. Dort könnten wir auch wohnen, wenn wir verheiratet sind.«

»Aber ich kann doch noch nicht heiraten!« beteuerte sie. »Das habe ich doch schon gesagt. Ich habe keine Aussteuer, keine Mitgift! Ich muß mir alles selbst verdienen, und das braucht Zeit.«

»Mitgift?! Was für Worte gebrauchst du, Anna? Ich habe genug Geld für uns zwei. Und außerdem besitze ich ein neues Herrenzimmer. Küche, Wäsche und Schlafzimmer bekommst du sicher von deinen Eltern.«

»Ja, vielleicht«, murmelte Anna, und sie dachte unglücklich: Weder von den Eltern noch von Frau Weise habe ich etwas zu erwarten.

»Es wäre mir lieb, wenn du dein Zimmer in der Semmelgasse aufgibst«, sagte Martin. »Die Gegend ist zu häßlich.«

»Ich mache das schon!« versprach sie.

Anna machte das. Sie fragte Dr. Kienzle. Er arbeitete im Juliusspital, und Anna brachte ihm häufig Saya-Milch zu Versuchszwecken. Er verschaffte ihr ein Zimmer in der Heidingsfelder Straße, in einem der großen Bürgerhäuser mit den schönen Steintreppen und den gepflegten Gärten.

Die alte Frau äußerte kein Bedauern, als Anna wegging. Sie beachtete auch den Blumenstock nicht, den Anna ihr als Zeichen der Dankbarkeit auf den Tisch stellte. Ja, Anna war der alten, törichten Frau dankbar, die sie aufgenommen hatte, als sie obdachlos in der Kirche kniete und nicht wußte, wohin sie sich wenden sollte.

Der Umzug in die Heidingsfelder Straße bedeutete einen tiefen Einschnitt in ihrem Leben. Sie war nun der schlimmsten, der grauen, übelriechenden Armseligkeit entronnen.

Kienzle war ein heiterer, sangesfroher Mensch. Er wohnte im gegenüberliegenden Haus. Und manchmal stand er abends vor ihrem Parterrefenster, spielte Gitarre und brachte ihr ein Ständchen:

»Schlaf ein, schlaf ein, mein Blond-Engelein,
schlafe, mein Kind, und träum' süß. . .«

Dann erinnerte sie sich an Claus und an die Lieder, die sie mit ihm gesungen hatte. Welch ein Unterschied zu Martin Ritter!

Martin beschenkte sie mit Blumen und Pralinen, sie ging mit ihm spazieren, aber nie hätte sie es gewagt, ihre Hand in seiner Manteltasche zu vergraben oder sich an ihn zu pressen, wenn er die Arme um sie legte. Sie wünschte sich oft, er möge seine Zuneigung durch mehr Zärtlichkeit beweisen, durch heftige Zärtlichkeit. Aber auch wenn er sie küßte, war er von ihr getrennt. Er schien diese unerklärliche Fremdheit nicht zu spüren. Einmal war Anna bei ihm im Krankenhaus, und sie bat ihn: »Zeig mir doch deine Wohnung, Martin! Ich möchte gern wissen, wie du wohnst.«

»Gern, Spätzchen!« sagte er. »Aber wir wollen es kurz machen. In der Klinik wird viel geklatscht.«

Er führte sie in das Herrenzimmer, von dem er schon gesprochen hatte. Es war eine Enttäuschung für Anna. Es war ein Zimmer, wie man es in den Schaufenstern der Möbelgeschäfte sah. Es gefiel Anna nicht.

Der ganze Besuch war eine Enttäuschung.

Martin lud sie nicht zum Sitzen ein. Er umarmte sie nicht, er küßte sie nicht, wie sie es gehofft hatte. Sie stand ein wenig verloren in dem Allerweltszimmer.

An der Wand über dem Schreibtisch hing ein gerahmtes Foto. Anna trat näher.

Das Mädchen auf dem Foto hatte ein schönes Gesicht.

»Wer ist das?« fragte Anna. »Deine Schwester?«

»Nein!« sagte er. Er nahm das Bild von der Wand und legte es auf den Schreibtisch mit dem Gesicht nach unten.

»Komm, wir wollen gehen, Spatz!«

Er begleitete sie bis zum Tor.

Als sie sich verabschiedeten, sagte Anna unvermittelt: »Aber das Foto von dem schönen jungen Mädchen hängst du nicht mehr auf, Martin!«

Er sah sie erstaunt an. »Nein, nein, Spatz, mach dir keine dummen Gedanken! Ich gehöre dir, nur dir.«

»So soll es auch sein!« sagte sie. Und sie wunderte sich, woher sie den Mut zu diesen Worten nahm.

Auch in dem neuen, sauberen Zimmer stickte Anna halbe Nächte hindurch. Sie war viele Stunden allein. Martin ging zum Bridge oder zum Skat. Er führte sein Junggesellenleben weiter, ein Gedanke, der Anna verbitterte, ohne daß sie über die tiefere Ursache dieser Erbitterung Klarheit gewann.

Eines Sonntags saß sie in ihrem Zimmer und nähte Hohlsaum, als ein kleiner Stein gegen die Scheibe klirrte.

Sie schaute hinaus.

Auf der Straße stand Claus. Er winkte ihr zu.

Sie ging zu ihm.

»Wie geht es dir?« fragte er.

»Gut!« sagte sie.

Sie standen sich gegenüber, die alte Vertrautheit wollte sich nicht einstellen.

»Mein Vater ist in Würzburg. Er möchte dich gern kennenlernen. Er wartet auf uns beim Brückenbäck. Gehst du mit?«

»Ja!« sagte sie.

Der Vater war ein großer Mann, ein richtiger Geschäftsmann. Claus ließ Anna mit seinem Vater allein.

»Ich gehe nur schnell Zigaretten holen. Entschuldigt mich, bitte!«

Der Vater betrachtete Anna lange.

Schließlich räusperte er sich.

»Ich freue mich, Fräulein Rohrschneider, daß ich Sie endlich einmal sehe. Claus hat so viel von Ihnen erzählt. Ich möchte Sie gern einladen, die nächsten Ferien bei uns in Tuttlingen zu verbringen. Auch meine Frau wünscht es. Werden Sie kommen!«

Anna hob unsicher die Schultern.

»Vielleicht. . .«, aber sie wußte schon, daß sie niemals nach Tuttlingen fahren würde, zu den Bürgern, die Nachforschungen anstellten. . .

»Schauen Sie, Fräulein Rohrschneider«, sagte der Vater. »Mein Sohn Claus ist finanziell noch von uns abhängig. Erst wenn er seine Examen gemacht hat, seinen Doktor, dann. . .« Er vollendete den Satz nicht.

Das Gespräch schleppte sich noch ein Weilchen dahin. Anna wußte nichts zu sagen. Was immer auch Vater Wintzer mit seinen Andeutungen erklären wollte – es war zu spät. Die Kugel rollte.

An diesem Abend war Anna traurig. Und in der Nacht hatte sie einen Traum: Sie war in einem Zimmer zusammen mit Claus Wintzer und Martin Ritter. Und beide waren ihre Männer. Claus sang Studentenlieder, und Martin hielt eine große Puppe im Arm und spielte mit ihr.

Anna war fröhlich und sagte: »Wie glücklich sind wir jetzt!« Und die Männer stimmten ihr zu.

Anna erwachte.

Sie schüttelte sich vor Entsetzen.

Heilige Mutter Gottes, welch eine Versuchung trat an sie heran! Sie stand auf, wusch sich von Kopf bis Fuß mit eiskaltem Wasser und rieb ihre Haut trocken.

Dann stellte sie sich ans Fenster.

Es war nun Ende Februar. Bläulich fiel das Mondlicht auf Dächer, Firste und Simse. Schwarz wie

Tieraugen schimmerten die Fensterscheiben. Das Gaslicht verbreitete seinen grüngelben Schein.

Anfang März wurde die Verlobung bekanntgegeben.

Am Vortag schickte Martin Blumen und ein Kärtchen.

»Mein lieber, guter Spatz!
Ein Blümelein als Zeichen meiner Freude über den morgigen Tag und meiner Liebe. . .«

Er ließ Karten drucken.

»Wen möchtest du benachrichtigen, Spätzchen?« fragte er. »Gib mir doch die Adressen!«

»Es sind nicht viele«, meinte sie.

»Tante Lina in Gemünden, Herrn und Frau Weise, die Eltern und –«, ihr fiel noch die alte Frau ein, aber das hatte wohl keinen Sinn.

Er ging mit ihr in ein Juweliergeschäft, wo sie die Ringe aussuchten und sie mit dem Datum und den Anfangsbuchstaben ihrer Namen gravieren ließen.

Der Ring an ihrem Finger löste in Anna ein Hochgefühl aus. Auf einmal war sie stolz und glücklich. Sie hatte die langersehnte Geborgenheit gefunden. Und dann kamen Glückwünsche, Geschenke, Telegramme, Blumen. Von den Mitarbeitern des Instituts, von Tante Lina, von Herrn und Frau Weise, von Martins Freunden. Er hatte viele Freunde.

Von der Mutter kam nichts. Anna hatte es nicht anders erwartet. Aber Herr Weise bat Martin zu einer Unterredung nach Aschaffenburg.

Sie fuhren an einem Samstag in die Stadt, in der Anna die blaue Schulmütze getragen hatte.

Nun kehrte sie zurück mit dem Ring am Finger, als Braut eines Arztes. Sie hielt ihre Hand so, daß jeder den Ring sehen konnte. Jeder sollte ihn sehen, diesen goldenen Reif, das Symbol der Sicherheit.

An der Unterredung, die in einem Gasthaus stattfand, durfte Anna nicht teilnehmen.

Sie strich durch die Stadt, stand vor der Schule der Englischen Fräulein, sah zum Schloß auf, schaute am Bahnhof nach dem Schülerwagen aus, mit dem sie oft gefahren war, ohne jemals eine Freundin zu gewinnen, wanderte durch den Park und verharrte einige Minuten am Teich. Dort waren die anderen Mädchen im Winter Schlittschuh gelaufen.

Sie traf keinen Menschen, den sie kannte.

In einem Bücherladen glaubte sie das Gesicht einer ehemaligen Mitschülerin zu sehen.

Sie betrat das Geschäft. Es waren viele Kunden anwesend. Sie hatte sich geirrt. Es war ein fremdes Mädchen, das da in einem schmalen Bändchen blätterte.

Auch Anna griff nach einem Büchlein und schlug es auf. Das Büchlein enthielt Gedichte.

»...Am Abend war's, leis wogte das Korn,
sie küßten sich unter der Linde.
Eine Lerche klang und ein Jägerhorn,
ich bin ein Kind der Sünde...«

Anna klappte das Buch zu und verließ den Laden.

Ein Kind der Sünde?

Das Bild der Mutter tauchte vor ihr auf. Die Mutter in der Jagdhütte von Herrn Weise. Im weißen Kleid mit enger Taille, geschmückt wie ein junges Mädchen, das zum Ball geht. Mit blitzenden Ohrgehängen aus blauen Steinen, lang wie Trauben. Eine blonde Locke über der Stirn, und sie lächelte. . .

Angst beschlich Anna, die alte Kinderangst.

Da war etwas um die Mutter, wofür es kein Wort, keinen Namen gab, etwas, das Anna ausgeschlossen hatte aus der Gemeinschaft des Dorfes. Ein gemiedenes, einsames Kind war sie gewesen. Und jetzt? Was besprach Herr Weise mit Martin? Was erzählte er ihm? Sprach er von der Mutter? Auf einmal schienen Sicherheit und Glück in einer Seifenblase zu wohnen, die jeden Augenblick zerplatzen konnte.

Anna lief zu dem Gasthaus. Und die Angst ließ sie erst los, als Martin die Arme ausbreitete.

»Ja, Spätzchen, was ist denn?« Er lächelte ihr zu, es war ein sehr gütiges Lächeln.

In diesem Augenblick liebte sie ihn.

Sie wollte nur noch seine Braut sein und nichts anderes. Nicht Tochter, Pflegetochter, auch kein Waisenkind mehr – nur noch Martins Braut.

Und sie sah Herrn Weise an, der ernst und würdevoll am Tisch saß, als habe er niemals mit der Mutter geflüstert und ihr die Locke aus der Stirn gestrichen. . .

## 11.

Ich kenne eine Witwe, sie hat eine große Wohnung mit Küche und Bad. Drei Räume möchte die Dame für einige Zeit vermieten. Das Haus liegt übrigens auch in der Heidingsfelder Straße. Ach ja, Spätzchen, etwas ist mir aufgefallen: Wenn ich nachts vom Billard, vom Kegeln oder vom Corpsabend komme, gehe ich immer an deinem Fenster vorbei. Und jedes Mal brennt in deinem Zimmer das Licht. Hast du Angst im Dunkeln? Oder hast du vergessen, die Beleuchtung auszuschalten?« fragte Martin.

»Ich weiß nicht...«, murmelte Anna, weil sie nicht lügen wollte. Daß sie in den Nächten für Marcus Seliger arbeitete, beichtete sie nicht. Das gehörte nicht in Martins Welt, das mußte sie allein tragen.

Sie besichtigten die Wohnung, die in einem Altbau lag. Er war von einem Garten umgeben, und Obstbäume wuchsen hinter dem Haus.

Wie bei Weises auf dem Dorf.

Das helle Parkett des Treppenaufganges war blank poliert. Anna wußte sofort, daß sie sich hier wohl fühlen würde. Die drei leeren Zimmer waren groß und licht mit hohen Fenstern.

»Gefällt es dir, Spätzchen?« fragte Martin.

»Wunderbar!« sagte Anna.

»Ich richte uns ein schönes Heim ein. Und wenn im Vorgarten die Rosen blühen! Herr Weise züchtet Rosen, er kennt alle ihre lateinischen Namen.«

Er küßte sie auf die Wange. »Die Hauptsache ist, daß du dich freust. Es hat ja noch Zeit. Und was die

Möbel angeht: Da haben wir mein Herrenzimmer. Küche, Schlafzimmer und Wäsche kommen ja von dir, hast du gesagt.«

Hatte sie das gesagt? Ja, sie hatte es gesagt.

Sie hatte sich nicht getraut, ihm offen zu sagen, wie arm sie war.

In der Nacht grübelte sie viele Stunden lang. Von wem konnte sie sich das Geld für ihre Aussteuer leihen? Es gab niemand auf der weiten Welt – höchstens einen...

Der nächste Tag war akademischer Feiertag.

In der Frühe eilte Anna in die Marienkapelle am Marktplatz.

»Allmächtiger Gott, Herrgott, unser Erlöser«, sang der Geistliche, »höre uns gütig an, erbarme Dich unser und sei uns gnädig...«

Anna kniete nieder und betete einen Rosenkranz. »Heilige Mutter Gottes, Jungfrau Maria, hilf mir! Hilf mir nur noch dieses Mal. Immer will ich dankbar sein, immer zur Beichte gehen!«

Sie hatte seit Monaten nicht mehr gebeichtet. Seit damals, als der Priester durch seine unverblümten Fragen ihr Schamgefühl verletzt hatte. Damals, als sie Martin zufällig auf der Straße getroffen hatte und er ihr erzählte, daß er evangelisch sei.

Als Anna auf die Straße hinaustrat, herrschte auf dem Marktplatz reger Betrieb.

Gestärkt und voller Zuversicht steuerte sie direkt auf das Falkenhaus zu, mit dem Geschäft ›Marcus Seliger – Feine Handarbeiten‹.

»Guten Morgen, Fräulein Seidel!« grüßte Anna.

»Guten Morgen, Fräulein Rohrschneider! Das ist

nett, daß Sie kommen. Wir brauchen Sie für eine dringende Arbeit. . .«

»Danke!« sagte Anna. »Aber. . .könnte ich wohl Herrn Seliger sprechen? In einer privaten Angelegenheit.«

»Herr Seliger ist in seinem Büro«, sagte Fräulein Seidel, »Sie müssen sich ein bißchen gedulden.«

Es dauerte nicht lange. Dann kam der Lehrjunge.

»Der Chef läßt bitten, Fräulein Rohrschneider!«

Anna ging in das Büro.

Herr Seliger saß hinter seinem Schreibtisch. Ein Jude, blond, ältlich und dicklich. Er trug eine randlose Brille mit starken Gläsern. Er erhob sich, reichte Anna die Hand und deutete auf einen Sessel.

»Bitte, kleines Fräulein! Was haben wir denn auf dem Herzen?« Anna schöpfe Atem.

»Entschuldigen Sie bitte, Herr Seliger. Ich hätte eine Frage. . .eine Bitte. . . .« Sie stockte, das Blut schoß ihr in die Wangen. Aber sie riß sich zusammen und setzte mutig ihre Rede fort: »Ich möchte mir eine kleine Aussteuer kaufen. . .und darum möchte ich Sie höflichst fragen, ob Sie mir nicht das Geld dafür leihen könnten. Leihen, Herr Seliger, nur leihen! Ich würde es bei Ihnen abarbeiten, ich würde so lange für Sie sticken und Hohlsaum nähen, bis. . .« Sie konnte nicht weiter. Das ganze Unternehmen erschien ihr plötzlich wahnwitzig. Sie lehnte sich in ihren Sessel zurück, einen Herzschlag lang wurde es ihr schwarz vor Augen. Sie fürchtete, ohnmächtig zu werden.

»Wer ist Ihr Bräutigam?« fragte Herr Seliger.

Anna richtete sich auf und sah ihn an.

Er hatte den Kopf vorgebeugt, seine Brillengläser blinkten.

»Mein Bräutigam ist Arzt«, antwortete sie, »hier im Luitpoldkrankenhaus. Er darf es aber nicht erfahren, auf keinen Fall. Ich schaffe das schon allein. Wenn wir erst verheiratet sind, dann arbeite ich nicht mehr im Labor, dann habe ich Zeit. Er ist dann in der Klinik, den ganzen Tag lang, und ich kann ungestört arbeiten. Wirklich, Herr Seliger«, ratterte sie weiter, »das geht. Ich habe mir das genau überlegt. Ich muß es schaffen, und dann schaffe ich es auch. Das ist immer so. . .Ich arbeite gern, Herr Seliger, bitte, glauben Sie mir. . .«

»Wieviel benötigen Sie?« fragte er.

»Ich möchte mir die Küche kaufen, mit Zubehör. Wäsche und ein Schlafzimmer. Ich könnte Ihnen den Betrag in den nächsten Tagen sagen, Herr Seliger. Ich wollte zunächst einmal wissen, ob Sie überhaupt. . .ich meine, ob Sie bereit wären, mir zu helfen. . .« Herr Seliger nahm seine Brille ab und rieb sich das rechte Auge.

»Das ist viel Geld, das Sie da brauchen, kleines Fräulein. Und eine solche Summe wollen Sie mit Heimarbeit ableisten? Überdenken Sie Ihren Plan lieber noch einmal, und zwar gründlich. Ich gebe Ihnen das Geld, ja, ich gebe es Ihnen, weil. . .weil ich Sie als Arbeitskraft nicht verlieren will. Aber ich fürchte, Sie bürden sich zu viel auf, liebes Kind.«

Er stand auf und winkte mit der Hand. »Sie würden Jahre brauchen, um Ihre Schulden zu tilgen. Auf Wiedersehn, kleines Fräulein!«

»Auf Wiedersehn, Herr Seliger! Einstweilen vielen Dank! Ich darf also kommen, wenn ich das Geld brauche? Und mein Verlobter erfährt nichts?«

»Von mir bestimmt nicht!« sagte er.

Anna sprang davon. Es hatte geklappt. Aber das Wort ›Schulden‹ war ihr in die Glieder gefahren. Schulden. Wenn das Frau Weise wüßte! Oder Mutter Selma!

Erst jetzt ging ihr auf, daß sie im Begriff stand, sich auf Jahre hinaus zu verschulden.

Jahrelang würde sie mit Heimlichkeiten leben müssen, und die Angst vor der Entdeckung würde ihr ständiger Begleiter sein.

Schulden! Das Wort roch nach Leichtsinn und Liederlichkeit.

Aber Martin erwartete eine Aussteuer von ihr. Also vorwärts, Anna! ermahnte sie sich selbst.

Sie wanderte durch die Stadt und betrachtete die Schaufenster.

Sie ließ sich Töpfe und Geschirr zeigen und fragte nach den Preisen. Ein Frühstücksservice für zwei Personen kaufte sie sofort. Es war englisches Porzellan. Für das übrige Küchengeschirr, das sie ausgewählt hatte, leistete sie eine Anzahlung.

»Ich hole die Sachen in den nächsten Tagen ab«, sagte sie. »Meine Adresse ist: Anna Rohrschneider, Heidingsfelder Straße.«

Sie geriet in einen Rausch. Es bereitete ihr Freude, Handtücher, Küchentücher, Bettwäsche, Tischdekken und Servietten zu befühlen, die Qualität zu prüfen, sich beraten zu lassen, sorgsam ihre Entscheidung zu treffen. Auch hier leistete sie eine Anzahlung. Dann ging sie in ein Einrichtungshaus und ließ sich Prospekte für Küchen geben. Sie hatte ihr letztes Geld für die Anzahlungen ausgegeben, aber das bekümmerte sie nicht.

An einem Samstagnachmittag läutete die Türklingel. Anna hörte von ihrem Zimmer aus, wie Martin mit der Wohnungsinhaberin sprach.

»Ich möchte bitte Fräulein Rohrschneider sprechen, ich warte auf der Straße...«

Anna wunderte sich. Es war eine ungewöhnliche Zeit. Sie wollten sich erst am Abend treffen.

»Ist etwas Schlimmes passiert?« fragte sie.

»Ja!« sagte er heiser. »Ich habe einen anonymen Brief bekommen. Aus deinem Dorf. Es stehen schreckliche Dinge drin, schreckliche Dinge! Ich will dich mit dem Inhalt dieses Briefes verschonen, Anna...«

Er brauchte sie nicht zu verschonen. Sie glaubte zu wissen, was in dem Brief stand. Etwas über die Mutter. Daß sie zu geheimnisvollen Verabredungen in die Stadt fuhr, den blauen Schleierhut auf dem blonden Haar, mit weißen Handschuhen und dem schwarzen Seidenschirm. Und daß sie sich mit Herrn Weise traf, mit ihm Wein trank, ihn verwandelte, ihn jung und verwegen machte – vielleicht nicht nur Herrn Weise?

»...ich habe mir den Entschluß, mit dieser Nachricht zu dir zu kommen, nicht leicht gemacht, Anna. Zuerst wollte ich dich gar nicht damit belasten, aber ich werde nicht allein damit fertig, es ist zu furchtbar, es wirft mich um, es trifft mich zu hart in meinem Ehrgefühl...«

Anna hörte zu, und die Seifenblase, in der Sicherheit und das schöne Heim wohnten, dehnte sich und dehnte sich. Gleich würde sie zerplatzen!

In Anna stieg der Gedanke auf: Und wenn schon... Die Mutter! Die Mutter griff lachend mit ihren anmutigen Händen nach der Seifenblase und zerstörte alles: Verlobung, Aufstieg, Martins Liebe, Annas Zukunft. Plötzlich war Anna es müde, um der Mutter willen zu leiden, sich ihrer schämen zu müssen, vor ihren Sünden zu zittern. Wenn Martin gekommen war, um die Verlobung zu lösen, dann mochte er es tun.

Sie würde nicht daran zerbrechen.

Sie wollte fort, sie wollte viele tausend Kilometer zwischen sich und die Mutter legen. Nach Rußland zu Dr. Selkow, nach Sibirien, wo seine Versuchslabors lagen...Oder nach Afrika, wo das Lachen der Mutter sie nicht mehr einholen konnte.

»Natürlich behandle ich einen anonymen Brief, wie es ihm gebührt. Dieser Wisch ist eine Gemeinheit. Es ist doch alles nicht wahr?! Es tut mir leid, daß ich dich quäle, Anna, ich mache mir Vorwürfe, aber es stehen so schreckliche Dinge darin. Vergessen wir es...Gute Nacht, mein armes Spätzchen!«

Die Seifenblase hatte standgehalten.

»Gute Nacht, Martin!«

Anna ging ins Haus zurück. Sie setzte sich sofort hin und schrieb an Herrn Weise. Sie schilderte den Vorfall so, wie er sich abgespielt hatte, ohne irgendwelche Vermutungen über den Inhalt des Briefes anzustellen.

Herr Weise antwortete umgehend. Auch er äußerte keinerlei Vermutungen über den Inhalt des Briefes.

*»...es ist traurig, daß Dir dieser Schmutz bis nach Würzburg nachgeworfen wird, Anna. Es ist die typische Gehässigkeit kleiner Geister. Ich habe viele Feinde im Dorf.«*

Martin erwähnte den anonymen Brief nie mehr.

Anna und Martin wurden jetzt oft eingeladen. Anna mochte diese Einladungen nicht.

»Deine Kollegen lachen über mich, und ihre Frauen, die mögen mich nicht. Frauen mögen mich überhaupt nicht. Nur ganz alte Damen haben mich gern...«

»Sie lachen über deine Natürlichkeit, und leider hast du keinen Sinn für Humor, Spätzchen.«

»Ich weiß nicht, worüber ich mich mit ihnen unterhalten soll«, beklagte sich Anna. »Du könntest ganz andere Frauen haben, Martin, vornehme, gebildete, adlige. Deine Mutter hat das auch gesagt.«

»Aber ich will dich!« sagte er und küßte sie.

Er gab ihr Bücher. Sie handelten vom Krieg. Anna schaute sie kaum an. Sie hatte keine Zeit. Sie mußte arbeiten, für Marcus Seliger sticken und das Heim einrichten, um das sich Martin überhaupt nicht kümmerte. Er ahnte nicht, daß sie jede freie Minute in der Wohnung zubrachte.

Die Wohnungsinhaber waren abgereist.

Sie hatten Anna die Schlüssel gegeben und ihr auch Teppiche und einige Möbel zur Verfügung gestellt.

Es war jetzt Annas Wohnung, in der sie schalten und walten konnte, wie sie wollte. Sie putzte die

Fenster, schleppte die schweren Teppiche in den Vorgarten, bohnerte das Parkett und freute sich wie ein Kind, als die Küche ankam.

Anna erfuhr, daß ganz in der Nähe ein Haushalt aufgelöst wurde.

Sie ging zu der angegebenen Wohnung, kaufte ein Biedermeierschlafzimmer und auch noch einen runden Biedermeiertisch mit zwei Stühlen in einem Antiquitätengeschäft. Ihr Schuldenkonto bei Marcus Seliger wuchs an. Aus Gemünden schickte Tante Lina zwei kleine rote Samtsessel, für die Anna Überzüge aus englischem Leinen nähte. Auch einen Tisch schickte Tante Lina.

Es wurde Annas Schreibtisch.

So entstand ihr Reich.

Und Claus? Sie vergaß ihn. Er wurde zugedeckt durch Arbeit, Möbel, Frottiertücher, in die sie Monogramme stickte.

Mutter Selma meldete sich aus Hagen: Da Anna jetzt mit ihrem Sohn verlobt sei, jedoch in Würzburg ohne Eltern lebe, hielte sie es für angebracht, daß die Braut ihre Labortätigkeit aufgäbe, um in einer guten Familie den Haushalt zu erlernen.

Anna weigerte sich sofort.

»Das tue ich nicht!« sagte sie. »Auf keinen Fall! Frau Weise hatte ähnliche Pläne mit mir. Und ich habe sie auch abgelehnt.«

Es war nicht nur ihr Wunsch nach Unabhängigkeit, der Anna davon abhielt, Würzburg zu verlassen. Es gab noch andere Gründe. Da war Marcus Seliger. Die Schulden, die abgearbeitet werden mußten. Und da war das Heim, der Besitz, den sie hüten und bewachen wollte, den sie Tag für

Tag in Augenschein nahm, um sich seiner zu versichern.

Der Sommer kam, im Vorgarten blühten die Rosen. Anna durchwanderte das kleine Fleckchen Erde immer wieder, immer wieder. Sie dachte an das Dorf, an Fronleichnam, wenn die Kinder Rosenblätter streuten. In Herrn Weises Garten hatten viele Rosen geblüht. Aber nicht für Anna. Anna hatte niemals Rosenblätter vor dem Allerheiligsten ausstreuen dürfen.

Zur Pfingstzeit reisten sie nach Hagen.

Anna sah alle wieder: Den kleinen Professor mit dem guten Lächeln. Diesmal holte er sie vom Bahnhof ab. Dann Mutter Selma, hoheitsvoll wie eine Königin. Oma Grafe, Tante Hermine, die neugierige Tante Lieschen, den Bruder Jeremias, der in gemäßigter Freundlichkeit feststellte: »Schön ist sie ja, wie Henny Porten, wie Henny Porten. . .« Und Lenchen.

Mutter Selma erklärte freundlich und bestimmt: »Du kannst jetzt nicht mehr in deinen selbstgenähten Schulmädchenkleidern herumlaufen, Anna. Du bist die Zukünftige eines Arztes. Ich kaufe mit dir ein.«

Und Martin nickte zustimmend: »Überlaß das alles ruhig Mutter Selma, Spätzchen. Sie weiß da am besten Bescheid.«

Anna fügte sich.

Mutter Selma suchte das Besuchskostüm und das lange weiße Brautkleid aus und versäumte auch nicht, darauf hinzuweisen, welche erstklassigen

Partien ihr Sohn Martin ausgeschlagen hatte, um Anna Rohrschneider die Ehre zu geben: »Martin sagt: ›Ich habe eben meine Ideale!‹ Du, Anna, verkörperst für ihn das Ideal des reinen, unberührten Mädchens, dem er Verehrung und Liebe entgegenbringt. In dir sieht er schon jetzt die Mutter seiner Kinder. Intellektuelle Frauen mag er nicht, sie sind ihm zu anstrengend, zu stark. Er zieht ein schwaches Mädchen vor.«

Mutter Selma seufzte. »Er liebt dich sehr, Anna!«

Wie falsch sie mich beurteilen! dachte Anna. Ich könnte lachen, wenn es nicht zum Weinen wäre.

Dann machten sie Besuche. Anna lernte schnell, Konversation zu machen, indem sie sich unterhielt, ohne etwas zu sagen.

Wie erholsam war es dagegen, mit dem Professor in der Bibliothek zu sitzen. Er las ihr aus seinen Tagebüchern vor, Jagdgeschichten, Erlebnisse aus der Studentenzeit. Er erzählte von den Gütern in der Uckermark, wo er aufgewachsen war. »Meine Mutter starb früh, und ich wurde fortgeschickt zu Onkel Fritz. Er war Junggeselle und bewirtschaftete sein Landgut. Onkel Fritz wurde mein Pflegevater, mein Freund in allen Lebenslagen. Er ist jetzt schon sehr alt und immer noch rüstig. Du wirst ihn auf eurer Hochzeitsreise kennenlernen, Anna, und dich gleich in ihn verlieben. Martin erbt das Gut einmal.«

Nach Pfingsten fuhren sie nach Würzburg zurück. Martin schenkte Anna ein blaues Klepperfaltboot, das sie an der alten Mainbrücke zu Wasser ließen. Am Wochenende paddelten sie bis nach Gemünden, um Tante Lina und Onkel Anton zu besuchen. Ihr Haus brauchte einen Vergleich mit Mutter Selmas Residenz nicht zu scheuen. Und das Städtchen war so hübsch gelegen in dem breiten Wiesengrund, wo sich das Flüßchen Sinn und die Fränkische Saale vereinigen. Sie wanderten durch den Ort und bewunderten die schönen alten Fachwerkhäuser.

Anna fiel die Ähnlichkeit auf, die zwischen Tante Lina und der Mutter bestand, aber die Mutter war anders.

Martin gefiel es bei Annas Verwandten. Und Anna freute sich, weil sie Familie vorweisen konnte.

## 12.

Der Termin für die standesamtliche Trauung wurde auf Ende Juni festgelegt.

»Wir geben einen kleinen Empfang für deine Familie«, sagte Martin. »Wen möchtest du einladen?«

»Herrn und Frau Weise, Tante Lina und Onkel Anton!« antwortete Anna.

»Und deine Eltern?« fragte er bestürzt.

»Nein!« sagte Anna.

»Nicht einmal deine Mutter?«

»Nein!« sagte Anna. »Seit ich in Würzburg bin, habe ich keine Zeile von ihr erhalten. Aber meiner Schwester hat sie so oft geschrieben!«

»Anna, Anna«, sagte er ernst. »Was immer auch deine Mutter getan haben mag, du hast kein Recht, über sie zu Gericht zu sitzen.«

Die Mutter wurde nicht eingeladen.

Am Vorabend der Trauung schaffte Anna ihren Schließkorb in die neue Wohnung. Otto Kienzle, der junge Kliniker aus dem Juliusspital, half ihr dabei. Er besorgte einen Handwagen, den sie gemeinsam zogen.

Anna arbeitete bis spät in die Nacht.

Ein Zimmer war noch leer. Es sollte Martins Herrenzimmermöbel aufnehmen, die Anna nicht gefielen.

Sie fühlte sich zerschlagen, als sie endlich in ihrem kleinen Zimmer ins Bett kroch.

Und vor ihrem Fenster spielte Otto Kienzle Gitarre und sang: »Schlaf ein, schlaf ein, mein Blond-Engelein...«

Am nächsten Morgen stand Anna frühzeitig auf und eilte ins Labor, um die Tiere zu füttern. Sie hatte Professor Mannasy nichts gesagt und mußte dafür sorgen, daß die Versuche nicht ins Stocken gerieten.

Um zehn Uhr holte Martin sie ab, in schwarzem Anzug, weißem Hemd und silbergrauer Krawatte.

Er überreichte ihr einen prachtvollen Strauß, fünfzehn rosarote Rosen.

Anna trug das Kleid, das sie im Dezember bei Rom & Wagner gekauft hatte.

Mit dem Taxi fuhren sie zum Standesamt.

Vor dem Rathausportal warteten die Trauzeugen, Onkel Anton im Cut, Herr Weise im Gehrock.

»Daß das so feierlich ist?« wunderte sich Anna. »Das hättest du mir vorher sagen sollen, Martin. Du meintest doch, die standesamtliche Trauung sei nur eine Formalität. Die richtige Hochzeit mit der kirchlichen Einsegnung fände erst in drei Wochen in Hagen statt?!«

Er drückte ihr die Hand. »Du bist süß, Spätzchen. Bleib immer so, wie du bist!« Herr Weise sah verfallen und blaß aus. Anna hätte ihn gern umarmt.

»Ich soll dich von allen grüßen«, sagte er. »Besonders von deiner Mutter und von deinen Geschwistern. Auch von Frau Weise. Sie ist leider erkrankt und kann daher nicht nach Würzburg kommen. Und die Mädchen aus deiner Klasse, Marianne und Elfriede, lassen dir Glück wünschen. Sie haben dir einen großen Blumenstrauß geschickt. Du bekommst ihn nach der Trauung, man hebt ihn mir in einem Kaffeehaus auf...«

Marianne und Elfriede – nun schickten sie Blumen! Aber Anna empfand keine Genugtuung.

Martin nahm ihren Arm. Sie betraten einen dunklen Saal. Dort waren die Heiratspapiere ausgebreitet. Der Standesbeamte waltete seines Amtes.

Aus Anna Rohrschneider wurde Anna Ritter.

Sie schrieb den neuen Namen in das Personenstandsbuch: Anna Ritter, geborene Rohrschneider.

Herr Weise konnte seine Rührung nicht verbergen, als er sagte: »Ich wünsche dir alles Glück der Erde, Anna.«

Dann gingen sie aus dem Saal. An der Tür wandte sich Anna noch einmal um, um sich den Raum einzuprägen, in dem sie zum ersten Mal ihren neuen Namen geschrieben hatte. Anna Ritter, geborene Rohrschneider. Im Ratskeller war eine Nische reserviert.

Die Herren diskutierten über Politik: Die Weimarer Republik schien in Gefahr, der Name Adolf Hitler tauchte am Horizont auf.

Anna hatte sich nie für Politik interessiert, nie eine Zeitung gelesen. Aber sie wußte, daß die Zeiten schlecht waren und daß viele Familien im Elend lebten.

Sie benutzte die Gelegenheit, um schnell ins Labor zu laufen, wo sie den Versuchstieren die Medikamente verabreichte. Als sie atemlos zurückkehrte, fragte Tante Lina: »Wo warst du nur, Anna? Wir haben dich schon vermißt.«

»Jetzt bin ich ja da«, sagte Anna.

Es gab ein festliches Essen.

Nach dem Fischgericht hielt Herr Weise eine Ansprache. Seine Stimme war leise.

»Liebes Brautpaar, liebe Gäste!

Ein feierlicher Anlaß hat uns zusammengeführt. Nun könnte ich eine lange Geschichte erzählen. Aber ich will nicht zu weit ausholen, es ist nicht Zeit und Ort dafür. Ich möchte nur meiner Freude Ausdruck geben, weil Gott alles so gefügt hat. Für dich, liebe Anna! Ich denke daran zurück, wie du das Licht der Welt erblicktest und unter welchen Vorzeichen deine Kindheit stand. Dein Weg ist dir vorgezeichnet, und ich weiß, du wirst diesen Weg mutig gehen.

Vergiß deine Heimat nicht, Anna! Darum bitte ich dich. Sie, lieber Herr Dr. Ritter, habe ich als einen edlen Charakter kennenlernen dürfen, als einen Mann mit warmem Herzen. Und nun wollen wir unser Glas auf das Wohl des jungen Paares leeren!«

Alle erhoben sich, leerten ihre Gläser, und Herr Weise wandte sich noch einmal Martin zu: »Lieber wäre es mir, Sie würden den bunten Rock nicht tragen.«

»Was meint Herr Weise mit dem bunten Rock?« fragte Anna.

Er lachte. »Ich bin Stabsarzt, Anna, aktiver Offizier. Erinnerst du dich an Wernicke? Das ist Generalstabsarzt Wernicke, ich war jahrelang Adjutant bei ihm. Als Offizier mußte ich um eine Heiratserlaubnis einkommen. Und deshalb reiste Wernicke nach Würzburg, um meine Braut zu begutachten. Er war entzückt von dir und hat mein Gesuch befürwortet. . .«

»Offizier? Ich heirate einen Offizier? Ich habe dich noch niemals in Uniform gesehen, Martin. Und Dr. Wernicke trug auch keinen bunten Rock!«

»Ach, Spätzchen!« Er streichelte ihr die Hand. »Sie haben mich beurlaubt, damit ich meinen Facharzt in Würzburg mache. Wenn fünf Jahre um sind, muß ich wieder zum Militär zurück.«

»Weg aus Würzburg?« fragte sie erschrocken.

»Möglicherweise«, sagte er.

Das Essen wurde beendet, und nun kam Annas großer Augenblick. Sie sagte: »Ich würde mich freuen, wenn wir jetzt alle in unserer neuen Wohnung Kaffee trinken würden.«

»Aber Spätzchen!« sagte Martin bestürzt. »Das geht nicht! Es ist doch noch gar nichts eingerichtet.«

»Komm nur!« sagte Anna ruhig. »Kommt und schaut!«

Martin schüttelte den Kopf.

Draußen schien die Sonne. Der Rathausplatz mit

seinem Vierröhrenbrunnen war menschenleer. Die Hochzeitsgesellschaft wanderte über den Marktplatz und kam an der Marienkapelle vorbei. Martin erklärte den Gästen die Einzelheiten der Rokokofassaden. Er hörte gar nicht auf, und Anna bebte vor Angst.

Wenn jetzt Marcus Seliger aus seinem Laden heraustrāte, um seiner Heimarbeiterin zu gratulieren, die so viele Schulden bei ihm hatte?

Doch Marcus Seliger blieb in seinem Geschäft.

Anna atmete auf, als sie endlich mit dem Taxi in die Heidingsfelder Straße fuhren.

Alle Bewohner des Hauses begrüßten das junge Paar. Es gab Blumen in Mengen. Nicht nur im Garten, wo Rosen, Schwertlilien, roter Mohn und blaue Akelei blühten.

»Wird es dir da nicht heimatlich ums Herz, Anna?« fragte Herr Weise.

»Ja!« sagte sie.

Sie besichtigten die Wohnung. Martin war fassungslos. Er zog Anna in die Ecke. »Lieber Spatz! Wann hast du die Wohnung eingerichtet? Wer hat dir dabei geholfen?«

»Keiner!« sagte sie. »Wer hätte mir denn helfen sollen?«

»Woher kannst du das?« fragte er.

»Ich weiß es nicht«, sagte sie, »ich habe es eben.«

Keiner fragte, woher die Einrichtung kam und wer sie bezahlt hatte. Keiner. Nicht Onkel oder Tante, nicht Herr Weise oder Martin. Martin war vielleicht davon überzeugt, daß Anna ihre Aussteuer von Weises bekommen hatte. Und Herr Weise glaubte anscheinend, der wohlhabende Herr

Dr. Ritter habe diese Frage geregelt. Sie tranken Kaffee aus englischem Porzellan.

Frau Weise hatte einen Pflückerkorb geschickt, wie man ihn zum Versand des Obstes brauchte. Er war mit Latschenzweigen und feuchtem Moos ausgeschlagen und mit Gartenblumen gefüllt.

Beim Abschied war Herr Weise noch blasser als im Standesamt. Er sagte: »Deine Mutter ist in Würzburg, Anna. Sie saß im Kaffeehaus gegenüber dem Rathaus, um dich und deinen Mann zu sehen.«

Und als Anna schwieg, fuhr er fort: »Ich habe dir noch gar nicht unser Hochzeitsgeschenk angekündigt, Anna. Frau Weise will dir ein junges Mädchen schicken, sobald du ein Kindchen erwartest. Wir zahlen den Lohn zwei Jahre lang.«

Er sah sie an und wiederholte nachdenklich: »Ich wünsche dir alles Glück der Erde, Anna!«

Wieder verspürte sie den Wunsch, ihn zu umarmen. Aber Frau Weise war stärker. So sagte Anna nur: »Vielen Dank, Herr Weise!«

Dann war Anna mit Martin allein. Er nahm sie in die Arme. »Unsere Hochzeitsreise machen wir an den Rhein, Spätzchen. Nun dauert es nicht mehr lange, dann sind wir wirklich vereint Ich danke dir für das schöne Heim. Ich bin stolz auf dich.«

Sie trennten sich.

Er ging in die Klinik, und Anna kehrte in ihr möbliertes Zimmer zurück, wo sie die halbe Nacht Hohlsaum für Marcus Seliger nähte.

Und so blieb es, bis sie nach Hagen reisten.

Ihr Leben als Ehepaar sollte erst nach der kirchlichen Trauung beginnen.

Anna erhielt oft Besuch von dem Pfarrer ihrer Kirche. Er wies sie auf die Konsequenzen hin, die ihr als Katholikin drohten, wenn sie ihre Ehe im evangelischen Ritus einsegnen ließ: die Exkommunikation!

Anna wußte nicht, ob Martin mit einer katholischen Trauung einverstanden gewesen wäre, wenn sie darauf bestanden hätte. Sie sprach nicht mit ihm darüber.

Daß Mutter Selma es nicht zugelassen hätte, dessen war Anna sicher. Und sie hatte so viele Sorgen, so viel Arbeit, daß sie nicht die Kraft aufbrachte, auch noch einen Kampf mit Mutter Selma auszufechten.

Der Pfarrer beschwor sie, wenigstens die Kinder, die sie sich wünschte, ihrer Kirche zu erhalten und sich in einer schriftlichen Erklärung dazu zu verpflichten. Auch in diesem Punkt schaffte Anna keine Klarheit. »Ich werde mich mit Herrn Dr. Ritter beraten«, versprach sie.

Aber sie tat es nicht. Sie wagte es nicht.

Sie hatte zwar gelernt, Herrn Doktor Ritter Martin zu nennen, aber im Grunde war er ein fremder Mann.

Vor der Abreise nach Hagen kündigte sie ihre Stellung im Labor Der Professor veranstaltete eine Abschiedsfeier. Es wurde Sekt getrunken. Die Mitarbeiter sagten »Frau Doktor« zu Anna. Es fiel ihr schwer, das Institut zu verlassen. Sie verabschiedete sich von allen Tieren. Professor Mannasy schrieb ihr ein Zeugnis.

*»Frau Anna Ritter, geb. Rohrschneider, war vor ihrer Verheiratung als technische Praktikantin im Pharmakologischen Institut der Universität Würzburg tätig. Sie war eine der fleißigsten und gewandtesten Mitarbeiterinnen, die jemals bei mir beschäftigt waren. Ihre künstlerische Begabung und die daraus resultierenden kunstgewerblichen Arbeiten erregten allgemeine Bewunderung«*

Sie reisten nach Hagen.

Die Hochzeit war ganz anders. Es gab keinen Hochzeitszug auf sonnenüberfluteter Dorfstraße, es läuteten keine Glocken, es gab keine kleine Barockkirche, deren prunkvolle Altäre in Blumen ertranken, kein mystisches Halbdunkel, keine weihrauchgeschwängerte Luft, keine Ministranten, die mit klingelnden Glöckchen zur Wandlung riefen. Nirgendwo blickte die Mutter Gottes auf ihr Kind herab.

Es war eine Haustrauung.

Der Salon war als Kapelle eingerichtet worden. An der Wand stand ein schlichter Altar.

Davor knieten auf plüschbezogener Betbank Martin in großer Uniform und Anna in weißem Brautkleid, langem Schleier und Myrtenkranz im Haar.

Es wurde gepredigt, und Mutter Selma weinte.

Das Haus wimmelte von Gästen, Verwandten, Freunden, englischen Studenten.

Herr Weise war nicht gekommen, auch Onkel und Tante hatten abgesagt.

Anna fühlte sich unglücklich. Dies war nicht ihr Fest. Es bedrückte ihre Seele, daß sie ihr Gelübde gebrochen hatte. Sie hatte der Gottesmutter gelobt, immer zur Beichte zu gehen, wenn Marcus Seliger ihr das Darlehn gewährte. Sie war nicht zur Beichte gegangen, weil sie fürchtete, keine Absolution zu erlangen. Sie hatte gegen die Lehren ihrer Kirche verstoßen und einen evangelischen Mann geheiratet.

Anna war traurig, und es tröstete sie nicht, als Martin ihr nach der Zeremonie zuflüsterte: »Was mein ist, ist auch dein. Wir wollen keine Geheimnisse voreinander haben.«

Dann ein üppiges Essen im Haus von Mutter Selma. Kellner im schwarzen Frack, Pastetchen, Lachs und Kaviar, dampfende Braten. Reden wurden gehalten.

Sie gingen Anna nicht zu Herzen.

Sie blickte immer wieder zur Tür, ob nicht wenigstens ein Telegramm von Herrn Weise käme. Sie vermißte ihn sehr.

Anna wartete vergebens.

Der Professor hatte angeordnet, alle Telegramme zurückzuhalten, um das Essen nicht zu stören.

Die Telegramme wurden nach dem Essen verlesen. Es waren sehr viele.

Erst ganz zum Schluß wurde Herrn Weises Telegramm geöffnet und auch das von den Eltern.

Gelächter kam auf, als der Professor vorlas:

»Alle Ratten, Mäuse, Katzen und Affen gratulieren herzlichst ihrer liebenden Pflegerin zur Hochzeit. Pharmakologisches Institut Würzburg.«

Da mußte auch Anna lächeln.

Das Brautpaar zog sich zurück und verbrachte die erste Nacht in einem Hotel in Hagen.

Niemand hatte Anna auf den Vollzug der Ehe vorbereitet. Sie kauerte sich vor dem Bettrand nieder und schlüpfte in ihr Nachthemd, um sich nicht vor den Augen ihres Mannes zu entkleiden.

Scham preßte ihr die Kehle zusammen. Und dann lag sie in dem fremden, kühlen Hotelbett.

Martin kam und umarmte sie.

Anna litt furchtbar.

Fledermäuse schwirrten durch den Raum und verfingen sich in ihren Haaren. Sie fuhr mit Martin im Fahrstuhl zur Hotelhalle hinab und sah Inder und Inderinnen in kostbaren seidenen Gewändern. Auf den Turbanen der Männer funkelten Gold und Edelsteine. In den Ohren der Frauen schimmerte das Oval übergroßer Perlen.

Am Morgen erzählte sie ihrem Mann von den Fledermäusen und von den märchenhaften Indern.

Martin sah sie erschrocken an. »Du hast geträumt, mein armes Spätzchen, du hast schwer geträumt.«

»Nein!« beteuerte sie. »Du warst doch dabei! Erinnerst du dich nicht?«

»Du hast geträumt, Spatz, du hast geträumt!«

Er konnte sie nicht überzeugen.

Sie fühlte sich elend, zu Tode erschöpft und verstört. Am liebsten wäre sie im Bett geblieben, um in einen tagelangen Schlaf zu flüchten.

Statt dessen trat sie noch am selben Morgen mit ihrem Mann die geplante Rheinreise an.

Sie reisten mit dem Zug.

Anna streckte sich auf den Polstern aus. Etwas rollte von den Kissen herab. Anna griff danach. Es war eine wundervolle Perlenkette.

»Perlen bedeuten Tränen!« sagte Anna tonlos.

»Das ist Aberglaube!« Martin nahm die Kette an sich und lieferte sie an der nächsten Station ab. Ein Juwelier aus Amsterdam hatte bereits ihren Verlust angezeigt.

Am Rhein erholte sich Anna bald. Sie fuhren mit einem großen Raddampfer. Anna sah Burgen, Uferhöhen, Weinberge. Es war schön.

Sie wohnten im Rheinhotel Dreesen in Bad Godesberg, dann im Hotel Krone in Assmannshausen. Auch beim Wirt zum Rolandsbogen kehrten sie ein. Martin war ein fürsorglicher Begleiter.

Anna genoß die hellen Tage. Nur wenn es Abend wurde, befiel sie Unruhe. Sie fürchtete sich vor den Nächten, vor dem stummen Geschehen.

In Köln trafen sie mit Martins Eltern zusammen. Sie fuhren bis in die Magdeburger Börde und in die Uckermark, zu Onkel Fritz und den anderen Verwandten.

Endlich kehrten sie nach Würzburg zurück.

Martin fuhr direkt vom Bahnhof in die Klinik. Anna fuhr mit einem Taxi in die Heidingsfelder Straße.

Sie nahm die Post aus dem Briefkasten, legte den Mantel ab, öffnete die Fenster und schaute hinaus in den Vorgarten, der blühend in der Sonne lag.

Sie war angekommen. Sie hatte ein schönes

Heim und einen Mann, den sie lieben mußte, weil er ihr Sicherheit und Schutz bot. Ein Mann mit warmem Herzen, wie Herr Weise gesagt hatte.

»Danke!« sagte sie halblaut. »Ich bin glücklich, ich bin zu Hause.«

Sie hatte die Briefe immer noch in der Hand.

Darunter war ein schmaler Umschlag, in Münster abgestempelt, wo Martin früher gewohnt hatte.

Absender: Carola Kargh...

Anna dachte an das gerahmte Foto mit dem schönen Mädchenkopf.

Das alte Mißtrauen stand in ihr auf.

Unschlüssig drehte sie den Umschlag zwischen den Fingern. Sie ahnte, daß dieser Brief nicht harmlos war. Und sie suchte nach einem Grund, ihn zu öffnen.

»Was mein ist, ist auch dein, wir wollen keine Geheimnisse voreinander haben«, hatte ihr Martin nach der Trauung zugeflüstert...Danach wollte sie handeln.

Es kam ihr nicht zum Bewußtsein, daß auch sie Geheimnisse vor ihrem Mann hatte, daß sie ihm ihre zweite Existenz verschwieg, das Leben der Heimarbeiterin Anna Ritter.

Sie öffnete den Brief und las:

*»Mein lieber Martin!*

*Seit fünf Monaten warte ich nun, daß Du mir auf meine Briefe antwortest. Ich verstehe das einfach nicht. Es ist doch nicht möglich, daß Du alles vergessen hast, was zwischen uns war. Ich kann und will das nicht glauben.*

*Ich bitte Dich, mir umgehend zu schreiben.*

*Andernfalls muß ich mir persönlich Gewißheit über die Ursache Deines Schweigens verschaffen.*
*Herzliche Grüße,*
*Deine Carola.*

»Deine Carola!« wiederholte Anna.

Sie weinte.

Mein lieber Martin. . .Deine Carola. . .Wie war so etwas möglich?

Anna suchte Briefpapier und Federhalter.

Ihre Finger zitterten derart, daß ihre Schrift noch unleserlicher geriet als gewöhnlich.

*»Sehr geehrtes Fräulein Kargh!*
*Ich habe Ihren Brief erhalten und möchte Ihnen nur mitteilen, daß Herr Dr. Martin Ritter seit kurzem mit mir verheiratet ist, und bitte Sie daher, ihm nicht mehr zu schreiben.*
*Anna Ritter«*

Sie frankierte den Umschlag und trug ihn sofort zum Briefkasten.

Martin kam heim. Er sah Annas verweintes Gesicht und den Brief und erfaßte mit einem Blick die Zusammenhänge.

»Du hättest den Brief nicht öffnen dürfen, Anna!« sagte er ärgerlich. »Er ist an mich gerichtet. Hast du nie etwas vom Briefgeheimnis gehört?«

Anna schluckte, sie war außer sich vor Zorn und Enttäuschung: »Ich gehöre dir, nur dir, und du hast gesagt, daß du mir gehörst, nur mir, und nun ist alles nicht wahr, und ich hatte mich so auf unser Zuhause gefreut. . .«

Seine Stimme wurde milder.

»Ich sehe es ein, es ist meine Schuld. Ich hätte verhüten müssen, daß du diese Aufregung gleich zu Beginn unserer Ehe erleben mußt. Ich will dir alles erklären, Anna. . .«

»Ich will keine Erklärung!« schrie sie. »Du hättest es mir vor unserer Heirat erklären müssen. Und dieser Frau ebenfalls. Aber jetzt habe ich ihr geschrieben, jetzt weiß sie Bescheid!«

Er war starr vor Entsetzen.

»Anna! Du machst mich unmöglich. Das hättest du niemals tun dürfen. Niemals! Das ist eine Angelegenheit, die ich zu regeln habe. . .«

»Aber du hast sie nicht geregelt!« weinte Anna. »Wie kann man nur so feige sein? Ausgerechnet du?! Das hätte ich dir niemals zugetraut. Warum hast du mir das angetan?«

»Die Geschichte in Münster passierte, lange bevor ich dich kennenlernte, Anna. Und dann kamst du, ich sah dich zum erstenmal, und seither habe ich nur noch an dich gedacht. Glaub es mir, Anna!«

Sie glaubte ihm.

An diesem Abend war er zärtlich und geduldig mit ihr. »Alles geht vorüber, mein Liebling, mein Herz, hab Vertrauen zu mir, ich bin dein, ich bin dein Eigentum. . .« Er ließ seinen Gefühlen freien Lauf, zum ersten Mal. Und Anna begriff, wie sehr diese unbereinigte Geschichte sein Gewissen belastet hatte.

Am nächsten Morgen waren sie vollkommen versöhnt. Wenige Tage danach zeigte er ihr ein zweites Schreiben von Fräulein Carola Kargh. Sie hatte es an seine Klinik geschickt und die Adresse mit dem Zusatz »Nur persönlich auszuhändigen« versehen.

Es war ein böser, rachsüchtiger Brief, voller Anklagen und Drohungen.

*»...Du willst Offizier sein, Soldat? Ich nenne Dich ehrlos und wortbrüchig. Du hast ein falsches Spiel gespielt, Martin Ritter.*
*Aber Du wirst diese Rechnung bezahlen. Es liegt in meiner Hand, ob Du den bunten Rock weiter tragen darfst oder nicht.*
*Ich kann Deine Karriere mit einem Schlag vernichten...Und ich gratuliere Dir zu der Gans, die Du geheiratet hast. Nach Handschrift und Stil ihres Briefes zu urteilen, scheint sie sagenhaft dumm zu sein.«*

Martin war niedergeschlagen und wußte sich keinen Rat.

»Das ist ernst. Ich muß meinen Vorgesetzten davon in Kenntnis setzen. Ich bitte Generalstabsarzt Wernicke, die Sache in die Hand zu nehmen. Er ist ein toleranter Junggeselle, der für die Probleme junger Offiziere immer Verständnis aufgebracht hat. Und von dir war er bezaubert, Spätzchen. Hoffentlich läßt er all seinen Charme spielen, damit die Geschichte in Ordnung kommt, sonst wird es bitter für mich...«

»Hoffentlich!« sagte Anna, aber gleichzeitig dachte sie: Was ist daran bitter? Es ist sogar besser, wenn Fräulein Kargh Martins Karriere zerstört. Dann verläßt er das Militär und macht eine Praxis auf. Ich helfe ihm in der Sprechstunde, und wir bleiben in Würzburg.

Ihr Wunsch erfüllte sich nicht.

Martins Vergangenheit wurde aus der Welt geschafft. Und Generalstabsarzt Fritz Wernicke schickte ein nachträgliches Hochzeitsgeschenk, eine Kiste mit altem Silberbesteck. Für zwölf Personen.

»Hamburger Fadenmuster!« sagte Martin anerkennend. »Ja, ja, er verehrt dich, Spätzchen, er hat dich in sein Herz geschlossen und sich in dich verliebt.«

»In mich? Er kennt mich doch kaum.«

»Du bist so süß, Spätzchen, jeder möchte dich gleich in den Arm nehmen.«

»Na?« machte sie zweifelnd.

Er drückte sie an sich.

»Wünsch dir etwas!«

»Eine Madonna mit Kind!« sagte sie.

Er lachte. Und er brachte ihr eine Madonna aus Terrakotta.

Sie hatte ein sanftes Lächeln.

Anna stellte das Figürchen auf ihren Schreibtisch. In ihrem Herzen war sie ein Marienkind geblieben, auch wenn sie nicht mehr zur Beichte ging.

## 13.

Martin verbrachte seine freien Abende nicht mehr so oft in seinen Klubs. Er las Anna aus der preußischen Geschichte vor und vom Alten Fritz, was sie langweilte. Und von der Biene Maja, was ihr gefiel.

Die Besuche bei den spöttischen Kollegen wurden seltener. Sie mußte ihren Mann auch nicht mehr zu Boxveranstaltungen begleiten, die sie verabscheute.

Er wurde von Tag zu Tag zärtlicher.

Sie fand in der Wohnung Zettel, auf die er kurze Liebeserklärungen geschrieben hatte: »Zum Zeichen, daß ich Dir ganz gut bin!« Oder »Ich denke an Dich, mein lieber guter Spatz, und küsse Dich in Gedanken.«

Jeden Morgen hob er sie aus dem Bett, zog ihr den Morgenmantel an, setzte sie auf seinen Schoß und fütterte sie beim Frühstück wie ein Kind.

»Du bist immer so müde, Spätzchen!« sagte er besorgt.

»Bedrückt dich etwas ? Machst du dir Gedanken, wenn ich allein ausgehe? Es fällt mir auf, daß du besonders blaß und übernächtigt bist, wenn du allein bleibst und zeitig zu Bett gehen und dich ausschlafen kannst. Oder macht dir unser Kindchen zu schaffen?«

Anna war schwanger. Und die Nächte, in denen sie stickte, gingen nicht spurlos an ihr vorüber. Sie hatte ihre Kräfte überschätzt. Der Haushalt, die Ehe und – Marcus Seliger.

Er hatte ihr einen anspruchsvollen Auftrag anvertraut. Anna zeichnete Blumenkränzchen auf dünnes Papier, übertrug sie auf die Seide und stickte sie mit haarfeinem Faden aus. Eine nervenzehrende, augenfressende Arbeit. Nicht nur die winzigen Nadelstiche verbrauchten ihre Kräfte, auch das Lauschen nach der Tür, die Furcht, daß Martin sie überraschen könnte.

Manchmal fühlte sie sich so zerbrochen, daß sie ihm am liebsten alles gebeichtet hätte. Aber sie fand den rechten Zeitpunkt nicht, nicht das rechte Wort.

Martin drang nicht in sie, er schob ihre Verfassung auf die Schwangerschaft.

Die Fremdheit wich auch in den Nächten nicht. Nicht einmal in Gedanken fand sie einen Kosenamen für ihn. Noch immer wagte sie es nicht, sich vor seinen Augen zu entkleiden. Noch immer flüchtete sie hinter das hohe Biedermeierbett und kroch gebückt in ihr Nachthemd, damit er ihren nackten Körper nicht sah.

Martin tat nichts, um ihr zu helfen. Er sagte nichts, er erklärte ihr nichts. Alles war unausgesprochen zwischen ihnen. Wenn er sie schweigend umarmte, sie küßte und sie sich ihm gab, fragte sie sich oft, was er wohl fühlte, was er dachte. Sie hätte gern mit ihm gesprochen, sich gewünscht, daß er ihr sagte, wie sie sein sollte. Sie wußte nicht, wie sie ihn erfreuen konnte. Sie wagte sich nicht zu rühren, ihn anzuschauen oder sich an ihn zu schmiegen. Sie war so unwissend, und er half ihr nicht.

Der Sommer ging seinem Ende zu, die Blumen im Garten verblühten. In den Beeten breitete sich

Unkraut aus. Von Strauch zu Strauch spannten sich durchsichtige Fäden und glitzerten im herbstlichen Morgennebel.

Es wurde Zeit, den Garten aufzuräumen und umzugraben. Anna wußte, was zu tun war. Sie hatte diese Arbeiten im Lehrergarten Jahr um Jahr verrichtet. Sie liebte den Geruch der Erde. Aber sie fühlte sich zu schwach, den Garten zu bestellen.

Auf den Herbst folgte der Winter, und als der Frühling ins Land zog, rüstete sich Anna für die Mutterpflichten. Das Kinderbett stand schon seit Wochen neben dem ihren.

Unangemeldet kam Herr Weise zu Besuch.

»Du siehst nicht gut aus, Anna«, sagte er.

Sie wußte es. »Die Arbeit wird mir zuviel, Herr Weise.«

»Ich glaube, Frau Weise sollte dir jetzt ihr Hochzeitsgeschenk schicken«, sagte er. »Das Mädchen heißt Käthchen. Sie hat fünfzehn Geschwister. Ihre Familie schuldet uns viel Dank. Frau Weise hat Käthchen in allen Hausarbeiten unterwiesen. Du wirst mit ihr zufrieden sein, Anna.«

Sie lächelte ihn an.

Im April bekam Anna ein Mädchen.

»Jetzt habe ich eine Familie!« sagte sie glücklich. »Und du bist unser Vatile, Martin.«

Er küßte sie dankbar. »Sag es noch einmal, Spätzchen!«

»Vatile!«

Sie hatte einen Kosenamen für ihren Mann gefunden.

Sie nannten das Kind Anna Maria Katharina. Es wurde evangelisch getauft.

Nach einigen Monaten brach Annas Würzburger Welt zusammen. Martin erhielt ein dienstliches Schreiben. Er wurde nach Königsberg kommandiert.

»Königsberg?« fragte Anna. »Wo liegt denn das?«

»In Preußen!« sagte Martin. »In Ostpreußen.«

»Ist das weit von Würzburg?«

»Es ist sehr weit«, antwortete er. »Etwa tausend Kilometer. Der Zug fährt zwei Tage und eine Nacht.«

»Wie soll unser kleines Mädchen so eine Reise überstehen? Meine süße Katharina erfriert ja unterwegs...«

»So schlimm ist es nicht!« sagte Martin. »Alle Kameraden gingen mit einem tränenden Auge hin und mit zwei tränenden Augen weg. Es ist ein schönes Land.«

»Das ist schrecklich, schrecklich!« sagte Anna.

Anna stand vor der Abreise ein schwerer Weg bevor. Sie ging zu Marcus Seliger.

»Herr Seliger, mein Mann ist versetzt worden. Nach Königsberg!«

»Königsberg in Unterfranken? Zwischen Haßfurt und Hofheim? Na, das ist ja keine Weltreise, Frau Doktor«, meinte Herr Seliger lächelnd.

»Königsberg in Ostpreußen!« gestand Anna kleinlaut.

»Ostpreußen?!« Herr Seliger wippte mit seinem Stuhl nach hinten, schob die randlose Brille auf die Stirn und sah Anna ungläubig an. »Frau Doktor! Das liegt ja irgendwo hoch im Norden, an der Grenze von Rußland, an der Ostsee, das ist durch den Polnischen Korridor vom Reich getrennt. Wie wollen wir das nun machen mit unserem Geschäft?«

»Ich habe mir das schon genau überlegt, Herr Seliger. Sobald ich meine Adresse und das zuständige Postamt weiß, schreibe ich Ihnen. Sie schicken mir die Arbeit postlagernd, und ich schicke sie Ihnen im Paket zurück. Bitte, Herr Seliger!«

»Hm, hm, hm!« machte Herr Seliger. »Umständlich ist das Ganze ja! Aber bisher sind wir gut miteinander ausgekommen. Ich verlasse mich auf Sie. Sie sind ja eine Künstlerin.«

»Wie viele Schulden habe ich denn noch?« forschte sie zaghaft.

Er schlug die Augen zur Decke auf, halb belustigt, halb bekümmert.

»Oje! Da werden Sie noch lange sticken müssen, Frau Doktor. Acht oder neun Jahre.«

Er schüttelte ihr kräftig die Hand. Er war sehr freundlich. »Leben Sie wohl, Frau Doktor! Alles Gute in der neuen, kalten Heimat. Und vergessen Sie den alten Marcus Seliger nicht...«

Noch einen zweiten Abschiedsbesuch machte Anna. Sie fuhr in ihr Dorf und nahm ihre kleine Tochter im Kinderwagen mit.

Es war ein sonniger Oktobertag. Schäfchenwolken strömten über den Himmel. Der Fluß zog durch die Wiesen. Grüne und blaue Trauben hingen schwer aus gelb-rotem Laub. Und dahinter schienen sich die Wälder bis zum Firmament zu recken.

Herr Weise holte sie vom Bahnhof ab. Er war sehr grau geworden.

»Willkommen, Anna! Viereinhalb Jahre bist du nicht mehr bei uns gewesen.« Er betrachtete die kleine Katharina. »Als du so alt warst, da hast du genauso ausgesehen, Anna. Was für ein hübsches kleines Mädchen. Zum Liebhaben.«

Sie gingen über die Dorfstraße. Herr Weise trug Annas Reisetasche. Sie schob den Kinderwagen.

Das Dorf hatte sich nicht verändert.

Sie erreichten das Lehrerhaus aus roten Ziegelsteinen, betraten den gepflasterten Hof.

Anna sah ihre Freunde wieder, den Pflaumenbaum, der das Glück hatte, immer in Luises Zimmer blicken zu dürfen, und Treff, den Jagdhund. Er gebärdete sich wie verrückt vor Freude, sprang an Anna hoch, winselte, jaulte, leckte ihr die Hände und drückte den Kopf an ihre Knie.

Frau Weise empfing die Gäste vor der Tür, eine kleine Gestalt im schwarzen Kleid. An der Silberkette baumelte das Lorgnon.

Auch sie hatte sich nicht verändert. Strähniges Haar, dürftiger Knoten, altes Gesicht, strenge Lippen. Sie begrüßte Anna und ihre Tochter freundlich. Aber in ihren Augen stand jene Mischung aus Abneigung und Trauer, die Anna nur zu gut kannte. Sie empfand Annas Existenz als Kränkung.

Im Haus glänzten die teppichlosen Fußböden. Da war der Stuhl in dem langen, kühlen Gang, Annas Zufluchtsort, wo sie gelesen, gelernt oder heimlich einen Apfel verspeist hatte.

Herr Weise wich den ganzen Tag lang nicht von Annas Seite. Er trug das Kind auf dem Arm durch das Haus, durch den Garten, er zeigte ihm den

Brunnen, die Hundehütte und die Bank unter dem Pflaumenbaum.

Vor Tisch wurde gebetet. »Komm, Herr Jesus, sei unser Gast...«

Nach dem Essen durfte sich Anna zum erstenmal auf das rote Samtsofa setzen, dessen weiße Deckchen sie selbst gehäkelt hatte.

Herr Weise brachte ein Album und setzte sich neben sie.

»Das bist du«, sagte Herr Weise. »Da siehst du genauso aus wie deine Katharina.«

Anna hatte die Bildchen nie zuvor gesehen. Sie konnte sich auch nicht entsinnen, daß sie jemals fotografiert worden war. Und doch! Da war die kleine Anna als Baby im Steckkissen, im Taufkleidchen, auf einer Wiese sitzend, auf wackeligen Beinchen aufrecht stehend, mit einem Gießkännchen in der Patschhand. Am ersten Schultag und schließlich im weißen Kleid bei der Heiligen Kommunion. Mit Spitzentaschentuch und Kerze. Da hatte sie auch noch die Kette mit dem goldenen Herzchen um den Hals.

Herr Weise hatte ihr den Schmuck zur Kommunion geschenkt. Aber auf einmal waren Kette und Goldherzchen verschwunden, einfach nicht mehr dagewesen.

Hatte Frau Weise den Schmuck an sich genommen? Anna hatte ihn nur am Sonntag zum Kirchgang tragen dürfen. Und dann war er fort, und Anna hatte bitterlich geweint. Unter jedes Foto hatte Herr Weise das Datum und lange erklärende Texte geschrieben, die er jetzt mit der Hand bedeckte.

»Wenn ich einmal tot bin, sollst du dieses Album haben, Anna!« sagte er.

Sie hätte es gern nach Würzburg mitgenommen.

Am Nachmittag schob sie den Kinderwagen an das andere Ende des Dorfes.

Martin hatte sie ermahnt: »Vergiß nicht, deine Familie zu besuchen, Anna. Sag deiner Mutter adieu! Und grüße alle recht herzlich von mir!«

Da war das Elternhaus mit den weißgekalkten Mauern. In dem vernachlässigten Gärtchen welkten die Blumen in wildem Durcheinander, Gras überwucherte die Wege. Der Lindenbaum hatte seine Blätter abgeworfen. Niemand hatte sie zusammengekehrt.

Vor dem Schuppen lag Prinz, der faule Köter. Er zeigte keine Wiedersehensfreude, er bellte nicht einmal. Das Haus war unverschlossen, die Tür stand halb offen. Anna trat in den Vorraum.

»Hallo!« rief sie. »Mutter, Julian! Ich bin es. . .«

Keine Antwort.

Es war niemand da.

Eigentlich war es ja immer so gewesen. Niemals war jemand für Anna dagewesen, ob Eltern und Geschwister nun zu Hause waren oder nicht.

Sie schob den Kinderwagen zur Hofausfahrt und drehte sich noch einmal um. Hier war die Mutter in der Tür gestanden, im Heckenrosenkleid, und sie hatte gelacht. Die schöne Mutter!

Das Dorf war unverändert, aber die Menschen waren anders. Sie wußten schon alle, daß Anna nach Ostpreußen verschlagen wurde.

»So eine lange Reise! Viel Glück! Auf baldiges Wiedersehen!«

Anna übernachtete in ihrem früheren Zimmer im ersten Stock. Hier hatte sie den Stimmen und Tönen gelauscht, die vom Parterre heraufdrangen, wenn Herr Weise seine Musikabende veranstaltete. Und hier hatte sie der Versuchung durch die Blockschokolade widerstanden.

Am nächsten Morgen begleitete Herr Weise sie zum Bahnhof. Er führte sein Fahrrad. Auf dem Gepäckträger hatte er Annas Reisetasche befestigt.

Anna nahm ihre Tochter auf den Arm und stand am geöffneten Fenster.

»Auf Wiedersehn, Herr Weise!« sagte sie. »Vielen Dank für die Gastfreundschaft!«

»Behüt dich Gott, Anna! Du gehst nun so weit von der Heimat fort mit deinem Kind. Wer weiß, ob ich euch jemals wiedersehe...« Er versuchte zu scherzen: »Nun werde ich wieder auf mein Stahlroß steigen, und du wirst bald auf einem lebendigen Roß sitzen...Grüß deinen Mann von mir. Ich wünsche euch alles Glück der Erde. Behüt dich Gott, Anna...«

Er hatte Tränen in den Augen.

Auch Anna weinte.

DRITTER TEIL

# Die Garnison
## 1931-1945

# 1.

An einem Novembertag nahm Anna Abschied von Würzburg. Die Sonne durchbrach mit blassen Strahlen die Wolken. Die vergoldete Kuppel des Käppele glänzte auf. Über dem dunstigen Maintal erhob sich mächtig die Festung Marienberg.

Sie reisten erster Klasse.

Anna hatte ihre sechs Monate alte Tochter auf dem Schoß. Auch die spanische Reisetasche fuhr mit nach Königsberg. In ihr befand sich eine kleine Matratze. Anna hatte sie arbeiten lassen, um für das Kind auf der langen Fahrt in den Osten ein Bett zu haben.

Voller Mitgefühl dachte Anna an das junge Dienstmädchen Käthchen, das allein unter fremden Menschen in einem Abteil dritter Klasse saß.

Käthchen – Frau Weises Hochzeitsgeschenk – war erst sechzehn, ein schmächtiges Mädchen, das kaum sprach. Auch Käthchen war durch Frau Weises Schule gegangen und hatte wohl schon längst gelernt, daß das Leben kein Vergnügen war, sondern eine schwere Aufgabe.

Der Schnellzug glitt durch die Nacht. Anna hatte ihre kleine Tochter in die spanische Reisetasche gebettet. Das Kind schlief. Martin saß Anna gegenüber. Er hatte den Kopf in die Falten seines Mantels gedrückt und die Augen geschlossen. Aber er schlief nicht.

Immer wenn die Bremsen anzogen und der Zug

hielt, öffnete er die Augen und sah zum Fenster hinaus. Er war in Zivil. Die Mitreisenden im Abteil unterhielten sich halblaut in breiter, singender Aussprache. Es waren Ostpreußen. Anna blickte in die Nacht hinaus.

Es war dunkel, Schneeflocken wirbelten gegen die Fensterscheibe. Der Zug fuhr durch eine weite, flache Landschaft, die endlos wirkte.

So ging es Stunden um Stunden. Und immer die gleiche endlose Landschaft.

Schließlich kam Martin aus seinem Versteck hinter dem Mantel hervor.

»Erschrick nicht, Anna!« sagte er. »Wir erreichen jetzt den Polnischen Korridor. Ich muß meinen Degen, die Pistole und meine Papiere abgeben. Ich habe es dir ja erklärt. . .«

Er hatte ihr erklärt, was es mit dem »Polnischen Korridor« auf sich hatte, daß der Landstreifen zwischen Pommern und der Weichsel 1919 nach dem Krieg, den Deutschland verloren hatte, an Polen gefallen war. Und daß Ostpreußen durch diesen Korridor von dem Mutterland abgeschnitten war.

Der Zug hielt.

Dann wurde die Tür aufgerissen, und zwei polnische Offiziere betraten das Abteil. Sie grüßten.

Die Reisenden griffen ohne Aufforderung in ihre Jackentaschen und holten ihre Pässe hervor.

Martin nahm seinen Koffer aus dem Gepäcknetz, öffnete ihn und übergab Pistole und Degen dem Offizier, der auch die Papiere prüfte. Der andere Offizier überzeugte sich, daß das Fenster verschlossen war und versah es mit Plomben. Dann legten sie wieder die Hand an die Mütze und verließen das Abteil.

Beim Eintritt der beiden Uniformierten war das Gespräch der Reisenden verstummt. Nun lebte es erneut auf.

»Unerhört!« sagte der eine Herr. »So etwas müssen wir uns gefallen lassen in unserem eigenen Land. Das hier ist Westpreußen! Und das hat man den Polen in den Rachen geschmissen. Durch den Schandvertrag von Versailles. Kontrollen, Schikanen! Polnisches Zugpersonal! Diese arroganten, unverschämten Polen. . .«

Martin sagte nichts. Er steckte den Kopf wieder in die Falten seines Mantels und schloß die Augen.

Diese arroganten, unverschämten Polen! Anna entsann sich, daß sie einen polnischen Großvater hatte. Tante Lina hatte ihr die Geschichte erzählt. Von dem jungen Polen, dessen Eltern in der Nähe der preußischen Grenze Land besaßen.

Sie schickten ihren Sohn Julian in den Westen. Und dort verliebte er sich in ein deutsches Mädchen, heiratete und starb jung. Er stürzte vom Pferd und brach sich das Genick. Seine Frau blieb mit zwei Töchtern zurück, Lina und Maria, Annas Mutter. An der Grenze erhielt Martin Degen und Pistole zurück, deutsche Beamte übernahmen wieder den Zug, und Martin deutete aus dem Fenster.

»Das ist Marienburg, Anna! Die Burg ist ein gotischer Backsteinbau, im dreizehnten Jahrhundert gegründet. In dem Schloß wohnte der Hochmeister des Deutschen Ritterordens. . .«

»Du bist sehr klug, Martin!« sagte Anna. »Und ich bin todmüde.«

Sie lehnte sich in ihrem Sitz zurück und schlief ein.

Am Morgen lief der Zug in den Königsberger Bahnhof ein. »Mein Freund Hoffius erwartet uns!« Martin öffnete das Fenster, beugte sich hinaus und rief: »Hoffius, Fritz!«

Sie stiegen aus. Anna hatte ihr Kind auf dem Arm und stand fröstelnd auf dem Bahnsteig zwischen fremden Menschen. Reisende, Gepäckträger, Gendarmen, Arbeiter in Halbpelzen und mit großen Stiefeln. Es war kalt, neblig, von einem trüben, farblosen Himmel fiel feiner Regen, mit Schnee vermischt. Anna kam sich vor wie in der Verbannung. So ähnlich hatte sie sich immer das Rußland Dr. Selkows vorgestellt.

Käthchen gesellte sich zu ihr, eine kleine verlorene Gestalt.

»Gnädige Frau, ich begrüße Sie und das verehrte Fräulein Tochter in Königsberg, der schönen Stadt am Pregelstrom!« sagte Hoffius.

Anna bemerkte, daß er auf eine bestimmte Art lächelte. Er gehörte also zu Martins ironischen Freunden, die immer lachten, wo es nach Annas Meinung nichts zu lachen gab, und deren Höflichkeit ihr unbehaglich war.

Hoffius war etwa in Martins Alter, hochgewachsen, schon ergraut, mit glänzenden Augen. Er hatte einen taillierten Mantel mit einem großen Pelzkragen an. Anna konnte nicht verstehen, warum sie lachten.

Als sie dann im Mietwagen Hoffius gegenübersaß, begegneten sich ihre Augen.

Anna errötete, und wieder lächelte Hoffius.

»Haben Sie auch Kinder, Herr Hoffius ?« fragte sie.

»Gott sei Dank nein, gnädige Frau!« antwortete er lässig. Der Mietwagen fuhr durch kleine Gassen. Anna betrachtete durch das Fenster die alten Häuser, die Läden, die vermummten Menschen, die auf dem Bürgersteig entlanghasteten.

»Königsberg scheint eine sehr große Stadt zu sein«, meinte Anna. »Was ist das für ein Stadtteil, durch den wir fahren?«

»Das ist die Altstadt, gnädige Frau! Hier wohnen die weniger Begüterten. Und auch der Oberstabsarzt Ritter.« Hoffius lachte wie über einen guten Witz. »Ausgerechnet du, Martin! Sehen Sie dort die alte Frau mit den zwei runden Körben? Das ist eine der berühmten Fischfrauen. Sie gehen täglich durch die Straßen und preisen ihre Ware an.« Er ahmte den breiten Tonfall nach, den Anna schon im Zug gehört hatte: »Scheene Fische, Madamchen, frische Flundern. . .«

Und zu Martin sagte er: »Gleich hinter dem Häuserblock ist das Lazarett. Wir sind bald da. Prinzenstraße 18. Prinzenstraße! Hört sich gut an, nicht wahr?«

»Hast du dir die Wohnung angesehen, wie ich dich gebeten habe, Fritz?« erkundigte sich Martin.

»Ja!« sagte Hoffius und lachte wieder. »Ich war einmal da. Meine Frau würde sie nicht nehmen. Aber du hast eine Tochter und willst noch mehr Kinder haben, dafür ist sie geeignet. Sechs Zimmer, hochherrschaftlich. In der Gegend kann man günstig einkaufen. Wir wohnen auf den Hufen, im Grünen, vor der Stadt.«

»Gibt es denn auf den Hufen keine Wohnung für uns?« schaltete sich Anna ein. »Für unser Kind wäre es im Grünen auch viel besser, viel gesünder.«

Hoffius lächelte amüsiert.

Der Mietwagen hielt. Hoffius stieg aus und verabschiedete sich:

»Wir sehen uns dann heute abend im Park-Hotel. Auf Wiedersehn, gnädige Frau! Viel Freude in dem neuen Heim!«

Vor einem großen, altertümlichen Bürgerhaus stand schon der Möbelwagen, die Packer machten sich daran zu schaffen. Anna las die Aufschrift: »Heinrich Feuerstein, Spedition und Möbeltransport, Würzburg.« Ihr zog sich das Herz zusammen.

»Käthchen soll mit dem Kind noch im Auto sitzen bleiben«, sagte sie bestimmt. »Ich sehe mir die Wohnung erst einmal an.«

Martin holte den Schlüssel von der Hauswirtin, und dann gingen sie durch die Räume.

Das Bad befand sich hinter einem Bretterverschlag auf dem Flur. Zwei Zimmer hatten keine Fenster. Sie wurden nur spärlich durch das Licht erhellt, das von der großen Glasveranda hineinfiel. Und die Veranda war ein langgestreckter Schlauch mit Aussicht auf den Hinterhof. Nach der Besichtigung erklärte Anna mit finsterer Miene: »Hier ziehe ich nicht ein! Nie! Auf keinen Fall!«

Martin legte begütigend den Arm um ihre Schultern.

»Anna! Du bist müde und überanstrengt von der langen Reise. Morgen, wenn du dich ausgeruht hast und die Möbel in der Wohnung stehen, dann wird es dir schon gefallen. Wir müssen einziehen, es ist eine Dienstwohnung.«

»Nein!« sagte sie. »Wir haben ein Kind. Und in dieser düsteren, alten Burg soll mein Kind nicht aufwachsen. Ohne Sonne, ohne Bäume, ohne Sträucher. Ich ziehe hier nicht ein!«

»Bitte, Anna!« sagte Martin beschwörend. »Ich wußte nicht, daß du derart eigensinnig sein kannst. Wir müssen einstweilen einziehen, es bleibt uns gar nichts anderes übrig. Was willst du denn sonst tun?«

Sie begann zu weinen. »Wir gehen in ein Hotel. In das Park-Hotel, das Hoffius erwähnt hat. Und morgen suche ich uns eine Wohnung, auf den Hufen, wo Hoffius wohnt.«

Martin rang die Hände. »Anna! Wie willst du eine Wohnung finden? In einer großen Stadt, die dir völlig fremd ist?«

»Ich finde eine Wohnung, ich schaffe das«, schluchzte sie. »Ich verspreche es dir, bitte, Martin!«

Die erste Nacht in Königsberg schliefen Anna, Martin, die kleine Katharina und das Mädchen Käthchen im Park-Hotel.

Sie schliefen gut, es war ein schönes Hotel.

Am nächsten Morgen mußte Martin seinen Dienst antreten, und Anna begab sich auf Wohnungssuche, Käthchen blieb mit dem Kind im Hotel.

Es regnete nicht mehr. Der Himmel war dunstig, aber sehr hoch und hell. Und der Wind blies bitterkalt durch Annas Haar.

Sie hatte sich vom Hotelportier einen Stadtplan geben lassen. Er nützte ihr nicht viel.

Sie wanderte durch eine große, fremde Stadt. An einem Theater vorbei, einem Paradeplatz, durch Straßen, die sich verengten oder weiteten, sie sah eine Kirche, ein Postamt.

Marcus Seliger fiel ihr ein. Sie hatte versprochen, ihm so bald wie möglich ihre Adresse und das zuständige Postamt zu melden.

Die Hufen schienen meilenweit entfernt zu liegen.

Anna wandte sich an einen Passanten. »Verzeihung, bitte! Ich möchte auf die Hufen, ist das noch weit?«

Der Mann erteilte gemütlich Auskunft.

»Ja, Frolleinchen, das ist ziemlich weit. Da gehen Sie jetzt den Steindamm hoch, durch die Kniprodestraße, über den Deutschordenring. Na, und denn sind Sie schon in der Hufenallee, hinter dem Neuen Schauspielhaus, und auf der anderen Seite ist der Walter-Simon-Platz, und denn kommt der Tiergarten. . .Es ist ziemlich weit, aber Sie haben ja junge Beine, Frolleinchen. . .«

Er war sehr freundlich. Alle waren freundlich: Der Inhaber des Fahrradgeschäftes, in dem sich Anna ein Rad auslieh, das man ihr gegen eine geringe Gebühr überließ. Der Metzgermeister, in dessen Laden Anna erneute Erkundigungen einzog. »Gibt es auf den Hufen Wohnungen? Neubauten?«

»Aber ja, Frolleinchen! Mehr als genug. Da baut doch der Simon Grabe schöne neue Häuser mit ganz modernen Wohnungen. Direkt am Park Luisenwahl. Mit dem können Sie reden, der ist ein Lebemann. Ich zeige Ihnen, wie Sie fahren müssen, damit Sie ihn auch finden. . .«

Anna fand die neuen Häuser und auch Simon Grabe, der ein galanter Herr war. Er wohnte ganz allein in einem großen Haus. Die übrigen Wohnungen standen noch leer und warteten auf Mieter. Sie waren nicht billig.

Anna schilderte Herrn Grabe ihre Situation, und er sagte: »Bitte, gnädige Frau! Suchen Sie sich eine Wohnung aus. Vielleicht die Terrassenwohnung im obersten Stockwerk. Vier Zimmer, Küche, Bad, aller Komfort. Mit Blick in den Park Luisenwahl. Der ist vierzig Morgen groß, mit herrlichem altem Baumbestand. Im Anschluß daran dehnen sich die Schluchten des Julchentals, und im Park ist das kleine Haus, in dem die preußische Königin Luise auf der Flucht vor Napoleon gewohnt hat. Und wegen der Miete machen Sie sich nur keine Sorgen, gnädige Frau. Das regelt sich von allein. . .«

Drei Tage später zog die Familie Ritter in die Terrassenwohnung ein. Es gab viel Arbeit.

Martin schickte Anna einen Soldaten zum Helfen, einen frischen, apfelbäckigen jungen Mann.

Er stand eines Morgens vor der Tür – und knallte scharf die Hacken seiner Stiefel zusammen, als Anna öffnete. Er nahm Haltung an und stand da wie aus Stein gehauen.

»Sanitätssoldat Grönert. Zu Frau Oberstabsarzt Ritter, bitte!«

»Guten Morgen, Herr Grönert!« sagte Anna erfreut. »Ich bin Frau Ritter. Schön, daß Sie da sind. Haben Sie gefrühstückt?« Sie streckte ihm die Hand entgegen. Er wurde knallrot im Gesicht, sah auf die dargebotene Hand und zögerte ein Weilchen, ehe er sie schlaff nahm und sofort wieder fallen ließ.

»Kommen Sie, Herr Grönert!« lud Anna ihn freundlich ein. »Ich zeige Ihnen alles.«

»Zu Befehl, Frau Oberstabsarzt!« Er machte einen verlegenen Eindruck.

Anna führte ihn durch alle Zimmer, machte ihn mit Käthchen und ihrer kleinen Tochter bekannt.

Dann half er ihr beim Möbelrücken, rollte Teppiche aus, putzte das Silber in der Küche, war fleißig und geschickt. Gegen Mittag kam Martin.

»Sie können gehen, Grönert!« sagte er.

Der Soldat stand stramm. »Zu Befehl, Herr Oberstabsarzt!«

»Auf Wiedersehn, Herr Grönert!« Anna wollte ihm die Hand reichen, aber er knallte die Hacken zusammen, machte auf dem Absatz kehrt und verließ eilig die Wohnung.

»Warum schickst du ihn weg, Martin?« fragte Anna. »Er hätte doch mit uns essen können. Er hat so viel gearbeitet.«

Martin lachte leise, es klang wie ein Seufzer. »Ach, lieber Spatz, du bist süß. Aber das ist unmöglich.«

»Was habe ich denn nun schon wieder verkehrt gemacht?« brauste sie auf. »Es ist unmöglich, daß ich durch Königsberg radle und eine Wohnung miete, hast du gesagt. Und was ist jetzt unmöglich?«

»Es ist unmöglich, daß die Frau eines Offiziers einem Soldaten die Hand reicht und mit ihm Gespräche führt«, sagte er.

»Warum ist das unmöglich?« rief sie. »Helmut

Grönert ist ein Mensch wie ich. Warum muß er in Ehrfurcht erstarren, wenn eine Offiziersfrau mit ihm spricht ? Das ist unnatürlich. Er ist ein anständiger Bursche, seine Eltern haben einen Bauernhof mit zwölf Kühen.«

»Und wenn sie tausend Kühe hätten«, unterbrach Martin den empörten Redefluß, »so würde das auch nichts ändern. Er ist ein Untergebener, Anna, und er kennt seinen Platz. Er wird auch in Zukunft zu uns kommen, um meine Stiefel zu putzen und meine Uniform zu bürsten. Also, bitte, halte dich an die Spielregeln, liebste Anna! – Übrigens, sobald die Wohnung fertig eingerichtet ist, müssen wir die Besuche machen.«

»Welche Besuche?« fragte sie.

Er lachte und holte eine Liste aus der Tasche. »Siehst du die vielen Namen, Anna? Bei all diesen Leuten machen wir Besuche und empfangen sie auch bei uns zu Gegenbesuchen.«

»Du lieber Himmel!« sagte sie. »Das kann doch nicht dein Ernst sein, Martin? Was gehen mich die wildfremden Leute an?«

»Das sind keine fremden Leute!« erklärte er geduldig. »Das sind meine Kameraden, das ist unser Kreis, in dem wir verkehren. Und es ist üblich, daß man Besuche macht, wenn man an einen neuen Standort kommt. Besuche und Einladungen gehören zu meinem Dienst, Anna. Du darfst dich nicht dagegen sträuben.«

Sie sah es ein.

»Ich möchte ja auch gern ein paar Leute kennenlernen und eine wirkliche Freundin finden. Aber die möchte ich mir selbst aussuchen.«

»Alle Damen werden deine Freundinnen sein!« sagte er zuversichtlich. »Bleib nur so, wie du bist, dann werden sie sich um dich reißen. Vorher fahren wir dann noch in die Stadt und kaufen passende Garderobe für dich ein.«

»Wozu? Das wäre ja reinste Geldverschwendung. Ich habe passende Kleidung. Meine Sachen waren für Würzburg gut genug, da werden sie es auch für Königsberg sein«, protestierte sie.

»In jedem Fall mußt du Hut und Handschuhe haben«, sagte er.

»Einen Hut?« Ihre Stimme wurde hell vor Schrecken. »Ich habe noch nie in meinem Leben einen Hut getragen. Ich will keinen Hut!« Und sie dachte: Hut und Handschuhe – wie die Mutter, wenn sie in die Stadt fährt, um. . .

»Ohne Hut und Handschuhe kannst du keine Besuche machen, lieber Spatz«, sagte er. »Du bist die Frau eines Offiziers, eine Dame! Und die Kommandeuse legt auf Äußerlichkeiten großen Wert.«

»Was ist die Kommandeuse?« fragte sie.

»Die Kommandeuse ist Frau Senden, die Frau meines höchsten Vorgesetzten, des Generalarztes Senden. Mit ihr mußt du dich gut stellen, Anna!« riet er.

Frau Senden! Die sichere Vorahnung befiel Anna, daß wieder einmal eine Peinigerin auf sie wartete: die Kommandeuse.

Martin lächelte sie mit warmen braunen Augen an. »Ich liebe dich, Anna!« sagte er.

In der folgenden Woche fuhr sie mit ihm in die Stadt. Sie kauften ein schwarzes Kostüm und einen Bisammantel, in dem sich Anna wie eine Großmutter vorkam.

Wie hatte sie in Würzburg die Damen in ihren Pelzmänteln beneidet! Nun hatte sie einen Pelzmantel, aber er machte sie nicht glücklich. Sie trug ihn, weil Martin es wünschte. Sie kauften Handschuhe und einen kleinen schwarzen Hut in einem feinen Salon, und die Verkäuferin schmeichelte: »Mit dem Hut sieht die gnädige Frau zehn Jahre jünger aus.«

»Die ist wohl ganz verrückt!« sagte Anna, als sie wieder auf der Straße waren. »Zehn Jahre jünger? Da müßte ich ja ein Kind sein. Warum lügt die nur so?«

Martin lachte. »Du nimmst alles so wörtlich, Anna. Das ist eine kleine Höflichkeitsfloskel, damit wollte sie dir einen Gefallen tun. Das wirst du noch häufiger erleben. Ach, Anna, ich liebe dich!«

## 2.

Die Besuche fanden immer am Sonntag statt. Und der erste Besuch galt dem Generalarzt Senden. Am Vormittag fuhr der Krümperwagen in der Hufenallee vor. Die Füchse waren blank gestriegelt. Der Kutscher trug Uniform. Er sprang vom Bock, knallte die Hacken zusammen. Anna ging mit ihrem Mann an ihm vorüber. Sie setzten sich in den Wagen. Der Kutscher breitete eine Wolldecke über ihre Knie, trat zurück, nahm wieder Haltung an und wartete.

Martin gab ihm die Adressen.

»Zu Befehl, Herr Oberstabsarzt!«

Der Wagen setzte sich in Bewegung.

Es war ein kalter Sonntag mit blauem Himmel und gläserner Luft. Die Sonne schien. Auf der belebten Straße spazierten sonntäglich gekleidete Frauen, Männer, Kinder. Und Soldaten, die in straffer Haltung dem Wagen ihre ausdruckslosen Gesichter zuwandten und militärisch grüßten.

Anna senkte die Augen. Die Unterwürfigkeit, die diese jungen Männer an den Tag legen mußten, beschämte sie. Und sie durfte ihnen nicht zunicken, nicht lächeln, nicht für den respektvollen Gruß danken. Sie durfte auch nicht mit dem Soldaten auf dem Kutschbock reden.

Anna saß stumm neben ihrem Mann, die weißbehandschuhten Hände auf der Decke gefaltet.

In Gedanken wurde sie wieder Kind.

Das Kind Anna, das am Sonntag mit einem Herzen voll guter Vorsätze in die Kirche lief: niemals ungehorsam sein, niemals trotzig, niemals hochmütig.

Mußten die Menschen auf der Straße sie nicht für hochmütig halten?

Sie hatte mit Martin den Gottesdienst in der Schloßkirche besucht, wo sie zu ihrer Überraschung entdeckte, daß es in der evangelischen Kirche keinen Muttergottesaltar gab.

Aus den Augenwinkeln betrachtete sie ihren Mann. Er war in großer Uniform. Die Augen unter der Mütze blickten kühl und selbstbewußt geradeaus. An ihm war nichts Gezwungenes. Er saß da, als sei er es sein Leben lang gewohnt, in einem Wagen zu fahren, einem Kutscher Befehle zu erteilen, ein Herr zu sein.

Er sprach nicht. Und er schien Anna auf einmal ganz fremd.

Das Haus des Generalarztes lag in der Tiefe eines großen Gartens. Martin drückte auf den Knopf einer Glocke, die sich an einer reichgeschnitzten schweren Tür befand.

»Liebe Anna«, sagte er dabei, »jetzt wirst du die Kommandeuse kennenlernen. Keine Angst!«

Ein Mädchen mit weißem Häubchen öffnete die Tür und knickste, trug die Visitenkarte, die Martin auf das Silbertablett legte, in ein Zimmer und kehrte nach einer Minute zurück.

»Herr Generalarzt läßt bitten!«

Sie wurden in einen Salon geführt. Kein Mensch war anwesend. Anna sah sich um. An den Wänden hingen Familienbilder, in einer Glasvitrine befand sich Porzellan und Nippes, Tänzerinnen standen unbeweglich auf einem Bein.

Ein dicker Herr mit rotem Bulldoggengesicht betrat das Zimmer, er küßte Anna die Hand.

Und dann kam die Kommandeuse!

Annas Finger begannen zu zittern, wie immer, wenn sie sich aufregte.

Neben Frau Senden hätte Mutter Selma wie die Gemütlichkeit in Person gewirkt.

Die Kommandeuse war groß, strahlte Autorität aus, das ergraute Haar war streng frisiert und zu einem Knoten gebunden. Sie lächelte, als Martin ihr die Hand küßte, aber ihre hellblauen Augen glitzerten kalt.

Anna fröstelte.

»Na, da seid ihr ja aus dem Süden!« sagte der Generalarzt und lachte polternd. »Habt ihr schon die Wölfe heulen hören? Habt ihr euch genügend Winterpelze mitgebracht?«

»Willi!« sagte die Kommandeuse. »Keine Späße, bitte! Du jagst Frau Ritter einen Schrecken ein.«

Sie ließ sich auf dem steiflehnigen Sofa nieder und winkte Anna einladend zu.

Anna setzte sich neben sie.

Die Herren nahmen auf den Stühlen Platz.

»Sie haben die Dienstwohnung nicht bezogen, Frau Ritter?« eröffnete die Kommandeuse das Gespräch. »Warum nicht?«

Anna räusperte sich, weil ihr die Stimme zu versagen drohte.

»Ich wollte da nicht einziehen. Die Wohnung ist schrecklich, so dunkel und altmodisch.«

»Sooo?« Frau Senden dehnte das Wort mit spitzer Stimme. »Ihre Vorgängerin hat aber gern dort gewohnt.« Und beiläufig fügte sie hinzu: »Sie ist eine Baronin von Wintkeim.«

Anna hatte es ja schon vorher gewußt, daß sie keine Gnade vor den Augen der Kommandeuse finden würde.

»Frau Generalarzt müssen verstehen«, griff Martin ein, »wir haben ein kleines Kind. Und darum legt meine Frau Wert darauf, in einem Stadtviertel mit Grünanlage zu wohnen.«

Anna suchte den Blick ihres Mannes, aber er sah unverwandt die Kommandeuse an. Er hatte Falten auf der Stirn und saß kerzengerade auf dem Stuhl, ohne mit dem Rücken die Lehne zu berühren, so wie es Anna bei Frau Weise gelernt hatte.

»Mein lieber Ritter«, polterte der Generalarzt dazwischen, »Sie haben den Plan doch zugeschickt bekommen. Da hätten Sie die Wohnung ja gleich ablehnen können. Jetzt wird Sie das eine schöne Stange Geld kosten. Sie müssen beidc Wohnungen bezahlen. Jedenfalls für drei Monate. Na, die Hauptsache ist, daß Sie sich das leisten können.« Das Gespräch drehte sich weiter um die Wohnung. Anscheinend war es noch nie passiert, daß ein Offizier die Dienstwohnung ablehnte.

Anna schwieg. Sie wünschte sich weit weg. Erst jetzt ging ihr auf, daß sie in eine Welt geraten war, deren Gesetze sie nicht kannte. Martin gehörte in diese Welt, er kannte ihre Gesetze und ordnete sich ihnen ohne Anstrengungen unter.

Die Menschen hier sprachen miteinander freundlich, aber sie waren darauf bedacht, sich nicht zu nahe zu rücken.

Verzweiflung kroch in Anna hoch.

Wenn ich so bleibe, wie ich bin – und Martin hat doch gesagt, daß ich so bleiben soll –, dann werde ich hier nie heimisch werden, nie eine Freundin finden, ich werde allein bleiben, wie ich es immer war, obwohl sich so viele meiner Kindheitsträume erfüllt haben. Als Anna wieder im Krümperwagen saß, schöpfte sie neue Hoffnung. Sie sollte ja noch viele andere Menschen kennenlernen.

Es folgte Besuch auf Besuch, und es war immer das gleiche. Ein Salon, Verbeugungen, Handküsse, distanzierte Liebenswürdigkeit.

Auch die Gespräche blieben einander gleich. Der Oberstabsarzt hatte die Dienstwohnung abgelehnt! Darüber wunderte man sich, darüber redete man ausführlich. Und auch hauchzarten Andeutungen entnahm Anna, daß man in ihr die treibende Kraft sah und daß man ihren Mann für sehr wohlhabend hielt. Als Anna dann endlich ihr eigenes Wohnzimmer betrat, befreit von Hut und Handschuhen, breitete sie die Arme aus.

»Zu Hause ist es doch am schönsten! Diese Besuche sind für mich eine Qual. Da wird nur leeres Stroh gedroschen. Und ich bin mit Abstand die jüngste von allen Damen. Was sagst du zu der Kommandeuse, Martin?«

Er ging nicht auf das Thema ein.

»Im nächsten Monat wird ein Ball stattfinden. Das wird ein Erlebnis für dich sein, Anna. Und jetzt wollen wir nach unserer Tochter sehen!«

Der Alltag kam und lief sich in festgefügten Bahnen ein.

Helmut Grönert putzte Stiefel und bürstete Uniformen. Käthchen werkelte wie ein heimwehkranker Geist in der Küche, nicht bereit, sich mitzuteilen. Anna schob den Kinderwagen durch den Park Luisenwahl, stand vor der Marmorbüste der schönen, unglücklichen Königin, sammelte Bucheckern an schneefreien Stellen unter den hohen Bäumen und freute sich an der Quelle, die im Park sprudelte.

Sonntag für Sonntag wurden Besuche gemacht oder empfangen, und Anna lernte schnell, steif auf dem Sofa zu sitzen, die üblichen Fragen nach der Wohnung, den Kindern, den früheren Standorten zu beantworten oder zu stellen, zu lächeln oder höflich Anteil zu nehmen. Froh wurde sie dabei nicht.

Sie war unsicher und mißtrauisch, und hinter jeder witzigen Bemerkung witterte sie Spott oder eine absichtliche Taktlosigkeit.

Von Marcus Seliger trafen die ersten Pakete auf dem Postamt ein. Anna holte sie heimlich ab, und am Abend, wenn Martin zu seinen Herrenabenden ging, stickte sie die halbe Nacht hindurch. Sie hatte das Gefühl, daß die vielen, vielen Kilometer zwischen Königsberg und Würzburg mit Leinwandbahnen belegt waren, in die sie ihren Hohlsaum nähen mußte.

Sie wurde mutlos. Und sie nahm sich vor, Martin ihre Schulden zu beichten. Wem sollte sie sich anvertrauen, wenn nicht ihm? Er versicherte ihr täglich, daß er sie liebte, mündlich oder schriftlich in kleinen Briefchen, die sie in der Wohnung fand.

Sie wartete auf den richtigen Zeitpunkt.

Und dann kam ein Abend. Martin war gut gelaunt, er öffnete eine Flasche Sekt. Er hatte die Einladung zum Ball mitgebracht.

»Besuche und Gegenbesuche haben wir hinter uns«, sagte er, »jetzt beginnen für dich die Damentees, mein lieber Spatz!« Er schenkte die Gläser voll, verbeugte sich scherzhaft vor Anna und trank ihr zu.

Anna trank durstig.

Im Zimmer war es ruhig, das Kind schlief, auch Käthchen klapperte nicht mehr mit dem Geschirr in der Küche. Sie saßen nebeneinander im behaglichen Licht, er nahm ihre Hand.

»Du bist so ernst, Anna. Du solltest doch recht

zufrieden sein mit deinen Erfolgen. Alle sind entzückt von dir. Und ich bin begeistert.«

Anna trank ihr Glas leer. Martin füllte es erneut.

»Ach, Martin!« sagte sie. »Ich glaube nicht, daß sie von mir entzückt sind. Ihre Komplimente sind nicht echt. Du bist überall beliebt, dich mögen sie ohne Ausnahme. Aber mich nehmen sie höchstens deinetwegen in Kauf, im Grunde lehnen sie mich ab, weil sie spüren, daß ich anders bin. Ich kann es dir nicht besser erklären, ich fühle mich hilflos in dieser Gesellschaft.«

»Liebe Anna!« Er lächelte ihr zu. »Du siehst deine Umwelt durch den engen Spalt deiner unbegründeten Ängste. Das gibt natürlich ein sehr begrenztes, wenn nicht gar verzerrtes Bild.«

Sie sah ihn an, sein schmales Gesicht, seine dunklen Haare, das freundliche Lächeln. Und auf einmal schien es ihr leicht, ihm alles zu gestehen, alles, alles, nicht nur die Schulden bei Marcus Seliger. Sie trank ihr Glas aus, sah ihn wieder an, der Druck in der Herzgegend löste sich.

Der richtige Zeitpunkt war da!

Sie stand auf und setzte sich Martin auf den Schoß, legte ihm die Arme um den Hals und küßte ihn.

»Ich habe dir so viel zu sagen, Martin!« flüsterte sie. Jäh erwachte in ihr der Wunsch nach Zärtlichkeit, der Wunsch, den Schleier zu zerreißen, der sie auch in den intimsten Augenblicken trennte.

Sie küßte ihn immer heftiger.

»Komm, gehen wir ins Bett, sei lieb zu mir, komm, komm. . .«

Er schob sie von sich weg.

»Anna! Du hast zuviel Sekt getrunken. So kenne ich dich nicht. Da muß ich mich ja fürchten, dich allein zu lassen. Versprich mir, daß du niemals Sekt trinkst, wenn du mit einem Mann allein bist. Dein Temperament ist beängstigend, du bietest dich mir regelrecht an!«

Sie wurde mit einem Schlag nüchtern.

Sie sprang von seinem Schoß, sie zitterte am ganzen Körper vor Enttäuschung und Scham.

Alles andere hatte sie erwartet als Zurückweisung, die wie Tadel klang.

Zorn stieg in ihr hoch, sie ballte die Fäuste.

»Das sagst du mir?« Die Tränen liefen ihr über die Wangen. »Wer bin ich denn? Wozu bin ich da? Nur um unser Kind zu pflegen, den Haushalt zu führen, als Paradepferd durch Gesellschaften zu stolzieren, wie eine Marionette nach rechts und nach links zu lächeln, obwohl sie mich alle langweilen, anöden, obwohl ich ihnen am liebsten einmal gründlich meine Meinung sagen möchte, wie falsch sie sind, wie verlogen, wie dumm. Damen sind sie? Damen haben kein Temperament, was? Die haben Fischblut in den Adern! Möglichst blaues Blut! Nur der Name zählt, die Familie, der Stall, wie sie hier sagen. Und weil sie riechen, daß mein Stall. . .« Sie brach ab.

Martins Gesicht hatte sich verschlossen und einen sonderbaren Ausdruck angenommen.

So hatte Herr Weise einst in ihr aufgewühltes Kindergesicht geblickt, als sie ihn wütend anflehte, sie in die Stadtschule zu schicken, nachdem Marianne und Elfriede sie beleidigt hatten.

Von einem Moment zum anderen wurde sie todunglücklich. Es hatte sich ja nichts geändert! Sie war und blieb die Anna aus dem Dorf, die nirgends hingehörte, die keinen Menschen hatte.

Martin faßte zart ihren Arm. »Du hast den Sekt nicht vertragen, Anna. Weine nicht! Es ist nichts geschehen.« Er begleitete sie bis vor das Schlafzimmer.

»Gute Nacht, Anna! Ich habe noch zu tun.« Er küßte sie auf die Stirn.

Anna weinte sich in den Schlaf.

Sie war tief verletzt.

Am nächsten Tag mußte Anna zum ersten Damentee bei der Kommandeuse. Sie zog den Pelzmantel über ein einfaches Wollkleid und machte sich auf den Weg.

Sie erschien als letzte.

Am liebsten hätte Anna gelacht, als sie den Salon betrat: Da saßen die Damen mit Hüten auf den frischfrisierten Häuptern und hielten die Teetassen in ihren Fingern, die in Glacéhandschuhen steckten.

Frau Senden erhob sich und reichte Anna die Hand. Auf ihren Wangen begannen hektische rote Flecken zu brennen, als sie Anna ansah, die keinen Hut und keine Handschuhe trug. »Frau Ritter! Hat Ihr Mann Ihnen nicht gesagt, in welchem Aufzug Sie zu einem Tee erscheinen müssen?«

»Ich habe ihn nicht gefragt«, sagte Anna. »Er kam heute mittag nicht zu Tisch.« Und sie dachte: Ich mache Fehler über Fehler, gestern bei Martin, heute hier. Ach, hätte Carola Kargh doch Martins Karriere zerstört, dann hätten wir in Würzburg eine Facharztpraxis, und ich wäre zufrieden! Anna setzte sich. Das Mädchen schenkte Tee ein.

Frau Senden nahm die unterbrochene Unterhaltung wieder auf: »Hauptmann Schröder wird wohl seinen Abschied nehmen. Sein Heiratsgesuch ist abgelehnt worden.«

»Das war leider zu erwarten«, sagte die Frau des Oberfeldarztes Hauk. »Die junge Dame ist ja auch unmöglich.«

»Warum ist sie unmöglich?« fragte Anna.

Frau Hauk zuckte die Schultern. »Mein Gott, sie stammt aus kleinen Verhältnissen, vom Dorf. Ihr Vater ist dort Dentist.«

Alles Blut strömte Anna vom Herzen zum Kopf. Dentist? Die Tochter eines Dentisten war nicht gut genug für einen Hauptmann? Dann war Anna Rohrschneider ja längst nicht gut genug für einen Oberstabsarzt.

Den Rest des Nachmittags verharrte Anna in Schweigen. Es richtete auch niemand das Wort an sie. Erst als Martin sie abholte, entfalteten die Damen strahlende Liebenswürdigkeit, die sie gleichmäßig auf Anna und auf Martin verteilten.

Ich muß mich ändern, dachte Anna grimmig. Wenigstens äußerlich. Ich muß ihre Regeln lernen.

Sie war entschlossen, eine Mauer aus guten Manieren, freundlicher Uninteressiertheit und lächelnder Disziplin um sich aufzubauen. Sie alle sollten nicht merken, daß Anna sie täuschte, weil sie sich gar nicht ändern konnte. Sie würden es nicht merken. Sie würden nicht merken, daß Anna ihren Kastengeist haßte und fürchtete.

Der kluge Herr Weise hatte ja auch nichts gemerkt. Er hatte die kleine Anna immer für ein fügsames Kind gehalten und lange Zeit gebraucht, bis er seinen Irrtum erkannte.

Die Wochen verstrichen.

Und dann kam der Ball, den der Generalarzt im Kasino veranstaltete.

Anna stand vor dem Spiegel und betrachtete sich.

Sie trug ihr Brautkleid, aus dem sie die Ärmel getrennt hatte.

Dazu weiße Glacéhandschuhe, die bis zu den Ellenbogen reichten, und weiße Atlasschuhe mit hohen Absätzen. Eine Kette aus echten Perlen lag um ihren Hals. Martin hatte sie ihr geschenkt, als sie Würzburg verließen. Ihr blondes Haar war im Nakken zu einem vollen Knoten gebändigt.

Martin nahm sie in die Arme.

»Du ahnst nicht, wie schön du bist, Anna. Und wieviel du mir bedeutest.«

»Warum?« fragte sie.

Er lachte und küßte sie.

Als sie Arm in Arm über die breite Treppe des Kasinos schritten, trug Anna den Kopf hoch. Aber ihr Herz klopfte, als sie im Vorraum ablegten und Martin die Tischordnung prüfte, die auf einer Kommode ausgelegt war.

»Hoffius wird dich gut unterhalten, er ist ein amüsanter Mensch und ein blendender Tänzer.«

Anna hatte Hoffius das letzte Mal im Park-Hotel gesehen, am Abend ihrer Ankunft in Königsberg. Damals hatte er sie nicht gut unterhalten. Sein Lächeln war ihr in unangenehmer Erinnerung.

Die Ordonnanzen in gestreiften Jacken standen

bereit, die Hände in weiße Zwirnhandschuhe gepreßt. Man durfte ihnen nicht zulächeln.

Ein junger Offizier warf Anna aus den Augenwinkeln einen bewundernden Blick zu, sie errötete, er knöpfte seine Handschuhe zu und strich sich das Haar glatt.

Anna entdeckte Frau Hoffius, mit der sie sich gern angefreundet hätte. Frau Hoffius schien freundlich und nachsichtig zu sein. Leider litt sie an Schwerhörigkeit. Im Saal funkelten die Kronleuchter. Hohe Spiegel warfen ein festliches Bild zurück. Damen in Spitzen, mit Bändern und Blumen, wie bunte Schmetterlinge.

Herrn in großer Uniform, mit Orden geschmückt.

In der Mitte des Raumes begrüßten der Generalarzt und seine Frau die Ankommenden.

Dann verbeugte sich Hoffius vor Anna und führte sie zur Tafel, wo das Essen serviert wurde.

Martin winkte Anna noch einmal zu, dann bot er seiner Tischdame den Arm.

Hoffius hatte sich nicht verändert. Er lächelte noch genauso spöttisch und herablassend wie auf dem Bahnhof. In seinen Augen blinkte es vieldeutig, als er von einer Reitjagd erzählte.

»Sie reiten doch auch, gnädige Frau? Bestimmt waren Sie schon vor Ihrer Heirat eine ausgezeichnete Reiterin?«

Warum sagte er das? Meinte er es ehrlich? Oder wollte er sie verhöhnen? Was wußte er von ihr? Was hatte Martin ihm erzählt?

Hoffius kannte Martin seit langem, sie hatten zusammen studiert.

Annas Gedanken glitten zurück.

In Würzburg hatte sie Reiter gesehen, als sie auf einer Bank saß und strickte. Reiter in roten Röcken, die Gerte zwischen den Fingern.

»Reiten viele Damen hier, Herr Hoffius?«

»O ja, gnädige Frau!« sagte er. »Sie reiten meistens auf den Dienstpferden ihrer Männer, was nicht gern gesehen wird. An jedem Montag ist Musikreiten für die Damen. Ihre Anwesenheit, gnädige Frau, würde dem Ereignis eine besondere Glorie verleihen.«

Er lächelte charmant, und Anna hätte ihn ohrfeigen mögen.

Aber sie lächelte ebenfalls.

Ich will reiten lernen! dachte sie. Martin wird mir sein Dienstpferd nicht geben, aber ich werde es diesem eingebildeten Hoffius trotzdem zeigen.

Dann wurde getanzt. Hoffius war ein guter Tänzer. Alle Herren tanzten gut. Anna flog von einem Arm in den anderen.

Und während der kurzen Tanzpausen sagte jeder Herr die gleichen Sätze:

»Sie tanzen gut, gnädige Frau! Sind Sie gern nach Ostpreußen gekommen? Haben Sie sich schon eingelebt?« Anna war müde und unglücklich.

Über den Saal hinweg sah sie, daß ihr Mann und seine Tischdame vergnügt lachten. Es gab Anna einen eifersüchtigen Stich ins Herz. Sie stand auf, um zu ihm zu gehen. Sie kam nicht weit.

Hoffius holte sie ein und führte sie an ihren Tisch zurück.

»Sie wollen mir doch nicht etwa entfliehen, gnädige Frau?

Welch ein Armutszeugnis stellen Sie mir aus!«

spöttelte er in gespielter Zerknirschung. »Langweile ich Sie? Das täte mir unendlich leid. Verzeihen Sie einem armen Sünder! Ich flehe Sie an, gnädige Frau.«

Sie verstand, daß sie sich wieder einmal einen Fehler geleistet hatte.

Die Quadrille wurde angekündigt.

»Ich habe noch nie Quadrille getanzt, Herr Hoffius«, sagte Anna. »Ich möchte lieber zuschauen.«

»Das können Sie mir nicht antun, gnädige Frau. Ihr Mann führt die Quadrille an! Der reißt mir den Kopf ab, wenn ich. . .«

Sie glaubte, sein Geschwätz nicht mehr ertragen zu können.

»Bitte, Herr Hoffius, lassen Sie mich einen Augenblick allein, bitte!«

»Ihr Wunsch ist mir Befehl, gnädige Frau!« sagte er pikiert, schlug die Hacken zusammen, verbeugte sich knapp und ging.

Sie hatte ihn beleidigt, aber es war ihr gleich. Die Quadrille formierte sich, und sie war in vollem Gang, als ein Paar den Saal betrat und auf Annas Tisch zusteuerte. Anna sah die Uniform, die roten Streifen, und sie wußte sofort, wen sie vor sich hatte, obwohl sie die beiden noch niemals vorher gesehen hatte: Es waren der Kommandierende General von Enkendorf und seine Frau.

Frau von Enkendorf trug ein tiefausgeschnittenes schwarzes Samtkleid mit kleiner Schleppe. Ihr schwarzes Haar war zu einem glatten Pagenkopf geschnitten, den weißen Hals umschloß ein breites Perlenhalsband.

Sie war nicht mehr jung, sie hätte dem Alter nach

Annas Mutter sein können. Aber sie strahlte große Heiterkeit aus.

Anna stand auf und machte einen Knicks, als der General ihr die Hand küßte. Die Frau des Generals lachte. »Ich bin Sibylle von Enkendorf«, sagte sie einfach und reichte Anna die Hand. »Sie sind neu hier, nicht wahr?«

»Ja, wir sind aus Würzburg gekommen.«

»Aah! Sie sind Frau Ritter!« sagte Frau von Enkendorf. »Ich habe schon von Ihnen gehört. Und wie gefällt Ihnen unsere Gesellschaft?«

Anna wußte, was sie zu antworten hatte: Es gefällt mir gut!

Aber sie gab diese vorgeschriebene Antwort nicht. Sie spürte, daß Sibylle von Enkendorf anders war als Frau Senden und ihr Anhang, ganz anders.

Und darum sagte sie: »Es ist der erste Ball meines Lebens, Frau von Enkendorf. Es ist alles fremd für mich. Auch, daß jeder zu jedem gleich freundlich ist und daß alle das gleiche sprechen.«

Sibylle von Enkendorf sah ihren Mann an, warf den Kopf in den Nacken und lachte hellauf.

»Sie sind noch sehr jung, Frau Ritter. Gewöhnen Sie sich nur daran! Solche Bälle finden häufig statt, die Ballsaison hat ja gerade erst begonnen. Kommen Sie! Kommen Sie! Wir gehen ins Nebenzimmer und trinken ein Glas Sekt zusammen.«

Martin hatte Anna ermahnt, sich niemals abzusondern. Frau von Enkendorf rief eine Ordonnanz, die den Sekt brachte. Sie war sehr freundlich zu dem Soldaten.

»Nun erzählen Sie mal, Frau Ritter! Wie gefallen Ihnen unsere Stadt und ihre Menschen?«

»Ich kenne Königsberg kaum«, sagte Anna. »Ich kenne einige Häuser und Salons, in denen ich Besuche mache, weil das zum Dienst meines Mannes gehört. Und ich kenne den Park Luisenwahl und...« Und das Postamt! ergänzte sie in Gedanken. Das Postgebäude war wie ein Mahnmal für sie. Dort warteten große Pakete voller Arbeit, und dort sandte sie das Ergebnis einsamer, mühseliger Stunden wieder ab.

»Und Menschen? Na ja, die Kameraden meines Mannes und ihre Damen. Auch sie kenne ich kaum.«

»Ich verstehe!« Sibylle von Enkendorf lachte wieder. »Aber Königsberg hat viel mehr zu bieten: Oper, Theater, Konzerte, Universität, Prussia-Museum, Gemäldegalerie im Schloß, da könnte ich stundenlang aufzählen.

Übrigens – Ihr Mann hat meine Kinder behandelt, als sie Halsentzündung hatten. Ausgerechnet zu Weihnachten. Sie konnten nicht einmal ihre Gedichte aufsagen.«

»Gedichte?« wiederholte Anna versonnen, und es fiel ihr ein, wie sie in der Semmelgasse Weihnachten gefeiert hatte, mit einem kleinen Bäumchen und einem Gedichtbändchen.

»Du mußt uns milde sein, Marie, wir blühn aus deinem Blut...«

»...und du allein kannst wissen, wie so weh die Sehnsucht tut...«, fuhr die Frau des Generals fort. »Ja, Frau Ritter, ich glaube, Sie passen nicht so ganz in unsere Kreise. Ich gebe Ihnen meine Adresse. Sie können jederzeit zu mir kommen. Und noch eins: Bleiben Sie so, wie Sie sind.« Sie neigte sich vor und küßte Anna auf die Wange. Dann nahm sie ihre Schleppe und kehrte mit Anna in den Saal zurück, wo sie sich nach dem Gastgeber umblickte, an dessen Tisch sie dann Platz nahm.

Anna begab sich wieder unter die Obhut des Herrn Hoffius.

»Sie leuchten ja, gnädige Frau!« witzelte er. »Haben Sie sich verliebt?«

Anna schüttelte den Kopf und lächelte. Sie brannte darauf, Martin von Sibylle von Enkendorf zu erzählen. Und als sie es dann tat, spürte sie seine Mißbilligung, bevor er sie aussprach: »Du hast doch gar nicht so viel Zeit, um noch einen weiteren Kreis zu besuchen, Anna. Frau von Enkendorf ist eine extravagante Persönlichkeit. Sie kann sich alles erlauben, und sie erlaubt sich auch fast alles. Andere Leute sammeln Bilder oder Antiquitäten, Frau von Enkendorf sammelt Menschen, originelle Menschen, die sie unterhalten und amüsieren. Natürlich – wenn die Frau des Kommandierenden die Hand über dich hält, dann brauchst du dich vor niemandem zu fürchten. Aber es würde auch Neid erwecken.«

Er nahm ihre Hand und ging mit ihr ins Kinderzimmer, wo die kleine Katharina in ihrem Bettchen schlief. Und dann sagte er: »Ich bin müde, ich muß morgen operieren.«

Anna schwieg.

Von nun an sah sie Sibylle von Enkendorf oft.

Das Palais lag mitten in der Stadt. Eine Allee führte bis zum Schloßteich.

»In dieser Allee ist der große Philosoph Kant spazierengegangen«, sagte Sibylle. Und dann zitierte sie Kants kategorischen Imperativ: »Handle so, daß die Maxime deines Willens jederzeit zugleich als Prinzip einer allgemeinen Gesetzgebung gelten könne!«

Zweimal in der Woche empfing sie ihre Freunde. Man kam und ging. Sibylle förderte junge Künstler, an deren Talent sie glaubte. Nach Titel, Stellung oder Namen fragte sie nicht, schon gar nicht nach Geld. Es wurde musiziert und getanzt, diskutiert, Schriftsteller lasen aus ihren Werken vor. Es gab Debatten über Freiheit, Gerechtigkeit, über Toleranz, Religion, Krieg und Frieden.

»Der Geist muß das Schwert überwinden!« sagte Sibylle.

Offiziere ließ sie zu diesen Zusammenkünften selten zu, auch nicht Martin Ritter, nicht einmal ihren Mann, den General.

In diesen Kreis wuchs Anna immer mehr hinein, obwohl sie sich nur wenig an den Gesprächen beteiligte und auch nicht alles verstand. Sie hörte zu, versuchte dem Verlauf einer Diskussion zu folgen, den Sinn zu ergründen, und hatte immer das Gefühl, bereichert und beschwingt nach Hause zu gehen.

Sibylle von Enkendorf besuchte mit ihr Konzerte und Vorlesungen über Kunstgeschichte und Philosophie an der Universität.

Mit ihrem Mann konnte sie über das Gehörte nicht sprechen.

»Gib dir keine Mühe, Anna!« sagte er jedesmal. »Ich will das gar nicht hören. Ich warne dich, Anna. Verliere dich nicht in Sibylles schöngeistigem Kreis!

Stell dir vor, ich würde von Königsberg an einen anderen Standort versetzt. Dann müßtest du dich auf die Leute beschränken, die normalerweise unser Umgang sind. Und die würden dich dann langweilen. Du würdest die anderen suchen und nicht finden. Und – du bist noch zu jung, zu unwissend, zu leichtgläubig. Du kannst echte Originalität nicht von vorgetäuschter unterscheiden. Da gibt es eine Menge Blender. Sie geben vor, geistreich zu sein, und sind es gar nicht. Sie haben ein paar Zitate bei der Hand, mit denen sie brillieren, und das ist auch schon alles. Ich kann dir nicht verbieten, zu Sibylle von Enkendorf zu gehen. Aber, Anna, wir haben eine Tochter, wir möchten noch mehr Kinder haben. Die Mutterschaft sollte dir Erfüllung genug bringen.«

Annas Vertrauen zu Sibylle von Enkendorf ging nicht so weit, daß sie vom Dorf, von der Mutter oder von Marcus Seliger erzählte, obwohl Sibylle gern ihren Kant zitierte:

»Reich ist man nicht durch das, was man besitzt, sondern mehr noch durch das, was man mit Würde zu entbehren weiß. Und es könnte sein, daß die Menschheit ärmer wird, indem sie reicher wird, und gewinnt, indem sie verliert.«

Das konnte man leicht sagen, wenn man in einem Schloß aufgewachsen war.

Nein, ihre Ängste mußte Anna allein tragen. Aber das hatte sie ja immer getan.

## 3.

Der Frühling zauderte lange, ehe er über Ostpreußen seine ganze Pracht ausschüttete. Ostern schneite es noch. Bis sich plötzlich ein warmer Wind auftat und die Wolken zusammentrieb. Es regnete drei Tage und drei Nächte hindurch. Am vierten Tag wurde es windstill.

Das Eis auf dem Schloßteich krachte, und dann wurde es über Nacht Frühling, die Sonne verzehrte den letzten Rest von Eis und Schnee. Wildenten erhoben sich mit lautem Geschrei in die Luft. Der Mai kam. Die Wiesen waren gelb von Löwenzahn, weiß von Tausendschönchen, blau von Immergrün. Aus den Schluchten des Julchentals stieg feucht und süß der Geruch von Flieder und Faulbaum. Der Himmel leuchtete in hoher Bläue.

Käthchen ging zur Maiandacht in die katholische Kirche auf dem Sackheim, und Anna schmückte die Terrakotta-Madonna, die Martin ihr noch in Würzburg geschenkt hatte, mit Blumen, um ihr einen Maialtar zu bereiten. Anna fielen die Gelöbnisse ein, die sie nicht immer gehalten hatte.

Die Pfingstfeiertage verlebten sie bei Johannes Surkan. Er war noch jung, ein blonder Mann, unverheiratet wie seine beiden Brüder, weil er während eines Manövers auf dem Hof ihrer Eltern einquartiert gewesen war.

Das Gut von Johannes Surkan lag am Meer. Sie fuhren mit dem Auto. Anna saß neben Martin, hielt ihre kleine Tochter auf dem Schoß und blickte in das flache Land mit seinen weiten Feldern und Weiden, seinen Wäldern mit jungem weichem Laub, auf die Rotdornhecken und butterblumengoldenen Wiesen. Die Pferde vor den Fuhrwerken, die vorbeirollten, trugen Birkenbüschel im Zaumzeug. Überall Birken mit weißsilbernen Stämmen und lichtgrünen Schleierarmen. Auch die Häuser waren mit Birkengrün geschmückt. In den Gärten begannen die Pfingstrosen ihre dicken Blütenbälle zu öffnen, dunkelrot, rosa, weiß, gelb. Ein schönes Land.

Durch eine Ahornallee fuhren sie zum Gutsgebäude hinauf. Dort stand Johannes Surkan, und Anna wußte sofort, daß es ihr bei ihm gutgehen würde.

Im Surkanschen Haus mit der großen Glasveranda gab es viele Zimmer, Korridore, Winkel, Treppen. Und nichts war verschlossen, keine Tür, keine Truhe, keine Kommode, kein Schrank.

Im Salon wurde gelebt, und im Saal mit den vielen Spiegeln und Kronleuchtern wurde getanzt, wenn es Anlaß zum Tanzen gab. Am Abend setzte man sich gemeinsam zu Tisch, sonst war jeder sich selbst überlassen. Wer Hunger hatte, ging in die Küche zu »Mamsellchen«, der bejahrten Hausdame, oder zur Köchin. Oder er bat eine Instfrau um ein Glas Milch. Instleute – das waren die Landarbeiter, die in kleinen Häuschen wohnten, deren gescheuerte Holzdielen mit feinem weißem Sand bestreut waren, mit Seesand.

Die Ostsee!

Zum erstenmal sah Anna die endlose, flimmernde Wasserfläche, die sich am Horizont mit dem Himmel verband, die Kähne mit den holzgeschnitzten Wimpeln, die braunen Segel und die Netze am Strand.

Martin legte den Arm um ihre Schulter.

»Die Ostsee! Ohne Ebbe und Flut, ohne Jod und Salz. Und so schön!« Er küßte Anna, und er küßte auch die kleine Katharina. Sie warteten auf den Sonnenuntergang.

Die Tage auf dem Gut erschienen Anna wie eine Erlösung. Sie wanderte mit Johannes Surkan durch die Felder, machte ihre ersten Reitversuche, ging in alle Ställe, Scheunen, Schuppen, Remisen, saß auf dem Gatter der Pferdekoppel, bewunderte das schwarz und weiß gefleckte Vieh, sah beim Melken zu. Anna unterhielt sich mit Knechten und Mägden, gab dem Kutscher, dem Schweizer, dem Schmied die Hand, sprach mit ihnen und lachte und erkundigte sich nach ihren Familien.

Es hielt Anna nicht im Haus. Schon am Morgen lief sie ins Dorf. Es war fast wie in der Heimat. Nur die kleine Barockkirche fehlte. Zum Gottesdienst mußte man nach Palmnicken fahren, wo man den vielgerühmten Bernstein gewann.

Durch den verwilderten Park stolzierten Pfauen. Anna saß im Gras und flocht einen Kranz aus Wiesenblumen, den sie ihrer Tochter aufs Haar drückte. Oder sie schwang auf der Schaukel unter blühenden Obstbäumen und sang:

»Der Birnbaum blüht nicht nur zur Freude,
er blüht nicht nur zur Augenweide,
kommt seine Zeit, kommt seine Zeit,
dann ist er voller Süßigkeit. . .«

»Du hast so lange nicht mehr gesungen, Anna!« sagte Martin.

»Wie du aufblühst! Du bist die geborene Landfrau. Ich muß nach Königsberg zurück. Möchtest du noch bleiben?«

»Am liebsten bliebe ich immer hier«, antwortete sie. »Hier bin ich ein Mensch.«

»Na, dann bleiben Sie doch!« meinte Johannes Surkan. »Bleiben Sie, solange Sie wollen.« Und dann erzählte er eine lustige Geschichte. Von einem alten Onkel, der einmal aus Berlin anreiste, um auf dem Hof der Eltern an einer Einsegnung teilzunehmen, und der dann bis zu seinem Tode dort blieb.

Sie gingen immer spät schlafen.

Die Abende waren ganz hell. Und in der Nacht rauschten die Bäume, und die Sprosser schluchzten in den Erlen am Teich.

Anna blieb noch ein paar Tage, nachdem ihr Mann abgefahren war. Sie spielte mit ihrer Tochter und den Hunden, lachte und sang. Mit dem Einspänner fuhren sie zu den Nachbarn. Johannes kutschierte und überließ Anna für ein Weilchen die Zügel. Und überall war sie mit ihrer Tochter willkommen.

Anna preßte ihre Tochter ans Herz.

»Ich bin glücklich!« sagte sie.

»Glücklich wie als Kind!« lachte Johannes.

Sie schüttelte den Kopf. Als Kind war sie nicht glücklich gewesen.

Sie mußte zurück nach Königsberg.

Zu Hause fand Anna einen Brief von Herrn Weise vor. Es war ein trauriger Brief.

»In Dein Elternhaus ist die Not eingezogen, liebe Anna«, schrieb Herr Weise. »Die Geschäfte von Karl Rohrschneider sind schon seit einem Jahr immer schlechter gegangen. Und jetzt ist er am Ende. Auch Dein Bruder Julian gehört nun zu dem Millionenheer der Arbeitslosen. Es ist eine schlimme Zeit. . .«

Anna konnte nicht helfen. Sie hatte kein Geld. Und sie erhielt kein Nadelgeld wie die Damen ihres Kreises. Erst Jahrzehnte später erfuhr sie, daß Martin der Mutter regelmäßig Geld überwiesen hatte, ohne jemals ein Wort darüber zu verlieren.

Und was stand noch in dem Brief?

»Du hast sicher viele Freundinnen in Königsberg, liebe Anna. Ich bin überzeugt davon, daß sie dich alle sehr gern haben, ich kann es mir einfach nicht anders vorstellen. . .«

Herr Weise dachte wie Martin, er gebrauchte sogar die gleichen Worte. Bei Martin war diese Einstellung Ausdruck seiner Liebe. Und Herr Weise? Liebte er sie auch?

Der Gedanke an die Kindheit kehrte wieder. Oft lag sie neben ihrem Mann und grübelte nach.

Ob die Mutter jetzt auch noch lachte?

Anna verspätete sich wieder einmal zum Tee, und die Stimmen verstummten, als sie den Salon betrat. Lächelnde Damengesichter sahen ihr aufmerksam entgegen, zu aufmerksam.

Argwohn sprang in Anna hoch: Sie haben über mich gesprochen! Was wissen sie von mir? Wissen sie, daß die Mutter Metzgerwäsche schrubbt, während ich hier Tee trinke, in Hut und Handschuhen und vor Sorgen halb verrückt werde?

»Sie sehen prachtvoll aus, Frau Ritter! Sie waren auf dem Land, nicht wahr? Ohne Ihren Mann. Ihr Gastgeber ist Junggeselle, habe ich gehört. Die Seeluft ist ja sehr anregend, und die Nächte sind romantisch um diese Jahreszeit, wenn die Nachtigallen schlagen. Frau von Enkendorf dürfte Sie vermißt haben.«

Es war Frau Hauk mit ihrem unförmigen Busen, die das sagte.

Das war es also! Zornige Röte stieg Anna ins Gesicht, ihre Finger zitterten. Sie behielt ihr liebenswürdiges Lächeln bei.

»Herr Surkan ist ein Freund meines Mannes. Und mein Mann wünscht, daß ich so oft wie möglich mit meiner Tochter auf das Gut seines Freundes fahre.«

»Sie haben einen großzügigen Mann, Frau Richter!«

»Ja, so ist es, Frau Hauk!«

Mehr hatte Anna nicht zu sagen an diesem Nachmittag.

Sie sehnte sich nach dem Gut am Meer.

Im Sommer fuhren sie oft dorthin, meistens über das Wochenende, meistens zusammen. Sie schwammen in der See, bauten für die kleine Katharina Burgen, und Anna sang. Oft ritten sie um die Felder. In der Dämmerung saßen sie, Hand in Hand, auf dem Hügel, schauten über das Land, über die Getreidefelder, über die Triften und grünen Wälder.

Und Anna sagte: »Ich bin glücklich.«

Sie erwartete wieder ein Kind. Es sollte im Februar des Jahres 1933 zur Welt kommen.

Mit dem Reiten war es vorbei.

Der August neigte sich dem Ende zu. Anna holte ihren Mann vom Lazarett ab. Er hatte sie darum gebeten.

»Ich möchte dir etwas zeigen, Spätzchen. Eine Überraschung für dich!«

Und dann ging er mit ihr in die Königstraße zum alten Palais. Es war ein heißer Tag.

In den Linden zwitscherten die Vögel. Der Phlox sandte seinen süßen Duft aus. Die Tomaten am Gewächshaus waren prall und rot.

Martin zeigte ihr den Pferdestall und den Verschlag für die Hühner.

»Hier ist es doch wie auf dem Land«, sagte er fröhlich. »Gefällt es dir?«

»Es ist schön«, bestätigte sie.

»Hier werden wir bald wohnen. Mein Vorgänger ist versetzt worden und hat das Haus geräumt. Es wird unsere neue Dienstwohnung.«

»Martin!« rief sie erschrocken. »Das ist unmöglich. Das glaube ich nicht. . .«

Er lachte.

»Doch! Dann brauchst du unsere Tochter nicht mehr in den Grünanlagen spazierenzufahren. Ich möchte nur eins, Anna: Daß du glücklich bist!«

Anfang Dezember zogen sie ein und gaben aus diesem Anlaß einen Empfang.

Martin freute sich auf das zweite Kind, das Anna unter dem Herzen trug.

Auch Anna freute sich.

Noch immer behielt sie ihre Geheimnisse für sich, und rückhaltslose Vertrautheit zu Martin stellte sich nicht ein, aber sie gewöhnte sich daran und dachte, daß es in einer guten Ehe so sein müsse.

Oft stand sie am Fenster und schaute zu den verschneiten Pappeln auf, aus denen Schwärme von Raben krächzend aufflatterten und wie schwarze Fetzen in der Luft hingen. Anna sah diese großen Vögel gern. Sie glaubte, daß sie ihr Grüße aus der Heimat brachten.

Das Jahr 1933 brach an.

Zwei Wochen vor ihrer Niederkunft ging sie mit Martin durch den winterlichen Park.

Martin war ernst.

»Anna«, sagte er, »unser Kind wird in eine neue Zeit hineingeboren. Adolf Hitler ist zum Reichskanzler ernannt worden. Wir wissen nicht, wohin er steuert. Wir können nur hoffen, daß er uns etwas Gutes bringen möge. Schau, Anna, du lebst sicher, sorglos, wir haben alles, was wir brauchen, und unsere Freunde auch. Du weißt nicht, wie schlimm es in Deutschland aussieht. Viele Menschen hungern und frieren. Ungezählte Männer sind arbeitslos, ihre Kinder leben im Elend. Hitler verspricht, das alles zu ändern. In den Großstädten ist die Moral gesunken, es werden viele Verbrechen begangen. Ich bin froh, daß du keine Zeitung liest und dich nicht für Politik interessierst. Du wirst bei Frau von Enkendorf und auf den Gütern viele Streitgespräche hören. Bitte, Anna, beteilige dich nicht daran! Ich bin Soldat, ich muß über den Parteien stehen.«

Es stimmte, daß Anna keine Zeitung las.

Aber sie hatte die Männer in den braunen Hemden gesehen, die neuen roten Fahnen mit dem schwarzen Hakenkreuz, sie hatte Plakate gelesen, Handzettel, Parolen an Häuserwänden: »Juden raus! Kauft nicht bei Juden! Die Juden sind unser Unglück!«

Und sie hatte an Marcus Seliger gedacht, der ihr geholfen hatte, als sie keinen Ausweg wußte und in dessen Schuld sie immer noch stand. Er hatte sie nie verraten, nie eine Mahnung an ihren Mann geschickt, wenn Anna mit ihrer Arbeit im Rückstand war.

Marcus Seliger war ein guter Mann.

Andere Juden kannte Anna nicht. Das hatte sie jedenfalls geglaubt, bis sie vor kurzem erfuhr, daß die kluge Schauspielerin Lily, die bei Sibylle verkehrte, Jüdin war. Und die Schneiderin, die für Anna nähte, hatte sorgenvoll gemeint: »Mein Mann ist Jude. Aber ihm kann nichts passieren. Er ist Kriegsteilnehmer, er war verwundet, er hat das Eiserne Kreuz zweiter Klasse bekommen.«

Sibylle regte sich auf: »Stell dir vor, Anna, was dem Dramaturgen Perrenz passiert ist! Ein Kellner hat sich geweigert, ihn zu bedienen, weil er ihn für einen Juden hielt. Perrenz ist kein Jude. Du kennst ihn. Seine orientalisch anmutende Physiognomie geht zu Lasten einer spanischen Großmutter. Ist das nicht unerhört? Aber der ganze Spuk mit Hitler wird nicht lange dauern. Hitler – das bedeutet Diktatur. . .«, und einige Monate später, im Mai, als die Bücher öffentlich verbrannt wurden, da weinte sie und zitierte Heinrich Heine:

»Das war ein Vorspiel nur. Dort, wo man Bücher verbrennt, verbrennt man am Ende auch Menschen.«

Johannes Surkan sagte das gleiche.
Aber noch war es nicht Mai.

Mitte Februar bekam Anna ihr Kindchen.

Es war ein Sohn. Sie nannten ihn Tobias Martin. Es war ein zartes Kind, das nicht einmal vier Pfund wog. Der Vater war glücklich, er hatte sich einen Stammhalter gewünscht und verschickte Anzeigen.

Der charmante Wernicke, der seinerzeit Martins Heirat ermöglicht hatte, wurde zum Paten auserkoren, und er schickte seinem Patenkind eine goldene Uhr.

Herr Weise wurde telegrafisch benachrichtigt. Glückwünsche trafen ein.

Auch die Mutter gratulierte. Zum erstenmal nach all den Jahren ließ sie von sich hören. Sie schrieb nichts von Not, Geldmangel und Arbeitslosigkeit. Sie bedankte sich nicht für die Pakete, die Anna ihr gesandt hatte. Anna wunderte sich nicht darüber. Die Mutter war stolz. Sie schrieb:

*»Liebe Anna, wir freuen uns über die Geburt Eures Sohnes und wünschen dem kleinen Tobias, Dir und Deinem guten Mann alles Gluck der Erde.*
*Herzliche Grüße von uns allen,*
*Mutter.«*

Alles Glück der Erde! Das waren die Worte von Herrn Weise. Anna nahm an, daß er die Mutter gedrängt hatte, endlich an die ungeliebte Tochter zu schreiben. Lange betrachtete Anna die wenigen Zeilen, deren Schrift so ganz anders war als die Schrift von Herrn Weise und ihre eigene.

Zur Taufe reisten Martins Eltern aus Hagen an.

Mutter Selma wandelte durch das Haus und nickte anerkennend: »Wirklich, Anna, ich hätte nie geglaubt, daß du dich so wundervoll entwickeln würdest. Mein Sohn hat aus dem kleinen, sprachlosen Mädchen eine Dame gemacht. Er verehrt dich sehr.«

Der Professor lächelte.

Das Kind wurde in der Schloßkirche getauft. Es wimmelte von ordensgeschmückten Uniformen. Alle waren sie da, die Vorgesetzten, die Freunde von den Gütern, die Damen mit glitzerndem Schmuck und gepuderten Nasen. Und Hoffius näselte, als er Anna die Hand küßte: »Gnädige Frau sehen traumhaft aus!«

Zu vorgerückter Stunde trug Martin einen Zylinder zu seiner Galauniform und trank Sekt aus dem Schuh seiner Tischdame. Anna staunte. Und sie wünschte sich, er möge auch in ihr die wahre Anna entdecken, die sich immer noch nicht in seiner Welt zurechtfand, damit sie sich ihm an den Hals werfen, ihn küssen und drücken dürfte, ohne Zurückweisung fürchten zu müssen.

Das Fest war ein großer Erfolg.

Dann streckte der Alltag wieder seine Arme aus.

Der Sommer löste den Frühling ab. Anna war blaß und schmal geworden. Sie liebte ihre Kinder abgöttisch, und es kostete sie Überwindung, die Pflege des kleinen Sohnes dem Kinderfräulein anzuvertrauen.

Wenn Martin fort war, zu Vorträgen, Herrenabenden oder zu Kriegsspielen, dann saß Anna in ihrem Schlafzimmer, den Kopf über Leinen oder Seide gebeugt, und machte aufmerksam Stich um Stich, bis Rücken und Nacken schmerzten. Über die Nachttischlampe hatte sie ein Tuch gebreitet, damit der Lichtschein nicht nach draußen fiel und sie verriet. Sie trug den Morgenrock aus hellblauem Samt über dem Batistnachthemd, um jederzeit ins Bett schlüpfen zu können, wenn sie ihren Mann kommen hörte. Aus der Küche drang leise Radiomusik, Käthchen und das Kinderfräulein Elli schwatzten und ahnten nicht, daß Anna wachte. Es war zuviel.

Die nächtlichen Arbeiten für Marcus Seliger, die seelischen Strapazen, die vielen Besuche, die Einladungen, die Kinder, das große Haus, der Gemüsegarten, die Hühner, die Johannes Surkan ihr zum Einstand geschenkt hatte, Reiten – es war zuviel.

Anna war ständig müde, und sie wurde überempfindlich. Ein strenges Wort von Martin oder auch nur ein Blick, den sie nicht gleich zu deuten vermochte, lösten bei ihr einen Tränenstrom aus, der auch nicht versiegen wollte, wenn Martin sie in die Arme nahm und tröstend auf sie einsprach.

Sie hatte ein Mädchen, ein Kinderfräulein, einen Gärtner, der Bursche ihres Mannes stand ihr zu Verfügung, und trotzdem glaubte sie unter der Last der an sie gestellten Anforderungen zusammenzubrechen.

Martin schickte sie mit den Kindern und Fräulein Elli aufs Land, zu Johannes Surkan.

Sie fuhren mit dem Zug. Und schon als Anna den Landauer mit den beiden Pferden vor dem kleinen Bahnhofsgebäude stehen sah, fühlte sie, wie Mut und Kraft zu ihr zurückkehrten. Und sie wußte, daß sie alles schaffen würde, was das Leben ihr abverlangte. Alles.

## 4.

Die Zeit verstrich, Wochen, Monate, Jahre. Sibylles Prophezeiung hatte sich erfüllt: Hitler – das bedeutete Diktatur.

Für Anna änderte sich dadurch nichts. Ihre Schulden waren immer noch nicht beglichen. Allerdings arbeitete sie nicht mehr für Marcus Seliger. Sein Geschäft war in andere Hände übergegangen, in arische Hände.

Martin wurde zum Oberstarzt befördert.

Bei Sibylle von Enkendorf versammelten sich nach wie vor die »Schöngeister«, wie Martin sie nannte. Die kluge jüdische Schauspielerin verschwand aus dem Kreis. Man sagte, sie sei zu Verwandten nach England gegangen.

Anna hörte von Inhaftierungen, von der rücksichtslosen Unterdrückung der Gewerkschaften und der Kulturorganisationen, vom Boykott jüdischer Ärzte und Rechtsanwälte, vom Verbot anderer Parteien, von Gleichschaltung, Arisierung, Berufsverbot.

Schreckliche Worte tauchten auf: Konzentrationslager, Rassenschande. . .Langsam wurden die empörten Stimmen leiser, bis sie verstummten. Nur Sibylle wütete ungeniert: »Das sogenannte Tausendjährige Reich wird im Grauen enden. Der Kerl hetzt uns doch in einen Krieg hinein...« Johannes Surkan sagte das gleiche. Was Martin über das Dritte Reich dachte, wußte Anna nicht.

Er vermied es, über Politik zu sprechen.

Herr Weise schrieb:

*»In Deinem Elternhaus, liebe Anna, hat sich die Lage gebessert. Karl Rohrschneiders Geschäfte laufen wieder einigermaßen. Julian hat eine Stelle als Koch in Aschaffenburg. Katharina arbeitet als Buchhalterin bei Onkel Anton in Gemünden. Und Elisa schneidert in Würzburg, sie hat sich mit einem Ingenieur verlobt. Trotzdem bin ich sehr traurig über die Entwicklung der Dinge...«*

Das Mädchen Käthchen verließ Ostpreußen und kehrte in die Heimat zurück. Ihr Vater und die fünfzehn Geschwister standen alle in Lohn und Brot. Und Käthchens Mutter wurde hoch geehrt, weil sie dem Vaterland sechzehn Kinder geschenkt hatte. Käthchens Platz nahm Grete ein. Sie war eine perfekte Kraft.

Im Dezember 1935 bekam Anna einen zweiten Sohn, ein Sonntagskind. Sie tauften ihn auf den Namen Berthold, feierten ein großes Familienfest, und Annas Mutter gratulierte wieder mit wenigen Zeilen.

Martin gewöhnte es sich an, seine Frau ›Muttilein‹ zu nennen, was Anna nicht gefiel.

Im Frühjahr 1937 fuhr Anna mit ihren drei Kindern und Fräulein Elli auf das Gut an der Ostsee.

Vor ihrer Abreise erhielt sie einen Brief aus Mannheim. Er kam von Claus Wintzer.

Claus Wintzer, der Gefährte ihrer Mädchenzeit in Würzburg! Sie wollte es zuerst gar nicht glauben, daß er immer noch an sie dachte. Sie hatte ihn vergessen. Er schrieb:

*»Liebe Anna, ich habe mir Mühe gemacht, um Deine Anschrift zu erfahren. Ich erhielt sie von Freunden aus Würzburg.*
*Ich arbeite hier als Diplomchemiker in einem großen Werk.*
*Liebe Anna, nach so langer Zeit kann ich es Dir ja eingestehen: Die Trennung von Dir hat mich damals sehr hart getroffen, und ich habe lange gebraucht, um damit fertigzuwerden. Geholfen hat mir eine Italienreise. Aber die Frau fürs Leben habe ich noch immer nicht gefunden.*
*Das mußte ich Dir einmal sagen, und nun ist mir leichter. Ich hoffe, daß es Dir gutgeht. . .«*

Anna kam sich alt vor, als sie den Brief zum drittenmal las. Sie war nun sechsundzwanzig und ein ›Muttilein‹. In der Nacht träumte sie von Claus.

Auf dem Gut von Johannes Surkan war eine Reitjagd angesetzt. Unter den Gästen war auch Bodo Hermsdorf. Anna kannte ihn schon lange, ohne ihm jemals Beachtung geschenkt zu haben. Er war Junggeselle, Tierarzt und ein bekannter Reiter. Anna hielt ihn für einen Lackaffen. Nach der Jagd fand im Gutshaus ein fröhliches Fest statt. Es wurde gegessen, getrunken, und man veranstaltete Pfänderspiele.

»Diese Pfänderspiele sind mir ganz neu!« sagte Anna. »Das habe ich noch nie gemacht.«

»Sie haben wohl überhaupt nur wenig gespielt in Ihrem Leben, gnädige Frau«, meinte Bodo Hermsdorf, der sich schon den ganzen Abend lang an ihrer Seite hielt. »Ihr kindliches Vergnügen an diesen Scherzen ist rührend.«

Sie sah ihn an, betrachtete eindringlich den schmalen Kopf, das hellblonde Haar, den hochmütigen Mund und verspürte plötzlich den Wunsch, ihm zu gefallen. Sie konnte es nicht erklären, aber es geschah etwas mit ihr. Sie wußte nicht was, und sie wurde damit nicht fertig.

Bodo Hermsdorf lächelte.

Sie wandte den Blick ab und wurde rot.

»Ich beobachte Sie schon lange, Frau Anna«, sagte er. »Ich beneide den Surkan, der Sie immer als Gast bei sich haben darf. Ich habe Sie im vergangenen Sommer am Strand beim Baden gesehen. Für mich sind Sie das schönste Mädchen, das ich kenne.«

»Ich bin kein Mädchen«, widersprach sie leise.

Er lächelte wieder. »Ich weiß, ich weiß – eine Jungfrau mit drei Kindern.«

Sie hob verlegen die Schultern. Es fiel ihr keine Entgegnung ein. Schlagfertig war sie nie gewesen. Und dann tanzte sie.

Von der Grammophonplatte sang Zarah Leander: »Ich habe geliebt, und ich habe geküßt, weil die Liebe ja dazu erfunden ist. . .«

Er zog sie enger an sich.

»Glücklich?« flüsterte er an ihrem Ohr.

Sie nickte stumm. Ja, sie war glücklich.

»Wie lange bleiben Sie noch hier?« fragte er.

»Ich bleibe, solange ich will. . .«

»Reiten Sie morgen mit mir aus?«

»Gern!«

»Also, um zehn Uhr!« Das Licht erlosch.

Hermsdorf drückte Anna hart an sich, seine Lippen streiften ihre Stirn, sie zitterte am ganzen Körper.

Dann flammte das Licht wieder auf, und sie tanzten weiter. Als Anna auf ihr Zimmer ging, erschien ihr der Boden weich und nachgiebig wie frisch gefallener Schnee. Sie konnte nicht klar denken. In ihrem Ohr ertönte immer noch die Melodie:

»Ich habe geliebt, und ich habe geküßt, weil die Liebe ja dazu erfunden ist. . .«

Sie beugte sich über ihre Kinder, die in ihren Betten schliefen aber in ihr regte sich kein besorgtes Gefühl, wie es sonst der Fall war.

Am nächsten Morgen ritt Bodo Hermsdorf in den Gutshof ein. Anna begrüßte ihn in der Halle. Er überreichte ihr einen kleinen Strauß Schneeglöckchen und küßte ihr die Hand. Anna hatte zahllose Handküsse empfangen, seit sie in Königsberg lebte.

Dieser Handkuß war anders.

Sie ritten dem Meer zu. Es war ein sonniger Tag, die See war bewegt und ließ kleine schaumgekrönte Wellen ans Ufer tanzen. Die Hufe der Pferde sanken tief in den Sand ein. Die Luft war so rein, daß die Lungen beim Atmen schmerzten.

Sie ritten nebeneinander, ohne zu sprechen. Ab

und zu schnaubte ein Pferd, das Sattelzeug knarrte, Vögel flatterten auf. Anna drehte Hermsdorf den Kopf zu und lächelte ihn an. Er lächelte zurück.

Als die Pferde müde wurden, kehrten sie heim.

Im Gutshof sprang Hermsdorf aus dem Sattel und war Anna beim Absteigen behilflich. Dann standen sie sich gegenüber. Er war so groß, daß sie den Kopf in den Nacken legen mußte, um ihn anzuschauen.

»Das war ein schöner Abschied!« sagte er.

»Abschied?« wiederholte sie verwundert.

»Ja, leider!« sagte er. »Es fällt mir schwer wegzugehen. Aber ich muß zurück. Ich habe hier nur ein paar Tage Urlaub gemacht.«

»Schade!« murmelte sie.

Sie gab ihm die Hand, er behielt sie in der seinen.

»Darf ich Ihnen schreiben?«

Sie zögerte nur kurz.

»O ja!«

»Dann müssen Sie mir aber Ihre Anschrift geben, Frau Anna!«

Er hielt ihre Hand immer noch fest.

Sie zog sachte ihre Finger zurück. Sie glaubte, aus einem Traum zu erwachen. Erst jetzt fiel ihr Martin ein. Sie hatte vergessen, daß sie verheiratet war. Und gleichzeitig kamen ihr die Wäschepakete in den Sinn, die sie von der Post abholte.

»Am besten wäre es, wenn Sie mir postlagernd schreiben. . .« Er hob die Brauen, sah ihr in die Augen und lächelte, als sie errötete. Sie wußte nicht, was er dachte.

Er küßte ihr die Hand.

»Ich hoffe, daß wir uns recht bald wiedersehen.«

Anna blieb noch eine Woche auf dem Gut.

Sie dachte viel an Bodo Hermsdorf.

Ihre verträumte Stimmung entging Johannes Surkan nicht.

»Ja, ja«, sagte er gutmütig und lachte kollernd, »der Hermsdorf hat Glück bei den Damen, ihm gefällt jede. Der ist ein Windhund, der hat schon viele Herzen gebrochen. Er ist ja auch ein Mann wie aus dem Märchenbuch, da kann unsereiner nicht mit. Er spielt gern mit dem Feuer, das macht ihm Spaß. Für ihn ist das nicht gefährlich...«

Anna glaubte ihm nicht. Sie dachte: Johannes ist nur eifersüchtig. Dann fuhr sie nach Königsberg zurück.

Martin küßte sie. »Geliebtes Muttilein! Ich bin froh, dich und unsere drei Süßen wieder um mich zu haben. Du hast dich wunderbar erholt.«

Zum erstenmal empfand sie keine Freude an seiner Zärtlichkeit und blieb spröde in seiner Umarmung.

Ob Hermsdorf ihr schrieb? Annas Spannung wuchs von Tag zu Tag. Aber sie brauchte eine volle Woche, bis sie endlich den Mut aufbrachte, am Schalter nach postlagernden Briefen zu fragen. Der Beamte händigte ihr vier Briefe aus. Sie trug sie nach Hause und überlegte, wo sie sie ungestört lesen könnte. Sie sah keine andere Möglichkeit, als sich im Badezimmer einzuschließen. Es waren Seiten um Seiten, engbeschrieben in einer Handschrift, die sie kaum entziffern konnte. Sie fand niemals die Zeit, die Briefe gründlich zu lesen und ihren Inhalt zu erfassen. Nur so viel entnahm sie ihnen, daß Bodo sich an ihre Begegnung erinnerte, an das Reiten, das Tanzen, daß er viel an sie dachte und auf ein Wiedersehen hoffte.

Das war ihr genug. Mehr wollte sie nicht. Die Briefe bestätigten ihr, daß sie eine begehrenswerte Frau war. Sie brachten einen Hauch von Poesie in das Leben, von dem Frau Weise immer gesagt hatte...

Sie versteckte die Briefe in der Kommode, in der sich auch die Hohlsaumarbeiten befanden. Und sie kam nie auf den Gedanken, die Briefe zu beantworten.

Zwei Monate lang lebte sie wie in einem Traumzustand. Sie holte die Briefe ab, ängstigte sich vor der Entdeckung durch Martin, las sie flüchtig und versteckte sie. Ihr Gewissen schlief.

Das Leben erschien ihr sonderbar leicht. Sie hatte ein Geheimnis, ein schönes Geheimnis, das ihr allein gehörte. Sie fühlte sich auserwählt, und das machte sie glücklich.

Wenn sie abends über ihrer Stickerei saß, dann tauchte Bodo vor ihr auf, der schmale Kopf, das hellblonde Haar, der hochmütige Mund. Sie glaubte seine Lippen auf ihrer Stirn, seinen Kuß auf ihrer Hand zu spüren. Und sie bemühte sich nicht, dieses Bild zu verdrängen. Sie wärmte sich an ihm. Martin neckte sie:

»Unser Muttilein wird immer schöner. Paß auf, mein Schatz, ich muß für drei Tage nach Bonn zu einem Ärztekongreß. Ich nehme dich mit.«

Sie wollte nicht, sie wollte Martins Abwesenheit dazu benutzen, um sich in Ruhe in Bodos Briefe zu vertiefen. »Ich möchte die Kinder nicht allein lassen«, sagte sie. Ihre Ausflüchte halfen nichts. Martin bestand darauf, daß sie ihn begleitete.

»Ich bin dienstlich in Bonn«, sagte er. »Ich muß jeden Morgen pünktlich zur Vorlesung erscheinen. Wir wohnen dort in einem erstklassigen Hotel.«

Die Aussicht, in Bonn viele Stunden lang allein in ihrem Hotelzimmer zu sitzen, brachte Anna auf den Gedanken, Bodos Briefe mitzunehmen. Sie legte sie in die Innentasche ihres Koffers. Sie wollte endlich wissen, was Hermsdorf ihr eigentlich zu sagen hatte und welche Worte er wählte, um ihr seine Bewunderung auszudrücken.

Aber Anna hatte auch in Bonn keine Zeit, die Briefe zu lesen. Die Kongreßleitung hatte für die Damen ein reichhaltiges Programm vorbereitet: Ausflüge, Dampferfahrten, Besichtigungen, Konzerte, Matineen.

Nach dem Kongreß reisten sie zu Martins Eltern nach Hagen. Mutter Selma wirkte gealtert, sie war oft gerührt und weinte leicht. Und sie sagte: »Wirklich, Anna, ich hätte nie gedacht, daß du meinen Sohn so glücklich machen würdest. Er ist verliebt wie am ersten Tag. Als ob ihr euch auf Hochzeitsreise befändet.«

Diese Sätze wiederholte sie jeden Tag, und sie sagte sie auch, als sie eines Morgens am Frühstückstisch saßen. Martin stand auf, lachte verschmitzt, strich Anna im Vorübergehen über das Haar und verschwand.

»Was hat er denn?« fragte Mutter Selma.

Anna lächelte gedankenverloren. »Ach, er geht sicher ins Gastzimmer. Er legte mir zu Hause immer

Zettel hin, auf denen steht, wie lieb er mich hat. Ich denke, daß er mir für die Reise in den Koffer. . .« Sie verstummte entsetzt.

Durch ihren Kopf dröhnte es: Die Briefe, die Briefe! Sie stand auf und lief aus dem Raum, in der verzweifelten Hoffnung, noch etwas retten zu können.

Die Briefe, die Briefe! Heilige Muttergottes, mach, daß Martin nicht die Briefe findet. Tu ihm das nicht an! Bestrafe mich, aber erspare ihm die Enttäuschung!

Es war zu spät.

An der Tür des Gastzimmers trat ihr Martin entgegen. Er sah furchtbar aus, kalkig weiß. So hatte er ausgesehen, als er in Würzburg den anonymen Brief aus dem Dorf bekommen hatte. Anna nahm seine Hand, drückte sie an ihr Herz und flüsterte:

»Martin! Es hat nichts zu bedeuten. Bitte, glaube mir, es war nichts. Ich flehe dich an, gehe mit mir in das Zimmer, ich will dir alles sagen. . .«

Sie flog am ganzen Körper, sie war außer sich vor Reue, Angst und Erschütterung.

Er zögerte einen Herzschlag lang, dann wandte er sich um und ging in das Zimmer. Sie folgte ihm. Er schloß die Tür hinter sich. Sie standen sich gegenüber.

Anna hob ihm die gefalteten Hände entgegen.

»Martin! Ich will dir alles erklären. Herr Hermsdorf hat mir einige Briefe geschrieben.«

Er sagte ruhig: »Was gibt es da zu erklären? Was willst du noch von mir, Anna?«

Sie begann zu weinen. Wieder hob sie die Hände auf.

»Martin, bitte, du mußt mir doch erlauben, daß ich mich rechtfertige. Ich kann es selbst nicht mehr verstehen, warum ich Herrn Hermsdorf gestattet habe, mir zu schreiben. Ich habe ihm nie zurückgeschrieben. Ich schwöre es dir!«

Er fuhr sich über die Augen, über die Stirn, dann hatte er sich wieder unter Kontrolle.

Anna begriff, daß sie keinen Weg zu ihm finden konnte, weil sie ihn zu tief in seiner Würde als Mann und in seiner Ehre als Offizier verletzt hatte.

Sie weinte hilflos.

»Anna!« sagte er. »Ich fürchte, du bist dir nicht darüber im klaren, daß du unsere Ehe zerstört hast. Ich habe dich geliebt. Du hast nicht nur mich, du hast auch die Kinder verraten, meine Kinder.«

Die Kinder! dachte Anna verzweifelt. Meine Kinder! Niemals hatte sie auch nur im entferntesten daran gedacht, daß sie durch ihre Torheit ihre Kinder verlieren könnte. Sie hatte überhaupt nicht gedacht. »Mir ist eine Welt zusammengebrochen, Anna. Nie, nie hätte ich dir eine solche Treulosigkeit zugetraut. Nie !« Er sprach in scharfem Ton. »Du kannst mich nicht trösten, Anna. Du bist ein Kind, wenn du glaubst, diese Sache ließe sich mit ein paar Tränen und Bitten aus der Welt schaffen.«

»Was für eine Sache?« weinte Anna. »Es ist doch nichts geschehen. Herr Hermsdorf hat mich gefragt, ob er mir schreiben darf, und ich habe es ihm erlaubt. Bis heute habe ich die Briefe nicht richtig gelesen. Es hat mir gefallen, daß er sich um mich bemühte, daß ich bei ihm so viel galt. Wie oft habe ich dir gesagt, daß die Damen mich nicht mögen, daß sie mich nicht als ihresgleichen anerkennen, daß sie

Freundlichkeit heucheln, wenn du dabei bist. Und daß ich im Grunde keinen Menschen habe...«

»Du hattest mich!« unterbrach er sie. »Mich und die Kinder. Dazu noch Frau Enkendorf. Alle meine Freunde überschütten dich mit Liebenswürdigkeit. Immer dieses Gerede, daß dich keiner mag! Du leidest an einem Komplex, an einer milden Form von Verfolgungswahn. Aber das gehört nicht hierher. Es hat nichts mit den Briefen zu tun...«

Ach Gott! dachte sie. Es hat so viel mit den Briefen zu tun. Martin weiß nicht, wie unsicher ich bin, wie ich mich jeden Tag davor fürchte, daß sie entdecken, was hinter mir liegt: das Dorf, die Mutter, die Tannenzapfen, die Semmelgasse, Marcus Seliger.

»...wenn die Geschichte so harmlos war, wie du behauptest, Anna, warum hast du dir die Briefe dann postlagernd schicken lassen? Der Inhalt der Briefe ist ganz und gar nicht harmlos!«

»Ich weiß nicht, was drinsteht«, weinte sie. »Ach, Martin, bitte! Du kannst dich doch nicht wegen dieser albernen Briefe von mir trennen wollen?«

»O doch!« sagte er. »Du mußtest schließlich wissen, was du riskierst, wenn du dich auf so eine Affäre einläßt. Dieser Mann und seine Briefe waren dir mehr wert als die Kinder und ich. Jetzt hast du die Konsequenzen zu tragen.«

Er ging mit langen Schritten im Zimmer auf und ab und zog seine Uhr aus der Tasche.

»Ich halte es für das Beste, wenn du noch heute abreist, Anna. Ich erfinde eine Ausrede für meine Eltern. Nimm dich bitte zusammen! Es ist nicht nötig, daß meine Eltern unter unseren Problemen leiden. Ich suche dir einen Zug heraus. Bist du einverstanden? Ja? Danke, Anna!«

Seine ruhige Höflichkeit machte Anna rasend. Am liebsten hätte sie sich auf ihn gestürzt und ihn geschüttelt. Warum begriff dieser gebildete, studierte Mann nicht, daß es sich hier um eine Kinderei handelte, der er eine Wichtigkeit beilegte, die ihr nicht zukam? Es war doch nur eine Kinderei, die sie nachgeholt hatte, weil sie eigentlich nie ein Kind gewesen war.

Es hatte keinen Zweck, mit ihm zu reden.

Sie redete gegen eine Mauer.

Anna widersetzte sich den Anordnungen nicht.

Sie sagte nichts mehr. Auch nicht, als Mutter Selma sie beim Abschied umarmte.

Mutter Selma schluchzte. Martins Vater hatte Tränen in den Augen. Martin hatte die Briefe an sich genommen.

Auf der Straße reichte er Anna den Arm, und so gingen sie zum Bahnhof. Martin trug Annas Koffer, er war in Zivil.

Auf dem Bahnsteig versuchte sie es noch einmal. Sie nahm seine Hand und preßte sie an die Lippen.

»Martin! Es ist nichts passiert, ich schwöre es dir. Kein Kuß auf den Mund, keine Zärtlichkeiten, kein verliebtes Gespräch. Am Abend haben wir getanzt, und da ging plötzlich das Licht aus, weil die Leitung defekt war, und da küßte er mich im Dunkeln ganz leicht auf die Stirn. Und am nächsten Morgen ritten wir zusammen aus. Auf dem Gutshof küßte er mir die Hand, er mußte zurück auf sein Gestüt. Das war alles. Das einzige, was du mir vorwerfen kannst, sind die postlagernden Briefe. Ich sehe ein, daß es unrecht war, ich schäme mich. Glaub mir, Martin, mir liegt nichts an Bodo Hermsdorf, gar nichts. Es war nur mein kindischer Stolz, weil ich einen Verehrer hatte, einen Kavalier...«

Sie weinte schon wieder, sie fühlte sich so schuldbeladen, sie verzweifelte an sich selbst. Keine Demütigung erschien ihr zu groß, um seine Verzeihung zu erlangen. Sie küßte immer wieder seine Hand.

»Bitte vergib mir! Martin, ich bitte dich so sehr!«

Er entzog ihr seine Hand, und ihr wurde bewußt, wie wenig Macht sie über ihn besaß, wie wenig flehende Blicke, Küsse, Tränen bei ihm ausrichteten.

Er war ganz anders als sie.

»Anna«, sagte er, »ich komme bald nach Königsberg und unternehme dann die weiteren Schritte. Wir wollen die Angelegenheit vorläufig auf sich beruhen lassen.«

Er half ihr beim Einsteigen. Sie blieb am Fenster stehen und schaute zu ihm hin. Er zog den Hut und verbeugte sich. Der Zug fuhr an, Martin stand immer noch barhäuptig auf dem Bahnsteig.

Annas Augen waren blind vor Tranen.

Dann ging sie in ihr Abteil. Es war leer. Sie setzte sich in eine Ecke und schloß die Augen.

Wohin sollte sie gehen, wenn Martin sie fortschickte? Wo war ein Platz für sie? Sie wußte keinen.

Sie fühlte sich so verlassen wie als Kind auf dem Dorf. Und es kam ihr der Gedanke, daß ihr Tod die beste Lösung sei. Dadurch würde sie Martin eine Scheidung ersparen, die womöglich seiner Karriere schadete, und die Kinder würden ihrer Mutter ein ehrendes Andenken bewahren. Dann hätte die arme Seele endlich Ruhe...

Die Fahrt schien endlos zu dauern.

Im Polnischen Korridor wurde das Gepäck kontrolliert. Anna ging hinaus auf den Gang. In einem Nebenabteil spielten drei Kinder mit Würfeln und Kugeln.

Anna wurde es heiß bei ihrem Anblick.

Nach der dumpfen Tatenlosigkeit und dem fruchtlosen Grübeln kehrte ihre Energie zurück.

Sie überlegte lange.

Wo war der Mensch, dem sie sich anvertrauen durfte? Der Gedanke an Sibylle von Enkendorf richtete sie ein wenig auf.

Der Zug lief am Abend in Königsberg ein.

Anna nahm ein Taxi.

Im Haus war es ruhig. Die Kinder und das Mädchen schliefen schon.

Anna entkleidete sich, badete und ging zu Bett. Sie war so erschöpft, daß sie sofort einschlief.

Am Morgen wurde sie durch das Läuten der Hausglocke geweckt. Kurz danach klopfte das Mädchen Grete an die Schlafzimmertür. Grete überbrachte einen Eilbrief. Und hinter ihr stürmten die Kinder herein, um die Mutter zu begrüßen, sie zu umarmen und zu küssen.

Der Eilbrief kam aus Hagen. Von Martin.

Enthielt er Gutes oder Böses?

Anna öffnete ihn nicht gleich. Sie saß auf dem Bettrand und betrachtete ihre Kinder, die aufgereiht vor ihr standen. Katharina war nun schon sechs

Jahre alt. Wie eine Käthe-Kruse-Puppe sah sie aus mit ihren braunen Haaren, die in zwei feste Zöpfchen geflochten waren. Sie trug Schleifen im Haar.

Und Anna erinnerte sich, wie die Mutter ihr einmal – ein einziges Mal! – zwei blaue Taftschleifen geschenkt hatte und wie dann Frau Weise ihr die Schleifen von den Zöpfen gerissen hatte...

Katharina wußte viel zu erzählen, sie bemutterte ihre Brüder gern.

»Grete hat Besuch von einem Soldaten gehabt. Und Tobias hat wieder nicht gegessen, er hat immer nach dir geweint. Jetzt braucht unser Büblein nicht mehr zu weinen. Mutti ist wieder da!« sagte Katharina und legte tröstend den Arm um ihren Bruder.

Tobias lächelte.

Es war ein zartes, stilles Kind. Er sah seinem Vater ähnlich, er hatte seine Augen.

»Mutti, wo ist der Vati?« fragte er.

Anna sah auf den Brief.

Sie spannte alle Kräfte an, um nicht laut zu weinen.

»Vati kommt später, Tobias!«

»Berthold ist immer lustig«, berichtete Katharina. »Er scheucht immer die Hühner herum. Und jetzt ist er gespannt, ob du ihm etwas von der Reise mitgebracht hast.«

Anna hatte nichts mitgebracht. Sie hatte in der Aufregung vergessen, für die Kinder Geschenke zu kaufen. Sie stand auf und holte aus der Kommode Schokolade, die sie unter die Kinder verteilte.

Und als sie die Kleinen dann durch die Tür drängeln sah, dachte sie: Das kann Martin doch nicht tun! Er kann uns nicht auseinanderreißen!

Sie schlug sich vor die Stirn. Warum hatte sie sich nur auf die Briefgeschichte mit Hermsdorf eingelassen? Und sie dachte auch: Das ist die Mutter in mir, meine Mutter! Maria Kowalewska in mir hat sich genommen, wonach es sie gelüstete. Aus Leichtsinn, aus Übermut, aus Eitelkeit!

Dann öffnete sie den Brief und las:

*»Liebe Anna!*
*Hoffentlich hast Du die Reise gut überstanden. Ich bedauere es, daß ich nicht mit Dir zurückfahren konnte. Bitte, vertraue Dich niemandem an! Ich komme morgen um zehn Uhr abends. Grüße die Kinder von ihrem Vater!*
*Auch Dir beste Grüße.*
*Martin.«*

Das klang nicht unfreundlich. Es schien ein Lichtblick zu sein. Aber Anna weinte schon wieder, sie weinte und weinte, sie konnte sich nicht helfen.

Am Abend holte Anna ihren Mann vom Bahnhof ab.

Sie kaufte sich keine Bahnsteigkarte, sie blieb in der Halle vor der Sperre stehen.

Der Zug aus Berlin war eingelaufen. Sie sah Martin kommen. Sein Gesicht war unbewegt. Er begrüßte Anna höflich, aber er küßte sie nicht.

»Guten Abend, Anna! Was machen die Kinder?«

»Es geht ihnen gut, sie freuen sich schon auf dich, Martin.«

Im Taxi saßen sie still nebeneinander.

Anna griff nach seiner Hand.

»Martin, glaub mir doch...«

Er wehrte ab, ohne zu sprechen.

Da schwieg auch Anna. Auf einmal wurde ihr alles gleichgültig. Schicksal, nimm deinen Lauf! dachte sie. Meine Schuld ist winzig. Sie steht in keinem Verhältnis zu der Tragödie, die Martin daraus machen will.

Von diesem Augenblick an erschien ihr der Ablauf der Dinge wie ein Theaterstück, in dem sie als schuldig gewordene Ehegattin mitwirkte. Sie langten vor dem Haus an, gingen durch den Garten. Martin wanderte voran, den Rücken hielt er noch gerade, aber er ließ die Schultern hängen, hielt den Kopf gesenkt, als würde er unter der Last der Schande zusammenbrechen.

Anna fand, daß er seinen verletzten Offiziersstolz etwas zu pathetisch darstellte.

In der Diele setzte er den Koffer ab und ging sofort in die Kinderzimmer.

Er sah sich nicht einmal nach ihr um. Und sie fühlte, wie in ihr eine gelinde Wut hochkroch: Was fiel Martin ein? War sie nicht mehr würdig, ihre schlafenden Kinder zu sehen? Seine gnadenlose Selbstgerechtigkeit ließ sie an Frau Weise denken.

Martin! Er hatte geflirtet auf Bällen, Gesellschaften, den Damen die Hand geküßt, Sekt aus dem Schuh seiner Tischdame getrunken. Und wie war das mit Fräulein Carola Kargh in Münster gewesen?

Hätte Anna nicht die Kinder zurücklassen müssen, sie wäre auf der Stelle gegangen, und zwar gern. Was hielt sie schon? Die Kleider, das Haus, der Titel – Frau Oberstabsarzt? Sie mußte ja doch Hohlsaum nähen in der Nacht, bis ihr die Augen tränten.

In Annas zornige Gedanken hinein tönten Martins schwere Schritte. Er ging wie ein gebrochener alter Mann. In seinem Arbeitszimmer setzte er sich an seinen Schreibtisch und stützte den Kopf in die Hand.

Anna ging zu ihm. Er bot ihr keinen Platz an. Und sie hatte es auf der Zunge zu sagen: Jetzt reicht es aber, Martin!

Statt dessen sagte sie: »Also, Martin, wenn du mir nicht glauben kannst, dann gehe ich. Was wirklich geschehen ist, nämlich gar nichts, das wissen nur Hermsdorf und ich. Wie willst du mir überhaupt eine Treulosigkeit beweisen?«

»Ich habe die Briefe!« sagte er heiser.

»Was willst du denn mit den Briefen machen?« fragte sie.

»Ich werde ein Ehrengericht beantragen, wo diese Briefe vorgelegt werden.«

»Ehrengericht?!« Anna hörte dieses Wort zum erstenmal.

»Ja, muß dann Herr Hermsdorf dort auch erscheinen?«

»Das ist doch selbstverständlich!« sagte Martin unwillig.

»Das ist ja kompletter Wahnsinn!« fuhr Anna auf. »Du machst dich lächerlich und bringst mich in eine peinliche Situation. Herr Hermsdorf muß ja denken, daß ich dir einen ganzen Roman vorgelogen habe. Er hat mir doch nicht nachgestellt, ist mir nicht zu nahe getreten. Er hat mich verehrt. Wie viele Männer verehren Sibylle von Enkendorf und himmeln sie in seitenlangen Briefen an? Das wird es wohl gewesen sein, ich wollte so umschwärmt sein wie Sibylle. Ach, mach, was du willst! Ich komme da nicht mit.« Sie drehte sich um und verließ das Zimmer. Dieser Hermsdorf! dachte sie böse. Er hätte doch wissen müssen, daß seine Briefe verheerende Folgen nach sich ziehen könnten. Er kennt sich doch aus in Martins Welt. Ich nicht!

Sie wollte weg.

Sie besann sich auf die spanische Reisetasche, mit der sie vor zehn Jahren vom Dorf aus in die Fremde gereist war. Allein.

Anna verschloß die Reisetasche. Martin saß am Schreibtisch, er hatte beide Hände vor das Gesicht gelegt.

»Ich gehe wieder nach Würzburg, Martin«, sagte Anna. »Ich suche mir dort einen Arbeitsplatz, ich finde einen. Ich gehe so, wie ich gekommen bin.«

Sie ging zu ihren Söhnen. Sie schliefen friedlich. Anna strich ihnen die Haare aus der Stirn. Im Zimmer ihrer Tochter beugte sie sich über das Bett. Sie stand so eine ganze Weile. Und es erschien ihr unmöglich, ihre Kinder zu verlassen. Ihre Wut wurde ausgelöscht durch Zuneigung und Liebe. Sie weinte.

Martin betrat das Zimmer.

»Martin! Glaub mir doch und verzeih mir!« Sie kniete vor ihm nieder. »Verlange von mir, was du willst, aber schick mich nicht von den Kindern weg! Ich kann ohne sie nicht leben. Bitte, Martin!« Noch niemals in ihrem Leben hatte sie sich freiwillig so tief gedemütigt.

Er hob sie auf und legte die Arme um sie.

»Anna, ich möchte dir so gern glauben. . .Diese Briefe – sie kamen so unerwartet für mich, so etwas lag außerhalb meines Vorstellungsvermögens. Die Entdeckung hat mich umgeworfen...« Er konnte kaum sprechen, aber er zog sie fester an sich.

»Du wirst Hermsdorf nicht wiedersehen? Und niemals mehr Heimlichkeiten vor mir haben?«

»Ich verspreche es, ich schwöre es...« Sie war bereit, alles zu versprechen, zu beschwören. Nur bleiben wollte sie!

»Ich will versuchen, dir zu glauben«, murmelte er.

Sie drückte den Kopf an seine Brust, sie weinte noch heftiger.

»Ich danke dir, Martin, ich wollte dir nicht weh tun...«

»Ach, laß nur!« sagte er.

In dieser Nacht umarmte er sie mit einer Leidenschaft, die sie nie in ihm vermutet hätte. Und sie klammerte sich an ihn und küßte ihn ohne Scheu, ohne Furcht, ihn zu erschrecken. Sie flüsterte immer wieder: »Ich liebe dich, ich liebe dich, ich liebe dich...« Und das war nicht gelogen.

## 5.

Im Sommer entdeckte Anna ein Paradies: Die Kurische Nehrung. Sie hatte schon viel von diesem rätselhaften schmalen Landstreifen gehört, der hundert Kilometer lang das Haff von der Ostsee schied. Sibylle erzählte von dem malerischen Badeort Nidden, von den Wanderdünen, den Bergen weißen Sandes, die in vergangenen Jahrhunderten

Wälder und menschliche Siedlungen unter sich begraben hatten und manchmal braune Särge freigaben und immer noch auf der Wanderung begriffen waren. Von den Forsten mit Tannen, Fichten, Heidekraut und einem unerschöpflichen Reichtum an Beeren und Pilzen.

»Du mußt diese erhabene Landschaft erleben, Anna! Auf die Dünen steigen, durch den heißen Sand waten, und oben siehst du dann auf der einen Seite das Haff, südlichblau unter dem Sommerhimmel, und auf der anderen Seite die Ostsee mit ihren Schaumkrönchen. Herrlich, herrlich, zum Niederknien schön! Und nach Nidden kommen die Menschen, die wir mögen, Anna. Maler, Schriftsteller, Schauspieler, Vogelkundler, Geologen, Altertumsforscher. Man mietet sich ein Fischerhäuschen und lebt ein einfaches Leben. Und wenn in der Abenddämmerung ein Elch heraustritt und auf dem Grat der Düne steht, umflossen von einem unwirklich blauen Licht, dann ist es, als würde die Welt gerade erst erschaffen. . .Und du mußt Karl kennenlernen, Anna – und dich gleich in ihn verlieben.«

»Wer ist Karl?« fragte Anna.

»Ein Maler, schon berühmt. Er fängt das Licht und den Duft der Nehrung in seinen Bildern ein. Und er ist ein talentierter Geiger. Wir werden schöne Tage haben, Anna. Ohne unsere Männer. Sie dürfen nicht nach Nidden, weil sie Offiziere sind. Politik, Anna, Versailler Vertrag! Nidden gehört zum Memelgebiet, und das Memelgebiet untersteht Litauen, seit wir den letzten Krieg verloren haben. . .«

So kam Anna ins gelobte Land. Mit drei Kindern,

dem Kinderfräulein, zwei Hunden und Säcken, die mit Betten, Wäsche, Geschirr und Silberbestecken vollgestopft waren. Sie kam nach Nidden und war enttäuscht.

Nidden war ein armes Dorf. Anna sah den dürftigen Kiefernwald, der an Sandhängen emporkletterte, die Netze über den Zäunen. Es roch nach Fischen, Föhren, Rauch, Binsen und nassem Holz. Die schilfgedeckten Häuschen hatten blaue Türen und blaue Fensterläden und waren von Phlox und Margeriten umwuchert, die in winzigen Gärten wuchsen. Es war ein Wunder, daß die Blumen in dem mageren Boden gediehen. Und überall Sonnenblumen, vom hellsten Gelb bis zum Kastanienbraun, überall die runden Gesichter der Sonnenblumen.

Anna hatte ein Fischerhaus gemietet.

Es war fast ohne Möbel, ohne fließendes Wasser, mit einem Holzbüdchen im Hof, das die sanitären Anlagen ersetzte. Die Kinder weinten, sie waren müde von der langen Reise, durchgerüttelt von dem Leiterwagen, der sie am Hafen abgeholt und sich mit quietschenden Rädern durch den Sand gemahlen hatte. Es war windig und kühl.

Und die Armut erschreckte Anna. Von Kindheit an hatte sie sich vor der Armut gefürchtet.

Es dauerte Tage, bis Anna dem Zauber der Nehrung erlag. Und dann liebte sie alles: das Häuschen, die kleine Bank vor der Tür, aus splitterigem Holz gezimmert, in zahllosen Sommern verblichen, auf zwei Pfählen ruhend, die in den Sand gerammt waren. Die Sonnenblumen, die das Häuschen umstanden wie Wachsoldaten. Den Leuchtturm von Nidden, der rot und rund auf der Höhe ins Himmelsblau ragte. Das gewaltige Naturwunder der Dünen, die Immortellen, aus denen sie Kränzchen flochten, die Pferde, die frei umherliefen, die Vögel. Störche, graue und schwarze Kraniche, Wanderfalken, Bussarde, Fischreiher und ungezählte Lachmöwen. Die kunstvoll geschnitzten Kurenwimpel, die sich auf Kähnen und Häusern im Winde drehten, die Fische, die Flundern, die aufgereiht an Schnüren hingen und die die Fischer über einem weißwolkigen Schwelfeuer aus Kiefernzapfen räucherten, das sie zwischen zwei Steinen anlegten. Die Fischer mit ihren wetterbraunen Gesichtern. Sie schmeichelten den Fremden nicht. Die scheuen Kinder blickten mit gleichgültigen Augen auf die städtischen Gäste, und die Frauen trugen in der flirrenden Hitze stets ihre langen schwarzen Kleider mit den sieben Rökken, die Haare unter einem Kopftuch verborgen.

Zwischen den Dörfern lag die Einsamkeit der Dünen, wuchsen sturmgebeugte Kiefern, Birkenwälder, Erlengehölz. In diesen Weiten verloren sich die Menschen.

Man konnte stundenlang wandern, ohne einem Menschen zu begegnen. Man konnte baden und in den Dünen liegen und träumen, so wie man aus Gottes Hand gekommen war. Nur der kleine Berthold verweigerte sich der Nacktheit und bestand auf seinem Badehöschen.

»Schau, Berthold!« sagte Anna. »Wir sind hier ganz allein. Und die Kühe, die bis ans Meer kommen, tragen auch keine Kleider.«

»Die Kühe haben ihr Fell an!« widersprach Berthold. Am Tage waren sie allein, jeder ging seinen eigenen Weg. Am Abend trafen sie sich in der Gastwirtschaft von Hermann Blode in Nidden. Da waren sie alle, auch der Maler Karl, ein großer, schöner Mann.

Er sah Anna, schaute ihr in die Augen und sagte: »Annettchen, wir beide heiraten noch einmal. Wenn nicht in diesem Leben, dann im nächsten...«

So einfach wurde Anna aufgenommen.

Im ›Uhlenloch‹, einem dunklen Raum, wurde gegessen, getrunken, gesungen und gelacht.

Anna sang, und Karl begleitete sie auf der Laute. »Mein Steuermann bist du, durch Tal und Wetter führst du mich dem sichern Hafen zu...« Das Lied der Heilsarmee. Eine Erinnerung, die sie sonst ängstlich zu verdrängen pflegte. Hier konnte sie an jene Zeit denken, ohne sich bedrückt zu fühlen.

Der Wind hatte die Dünen seltsam gerillt.

Die Spuren, die Annas nackte Füße hinterließen, füllten sich langsam. Oft saß sie in einer Düne, der Wind wehte, die Sonne brannte, die winzigen Sandkristalle flimmerten in allen Regenbogenfarben, Himmel und Wasser verschwebten im Licht, das Riedgras duftete wie Thymian. Und sie glaubte, in einem fremden Land zu sein, in der Wüste eines fernen Erdteils, auf einem anderen Stern. Wo war Ostpreußen mit seinen Wiesen, Feldern, seiner Fruchtbarkeit und den Städten voller Menschen? Wo war Königsberg?

Mit ihren Kindern besuchte Anna den Friedhof, wo die Menschen dieser Landschaft ausruhten nach einem Leben voller Entbehrungen und Gefahren.

Die eigenartigen Holzkreuze gemahnten an die Kurenwimpel. Die Fischer schnitzten sie selbst.

Manchmal saß Anna in mondhellen Nächten vor ihrem Häuschen. Über ihr wölbte sich ein tiefblauer Himmel, an dem feierlich die Sterne aufzogen. Dann sehnte sie sich nach Martin, um seine Hand zu halten in dieser Nacht aus Schweigen, silbernem Licht und Wasserrauschen, in dieser Welt, in der der Mensch nicht mehr zu sein schien als ein Stück Natur – wie die Sonnenblumen oder die Lachmöwen.

Sie dachte auch an den Maler Karl, der oft zu ihr sagte: »Annettchen, du warst in einem früheren Leben meine Schwester oder meine Frau...«, und sie lächelte dann: »Deine Schwester, Karl, nur deine Schwester.«

Wie liebte eine Schwester ihren Bruder?

Anna hatte einen Bruder, Julian, aber sie hatte sich nie zu ihm hingezogen gefühlt.

Über dem Wald kreiste das Blinkfeuer des Leuchtturms. Die Kinder schliefen, glücklich nach einem sonnendurchglühten Tag.

Anna nahm sich vor, immer wieder auf die Kurische Nehrung zu fahren.

Karl hatte ihr einen Vers von Mörike gesagt:

*»Du bist Orplid, mein Land, das ferne leuchtet,*
*vom Meere dampfet dein besonnter Strand*
*den Nebel, so der Götter Wangen feuchtet...«*

Anna hatte ihr Orplid gefunden.

Aber auch in diese strenge, schöne Einsamkeit griff der Arm des Unheils.

Als Anna im zweiten Sommer auf der Nehrung war, nahm sich die Frau eines bekannten Schauspielers mit ihrer Tochter in Nidden das Leben. Warum? Sie war Jüdin. Anna hatte sie gut gekannt, hatte mit ihr gesungen und gelacht und ihrer schönen Stimme gelauscht, wenn sie Gedichte vortrug.

Im November wurden in vielen deutschen Städten die jüdischen Gotteshäuser zerstört.

Wollte man Sibylle von Enkendorf und Johannes Surkan glauben, so hielt das Jahr 1939 Schlimmes bereit.

Für Anna begann das Jahr gut. Ihre Schulden waren getilgt. Aus Würzburg erhielt sie die Schlußabrechnung. Sie war frei! Sie ging durch das Haus und betrachtete das Biedermeierschlafzimmer, die Küche, die Möbelstücke, mit denen sie den Grundstock zu ihrem Heim gelegt hatte. Inzwischen war vieles dazugekommen. Aber diese Dinge waren ihr Eigentum, langer durchwachter Nächte Lohn.

Sie legte die Hand auf einen Stapel Bücher, die sie auf ihrem Nachttisch aufgebaut hatte: Fontane, Ernst Wiechert, Sudermann, Cronin, Bromfield, Kunstgeschichte, Bildbände. . .Von nun an wollte sie die Zeit anders und besser nützen, wenn Martin abwesend war.

Sie wollte lesen, lesen, lernen.

Sie zogen um. Vor die Tore der Stadt, nach Maraunenhof. Im Aschmannpark war ein Lazarettkomplex errichtet worden. Im Frühjahr reisten sie nach Würzburg, wo ein Ärztekongreß stattfand. Die

Kinder blieben in Königsberg. Anna sah Professor Mannasy wieder. Dr. Neudeck war Professor geworden. Der Labordiener war noch da, und Fräulein Kohl war immer noch nicht verheiratet.

In der Wallgasse schaute Anna zu dem Fenster des Zimmers hoch, in dem Claus Wintzer gewohnt hatte. Sie stieß sogar das Tor auf und pfiff »O Tannenbaum«, aber Claus wohnte längst nicht mehr hier. Sie überquerte den Marktplatz, erreichte das Haus zum Falken und stand vor den Auslagen des Geschäftes, das Marcus Seliger gehört hatte. Es war noch wie damals. An der Tür läutete das Glöckchen, als Anna den Laden betrat. Auch drinnen hatte sich nichts verändert. Weiche Wolle in Mengen, blankes Stickgarn in allen Farben, gehäkelte Jäckchen, Kinderkleidchen, Tischdecken, gerahmte Bilder in Gobelinstickerei.

Und hinter dem Ladentisch Fräulein Seidel, die ältere Verkäuferin, die gleiche wie zur Zeit von Marcus Seliger. Ihr Haar war weiß geworden.

»Ja, Fräulein Rohrschneider!« rief sie überrascht. »Frau Doktor! Wie lange haben wir uns nicht mehr gesehen?«

»Acht Jahre!« sagte Anna.

»Erst acht? Mir kommt es wie eine Ewigkeit vor. . .«

»Mir auch!« sagte Anna. »Wo ist Herr Seliger?«

Fräulein Seidel senkte die Augen.

»Ich weiß es nicht.«

»Hat er vorher noch auswandern können?« fragte Anna.

Die Antwort kam fast unhörbar. »Ich weiß es nicht.«

Anna wandte sich zum Gehen.

»Leben Sie wohl, Fräulein Seidel! Es tut mir alles furchtbar leid.«

Fräulein Seidel sah wieder vorsichtig zu der angelehnten Tür und schwieg. Aber Anna glaubte zu erkennen, daß auch Fräulein Seidel voller Mitgefühl an Marcus Seliger dachte. Anna kehrte ins Hotel zurück und rief Herrn Weise an, um mit ihm eine Verabredung in Aschaffenburg zu treffen. Er war sehr aufgeregt und zerfahren am Telefon.

»Ich freue mich, ich freue mich. . .Ach, Anna, ich freue mich, euch wiederzusehen. . .Es hat ja auch keinen Zweck, wenn du ins Dorf kommst, deine Mutter ist verreist, und die anderen arbeiten außerhalb. Ich freue mich, ich freue mich. . .«

Am nächsten Tag fuhr Anna mit ihrem Mann nach Aschaffenburg. Sie warteten – wie verabredet – in einem Restaurant. Sie warteten eine Stunde lang. Herr Weise kam nicht. »Vielleicht hat er den Zug versäumt«, meinte Anna.

Sie warteten noch ein Stunde. Vergeblich.

»Ich rufe im Dorf an«, sagte Martin. »Hier im Lokal ist ein Telefon.«

Anna saß am Tisch und blickte auf die Straße, in der Hoffnung, Herrn Weise jeden Augenblick auftauchen zu sehen.

Martin kam zurück. Er sah ernst aus.

Er setzte sich zu Anna und nahm ihre Hand.

»Herr Weise ist tot!« sagte er.

»Er ist heute zum Bahnhof geradelt, um nach Aschaffenburg zu fahren«, sagte Martin. »Unterwegs fiel er vom Rad. Herzschlag – exitus.«

Anna begann zu weinen. »Nein, nein! Ich habe

ihn immer liebgehabt. Auch als Kind. Er war niemals zärtlich zu mir, aber ich habe ihn immer liebgehabt, ich wäre gern sein Kind gewesen. Ach, Martin, ich muß zu ihm, ich muß ihn noch einmal sehen und an seinem Grab beten.«

»Nein!« sagte Martin. »Frau Weise bittet dich, nicht an der Beerdigung teilzunehmen und auch auf eine Beileidsbezeugung zu verzichten. Ich habe mit ihr gesprochen. Sie war sehr gefaßt. Und sie bittet dich eindringlich, nicht zu kommen.«

Anna trocknete ihre Tränen.

»Ich verstehe«, sagte sie.

Es war nicht schwer zu verstehen, was Frau Weise meinte. Frau Weise zerschnitt das Band, das Anna mit dem Lehrerhaus verknüpfte. Es gab kein Band mehr. Herr Weise war das Band gewesen, und er war tot.

Anna stellte sich die Frage, die sie in letzter Zeit immer häufiger bedrängte: War sie Herrn Weises Tochter? Mit Gewißheit sollte sie es nie erfahren.

Nach angemessener Zeit schrieb sie an Frau Weise und bat um das Fotoalbum mit ihren Kinderbildern, das Herr Weise ihr bei ihrem letzten Besuch im Dorf gezeigt und versprochen hatte. Und sie fügte hinzu:

»Ich hätte gern noch ein zweites Andenken. Herr Weise hat doch einige Bücher verfaßt. Könnte ich wohl eines haben ? Am liebsten das Buch mit dem Titel: Die Tiefen der Seele.«

Frau Weise antwortete knapp und kühl:

*»Liebe Anna!*
*Von der Existenz eines Fotoalbums, wie Du es beschreibst, ist mir nichts bekannt.*
*Mit freundlichen Grüßen und guten Wünschen für die Zukunft*
*– Gertrud Weise.«*

Jahre später erfuhr Anna von Tante Lina die Geschichte einer großen Liebe, die Geschichte von der Mutter und Herrn Weise. ». . .ich habe das alles miterlebt«, sagte Tante Lina. »Aber Herr Weise heiratete dann doch die reiche Gertrud vom Nachbarhof, mit der er von Kindesbeinen an versprochen war. Seine Eltern und ihre Eltern hatten das so ausgemacht, damit Geld zu Geld kam.

Und Maria?

Sie nahm den Karl Rohrschneider, weil er in dem Dorf wohnte, in dem Herr Weise Lehrer wurde. Sie kamen nicht voneinander los, die Maria und der Herr Weise. Maria war leichtsinnig, und die große Liebe begann noch einmal von vorn. Nach Herrn Weises Tod stellte es sich heraus, daß er Maria immer unterstützt hatte. Aber ob es zwischen den beiden weitergegangen ist? Ich weiß es nicht, das weiß keiner, es war ja keiner dabei. . .«

Es ist weitergegangen ! dachte Anna. Es ist immer weitergegangen. Und ich war dabei! In der Jagdhütte, damals. . .Und Frau Weise hat alles gewußt. Sie hat gewußt, daß ihr Mann sich mit der Mutter traf, wenn er nach Aschaffenburg fuhr, und daß die beiden sich liebten, viele, viele Jahre hindurch, zwanzig, dreißig Jahre lang. Was muß Frau Weise gelitten haben!

Ob die Mutter um Herrn Weise weinte? War ihr endlich das Lachen vergangen? Ob sie immer noch so schön war wie damals beim Abschied, als Anna sie zum letztenmal gesehen hatte?

Das lag nun zwölf Jahre zurück.

## 6.

Das Jahr 1939 war ein fruchtbares Jahr.

Im Spätsommer waren die Scheunen voll, die Kartoffeln standen gut, die Rüben lückenlos und blattreich. Anna verbrachte mit ihren Kindern ein paar Tage an der Ostsee.

Sie ritt mit Johannes Surkan durch die Felder und Wiesen. Es war ein wundervoller Morgen, voller Farben und lichtdurchflutet. Nur in Ostpreußen gab es solche Herbsttage. Die Luft war rein, der Himmel wolkenlos, Altweibersommer spann seine Fäden, Erdgeruch entströmte den Stoppelfeldern. Hunderte von Staren erhoben sich in die Luft.

»Sie sammeln sich früh in diesem Jahr, um nach dem Süden zu reisen«, sagte Surkan.

Er hob den Kopf und lauschte.

Man hörte das surrende Geräusch von Flugzeugmotoren. »Das sind die Flieger von Brüsterort. Bald werden sie fremdes Land überfliegen. Ich habe es immer gesagt: Hitler – das bedeutet Krieg. Aber Ihr Mann wollte es nicht glauben. Nun haben wir ihn. Es ist traurig.« Die Sonne strahlte warm wie im Juli. Das bunte Laub des Waldes leuchtete.

Auf dem Hügel mit der Aussichtsbank stiegen sie

ab und schlangen die Trensen um den Stamm einer Birke.

»Das ist Martins Lieblingsplatz!« sagte Anna.

»Wann ist er weggefahren?« fragte Johannes.

»Vor zwei Tagen«, antwortete Anna.

»Eine Adresse haben Sie wohl nicht?« fragte er weiter.

»Nein!« sagte Anna. »Er schickt sie mir noch. Er wußte ja noch gar nicht, wohin sie ihn kommandieren.«

»War er gefaßt, als er von Ihnen und den Kindern Abschied nahm?«

»O ja!«sagte Anna. »Er meinte: ›Anna, ich regle alles für einen bestimmten Fall. Nur zur Vorsicht. Kein Grund zur Sorge.‹ Und er sagte auch: ›Bitte, höre nicht auf Gerüchte, sondern glaube an einen guten Ausgang des Krieges! Bitte, höre niemals Auslandssender! Diese Nachrichten würden dich nur beunruhigen, und außerdem sind sie zum größten Teil erlogen.‹ Martin ist überzeugt davon, daß wir den Polenfeldzug bald gewonnen haben und daß dann der Krieg vorbei ist.« Surkan schüttelte den Kopf.

»Das kann doch nicht sein Ernst sein! Er ist ein hochintelligenter Mann, und jeder denkende Mensch sieht, wohin die Dinge treiben.«

»Ich weiß nicht, was er wirklich denkt«, sagte Anna. »Er ist Offizier, er tut seine Pflicht. So ist er nun einmal. Und ich hoffe, daß er recht behält und in ein paar Wochen alles vorüber ist. – Ich habe eine Bitte an Sie, Johannes. Es handelt sich um meine Schneiderin, Frau Salzmann. Ihr Mann ist Jude. Er ist sehr krank. Und nun haben sie Schwierigkeiten mit den Lebensmittelkarten. Sie fürchtet, daß man die Juden auf Hungerrationen setzt. Könnten die beiden nicht aufs Land kommen?«

Surkan schüttelte wieder den Kopf.

»Was ist das für eine Zeit! Ich will versuchen, die Salzmanns unterzubringen. Vielleicht auf dem Gut meines Bruders. Er ist schon eingerückt. Ich tue das nicht gern, es ist gefährlich. Aber meinetwegen sollen sie kommen, dann sehen wir weiter. Ich mache das schon irgendwie. Ihnen zuliebe, Anna, nur Ihnen zuliebe. . .«

Bald mußte Anna einsehen, daß Martin sich geirrt hatte. Der Feldzug gegen Polen dauerte nur wenige Wochen, aber der Krieg ging weiter, in Norwegen, in Finnland, auf dem Meer, in Frankreich, in der Luft. . .

Daran änderte auch die schmetternde Marschmusik nichts, die aus den Lautsprechern erklang. Die täglichen Siegesmeldungen beendeten den Krieg nicht. Frauen verloren ihre Männer, Kinder ihre Väter, Mütter ihre Söhne. Als die ersten Verwundetentransporte eintrafen, erkannte Anna die ganze Grausamkeit des Krieges. Oft standen die Pritschen vom Tor des Lazaretts bis zum Eingang des Chefarzthauses, in dem sie wohnte. Manchmal mußten die Verwundeten lange warten, bis im Lazarett ein Bett frei wurde.

Anna hielt es nicht im Haus.

Mit ihren drei Kindern ging sie durch die Reihen der verwundeten Soldaten und versuchte zu helfen. Sie wunderte sich, wie schnell die Kinder sich an das Bild des Jammers gewöhnten.

Anna ließ sich als Hilfskrankenschwester ausbilden, lernte Verbände anzulegen und setzte bei der Prüfung die Herrn in Erstaunen, als sich herausstellte, daß sie die Rangabzeichen der Offiziere nicht zu unterscheiden wußte. Nur die roten Generalsstreifen, die kannte sie. Vor der Pforte des Lazaretts standen Frauen vom Land, die noch nie in Königsberg gewesen waren. Sie wollten ihre schwerkranken Männer und Söhne besuchen und fanden oft nur Tote vor. Sie wußten nicht, wo sie in Königsberg wohnen sollten. Anna nahm sie in ihrem Haus auf und spendete Trost, so gut sie eben vermochte.

Im Keller richtete sie einen Raum ein, in dem sie alles lagerte, was sie zusammentrug, Lebensmittel, Obst, Schokolade, Kuchen, Bücher, Schreibpapier und Bleistifte. Sie ging von Bett zu Bett und verteilte die kleinen Kostbarkeiten. Und immer waren ihre Kinder dabei, Katharina, Tobias und Berthold.

Von Martin kamen nur spärliche Nachrichten.

In einem seiner ersten Briefe schrieb er:

*»Liebe Anna!*

*Wenn ich die Frauen sehe, die mit ihren Kindern ins Ungewisse flüchten müssen, am Straßenrand schlafen – dann zerreißt es mir das Herz, und es wird mir auch bewußt, wofür wir kämpfen. Der Gedanke, daß Du mit unseren Kindern in die Fremde gestoßen würdest, wäre mir unerträglich. Ich weiß, daß Du alles tust, um unsere Kinder zu ordentlichen Menschen zu erziehen und daß Du die Opfer, die auch Euch in der Heimat auferlegt werden, ohne Klagen erträgst. Es kommen bald wieder bessere Zeiten, geliebtes Muttilein! Umarme die Kinder von mir und behalte mich lieb!*

*Dein Martin«*

Es kommen bald wieder bessere Zeiten?

Anna war so oft wie möglich bei Sibylle von Enkendorf, und dort hörte sie ganz andere Ansichten.

In Sibylles Kreis war es gang und gäbe, Informationen von Auslandssendern zu empfangen, die Furchtbares verhießen.

Wem sollte Anna glauben?

Hätte sie nicht täglich die verletzten Männer vor Augen gehabt, sie hätte kaum etwas vom Krieg bemerkt.

In Ostpreußen war kein Krieg. Es gab unverändert Damentees, Konzerte, Theatervorstellungen, Vorlesungen an der Universität. Einmal in der Woche besuchten die Damen verschiedene Lazarette und verteilten Liebesgaben. Auf einem dieser Rundgänge trat die Oberschwester an Anna heran.

»Frau Ritter«, sagte sie, »Herr Oberleutnant Hermsdorf bittet Sie um Ihren Besuch.«

»Hermsdorf? Bodo Hermsdorf?« wiederholte Anna überrascht. »Ja«, sagte die Oberschwester, »er liegt auf Zimmer 320. Sein rechter Arm ist amputiert. Er ist aber so weit wiederhergestellt, daß er ausgehen kann.«

Hermsdorf, Bodo Hermsdorf, an dessen Briefen beinahe Annas Ehe gescheitert wäre?! Der Reiter, der Tänzer, der begehrte Junggeselle, auch ihn verschonte der Krieg nicht.

Ja, ja, sie hatte Martin versprochen, Hermsdorf nicht wiederzusehen, sie hatte es geschworen. Und doch ging sie nun in das angegebene Zimmer.

Bodo Hermsdorf lag auf dem Bett, er war angekleidet.

Als Anna eintrat, sprang er auf.

»So sieht man sich wieder, Frau Anna«, sagte er.

Er hatte keinen rechten Arm mehr, aber sonst war er unverändert.

»Ja«, sagte Anna, »es ist schrecklich, alles ist schrecklich!«

Sie streifte ihren Ring ab, legte ihn auf den Rand des Beckens und wusch sich die Hände. Dann erst reichte sie ihm die Hand, die er küßte.

Er war ihr fremd, und sie empfand Mitleid für ihn.

»Fahren Sie noch auf die Güter der Surkans?« fragte er. Anna nickte.

»Johannes ist noch zu Hause, die beiden anderen Brüder sind Soldaten. Kann ich etwas für Sie tun, Herr Hermsdorf?«

»Sie könnten mit mir in die Stadt fahren zum Café Schwermer am Schloßteich«, sagte er lächelnd. »Das hatte ich schon einmal vorgeschlagen. Erinnern Sie sich?«

Sie erinnerte sich. Er hatte es wohl einmal in seinen Briefen vorgeschlagen.

»Es tut mir leid, Herr Hermsdorf. Ich muß heim. Meine Kinder warten auf mich.«

Anna fuhr zu ihrem Haus.

Im Garten lief ihr Katharina entgegen.

»Vati ist da!« rief sie, »Vati ist da! Morgen muß er schon wieder fort. Er ist mit einem Flieger gekommen, mit dem Fieseler Storch.«

Anna rannte ins Haus. Und da war Martin.

»Martin! Bist du gesund? Bist du heil?«

Er hielt sie fest und streichelte ihren Rücken.

»Keine Angst, Anna! Mir passiert nichts. Du bist ja ganz fertig. Du arbeitest zuviel. Ich habe schon gehört, daß die Kranken und Verwundeten bei dir Besuche machen und dir ihr Herz ausschütten. Und daß du fremde Leute in unserem Haus wohnen läßt. Ich komme an und finde sogar unser Schlafzimmer belegt. Das geht zu weit, Anna! Das darfst du nicht tun.«

»Das ist ein altes Ehepaar aus der Provinz«, sagte Anna. »Ihr Sohn liegt im Lazarett. Wer weiß, ob er durchkommt? Und wo sollten sie hin?«

»Sie werden anderweitig untergebracht«, sagte er, »ich habe Anweisung gegeben. Komm, Anna! Ich habe nicht viel Zeit. Wir wollen die Stunden nützen.«

Am Abend saßen sie beisammen und hielten sich an den Händen. Die Hausglocke schrillte.

Martin stand auf, um zu öffnen. Durch die offenen Türen verfolgte sie ihn mit den Augen. Und dann hörte sie die Stimme von Bodo Hermsdorf, arrogant wie immer:

»Verzeihung, Her Oberstarzt! Die gnädige Frau hat ihren Ring in meinem Zimmer vergessen – bei der Liebesgabenverteilung.«

Anna glaubte ins Bodenlose zu stürzen.

Sie tastete nach dem Ringfinger ihrer linken Hand. Der Ring mit dem Topas, ein Geschenk von Martin! Sie hatte ihn auf den Rand des Waschbekkens gelegt. Nun würde sie wieder Erklärungen abgeben müssen, um Verzeihung bitten und Martin die wenigen Stunden vergällen, die ihnen vergönnt waren.

Aber es kam anders.

Sie hörte, wie Martin sich bei Hermsdorf bedankte und ihn verabschiedete, ohne ihn in die Wohnung zu bitten. Er schloß die Tür und kam in das Zimmer zurück. Schweigend übergab er Anna den Ring. Was er über ihren Wortbruch dachte, blieb unausgesprochen.

Am nächsten Morgen flog er wieder fort. Anna küßte ihn.

»Vergiß nicht, daß ich dich liebe, Martin! Schreib mir, sooft du kannst. Ich hasse den Krieg. Komm bald, komm bald!«

Es sollte Monate dauern, bis sie sich wiedersahen.

Das Weihnachtsfest verlebten sie ohne Martin.

Anna richtete ein Zimmer ein, wo sie mit den Kindern und den Soldaten malte, schnitzte und modellierte.

Sie trug meistens Schwesterntracht. Katharina flocht Adventskränze, vergoldete Nüsse, polierte Äpfel und studierte mit den Brüdern Weihnachtslieder ein.

Die Kinder begleiteten Anna auf Schritt und Tritt. Krankheit und Tod wurden ihnen vertraut. Sie gingen sogar mit ins Leichenschauhaus und legten Blumen auf die Särge, während Anna ein Vaterunser sprach.

Im Februar kam Martin auf Urlaub.

Diesmal war alles vorbereitet: Der Willkommenskranz prangte an der Tür, die Kinder führten für den Vater ein Theaterstück auf. Sie hatten einen Strick im Keller gefunden, mit dem sie den Vater am

Stuhlbein festbinden wollten, damit er sie nicht mehr verließe.

Es waren herrliche Wintertage.

Sie machten Besuche auf den Gütern, wo jetzt polnische Kriegsgefangene arbeiteten, die eckige Soldatenmützen trugen.

Im Park, der das Lazarett umgab, häufte sich der Schnee. Martin baute mit den Kindern riesige Burgen, Schneeunterkünfte mit Verbindungsgängen, vor denen die Kinder Posten standen. Martin ging auf all ihre Einfälle ein, beteiligte sich an ihren Spielen und Freudensausbrüchen.

Die Kinder umringten ihn, wenn er Klavier spielte. Er widmete sich ihnen so interessiert und hingebungsvoll, daß Anna sich sogar ein wenig vernachlässigt fühlte. Sie sehnte sich nach seiner Zärtlichkeit.

Anna hatte sich immer einen eigenen Sekretär gewünscht. Martin hatte oft gescherzt:

»Wozu brauchst du einen Sekretär? Du hast doch mich!« Nun ergab sich eine günstige Gelegenheit. Ein Sammler bot einen Biedermeiersekretär an. Er stammte aus dem Haus, in dem die Königin Luise auf der Flucht nach Tilsit gewohnt hatte. Anna besaß bereits eine Kommode aus diesem Haus. Der Sekretär wurde erworben und aufgestellt. Anna freute sich.

»Ich räume meine Sachen am Abend ein«, sagte sie. »Heute bin ich mit Sibylle verabredet. Wir hören eine Vorlesung über Michelangelo.«

Martin lachte.

Und dann kehrte sie heim. Martin öffnete ihr die

Tür, sie sah sein Gesicht, und sie wußte, daß etwas nicht stimmte.

Martin beherrschte sich, bis das Abendessen vorbei und die Kinder ins Bett gebracht waren. Dann führte er Anna in sein Zimmer. Auf seinem Schreibtisch waren Oktavhefte aufgeschichtet. Die blauen Oktavhefte, die Annas Buchführung enthielten, in die sie Aufträge, geleistete Arbeiten und empfangene Zahlungen eingetragen hatte, gewissenhaft Pfennig für Pfennig, seit sie mit ihrer Arbeit für Marcus Seliger begonnen hatte.

Martin räusperte sich.

»Ich wollte dich überraschen, Anna. Darum habe ich deine Schriftsachen aus deiner Kommode genommen, um sie in deinen Sekretär einzuordnen. Möchtest du mir bitte erklären, was es mit diesen Heften für eine Bewandtnis hat?«

Anna suchte nicht lange nach einer Ausrede. Sie sagte: »Das ist meine Aussteuer, Martin.«

»Was für eine Aussteuer?«

»Meine Aussteuer: die Küche, das Schlafzimmer, die Wäsche, das Geschirr, all das, womit ich in Würzburg in unsere Ehe gegangen bin.«

»Ich verstehe nicht«, sagte er. »Was hat das mit diesen Heften zu tun?«

»Du hast mich in Würzburg nach meiner Aussteuer gefragt, Martin. Und ich habe dir ehrlich gesagt, daß ich nichts besitze und auch nichts von zu Hause zu erwarten habe.«

»Aber du hattest dann doch eine Aussteuer, Anna!« sagte er.

»Ja!« bestätigte sie. »Nur – woher sie kam, danach hast du nie gefragt.«

»Ich dachte an Herrn Weise.«

»Und Herr Weise dachte vermutlich an dich. Er nahm an, du hättest die Sachen gekauft, glaube ich. Keiner fragte, wie ich es gemacht habe. Ich habe mir das Geld für die Aussteuer geliehen, Martin! Ich habe es mir von Marcus Seliger geliehen.«

»Marcus Seliger?! Wer ist das?« fragte er bestürzt.

»Marcus Seliger – feine Handarbeiten. Das Wäschegeschäft im Falkenhaus am Marktplatz in Würzburg. Ich habe für Marcus Seliger als junges Mädchen gearbeitet, um meinen Unterhalt zu verdienen. Im Institut bekam ich kein Geld. Und als ich dann vor der Heirat stand und nicht wußte, woher ich die Aussteuer nehmen sollte, die du von mir erwartetest, bin ich zu Marcus Seliger gegangen, und er gab mir ein Darlehen, das ich nach und nach durch Hohlsaumarbeiten und Stickereien abzahlte. Ich habe lange gebraucht, um meine Schulden zu tilgen. Neun Jahre, neun Jahre!«

»Anna!« sagte er betroffen. »Wie konntest du das hinter meinem Rücken bewerkstelligen, ohne daß ich es merkte?«

»Ich habe nachts gearbeitet, wenn du fort warst. Wie oft hast du dich gewundert, weil ich blaß war, reizbar, nervös, weil ich weinte, grundlos, wie du meintest. Ich habe oft bis in den Morgen gearbeitet. Jawohl, ich hatte Heimlichkeiten vor dir, Martin! Marcus Seliger schickte mir die Pakete postlagernd. Verstehst du?«

»Ja, Anna!«

»Das ist nun für mich vorbei. Seit Anfang 1939 bin ich die Last los. Ist es jetzt gut, Martin? Oder hast du noch mehr Fragen?«

Er zauderte.

»Marcus Seliger?! Die Schlußabrechnung ist aber von einer anderen Firma?«

»Sicher!« sagte Anna. »Marcus Seliger ist Jude. Ich frage mich oft, was aus ihm geworden ist. Ob sie ihm etwas angetan haben? Ich hoffe so sehr, er hat vorher auswandern können, er war ein guter Mann.«

Martin schüttelte den Kopf. »Ach, Anna! Warum hast du niemals darüber gesprochen? Du quälst dich, und ich, dein Mann, ich bin ahnungslos.« Er legte den Arm um ihre Schultern, küßte sie auf die Wange und gab dem Gespräch eine andere Wendung. »Komm, mein Schatz! Jetzt trinken wir einen Cognac, machen uns einen gemütlichen Abend und denken an angenehmere Dinge.«

Und er sagte auch: »Ich liebe dich, Anna!«

Es war alles gut – oder doch beinahe.

Am nächsten Morgen übte Martin mit dem ältesten Sohn Tobias am Flügel. Tobias hielt plötzlich im Spiel inne, nahm die Finger von den Tasten, sah seinen Vater an und sagte: »Vati, ich verstehe nicht, warum du die Mutti geheiratet hast.«

»Wie kommst du darauf, Tobias?« fragte der Vater verblüfft.

»Na ja«, sagte Tobias, »du weißt alles, kannst sogar Russisch, und die Mutti spricht nicht einmal Französisch und kann auch nicht Klavier spielen. Ich würde nur eine Frau heiraten wie – Fräulein Korn.«

Fräulein Korn war die Klavierlehrerin. Eine alte Jungfer, unförmig dick, mit gekrümmten Beinen.

Sie hatte Warzen im Gesicht, aus denen stachelige Haare sprossen.

Anna wartete auf die Antwort, die Martin seinem Sohn geben würde.

Martin stand auf, ging mit schnellen Schritten zum Fenster, drehte sich nach kurzer Überlegung um und sagte:

»Tobias! Auf das Klavierspielen und auf die Fremdsprachenkenntnisse kommt es nicht an. Das wirst du später selbst erfahren. Wenn du groß bist, wirst du begreifen, was deine Mutter leistet und geleistet hat. Und daß du stolz auf sie sein mußt, so wie ich es bin.«

Er streckte die Hand nach Anna aus.

In der Nacht grübelte Anna lange über die Worte ihres kleinen Sohnes nach.

Die Kinder, ihre Kinder! Sie lebten in Martins Welt, da gehörten sie hin von Geburt an. Mußte Anna auch vor ihnen die Armut ihrer frühen Jahre verbergen?

## 7.

Der Krieg nahm kein Ende.

Das Leben bestand aus Briefen und Sehnsucht.

Martin schrieb täglich. In seinen Briefen stand nichts vom Krieg.

Die Sommerferien verbrachte Anna mit den Kindern auf der Kurischen Nehrung, und dort lebten sie wie immer. Nur, daß die Kriegsschiffe am Horizont entlangglitten, schattenhaft und bedrohlich.

Sie schienen zwischen Himmel und Wasser zu schweben.

Martin war in Rußland. Ostfeldzug – hieß der Krieg gegen die Sowjetunion, an dem sich auch Italien, Rumänien, Ungarn, die Slowakei und Finnland beteiligten.

Nun bekam auch Ostpreußen den Krieg zu spüren. Im Juni fielen Bomben auf Königsberg. Es waren nur schwache Luftangriffe. Fliegeralarm gab es oft.

Im September wurde eine Polizeiverordnung erlassen: Juden, die das sechste Lebensjahr vollendet hatten, mußten einen gelben Stern mit der schwarzen Aufschrift »Jude« auf die linke Brustseite ihrer Kleidung nähen.

Armer Herr Salzmann! Armer Marcus Seliger!

Wieder kam ein ostpreußischer Herbst, schön, farbig, mit silbernem Licht, milder Luft und hohem Himmel.

Anna hatte Besuch von Hänschen, wie der Chefarzt des Lazaretts genannt wurde.

Sie tranken Tee und sprachen davon, daß Anna eine Bibliothek für die Verwundeten einrichten sollte.

Und dann erschien Grete und sagte: »Gnädige Frau, draußen ist ein Soldat. Er will Sie persönlich sprechen. Ein ganz einfacher fremder Soldat. . .«

In der geöffneten Haustür stand ein Soldat mit rotblondem Haar. Er lachte, als er Anna sah, und machte eine Bewegung, als wolle er sie in die Arme schließen.

Anna wich zurück. »Bitte! Sie wünschen?«

Er lachte immer noch. »Ja, kennst du mich denn nicht? Annele! Ich bin doch der Julian...«

Julian, der Bruder! Mit einem Schlag stand die Heimat vor Anna auf, das Dorf, das Lachen der Mutter. Die Vergangenheit hatte Anna eingeholt.

Sie reichte dem Bruder die Hand. »Guten Tag, Julian! Komm herein...«

Sein Lachen erlosch, er spürte ihre Betroffenheit.

Durch ihren Kopf flogen die Gedanken wie Weberschiffchen: Chefarzt Hänschen im Salon, das betretene Gesicht von Grete, Frau von Senden und ihr Kastengeist, Hauptmann Schröder, der seinen Abschied nehmen mußte, weil er die Tochter eines Dentisten heiratete...

»Wir gehen nach oben, Julian. Du mußt ein Weilchen warten, ich habe noch eine Besprechung. Hier ist die Treppe, ich gehe voran...Wie kommst du zu dieser schwarzen Uniform?«

»Ich bin nur Koch«, sagte er.

Sie führte ihn in das Wohnzimmer der Kinder im ersten Stock.

»Bitte, setz dich! Es dauert nicht lange...« Sie konnte immer noch nicht klar denken.

Als sie die Treppe herunterlief, wurde ihr bewußt, daß sie ihren Bruder versteckte, so wie sie immer alles versteckte, die Kindheit, die Jugend, das Elternhaus. Sie hätte weinen mögen über ihre Feigheit, aber sie konnte es doch nicht ändern, sie ließ Julian warten, bis der Chefarzt sich verabschiedete.

Dann saß sie mit Julian im Salon.

Er war nun sehr still.

»Wie geht es zu Hause, Julian? Was macht der Vater? Elisa, Katharina?«

»Ich komme nicht von zu Hause«, sagte er. »Ich bin auf dem Weg nach Rußland. Sie haben mich in diese Abteilung gesteckt. . .«

»Möchtest du etwas essen, Julian?«

»Nein, danke!«

»Etwas trinken?«

»Nein, danke!«

Sie ließ trotz seiner Ablehnung einen kleinen Imbiß und Kaffee kommen.

Er rührte es kaum an.

»Wo sind deine Kinder, Anna?«

»Katharina und Tobias sind in der Schule, und Berthold ist mit dem Kinderfräulein unterwegs. . .« Sie brach ab. Kinderfräulein! Wie prahlerisch sich das anhörte! Sie fühlte sich erbärmlich und war den Tränen nahe.

»Julian, bitte! Kann ich etwas für dich tun?«

Julian zögerte, dann sagte er langsam: »Ich habe ein Mädchen, sie erwartet vielleicht ein Kind von mir. Wegen der Babyausstattung, man kann ja nichts kaufen, man braucht für alles einen Schein. Du hast doch die Sachen von deinen Kindern. Wenn du uns helfen könntest. . .« Sie dachte daran, daß Martin sich noch ein viertes Kind wünschte.

Und sie hatte so oft gehört, daß die Damen sagten: »Mein Enkelkind trägt die Sachen, die schon meine Tochter als Baby getragen hat. Das ist bei uns Tradition!« aber sie sagte: »Gern, Julian! Gib mir die Anschrift deines Mädchens. Ich schreibe ihr, noch heute. Ich erledige das, ich verspreche es dir, du kannst dich auf mich verlassen.«

»Danke, Anna!« Er erhob sich. »Ich gehe dann wieder.«

Sie hielt ihn nicht zurück. Sie begleitete ihn bis zur Straßenbahn.

»Alles Gute, Julian. Komm gesund zurück. Und entschuldige, daß ich. . .Ich war so überrascht, wir haben uns vierzehn Jahre lang nicht gesehen. . .«

»Ja, ja!« sagte er. »Vergiß mein Mädchen nicht, Anna! Du weinst ja, Anna. Du hast immer leicht geweint, du hast dich nicht verändert.« Die Straßenbahn kam, er stieg ein.

Sie winkte ihm nach. Und dann weinte sie. Wieder einmal verzweifelte sie an sich selbst. Und sie war starr vor Reue, als wenige Wochen später ein kurzer Brief von der Mutter eintraf.

Die Mutter schrieb:

»Unser Julian ist tot. Meine Augen schmerzen vom Weinen.«

Julian war tot.

Anna wanderte den weiten Weg von Maraunenhof bis zum Sackheim, um in der katholischen Kirche für Julian zu beten und die Muttergottes um Vergebung anzuflehen. Noch im Alter krümmte sie sich innerlich vor Scham, wenn sie in schlaflosen Nächten an den Bruder dachte.

Das Jahr verging. Briefe, Briefe von Martin.

Er war irgendwo in Rußland. Im Januar 1942 kam die Nachricht, daß er in Teplitz-Schönau war, am Fuße des Erzgebirges, wo es Moorbäder und radioaktive Heilquellen gab. Martin war nicht verwundet, man hatte ihn zur Kur geschickt. Er bat Anna zu kommen.

Schweren Herzens nahm Anna Abschied von ihren Kindern und reiste.

Martins Eltern kamen aus Hagen nach Königsberg, damit die Kinder nicht allein waren.

Es war eine lange, strapaziöse Reise. Aber das war Anna gleichgültig. Alles war gleichgültig, die Landschaften, die vorüberflogen, die Aufenthalte auf unbekannten Bahnhöfen, die Menschen, die ihr behilflich waren, der Winter, die Kälte, alles, alles. Anna wollte zu ihrem Mann. Sie wollte ihn endlich wiederhaben und seine Frau sein.

Am 10. Januar kam sie in Teglitz an.

Martin stand auf dem Bahnhof. Er hielt sich noch gerader als sonst, die Uniform machte ihn größer.

Sein Gesicht war hager.

»Martin!« Anna umarmte ihn. Sie weinte.

»Ich freue mich, daß du da bist, Anna!« sagte er.

Sie fuhren durch die Stadt.

»Wir haben für dich ein Zimmer besorgt, Anna«, sagte er.

»Du wohnst in einem Schloß.«

»Martin!« unterbrach sie. »Ich bin zu dir gekommen!«

Er seufzte. »Ich freue mich, Anna!«

Sie erreichten das Lazarett.

In seinem Zimmer umarmte sie ihn und drückte sich an ihn. Er küßte sie so zart, wie er es in ihrer Verlobungszeit getan hatte.

»Du bist sicher müde, Anna.«

»Ach was!« Sie versuchte, die Befangenheit zu durchbrechen.

»Ich lege mich hier bei dir hin. In dein Bett. Wir machen zusammen unseren Mittagsschlaf.«

»Das geht nicht!« sagte er. »Die Oberschwester könnte kommen.«

»Martin! Was kümmert uns die Oberschwester? Ich bin deine Frau, ich habe dich ein Jahr lang nicht gesehen, nicht gehabt. Das wäre ja noch schöner- . . .Schließ die Tür zu!« Sie ertappte sich dabei, daß Eifersucht in ihr wach wurde. War die Oberschwester jung und schön?

Sie zog ihr Kleid aus, legte sich in das Bett und streckte die Arme nach ihm aus.

Er setzte sich zu ihr, lächelte, küßte ihr die Hand. Es fiel ihr auf, wie schütter sein Haar geworden war, wie ungewöhnlich hoch seine Stirn wirkte.

»Hab Geduld mit mir, Anna!« sagte er leise.

Er zog die Schublade seines Nachttisches auf und entnahm ihr ein Papier.

»Damit du verstehst. . .Ich bin krank, ich bräuchte gar nicht mehr ins Feld. Das hat mir der Arzt bescheinigt. Du brauchst das nicht zu lesen. . .«

Anna erschrak. »Ist es so schlimm?«

»Ach nein!« sagte er ausweichend. »Nur – Rheuma. Ich habe Schmerzen in den Gelenken.«

»Dann bleibst du bei uns in Königsberg?« fragte sie hoffnungsvoll. »Dann gehst du nicht mehr weg? Oh, Martin, das ist ein Glück!«

Er schüttelte den Kopf.

»Ich gehe natürlich raus, sobald ich wieder in Ordnung bin. Ich bin aktiver Soldat. Kein Attest hält mich davon ab, meine Pflicht zu tun.« Und beinahe gleichgültig fügte er hinzu: »Meine Beförderung zum Generalarzt steht wohl auch bevor. . .«

Und dann scherzte er: »Ich mache Kur in Rußland, in der Steppe, dort herrscht trockenes Klima, das ist gut für mich, sehr gut. Übrigens, Anna, du kannst hier Ski fahren. . .«

Er war verändert. Und so blieb es.

Sie gingen spazieren, besuchten Konzerte, Anna fuhr Ski im Gebirge. Sie mietete sich auf einer Baude ein, weil Martin darauf bestand. Er besuchte sie dort.

Sie sah ihn kommen, wie er durch das Schneegestöber stapfte und wie seine schmale Gestalt vor Anstrengung wankte. Es war keine Zeit für Leidenschaft und sinnliche Wünsche.

»Hab noch ein wenig Geduld mit mir, Anna!« sagte er.

Sie hatte Geduld. Sie liebte ihren Mann.

Dann wurde er aus dem Lazarett entlassen.

»Jetzt bin ich gesund«, sagte er. »Ich habe noch ein paar Tage Urlaub. Ich will nach Hause, zu den Kindern.«

Sie kamen nach Königsberg, die Kinder empfingen sie jubelnd. Mutter Selma weinte.

»Bist du jetzt gesund, mein Junge?«

Seine Eltern reisten ab. Nun hatte Anna ihren Mann endlich für sich allein. Sie mußte ihn nur mit den Kindern teilen.

Im Wintergarten legte er mit ihnen kleine Frühbeete an, streute Samen in Blumentöpfe und Kästen.

»Das werden Radieschen, Salat, Petersilie, Küchenkräuter. Wollen wir mal sehen, ob sie aufgehen. Wenn ihr meine ersten Radieschen eßt, müßt ihr mir schreiben...«

Wieder fühlte sich Anna beiseite geschoben.

Er wollte nicht ausgehen. Kein Konzert, kein Theater, keine Besuche, er wollte nur zu Hause sein.

Er stand am Fenster und schaute in den Garten hinaus – lange, lange. Wenn Anna ihn anrief, drehte er sich um.

»Du bist so jung, Anna!«

Er spielte viel Klavier.

Nachts ruhte er neben ihr, sein Arm lag unter ihrem Nacken. »Ich bin glücklich, Anna. Es ist schön, bei dir zu sein. Hab Geduld mit mir, bitte!«

»Ich liebe dich, Martin!« flüsterte sie.

Der Abschied war da.

Sie saßen im Wintergarten beim Frühstück.

Katharina wollte dem Vater eine Freude machen. Sie sang ihm ein Lied vor, das sie im Radio gehört hatte:

»...immer wieder blüht der Flieder, der Soldat kehrt niemals wieder in die Heimatstadt zurück...«

Tobias und Berthold legten die Köpfe auf den Tisch und schluchzten. Auch Martin hatte Tränen in den Augen. Vor dem Haus wartete der Fahrer mit dem Wagen.

Martin nahm die Kinder in die Arme, immer wieder.

»Und jetzt geht ihr mit Fräulein Elli in den Park. Zieht euch warm an...«

Er schickte die Kinder fort.

Anna war mit ihrem Mann allein.

»Komm !« sagte er. Er umfaßte sie und ging mit ihr ins Schlafzimmer. Er schloß die Tür und drehte den Schlüssel im Schloß um. Er war sehr bleich. Während er mit der einen Hand Koppel und Pistole ablegte, ließ er sich auf das Bett nieder und zog Anna mit sich.

Sie liebten sich, ihre Lippen, ihre Wangen, ihre

Haut drängten sich zusammen, sie flüsterten, küßten sich – eine warme, dunkle Ewigkeit lang.

Die Hausglocke läutete, der Fahrer mahnte zum Aufbruch. Sie hörten es nicht.

»Ich will nicht fort«, murmelte er.

»Bleib bei mir, Martin, bleib bei mir, es fängt ja erst an mit uns beiden. . .«

»Ich will zurückkommmen, Anna, ich will es, an Weihnachten. . .«

Dann war er fort. Anna begleitete ihn nicht zum Bahnhof. Sie zog ihren Mantel an und verließ das Haus. Sie kam sich gottverlassen einsam vor. Als sie an der Wache vorbeiging, wandte sie ihr Gesicht zur Seite, damit der Soldat ihre Tränen nicht sah.

Anna dachte an die Brotschnitte, die sie Martin zugesteckt hatte.

»Ich bekomme doch Verpflegung auf dem Bahnhof!« hatte er abgewehrt. Aber sie hatte Zettel zwischen die Päckchen gelegt.

»Ich liebe dich!« stand darauf. Und: »Ich brauche dich!« Oder: »Komm zurück, komm zurück!«

Wenn Martin wiederkam, wollte sie ihm alles sagen, wollte sie ihm von der Heilsarmee erzählen und wie sie ihn zum erstenmal gesehen hatte. Sie wollte mit ihm über ihre Ängste sprechen, über ihre Eitelkeit und warum ihr so viel daran lag, geliebt zu werden, nach einer Kindheit, in der sie sich verachtet und zurückgestoßen gefühlt hatte. Sie wollte ihm von der Mutter erzählen und von Herrn Weise, dessen Tochter sie wohl war, wie sie vermutete. . .

Anna lief durch den Park und suchte ihre Kinder, sie konnte nicht länger allein sein. Laut rief sie die Namen: »Katharina, Tobias, Berthold!«

Undeutlich kam die Antwort. Dann näherten sich die Stimmen. Die Kinder liefen einen Hügel hinab, den sie »Russenberg« nannten.

Das Leben ging weiter. Martin schrieb täglich.

Den ersten Brief hatte er auf der Fahrt an die Front geschrieben.

*»Liebste Anna!*
*Ich denke an Dich und die Kinder, an die Urlaubstage in Teplitz und in Königsberg. Ich danke Dir für all das Gute, das Du mir gegeben hast, und für Deine Geduld mit mir. Ich bin traurig, Liebste. Ich hätte heulen mögen, als ich das letzte Stück von dem Brot aß, das Du mir mit so viel Liebe eingepackt hattest... Ich bin überzeugt davon, daß Du mit den Widrigkeiten des Alltags fertig wirst.*
*Nun bin ich Tausende von Kilometern von Euch entfernt, und ich frage mich, was wir hier zu suchen haben. Küsse die Kinder von mir, behaltet mich lieb...«*

Anna arbeitete im Lazarett. Der geistreiche Kreis um Sibylle von Enkendorf hatte seine Anziehungskraft für sie verloren.

In den Nächten dachte sie an Martin und seine Umarmungen. Sie schrieb oft an ihn.

In seinen Briefen wurde der Krieg immer gegenwärtiger.

*»...unser Leben spielt sich in einer kleinen Schlucht ab, in der sich ein Bunker neben dem anderen befindet. Kein Baum, kein Strauch, nur Steppe. Von meinem Flugplatz haben wir bereits über 3000 Verwundete und Kranke abtransportiert.*
*Was machen die Pflanzen im Wintergarten? Wie gedeihen meine Radieschen? Vergiß nicht, daß mein Vater am 6. Mai seinen 80. Geburtstag hat...«*

Im April schrieb er:

*»Der Frühling hält hier langsam Einzug.*
*Ich bin heute am Morgen allein spazierengegangen...*
*Es gibt Fleckfieber, besonders bei der Zivilbevölkerung und bei den Kriegsgefangenen...«*

In dem Umschlag steckten gepreßte Immortellen aus der russischen Steppe, die gleichen Immortellen, wie sie im Sande der Kurischen Nehrung wuchsen.

So kamen die Briefe, viele Briefe, lange Briefe, in denen sich oft und oft die Beteuerungen wiederholten:

*»Du bist das Beste, das das Leben mir geschenkt hat. Ich liebe Dich mit der gleichen Herzlichkeit wie zu Beginn, meine Liebe zu Dir hat sich noch vertieft. Ich bin stolz auf Dich. Du und die Kinder, Ihr seid mein ein und alles, mit Euch habe ich die glücklichsten Stunden meines Lebens verbracht. Ich umarme Dich mit vielen Küssen, meine Liebste! Macht Euch keine Sorgen um mich...«*

Keine Sorgen? Im Oktober hieß es:

*»...Stalingrad ist immer noch nicht ganz in unserem Besitz. Zur Zeit sind wir dabei, unsere Erdwohnungen herzurichten. Die Brennstofffrage ist noch nicht gelöst. Die Leute heizen mit Kuh- und Kamelmist. Es weht schon manchmal ein kalter Wind, der sogenannte Buran. Die Ruhr scheine ich überstanden zu haben. Dieser Brief geht mit dem Flugzeug der Verwundeten ab. Wir haben hohe Verluste...«*

Und im November:

*»...es sind harte Zeiten. Post von Euch habe ich nicht bekommen, und es wird sie wohl auch in absehbarer Zeit nicht geben. Nun kommt Dein Geburtstag, Liebstes, die Adventszeit. Wie schön war es immer in Friedenszeiten. Unser Adventskranz wird diesmal aus Steppenkraut gemacht, das Flechten besorge ich, das habe ich ja von Dir gelernt...Macht Euch keine Sorgen, wenn es längere Zeit keine Nachricht von mir gibt, da ja Flugzeuge abgeschossen werden...«*

Im Dezember:

*»...ich bin umgezogen und wohne in einem winzigen Bunker, den unsere Vorgänger gebaut haben. Ich bin nur mit einem Oberfeldwebel hier...Noch immer keine Post aus der Heimat...Betet zum Herrgott, daß er uns keine strenge Kälte schickt...«*

Einige Tage später:

*»...trotz des Nebels braust es heute seit mittag über uns hinweg, ununterbrochen. Es sind die braven Flugzeuge Ju 52. Ihr Motorengeräusch ist Musik in unseren Ohren, bringen sie doch allerlei gute Sachen, und nun wird auch der Abschub der Verwundeten in Gang kommen...«*

Und wieder um wenige Tage später, immer noch aus Stalingrad, schrieb Martin:

*»...heute bekam ich die erste Post seit drei Wochen. Weihnachten steht vor der Tür, und ich kann Euch gar nichts schicken, auch keine Blumen, es tut mir so leid für Dich, meine Liebste...Zum erstenmal in meinem Leben habe ich Pferdefleisch gegessen. Es schmeckt gar nicht so schlecht, vor allem, wenn man es als Beefsteak zubereitet. Ich denke an die Parade Deiner Weckgläser. An das Obst, von den grünen Stachelbeeren angefangen bis zu den Walnüssen, die Du im Herbst immer in Zuckerlösung einlegst. An das Gemüse in den großen Steintöpfen, grüne Bohnen, Erbsen, kleine runde Karotten. Alles aus unserem Garten...Wenn Du diesen Brief erhältst, liegen die Festtage schon hinter uns. Hoffentlich hattet Ihr ein schönes Fest...«*

Mit jedem Brief, den sie erhielt, wurde Annas Angst größer. Die Angst ließ sie nicht schlafen. Und die Sprecher der ausländischen Sender sagten, Stalingrad sei eingeschlossen, der Fall der Stadt sei nur noch eine Frage der Zeit.

Alpträume quälten Anna.

Sie sah riesige Schneefelder, Blutlachen und tote Soldaten, hörte dumpfes Glockenläuten, das in ihren Ohren dröhnte, wenn sie erwachte. Und dann lag sie da in halbwachem Zustand und wußte nicht, was Traum und was Wirklichkeit war. Dunkelheit umgab sie, das Haus lag in vollkommener Stille, aber das Dröhnen der Glocken in den Ohren verstummte nicht. Und dann rannte sie durch die Stadt, die menschenleer war und wie erstarrt. In metallischem Glanz erstrahlten die Sterne, ein kalter Nordwind blies. Anna erreichte das Palais am Roßgärter Markt. Ein Diener ließ sie ein, und die Freundin Sibylle zog sie in den Salon. Aus dem Rundfunkgerät ertönte gedämpft das Erkennungszeichen des Auslandssenders, auf dessen Abhören die Todesstrafe stand:

»Bum-bum-bum-bumm. . .«

Sie neigten die Köpfe und lauschten. Da öffnete sich eine Tür, und ein Fahrrad rollte herein mit einer bleichen Gestalt in Schwalbenschwanz und Zylinder. Der Tod war eingetreten. Er lehnte das Fahrrad an die seidenbespannte Wand, trat auf die Frauen zu und las vor:

»Sibylle von Enkendorf und Anna Ritter sind unverzüglich zur Vollstreckung des Urteils an den Marinovo-See zu bringen.« Sibylle nahm den Tod in die Arme: »Ich freue mich, daß Sie uns holen. Ich will büßen für all das Unrecht.« Anna flehte, ihr Zeit zu gewähren, damit sie die Kinder zu den Großeltern bringen könne. Aber es gab keinen Aufschub. In einem schwarzen Wagen fuhren sie fort, und dort war der See, und auf dem Wasser schwamm eine Holzterrasse, auf der zwei Galgen errichtet waren. Unter dem Galgen stand eine weißgedeckte Tafel, an der Annas Kinder bei Schokolade und Kuchen saßen. Anna schrie lautlos. Die Vollstreckung nahm ihren Fortgang. Schon am Galgen hängend, sah Anna ihre Kinder unter sich, und dann ertönte Gesang, Anna schwebte durch eine Gasse in ein weites Tal, das von Gräbern bedeckt war, an deren Kopfende sich weiße Kuppeln wölbten wie kleine Moscheen. Und aus den Kuppeln traten lächelnde Menschen in kostbaren Kleidern, alle Freunde, Sibylle selbst in einem weißen Gewand mit langer Schleppe, mit Rubinen in den Ohren und einem blinkenden Diamantenkreuz an ihrem schneeweißen Hals. Ihre Lippen waren korallenrot geschminkt, sie umarmte Anna und küßte sie...

Anna griff sich an den Hals, betastete ihren Kopf, er war glühend heiß, in ihren Schläfen hämmerte es. Nur langsam kehrte das Bewußtsein zurück.

Es dauerte lange, bis sie endlich imstande war, die Telefonnummer des diensthabenden Arztes zu wählen.

Er meldete sich bald.

»Ich habe schwer geträumt«, wisperte Anna, »manchmal denke ich, ich werde verrückt, ich finde keine Ruhe...«

Der Arzt kam, sie erzählte ihm ihren Traum. War es nur ein Traum?

»Sie sind mit Ihren Nerven am Ende, gnädige Frau!« sagte der Arzt. »Ich gebe Ihnen eine Beruhigungstablette, und dann schlafen Sie.«

Erst als sie am Morgen ihre Kinder sah, gesunde Kinder, war sie davon überzeugt, daß es ein Traum gewesen war. Doch sie vermochte das Traumgesicht niemals mehr in ihrem Leben zu vergessen.

Die Nachrichten von Martin wurden seltener, der Inhalt ernster. Aber es trafen noch Briefe ein.

*»...trotz der schwierigen Lage, in der wir uns befinden, harren wir des Tages unserer Befreiung. Die Verbindung mit der Außenwelt ist abgerissen. Fast fünf Wochen geht das nun schon so...An das Pferdefleisch habe ich mich gewöhnt, ich bekomme zweihundert Gramm Brot am Tag. Ich bitte Dich, diese Zeilen nicht so aufzufassen, als stünde das Schlimmste unmittelbar bevor, aber ich möchte doch verschiedene Fragen mit Dir besprechen, Liebstes. Du bist jung und sollst auf keinen Fall versauern oder Trübsal blasen, wenn ich womöglich nicht wiederkomme, was wir nicht hoffen wollen. Ich habe nicht die Absicht, in Gefangenschaft zu gehen. Ich muß Dir das sagen, damit Du gegebenenfalls Bescheid weißt. Daß die Erziehung unserer Kinder bei Dir in besten Händen ist, daran glaube ich ganz fest. Nun noch einige Kleinigkeiten...«*

Er schrieb von der Lebensversicherung, von den Bankkonten, von seinen Ersparnissen und legte ihr seine finanzielle Lage ausführlich dar.

Unter dem Datum vom 28. Dezember schrieb er:

*»...wir hatten sogar einen Weihnachtsbaum, eine Kiefer, die aus Stalingrad besorgt worden war. In den Bunkern ist es nachts sehr kalt; denn leider ist der Winter mit strenger Kälte eingezogen. Ich habe Schmerzen in allen Gelenken. Es tut mir sehr leid, daß Du darüber traurig sein wirst. Von unserem Leben hier ist nicht viel zu erzählen. Laß Dir das Herz nicht zu*

*schwer werden, Liebste, die Kinder brauchen Dich so sehr...«*

Und am 31. Dezember:

*»Der letzte Tag des Jahres 1942. Unsere Lage ist verändert. Wir wissen nicht, was um uns herum vor sich geht. Seit dem 11. November habe ich keine Nachricht von Euch. So nehme ich mir von Zeit zu Zeit Deinen letzten Brief vor und lese ihn. Dann bin ich im Geiste bei Dir und den Kindern. Am Schluß dieses Jahres möchte ich Dir wiederum recht von Herzen danken für all das Gute, das Du mir gegeben hast.*
*Ich umarme Dich in Gedanken mit vielen Küssen.*
*Immer wieder muß ich sagen, daß unsere Kinder sich keine bessere Mutter wünschen können. Ich darf nicht klagen. Im Vergleich zu den Männern draußen geht es mir ja noch gut. Mir machen nur die seelischen Anspannungen zu schaffen. Schade, daß Du mich da nicht stützen kannst. Du warst mir so oft eine Hilfe mit Deinem Zuspruch, wenn ich die Dinge schwärzer und tragischer sah, als sie es sind...*
*Tante Hermine hat am 11. Februar Geburtstag. Vergiß bitte nicht, ihr zu gratulieren. Sie freut sich doch...«*

So war Martin! Noch im Angesicht der Katastrophe dachte er an Tante Hermines Geburtstag.
Februar 1943. Stalingrad war gefallen.
Nun meldeten es auch die deutschen Sender.
In der gleichen Nacht klingelte bei Anna das Te-

lefon. Sie nahm den Hörer, und eine Stimme sagte: »Meine Name tut nichts zur Sache. Frau Ritter, Ihr Mann lebt, er ist in russischer Gefangenschaft.«

Das Rufzeichen ertönte, der unbekannte Anrufer hatte aufgelegt.

Anna sprach mit Chefarzt Hänschen über den Vorfall. Und der schüttelte den Kopf.

»Sie haben wieder einmal geträumt, Frau Anna. Das kennen wir doch nun. Ihre Nerven sind überreizt. Wer sollte in Königsberg wissen, was mit Ihrem Mann in Stalingrad geschehen ist?«

Er war ein gläubiger Nationalsozialist, der nie auf den Gedanken gekommen wäre, einen Auslandssender abzuhören. Hatte sie eine Halluzination gehabt?

Oder hatte die Stimme am Telefon tatsächlich gesprochen? Sie war sich nicht sicher. Nichts war mehr sicher. Anna konnte nur noch weinen.

## 8.

Es wurde ein schlimmes Jahr. Anna weinte nicht mehr. Tröstende Worte halfen ihr nicht. Es gab keinen Trost.

Ein ostpreußischer Frühling zog ins Land, schöner als je. Die Stadt war heil, die Not erwartete erst ihren Auftritt, die Frage nach der Schuld wurde noch nicht gestellt. In den Straßen sah man viele schwarzgekleidete Frauen. Scheue Gestalten mit dem Davidstern auf der linken Brustseite verkrochen sich in den Winkeln.

Anna arbeitete im Lazarett, wo die Amputierten stöhnten und fluchten und wo die Kinder sich nützlich machten. Das Lazarett wurde zur traurigen Kulisse ihrer Spiele. Die verwundeten Soldaten waren ihre Spielgefährten.

Martin war überall. Wenn sie die Kolonnen der Kriegsgefangenen sah, die durch die Straßen wanderten, müde, in zerrissenen Uniformen, elend, schmutzig, mit klappernden Holzschuhen an den Füßen, wenn sie ihre Toten wegfuhren auf Schubkarren, notdürftig zugedeckt, so daß die Beine heraushingen – dann zog sich ihr das Herz zusammen.

Martin!

Das Kinderfräulein Elli verließ das Haus.

Anna schrieb viele Briefe. Sie schrieb an Martin. An seine Freunde und Verwandten, an das Elternhaus im Dorf, auch an den Maler Karl, der so oft gesagt hatte: »Annettchen, wir beide heiraten noch einmal. . .« Er kam nicht mehr auf die Kurische Nehrung, er war in Berlin. Auf Annas Sekretär stapelten sich Briefe mit dem Feldpoststempel. Ihre eigenen Briefe an Martin, die ihn nicht mehr erreicht hatten. Wer sie so lange zurückgehalten hatte und warum – das wußte sie nicht.

Dann erreichte sie der letzte Brief von Martin. Er hatte ihn am 13. Januar geschrieben:

*»Mein Liebstes!*

*Mit diesem Brief werde ich Dir und den Kindern keine Freude bereiten. Aber ich muß ganz offen sein. Seit dem 20. November sind wir vor Stalingrad eingeschlossen. Wir glaubten, nach kurzer Zeit befreit zu werden, doch dann kam die große Offensive der Russen im*

*Donbogen...Welche Gefühle meine Brust durchziehen, kannst Du Dir vorstellen. Du und die Kinder! Für Euch habe ich gelebt und gearbeitet. Und jetzt muß ich Euch solches Herzeleid zufügen. Daß ich nicht in Gefangenschaft gehen will, schrieb ich Dir schon. Du weißt, was ich meine.*
*Ich danke Dir und den Kindern noch einmal für die schönsten Zeiten meines Lebens.*
*Vor materieller Not seid Ihr in jedem Fall gesichert. Laß Dich von Wernicke beraten, er hat immer noch die Adresse in Münster. Es ist mein innigster Wunsch, daß Du Dir Dein künftiges Leben so schön wie möglich gestalten sollst. Du bist noch zu jung, um allein zu bleiben. Es ist fast ein volles Jahr her, daß ich Dich im Arm halten durfte. Du bist frei, Liebste, Du bist frei! Wir beide haben uns von Herzen liebgehabt, nicht wahr? Ich bin Soldat, Du bist die Frau eines Soldaten. So schwer auch alles ist, es muß ertragen werden.*
*Meinen lieben kleinen Süßen will ich das Herz nicht auch noch schwer machen, indem ich an sie schreibe. Sage ihnen vorläufig nichts. Der Vater ist im Krieg, das wissen sie ja. Auch meine Eltern möchte ich vorerst nicht belasten. Du kannst ihnen dann später Näheres mitteilen und ihnen meinen Dank sagen.*
*Bitte, bewahre Stillschweigen über diesen Brief. Vertraue Dich höchstens Frau von Enkendorf an. Mein Gruß gilt in dieser Stunde auch ihr...Grüße an Deine Eltern und Geschwister und an alle guten Bekannten.*
*Und nun, mein Liebstes, heißt es Abschied nehmen. Es wäre ein besonderer Glücksumstand, wenn es noch anders kommen sollte.*

*Es wird lange dauern, ehe Du Gewißheit über mein Schicksal erhältst. Dieser Brief geht noch mit dem Flugzeug weg.*
*Küsse die Kinder von mir. Lebt wohl!«*

»Du bist frei!« schrieb er.

Anna wollte nicht frei sein. Vor dieser Freiheit ängstigte sie sich. Sie wollte ihren Mann, seinen Schutz, seine Liebe, seine Fürsorge. Martin mußte wieder heimkommen! Im März fielen Bomben auf Königsberg, auf den Oberrollberg, den Steindamm, auf das Universitätsklinikviertel, auf die Steffeckstraße und den Jahnsportplatz.

Danach war es wieder ruhig.

Anna erlaubte ihren Kindern nicht mehr, in die Schule zu fahren. Ein Soldat aus dem Lazarett unterrichtete sie, ein Studienrat. Er hatte ein Bein verloren.

Im Herbst schrieben die Schwiegereltern. Sie wollten ihre Enkelkinder sehen, die Kinder ihres Sohnes Martin, der als vermißt galt. »Wir sind in unser Jagdhaus im Sauerland gezogen«, schrieb Mutter Selma, »in Hagen ist es gefährlich wegen der Bomben...«

Anna teilte Chefarzt Hänschen ihre Reisepläne mit. Und der rang die Hände.

»Frau Anna! Was wollen Sie im Sauerland? Ostpreußen ist eine friedliche Insel, weitab vom Schuß. Hier passiert nichts. In vier Kriegsjahren haben wir drei schwache Luftangriffe gehabt. Im Reich ist der Teufel los. Sie schicken uns die Kinder und Frauen her, aus Berlin, aus den Großstädten, damit sie sich hier erholen von dem Bombenterror unserer

Feinde, damit sie hier sicher sind bis zum glücklichen Ausgang des Krieges. . .«

»Ich komme ja bald zurück«, sagte Anna.

Er stimmte widerstrebend zu. »Sie sehen nicht gut aus, Frau Anna. Sie sind überanstrengt. Zerstreuen Sie sich! Ich telefoniere mit Berlin, damit man Sie dort in Empfang nimmt und weiterleitet. Und denken Sie an meine Worte: Ostpreußen ist eine Insel der Sicherheit, hier passiert nichts, niemals! Vertrauen Sie dem Führer!«

Anna reiste mit ihren Kindern.

Die getreue Grete bewachte inzwischen das Haus.

In Berlin erwartete sie auf dem Bahnhof Sanitätsfeldwebel Müller. Er erklärte Anna, daß sie leider ihre Reise unterbrechen müsse, es sei da etwas nicht in Ordnung mit der Zugverbindung.

». . .wie das so ist im Krieg, gnädige Frau. Ich nehme Sie mit in den Werder, zu unserer Sanitätsstation. Die Staffel liegt auf einer Insel im Havelsee. Man muß mit dem Schiffchen übersetzen. Schiffchenfahren – das wird den Kindern Spaß machen. . .« Und dann sprach er vom Herrn Generalchefarzt, er kannte ihn von früher her. »Ein fabelhafter Chef! Einmalig. . .Ihr Sohn Tobias ist ganz der Vater. . .«

Auf der Insel gefiel es den Kindern. Anna bezog mit ihnen eine Baracke. Statt der Gardinen hing Verbandsmull an den kleinen Fenstern. Sanitätsfeldwebel Müller hatte sich darum gekümmert.

»Damit keiner reingucken kann. . .«

Sie blieben ein paar Tage. Anna sah den Maler

Karl wieder. Er durfte nicht auf die Insel. Sie trafen sich am Ufer. Er schloß Anna in die Arme.

»Ach, Annettchen, wir haben uns lange nicht gesehen. Der verdammte Krieg! Der gottverdammte Hitler! Es wird schon werden, Annettchen. Du hast die Kinder, hübsche, liebe Kinder. Der Tobias ist ein Besonderer, aus dem wird mal was Großes. Und der Berthold, der hat etwas von der Sonne, wenn er lacht. Und die Katharina, die bemuttert euch alle, ein kluges Mädchen, begabt mit den Händen, die hat eine starke künstlerische Ader. . .«

»Ja«, sagte Anna, »sie ist klüger als ich. Es kommt mir vor, als sei sie meine große Schwester.«

»Wir gehen in mein Atelier, Annettchen. Ich bin ausgebombt, ich habe alles verloren, ich habe nichts mehr«, er lachte ein bißchen, »nur meine Schönheit. Ich bin ein schöner Mann, das hat deine Freundin Sibylle festgestellt, in glücklichen Zeiten, auf der Kurischen Nehrung. Weißt du noch?«

Anna nickte.

Das Atelier war ein Bretterverschlag auf dem Dachboden. Dort stand eine Pritsche, eine Staffelei, und an einem Nagel an der Wand hing ein Soldatenmantel.

Der Wind pfiff durch die Ritzen. Anna fror.

»Ich kann dir nichts anbieten, Annettchen«, sagte Karl. »Keinen Tee, keinen Kaffee, keinen Schnaps, nichts. Aber ich habe doch etwas für dich!« Er lachte wieder. »Leg dich hin, ruhe deine Seele aus!«

Sie legte sich auf die Pritsche, er nahm den Soldatenmantel vom Nagel und breitete ihn über ihr aus.

»So! Ich wickle dich ein, dann hast du es warm. Ich habe den Mantel auf der Straße gefunden, nach einem Bombenangriff. Er ist mit Schafsfell gefüttert. Bei uns zu Hause in Memel, da haben die Bauern und die Fischer solche Schafsfellmäntel. . .Und jetzt! Paß auf!« Er holte behutsam eine Violine hervor.

»Ich habe lange geschwankt, ob ich Geiger werden soll oder Maler. Ich spiele dir die Romanzen von Beethoven vor. . .«

Anna lag auf der Pritsche, und er spielte. Er spielte wunderbar. Und was all die ermutigenden Worte in Königsberg nicht vermocht haben, das vermochte die Musik.

Anna fand Trost.

Die Verkrampfung in der Herzgegend löste sich in stille Ergebenheit auf. Sie schloß die Augen, lauschte und ruhte ihre Seele aus, wie Karl gesagt hatte.

»Es wird schon werden, Annettchen, ich bin immer für dich da, du bist nicht allein, das glaubst du nur. . .«

Am nächsten Tag reiste Anna ins Sauerland.

Die Kinder verließen die Insel nur ungern.

Bei den Schwiegereltern gab es ein großes Familientreffen und viele Tränen. Anna weinte nicht.

Dr. Wernicke besuchte sie, der charmante Generalstabsarzt Wernicke, der vor Jahren Martins Heiratsgesuch befürwortet hatte und Patenonkel von Tobias geworden war. Er kam, um Anna zu versichern, daß er ihr stets mit Rat und Tat zur Seite stehen würde. Und er sagte etwas Ähnliches wie der Sanitätsfeldwebel Müller: »Martin war bei aller Schlichtheit ein durch und durch vornehmer Mensch.«

»Er ist es noch!« sagte Anna fest.

»Wir wollen es hoffen, Frau Anna, wir wollen es hoffen. . .«

Anna fuhr mit ihren Kindern nach Königsberg zurück. Es war Anfang Dezember, als sie am Abend durch den Aschmannpark ging. Es war dunkel und schneite sachte.

Der einsame Soldat wirkte seltsam in dem weiten, verschneiten Park.

Anna hatte Angst. Um die Angst zu überwinden, hastete sie an ihm vorbei und stellte eine törichte Frage: »Verzeihung, könnten Sie mir bitte sagen, wie spät es ist?«

Er lächelte. »Es dürfte sieben Uhr vorbei sein. . .«

Er war ein Soldat. Anna kannte sich zwar in den Rangabzeichen immer noch nicht aus, aber so viel wußte sie: Der Mann war kein Offizier.

»Danke!« sagte sie und rannte weiter.

»Warum laufen Sie fort?« rief er ihr nach.

»Ich will zur Straßenbahn.«

»Da haben wir den gleichen Weg.«

Sie hörte nicht auf ihn. Sie rannte bis zur Haltestelle, stieg ein und wartete auf die Abfahrt.

Nach kurzer Zeit erschien der Soldat. Er setzte sich zu ihr.

»Schauen Sie, gnädige Frau, nun haben Sie sich umsonst abgehetzt. Zeit lassen, Zeit lassen, man soll den Dingen nicht nachjagen, nicht dem Glück und auch nicht einer Trambahn!«

Seine Augen waren schön, freundlich braune Augen.

»Haben Sie oft in Maraunenhof zu tun?« fragte Anna, um nicht hochmütig zu erscheinen.

»Ja!« sagte er »Ich operiere dort ab und zu.«

»Sie sind Chirurg?« fragte sie überrascht. »Ich bin Frau Ritter. Mein Mann war früher Chefarzt in Maraunenhof. Er ist in Stalingrad vermißt.«

»Das tut mir leid, gnädige Frau, sehr leid. Ich hoffe mit Ihnen, daß der Herr Gemahl gesund heimkehrt. Einmal muß das sinnlose Morden doch ein Ende haben. Ich heiße Wolfgang König. . .»

Sie horchte dem Klang seiner Stimme nach.

»Sie sind Österreicher?«

Er nickte. »Ich komme aus Graz. Ich habe dort an der Universität gearbeitet.« Er lächelte wieder und deutete auf seine Uniform. »Einen Professor stellt man sich ganz anders vor, gell?«

»Mich hat es von Würzburg nach Ostpreußen verschlagen«, sagte Anna. »Wie gefällt es Ihnen in Königsberg?«

»Eine sehenswerte Stadt! Ich bummle durch die Straßen und schaue mir alles an. Es interessiert mich. Bauwerke, Baustile, Bilder, Brücken, Kirchen. Man muß sich das alles anschauen, solange es noch da ist. Der Fluß, das Speicherviertel, der Dom, die Universität, an der Kant gewirkt hat. Er war ein großer Geist, auch wenn ich als überzeugter Katholik nicht allen seinen Lehren folgen kann. Ich glaube, ich wäre ein recht guter Kunsthistoriker geworden.«

»Ich bin auch katholisch«, unterbrach Anna. »Das heißt – ich war es. Mein Mann und meine Kinder sind evangelisch. Nein, ich bin immer noch katholisch. Die Kirchen sind hier so anders als in meiner Heimat. Hier vermisse ich den

Prunk des Barocks. Haben Sie schon die katholische Kirche auf dem Sackheim besucht?«

»Nein!« sagte er. »Aber ich werde es tun, nachdem Sie mir dazu raten. Ich bemühe mich, die Kultur dieses Landes zu erfassen. Was ist Kultur? Der Versuch des Menschen, das Dasein aus dem Geist zu leben. Oder?«

»Ich weiß es nicht.«

Sie merkten, daß die Straßenbahn anfuhr, hielt, wieder anfuhr, hielt...

Er schaute aus dem Fenster.

»Oh! Bei der nächsten Haltestelle steige ich aus. Danke für die Unterhaltung, gnädige Frau, küß die Hand! Ich habe zu viel gesprochen, ich bitte um Vergebung. Es war ein Genuß, mit Ihnen zu plaudern. Ich habe sonst kaum Gelegenheit dazu. Ich bin sehr allein.«

»Besuchen Sie mich doch!« sagte Anna spontan. »Kommen Sie morgen zu mir zum Tee. Ich bin auch allein. Ich habe drei Kinder, ich liebe meine Kinder, aber man braucht halt einen erwachsenen Menschen zum Reden.«

»Ich habe keine Kinder«, sagte er. »Ich bin verheiratet, meine Frau lebt in Graz. Aber Sie sollten mich nicht einladen, das ist nicht gut für Sie. Ich bin ein Verfemter, ein unbequemer, eckiger Mensch. Ich passe nicht in diese Zeit. Ich habe meine Ansichten laut geäußert und mir den Mund verbrannt. Man hat mich degradiert, ich bin nicht im Kasino zugelassen. Nicht, daß ich Ehrgeiz in der Richtung hätte, nein, nein, ich bin dankbar, wenn ich operieren darf. Man zieht mich zu bestimmten schwierigen Operationen heran – in der Nacht. Sonst mache ich Dienst als Sanitätssoldat. Ich wohne in der Kaserne, in der Stadt.«

»Das ist mit gleich!« betonte Anna. »Kommen Sie, Herr Professor!«

Er hob abwehrend die Hände.«Bitteschön, gnädige Frau, lassen sie den Professor weg! Der Titel klingt so alt. Ich bin gar nicht alt. Ihre Einladung ist verlockend, aber Sie sollten sich das noch einmal überlegen. Ich möchte Ihnen keinen Ärger bereiten.«

»Also – morgen?« fragte sie.

Er wiegte den Kopf. »Wer kann Ihren Augen widerstehen?«

»Danke!« sagte Anna. »Ich freue mich.«

»Und ich erst!« sagte er. »Das ist ja wie im Märchen.«

Anna lachte.

Am nächsten Nachmittag erschien er. Er sah sich um.

»Schön haben Sie es hier, gnädige Frau. Eine liebliche Oase inmitten des Leidens. Aber – Sie sollten Ihre wertvollen Möbel, Teppiche, Bilder, Porzellan in Kisten packen und wegschicken, solange es noch Transportmöglichkeiten gibt.«

»Ich habe auch schon daran gedacht«, sagte Anna. »Ich habe Freunde, sie haben Güter an der Samlandküste.«

»Es hat doch keinen Sinn, die Dinge in Ostpreußen zu lassen!« widersprach er energisch. »Schikken Sie die Sachen nach Oberbayern, nach Kärnten, ins Gebirge. Ich würde Ihnen gern behilflich sein, soweit es in meinen Kräften steht.«

»Sie glauben, daß die Russen bis nach Ostpreußen kommen?« fragte sie erschrocken.

»Glauben Sie das nicht?« fragte er zurück.

»Ich will das nicht glauben!« sagte sie.

Sie tranken Tee, die Zeit verging wie im Fluge.

Anna stellte ihm ihre Kinder vor.

Er sagte: »Sie sind nicht allein, gnädige Frau, mit drei Kindern ist man nicht allein.«

Und Katharina erklärte, als der Besuch gegangen war: »Das ist ein guter Mann, den behalten wir, Mutti!« Von nun an kam er oft. Und immer war es eine Freude für Anna. Auch für die Kinder, die ihn gern hatten. Er sprach mit ihnen über die Zukunft: »Tobias, du wirst Arzt wie dein Vater. Kein Militärarzt, du gehst in die Forschung, wirst Wissenschaftler, Professor, gell? Und Katharina malt so hübsch und knetet so schöne Sachen. Katharina wird Künstlerin. Und was macht Berthold, unser kleiner Schelm? Berthold paßt auf die Familie auf, auf die schöne Mama, die endlich ihre Konten nach München, nach Wien, nach Bad Reichenhall oder sonstwohin verlegen soll, wo ihr Geld sicherer ist als hier. Berthold wird ein Mann der Wirtschaft. Deine Mama braucht einen Sohn, auf den sie sich stützen kann. Auf mich hört sie ja nicht. . .«

Anna verstand die Anspielung. Sie hatte mit ihm über Martin gesprochen und ihre Verlassenheit beklagt: »Ich brauche einen Menschen, an den ich mich anlehnen kann.«

Da war er sehr streng geworden.

»Sie sollten sich nicht zu sehr bedauern, Frau Anna. Kummer macht egozentrisch. Man denkt nur an sich selbst und an die eigenen Schmerzen und verschließt Augen und Herz vor dem Leid der Mitmenschen, die in der gleichen oder in einer noch schlimmeren Lage sind. Sie sind auf sich allein gestellt. Millionen Frauen in der Welt teilen Ihr Schicksal. Ich bin Ihr Freund, ich will Ihnen gerne raten und helfen. Aber ich gehe wieder fort. Frau Anna, suchen Sie nicht nach Geborgenheit bei anderen Menschen! Schaffen Sie sich diese Geborgenheit selbst, in Ihrem Innern. Suchen macht unruhig. Erkämpfen Sie sich mehr Standfestigkeit, mehr Gelassenheit. Ist das zuviel verlangt? Schauen Sie: Gott legt uns nicht mehr auf, als wir tragen können.«

»Das hört sich gut an, Herr Professor«, sagte Anna trocken. »Aber manchmal habe ich das Gefühl, daß der liebe Gott mich überschätzt.«

Da mußte er lachen.

Es fehlte ihnen nie an Gesprächsstoff. Sie redeten über Gott und die Welt. Er haßte den Nationalsozialismus, und er glaubte, daß der Krieg verloren sei.

Sie sprachen auch über die Liebe.

»Es ist eine alte Geschichte, und doch bleibt sie ewig neu, und wem sie just passiert, dem bricht's das Herz entzwei«, sagte er. Er kannte viele Gedichte auswendig.«Das ist von Heinrich Heine, einem Juden. Man dürfte ihn gar nicht zitieren. Wenn das der Chefarzt wüßte!«

Sie lachten beide. Aber Anna sagte: »Chefarzt Hänschen ist ein braver Mann, hilfsbereit und einer kleinlichen Handlung absolut unfähig. Er ist seinem Führer treu ergeben, das stimmt. Ich glaube, er weiß, daß Sie mich besuchen, es wird viel geklatscht im Lazarett. Aber er hält seine Hand über mich. Er weiß, daß ich Sie brauche, daß ich einen Kümmerer brauche, wie er es nennt. Er gönnt mir Ihre Besuche, lieber Wolfgang König.«

»Ich brauche Sie auch, Frau Anna!« sagte er. »Ich brauche Sie von Tag zu Tag mehr. Es ist schlimm, schlimm. Sie hatten schon recht, als Sie mir wegliefen, damals im Park. Ich ringe mit mir, ich bin in Versuchung.« So ging es vier Wochen lang.

Dann kam Silvester. Sie tranken Sekt.

»Anna, Anna«, sagte er, »ich sollte hier nicht sitzen, ich sollte nicht mit Ihnen Sekt trinken. Ich sollte Sie nicht lieben. Aber ich liebe Sie. Ich kann die Liebe nicht verjagen. Ich bin sehend und blind zugleich.«

Sie lächelte ihn an. Sie war nicht in ihn verliebt, aber sie empfand eine warme Zärtlichkeit für ihn.

»Sie sind voller Skrupel, Wolfgang. Wie ich. Warum sind wir so und nicht anders?«

»Wir sind katholisch«, sagte er. »Ich bin verheiratet, ich kenne meine Pflicht, und du kennst die deine. Es gibt für uns keine gemeinsame Zukunft. Wenn wir uns ganz verlieren, werden wir leiden müssen.«

Anna trank ihr Glas leer. Sie hatte Wolfgang gern, sie wollte ihm gut sein.

»Ich bin bereit, den Preis zu zahlen«, sagte sie.

»Ach, Anna!« Er nahm sie in die Arme und küßte sie. Er küßte sie, als habe er sie Ewigkeiten lang entbehrt.

Sie sah ihn mit großen Augen an.

»Du schließt nicht die Augen?« fragte er.

»Muß ich das?« flüsterte sie.

Er lachte leise. »Weißt du so wenig?«

Sie wußte wenig. Er öffnete ihr die Tür zu einem

neuen Land. Er lehrte sie Liebkosungen, von denen sie nichts geahnt hatte.

Von nun an kam er in der Nacht, wenn er im Lazarett operiert hatte. Sie mußten vorsichtig sein. Die Kommandeuse hatte immer noch ihre Spione überall. Es gab eine unterirdische Verbindung zwischen dem Lazarett und dem Chefarzthaus als Teil des Luftschutzkellers. Durch den ließ Anna ihn ein.

»Ich liebe dich, Anna«, sagte er. »Das ist kein Abenteuer. Alles verwandelt sich in Liebe.«

»Du bist ein Romantiker, Wolfgang«, erwiderte sie lächelnd. »Ein Arzt, gut in Kriegschirurgie und – ein Romantiker.«

Es kamen Stunden, in denen sie sich schuldig fühlte.

»Ich fürchte mich vor Strafe«, bekannte sie. »Ich habe noch nie einem anderen Mann gehört als Martin. Unsere Kirche würde uns nicht verzeihen, es sei denn, daß wir bereuten.«

Er streichelte sie.

»Du darfst dich nicht schuldig fühlen, Anna. Du nicht! Ich handle gegen alle Vernunft und gegen meine religiöse Überzeugung. Und trotzdem bin ich dem Herrgott dankbar, daß er mir diese Liebe geschenkt hat. Du warst ein Lamm, Anna, unerfahren und keusch. Freu dich mit mir! Wir träumen ein Märchen: Es war einmal eine Prinzessin, ihr langes Haar glänzte in der Sonne, ihre Augen bezauberten die Umwelt. Ein armer Mensch kam des Weges, und ihr Blick genügte, um diesem Einsamen Vertrauen und Liebe einzuflößen. . .Jetzt lächelst du, Anna. Ja, ja, Worte sind armselig. Wenn

man es ausspricht, stimmt es schon nicht mehr. . .«
Es war ein Märchen, und es war kurz.

Nach vier Wochen wurde Wolfgang versetzt. Nach Frankreich. Anna war sicher, daß Frau Senden bei der plötzlichen Abberufung ihre Hände im Spiel hatte.

Anna war traurig, die Kinder waren traurig. Auch Grete. »Der Herr Professor ist ein feiner Mann«, sagte sie. »Immer freundlich. Der wird uns fehlen.«

Anna weinte. »Jetzt bin ich wieder ganz allein. Mir graut davor. Ich halte das nicht aus.«

»Du mußt es aushalten, Anna!« sagte er.

Anna zog ihren Pelz an. »Ich bringe dich zum Zug, Wolfgang.« Sie verließen das Haus.

Vor der Tür stand ein Offizier. Da stand er in der hellen Wintersonne, im glitzernden Schnee, das Gesicht voller Schmisse, Selbstsicherheit aus allen Poren verströmend: Dr. Leopold Sternegg.

Im Lazarett beklagten sich die Krankenschwestern über seinen Hochmut.

Er lachte strahlend.

»Gnädige Frau, ich erlaube mir, Ihnen meinen Antrittsbesuch zu machen. Der Chefarzt hat mich abkommandiert. Ich bin Ihr neuer Kümmerer, Ihr Kammerherr, ich bringe Ihnen Opernkarten. Man gibt Fidelio – Beethoven. Richard Wagner wäre mir lieber gewesen. Mir ist die Ehre widerfahren, Sie in die Oper begleiten zu dürfen.« Er hatte eine tiefe Stimme. Es war Anna, als ob er sie streichelte. Und sie spürte, daß sie errötete.

»Es tut mir leid, Herr Doktor Sternegg, ich kann Sie jetzt leider nicht empfangen. . .«

»Ich verstehe!« Sternegg schaute auf Wolfgang herab, der knapp und militärisch grüßte.

»Ah, Professor König?« Sternegg legte lässig die Hand an die Mütze. »Bis später, gnädige Frau, ich bitte um Vergebung für die Störung, küß die Hand!« Er entfernte sich ohne Eile. Anna fuhr mit Wolfgang zum Bahnhof. Er war still.

»Du kennst Sternegg?« fragte sie.

»Ja! Sein Vater war mein Chef in Wien. Ein hervorragender Chirurg, ein vornehmer Mann. Ich meine den Vater, nicht den Sohn. Ich habe ihm als junger Mann die Augen zugedrückt, als er starb. Sternegg – das ist ein guter Name in Wien, ein alter bekannter Name.«

»Und der Sohn?« fragte sie.

Er zuckte die Schultern. »Ein erfolgreicher Damenfreund, Frauenarzt, sehr in Mode in Wien. Und ein schöner Mann obendrein, wie du bemerkt haben dürftest.«

»Du magst ihn nicht, Wolfgang?«

»Er ist mir nicht sympathisch.«

»Ist er verheiratet?« forschte Anna weiter.

»Nein! Er ist geschieden, glaube ich. . .Müssen wir in den wenigen Minuten, die uns bleiben, von Sternegg sprechen, Anna?«

»Nein, gewiß nicht, Wolfgang!«

Auf dem Bahnsteig wanderten sie hin und her.

Plötzlich blieb er stehen und nahm ihre beiden Hände. »Anna! Schreib mir oft, schreib mir von deinen Sorgen und deinen Sehnsüchten. Ich liebe dich, ich werde dich immer lieben, auch wenn wir uns viele Jahre nicht sehen sollten. Bitte, Anna, sei aufrichtig zu mir! Gib deinem Anlehnungsbedürfnis nicht nach, laß dich nicht blenden, laß unser Märchen nicht sterben.«

»Warum sagst du das, Wolfgang?« fragte sie.

»Weil ich Angst um dich habe, Anna. Du bist eine junge, schöne Frau, du bist allein. Es werden sich dir viele Männer nähern, auch solche, die in dir eine leichte Beute sehen. Aber es ist jeder Frau gegeben, eine verfängliche Situation im entscheidenden Augenblick zu vereisen... Vergiß mich nicht, Anna, vergiß unser Märchen nicht!«

Sie hielt ihm die Lippen hin.

Er küßte sie.

Dann fuhr er fort. Anna winkte ihm nach.

## 9.

Wolfgang schrieb täglich.
Briefe, Briefe, Briefe!

2. Februar 1944:

*»Ich schreibe noch aus dem fahrenden Zug. Mir war der Abschied auf dem Bahnhof sehr schwer. Ich habe lange nach Dir gesehen. Wie gern würde ich den kleinen Marsch durch den unterirdischen Gang machen, in der Dunkelheit schon wissend, daß mich Licht empfangen wird, in der Kälte schon die Wärme, in der Atemlosigkeit schon die wartende Ruhe spürend. Ich danke Dir, ich danke Dir...«*

Zwei Wochen später:

*»Ich bin immer noch taumlig und kann es nicht fassen, daß zweitausend Kilometer zwischen Traum und Wirklichkeit liegen. Es kränkt mich heute noch, daß Du Dich am letzten Abend nicht getraut hast, Dein Haar zu lösen. Bin ich Dir immer noch ein wenig fremd? Freilich kann ich nicht alles schreiben, weil eventuell Dritte meine Briefe lesen könnten.*
*Ich liebe Dich. . .«*

Und immer sandte er Grüße an die Kinder und an Grete, er schickte ihnen kleine Geschenke, Edelweißsterne, für Anna einen Lapislazuli, Leuchter, die er in einem Antiquitätengeschäft aufgestöbert hatte. Er war in Reims, beschrieb die Kathedrale, die er eine »Apotheose des Katholizismus« nannte, sandte Ansichtskarten, schilderte Bauten, Gemäldeausstellungen, schrieb vom dunstigen Licht am Morgen, von der Schönheit der sinkenden Nacht, und erteilte Anna in jedem Brief praktische Ratschläge:
»Hast Du Deine Konten verlegt? Wie steht es mit dem Abtransport Deiner Sachen? Geh weg von Königsberg! Ich hab Dir von meiner Hütte in Kärnten erzählt. Dort könntest Du mit den Kindern und Grete wohnen. Die Hütte wird von einer netten Frau bewirtschaftet. Sie wird Dich schriftlich einladen. Allerdings müßtest Du dann vorher wohl an meine Frau schreiben. . .«

Im März wurde er unruhig.

*»Aus Deinen Briefen entnehme ich, daß Du innerlich schwankend bist. Glaube mir eins: Wenn man seelisch zu kämpfen hat, dann gibt es nur ein Heilmittel – Arbeit! Schreib mir doch, ob ich Dir fehle, seelisch und körperlich. Ich möchte es so gern wissen. Du schreibst: Ich liebe Deine Klugheit. – Mein Märchen, ich bin – was Dich betrifft – leider sehr unklug.«*

Im April:

*». . .vielleicht ist all das schon eingetreten, was ich seit meinem Abschied von Dir irgendwie befürchte? Du versprichst mir, freimütig zu sein. Das freut mich. Deine Offenheit ist für Leute mit österreichischer Seele etwas Bestrickendes, auch wenn es weh tut. Aber, Anna, ich könnte es niemals billigen, wenn Du dich an einen anderen Mann verschenken würdest. Du neigst dazu, den Leuten Charaktereigenschaften anzudichten, die sie nicht besitzen. Muß ich mir Vorwürfe machen? Habe ich in Dir Hunger erweckt? Hunger nach Leben, nach Verliebtheit oder was Du für Verliebtheit hältst? Du bist frei, aber betrüge mich nicht brieflich! Solltest Du Dich plötzlich getröstet haben, so schreibe es mir. An meiner Liebe und Hilfsbereitschaft würde sich dadurch nichts ändern. Aber es würde mich beleidigen und verletzen, wenn ich in Dir etwas ausgelöst haben sollte, das sich nun womöglich weiterspinnt und zu Liebschaften führt.«*

Im Mai:

*»Du bist in einer größeren Versuchung, Anna? Sei ehrlich, ich glaube, ich hätte es verdient. Du schreibst:*

*›Ich bin nahe daran, mich lieben zu lassen. ...‹ Ist Dir klar, was das für ein Standpunkt ist? So etwas kannst Du doch nicht im Ernst meinen. Es wird kein zweites Märchen geben, Anna.*
*Was ist denn das ›Glück‹, dem Du so fieberhaft nachjagst? Plaudereien, Zerstreuung, Verwöhntwerden, Komplimente, Amüsements? Du glaubst, daß schöne Worte irgend etwas in der Welt bedeuten. Sie bedeuten gar nichts. Jeder spielt ein bißchen Theater. Du bewegst Dich in seichter, oberflächlicher Gesellschaft, Anna... Gestern traf ich einen Untergebenen Deines Mannes, einen Oberzahlmeister, der mir von ihm erzählte. Dein Mann muß Dich und die Kinder sehr, sehr lieb gehabt haben...«*

Und am nächsten Tag:

*»Anna, Anna, was ist mit Dir geschehen?*
*Eine Frau Deines Formats, Deiner Klasse – und so wenig Selbstachtung? Daß Du als junge Frau nicht Trübsal blasen willst, bezweifle ich nicht. Mag sein, daß bei St. eine ernste Neigung vorliegt. Warum nicht? Es ist kein Kunststück, eine schöne junge Frau wie Dich liebzuhaben. Anna, Anna, schwimm nicht in Selbstmitleid, weil Du allein bist. Wer ist nicht allein? Es ist Krieg, Anna, Menschen sterben, Städte, Länder... Fahre nach Bayern, nach Kärnten, sondiere das Terrain, suche eine Unterkunft für Dich und die Kinder...«*

Im August wurden seine Briefe beschwörend:

*»Anna, liebste Anna, Du machst mir so viel Kummer. Du kommst mir vor wie ein Blatt im Wind. Beantrage endlich eine Erholungsreise in den Süden! Du hast die Pflicht, Deine Kinder in Sicherheit zu bringen, Du wirst es sonst bitter bereuen. Fahre mit den Kindern nach Kärnten auf meine Hütte. Du hast die Einladung inzwischen erhalten. Schreibe ein paar Zeilen an meine Frau. Nimm soviel Gepäck wie möglich mit. Das ist nicht schwierig für Dich. Du hast – verglichen mit den Frauen einfacher Soldaten – viele Vergünstigungen. Du hast mich nicht verloren, Anna, einen wirklich guten Freund kann man nicht verlieren.*
*Liebe, liebe Anna, reise ab, reise ab!«*

Was hielt Anna in Ostpreußen fest?

Sie konnte das Heim nicht aufgeben, stehenlassen und weggehen. Die Möbel, für die sie jahrelang gestickt hatte! Die Kinder hatten es gut in Königsberg, sie wohnten in einem Haus, umgeben von einem riesigen Park.

Im Keller lagerten Vorräte in Steintöpfen und Weckgläsern, im Garten wuchsen Gemüse und Obst, die Hühner legten fleißig, im Stall stand ein Schwein.

Die Nachrichten aus dem Osten klangen nicht gut, manchmal hörte man im Rundfunk sogar das Pfeifen eines russischen Störsenders. Chefarzt Hänschen sagte: »Vertrauen Sie dem Führer, Frau Anna!«

Sibylle packte schon die Koffer. Der schöngeistige Kreis zerflatterte. Wo sollte Anna hin? Sie brachte es nicht fertig, einen heuchlerischen Brief an Frau König zu schreiben.

Die Mutter meldete sich, nachdem sie lange geschwiegen hatte.

*»Liebe Anna, ich möchte Dir nur sagen, daß unser kleines Haus Dir und Deinen Kindern offensteht. Wir haben zwar wenig zu essen, aber von Bombenangriffen sind wir bisher verschont geblieben.*
*Wir sind gesund. Nach Elisa hat nun auch Katharina geheiratet. Ihr Mann ist Orgelbauer. Zur Zeit macht er Dienst als Reserveoffizier. Sie wohnen in Starnberg, in einer schönen Landschaft. Tante Lina ist auch dort. Ich gebe Dir für alle Fälle ihre Adressen...«*

Das Dorf!

Wie gern hätte Anna es wiedergesehen! Aber dort wohnen? Mit den Kindern? Wenn Tobias das weißgekalkte Häuschen sah, das Unkraut im Gemüsegärtchen, die niedrigen, unordentlichen Stuben – dann würde er begreifen, warum seine Mutter nicht Französisch sprach und nicht Klavier spielte, obwohl daheim ein Klavier vorhanden war. Nein, nein, nein, die Kinder sollten das alles nicht sehen. Anna wollte nicht zu ihren Anfängen zurück. Immerhin packte sie zwei große Kisten und schickte sie nach Starnberg zu ihrer Schwester Katharina.

Sie schämte sich, weil sie Katharina in Anspruch nahm, obwohl sie sich siebzehn Jahre lang nicht um sie gekümmert hatte.

Die Kisten enthielten Martins Eigentum, seine Anzüge, seine medizinischen Geräte, sein Mikroskop, seinen Arztkoffer – alles, was er benötigte, um eine Praxis zu eröffnen. Anna legte auch die Terrakotta-Madonna hinein, die Martin ihr in Würzburg geschenkt hatte. Und Bettwäsche, Servietten, das Teegeschirr, etwas Silber, nicht zuviel.

Sie wollte ihr Heim nicht ausplündern. Es sollte schön bleiben, eine liebliche Oase für ihre Gäste.

Besonders für einen Gast, für den Stabsarzt Leopold Sternegg. Anna hatte sich verliebt.

Es hatte vielleicht schon in dem Augenblick begonnen, als Sternegg im glitzernden Schnee vor der Tür stand. Anna hatte sich dagegen gewehrt und sich der Freundin Sibylle anvertraut: »Es hat mich überfallen wie eine Krankheit, ich komme nicht dagegen an. Es ist kein normaler Zustand, ich lebe wie im Rausch. Es ist nichts passiert, er hat mich geküßt und gesagt: ›Annerl, meine süße Madonna, ich hab' dich sehr lieb!‹ – Das ist alles. Was soll ich tun? Ich weiß, ich bin auf dem falschen Weg. . .«

Sibylle sagte ungehalten: »Sei nicht kindisch, Anna! Wenn du etwas für ihn empfindest, dann fahre ein paar Tage mit ihm weg und erlebe ihn! Ich beneide dich, Anna.«

»Aber es hat doch keinen Sinn«, grübelte Anna.

Sibylle lachte. »Leicht muß man sein, mit leichtem Herz und leichten Händen halten und nehmen, halten und lassen – heißt es im Rosenkavalier. Du bist nicht leicht, Anna, du willst festhalten und besitzen. Du bist eine kleine Spießbürgerin.«

Anna wollte keine Spießbürgerin sein.

Sie las Wolfgangs Briefe nur noch flüchtig. Sie war verliebt. Es wurde so eine Liebe, bei der die eine Hälfte des Herzens glücklich war und die andere weh tat. Es machte sie stolz, mit Sternegg auszugehen.

Mit Sternegg durfte sie sich überall zeigen. Sie

gingen in die Oper, zu Vorlesungen, ins Parkhotel, zu Einladungen, machten Ausflüge, nahmen an Krebsessen teil, sie tanzten.

Sie gestatteten sich kein vertrauliches »Du« in der Öffentlichkeit. Sie wahrten das Gesicht, eine Kunst, die Sternegg meisterhaft beherrschte. Keiner merkte, wie sie zueinander standen. Er verriet sich nie, durch keinen Blick, kein Wort, keine Berührung. Obwohl es nicht viel zu verraten gab. Er wohnte im Lazarett und besuchte sie regelmäßig. Dagegen war nichts einzuwenden: Er war ihr »ritterlicher Kammerherr«, vom Chefarzt abkommandiert. Wenn sie allein waren, küßte er sie, liebkoste sie, streichelte sie und sagte ihr tausend schöne Worte, die ihr das Gefühl gaben, etwas Besonderes zu sein, auserwählt vor allen Frauen. Sie hörten den Auslandssender ab, den sie »Gretchen« tauften, und sie lauschten gemeinsam der Musik von Schallplatten. Dann saßen sie eng beieinander, umschlungen, und von der Schallplatte sangen Tristan und Isolde: »O sink hernieder, Nacht der Liebe, gib Vergessen, daß ich lebe. Nimm mich auf in deinen Schoß, löse von der Welt mich los. . .«

Er schwärmte für Richard Wagner.

Es gab keine Nacht der Liebe. Anna wünschte sie herbei, sie brannte darauf, sich dem Geliebten hingeben zu dürfen. Aber er hielt ihre Beziehung in zärtlichen Grenzen. Er schlief nicht mit ihr, und sie verstand ihn nicht. Warum hielt er sich zurück? Respektierte er sie so sehr? War er besorgt um ihren Ruf, um seinen Ruf, um seine Karriere? Gab es irgendwo eine andere Frau, der er treu sein sollte?

Sie litt darunter, daß er im Kern seines Wesens für

sie unerreichbar blieb. Der Gedanke, daß sie ihn womöglich stärker liebte als er sie, peinigte ihren Stolz.

Bisher war es umgekehrt gewesen – bei Martin, bei Wolfgang König.

Sie fuhr mit den Kindern nach Nidden.

Ostern, Pfingsten, im Sommer. Sternegg schrieb, er besuchte sie, sie freuten sich aneinander. Anna sehnte sich nach ihm, wenn er nicht da war. Telefongespräche wurden nach Nidden nicht mehr vermittelt. Die Kinder mochten ihn nicht.

»Er ist ja sehr nett«, sagte Tobias, »aber so eingebildet.«

Und Berthold sagte: »Der tut, als ob alles ihm gehört, unser Wein, unser Gemüse, unsere Hühner, unser Schwein, unsere Rosen.«

Die Rosen! Einmal schüttete Sternegg einen ganzen Korb voller Rosenblätter über Anna aus. Rosenblätter aus ihrem Garten! Es erschien ihr sündhaft, weil sie an die Fronleichnamsprozession im Dorf denken mußte, wo die Mädchen Rosenblätter vor dem Allerheiligsten ausstreuten. Katharina sah die Mutter oft forschend an, und Anna senkte die Lider. Katharina war dreizehn. Man konnte ihr nichts mehr vormachen.

»Mir ist Herr Sternegg zu arrogant!« erklärte Katharina, und Anna wunderte sich, woher ihre Tochter dieses Wort hatte.

»Gibst du bald wieder ein Fest, Mutter?«

Grete sagte nichts, aber Anna las den Tadel in ihren Augen.

Anna veranstaltete Feste.

Sie lud die Ärzte ein, Österreicher, Spanier, Deutsche, und die Schwestern. Sie holte ihre Vorräte von den Regalen im Keller, ein paar Hühner mußten das Leben lassen. Und dann wurde gegessen, getrunken, getanzt.

Manchmal kam auch Sternegg, dann war Anna glücklich. Und sie summte mit geschlossenen Lippen:

»Ich habe geliebt, und ich habe geküßt, weil die Liebe ja dazu erfunden ist, yes, Sir. . .«

Auch am 26. August hatte Anna Gäste geladen. Sie ging durch den Garten mit der Blumenschere in der Hand und schnitt Blumen, Blüten und Zweige ab, um ihr Heim zu schmücken.

Für Sternegg. Er hatte versprochen zu kommen. Als die Stadt draußen in Nacht versank, brannten in Annas Haus hinter verdunkelten Fenstern viele Kerzen.

»Du bist schön, meine süße Madonna!« flüsterte ihr Sternegg ins Ohr, als sie tanzten.

»Ich bin glücklich!« flüsterte sie zurück.

Die Gäste sangen: »So schön wie heut, so müßt es bleiben, so müßt es bleiben für alle Zeit. . .«

Anna löste ihr Haar und drehte sich mit ausgebreiteten Armen im Kreise, ausgelassen und der Wirklichkeit entrückt.

Das Telefon schrillte.

»Feindliche Flugzeuge nähern sich der Stadt.«

Die Krankenschwestern liefen davon, die Ärzte sammelten sich. Wieder schrillte das Telefon: »Starke Kampfverbände im Anflug auf Königsberg. Wir geben Vorwarnung. . .«

Und dann heulten die Sirenen.

Die letzten Gäste stürzten hastig ein Glas Wein in sich hinein und verschwanden.

Sternegg war mit den Schwestern gegangen.

Anna holte ihre Kinder. Grete war schon wach und angekleidet.

Schlaftrunken gingen Tobias und Berthold an der Hand der Mutter den Weg zum Lazarett. Über ihnen funkelte der Sternenhimmel. Katharina trug den Hund auf dem Arm. Grete folgte ihnen. Sanitätswagen fuhren mit verdunkelten Lampen. Gespenstisch wirkten die schmalen Schlitze an ihren Scheinwerfern.

Sie hatten kaum das Lazarett erreicht, als die ersten Bomben fielen. Man hörte das wütende Feuer der Flak, das Heulen und Krachen der detonierenden Bomben. Sie tasteten sich durch die langen Gänge, über die Treppen hinunter in den Keller. Der Geruch von Blut und Eiter nahm ihnen den Atem. In den Gängen lag Mann neben Mann. Und immer noch wurden neue heruntergetragen.

Aus allen Richtungen kam das Stöhnen und Fluchen der Männer. Jedesmal, wenn eine Bombe fiel, schwoll es an und ebbte dann wieder ab.

Viele Soldaten kannten Anna. Hände streckten sich ihr entgegen, sie sah angstverzerrte Gesichter und Tränen. Bombe auf Bombe explodierte.

Die Lampe an der Decke erlosch, Staub erfüllte die Gänge. Der Boden, auf dem Anna stand, schwankte. Die Kinder klammerten sich an sie, sie gaben keinen Laut von sich. Nur der Hund jaulte.

Das oberste Stockwerk des Lazaretts wurde vollständig zerstört. Häuserzeilen verwandelten sich in

Gruben und Gräber. Unter den Schuttbergen lagen die Toten.

Den ersten Toten sah Anna vor dem Lazarett. Er war der Soldat an der Pforte, ein großer, starker Mann mit blassem Gesicht und schweren Lidern. Nun war er tot. Seine Augen standen offen. Eine Schwester warf ein Taschentuch über sein Gesicht. Sie trugen ihn fort.

Anna ging mit ihren Kindern und Grete nach Hause.

Die Stadt brannte, der Himmel war rot.

Die Kinder froren, ihre Gesichter waren starr vor Entsetzen. Im Garten steckten die Hülsen der Brandbomben dicht nebeneinander wie Spargel in den Beeten.

Später sprach man von zweihundert englischen Flugzeugen, die ihre fürchterliche Last über der Stadt abgeladen hatten, über Maraunenhof, Tragheim, Cranzer Allee, Roßgarten, Sackheim, Kalthof.

Annas Haus stand. Fenster und Türen waren zerborsten. Im Eßzimmer war der festlich gedeckte Tisch zusammengerutscht, einige Gläser standen noch halbvoll an ihrem alten Platz. Eine einzelne Kerze flackerte. Es sah aus, als sei das Haus von einer Riesenhand gepackt und geschüttelt worden. Aber das Haus hatte standgehalten.

Am 28. August gewährte man der Stadt eine Atempause. In der Nacht vom 29. zum 30. August wurde Königsberg vernichtet. Amerikanische und englische Piloten schufen eine Trümmerwüste. Sie kamen mit sechshundert Flugzeugen, Welle um Welle.

Die Innenstadt wurde zum Flammenmeer. Tausende starben einen schrecklichen Tod. Zehntausende oder gar Hunderttausende verloren ihren Besitz und wurden obdachlos. Alle historischen Bauten brannten aus: das Schloß mit der Krönungskirche, vierzehn weitere Kirchen, auch die katholische Kirche, in der Anna für ihren Bruder Julian gebetet hatte, die alte und die neue Universität, das Kneiphöfsche Rathaus mit dem Museum, das Speicherviertel, der Dom. . .

Im Morgengrauen ballte sich ein gewaltiger, unheimlich drohender Wolkenberg am Himmel zusammen.

»Wie nach einem Vulkanausbruch!« sagte Sternegg.

Die meisten Kasernen und Befestigungsanlagen waren heil geblieben.

Annas Haus überlebte. Sie reinigten es, Fenster und Türen wurden in Ordnung gebracht.

Danach tanzte Anna nicht mehr. Es gab keine Feste mehr, keine Melodie, die sie mit geschlossenen Lippen summte. Die Stadt leerte sich. Männer und Väter waren fort. Frauen und Kinder verließen ihre Heimat. Man sah fast nur noch Soldaten in den verödeten Straßen. Und Fremdarbeiter, die die Trümmer beiseite schaffen mußten. Französische Kriegsgefangene fuhren die Lastwagen, mit denen man die Obdachlosen aufs Land transportierte. Über den Ruinen schien warm und freundlich die Septembersonne.

Im Lazarett wurde gewispert:»Der Krieg ist verloren!« Heimlich, heimlich. Konnte man seinem Nächsten trauen? War man vor Spitzeln sicher?

Auf einer Mauer stand geschrieben: Nieder mit Hitler! Und: Freiheit!

Wer so etwas schrieb, riskierte seinen Kopf. Man galt ja schon als Verräter, wenn man diese Worte nur las.

Sternegg kam.

»Mein Liebstes, ich bringe schlechte Nachrichten. Ich werde verlegt. Ich weiß noch nicht wohin. Vorher fahre ich nach Wien, um dort nach meiner Praxis zu sehen. Vielleicht kann ich auch meine Mutter besuchen.«

»Ich komme mit!« sagte Anna.

Er sah sie bestürzt an.

»Du willst mit? Und die Kinder? Willst du sie bei Grete lassen?«

»Ich nehme die Kinder natürlich mit, auch Grete!« sagte Anna bestimmt. »Ich muß uns eine Bleibe suchen. In Kärnten oder in Bayern. Sibylle sagt, Bayern sei schon voll von Flüchtlingen und Ausgebombten und es sei schwierig, eine Aufenthaltsgenehmigung zu bekommen. Aber, Leopold, du hast mir doch von dem Erbhof deiner Mutter erzählt. Ich würde am liebsten auf dem Land wohnen mit den Kindern.«

Er zögerte mit der Antwort.

»Ja, Annerl, wenn du meinst. Aber der Hof liegt an der jugoslawischen Grenze, das ist möglicherweise nicht ungefährlich.«

»Dann suchst du uns eben etwas anderes, Leopold!«

»Ja, Annerl!« sagte er.

Er war nicht entzückt von ihrer Idee, das spürte

Anna. Sie verstand ihn nicht. Es kam ihr nicht in den Sinn, daß sie ihm zu viel zumutete.

Er liebte sie, also mußte er für sie sorgen, freudig für sie sorgen, meinte sie.

So reisten sie nach Wien.

Sternegg war wie immer, liebenswürdig, aufmerksam, aber sehr ernst.

Als Anna am Morgen auf den Gang hinaustrat, sah sie, daß die Tür zu seinem Schlafwagenabteil offenstand. Sie ging zu ihm. Er saß auf dem Bett und frühstückte. Der Anblick irritierte Anna. Sie wußte nicht warum. Aber daß er nicht mit ihr und den Kindern frühstückte – das war nicht gut. Sie hatte ein beklommenes Gefühl. In Wien wohnten sie in einem Hotel in der Kärntner Straße. In drei durchgehenden Zimmern.

Im ersten wohnte Sternegg, im zweiten Anna mit ihrer Tochter, im dritten Grete mit den Buben.

Grete und die Kinder durften nur eine Nacht in dem Hotel bleiben. Dann wurden sie von der Direktion gebeten auszuziehen.

Was nun?

Sternegg wußte Rat. Die Eltern seines Fahrers hatten ein Häuschen weit draußen.

»Gute Leute«, sagte Sternegg, »ein Schreinermeister. Da werden sich die Kinder und Grete wohl fühlen. Das ist sehr idyllisch, mit Gärtchen. Mit Geld und netten Worten läßt sich das arrangieren.«

Es ließ sich arrangieren. Die Kinder weinten, als sich die Mutter von ihnen trennte.

»Warum bleibst du nicht bei uns, Mutti?« fragte Katharina.

»Schau, ich will mit Herrn Sternegg in die Steiermark fahren, auf den Hof zu seiner Mutter...Und ihr habt es ja schön hier draußen, es ist ja nur für kurze Zeit...«

Am ersten Tag lernte sie seine Freunde kennen, die in großen Häusern wohnten. Alle waren sehr reich. Sie lebten wie im Frieden. Und sie gaben – Sternegg zu Ehren – ein großes Essen. Die Damen himmelten ihn an.

Wieder beschlichen Anna Unsicherheit und Mißtrauen. Obwohl alle sie mit großer Zuvorkommenheit behandelten, ihr Komplimente machten, obwohl Sternegg ihr wiederholt versicherte: »Du bist die schönste von allen, Annerl, ich bin stolz, dein Kammerherr zu sein.«

Es war nicht das, was sie hören wollte. Und keiner der reichen Freunde bot Anna an, mit ihren Kindern in einem der prächtigen Häuser für einige Tage zu wohnen.

Am nächsten Tag zeigte Sternegg ihr seine Praxis und seine Wohnung mit den kostbaren Barockmöbeln.

»Hier kannst du natürlich nicht bleiben, Liebstes«, sagte er. »Leider, leider, das ist unmöglich.«

Warum das unmöglich war, erklärte er nicht. Und Anna fragte auch nicht nach dem Grund.

Sie wurde von Stunde zu Stunde unglücklicher. Am Abend waren sie eingeladen. Anna trug ein bodenlanges Kleid. Sie war schön, aber sie hätte weinen mögen, als sie in den Spiegel schaute, weil die Kinder nicht da waren und weil alles so anders war, als sie es erhofft hatte.

Als sie mit Sternegg das Hotel verlassen wollte, heulten die Sirenen. Fliegeralarm. Bomben auf

Wien. Im Keller des Hotels warteten sie ab, bis die Entwarnung kam. Das Hotel blieb unbeschädigt.

Anna stand zitternd in der Halle.

»Ich glaub', es ist vorbei«, sagte Sternegg, »wir können aufbrechen.«

»Laß mir noch ein wenig Zeit, Leopold!« bat sie. »Ich fühle mich ganz schwach. Mein Gott, was ist mit den Kindern? Wir müssen telefonieren oder hinfahren!«

»Der Schreinermeister hat kein Telefon, Annerl. Und hinfahren? Ich habe soeben gehört, daß die Trambahnen nicht fahren, und Taxis gibt es auch nicht. Beruhige dich!« Er legte den Arm um sie...

Da stand Katharina vor Anna.

Keuchend vor Atemlosigkeit.

»Katharina!« rief Anna. »Wo kommst du her?«

»Ich bin gelaufen, immer gelaufen, es ist so weit, ich bin immer den Trambahnschienen nachgelaufen, sie haben mir gesagt, welches die richtigen Schienen sind, ich bin gelaufen. Wir wollten doch wissen, ob dir nichts passiert ist. Wir haben doch bloß dich auf der Welt...«

»Katharina!« Anna schloß ihre Tochter in die Arme, sie weinte. Katharina machte sich frei.

»Ich muß sofort zurück! Die Buben haben solche Angst um dich. Ich muß zurück. Ihnen sagen, daß du lebst, sie sorgen sich um dich. Einer muß sich doch um sie kümmern. Ich muß mich um sie kümmern. Wiedersehn, Mutter, paß auf dich auf!«

»Ich gehe mit, Katharina!«

»Nein, nein, das ist nicht nötig...«

»Katharina ist ein großes Mädchen«, mischte sich Sternegg ein, »Sie hat hergefunden, da findet sie auch wieder zurück.«

Katharina stürmte davon.

Anna sah ihr nach, und plötzlich war ihr, als ob sie aus einem verwirrten Traum erwachte. Die Mutter fiel ihr ein, die eigene Mutter, wie sie in Schleierhut und Handschuhen zu ihrem Liebsten gefahren war und darüber ihre Kinder vergessen hatte. War sie selbst denn besser als die Mutter? Damals auf dem Dorf, da waren Anna und die Geschwister nicht in Gefahr gewesen. Aber hier und jetzt? Im Krieg, wo Bomben fielen? Und doch hatte Anna sich von ihren Kindern getrennt und zugelassen, daß ihre Tochter allein durch eine fremde Stadt irrte.

In diesem Augenblick versöhnte sich Anna mit ihrer Mutter und bat ihr die bösen Gedanken ab, die jahrelange Feindschaft. Sie begriff, was die Liebe aus einer Frau machen kann.

»Die beste Mutter der Welt!« hatte Martin geschrieben.

Ich bin eine schlechte Mutter, dachte Anna verzweifelt.

»Ich reise morgen ab, Leopold. Mit den Kindern. Ich fahre nach Garmisch zu Sibylle. Ich rufe sie an, gleich. . .«

»Das tut mir sehr leid, Annerl«, sagte er und machte ehrlich betrübte Augen, »aber vielleicht tust du recht daran. Ich besorge euch Fahrkarten. Das ist alles nicht so einfach, das weißt du ja. Und – ich habe ein dienstliches Telegramm bekommen, eine Abberufung. Ich bleibe nur noch ein paar Tage in

Wien und habe eine Menge zu erledigen. Ich wollte es dir vorher nicht sagen, um dich nicht aufzuregen, meine arme Madonna!«

»Ja, ja Leopold, ich will zu den Kindern, wir reisen ab...« Anna telefonierte mit Sibylle. Und die Freundin riet ihr, nach Elmau zu gehen. »...dort ist ein Lazarett im Schloß, allerdings für Tuberkulosekranke. Wenn du als Schwester arbeitest, dann geben sie dir eine Aufenthaltsgenehmigung. Ob die Kinder bei dir wohnen können? Das weiß ich nicht. Das findet sich dann. Komm nur erst her...«

Am nächsten Tag reisten sie.

Grete kam nicht mit. Sie wollte zurück nach Ostpreußen, wo ihre Eltern wohnten.

Da stand sie auf dem Bahnsteig neben Sternegg, Grete mit den blauen Kulleraugen und dem gekräuselten blonden Haar, die Gefährtin langer Jahre.

Anna setzte sich auf ihren Platz und drückte den Kopf in ihren Mantel. Sie wollte nichts sehen, nichts hören, ihr war elend zumute nach dieser schmerzhaften Niederlage.

Die Kinder drängten sich am Fenster und winkten Grete und Sternegg zu.

## 10.

Nun war Anna in der Elmau.

Da waren die Berge, die Hochwälder, deren Laub sich schon verfärbte, glitzernde Seen, bucklige mattgrüne Wiesen mit lustigen Heustadeln.

Die Herbstzeitlosen begannen in zartem Lila zu blühen. In der Nacht leuchtete der Mond, und sein Schimmer umgab Schloß und Häuser mit zauberhaftem Glanz.

Aber Anna war todunglücklich. Sie hatte Heimweh nach Ostpreußen, sie wollte zurück.

In Wien hatte sie geschworen, sich nie mehr von den Kindern zu trennen. Diesen Schwur konnte sie nicht halten.

Sie arbeitete als Hilfsschwester im Lazarett.

Man hatte ihr die Stellung nur widerwillig gegeben. Sibylle von Enkendorf, deren Mann inzwischen Generalfeldmarschall geworden war, hatte ihren Einfluß geltend gemacht, was der Arzt als Eingriff in seine Autorität empfand. »Ich hoffe, daß Sie sich hier nicht als Schloßherrin betrachten«, sagte er zu Anna. »Sie sind hier nichts weiter als eine Angestellte.« Die Unverschämtheit ließ Anna verstummen. Am liebsten wäre sie sofort abgereist. Um so mehr, als der Arzt hinzufügte: »Ihre Kinder dürfen das Lazarett natürlich nicht betreten. Ausgeschlossen! Wie stellen Sie sich das vor? Kinder unter Tuberkulosekranken? Das kann ich nicht verantworten. Und wir haben keinen Platz. Wir sind voll bis unter das Dach. Sie sind zu spät gekommen, Frau Ritter. Das hätten Sie sich früher überlegen müssen.«

Er selbst bewohnte das Fürstenzimmer des Schlosses.

Es gelang Anna nicht, Zimmer in der Umgebung zu mieten. Auch bei Sibylle in Garmisch war kein Platz.

Alles war überfüllt mit Menschen, die in diesem

schönen Landstrich Zuflucht suchten. Anna war zu spät gekommen. Anfangs schlief sie in einem Gemeinschaftsraum mit anderen Schwestern zusammen. Später bewilligte man ihr ein Turmzimmer, in das sie heimlich ihre Kinder holte, die in einem der Nebengebäude untergebracht waren. Und auch dort konnten sie nicht bleiben, sie mußten ständig wechseln, wenn der Bedarf es erforderte. Es gab keine feste Bleibe für die Kinder. Sie wohnten im Schulhaus, bei einem Bauern, in einem Zelt. Einmal nächtigten sie sogar in einem Heustadel, in Decken gewickelt wie Landstreicher.

Es zerriß Anna das Herz, wenn sie die Kinder herumstehen sah, im Hof, vor den Türen, immer Ausschau haltend nach der Mutter, die Nasen gegen die Fensterscheibe gedrückt. Und immer hatten sie Hunger.

Anna spendete Blut, um ihnen zusätzlich Nahrung zu verschaffen. Es kostete sie Kämpfe, bis man endlich gestattete, daß die Kinder aus der Lazarettküche verpflegt wurden. Anna war eine Krankenschwester unter vielen und wurde entsprechend behandelt.

»Genießt den Krieg«, witzelte man hinter der vorgehaltenen Hand, »der Frieden wird fürchterlich!«

Die Menschen schienen von hektischer Lebensgier erfaßt. Anna konnte sich nicht in ihre Lage fügen.

Sie schrieb viele Briefe und erhielt viele Briefe. Als man ihr die Bitte, in der Lazarettbibliothek arbeiten zu dürfen, abschlug, weil man Anstoß an ihrer »bizarren« Handschrift nahm, brach sie in Tränen aus. Sie wollte zurück nach Ostpreußen.

Und Chefarzt Hänschen schrieb aus Königsberg:

*»Es sieht ja nun alles wieder stabiler und günstiger am Kriegshimmel aus.*
*Wenn Sie keine Kinder hätten, liebe Frau Anna, dann würde ich Ihnen unbedingt zu Ihrer Rückkehr raten. Mit Kindern ist es schwieriger. Für alle Fälle sende ich Ihnen eine Reiseerlaubnis. Im Falle der Not, womit wir allerdings nicht rechnen, könnten Sie dann immer noch mit uns zusammen weggehen. Allerdings müßten Sie auch hier eine Ganztagsbeschäftigung übernehmen.*
*Aber das regeln wir schon für Sie, liebe Frau Anna. Was soll ich Ihnen raten?*
*Wir hätten Sie gern hier, sehr, sehr gern!*
*Das Wetter ist schön und sonnig. Der Park hat eine prächtige Herbstfärbung. Leider spazieren dort nicht mehr die liebenden Paare. Man hat Hunderte von Baracken aufgebaut, Fremdarbeiterinnen hausen drin, Russenweiber mit ihren Kindern, Pferde, Geflügel...*
*Ihrem Hund geht es gut. Ihr Haus ist unversehrt. Das Dach mit dem Roten Kreuz ist auch fertig.*
*Alle Gärten sind abgeerntet bis auf die Mohrrüben. Und bei Frau Anna stehen Rettiche!*
*Sternegg war hier und legte uns ein kinderkopfgroßes Exemplar auf den Frühstückstisch. Wir haben den Rettich verzehrt und andächtig der lieben abwesenden Besitzerin gedacht, die uns an allen Ecken und Enden fehlt.*
*Die Blumen in Ihrem Garten werden nun alle müde. Nur die Rosen blühen noch trotz der Nachtkühle. Die Astern und Dahlien haben schon braune Schlafmützen auf.*

*Grete ist wieder da und waltet ihres Amtes. Sie weckt Obst, Gemüse und das Fleisch der geschlachteten Hühner ein. . .«*

Wie freundlich das klang, wie einladend!

Dort in Ostpreußen waren die Menschen, die Anna gern hatten, sie vermißten, ihr mit Rat und Tat zur Seite standen.

Dort waren das große Haus, der Garten, die guten Freunde, Grete, Heimat.

Und dort war Sternegg.

Er hatte sich zuerst aus Krakau gemeldet, dann wieder aus Ostpreußen, dann aus dem Ermland.

»Weltstadt Mehlsack!« wie er ironisch schrieb.

Sternegg riet ihr ab, nach Ostpreußen zu kommen. Er schilderte die endlosen Trecks der Flüchtlingskolonnen, daß alle Häuser beschlagnahmt seien, daß Nidden zum Kriegsgebiet erklärt worden sei, daß die russische Artillerie bis auf die Nehrungsstraße schoß, daß Schützengräben um Königsberg gezogen würden, weil die Russen immer näher kämen:

»Offenbar will man die Festung Königsberg bis zum letzten Hitlerjungen verteidigen. Bleib, wo Du bist, liebste Anna! Sei froh, daß Du aus der Mausefalle raus bist!«

Sie las das, aber sie wollte zurück. Die Heimatlosigkeit erschien ihr unerträglich.

Sie hielt es noch einige Monate aus.

Grete schickte ein Paket mit Lebensmitteln.

Es wurde Winter, die Berge flimmerten im Schnee, das Land strahlte, in der Nacht funkelte der Sternenhimmel. Aber das tröstete Anna nicht.

Nichts tröstete sie. Nicht das Schlittenfahren in den Bergen, nicht das Skilaufen, nicht das gesellige Leben im Müllerhaus, wo man gemeinsam sang und Theater spielte und wo auch die Kinder mitwirken durften.

Anna wollte zurück, allen Warnungen zum Trotz.

»Und wenn die Russen kommen, so ist mir das auch gleich«, sagte sie. »Weihnachten sollen die Kinder zu Hause feiern.«

Im Dezember fuhren sie los.

Die Reise war ein Alptraum. In Augsburg erlebten sie den ersten Luftangriff. Und so ging es weiter und hörte nicht auf, bis sie Königsberg erreichten.

Zwei Tage und zwei Nächte dauerte die Fahrt.

Am ersten Weihnachtsfeiertag langten sie an ihrem Ziel an.

Als Anna, die Kinder an der Hand, aus der Bahnhofshalle trat, hätte sie die Erde küssen mögen.

Es war ein kalter Tag, der Himmel hoch und hell, die Sonne schien, winzige Eiskristalle wirbelten blitzend in der Luft.

Anna sah die Schuttberge, die Verwüstungen, aber sie dachte nur an ihr Heim, in dem sie alles so vorzufinden hoffte, wie sie es verlassen hatte.

Ein Sanitätswagen bremste neben ihnen.

»Um Gottes willen, gnädige Frau! Sie kommen zurück? Jetzt?«

»Ich konnte nicht mehr in der Fremde leben«, sagte sie. »Wir waren überall nur geduldet, die Kinder wurden herumgestoßen, wir gehörten nirgends hin. Hier sind wir zu Hause, hier bleiben wir, bis der Krieg vorbei ist.«

Der Soldat schüttelte den Kopf. Er nahm Anna und die Kinder im Wagen mit.

»Das ist zwar verboten«, sagte er. »Aber für Sie mache ich das, gnädige Frau. Sie sind eine Ausnahme.«

»Danke! Ich danke Ihnen von Herzen...«, murmelte Anna gerührt. Es tat gut, wieder bevorzugt zu werden, wieder eine Ausnahme zu sein, für die dienstliche Verbote nicht galten. Und dann das Haus.

Da stand es mit einer Schneehaube auf dem Dach. So groß, so schön, so vertraut.

Anna schloß die Haustüre auf. Die Kinder stürmten lachend in den Flur, die Treppe hinauf zum Kinderspielzimmer, sie rüttelten an der Klinke. Die Tür war verschlossen. Alle Türen waren verschlossen.

Das Haus war in Annas Abwesenheit belegt worden. Die neuen Bewohner hatten ihre Visitenkarten an die Türen geheftet. Es waren Offiziere, Ärzte vom Lazarett, fremde Namen. Die Kinder waren enttäuscht, Anna schwankte zwischen Wut und Tränen.

Einer der Ärzte tauchte im Flur auf und machte Anna heftige Vorwürfe.

»Was wollen Sie denn hier? Sind Sie wahnsinnig geworden? Ich denke, Sie sind in komfortabler Winterfrische im Gebirge, in Oberbayern, wo Milch und Honig fließen...« Chefarzt Hänschen kam.

»Warum haben Sie mir nicht geschrieben, daß mein Haus belegt ist?« schrie Anna ihn an. »Mein Haus, meine Möbel, mein Eigentum!«

Sein gutmütiges Gesicht zog sich in bekümmerte Falten. »Ich ahnte doch nicht, daß Sie tatsächlich kommen würden, Frau Anna. Es tut mir leid, sehr leid. Sternegg ist nicht da, er darf nicht weg von Mehlsack. Und Grete ist wieder zu ihren Eltern nach Gerdauen gefahren. Ich sorge dafür, daß das Schlafzimmer, das Herrenzimmer und der Wintergarten für Sie freigemacht werden. Später, Frau Anna, später kriegen Sie das ganze Haus. Wie früher. Dann werden wir alle glücklich leben. Nach dem Krieg. Vielleicht nimmt doch noch alles ein gutes Ende. Vertrauen wir dem Führer!« Seine Unterlippe zitterte.

Anna wußte schon, daß sie die Anstrengungen der Reise umsonst auf sich genommen hatten und daß sie nicht in Königsberg bleiben konnten.

Sie verlebten ein trauriges Weihnachtsfest, ein trauriges Silvester. Ohne Grete, die sie nicht wiedersehen sollten. Die Vorräte im Keller und die Reihen der Weinflaschen hatten sich gelichtet. Die neuen Bewohner hatten auch das Schwein geschlachtet.

Der Hund Poldi, von dem sie Abschied nahmen, wurde im Lazarettzug nach Köln mitgenommen, wo er ein hohes Alter erreichte.

Am 14. Januar verließen Anna und die Kinder zum zweitenmal die Stadt. Mit Mühe und Not bekamen sie Plätze in einem der letzten Züge.

Dieses Mal war es eine Flucht.

Anna mußte alles zurücklassen, was sie erkämpft und erarbeitet hatte.

Ihr kleines Auto blieb auf dem Bahnhofsplatz stehen. Der Schlüssel steckte im Zündschloß.

»Adieu!« sagte Anna.

Sie war auf sich allein gestellt, das hatte sie nun endlich begriffen. Sie war allein mit drei Kindern.

Wo waren die Männer, die sie liebten oder sagten, daß sie sie liebten? Martin, Wolfgang König, Sternegg, der Maler Karl?

Sie waren nicht da, sie konnten ihr nicht helfen.

Anna mußte sich selbst helfen. Ungezählten Frauen ging es so. Anna war keine Ausnahme.

In Gottes Namen! Es hatte keinen Sinn, sich gegen das Schicksal aufzulehnen, zu jammern, zu weinen.

Etwas von der alten, verloren geglaubten Tatkraft durchströmte sie: Sie war allein mit drei Kindern, für die sie Verantwortung trug. Sie mußte damit fertigwerden. Sie mußte es schaffen, und sie würde es schaffen. Irgendwo ein neues Zuhause aufbauen für die Kinder und für Martin. Ja, sie würde auf Martin warten, ihm ein Heim bereiten, ein schönes Heim. Martin! Sie hatte sich ein Jahr lang von ihm entfernt, jetzt war sie wieder zu ihm zurückgekehrt. Im Grunde hatte sie ihn überall gesucht. Sie hatte ihn in Wolfgang König gesucht, sie hatte ihn in Leopold Sternegg gesucht. Beides waren gute Männer. Aber sie waren nicht Martin.

Sie würde es schaffen! Sie hatte immer alles geschafft, was sie sich vorgenommen hatte. Man mußte nur ganz fest wollen und alle Kräfte anspannen. Das Leben war kein Vergnügen, sondern eine schwere Aufgabe. So hatte es Frau Weise gepredigt, und so war es auch.

Arbeiten, arbeiten, den Kindern alles geben, was sie in der Jugend vermißt hatte.

Sie würde es schaffen. Martin sollte stolz auf sie sein, auf die »beste Mutter der Welt«.

In Gottes Namen! Heilige Maria, Mutter Gottes, steh uns bei! Sie nahmen nur kleines Gepäck mit.

Die spanische Reisetasche, mit der Anna vor achtzehn Jahren aus dem Dorf aufgebrochen war, blieb in Königsberg zurück.

# Epilog

Der Generalarzt Dr. Martin Ritter starb am 5. Dezember 1948 in russischer Kriegsgefangenschaft an Leukämie. Es tröstete Anna, als sie von einem Heimkehrenden erfuhr, daß Martin im Lager innige Freundschaft mit einer russischen Ärztin geschlossen hatte, die ihn bis zu seinem Tod betreute. Anna empfand für diese unbekannte Frau nur Dankbarkeit.

Bis sie die Pension ihres Mannes bekam, lebte Anna mit ihren Kindern in Oberbayern.

Sie erlernte bei einem Schreinermeister das Drechseln und richtete eine Werkstatt ein, in der sie Rauschgoldengel und Krippen herstellte und Möbel restaurierte. Sie beschäftigte zeitweise hundert Angestellte und Heimarbeiter.

Sie nahm Verbindung zu ihrer Mutter auf und unterstützte sie finanziell, bis die Mutter starb.

Das erste Lebenszeichen von ihrem Mann erhielt Anna im Jahre 1946.

Martin schrieb viele Karten.

Einige sind nachfolgend abgedruckt.

6.3.1943.

*Abs.: Dr. Martin Ritter, UdSSR Moskau, Rotes Kreuz, Postfach 160!*

*»Liebe Anna!*

*Ich will doch mal versuchen, Dich über die alte Anschrift zu erreichen. Ich habe auch schon an meine Schwester nach Lüneburg geschrieben. Es geht mir gut, hoffe dasselbe auch von Dir und*

*den Kindern. Hoffentlich gibt es bald ein Wiedersehn, um noch einmal mit der Arbeit beginnen zu können.*
*Nur den Mut nicht sinken lassen!*
*Herzliche Grüße Euch allen – Martin.*
*Anhängende Karte bitte zur Rückantwort benutzen.«*

Martins Karte war nach Königsberg/Maraunenhof adressiert. Es erschien Anna wie ein Wunder, daß sie nach Klais in Oberbayern weitergeleitet worden war.

10.6.1946

*»Liebste Anna!*
*Nach dreieinhalbjährigem Hoffen und Bangen erhielt ich vorgestern Deine Karte. Meine Freude darüber, daß Ihr lebt und gesund seid, ist sehr groß. Wegen der schweren Kämpfe in Ostpreußen hatte ich schreckliche Sorgen um Euch gehabt. Daß Ihr in einem Flüchtlingslager leben müßt, ist traurig. Ich hatte gehofft, daß meine Schwester Euch eine Bleibe anbieten würde. Ich hatte sie darum gebeten. Aber ich habe das feste Vertrauen, daß Du die Schwierigkeiten überwinden wirst. Und wenn ich einmal nach Hause komme, dann werden wir zusammen versuchen, bessere Lebensbedingungen zu schaffen. Eine Praxis wird sich dann auch finden. Mir ist es in den Jahren der Gefangenschaft recht gut gegangen. Ich arbeite als Arzt in meinem Spezialfach. Ich darf im Monat eine Karte schreiben, andererseits aber unbeschränkt Post empfangen. So bitte ich Dich herzlich, mir alle acht Tage zu schreiben, damit*

*ich weiß, wie es Euch geht. Am 19.3. waren es vier Jahre, daß ich Abschied von Euch nahm. Was machen die Kinder? Sind sie groß geworden und brav geblieben? Schicke mir mal ein Bild von Euch, ich habe keins mehr, alles verloren.*
*Nun, Liebes, viele herzliche Grüße und Küsse Dir, Katharina, Tobias und Berthold – Euer Vati.*
*Wie geht es Deinen Eltern und Geschwistern? Grüße sie von mir!«*

18.9.1946

*»Meine liebste Anna!*
*Für Deine Karte vom 20. Mai herzlichen Dank.*
*Sie hat mich sehr erfreut, da ich seit April keine Post bekommen hatte. Ich warte sehnsüchtig auf den Tag der Heimkehr. Meine Gedanken sind täglich bei Euch. Daß die Kinder prächtige Menschen geworden sind und daß Ihr so tapfer zusammenhaltet, hat mich tief berührt. Nun haben wir uns bald fünf Jahre nicht mehr gesehen. Kannst Du nicht ein Foto von Euch auf einer Postkarte befestigen? Gesundheitlich geht es mir gut. Die Nachricht, daß Du meine Sachen, Approbation, Zeugnisse usw. mitgenommen und auch schon nach einer Praxis Ausschau gehalten hast, freut mich aufrichtig. Herzlichsten Dank!*
*Und Ihr wohnt immer noch im Lager, das ist schlimm, an Maraunenhof darf man gar nicht denken.«*

5.10.1946

*»Liebstes!*
*Karten von Juli, August und von Katharina erhalten.*

*Dürfen monatlich nur 25 Worte schreiben. Erfreut, daß Kinder das Gymnasium besuchen. Befinden gut. Deinen Brief noch nicht bekommen. Zeitpunkt der Rückkehr ungewiß. Bitte Fotos...«*

24.12.1946

*»Ihr Lieben!*
*Gedenke Eurer am heutigen Heiligen Abend in besonderer Liebe. Brief, mehrere Karten erhalten. Frohe Weihnacht und gutes Neues Jahr. Werkstattentschluß ausgezeichnet. Ich liebe Euch...«*

13.1.1947

*»Liebe Katharina!*
*Dank für Deine beiden Karten. Schreibt oft, auch Briefe mit Fotos. Gesundheit befriedigend. Tobias herzliche Geburtstagswünsche. Liebe Grüße an Mutti und Deine Brüder...»*

25.2.1947

*»Ihr Lieben!*
*Karte vom 28.11.46 kam gestern, war 10 Wochen ohne Nachricht. Bewundere Muttis Tatkraft, wünsche vollen Erfolg. Bitte Briefe und Fotos...»*

11.4.1947

*»Liebste Anna!*
*Langersehnte Nachricht erhalten. Leider keinen Brief, keine Fotos. Befinden mäßig. Trotz guter Ernährung*

*zehrt Winter an Kräften. Verbindung zu Dr. Selkow unmöglich. Mein Vater hat am 6. Mai Geburtstag, bitte gratuliere auch in meinem Namen. . .«*

3.6.1947

*»Liebstes!*
*Brief mit Bildern erhalten. Hocherfreut. Befinden gut. Wieder nur 25 Worte erlaubt – gilt auch für Antwortkarten. Briefe verboten. . .«*

30.7.1947

*»Maibrief, Junikarten erhalten. Auch Karten von den Kindern. Heimkehrzeitpunkt unbestimmt. Geringe Hoffnung für 1947.*
*Wieder Briefe erlaubt. . .«*

5.11.1947

*»Meine Liebsten!*
*Euch allen gute Weihnachten und ein besseres Neues Jahr mit langersehntem Wiedersehen. Innigste Wünsche für Gesundheit. Teile Stolz über Geschäftserfolge. Mein Befinden gut. . .«*

21.1.1948

*». . .wir dürfen jetzt alle Vierteljahr einen Brief schreiben. Mir geht es so weit gut. Die Hoffnung auf baldige Heimkehr hält mich aufrecht. Hoffentlich werde ich nicht enttäuscht. Von meinem Vater erhielt ich ein Lebenszeichen. Sonst höre ich von niemandem. Ich habe*

*leichte rheumatische Beschwerden. Daß Tobias ein so guter Schüler ist, freut mich sehr. Und daß Du den Kindern sogar Klavierstunden ermöglichst und leihweise ein Instrument beschafft hast, finde ich wunderbar. Und wieder ist es Tobias, der besondere musikalische Begabung zeigt?! Vielleicht kann ich mit den Kindern zusammen musizieren, wenn ich heimkomme.*
*Ich bin stolz auf Dich, liebste Anna...«*

29.2.1948

*»Meine liebe Tochter Katharina!*
*Danke für Deine Karte vom 14.1.48. Ich freue mich über die guten Nachrichten und auch über Deine Berufswahl. Du besuchst also die Kunstschule in Salzburg, und Ihr alle drei lernt nebenher Stenographie und Schreibmaschine, Privatunterricht! Was Mutti alles schafft! Und Du studierst auch noch Französisch und Englisch? Das freut mich. Nun sind es bald sechs Jahre her, daß ich Euch zum letztenmal gesehen habe. Ich hätte so gern eine neue Fotografie von Euch. Wenn Ihr sie auf eine Postkarte näht, würde sie sicher ankommen. Ich warte sehnsüchtig auf die Bilder. Verpflegungsmäßig ist es hier gut. Der Winter war nicht so schlimm, augenblicklich ist es zwar sehr kalt...«*

19.3.1948

*»...an meinem heutigen Geburtstag denke ich zurück an die schönen Tage mit Euch, zugleich hoffe ich, meinen nächsten Geburtstag im Kreise von Euch Lieben verbringen zu dürfen. Postverbindung ist zur Zeit sehr schlecht. Letzte Nachricht von Euch vom 18. Januar*

*(Katharinas Karte). Kameraden erfreuten mich mit kleinen Geschenken, Zigaretten, Brot, Zucker, nachmittags war Teestunde. Ich habe wenig Beschäftigung, leider. Ich würde so gern häufiger von Euch hören. Darf ich meine Bitte nach einem Foto von Euch auf einer Postkarte wiederholen ? Ihr würdet mir eine große Freude machen. Man hat so wenig Freude hier. Geld und Pakete bitte nicht schicken! Außer Kleidung ist alles ausreichend vorhanden. Ich sende jetzt schon Katharina meine besten Wünsche zu ihrem Geburtstag. Mein Vater wird am 6.5. 86 Jahre alt, ich möchte ihn noch einmal sehen. Ich habe solche Sehnsucht nach Euch. Wo steckt Frau von Enkendorf?«*

18.4.1948

*»...bin wegen Eures Wohnungswechsels in großer Sorge. Hoffentlich hast Du inzwischen etwas gefunden. Leider hatte ich wieder rheumatische Beschwerden in der rechten Hand. Daß ich bei der Konfirmation unserer Kinder nicht zugegen sein konnte, ist mir doch sehr schmerzlich. Aber ich muß wohl dem Geschick dankbar sein, weil es bisher gnädig über Euch gewaltet hat.*
*Hier beginnt der Schnee zu schmelzen...«*

18.5.1948

*»...mit Heimkehr ist wohl erst Ende des Jahres zu rechnen.*
*Ich habe regelmäßig geschrieben. Es gibt ja im Monat nur eine Karte. Mir geht es gut, nur zeitweise habe ich Schmerzen.*
*Das Wetter ist schön warm, die Bäume bald ganz grün.*

*So spät wird es hier Frühling. Der Winter ist sehr lang...«*

15.6.1948

*»...lange keine Nachricht von Euch. Ich sehne mich nach regelmäßiger Tätigkeit. Sechs Jahre hinter Stacheldraht sind nicht leicht zu ertragen. Auf Deine Wahl in den Gemeinderat kannst Du stolz sein, Liebstes. Was Du alles fertigbringst! Möbel, Werkstatt, Drehbank, Kreissäge...Schön auch, daß Ihr Tennis spielen könnt und daß Ihr im Kirchenchor singt. Wie gern wäre ich bei Euch...«*

3.8.1948

*»...hab einige Sorgen. Postverkehr anscheinend durch Folgen der Währungsreform gestört. Ich lebe in den Tag hinein, schwanke zwischen Hoffnung und Zweifel.*
*Es wäre ein großes Glück, wenn ich an Deinem Geburtstag im Dezember daheim sein könnte.*
*Die Verhältnisse hier sind zufriedenstellend.*
*In kultureller Hinsicht Abwechslung durch Theateraufführungen, Konzerte des Lagerorchesters und sportliche Veranstaltungen. Ich denke immer an Euch und umarme Euch in Gedanken mit vielen Küssen...«*

28.12.1948

*Abs.: Kriegsgefangener Dr. Georg Kreipe, UdSSR, Lager 7074*
*»Sehr verehrte gnädige Frau!*

*Hiermit erfülle ich die traurige Pflicht, Ihnen den Tod Ihres Herrn Gemahls mitteilen zu müssen.*
*Von seiner schweren Erkrankung hat Ihnen Ihr Mann wohl selbst geschrieben. Nach vorübergehender Besserung nahm dann leider die Krankheit – Leukämie – ihren unaufhaltsamen Verlauf, und Ihr Mann starb am 5.12. morgens 3.50 Uhr. Er starb ohne Schmerzen, seine Gedanken galten wie stets Ihnen und Ihren Kindern. – Sehr verehrte gnädige Frau, ich versichere Ihnen, daß für Ihren Mann in ärztlicher und menschlicher Hinsicht – nicht zuletzt von russischer Seite – alles nur Mögliche getan wurde. Würdig bestattet ruht Ihr Mann auf dem Friedhof unseres Lagers. Bitte, nehmen Sie unser aller Mitgefühl und unsere Mittrauer entgegen. Ihr ergebener...«*

19.1.1950

*»Sehr verehrte gnädige Frau,*
*am 3. Dezember 1949 konnte ich endlich das Lager 7074 (Oranki, 60 km südlich von Gorki) in Rußland verlassen, am 14. war ich zu Hause, und nach Fest- und Ruhetagen hier im Elternhaus will ich Ihnen nun schreiben.*
*Am 8.7.1946 kam ich als Pfarrer in einem großen Sammeltransport in das Lager 160, das interessante alte Kloster Susdal, 140 km nördlich von Wladimir.*
*Dort waren außer einigen hundert Italienern, etwa neunzig Ungarn auch ungefähr zehn deutsche Offiziere, darunter Ihr Herr Gemahl. Natürlich lernt man sich nicht gleich gut kennen, aber je länger ich dort war, desto mehr bewunderte ich unseren Chefarzt.*
*Seine ärztliche Hilfe brauchte ich nur einmal. Aber er*

*wollte ja dort und damals nicht nur als Arzt helfen, sondern als Mensch. Dem einen zeigte er das Strümpfestricken, das er von Ihnen gelernt hatte, wie er sagte. Einem anderen riet er, ruhig mal zur Feldarbeit zu gehen oder in den Wald. Allen bewies er durch seine eigene Haltung, wie man mit den damals noch recht spürbaren Mißlichkeiten des Lagerlebens fertig wird.*
*Dann wurden wir alle in ein anderes Lager verlegt, das war wieder ein Kloster, kleiner und neuer als Susdal. Dort lebten wir, teils im Kloster selbst, teils in einem zweiten, etwa 2,5 km entfernten Lager mit recht viel Rumänen, Ungarn und Österreichern zusammen.*
*Ihr Herr Gemahl lebte fast ausschließlich im Kloster. Das bot zwar wenig Auslauf, hatte ringsum Mauern, bot aber den Vorteil, daß die Gebäude aus Stein und über der Erde waren.*
*Es gab immerhin einiges zu lesen, man konnte mit Kameraden Bridge oder Schach spielen.*
*Die Einzelheiten eines Gefangenentages sind wohl überall gleich. Ich war Ihrem Gatten nicht so nah, aber doch nah genug, daß ich nach seiner Erkrankung und Aufnahme ins Lazarett fragen konnte, ob ich ihn besuchen dürfte. Das muß Ende September 48 gewesen sein. Die behandelnden Fachkollegen hielten eine Genesung für fraglich.*
*Ihr Herr Gemahl sprach sehr offen davon, daß er mit seinem Ende rechne.*
*›Um meine Kinder habe ich keine Unruhe‹, sagte er, ›sie sind unter der Leitung ihrer Mutter zu reifen, tüchtigen Menschen herangewachsen, und meine Frau wird sich behaupten, auch wenn ich nicht mehr da bin.‹*
*Aber, daß Sie nun wieder unter Ungewißheit leiden müßten, das machte ihm große Not.*

*Wir sprachen natürlich auch über den Glauben an Gott. Da sagte er freimütig: ›Ein Kirchenchrist bin ich nicht gewesen. Aber ich habe jetzt über vieles nachgedacht.‹*
*Wir beteten gemeinsam das Vaterunser, und es schien mir, daß er dabei innerlich beteiligt und dankbar sei. Damals bat er mich, Ihnen in seinem Namen zu schreiben. Ich tat es nicht, weil in den nächsten Tagen eine erfreuliche Wendung zum Guten eintrat. Er hatte sich recht gut erholt – dann kam der Rückschlag, kurz nach meinem letzten Besuch...*
*An seinem Sarg versammelte sich fast das ganze Lager. Der deutsche Lagerälteste widmete dem verehrten Toten einen warmherzigen Nachruf, und dann durften die 15 oder 20 Kameraden, die ihm am nächsten standen, ihm das letzte Geleit zum Friedhof geben. Ein Fahrzeug brachte den Sarg dorthin, wo schon vorher das Grab ausgehoben worden war. Ich hielt eine kurze Ansprache, und wir gedachten auch Ihrer und Ihrer Kinder, die der Tote so sehr geliebt hatte. Wir haben dann selbst das Grab geschlossen und das Kreuz gesetzt, auf dem Namen und Daten eingeschnitzt und eingebrannt waren. Das Kreuz wurde später beseitigt – wie auf allen Gräbern. Aber der Friedhof war bis zuletzt sauber und gepflegt.*
*Er liegt seitlich des Weges, der vom Kloster Oranki zu dem anderen Lagerteil führt, unmittelbar neben einem größeren Sammelgrab, in dem viele der Stalingradgefangenen, die im ersten Winter an Seuchen und Erfrierungen starben, begraben liegen. Ein dichter Baumbestand aus Kiefern und Birken umschließt den Friedhof von drei Seiten.*
*Sehr verehrte gnädige Frau, was ich Ihnen schreibe, ist*

*eine bittere, harte Wirklichkeit. Trost liegt nicht in der Beschreibung von Einzelheiten, sondern, wenn überhaupt, nur in dem Wissen, daß die Toten auch im fremden Land in Gottes Hand ruhen, so wie wir Lebenden von Gottes Hand gehalten und geführt werden.*
*Um diesen Trost ringe ich selbst, weil ich glaube, daß dies der einzige und letztlich wahre Trost in dieser Welt ist.*
*Diesen Trost wünsche ich Ihnen und allen, die Gleiches und Schweres tragen.*
*Ihr ganz ergebener Friedrich Roetting,*
*Pfarrer«*

Barbara Kayser

# Anna und ihre Kinder

BASTEI
LÜBBE

# 1.

Anna fand das Schulheft unter einem Berg von Hakenkreuzfahnen. Gleich am ersten Tag, nachdem sie in das Flüchtlingslager eingewiesen worden waren.

Es gab zahllose Flüchtlinge nach dem verlorenen Krieg. Auch Anna und ihre drei Kinder waren Flüchtlinge. Sie waren aus Ostpreußen gekommen, aus Königsberg.

Anna hatte nicht nur Heimat und Besitz verloren, sondern – was ihr nun noch wichtiger erschien – auch Ansehen und Sicherheit, die ihr durch die Stellung ihres Mannes zugewachsen waren. Martin war aktiver Sanitätsoffizier gewesen. Der erste Tag im Flüchtlingslager war schlimm.

Wenn Anna später darauf zurückblickte, dann wunderte sie sich, daß sie damals nicht allen Mut verloren hatte.

Das Flüchtlingslager war häßlich. Daran änderte auch die schöne Landschaft mit den prächtigen Bergen nichts. Die kasernenartige Anlage in einem parkähnlichen Gelände hatte während des Krieges als Seuchenlazarett gedient. Und der Raum, den man ihnen zuwies, erschien Anna trostlos. Es standen vier Soldatenbetten mit muffig riechenden Seegrasmatratzen und grauen Pferdedecken darin. Keine Kopfkissen. Zwei Wehrmachtspinde. Kein fließendes Wasser. Blechschüssel und Eimer als Waschgelegenheit. Keine Gardinen, keine Fensterläden, die Wände mit grünlicher Leimfarbe gestrichen, nackte Glühbirnen baumelten von der Decke, das Linoleum des Fußbodens war verwaschen und an manchen Stellen durchlöchert. Aber es war wenigstens hell – vier deckenhohe schmale Fenster gaben dem Raum viel Licht.

Unwillkürlich mußte Anna an ihr Haus in Königsberg denken, im Aschmannpark, an die alten wertvollen Möbel, die Teppiche, Bilder, an die vielen schönen Zimmer. Aber sie gab sich der sinnlosen Erinnerung nicht lange hin, sondern beschloß auf der Stelle, ihren Kindern irgendwie ein gemütliches Heim zu schaffen.

Sie brachten ihre Habseligkeiten unter und gingen dann in die Stadt. Bad Reichenhall, ein hübscher Kurort, schien der Krieg fast gänzlich verschont zu haben. Keine zerstörten Häuser, keine Elendsgestalten. Die Menschen, die ihnen begegneten, waren friedliche, gutgenährte Bürger. Die Sonne schien vom blauen Himmel, ringsum ragten die Berge empor. Es war schön.

Sie schlenderten durch die Straßen.

Plötzlich blieb Anna stehen und deutete auf ein Schild. »Kinder!« rief sie. »Ein Lichtblick! Dr. Michel, Hals-, Nasen- und Ohrenarzt steht da. Dr. Michel ist ein Kollege eures Vaters. Sie haben zusammen in Würzburg studiert und an derselben Klinik ihren Facharzt gemacht. Ich kenne ihn auch aus jener Zeit. Gleich am ersten Tag treffen wir Dr. Michel! Ist das nicht ein Glück?«

Anna drückte auf die Schelle. Und dann warteten sie gespannt.

Langsame Schritte näherten sich von innen, die

Tür wurde geöffnet. Dr. Michel erschien, er trug einen weißen Kittel und hatte den Ohrenspiegel zurückgeklappt über der Stirn.

Anna hätte ihn umarmen mögen. »Doktor Michel! So sieht man sich wieder...« Sie strahlte ihn an.

Er erkannte Anna sofort. Er lächelte überrascht, sah auf die drei Kinder und fragte zögernd: »Wo wohnen Sie, gnädige Frau?«

»Im Flüchtlingslager. Seit heute.« Annas Freude war schon erloschen. Sie glaubte Abwehr bei Dr. Michel zu spüren. Sie betraten den Vorraum. Er ließ die Tür zur Straße offen.

»So, das sind also Martins Kinder«, sagte er. »Wie alt sind sie?«

»Katharina ist vierzehn, Tobias zwölf, und Berthold wird im Dezember zehn«, zählte Anna auf.

»Gott sei Dank habe ich keine Kinder«, sagte er. »In dieser verfluchten Zeit noch Kinder? Nein, danke!« Dann schimpfte er auf den Krieg, auf das Militär, auf die Nazis, auf die hohen Offiziere. »...die haben lange genug gut gelebt und die feinen Herren gespielt...« Er bat Anna nicht, näher zu treten, bot ihr nicht einmal einen Stuhl an.

Anna verabschiedete sich rasch. Sie schämte sich vor ihren Kindern, die stumm dem Gespräch zugehört hatten.

Auf der Straße sagte Berthold empört: »Der war aber gar nicht nett! Ein Freund von Vati soll der sein? Und wie er dich behandelt hat, Mutti! Als ob wir Bettler wären!«

»Er hatte wohl Angst, wir suchten bei ihm eine

Bleibe«, sagte Anna. »Wir wollen nicht mehr an ihn denken.«

Sie gingen weiter und kamen in die Altstadt. Dort war eine Müllhalde.

Anna entdeckte eine große Sprungfedermatratze mit Holzrahmen, einen verdreckten Teppich mit Orientmuster, dicke Bastmatten, die wohl zur Verpackung von Feigen gedient hatten, die es damals zum ersten Mal nach dem Krieg in Deutschland wieder zu kaufen gab.

»Ich besorge einen Leiterwagen!« erklärte Katharina tatendurstig. »Neben dem Lager ist eine Gärtnerei. Die leihen uns bestimmt einen.« Und schon lief sie davon, um kurz darauf mit einem großen Leiterwagen wiederzukommen.

»Dürfen wir die Sachen denn einfach so mitnehmen, Mutti?« fragte Tobias besorgt. »Ist das erlaubt?«

»Wir können die Sachen doch gut gebrauchen«, sagte Berthold, »und hier liegen sie bloß rum. Wir nehmen sie uns und fertig.«

Gemeinsam luden sie die Sachen auf und machten sich auf den Heimweg. Vor einer Kaserne fanden sie noch blaukarierte Bettwäsche, einen Fußball, ein Schlauchboot, einen Haufen Hakenkreuzfahnen, und unter den Fahnen lag das Schulheft. Es hatte Wasserflecken, die Seiten wellten sich ein wenig, und es war auch angeschmutzt, aber sonst war es tadellos mit festem blauem Deckel und weißen leeren Seiten, ein dickes Heft.

Anna strich glättend über das Papier. »Das behalte ich.«

Als sie ihre Schätze schließlich ins Lager gebracht

hatten, sagte Katharina: »So, jetzt wird gearbeitet! Gewaschen, geputzt, genäht, damit dieses Loch ein bißchen wohnlicher wird.«

Es dauerte nur wenige Wochen, bis sie sich ein gemütliches Heim geschaffen hatten. Vor den Fenstern hingen Gardinen, die kratzigen grauen Pferdedecken hatten rote Bezüge aus Fahnenstoff, die nackten Glühbirnen blaukarierte ›Röckchen‹, die Feigenmatten waren mit Sackleinen gefüttert und auf den gesäuberten Orientteppich gelegt worden, um ihn zu schonen. Mit den beiden Wehrmachtspinden trennte sie eine geräumige Ecke vor einem der Fenster ab.

»Das wird dein Salon, Mutti!« scherzte Katharina. »Da empfängst du deine Gäste. Wie in Königsberg. Wir beziehen die alte Matratze mit Fahnenstoff, stopfen Kissenbezüge mit Holzwolle aus, nähen Volants dran, und dann legen wir die Matratze auf vier Holzklötze, wodurch sie sich in eine Couch verwandelt. Da hast du in der Ecke ein kleines Refugium, in das du dich zurückziehen kannst.«

Vor dem Fenster war ein Blechdach, so daß sie im Sommer von ihrem Zimmer aus auf das Dach hinaussteigen konnten.

»Ein Dachgarten!« rief Anna. »Hier pflanzen wir Blumen. Vielleicht finden wir auch noch irgendwo einen Liegestuhl...«

Berthold besorgte Kisten aus einem Sägewerk, die sie zu Wäschekommoden umfunktionierten. Er organisierte auch Pulverfarben aus einer Lackfabrik.

Anna malte die Kisten schwarz an, zog Kanten

und Leisten mit Goldbronze nach und lockerte die schwarzen Flächen mit goldenen Ornamenten auf, mit Kreisen, Tupfen, Monden. »Damit ein Hauch von Schönheit in unser Zuhause kommt«, sagte sie. An die Wände hefteten sie Kunstpostkarten mit grünen Blätterkränzen als Rahmen.

Und überall im Zimmer standen Blumen, blühende Zweige, die die Kinder auf dem Doktorberg gepflückt hatten.

In Annas ›Salon‹ stand ein schmaler Tisch, darauf ein kleiner Bronzeleuchter. »Das ist mein Talisman«, sagte Anna zu ihrer Tochter. »Ein Gruß aus vergangenen Zeiten. Ich habe mich nie von ihm getrennt. Es gibt noch einen zweiten. Ein lieber Freund hat sie einmal in Frankreich gekauft, einen Leuchter für mich, den anderen für sich. Das war im Krieg...«

»Ich weiß«, sagte Katharina. »Wolfgang König, der Professor.«

»Ich habe noch etwas gerettet«, fuhr Anna fort. Sie holte aus dem Flüchtlingsgepäck ein in rotes, weiches Leder gebundenes Buch. Der Titel war in schwarz-goldenen Buchstaben geprägt: ALS MUTTER EIN KIND WAR. »Das Buch stammt aus dem Elternhaus eures Vaters. Seine Mutter, eure Großmutter, hat es mir geschenkt. Es ist ein altmodisches Buch, Gedanken eines jungen Mädchens im neunzehnten Jahrhundert.«

Anna legte das Buch auf den Tisch vor den kleinen Bronzeleuchter. Es nahm sich schön aus, verlieh dem Zimmer ein wenig Glanz.

Eine alte Freundin kam zu Besuch. Auch sie war aus Ostpreußen geflohen und war auf der Suche nach einer Unterkunft. Sie brachte Adressen von Ärzten mit, die früher in Königsberg stationiert gewesen waren.

Die Freundin sah sich im Zimmer um. »Ach, Anna, du bist die geborene Innenarchitektin. Die Farben hier, das Rot, das Gold, das Schwarz, die Blumenzweige, der Blätterkranz, das alte Buch – alles sieht so zauberhaft aus, als ob eine chinesische Prinzessin aus dem Märchenbuch hier wohnte. Und alles strahlt Optimismus aus...«

»Es ist zum großen Teil auch Katharinas Werk«, sagte Anna. »Und unser Leben ist nicht so sorglos wie es scheint.«

Es war sogar sehr hart, ihr Leben. Ihr Geld wurde immer knapper, sie wußten kaum, wovon sie leben sollten. Anna bezog keine Rente, keine Pension. Sie hatte keine Erfahrung mit Ämtern, Behörden, sie verstand nichts von Versorgungsansprüchen, wußte nicht, wo sie Anträge stellen sollte. Aber sie wollte ihren Kindern doch alles ermöglichen: Gymnasium, Tennis, Klavierstunden. Also mußte sie arbeiten, Geld verdienen. Bei einem Meister erlernte sie das Drechseln und richtete sich dann eine Werkstatt in einer verrotteten Waschküche ein, die man ihr im Lager nur ungern zur Verfügung stellte. Die Waschküche war nicht beheizbar. Im Winter froren sie und ihre Kinder erbärmlich.

In der Werkstatt fertigte Anna mit Hilfe der Kinder Geschenkartikel an: Weihnachtskrippen, Rauschgoldengel, geschnitzte und gedrechselte Puppen, Kinderspielzeug, Kasperletheater mit Kulissen, Holzteller, kleine Truhen.

Die Beschaffung des Materials bereitete unsägliche Mühe. Es gab ja nichts. Anna bettelte auf den Bauernhöfen Holz und Werkzeug zusammen, sammelte Riedgras, Stroh, Schilf, Tannenzapfen. Sie lernte es auch, Möbel zu restaurieren, sie abzubeizen und aufzubauen.

»Wir schaffen es schon!« pflegte sie zu ihren Kindern zu sagen.

Und sie schafften es. Aber es dauerte lange, bis Anna endlich Heimarbeiter beschäftigen konnte. Trotzdem waren ihre Einkünfte gering. Mit der Werkstatt hielt sie ihre Familie gerade so über Wasser. Ohne Katharina wäre das alles nicht möglich gewesen. Wenn Anna auf Verkaufsreisen war, die sie bis nach Norddeutschland führten, dann war Katharina die Seele des Geschäfts: Sie leitete die Werkstatt, machte Entwürfe, lernte Heimarbeiterinnen an, stellte Arbeitsplätze auf, zahlte Löhne, setzte Verkaufspreise fest, betreute die Brüder und erstattete der Mutter schriftlich Bericht. Dabei war sie doch noch ein Kind – ein Schulmädchen.

Es waren harte Jahre, aber sie waren auch schön. Bei der Arbeit sangen sie zusammen mit den Buben, lachten, schmiedeten Zukunftspläne.

Anna liebte ihre Söhne, den klugen gewissenhaften Tobias und den fröhlichen Berthold, der die Einnahmen kontrollierte und zusammenhielt. Er war der jüngste und bestimmte alles. Er wachte über das Geld, vor allem wenn die Mutter etwas kaufen wollte. Eine Decke für den Tisch, ein Paar Strümpfe oder die zwei Engelchen mit der Kerze, die Anna in einem Antiquitätengeschäft gesehen hatte. »Jetzt noch nicht«, ermahnte Berthold sie ernsthaft.

»Berthold ist ein Finanzgenie, aber auch ein Geizkragen!« spottete Katharina. »Er kommt sich schon vor wie ein treusorgender Hausvater.«

Immer lagen kleine Zettel von Berthold auf Annas Tisch, wenn sie heimkam. Die Suppe steht noch in der Lagerküche. Oder eine Anweisung für die Schwester: Bitte, mach Feuer! Mutti will es warm haben.

Einmal gingen Anna und Katharina ins Konzert. Beim Abschied sagte Anna: »Wir haben bestimmt Hunger nach dem Konzert. Und es ist nichts im Haus, gar nichts.«

Doch als sie heimkamen, lag ein Stück Weißbrot auf dem Tisch und ein Zettel von Berthold: Dieses Stück Brot konnte ich mir verdienen. Teilt es euch redlich! Später stellte sich dann heraus, daß er sich bei den Schwarzhändlern, die mit dem Nachtzug aus München kamen, als Kofferträger verdingt hatte.

Er war ein hübscher blonder Bursche mit strahlendblauen Augen. Mit ihm konnte Anna über alle Schwierigkeiten sprechen. Die Lageratmosphäre deprimierte ihn nicht sonderlich. Sie gewöhnten sich alle daran, obwohl sie bald merkten, daß sie hier unerwünscht waren.

»Eine Generalarztwitwe gehört nicht ins Lager!« sagten die anderen Flüchtlinge. Was Tobias dachte, wußte Anna nicht. Tobias, still, zurückhaltend, nachdenklich, mit dunklem Haar, gebräunter Haut und guten braunen Augen. »Mein stolzer Adler!« nannte Anna ihn. Aber manchmal hatte sie das Gefühl, daß er die Mutter mit kritischen Augen betrachtete. Und eines Tages fragte er: »Mutti, stimmt das wirklich, daß unser Vater Arzt war?«

»Ja, natürlich, Tobias«, sagte Anna. »Wie kommst du darauf?«

»Die Buben in der Schule glauben das nicht. Sie sagen, wir sind Angeber, Lügner wie alle Flüchtlinge. Alle Flüchtlinge würden behaupten, sie hätten in ihrer Heimat ein Schloß gehabt. Dabei hätten sie in Wirklichkeit nur in Hütten mit Lehmboden gehaust.«

»Laß sie reden!« sagte Anna, aber ihr Gleichmut war nur gespielt.

›Das tut weh!‹ schrieb sie in das blaue Schulheft. Sie hatte es sich angewöhnt, kleine Erlebnisse in das Heft einzutragen. Auch Erinnerungen. Manchmal nur einen Satz, etwa die herbe Wahrheit, die Frau Weise, ihre Pflegemutter ihr als Kind eingehämmert hatte: ›Das Leben ist kein Vergnügen, sondern eine schwere Aufgabe.‹ Oder das chinesische Sprichwort, das sie in einer Zeitschrift gefunden hatte: ›Wenn du einen grünen Zweig im Herzen trägst, wird sich ein singender Vogel darauf setzen.‹ Oder den Titel eines Buches, das sie interessierte. Und natürlich auch Erlebnisse mit ihren Kindern. Anna liebte ihre Söhne, aber ihre Tochter Katharina war ihr mehr als ein Kind. Mit Katharina fühlte sie sich innig verbunden, unauflöslich, wie sie meinte.

Darum war sie auch tief betroffen, als Katharina das Gymnasium in Bad Reichenhall verließ und sich in Salzburg bei der Staatsgewerbeschule anmeldete, um dort Keramik und Malerei zu studieren, ohne die Mutter vorher zu fragen. Es war dies eine ihrer eigensinnigen Entscheidungen, zu denen sie neigte. Sie stellte Anna einfach vor vollendete Tatsachen. An Katharinas Interesse an der Werkstatt änderte sich dadurch nichts. Im Gegenteil, sie brachte neue Ideen mit.

Bei aller Bedrängnis waren sie eine glückliche Familie. Sie hatten nur das eine große Zimmer, in dem sie wohnten, schliefen und in dem tagsüber die Arbeiter und Arbeiterinnen mit der Herstellung von Geschenkartikeln beschäftigt waren.

Anna und ihre Kinder standen morgens sehr früh auf, räumten Bettgestelle und Decken in den Duschraum und bauten lange Klapptische und Bänke auf. Und dann summte der Raum vor Betriebsamkeit. Nur am Samstag und Sonntag kehrte Ruhe ein.

So vergingen einige Jahre. Anna und ihre Kinder wohnten immer noch im Lager. Die Arbeit in der Werkstatt ging gut voran, Aufträge kamen herein, die Söhne waren gute Schüler, ausgezeichnete Sportler, sie spielten Tennis, hatten Klavierstunden, übten auf dem alten verstimmten Instrument, das in einem Abstellraum des Lagers stand und sangen im Kirchenchor.

Katharina stellte ihre ersten künstlerischen Arbeiten in dem Schaufenster einer Buchhandlung aus, Keramiken, Kinderköpfchen, Putten.

Allmählich gewannen sie Ansehen bei den Einheimischen, obwohl sie Flüchtlinge waren und im Lager lebten.

»Wir sind alle gesund«, sagte Anna, »wir sind zusammen. Ich bin zufrieden. Es kann nur noch besser werden.«

»Wie denn?« fragte Tobias skeptisch.

»Das weiß ich nicht«, antwortete Anna. »Aber irgend etwas wird passieren. Man muß nur fest daran glauben.«

## 2.

Wieder wurde es Frühling. Und im Mai passierte etwas: Ein Amerikaner in Uniform erschien im Lager. Er fuhr mit dem Jeep in den Hof ein, von den Lagerkindern halb ängstlich, halb neugierig bestaunt.

Mister Greenbaum wollte zu Frau Anna Ritter. Der Lagerleiter, ein ehemaliger Oberst, führte ihn in Annas Zimmer. Dort trug Mister Greenbaum sein Anliegen vor. Er hatte seinen Standort in Garmisch und warb für die Europa-Union. Annas Namen hatte er von Sibylle von Enkendorf, die in Königsberg Annas beste Freundin gewesen und es auch in schlechten Zeiten geblieben war.

Sibylle war in Garmisch für die Europa-Union tätig, erfuhr Anna.

»Würden Sie auch für die Europa-Union arbeiten, Frau Ritter?« fragte Mister Greenbaum. »Natürlich ehrenamtlich. Es findet bald ein Kongreß auf Schloß Schwalbach statt, der etwa eine Woche dauert. Man wird Sie einladen, und Sie könnten sich in Schwalbach anhand der Vorträge, die dort gehalten werden, orientieren. Unterlagen und Fahrkarte erster Klasse werden Ihnen zugeschickt. . .«

Anna nickte ungläubig, sie fand keine Worte. Sie sollte eine Reise machen? Im Zug? Erster Klasse? Schloß Schwalbach? Ein Schloß! Sie sollte acht Tage lang in einem Schloß wohnen? Bisher hatte sie noch nie etwas von der Europa-Union und ihren Zielen gehört. Aber – ›ganz gleich, was die Europa-Union auch immer plant‹, schrieb Anna in ihr blaues Schulheft, ›diese wunderbare Möglichkeit lasse ich mir nicht entgehen. Katharina ist da ganz meiner Meinung.‹ Katharina war begeistert gewesen, als sie ihr davon erzählt hatte.

»Da fährst du hin, Mutti! Ganz klar! Da kommst du endlich unter Leute. Vielleicht lernst du dort einen Mann kennen, der dir gefällt. . .«

»Einen Mann, Katharina? Ich habe wirklich andere Sorgen. Einen Mann? Das ist ein völlig abwegiger Gedanke!«

»Du brauchst etwas zum Anziehen, Mutti«, hatte Katharina das Gespräch unbeirrt fortgesetzt. »Wir haben doch noch den schönen beigen Gabardine-Anzug von Vati. Daraus läßt du dir ein Kostüm machen. Neben der Nicolai-Kirche wohnt ein Schneider. Zu dem gehen wir. Du mußt elegant wirken. Bahnenrock, Reiterjacke, aus Vatis Hemden schneidern wir Blusen, eine weiße und eine blaue. Dann kommst du daher wie von einem ostpreußischen Rittergut.«

»Wenn du meinst, Katharina«, hatte Anna gesagt.

Und so reiste sie dann nach Schloß Schwalbach. Das Haar glatt zurückgestrichen und im Nacken zu einem Knoten aufgesteckt. Eine echte Perlenkette um den Hals, ein Geschenk von Martin und eins der wenigen Schmuckstücke, die sie noch nicht gegen Geld oder Lebensmittel eingetauscht hatte. Schottisch karierte Reisetasche, Wildlederschuhe, wie man sie in Ostpreußen zum Reiten getragen hatte, Baskenmütze.

Der Zug fuhr von Bad Reichenhall über München, Frankfurt, Wiesbaden, nach Bad Schwalbach.

In Wiesbaden verpaßte Anna den Anschlußzug. Sie mußte warten und mit einem Bummelzug fahren. In Bad Schwalbach holte sie niemand ab. Sie fragte nach dem Weg und wanderte dann eine Stunde lang zu dem Schloß, in dem der Kongreß stattfand. Sie langte erst bei Dunkelheit dort an.

Man teilte ihr ein Zimmer mit zwei Soldatenbetten zu. Die Betten nahmen sich grotesk aus in dem großen Raum mit seiner Stuckdecke, der reichgeschnitzten Nußbaumtür und dem fächerartig ausgelegten Parkett. Man mußte an Krieg denken, an Besatzungsmacht, an beschlagnahmte Möbel.

Annas Zimmergenossin war eine Richterin aus Trier, Frau Dr. Riedel. Sie war jung, hübsch und freundlich. Sie arbeite schon seit längerer Zeit für die Europa-Union, erzählte sie. Sie wirkte weltgewandt und gebildet, und Anna beschlich ein Gefühl der Unterlegenheit.

Als sie im Bett lag, dachte sie an ihre Kinder, die allein im Lager waren, und fragte sich, ob sie richtig gehandelt hatte, als sie diese Einladung zu dem Kongreß annahm, und ob sie den Anforderungen, die man offenbar ganz selbstverständlich hier von ihr erwartete, gerecht werden konnte.

Am nächsten Morgen kam Anna zu spät zum Frühstück, sie hatte sich verschlafen. Das Frühstückszimmer war leer. Warum hatte Frau Dr. Riedel sie nicht geweckt? Anna blickte sich ratlos um. Dann ging sie kurzentschlossen in den Park, der das Schloß umgab.

Die Sonne schien, Rosen blühten und dufteten. Es war Juni. Hinter einem Treibhaus standen Liegestühle. Ein junger Mann lag ausgestreckt in einem der Stühle und hielt das Gesicht der Sonne entgegen. Er schien noch sehr jung zu sein. Ein Student! dachte Anna.

Sie trat näher, sagte »Grüß Gott«, und deutete fragend auf den Liegestuhl, der neben seinem stand.

Der junge Mann erhob sich halb aus seinem Stuhl und machte eine einladende Bewegung mit der Hand. »Bitte!« Er war sehr groß und überschlank.

Anna nahm Platz. Sie betrachtete den jungen Mann von der Seite. Er hatte ein schmales Gesicht, eine hellblonde Mähne über der hohen Stirn, auffallend schöne Hände und war gepflegt gekleidet.

Student aus gutem Hause, dachte Anna wieder.

Er sagte nichts.

»Ich habe gestern in Wiesbaden den Anschlußzug verpaßt«, begann Anna, um das Schweigen zu brechen.

»Davon habe ich bereits gehört«, sagte er. Er hatte eine tiefe Stimme, die Anna angesichts seiner zarten Erscheinung nicht vermutet hätte.

Er schloß die Augen wieder und träumte schweigend vor sich hin. Auf Anna wirkte er arrogant und verschlossen, auch weil er sie nicht zum Sprechen ermutigte. Sie wollte sprechen, fragen, sich mitteilen. Und so redete sie einfach weiter: »Ich komme aus Bad Reichenhall. Wir wohnen dort im Flüchtlingslager. Meine drei Kinder und ich. Das Schloß und der Park hier erinnern mich an Ostpreußen.

Dort haben wir viele Jahre gelebt. Dort war es schön Unser Haus stand auch in einem Park. . .«

Er wandte den Kopf zu Anna hin, und sie sah in seine Augen, große blaugrüne Augen.

Er sagte immer noch nichts.

Anna kam sich dümmlich vor. Und sie dachte: Ich sollte den Mund halten! Schluß jetzt. Ich sage nichts mehr. . .

Aber sie konnte sich nicht helfen, sie redete gegen ihren Willen weiter: »Ich habe Heimweh nach meinen Kindern.«

»Heimweh?« wiederholte er. »Das kenne ich nicht. Selbst als ich noch klein war und die Ferien in einem Kinderheim verbrachte, verstand ich nicht, daß die anderen Kinder weinten, weil sie Heimweh hatten. Ich habe sie dann immer getröstet, so gut ich es halt vermochte.«

»Dann können Sie sich vielleicht auch nicht richtig von Herzen freuen«, meinte Anna. »Ich vermisse meine Kinder. Hier ist es so schön, und sie können das alles nicht miterleben. Das tut mir leid.«

»Kleine Kinder empfinden das nicht so sehr«, bemerkte er leichthin.

»Kleine Kinder?« entgegnete Anna. »Katharina, meine Tochter, besucht schon die Kunstschule in Salzburg. Meine Söhne gehen ins Gymnasium, und es wird nur noch ein paar Jahre dauern, dann muß der älteste zur Universität. Es sind liebe Kinder, sie haben sich für mich gefreut, als mir diese Reise angeboten wurde. Ich habe eine Werkstatt, in der wir Geschenkartikel herstellen. Ohne Katharina könnte ich das gar nicht schaffen. Katharina ist alles für mich: große Schwester, Freundin. . .Sie ist praktischer und gescheiter als ich. Sie versteht es, mit Ämtern umzugehen, Formulare auszufüllen, was ich nicht kann. Ohne Katharina bin ich nur ein halber Mensch.«

Der junge Mann lächelte spöttisch. »Wie alt ist das Mädchen?«

»Siebzehn«, sagte Anna.

»Oh!« Das klang verwundert, sogar enttäuscht. »Die meisten Mütter sind verliebt in ihre Töchter«, fuhr er fort, und in seiner Stimme schwang Ironie, »bei Ihnen allerdings scheint mir die blinde Mutterliebe übertrieben.«

»Ach, Sie kennen Katharina nicht, sonst würden Sie anders reden. Meine Tochter ist eben etwas Besonderes.« Er schwieg eine Weile. Und wieder hatte Anna den Eindruck, daß ihm ihre Vertrauensseligkeit unangenehm war und daß er sich innerlich dagegen wehrte.

Schließlich sagte er: »So große Kinder haben Sie?« Er schüttelte ungläubig den Kopf. »Ist Ihr Mann tot?«

»Mein Mann ist in einem Kriegsgefangenenlager in Rußland gestorben. Er war Arzt. Wir haben ihn zum letzten Mal gesehen, als er auf Urlaub war, ein Jahr bevor Stalingrad fiel. Erst nach sechs Jahren erhielten wir das erste Lebenszeichen von ihm. Und dann war Weihnachten, im Lager in Bad Reichenhall. Die Kinder führten ein Krippenspiel auf. Katharina spielte die Maria, mein Sohn Tobias den Joseph und Berthold den Hirten. Sie haben so schön gesungen. Alle Eltern haben geweint. Ich auch. Ich konnte es schließlich nicht länger ertragen und ging auf unser Zimmer. Martins Foto hing an der Wand, das Bild des Vaters, den meine Kinder so sehnsüchtig erwarteten und für den wir schon Lebensmittel zusammensparten für das Fest seiner Heimkehr. Ich schaute das Foto an, und plötzlich fiel es herunter, grundlos, wie mir schien. Wahrscheinlich hatte sich der Nagel gelockert. Aber für mich war das ein Zeichen. Ich dachte: Martin ist nicht mehr in Rußland gefangen, er ist endlich frei! – Kurze Zeit später erhielten wir die Nachricht, daß Martin wirklich nicht mehr in Kriegsgefangenschaft war, er war endlich frei – gestorben in Rußland. . .«

Der junge Mann wandte den Kopf ab. Wenn er erschüttert war, so zeigte er es nicht. Anna wußte nicht, was er dachte. War er gelangweilt, uninteressiert, peinlich berührt? Und obwohl sie schon bereute, daß sie ihr Leben vor diesem fremden jungen Mann ausgebreitet hatte, erzählte sie ihm doch noch von ihren Söhnen. Der Wunsch, sich einmal bei einem Mann auszusprechen, war übermächtig in ihr.

»Tobias und Berthold. . .es ist sonderbar, obwohl die beiden unter den gleichen Bedingungen, den gleichen Einflüssen aufwachsen, sind sie ganz verschieden. Berthold ist unser Sonnyboy, er trägt das Herz auf der Zunge. Tobias ist wortkarg, er liest viel, er scheint immer zu lesen, auch wenn er kein Buch vor der Nase hat. Manchmal ist er mir ein Rätsel. Ich muß Ihnen da eine kleine Geschichte erzählen. Sie liegt schon lange, lange zurück. Wir hatten damals eine Frau, die die Kinder betreute und für sie kochte, wenn ich auf Geschäftsreisen war. Eine einfache Frau, ein wenig einfältig, töricht. Aber sie war nett zu den Kindern, und Tobias war ihre große Liebe, sie himmelte ihn an, verwöhnte ihn, schenkte ihm sogar eine lederne Aktentasche, obwohl sie selbst sehr arm war. Und dann stellte es sich heraus, daß sie stahl. Ich schickte sie weg. Tobias bestand darauf. Unser stiller feiner Tobias wurde heftig, laut, aggressiv! Er warf der Frau die Aktentasche vor die Füße und schob sie mit beiden Händen aus dem Zimmer. So streng war er! Ich war direkt erschrocken.

Später stand die Frau dann oft vor unserem Fenster und schaute sehnsüchtig hinauf. ›Himmel‹, sagte Berthold. ›Das ist ja nicht mit anzusehen. Laß das arme verrückte Huhn doch wieder kommen, Mutti. Es hat ihr doch so gut bei uns gefallen. Man muß das alles nicht so eng sehen. . .‹ Aber Tobias erlaubte es nicht. Er ist in der Hinsicht wie sein Vater. Auch mein Mann konnte unerbittlich sein, wenn sein Gefühl für Anstand verletzt worden war. Ein Vertrauensbruch? Unverzeihlich! Berthold ist da großzügiger, gutmütiger. Er mogelt selbst gern ein bißchen, laviert sich durch. . .Berthold macht seinen Weg, da bin ich sicher. Und Tobias wird einmal Professor, dafür sorge ich schon. Meine Katharina ist hoch begabt, eine Künstlerin, vielleicht wird sie berühmt. Bestimmt wird sie einmal heiraten, daran mag ich gar nicht denken. Sie ist ein schönes Mädchen. . .«

»So wie Sie?« fragte der junge Mann. »So blond? So große graublaue Augen?«

»Nein! Ganz anders. . .dunkles Haar, braune Augen. Eine richtige Schönheit und so lieb. . .«

Der junge Mann lachte spöttisch. »Haben Sie nicht zuweilen den Eindruck, daß Sie sich zu sehr an Ihre Kinder klammern? Daß Sie sie sogar unterdrücken, indem Sie ihnen Ihre eigenen Wünsche für die Zukunft aufzwingen?«

Anna schwieg. Dann sagte sie langsam: »Darüber habe ich noch nie nachgedacht.«

»Jetzt haben Sie dazu sowieso keine Zeit!« Der junge Mann zog seine Uhr und sprang auf. »Kommen Sie! Dr. Stohr hält seinen ersten Vortrag. Den dürfen wir nicht versäumen. Sie haben schon gestern abend und heute früh gefehlt.«

»Was für Vorträge werden eigentlich gehalten?« erkundigte sich Anna.

»Das erfahren Sie dann schon!« sagte er.

Zusammen liefen sie durch den Park zum Schloß.

Im Vortragsraum waren Stühle um einen runden Tisch aufgestellt.

»Setzen Sie sich doch neben mich«, forderte der junge Mann Anna auf.

»Gern!« sagte sie dankbar.

Er gab ihr Bleistift und Papier. »Passen Sie gut auf. Sie müssen alles notieren, was wichtig ist.«

Anna schaute ihn betroffen an. »Das kann ich ja gar nicht.«

Und sie hatte auf der Zunge, ihm einzugestehen: Ich bin hier nur, um ein paar Tage Ferien im Schloß zu verleben. . .Aber sie unterdrückte die Bemerkung.

»Ich mache das schon für Sie!« flüsterte er ihr zu.

Die Vorträge rauschten an Anna vorbei. Sie verstand nur wenig. Soviel begriff sie immerhin, daß man die Vereinigung Europas zu einem Staat anstrebte und daß man die trennenden Grenzen beseitigen wollte.

Vor dem Mittagessen fand die offizielle Vorstellung der Teilnehmer statt. Beruf und Heimatort wurden genannt. Die Referenten waren meistens Juristen oder Lehrer, aber es waren auch einige Studenten dabei.

Der junge Mann, den Anna im Park kennengelernt hatte, hieß Herbert Pauli. Er war kein Student, wie sie geglaubt hatte, sondern Gerichtsassessor aus Frankfurt. Anna konnte ihr Erstaunen kaum verbergen. Er sah doch noch so jung aus!

Alle hatten einen Beruf. Auch die Damen. Was sollte sie als Beruf angeben? Herstellerin von Geschenkartikeln? Mutter von drei Kindern? Sie nannte nur ihre Anschrift.

Und dann vergingen die Tage wie im Flug. Vorträge, Filmvorführungen, Diskussionen, am Abend Tanz.

Anna tanzte fast ausschließlich mit Herbert Pauli. Sie kam sich jung und verwegen vor. Das Leben schien auf einmal leicht und heiter. Und die Gespräche mit Herbert Pauli über Musik, Kunstgeschichte, Bücher! Sie erzählte ihm auch von Ostpreußen, von den Sommern auf der Kurischen Nehrung, von Nidden, der Ostsee, den Dünen, von der großzügigen ostpreußischen Gastfreundschaft. Auch von ihrem blauen Schulheft. »Ich habe inzwischen schon das dritte begonnen. . .«

Es waren anregende Tage. Anna blühte auf, wurde leichtsinnig. Sie arrangierte den Fünfuhrtee, schmückte die Tische mit Blumen, stellte Kerzen auf, sie kaufte sogar Erdbeeren und bezahlte sie von dem wenigen Geld, das sie besaß.

Und immer war Herbert Pauli an ihrer Seite. Sie entdeckten, daß sie viele gemeinsame Interesse hatten.

Er hatte seine Geige mit, und wenn er spielte, bewunderte Anna seine schönen Hände. »In Ostpreußen kannte ich einen Maler«, sagte sie, »den Maler Karl. Der spielte auch so wunderbar Geige wie Sie, Herr Pauli.«

Am Abend stand Anna oft am Fenster. Ihr Blick ging über die großen Kastanienbäume, den Park, die Blumenbeete, zum Sommerpavillon hinüber.

Bald ist die schöne Zeit vorbei! dachte sie. Ich würde gern noch bleiben...Und sie dachte auch: Schade, daß Herbert Pauli so jung ist! Und daß er noch viel jünger aussieht, als er es tatsächlich ist. Auch ihm werde ich bald adieu sagen müssen und ihn vermutlich nie mehr wiedersehen...

Sie war gern mit ihm allein. Seine ironischen Anspielungen störten sie nicht mehr. Sie bemühte sich auch nicht mehr, ihm Geist und Bildung vorzutäuschen. Sie sprachen miteinander wie alte Freunde.

Am letzten Tag fragte sie ihn: »Gehen Sie mit? Ich mache heute einen Waldspaziergang.«

»In den Wald? Ich bliebe eigentlich lieber im Liegestuhl liegen. Ich bin heute regelrecht faul.« Aber dann kam er doch mit.

Sie wanderten lange, ohne zu sprechen. Bis ein warmer Regen sie überraschte und sie umkehren mußten.

Auf den Wegen des Schloßgartens standen große Pfützen, über die Bretter gelegt worden waren. Herbert ging voraus und reichte Anna die Hand, damit sie über die Stege balancieren konnte. Seine schmale Hand hatte einen festen Druck. Er ließ ihre Hand nicht los, als sie weitergingen. Und Anna entzog sie ihm auch nicht. Morgen müssen wir uns trennen! dachte sie. Und plötzlich überfiel sie der heftige Wunsch, Herbert zu behalten. Sie wollte etwas finden, das sie aneinander band, eine Arbeit, ein starkes gemeinsames Ziel. Spontan sagte sie: »Ich möchte ein Buch schreiben, eine Liebesgeschichte. Sie sind so klug, Herbert. Sie könnten mir dabei helfen. Wollen Sie?«

Er lachte. »Ich bin kein Schriftsteller, ich bin Jurist. Aber Sie, Anna – was hindert Sie? Setzen Sie sich hin! Schreiben Sie! Sie können so schön erzählen.«

»Ich traue es mir nicht zu«, bekannte sie. »Außerdem mache ich Fehler. In der Orthographie, in der Interpunktion. . .«

»Das ist ganz unwichtig«, sagte er. »Der Stoff ist wichtig. Schicken Sie mir die einzelnen Kapitel. Ich korrigiere sie dann.«

»Danke, Herbert!« sagte sie leise.

Sie blieben stehen und sahen sich an.

»Mein lieber Engel!« murmelte er.

Sie lächelte ihm zu und berührte seinen Arm. Das war alles. Und doch war Anna auf einmal glücklich, glücklich auf eine neue Art. Es war ein Gefühl, für das sie noch keinen Namen hatte.

»Bis bald, Herbert!« sagte sie.

Als sie auf ihr Zimmer ging, lächelte sie vor sich hin, und doch war ihr auch ein wenig zum Weinen zumute. Und dann sah sie den Brief. Katharina hatte geschrieben.

Die Kinder! dachte Anna. Ich habe die Kinder vergessen! Ihr Lächeln erlosch, das schöne neue Gefühl verdunkelte sich.

›Liebe Mutti‹, schrieb Katharina, ›heute haben wir Deine Karte und den Brief erhalten. Uns geht es gut. Satt werden wir auch immer. Fräulein Elsässer versorgt uns prima. Frau Gonell hat zwanzig Puppen und vierhundert Sterne abgeliefert. Frau Luzie fünfzehn Puppen, Herr König sechs Teller, fünf große und einen kleinen. Paket aus Amerika angekündigt. Paß müssen wir besorgen. Vielleicht schreibst Du an den Direktor der Schule in Salzburg. Ausbildung dauert drei Jahre. Herr Heim hat uns ein Körbchen Obst versprochen. Das Radl von unserem Juden Ebbes ist gestohlen worden. Heute geht's ins Konzert, ich bin eingeladen. Suppe bei Herrn Roskiwitz geholt. Auch Weißbrot. Post nur geschäftlich. Krankenkasse und Steuer. Berthold ist heute beim Fußball, Tobias in Klavierstunde. Neue Heimarbeiterin für Malerei ausprobiert. Ergebnis Samstag. Einstellen natürlich erst, wenn Du kommst. Berthold lernt die Heimarbeiter für Sterne an. Er hat ausgerechnet, wie lange sie brauchen dürfen. Liebe Mutti, für heute ist Schluß. Ein Küßchen von Deinen Kindern und vor allem von Deiner Katharina. Grüße an alle, die nett zu Dir sind. Wir wünschen Dir noch schöne Tage.‹

Anna las den Brief einmal, zweimal, immer wieder. Das Leben im Lager stand vor ihr auf, der Kampf ums tägliche Brot, die Sorge um die Kinder, um die Schule. Sie kam sich pflichtvergessen vor.

Am Abend las sie Herbert den Brief vor.

Er sagte nichts, aber sie spürte seine Anteilnahme.

Am nächsten Tag war der Kongreß zu Ende.

Am späten Nachmittag stand der Omnibus zur Abfahrt bereit. Anna hatte ihre Tasche gepackt und ging pünktlich zum Ausgang des Schlosses.

Herbert war noch nicht da. Erst beim letzten Aufruf kam er eilig aus der Tür. Er ging auf Anna zu und ergriff ihre Hand. So standen sie da. Niemand kümmerte sich um sie. Die Türen wurden zugeschlagen, der Bus fuhr ab. Anna und Herbert blieben zurück.

»Was nun?« fragte Anna. »Jetzt müssen wir laufen. Wir brauchen mindestens eine Stunde bis zum Ort.«

»Dann laufen wir eben«, sagte er.

Sie lachten sich an und machten sich auf den Weg. Lange Zeit gingen sie schweigend nebeneinander her.

»Bald kommt meine Lieblingsstunde, die blaue Stunde«, sagte Anna schließlich. »Ich möchte eigentlich noch nach Frankfurt, zu Freunden. Sie erwarten mich.«

»Heute wird das wohl nichts mehr werden«, lachte Herbert. »Ich frage in einem der Häuser, ob wir zwei Zimmer für die Nacht bekommen können. Aber vorher müssen wir unser Geld zählen.« Sie hatten beide nur wenig Geld.

›Bienenhonig zu verkaufen!‹ stand an einem Häuschen. Es war von einem wunderschönen Blumengarten umgeben.

Herbert drückte auf die Türklingel. Ein Mann in

mittleren Jahren öffnete. Er musterte die Ankömmlinge mit abschätzenden Blicken. »Was wollen Sie?«

»Wir möchten zwei Zimmer für eine Nacht«, sagte Herbert. »Hätten Sie welche zu vermieten?«

Er brachte sein Anliegen ganz unbefangen vor. Anna wunderte sich. Hatte er Erfahrung in solchen Dingen?

Der Mann grinste wissend und sagte in dreistem Ton: »Zwei Zimmer? Was ihr braucht, ist ein Bett, aber damit kann ich nicht dienen.«

Sie überhörten die Anzüglichkeit und verlangten nur ein Glas Honig, bevor sie weitergingen. Schließlich machten sie an einem kleinen Bach halt, der sich durch die Wiesen schlängelte und an dessen Ufer gelbe Dotterblumen und blaue Vergißmeinnicht wuchsen.

»Haben Sie auch so großen Hunger wie ich?« fragte Herbert. »Ob wir den Honig probieren sollen?«

Anna hatte keinen Hunger. Und den Honig wollte sie ihren Kindern als Geschenk mitbringen. Trotzdem nahm sie das Glas aus ihrer Tasche, schraubte es auf und ließ einen dicken Tropfen auf ihre Handfläche laufen. Sie hielt Herbert die Hand hin, und er küßte den Honig weg. Sie taten das noch dreimal, dann wuschen sie sich die Hände im Bach und schüttelten lachend die Wassertropfen ab.

Plötzlich nahm Herbert Anna in die Arme. Er küßte sie auf Wange und Stirn. »Das habe ich nicht gewollt«, sagte er leise. »Ich wollte es wirklich nicht. Ich habe dagegen angekämpft, als ich hörte, daß du schon große Kinder hast. Da dachte ich mir: Das darf nicht sein, ich darf mich nicht verlieren. Aber es hilft nichts, sie ist da, die Liebe. Sie ist so schnell gekommen, alles ist so schnell gekommen.« Er drückte Anna an sich und schmiegte sein Gesicht an ihren Hals.

In diesem Augenblick wurde Anna bewußt, wie viel er ihr schon bedeutete. An eine körperliche Vereinigung dachte sie dabei nicht. Sie hatte so lange Jahre ohne einen Mann gelebt, daß der Gedanke an Sexualität sie eher abstieß. Aber sie wollte auch Herberts künftiges Leben nicht in Unordnung bringen. Sie ahnte, daß ihr seelische Kämpfe bevorstanden.

»Einen Schlüssel für ein Schloß möchte ich dir überreichen können«, sagte Herbert in ihre Gedanken hinein. »Ein Schloß steht dir zu. Ich würde dich gern heiraten...«

Anna schreckte zusammen, und sie dachte: Um Himmels willen! Was ist er nur für ein Kind! Heiraten? Unmöglich!

Und sie fragte sich, ob sie das Spiel nicht zu weit getrieben hatte. Sie fühlte sich verantwortlich für Herbert. Sie war die ältere, sie hätte es wissen müssen. Aber – sie war doch so glücklich bei ihm. Endlich hatte sie wieder einen Menschen, der ihr zuhörte, einen Mann, der sie liebte und der es ihr sagte.

Arm in Arm gingen sie nach Bad Schwalbach hinunter.

»Wir müssen ein Hotel für dich suchen«, sagte Herbert.

»Hoffentlich ist das nicht zu teuer«, gab Anna zu bedenken.

Er lachte. »Weißt du, Anna, alle Kongreßteilnehmer haben dich für eine reiche Frau gehalten. Ich auch. Du siehst reich aus, irgendwie wirkst du so.«

Anna mußte lachen. »Wenn die wüßten!«

Sie fanden ein Hotel, in dem Anna nach einem billigen Zimmer fragte. Sie bekam eine Dachkammer mit schrägen Wänden und einem weißgescheuerten Holzfußboden. Vom Fenster aus blickte man auf den Kirchturm. Es gab kein Waschbecken im Zimmer. Toilette und Zapfhahn befanden sich auf dem Flur.

»Mir gefällt es hier«, sagte Anna.

»Es ist ein Dienstbotenzimmer«, meinte Herbert lächelnd. »Aber das Bett ist breit. Da hätten zwei Platz. . .«

»Ich schlafe allein«, sagte Anna fest. »Gute Nacht, Herbert!« Er küßte sie und ging. An der Tür drehte er sich noch einmal um und schaute traurig auf das Bett.

Am nächsten Morgen holte er sie ab. Er trug eine Tüte Kirschen im Arm. Von der benachbarten Kirche tönte das Glöckchen zur Wandlung. Anna faltete die Hände. »Herr, ich bin nicht würdig, daß du eingehst unter mein Dach. Aber sprich nur ein Wort, so wird meine Seele gesund.«

»Bist du katholisch?« fragte Herbert.

»Ja«, sagte sie.

»Ich bin evangelisch. Aber deinetwegen würde ich auch katholisch werden. . .«

Anna bemerkte, daß er müde und abgespannt aussah. Er war unrasiert. An Kinn und Wangen zeigte sich ein dünner blonder Bart.

»Wo hast du übernachtet?« fragte Anna.

Er antwortete nicht, und Anna dämmerte es, daß er möglicherweise auf einer Parkbank geschlafen hatte. Er hatte ja kein Geld.

Anna bezahlte ihr Hotelzimmer, und danach waren auch ihre Finanzen erschöpft. Sie hätte so gern mit ihm gefrühstückt, aber es ging nicht.

Sie traten in die Kirche ein. Es war dunkel im Kirchenschiff, vor dem Muttergottesaltar brannten Kerzen.

»Wie schön wäre es, wenn jetzt die Orgel spielen oder ein Kinderchor singen würde«, sagte Anna. »Meerstern, ich dich grüße«, summte sie. »Oh, Maria, hilf! – das ist eins meiner Lieblingslieder.«

Dann schlenderten sie durch Bad Schwalbach. Das Wetter war schön, die Sonne schien. In einem Park setzten sie sich auf eine Bank. Ein Springbrunnen sprudelte. Sie aßen die Kirschen, lachten sich an, umarmten und küßten sich.

Dann gingen sie zum Bahnhof und suchten sich einen Zug nach Frankfurt aus.

»In Frankfurt müssen wir uns leider trennen«, sagte Herbert. »Ich muß weiter nach Kassel. Ich habe dort zu tun.«

Der Abschied in Frankfurt war schwer. Sie standen auf dem Bahnsteig. »Deine Adresse habe ich ja«, sagte Herbert.

Der Schaffner pfiff, die Türen wurden geschlossen, Herbert stand immer noch bei Anna und hielt ihre Hand.

Ein letzter Pfiff!

»Dein Zug, Herbert!« mahnte Anna.

Jetzt endlich sprang er auf die Plattform des langsam anfahrenden Zuges. Er beugte sich weit hinaus und warf Anna sein Taschentuch zu. »Du hast ja sonst gar nichts von mir!« rief er. »Leb wohl, Anna, vergiß mich nicht!«

Diese Worte klangen in Anna nach, als sie vom Bahnhof aus durch die fremden Straßen ging. Sie sah immer noch die weiße schmale Hand, die ihr zuwinkte. »Leb wohl, Anna, vergiß mich nicht!«

Was soll daraus werden? dachte Anna verwirrt. Ich weiß es nicht. Er ist so jung, fast noch ein Kind in seinen Liebesäußerungen...

Im Haus ihrer Freunde wurde sie herzlich aufgenommen. Es war eine Familie, die sie aus Königsberg kannte. Ein Kollege ihres verstorbenen Mannes, Universitätsprofessor. Auch die Lebensumstände des Professors hatten sich grundlegend verändert. Er wohnte mit seiner Familie nicht mehr in einer großen Villa mit Garten und Tennisplatz wie in Königsberg, sondern in einer Dachwohnung.

Anna übernachtete in den Praxisräumen.

Sie sprachen viel von Königsberg, und die Freunde interessierten sich dafür, was es mit der Europa-Union auf sich habe und welche Aufgabe Anna dabei zufiele.

Anna berichtete, und sie ertappte sich dabei, daß sie immer wieder den Assessor Pauli erwähnte, von seiner Klugheit schwärmte, seiner Musikalität, seinem Violinspiel, seinen Kenntnissen in Literatur. Manchmal bemerkte sie, daß die Augen ihrer Gastgeber mit Befremden auf ihr ruhten. Dann riß sie sich zusammen.

Ich bin verrückt! dachte sie. Ich darf mich nicht so gehenlassen...

Am nächsten Morgen sagte der Professor in gutmütigem Spott zu ihr: »Dein kleiner Assessor hat schon bei uns angerufen, Anna. Er hat Sehnsucht nach dir.«

Anna errötete flammend. »Ich fahre schon heute heim«, sagte sie. »Die Kinder brauchen mich. Sie führen die Werkstatt allein. Ich bürde Katharina ohnehin zu viel auf.«

Unruhe erfaßte sie. Sie wollte zurück in ihr altes Leben, in das Gleichmaß ihrer arbeitsreichen Tage. Sie wollte das romantische Erlebnis mit Herbert vergessen. Es sollte eine Episode bleiben.

## 3.

Am Abend kam sie in Bad Reichenhall an.

Die Kinder erwarteten sie am Bahnhof. Sie strahlten, als sie Anna entdeckten.

Was habe ich doch für schöne, kräftige Kinder, dachte Anna. Frisch, gesund, sportlich.

Herbert kam ihr in den Sinn: blaß, vor den Augen die Brille, die er allerdings nicht immer trug. Ein Sportsmann war er ganz und gar nicht.

Katharina war aufgeregt. Als sie die Mutter umarmte, flüsterte sie ihr ins Ohr: »Es ist ein Brief für dich da. Von einem Herbert Pauli. Hast du eine Eroberung gemacht?«

»Ach nein«, wehrte Anna ab.

Der erste Brief von Herbert!

›Mein Engelsgesicht!‹ schrieb er. ›Der Abschied von Dir kam mir erst dann schmerzlich zu Bewußtsein, als der Zug aus der Halle gefahren war und ich mein vergebliches Winken einsah. Ohne Dich erscheint mir alles klein und unbedeutend. Sogar die Blumen sehen anders aus. Wann sehe ich Dich wieder? Ich muß bald mit Dir sprechen, Hand in Hand mit Dir durch die Wiesen laufen. Ohne Dich freut mich das ganze Leben nicht. Auch mein Geigenspiel nicht, weil ich nicht für Dich spielen kann...‹

Anna beantwortete den Brief nicht. Sie dachte täglich, ja stündlich an Herbert und an die gemeinsam verbrachte Woche in Schwalbach. Aber nun war sie wieder Mutter und kein verliebtes junges Mädchen mehr, und sie wollte auch nichts anderes sein als eine gute Mutter.

Natürlich wäre sie gern zu dem Häuschen gefahren, von dem Herbert ihr erzählt hatte. »Ich wohne in der Mansarde«, hatte er gesagt. »Ich bin ausgebombt, ich habe nichts mehr. Vielen geht es so. In meiner Bude gibt es nur Bücher, Zeitungen, meine Geige und Kerzenstummel. Mein Bett ist so klapprig und schmal, daß kein zweiter darauf liegen könnte. Ich bin arm, ich bin ja noch nicht Beamter und bekomme nur ein paar Mark vom Staat als Überbrückung...«

Anna war siebenunddreißig Jahre alt. Viele Jahre lang hatte sie sich nicht mehr verlieben können. Die Sorgen hatten alle Wünsche verdrängt. Und nun stand sie vor einem Konflikt und wußte nicht, wie sie ihn lösen sollte.

Sie las Herberts Brief Katharina vor.

»Wunderbar!« sagte Katharina. »Ich freue mich

für dich, Mutti. Jetzt bist du nicht mehr allein. Der Mann paßt zu dir.«

»Ich weiß nicht«, sagte Anna. »Er ist so jung. Bestimmt zehn Jahre jünger als ich. Dabei sieht er noch jünger aus. . .wie ein Abiturient oder Student. Was würden die Leute sagen, wenn er hier auftaucht?«

»Was kümmern dich die Leute, Mutti? Denen bist du doch gleichgültig, die tun nichts für dich. Und hier ist ein Mensch, der an dir hängt, der dich ehrlich mag. Und er spielt so schön Geige, sagst du. Wohnen seine Angehörigen auch in Frankfurt?«

»Er hat keine Angehörigen mehr. Er ist ganz allein auf der Welt.«

»Wie traurig!« Katharina sagte es in flüchtigem Mitgefühl. »Dann soll er halt zu uns gehören. Er könnte uns in juristischen Fragen beraten, sich um deine Pension kümmern, die Sache mit der Lebensversicherung in Angriff nehmen.«

»Du vergißt eines, Katharina: Er ist in mich verliebt, und er betrachtet mich schon als einen Teil seines Lebens. Er hat sogar beim Professor in Frankfurt angerufen, als ich dort war. Das war mir richtig peinlich.«

»Aber wir brauchen einen Mann!« beharrte Katharina »Sonst machen die hier mit uns, was sie wollen. Du brauchst einen Mann, Mutti!«

Anna zuckte die Schultern. »Ich brauche keinen Mann, ich habe ja dich, Katharina.«

Katharina seufzte. »Du machst es einem ganz schön schwer, Mutti«

Herbert schrieb täglich. Liebesbriefe voller Sehnsucht und Zärtlichkeit.

Anna begann auf die Briefe zu warten, sie freute sich an ihnen, aber sie konnte sich nicht entschließen, sie zu beantworten.

»Ich sehe schon, das wird nichts!« tadelte Katharina sie Und dann brachte sie eines Tages einen Brief aus Salzburg mit nach Hause und schwenkte ihn triumphierend durch die Luft. »Rat mal, von wem der ist, Mutti!«

»Ich weiß es nicht...«

»Er ist für dich! Alte Liebe rostet nicht. Er ist von Sternegg! Dr. Leopold Sternegg, Privatdozent für Frauenheilkunde an der Universität Wien.«

»Sternegg?« wiederholte Anna bei sich. »Der lebt noch?«

Sie erinnerte sich an Leopold Sternegg. Sie hatte ihn einmal geliebt, sie hatte um ihn geweint, um ihn gelitten; das war in Königsberg gewesen, im Krieg, als Martin in Stalingrad vermißt war und sie ihn tot glaubte. Es schien Ewigkeiten zurückzuliegen, als sei es in einer anderen Welt passiert. Sternegg war damals Militärarzt gewesen, sie hatten ihn nach Königsberg versetzt. Ein schöner Mann, groß, imponierend, selbstsicher und arrogant. Ganz unbewußt verglich Anna ihn mit Herbert. Wie jungenhaft wirkte Herbert im Vergleich zu Sternegg, im Vergleich zu dem Bild, das sich Anna von Sternegg bewahrt hatte. Ihr fiel auch ein, daß sie eigentlich nie einen jungen Mann geliebt hatte. Martin war zwanzig Jahre älter als sie gewesen, Sternegg sicherlich fünfzehn.

»Nun lies endlich, was er schreibt«, drängte Katharina. »Die Buben und ich mochten ihn ja nicht besonders, obwohl er uns immer Süßigkeiten mitbrachte. Er war uns zu arrogant, zu eingebildet. Woher weiß er nur, daß ich in Salzburg zur Schule gehe?«

»Das werden wir gleich erfahren«, sagte Anna und öffnete den Brief. »Liebstes Annerl! Von Chefarzt Hänschen aus Königsberg erfuhr ich genaustens von Deinen Lebensumständen. Und da die Post über die Grenze hinweg noch immer nicht pünktlich funktioniert, habe ich mir erlaubt, diesen Brief an Katharina zu adressieren. Ich möchte jetzt nicht viele Worte machen, ich möchte Dir nur sagen, wie gern ich Dich wiedersehen möchte. Ich bin am Mittwoch in Salzburg und erwarte Dich um drei Uhr nachmittags im Tomaselli. . .‹«

Anna ließ den Brief sinken. »Mittwoch? Heute ist Montag. Soll ich fahren? Was ziehe ich an? Sternegg ist ein eleganter Mann aus reicher Familie, und er kennt mich aus einer Zeit, als es uns noch gutging.« Sie las weiter: »›Ergebenste Handküsse – immer Dein Leopold.‹«

»Immer Dein?« Anna schüttelte lächelnd den Kopf. Sie wollte ihn gern wiedersehen. Vielleicht brachte dieses Wiedersehen eine Wende. Vielleicht mußte sie dann nicht immer an Herbert Pauli in Frankfurt denken, der sich in ihrem Kopf und in ihrem Herzen eingenistet hatte.

»Ich fahre!« sagte Anna entschlossen.

»Prima, Mutti!« stimmte Katharina zu. »Vielleicht will er dich heiraten, jetzt, wo du frei bist.«

»Ideen hast du, Katharina!« sagte Anna. »Warum willst du mich unbedingt an den Mann bringen?«

»Warum nicht? Du kannst doch nicht immer allein bleiben, dazu bist du noch zu jung und schön.«

»Ich verstehe dich nicht, Kind!« sagte Anna.

Anna fuhr nach Salzburg. Sie zog wieder das Kostüm an, das sie in Schwalbach getragen hatte. Dazu die blaue Hemdbluse und die Perlenkette.

In Salzburg holte Katharina sie auf dem Bahnhof ab. Sie hatte die Schulpause benutzt, um mit der Mutter zusammen zu sein. Sie war ganz blaß vor Aufregung. Ihre Augen wirkten riesengroß in dem schmalen Gesicht. Sie umarmte die Mutter. »Schön bist du! Freust du dich auf Sternegg? Du siehst so ernst aus, Mutti?«

»Ach, Katharina, dieses Wiedersehen nach all den Jahren unter ganz veränderten Umständen. Was weiß man, ob das alles einen Sinn hat...«

»Ich habe für euch ein Doppelzimmer in einem Hotel bestellt«, sagte Katharina fast atemlos. »Es ist kein feines Hotel. Aber es gab nirgends was Besseres.«

»Ein Hotelzimmer?!« Anna sah sie bestürzt an.

»Ja. Willst du denn nicht über Nacht in Salzburg bleiben?« fragte Katharina. »Ich habe das für selbstverständlich gehalten.«

»Ich bin gar nicht darauf eingerichtet«, sagte Anna immer noch erschrocken. »Ich habe nicht einmal eine Zahnbürste dabei. Und überhaupt...«

Katharina hakte sich bei der Mutter ein, und sie bummelten durch den Mirabellgarten an der Salzach entlang bis zu Katharinas Schule.

Katharina küßte die Mutter zum Abschied. »Viel Glück, Mutti!« Anna ging langsam den Weg zurück zum Kaffeehaus Tomaselli. Ihre Gedanken waren bei Katharina, deren Verhalten sie nicht verstand. Warum drängte Katharina sie zu einem Mann? Fürchtete sie nicht, daß ihr ganzes Leben anders werden würde, wenn Anna eine feste Bindung einging? Und dann das Hotelzimmer! Es war unerhört, daß Katharina so weit vorgriff, daß sie so bestimmt das Leben der Mutter steuern wollte...

Nein, Anna begriff ihre Tochter nicht. Und sie waren doch sonst immer ein Herz und eine Seele gewesen, hatten sich ohne Worte verstanden. Was ging in dem Kind vor?

Anna betrat das Kaffeehaus und schaute sich suchend um. Und dann sah sie Sternegg. Sie erkannte ihn sofort. Er sah blendend aus, braungebrannt, vornehm wie eh und je. Nun erhob er sich und lächelte ihr zu. Er war sehr schlank geworden, wodurch er noch aristokratischer wirkte. Er kam Anna ein paar Schritte entgegen und küßte ihr die Hand.

»Annerl!« sagte er mit seiner samtigen Stimme. »Annerl!«

Anna sah ihn an. Von seiner äußeren Erscheinung her verkörperte er alles, was sie in ihrer Jugend als Idealbild eines Mannes angesehen hatte.

Sie setzten sich.

»Trinkst einen Schwarzen, Annerl?« fragte er.

»Ja, gern«, antwortete sie.

Sie war befangen. Die alte Vertrautheit aus verliebten Tagen stellte sich nicht so rasch ein. Sie wußte nicht, was sie sagen sollte. Und sie spürte, daß ihre Hände zu zittern begannen, wie immer, wenn sie nervös war.

Sternegg meisterte die Situation ohne Verlegenheit. Er langte über den Tisch, nahm ihre Hände und küßte sie. »Lieb schaust aus, Annerl! Von Chefarzt Hänschen habe ich erfahren, wie tüchtig du bist. Eigene Werkstatt, Heimarbeiter! Chefin bist du geworden. Du beschäftigst hundert Leute, hat mir Hänschen geschrieben. Wo hast du das nur gelernt? Ich bewundere dich. Ich habe noch gar nichts geschafft, ich muß mich schämen. Mit der Dozentur an der Uni ist es nichts mehr. Es ist ja alles zerstört. Ich weiß noch gar nicht, wohin ich soll. Irgendwo eine Praxis aufmachen? Hier im Salzburger Land? Schau, Annerl, vor dir sitzt ein armer Mann. Ich habe alles verloren durch den Krieg. Sogar meine kostbare Bildersammlung, die ich auf dem Erbhof meiner Mutter ausgelagert hatte und die ich dort sicher glaubte, ist ausgeplündert worden. Ein echter Dürer war drunter. Alles verloren, alles verloren. Das hat euer Hitler fertiggebracht, auch uns Österreicher ins Unglück zu stürzen. . .«

Er redete ausführlich über die Verluste, die er erlitten hatte, beklagte immer wieder seine Armut und wirkte auf Anna plötzlich müde, mutlos – alt, obwohl er lächelte. ». . .das einzige, was mir geblieben ist, ist mein Jagdrevier in der Steiermark. Es ist für mich so verflixt schwer, einen neuen Anfang zu finden. Ich bin halt verwöhnt von früher her. Das sagt Renata auch. Ich wohne übrigens bei ihr in Pörtschach.« Er lachte ein wenig, als ob er sich über sich selbst amüsierte. »Ich bin halt kein Kämpfer wie ihr Deutschen. Du, Annerl, hast es geschafft. Kannst du mir nicht einen guten Rat geben?«

»Ich habe es geschafft?« wiederholte Anna. »Du solltest mein blaues Schulheft lesen, Leopold. Ich bin im Flüchtlingslager gelandet. Weißt du, was das bedeutet? Gemeinschaftsverpflegung, Anstehen mit einem Napf in der Hand, Gemeinschaftsarbeiten wie Kartoffelschälen und Toilettenputzen... Vorher war ich Krankenschwester auf Schloß Elmau. Bevor ich ins Lager ging, habe ich an vielen Türen geklopft. Aber wenn man drei Kinder hat, werden die Türen ganz schnell wieder geschlossen. Man hört Ausreden, bis einem klar wird, daß einem niemand hilft, daß man sich allein helfen muß. Und das versuche ich eben. Ich muß es. Solange Martin noch in russischer Kriegsgefangenschaft war und uns schrieb, sagte ich oft zu den Kindern: ›Wartet nur, bis der Vater heimkommt. Dann wird alles wieder gut. Er eröffnet eine Praxis, sorgt für uns...‹ Als dann die Todesnachricht kam, war ich völlig verzweifelt. Aber das Leben geht weiter. Wir können uns nicht hinsetzen und jammern. Damit ist uns nicht geholfen. Die Mädchen und jungen Männer, die bei mir in der Werkstatt arbeiten, sind alle heimatlos. Auch sie klagen nicht. Sie sind froh, daß sie die Aufenthaltsgenehmigung und Lebensmittelkarten von der Gemeinde erhalten, daß sie Arbeit haben, in einem warmen Raum. Wir singen bei der Arbeit. Natürlich gibt es auch Stunden, in denen sie traurig sind. Aber sie bemühen sich, tapfer zu sein ... Ach, Leopold, was weißt du schon von dem Leben, das ich angeblich geschafft habe? Der Anfang war so bitter. Schwierigkeiten über Schwierigkeiten. Bis ich überhaupt die Erlaubnis erhielt, eine Werkstatt einzurichten – das ist eine Geschichte für sich. Und was glaubst du, wie mir zumute war, wenn die Kinder mir von den Butterbroten erzählten, die ihre Mitschüler verzehrten? Ich konnte ihnen kaum etwas Gutes geben. Wir sahen die großen Obstgärten der Villenbesitzer. Im Frühsommer blühten die Bäume, weiß, hellrosa, dunkelrot, wunderschön. Und im Herbst begann die Obsternte. Wir blieben oft am Gartenzaun stehen, in der Hoffnung, daß einmal ein Apfel über den Zaun fallen würde. Aber wir hatten kein Glück. Körbe und Kisten standen randvoll gefüllt im Garten. Einmal faßte ich mir ein Herz und bat die Besitzerin des Anwesens: ›Bitte, schenken Sie mir doch drei Äpfel für meine drei Kinder!‹ Sie sah mich an, hob die Brauen und sagte in einem beleidigenden Tonfall: ›Wir brauchen die Äpfel zum Einwecken.‹ – Sie ließ mich einfach stehen. So eine Demütigung vergißt man nicht, Leopold. Und dann mein Geburtstag am 2. Dezember. Seit Wochen hatten die Kinder gebastelt, Bilderrähmchen aus Riedgras geflochten, Söckchen und Topflappen gestrickt – auch die Buben, Tannenäste vergoldet, Kerzen aus Wachsresten gezogen. Alles, um mir eine Freude zu machen. Es sollte ein Fest für mich werden. Bevor sie zur Schule gingen, hatte Katharina den Frühstückstisch gedeckt, und sie zündete gerade die Kerzen an, als es an die Tür klopfte. Ich öffnete. Vor mir stand ein Polizist. Er schob mich beiseite. ›Alle Kisten, Koffer und Schränke aufmachen!‹ befahl er. Es wurde nichts mit dem festlichen Geburtstagsfrühstück. Die Kinder gingen bleich und entsetzt zur Schule. Der Polizist riß alles auf. Ich wußte immer noch nicht, was das bedeuten sollte. Er warf meine Unterwäsche auf einen Haufen, ebenso einen silbernen Schöpflöffel, auch die Schreibmaschine. Dann sagte er: ›Alles gestohlen!‹ Ich widersprach ihm, aber es nützte nichts. Er beschlagnahmte die Sachen und nahm sie mit, obwohl ich ihm erklärte, woher sie stammten und daß sie mein Eigentum wären. ›Das kann jeder sagen!‹ fuhr er mich barsch an. ›Gestohlen haben Sie's!‹ Das war die schlimmste Demütigung, die mir je widerfahren ist, Leopold. Später bekam ich die Sachen zurück, der Landrat von Berchtesgaden brachte die Geschichte in Ordnung, und ich erfuhr, daß mich eine Lagerinsassin fälschlich denunziert hatte, eine Ostpreußin übrigens, was mir besonders schmerzlich war...«

Anna hielt inne. Sie bemerkte, daß Sternegg ihr mit wachsendem Unbehagen lauschte. Die Welt, die sie schilderte, war ihm fremd. Er wollte nichts davon hören. Darum sagte Anna: »Aber das ist nun vorbei, und ich habe auch viele gute Menschen getroffen. Wir lassen also den Kopf nicht hängen, wir sind oft fröhlich. Berthold ist der fröhlichste von uns allen. Sein Optimismus ist sehr hilfreich. Tobias ist still, er sitzt meistens in seiner Ecke und liest. Und Katharina, meine Katharina, sie ist ein Schatz!«

Sternegg langte wieder über den Tisch und küßte Annas Hände. »Ich bewundere dich, Annerl!« Er schaute auf seine Uhr. »Wie lange bleibst du in Salzburg? Wann geht dein Zug? Weißt du, wir schlendern noch durch die Stadt, bis zu deiner Abfahrt... Ich muß dich immer anschauen, Annerl. Schön bist du. Denkst du noch manchmal an die Zeit in Königsberg? An die Vorlesungen in der Universität? Kunstgeschichte bei Professor Worringer? Und an die Heimwege bei klirrender Kälte? Du hast da immer gesagt: ›Die Küsse in der Kälte schmecken besser als in der Wärme des Zimmers‹. . .Für mich war die Zeit mit dir ein Traum. Herrlich, einmalig. Und wenn wir zwei Musik hörten, Schallplatten, Richard Wagner, Tristan und Isolde. . .« Er sang leise: »Sink hernieder, Nacht der Liebe, gib Vergessen, daß ich lebe. Nimm mich auf in deinen Schoß, löse von der Welt mich los. . .«

Anna hörte ihm zu.

Es war schön, ihn schwärmen zu hören mit seiner tiefen schmeichelnden Stimme. Versunkene Bilder tauchten auf. Eine Nacht der Liebe hatte es nie gegeben. Nur Zärtlichkeiten, Küsse, verliebte Worte. Worte, viele schöne Worte. Und es würde auch heute keine Nacht der Liebe geben, das wußte Anna. Sie sagte nichts von dem Hotelzimmer, das Katharina eigenmächtig bestellt hatte. Sie sagte überhaupt nicht mehr viel.

Er plauderte. Von Pörtschach, von der alten Freundin Renata und von ihrem Haus am See.

»Wer ist Renata?« fragte Anna.

Er nannte einen Namen aus dem österreichischen Uradel. Dann fragte er eher beiläufig nach den schulischen Leistungen ihrer Söhne. »Wirst du mit ihnen fertig, Annerl? Magst du sie nicht in ein Internat geben?«

»Nie, nie!« sagte Anna heftig. »Du hast keine Kinder, Leopold. Du weißt nicht, wie Kinder einem ans Herz wachsen.«

»Ich habe nie aufgehört, dich zu lieben, Annerl«, sagte er. »Drei Kinder! Das bedeutet eine große Verantwortung. . .« Es klang gedankenverloren wie ein Seufzer, als ob er mehr zu sich selbst spräche. Dann kehrte er wieder zu seinen Erinnerungen an die Zeit in Königsberg zurück. »Was macht deine Freundin, Frau von Enkendorf? Ist ihr Mann, der Generalfeldmarschall, noch immer im Internierungslager bei den Amerikanern? Chefarzt Hänschen hält ja Verbindung mit den Kollegen. Ich fahre heute noch an den Wolfgangsee, um eine frühere Patientin zu besuchen, die dort ein Hotel hat. . .Aber, Annerl, wir müssen uns bald wiedersehen. Ich kann dir gar nicht sagen, wie sehr ich mich über unser Wiedersehen freue. Du gibst mir durch deine bloße Anwesenheit Stärke, deine Tatkraft strömt auf mich über, es wird schon werden, Annerl. . .«

So redete und redete er, während sie im Kaffeehaus saßen, und als sie später Arm in Arm durch die Gassen wanderten. Nun war Anna doch stolz, an seiner Seite zu gehen. Mit seinem Lodenmantel, dem Gamsbart auf dem Trachtenhut, seiner hohen, stattlichen Gestalt, wirkte er wie ein stolzer, aber leutseliger Erzherzog.

Auf dem Bahnhof nahm er Anna in die Arme, drückte sie fest an sich und küßte sie auf die Wangen. »Behüt dich Gott, Annerl! Bis bald. Meine Adresse hast du ja. . .Entweder Wien oder Pörtschach. . .«

»Leb wohl, Leopold!« sagte Anna.

Er winkte dem davonfahrenden Zug dann noch lange nach.

Anna setzte sich in eine Ecke. Sie war froh, daß sie niemand von den Mitreisenden kannte. Sie wollte jetzt nicht sprechen. Eine große Traurigkeit ergriff sie, das Gefühl, eine Niederlage erlitten zu haben. Was hatte sie sich eigentlich von dem Wiedersehen versprochen? Sie hatte vorher nicht darüber nachgedacht. Sie war nach Salzburg gefahren, mit einem Herzen voll unbestimmter Hoffnungen, und der Wunsch, sich ganz von Herbert zu lösen, hatte dabei irgendwie auch eine Rolle gespielt. Aber sie hatte nichts überlegt, nichts geplant...

Es war schon dunkel, als sie zu Hause anlangte. Die Kinder erwarteten sie.

»Du bist schon zurück?« fragte Katharina vorwurfsvoll.

»Ja«, sagte Anna.

»Und was ist mit dem Hotelzimmer?«

Anna gab ihr keine Antwort.

»War wohl nichts?« fragte Katharina hartnäckig weiter.

Anna schwieg.

»Ist er immer noch so hochnäsig wie früher?« wollte Berthold wissen. »Ist er jetzt Professor an der Uni in Wien?«

»Nein«, sagte Anna. »Wie viele Männer seines Alters hat ihn der verlorene Krieg aus der Bahn geworfen. Er ist noch auf der Suche nach einer Existenz. Er wohnt bei einer Gräfin, die glaubt, viel verloren zu haben. Aber Haushälterin, Gärtner, Stubenmädchen, Chauffeur – die hat sie immer noch. Sternegg spricht viel von seiner Armut, ich glaube, er weiß gar nicht, was Armut ist. Wie froh wären wir, wenn wir eine Jagdhütte hätten, die uns gehört, aus der uns keiner vertreiben kann. Und einen eigenen Wald! Noch während des Krieges hat er dort vier Jäger beschäftigt...« Sie verstummte, weil aufkeimende Bitterkeit sie zu überwältigen drohte und weil sie bemerkte, daß Tobias nach einem Buch griff, was bei ihm ein untrügliches Zeichen dafür war, daß er sich innerlich abwandte.

Katharina lachte plötzlich, als wollte sie die Stimmung auflockern. Und sie sagte in gezwungener Fröhlichkeit: »Du, Mutti, es ist ein Brief für dich da. Aus Frankfurt. Du weißt schon von wem.«

»Laß ihn liegen«, sagte Anna. »Ich bin müde.«

»Mach ihn doch auf!« bettelte Katharina. »Ich lese ihn dir vor.« Tobias klappte sein Buch zu und verschwand hinter dem Spind.

»Nicht heute«, sagte Anna fest. »Heute will ich von keinem Mann etwas wissen. Wir brauchen keinen Mann. Wir haben uns. Ein Mann würde nur stören. Solange wir zusammenhalten, ist alles gut...«

## 4.

Am nächsten Tag lasen Mutter und Tochter gemeinsam Herberts Brief. Die Jungen waren nicht daheim.

Vor Katharina hatte Anna keine Hemmungen, ihr vertraute sie ihre geheimsten Regungen an. Vor ihren Söhnen dagegen verbarg sie ihre Gefühle. Vor allem vor Berthold, der zu Eifersucht neigte und immer alles wissen wollte, was die Mutter dachte. Und Tobias – vor ihm hatte Anna Respekt.

Herberts Brief war eine einzige Liebeserklärung:

›Mein Engelsgesicht! Ich habe immer noch keine Nachricht von Dir. Dein Schweigen macht mir Angst. Hast Du mich vergessen? Das darf nicht sein! Ich will Dir gehören, nur Dir. Wir müssen uns bald wiedersehen. Ich habe vor, am nächsten Wochenende nach Reichenhall zu kommen. Schreib mir, ob es Dir recht ist. Ich liebe Dich – Dein Herbert.‹

»Ich weiß nicht, was ich tun soll«, sagte Anna. »Ich brauche Zeit, um mich zu entscheiden. Die Briefe sind schön, ich möchte sie nicht entbehren. Aber wenn Herbert hier erscheint...was würde das für ein Gerede im Lager geben!«

Katharina machte eine geringschätzige Handbewegung. »Sollen sie doch klatschen! Da stehen wir drüber, turmhoch drüber. Laß Herbert kommen, Mutti. Ich möchte ihn auch kennenlernen. Du bist zu jung, um allein zu bleiben.«

»Im Augenblick fühle ich mich aber sehr alt«, sagte Anna.

Katharina stand auf und drehte das Radio an. Eine Frauenstimme sang: »...mein Herz sagt ja, doch mein Verstand sagt nein...«

Katharina lachte hell auf. »Da hörst du es, Mutti!«

Auch Anna mußte lachen.

»Mutti«, fuhr Katharina fort. »Ich muß dir übrigens etwas beichten, ich habe mir ein möbliertes Zimmer in Salzburg genommen. Bei sehr netten Leuten. Sie heißen Cella. Er ist ein hoher Regierungsbeamter. Sie haben fünf Kinder, die ich beaufsichtigen soll, wenn die Eltern abends ausgehen. Ich werde mit den Kindern auch die Schulaufgaben machen. Deshalb brauche ich keine Miete zu zahlen. Ich teile mein Zimmer mit dem jüngsten Kind, es ist noch ein Baby.«

»Katharina!« rief Anna fassungslos. »Du stellst

mich wieder einmal vor vollendete Tatsachen! Du mietest dir ein Zimmer, ohne mich vorher zu fragen? Dann kann ich dich ja nicht mehr jeden Abend vom Bahnhof abholen und mich auf dich freuen. . .«

»Das ist doch nicht schlimm«, unterbrach Katharina. »Du hast ja die Buben, und freitags komme ich immer heim, dann kannst du mich abholen. Über das Wochenende bleibe ich hier. Und Montag früh fahre ich wieder nach Salzburg. Du kommst ja sowieso einmal in der Woche zum Unterricht in meine Klasse. Schau, Mutti, so ist es einfacher für mich. Ich brauche nicht jeden Morgen in aller Herrgottsfrühe aufzustehen. Weißt du, ich möchte auch mal etwas mit den Studenten unternehmen, ein Konzert, eine Kunstausstellung besuchen. Ich bin achtzehn, ich bin kein Kind mehr. . .«

Anna stiegen Tränen in die Augen. »So schnell kann ich mich nicht damit abfinden, Katharina. Ich hatte ja keine Ahnung, daß du so etwas planst. Wie bist du denn an die Cellas gekommen?«

»Durch Sebastian!« erklärte Katharina kurz.

»Sebastian?«

»Ja, Sebastian Steinwieser. Ich habe ihn dir doch mal gezeigt, Mutti. Er ist in der Bildhauerklasse. Der netteste aus der ganzen Schule. So, jetzt weißt du es! Jetzt setz dich hin und schreib an deinen Herbert!« schloß Katharina das Thema ab.

Aber Anna schrieb nicht.

Ja, sie sehnte sich nach Herbert. Besonders jetzt, da Katharina weg wollte.

Herbert! Anna weigerte sich, ihre Gefühle für ihn Liebe zu nennen. Sie erfand andere Worte: Freundschaft, Seelenverwandtschaft, Sympathie, Zuneigung. Aber das half nichts. Sie brauchte ihn, sie brauchte einen Menschen, der nur ihr gehörte. Und das versprach er ihr in seinen Briefen. Mit Herbert konnte sie über alles reden, ihm konnte sie ihre Sorgen rückhaltlos anvertrauen. Dabei kannte sie ihn doch erst so kurze Zeit.

Am Freitag erhielt sie einen Brief von Sternegg. Als sie seine Schrift sah, wurde ihr bang. Eine Vorahnung warnte sie. Sollte sie den Brief lesen oder ihn beiseite legen? Wenn Sternegg ihr jetzt einen Antrag machte und Zukunftspläne entwarf? Was wurde dann mit Herbert?

Zögernd öffnete sie den Brief.

Nur ein halber Bogen, dünnes Papier, Schreibmaschinenschrift, eilig getippt.

›Meine süße Madonna! Ich habe Dir eine wichtige Mitteilung zu machen. Ich werde heiraten. Ich erzählte Dir von der alten Freundin in Pörtschach, die ich schon von Jugend auf kenne. Damals stand ihr übergroßer Reichtum zwischen uns. Jetzt, da Euer Hitler unser beider Vermögen verpulverisiert hat, passen wir besser zueinander. Wir sind etwa gleichaltrig. Renatas Enkelkinder sind ungefähr so alt wie Deine Buben. Ich werde Dich und die zauberhafte Zeit in Königsberg nie vergessen, Annerl! Ergebenste Handküsse, Dein Leopold.‹

Anna mußte sich setzen. Eine jähe Schwäche überfiel sie. Sie starrte auf den Briefbogen, sie konnte den Inhalt nicht fassen. Sicher, Sternegg hatte ihr nichts versprochen. Aber er hatte doch zumindest Andeutungen gemacht. Was hatte er gesagt? ›Ich habe nie aufgehört, dich zu lieben, Annerl!‹ Worte, nichts als schöne Worte. So war es immer gewesen mit Sternegg, schon in Königsberg.

Warum hatte er nicht den Mut aufgebracht, ihr schon in Salzburg von seiner bevorstehenden Heirat zu erzählen? Vermutlich hatte er Anna um das Wiedersehen gebeten, um ihr seinen Entschluß mitzuteilen, um ihre Beziehung zueinander zu klären. Aber er hatte alles in der Schwebe gelassen, um ihr nicht weh zu tun. Er hatte es sicher gut gemeint, gut mit Renata, gut mit Anna – und vor allen Dingen gut mit sich selbst.

Es war fruchtlos, darüber nachzudenken.

Annas Gesicht glühte vor Scham, wenn sie an das Hotelzimmer in Salzburg dachte, in dem sie – wenn es nach Katharinas Wunsch gegangen wäre – die Nacht mit Sternegg verbracht hätte.

Anna knüllte den Brief zusammen und verbrannte ihn. Sie nahm sich vor, nie mehr daran zu denken, nie mehr! Er sollte ausgelöscht sein, es hatte ihn nie gegeben. Sie erzählte auch Katharina nichts davon. Zum ersten Mal ließ sie ihre Tochter nicht an ihren Gefühlen teilhaben.

Und sie faßte einen Entschluß: Sie wollte raus aus dem Lager, raus aus dem Milieu! Endlich eine Wohnung mit eigener Küche und eigenem Bad! Keine Lagerverpflegung mehr, keine Wasserkannen mehr schleppen, um eine geliehene Zinkbadewanne zu füllen, kein Anstehen mehr an der schmutzigen Gemeinschaftstoilette.

Auf einmal erschien ihr die Atmosphäre im Lager unerträglich. Sie konnte nicht mehr begreifen, wie sie es hier so lange hatte aushalten können. Nein, und sie konnte es auch den Kindern nicht länger zumuten. Vielleicht ging Katharina deshalb fort, weil ihr das Leben hier zuwider war...

Anna sah sich im Zimmer um, das sie mit einfachsten Mitteln liebevoll gestaltet hatte. Es gefiel ihr nicht mehr. Es war alles zu primitiv.

Schon am nächsten Morgen fuhr sie nach Berchtesgaden zum Landratsamt, um sich um eine Wohnung zu bewerben.

Am Wochenende war Anna mit Katharina allein. Die Jungen waren nach Traunstein gefahren, um an einem Jugend-Tennisturnier teilzunehmen.

Anna war froh, daß sie die Tochter endlich wieder einmal für sich hatte. Als sie gerade beisammen saßen, klopfte jemand an die Tür.

»Ja!« sagte Anna und stand auf, unwillig über die Störung. Sie öffnete die Tür und trat erschrokken einen Schritt zurück. Vor ihr stand Herbert.

Er trug eine Brille mit dunkler Hornfassung, die sie vorher nicht an ihm gesehen hatte.

Sie starrte ihn an, brachte kein Wort heraus.

Auch er schien verlegen. Er rückte an seiner Brille und versuchte zu scherzen: »Guten Tag, Anna! Wie gefällt dir meine Doktorenbrille? Ich habe sie für dich gekauft. Sehe ich damit nicht würdig aus?«

Anna war nicht in der Lage, auf den Scherz einzugehen. Herbert schien ihr fremd und völlig fehl am Ort. Unwillkürlich fiel sie in das formelle Sie zurück: »Wie haben Sie uns gefunden?«

»Ich habe doch deine Anschrift.«

»Und wo wohnen Sie?«

»In einem kleinen Hotel am Kirchberger Bahnhof«, sagte er. Und enttäuscht fügte er hinzu: »Du freust dich nicht über mein Kommen, Anna?«

Anna freute sich wirklich nicht. Nur ein Gedanke schoß ihr durch den Kopf: Ein Glück, daß die Buben nicht da sind! Sie standen immer noch wie angewurzelt an der Tür.

Jetzt trat Katharina hinzu. Sie lächelte charmant. »Kommen Sie doch herein, Herr Pauli. Ich bin Katharina, die Tochter. Meine Mutter hat mir schon viel von Ihnen erzählt. Wir freuen uns über Ihren Besuch. . .« Sie schaute Anna an, die stocksteif dastand, und lächelte wieder. »Kommen Sie, Herr Pauli! Sie kommen gerade recht zum Kaffee.«

»Ich habe einen Kuchen mitgebracht«, sagte er. »Einen Gugelhupf.«

Katharina lachte. »Das ist wunderbar!« Sie nahm ihm den Mantel ab, den er über dem Arm trug, und führte ihn in Annas Refugium.

Anna stolperte hinterher. Sie war immer noch wie benommen.

»Das ist ja reizend hier!« sagte Herbert bewundernd. »Richtig künstlerisch und originell.«

»Das hat alles meine Mutter gemacht«, sagte Katharina. »Eine Freundin von uns meinte, hier könne eine chinesische Prinzessin wohnen.«

»Das finde ich auch«, stimmte Herbert ihr zu.

Anna hörte stumm dem munteren Geplauder zu.

»Jetzt brühe ich aber den Kaffee auf«, verkündete Katharina fröhlich. »Würden Sie mir bitte den Kuchen geben, Herr Pauli?«

Er langte in die Tragetüte und brachte den Kuchen und einen kleinen Strauß roter Buschrosen zum Vorschein.

Anna fand endlich ihre Sprache wieder. »Oh, die Rosen müssen ins Wasser, sonst verwelken sie...«

»Ich mach' das schon, Mutti!« Katharina nahm den Strauß und ließ die beiden allein.

»Warum hast du mir nicht auf meine Briefe geantwortet, Anna?« fragte Herbert leise.

Anna sagte nichts. Sie war plötzlich gereizt und müde. Sie fühlte sich der Situation nicht gewachsen. Nur mit größter Anstrengung hielt sie die Tränen zurück. Sie hätte am liebsten laut geschluchzt.

Er nahm sie in die Arme. »Ich liebe dich, Engelsgesicht. Ich mußte mich vergewissern, daß es dir gutgeht. Ich möchte deine Kinder kennenlernen. Sei doch nicht so ängstlich, es tut dir ja niemand etwas...«

Katharina kam aus der Küche, und Anna löste sich aus Herberts Umarmung.

Schließlich saßen sie zu dritt am Kaffeetisch.

Katharina war ungewöhnlich lebhaft und gesprächig. Ihre Augen leuchteten. Sie lachte viel, erzählte von der Schule, zeigte ihre Arbeiten: Keramiken, bemalte Holzdosen, Puppen. Sie wies auf den Engelskopf an der Wand.

»Den hat Mutti gemacht, obwohl sie es nie gelernt hat. Mutti ist sehr talentiert.«

»Das glaube ich gern«, stimmte Herbert zu. »Ihre Mutter ist eine Künstlerin.«

Anna saß still neben ihm. Sie konnte nicht sprechen, sie hatte nur einen Wunsch: Herbert möge fortgehen, zurück nach Frankfurt, wo er hingehörte.

Von der Verzauberung, die sie in Schwalbach empfunden hatte, spürte sie nichts mehr.

»Kann man hier irgendwo tanzen?« fragte Herbert.

Anna zwang sich zu einer Antwort. »Das weiß ich nicht.«

»Aber Mutti!« griff Katharina lachend ein. »Bei Schaubitzer spielt doch eine Kapelle. Da müßt ihr hingehen! Ich kann leider nicht mit, ich habe heute abend Chorprobe.«

Sie wandte sich an Herbert: »Ich habe gehört, daß Sie Geige spielen, Herr Pauli. Ich spiele Klavier. Schade, daß Sie Ihr Instrument nicht mitgebracht haben. Wir hätten zusammen musizieren können. Mutti liebt Musik.«

Herberts Gesicht strahlte auf. Er nahm Annas Hand und küßte sie. »Ich habe meine Geige im Hotel. Morgen bringe ich sie mit«, erklärte er.

Anna wurde es allmählich leichter ums Herz.

Am Abend gingen sie ohne Katharina zu Schaubitzer.

Zum Glück war das Lokal nur schwach besucht. Anna atmete auf. Sie sah keine bekannten Gesichter.

Nur Felix thronte an der Bar. Er war dort Stammgast und trank gern ein paar Gläser über den Durst.

Felix war Arzt, Flüchtling aus Schlesien, wo er ein Schloß besessen hatte. Er trug stets ein Monokel, und er pflegte Anna mit liebenswürdigen Bosheiten zu necken, sobald er ihrer ansichtig wurde.

So auch diesmal.

Er begrüßte Anna, während Herbert nach einem Tisch Ausschau hielt, der abseits vom Tanztrubel stand.

»Gratuliere, Gnädigste!« näselte Felix beschwipst. »Da haben Sie aber einen schicken Kavalier aufgerissen. Ein bildschöner Student, toll.«

»Er ist kein Student«, erwiderte Anna. »Er ist schon Assessor.«

»Na, so was!« Felix ließ verwundert das Monokel aus dem Auge fallen. »Interessanter Typ. Eine Figur wie ein junger Gott. Gute Rasse hält auf Taille. Wenn ich eine Frau wäre... von dem möchte ich ein Kind haben.« Er lachte schallend über seinen eigenen Witz. »Passen Sie nur auf, Gnädigste, daß man Ihnen den nicht wegschnappt!«

»Jetzt ist es aber genug!« schalt Anna, obwohl sie lachen mußte.

Felix klemmte wieder sein Monokel ein. »Viel Vergnügen, meine Gnädigste!«

»Danke«, sagte Anna. »Ich werde die ganze Nacht tanzen.«

»Nennt man das heutzutage tanzen?« fragte Felix unschuldsvoll.

Frecher Kerl! dachte Anna, als sie mit beschwingten Schritten zu Herbert ging.

Herbert sah ihr entgegen. Er freute sich, weil sich ihre Starre gelöst hatte. Sie tranken Wein.

»Wie gefällt dir meine Katharina?« fragte Anna.

»Reizend!« sagte er.

»Es freut mich, daß du Katharina magst. Zu einem Menschen, der meine Kinder nicht gern hat, fände ich keine Brücke.« Sie taute immer mehr auf und erzählte von ihrer Fahrt nach Berchtesgaden. »Das muß ich als nächstes schaffen: eine eigene Wohnung. Es ist schwierig, ich habe nur wenig Geld. Ich verwende alles, was ich verdiene, für die Ausbildung der Kinder.«

Herbert nahm ihre Hand. »Komm, laß uns tanzen...«

Sie ließen keinen Tanz aus. Herbert war ein ausgezeichneter Tänzer, das wußte Anna schon von Schwalbach her. Er tanzte leidenschaftlich gern.

Und Felix beobachtete sie von seinem Platz an der Bar aus. Er lächelte amüsiert, sein Monokel blitzte.

Anna mußte jedesmal lachen, wenn sie zu ihm hinübersah. Sie war glücklich.

Auf dem Heimweg nahm Herbert sie in die Arme und küßte sie. »Ich liebe dich, ich liebe dich«, flüsterte er.

Katharina war noch wach, als Anna das Zimmer betrat. Anna setzte sich zu ihrer Tochter auf den Bettrand. »Wie gefällt dir Herbert?«

»Gut«, sagte Katharina. »Sehr gut! Nach deinen Schilderungen habe ich ihn mir ganz anders vorgestellt, schmächtig, unscheinbar. Und dabei ist er ein so toller Mann.«

»Wirklich, Katharina? Ist das deine ehrliche Meinung? Wenn er nur nicht so jung wäre...«

»Ach was«, sagte Katharina. »Das mit dem ›zu jung‹ ist eine fixe Idee von dir, Mutti. Mit Herbert Pauli kannst du dich überall sehen lassen.«

Am Sonntag kam Herbert zum Frühstück. Er brachte seine Geige und Noten mit.

Sie hatten keinen Notenständer. Deshalb hielt Katharina das Notenblatt. Sie stand da mit ausgebreiteten Armen. Wie ein singender Engel sah sie aus.

Herbert spielte eine Romanze von Beethoven. Anna betrachtete die beiden. Und plötzlich durchzuckte sie ein Gedanke: Eigentlich paßt Herbert viel besser zu Katharina als zu mir. Wenn sie sich nun in ihn verliebt? Und er sich in sie? Das wäre schlimm...

Aber als sie dann später mit Herbert durch die Wiesen wanderte, hatte sie alle Zweifel vergessen. Sie gingen Hand in Hand, so, wie es sich Herbert in seinen Briefen gewünscht hatte. Sie begegneten kaum einem Menschen. Der Himmel war blau, die Sonne schien, die Berge waren nah, in der Ferne läuteten Kirchenglocken. Anna wurde es andächtig ums Herz. Sie erzählte von dem Dorf ihrer Kindheit am Ufer des Mains, von den Weinbergen, von dem Kapellchen am Waldrand. »Wie oft habe ich dort gekniet vor dem Bild der Mutter Gottes. Sie war meine einzige Vertraute, sie flehte ich um Hilfe an, wenn ich in Not war. Und das war oft der Fall. Ich wurde streng erzogen. Im Lehrerhaus, bei Weises, nicht bei meinen Eltern. Ich hatte eine harte Kindheit, ohne Liebe, ohne Zärtlichkeit, ohne Freundinnen. Ich wurde schon früh mit Pflichten überhäuft. ›Das Leben ist kein Vergnügen, sondern eine schwere Aufgabe!‹ pflegte Frau Weise zu sagen. Dieser Satz hat mich für mein ganzes Leben geprägt. Ich mußte das Lachen erst lernen...« Anna hatte bisher noch niemandem von ihrer Kindheit erzählt. Nicht einmal mit ihrem Mann hatte sie darüber gesprochen. Selbst ihre beste Freundin, Sibylle von Enkendorf, wußte nichts davon, und ihre Kinder auch nicht, nicht einmal Katharina.

Und bei Herbert, den sie kaum kannte, schloß sie sich auf.

»Warum belaste ich dich mit meinen traurigen Erinnerungen?« sagte Anna. »Du bist der erste Mensch, dem ich meine vernarbten Wunden zeige. Ich begreife mich selbst nicht.«

»Du kannst mir alles sagen, Anna«, sagte er. »Alles. Ich danke dir für dein Vertrauen.«

Am Abend fuhr er nach Frankfurt zurück.

Tobias und Berthold waren zu Annas Erleichterung noch nicht heimgekehrt, so daß sie Herbert nicht begegneten.

Anna brachte Herbert zum Bahnhof.

»Ich weiß, daß du einen anderen Mann verdienst als mich«, sagte er beim Abschied. »Aber ich liebe dich, und ich werde dich lieben, solange ich lebe.«

Erwartete er, daß auch sie ihm ihre Liebe beteuerte? Das konnte sie nicht.

Sie lächelte und schwieg.

Er wollte sie küssen, aber sie wich zurück. »Nicht hier!«

Er zögerte die Trennung bis zum letzten Augenblick hinaus und sprang dann auf den anfahrenden Zug. »Es war so schön!« rief er noch.

»Ja!« rief sie.

Trotzdem fiel ihr ein Stein vom Herzen, als er fort war. Ja, sie brauchte ihn, seine Briefe, seine Küsse, die Gespräche, das Tanzen. Er gab ihr das Gefühl, jung und begehrenswert zu sein. Aber in Reichenhall wollte sie ihn nicht haben. Nicht hier! Hier waren die Kinder, die Werkstatt, die Angestellten, die Heimarbeiter, die wenigen Freunde. Hier war kein Platz für Herbert.

## 5.

Anna war in Salzburg. Sie wollte die Familie Cella kennenlernen, bei der Katharina wohnte, und am Keramikunterricht in Katharinas Klasse teilnehmen, da sie mit dem Gedanken spielte, eine Büste anzufertigen.

Als sie vor der Schule stand, entdeckte sie das Fahrrad ihrer Tochter. Es lehnte an der Hauswand, zusammen mit einem Herrenfahrrad. Um die beiden Vorderräder war eine eiserne Zugkette geschlungen, die mit einem Vorhängeschloß gesichert war. Der Anblick gefiel ihr nicht. War hier ein Bund geschlossen worden?

Anna begann zu grübeln: Katharina war nach Salzburg gezogen, sie drängte die Mutter zu einer Bindung, sei es mit Sternegg, sei es mit Herbert. Wollte Katharina frei sein, sich von der Mutter lösen?

Unsinn! dachte Anna. Katharina ist ja noch ein Kind...

Die Tochter lief auf die Mutter zu und küßte sie auf die Wange. »Tag, Mutti. Schön, daß du da bist!«

Anna deutete auf die Fahrräder. »Das ist doch deins, Katharina. Wem gehört das andere?«

»Sebastian!«

»Welchem Sebastian?«

»Sebastian Steinwieser! Ich habe ihn dir doch vorgestellt, Mutti«, sagte Katharina ungeduldig.

Das stimmte, sie hatte ihn ihr vorgestellt, aber Anna hatte dem keine Bedeutung beigemessen. »Ach der! Er hat dir das Zimmer bei den Cellas besorgt... Seid ihr oft zusammen?«

»Ja, jeden Tag! Wir arbeiten zusammen. Sebastian gehört zu den Menschen, wie du sie magst, Mutti. So wie die Künstler in Nidden auf der Kurischen Nehrung in Ostpreußen, wie der Maler Karl. Sebastian ist gelernter Buchdrucker und Grafiker. Er kann alles, es ist phantastisch. Er bearbeitet jedes Material: Holz, Leder, Ton, Stein, Eisen, Papier. Sein stärkstes Talent liegt im Malen und Zeichnen. Und er ist ein guter Sohn. Er unterstützt seine Mutter, sie hat nur eine kleine Rente. Sebastian war nicht auf dem Gymnasium, er hat kein Abitur. Deshalb bildet er sich in Abendkursen fort. Er ist nicht nur begabt, er ist auch fleißig, ehrgeizig – ein einmaliger Mensch, viel reifer als die anderen Jungen...«

»Wie alt ist er denn?« unterbrach Anna sie.

»Ein Jahr älter als ich. Aber sein Alter spielt doch gar keine Rolle.«

Anna fuhr sich über die Stirn und sagte langsam: »Nun ja, eine Jugendfreundschaft...«

»Nein, Mutti! Es ist uns ernst. Sebastian und ich, wir gehören zusammen. Zur Zeit hat er eine Ausstellung.« Katharina zog eine Zeitung aus der Tasche. »Hier! Sie feiern ihn als jungen, begnadeten Künstler. Heute nachmittag gehe ich hin. Komm doch mit, Mutti!«

»Gern«, sagte Anna steif.

An diesem Tag konnte sich Anna nicht auf die Arbeit in der Keramikklasse konzentrieren. Sie dachte immer an Katharina und Sebastian, gegen den sie sich jetzt schon wehrte. Sie war traurig, weil Katharina vor ihr Geheimnisse hatte. Und noch ein anderer Gedanke nagte an ihr: Sie machte sich Vorwürfe, weil sie Katharina schon als Kind zu viel Verantwortung aufgebürdet hatte – für die Familie, für die Werkstatt. Anna hatte ihre Tochter stets wie eine Erwachsene behandelt. Kein Wunder, daß sie jetzt schon so selbständig geworden war.

Sebastians Ausstellung fand in den Räumen einer Schule statt. Anna wanderte von Bild zu Bild: Aquarelle, Ölbilder, Landschaften, Porträts, Zeichnungen in Kohle, Bleistift, Rötel. Es war beeindrukkend. Nicht nur die künstlerische Qualität der Bilder. Er hatte auch die Rahmen selbst gemacht, er war ein guter Handwerker. Und mit welch sicherem Geschmack er die Bilder gehängt hatte! Da stimmte alles, Licht, Harmonie der Anordnung, Formate.

Anna sah sich Sebastian Steinwieser genauer an. Besonders anziehend wirkte er nicht auf sie. Sie sah einen jungen Burschen, hochgewachsen, knochig, mager, unfertig. Er hatte dunkles, welliges Haar, ein bleiches Gesicht, unreine Haut und brennende kohlschwarze Augen.

Schön waren seine Hände, das mußte Anna zugeben, kräftige gutgeformte Hände mit mattbrauner Haut, Bildhauerhände. Er trug eine schwarzblaue Samtjacke mit zu kurzen Ärmeln, graue Kniebundhosen, ein weißes Hemd mit offenem Kragen, derbe Haferlschuhe und weiße handgestrickte Kniestrümpfe. Wie ein Hirtenbub aus dem Salzburger Land, dachte Anna.

Trotz seines einfachen Aufzuges strahlte er Selbstbewußtsein aus. Er war ein besonderer Mensch, das erkannte Anna sofort. Aber das machte ihn ihr nicht sympathischer. Für ihre Tochter wünschte sie sich einen anderen Mann.

Sebastian begrüßte Anna höflich, aber kühl. »Grüß Gott, gnädige Frau!«

Er hielt den Kopf zur Seite geneigt. Um seinen Mund spielte die Andeutung eines spöttischen, überlegenen Lächelns.

»Sie haben sehr viel gearbeitet«, sagte Anna. »Wann haben Sie das nur alles gemacht neben Ihrem Beruf? Alle Achtung!«

Sein Lächeln vertiefte sich, aber er sagte nichts.

Katharina stand neben ihm, nervös und stolz. Ihre Augen wanderten von Sebastian zur Mutter.

Ein persönliches Gespräch kam nicht zustande. Sebastian verhielt sich wortkarg.

Als Katharina später die Mutter zum Bahnhof begleitete, fragte sie: »Wie findest du ihn?«

Anna hob die Schultern. »Ach, Katharina! Sicher – er hat Talent, er ist tüchtig, anständig. Aber ich fürchte, er hat einen schwierigen Charakter. Du wirst noch viele Männer kennenlernen, Männer, wie dein Vater einer war. Ich möchte gern, daß du nach deinem Examen für einige Zeit ins Ausland gehst, um deine Sprachkenntnisse zu vervollkommnen.«

»Ich gehe nicht weg!« brauste Katharina auf. »Setz dir das gar nicht erst in den Kopf, Mutti. Ich bleibe in Salzburg, bei Sebastian...« Und dann brach es aus ihr heraus: »Du nimmst ja nur Anstoß an seiner Kleidung, und daß er arm ist und kein Akademiker. Sebastian ist eben nicht wie Herbert. Herbert legt Wert auf seine Kleidung, das sieht man. Kaschmirsakko, Krawatte und so weiter. Das sind alles nur Äußerlichkeiten. Die lehnen wir ab. Über solche Nebensächlichkeiten reden wir gar nicht. Ich will keinen Akademiker, keinen Beamten. Ich brauche einen Menschen mit schöpferischem Geist, mit dem ich arbeiten kann. Sebastian ist ein Genie!«

Anna fuhr voll Sorgen um Katharina heim. Aber dann beruhigte sie sich selbst: Die beiden sind so jung, da läuft noch viel Wasser die Salzach hinunter...

Zu Hause fand Anna Post vor. Es war die Einladung zu einem Kongreß der Europa-Union in Frankfurt. Die Fahrkarte erster Klasse, das Programm und die Zimmerbuchung im Hotel Frankfurter Hof lagen bei.

Die Aussicht, Herbert wiederzusehen und interessante Leute zu treffen, hob ihre Stimmung. Sie schob die Sorgen um Katharina beiseite und schrieb einen Brief an Herbert. Es war kein Liebesbrief. Sie teilte ihm nur den Zeitpunkt ihrer Ankunft mit.

Als Katharina am Freitag aus Salzburg kam, erwähnte Anna Sebastian mit keinem Wort. Auch Katharina vermied das Thema.

Anna reiste nach Frankfurt. In München mußte sie umsteigen. Auf dem Bahnsteig waren schon einige Herren der Europa-Union versammelt, die Anna begrüßten.

Einer der Herren fiel ihr auf. Sie glaubte sein Bild in der Zeitung gesehen zu haben. Er war kein schöner Mann. Aber irgendwie wirkte er bedeutend. Gedrungene Gestalt, runde rosige Wangen, breite Stirn und kleine, listige Augen. Er hätte auch ein Großbauer sein können. Die vollen Lippen zeugten von Sinnlichkeit. Er war etwa fünfzig Jahre alt.

Er schien sich seiner Prominenz bewußt zu sein und gab sich leutselig, während die anderen Kongreßteilnehmer ihn umwarben. Immer wieder ließ er verstohlen seine Augen zu Anna wandern, die sich abseits hielt. Schließlich sprach er sie an: »Gnädige Frau, wir haben Glück, daß die einzige Dame in unserem Kreis eine so schöne Frau ist. Mein Name ist Lachner.« Jetzt entsann sich Anna: Ludwig Lachner, ein einflußreicher Politiker aus München!

Anna erfand sogleich einen Namen für ihn. In Gedanken nannte sie ihn nur den ›Mächtigen‹.

»Wo kommen Sie her?« fragte er.

»Ich versuche in Berchtesgaden-Reichenhall eine Jugendgruppe der Europa-Union aufzubauen«, antwortete Anna. »Ich habe zwei Söhne, die mir dabei helfen.«

Sie reichte ihm die Hand. Er behielt sie in der seinen, während er augenzwinkernd weitersprach: »Da sind wir ja Kollegen und werden uns häufig sehen«, er senkte die Stimme, »was mich sehr freut.«

Anna errötete und entzog ihm ihre Hand. »Ich glaube, unser Zug ist eingelaufen, Herr Lachner.«

Sie sah den Mächtigen erst am nächsten Morgen

wieder, als sie in Frankfurt anlangten und er aus dem Schlafwagenabteil trat.

Vor der Sperre wurde er von einer Delegation erwartet.

Er wandte sich Anna zu: »Ich sehe Sie heute abend beim Fest im Palmengarten, gnädige Frau. Sie sitzen an meinem Tisch. Und wir wohnen ja im gleichen Hotel. Ich weiß inzwischen schon viel von Ihnen, auch, wo Sie der Schuh drückt. Ich habe mich erkundigt. Bis bald, ich freue mich...« Er entfernte sich, umdienert von dem Empfangskomitee.

Anna sah ihm nach. Der Mächtige gefiel ihr.

Erst jetzt entdeckte sie Herbert. Er hatte eine rote Rose in der Hand.

Als er Anna in die Arme schloß, fühlte sie, wie die Verzauberung der Schwalbacher Tage sie wieder zu umfangen begann. Wieder fühlte sie sich jung, frei, voller Hunger nach Leben und Liebe, sogar glücklich. Und als Herbert sagte: »Es war nicht einfach, ein Zimmer für dich zu finden, aber ich habe eins gefunden«, da vergaß sie ganz und gar, daß im Frankfurter Hof ein reserviertes Zimmer auf sie wartete.

Es war früher Morgen, dunstig und naßkalt. Sie liefen durch die Straßen einer zerstörten Stadt.

Aber das alles deprimierte Anna nicht. Sie hielt Herberts Hand in der ihren, und das genügte ihr. Wo waren die Sorgen um die Buben, um Katharina, um die Werkstatt? Sie verflogen mit jedem Schritt.

Herbert hatte ein Pensionszimmer im Westen der Stadt gemietet, in einer Villengegend, die von Bomben verschont geblieben war. Das Zimmer entsprach allerdings nicht der schönen Fassade des

Hauses. Es lag im Parterre, war kalt und klamm, durch das kleine Fenster sickerte trübes Licht.

»Es gefällt dir wohl nicht, Engelsgesicht«, meinte Herbert betreten, »aber ich habe nichts Besseres gefunden.«

»Ist schon gut«, sagte Anna. Es kam ihr gar nicht in den Sinn, wie elegant sie im Frankfurter Hof hätte wohnen können.

»Ich könnte auch hier bleiben, damit du dich nicht einsam fühlst«, sagte Herbert. »Es ist noch ein Zimmer frei.«

»Das möchte ich nicht!« Anna ging zu dem kleinen Fenster und schaute in einen verwilderten Garten. Er erinnerte sie an den Garten ihres Elternhauses. Auch der war immer ungepflegt gewesen.

Herbert trat hinter sie. »Ich habe mir heute frei genommen, ich möchte dir gern die Stadt zeigen. Frankfurt war früher eine schöne Stadt, eine reiche Stadt, eine freie Reichsstadt...« Und kurz darauf wanderten sie durch schöne Grünanlagen bis zum Rathaus, zum Goethehaus, in die Altstadt, am Main entlang, dem Fluß ihrer Kindheit.

Herbert war ein guter Führer. Über jede Sehenswürdigkeit wußte er eine Geschichte zu erzählen.

Vor dem Gerichtsgebäude blieb er stehen. »Es ist nur provisorisch hergerichtet. Im Krieg wurde es zerbombt. Es wird daran gebaut, wie du siehst. Ach, Anna, du ahnst nicht, wie glücklich ich bin, daß ich dich bei mir habe. Ich möchte dir das Zimmer zeigen, in dem ich den lieben langen Tag hinter Aktenbergen vergraben bin. Vorher trinken wir eine Tasse Kaffee in der Kantine. Dort gibt es guten Streuselkuchen. Den leisten wir uns...«

Als sie nach einer Stunde die Kantine verließen, sagte Herbert: »Dort kommt mein Vorgesetzter, der Oberstaatsanwalt. Ich möchte dich ihm vorstellen.«

Anna wollte protestieren, aber es war schon zu spät.

Der Oberstaatsanwalt begrüßte Anna freundlich. »Ach, Sie sind Frau Ritter. Ich kenne Königsberg, ich habe dort studiert. Und ich war in Stalingrad wie Ihr Mann. Ich gehörte zu den wenigen, die dem Hexenkessel lebend entkamen.« Er fragte nach Annas Söhnen und nach Katharina. »Ich habe auch eine Tochter«, sagte er.

Seinen Worten entnahm Anna, daß Herbert seinen Vorgesetzten genau über sie unterrichtet hatte. Es war ihr peinlich. Und das Gefühl der Peinlichkeit steigerte sich noch, als sie beim Verlassen des Gebäudes einen Kollegen von Herbert trafen, der ebenfalls bestens orientiert zu sein schien.

»Unser guter Pauli ist wie verwandelt, seit er Sie kennt, Frau Ritter«, sagte er. »Er ist begeistert von Ihnen. Als er am Montag aus Reichenhall zurück war und zum Dienst kam, machte er den Eindruck, als habe er über das Wochenende einen Rolls Royce gefahren...«

»Herbert«, sagte Anna behutsam, als sie allein waren, »ich möchte dich nicht verletzen. Aber so geht es nicht. Ich bin mit dir weder verlobt noch verheiratet. Du solltest deine Gefühle nicht so offen preisgeben. Es wäre mir lieber, du würdest nicht über mich sprechen. Weder im Dienst noch sonst...«

Er legte den Arm um sie. »Aber ich bin doch so

glücklich mit dir!« Und ein wenig bitter fügte er hinzu: »Du willst dich nicht zu mir bekennen.«

»Muß ich das denn?« sagte sie. »Was ändert sich zwischen uns, wenn alle Leute es wissen? Sie würden es nicht begreifen, es mißdeuten, es falsch oder sogar häßlich auslegen, und ich würde darunter leiden.«

»Leiden sollst du meinetwegen nicht«, sagte er schnell. Er ging mit ihr durch den Grüneburg-Park bis ins Universitätsviertel und erzählte von dem reichen jüdischen Bankier, der diesen Park gestiftet hatte.

»Ich höre manchmal Vorlesungen bei Adorno und Horkheimer, Soziologie, Psychologie. Das sind kluge Männer. Wenn du einmal länger in Frankfurt bleibst, nehme ich dich mit. . .«

Das klang verlockend. Schon in Königsberg hatte Anna als Gasthörerin die Universität besucht.

Auf ihrem Spaziergang wurde Anna noch ein zweites Mal an Königsberg erinnert. Eine Kirche lag am Weg, eine evangelische Kirche. Neben dem Portal hing eine Tafel, auf der die Gottesdienste angezeigt wurden. Anna las den Aushang.

»Pfarrer Trepte?« sagte sie verwundert. »Ob das der Heerespfarrer aus Königsberg ist? Er hat meinen Berthold in der Schloßkirche getauft. Mein Mann war evangelisch, meine Kinder sind es auch. Ich bin katholisch, obwohl mich die Kirche ausgestoßen hat, weil ich es zuließ, daß meine Kinder evangelisch getauft wurden. Für mich gibt es keinen Unterschied zwischen den Konfessionen. Wir glauben alle an einen Gott. . .«

Am Abend war das Fest im Palmengarten.

Anna trug ein schlichtes schwarzes Kleid und dazu ihre Perlenkette. »Wie eine Königin siehst du aus!« meinte Herbert. »Ich passe gar nicht zu dir. Ich bin stolz auf dich.«

»Sag so etwas nicht«, winkte Anna ab.

Im Palmengarten hatte sie ihren Platz am Tisch des ›Mächtigen‹, während Herbert einen anderen Tisch zugewiesen bekam.

Nach der Begrüßungsansprache wurde ein bescheidener Imbiß angeboten.

»Sie sind mit Herrn Pauli gekommen?« fragte der ›Mächtige‹ und winkte Herbert herbei. »Setzen Sie sich doch zu uns«, forderte er ihn auf. Zu Anna gewandt, fuhr er dann fort: »Liebe Frau Ritter, erzählen Sie mir von Ihrer Werkstatt. Ich mag Frauen, die äußerlich anschmiegsam und sehr weiblich wirken, aber innerlich stark sind, die sich nicht unterkriegen lassen, die zupacken. So wie Sie! Ihr Mann war Generalarzt, habe ich gehört. Aber Sie sind sich nicht zu schade, mit den Händen zu arbeiten. Und Sie wahren auch im Flüchtlingslager Ihr Niveau.«

»Das Niveau lassen wir mal beiseite, Herr Lachner«, sagte Anna. »Und mit den Händen arbeite ich gern. Aber allmählich wird es Zeit, daß ich aus dem Lager rauskomme. Ich suche eine preiswerte Wohnung.«

Der ›Mächtige‹ hörte ihr aufmerksam zu. »Sie sind eine gescheite Frau. Und Sie haben wunderschöne Augen. Wir wollen mal sehen, was sich machen läßt.«

Nach dem Imbiß wurde getanzt. Eine Kapelle spielte.

Der ›Mächtige‹ erhob sich. »Tanzen Sie, Frau Ritter?«

Anna nickte.

Er führte sie in die Mitte des Saales.

Anna warf Herbert, der am Tisch saß und beobachtete, wie der ›Mächtige‹ ihr den Hof machte, einen Blick zu. Herbert benahm sich so, wie sie es wünschte. Er ließ sich nicht das geringste von seinen Gefühlen anmerken.

Der ›Mächtige‹ war kein guter Tänzer. Er hielt Anna fest an sich gedrückt und trottete mit ihr nach dem Takt der Musik durch den Saal. Seine listigen Augen zwinkerten vergnügt, während er belanglose Scherze von sich gab und Anna ein Kompliment nach dem anderen machte. Dann brachte er Anna an den Tisch zurück.

Anna öffnete ihre Handtasche. Eine Visitenkarte fiel ihr entgegen. Sie trug Herberts Namen. Darauf stand: ›Du mußt Dich entscheiden, jetzt, sofort, für mich oder für den anderen Mann. Beim nächsten Tanz will ich es wissen. H.‹

Der ›Mächtige‹ verabschiedete sich. Er habe noch eine Besprechung, sagte er. »Ich sehe Sie ja heute noch in unserem Hotel, Frau Ritter. . .« Er gab Anna seine Telefon- und Zimmernummer und legte einige Geldscheine vor sie hin. »Bitte, erledigen Sie das für mich«, er machte eine kreisende Armbewegung, »was hier am Tisch verzehrt worden ist, geht auf meine Rechnung. Ach ja, und die Quittung nicht vergessen. . .«

»Das kann ich nicht für Sie erledigen, Herr Lachner«, erwiderte Anna lachend. »Vielleicht ist Herr Pauli so liebenswürdig.«

Der ›Mächtige‹ beugte sich zu ihr herab und zischelte: »Sie kleine Hexe, Sie!«

Anna unterdrückte mühsam ein Kichern.

Von nun an tanzte sie jeden Tanz mit Herbert. Jetzt war die Verzauberung vollständig. Der Kongreß und der ›Mächtige‹ wurden Anna gleichgültig, sie wollte nur tanzen, tanzen, tanzen. . .Nach dem Fest gingen sie zu Fuß den weiten Weg bis zu der Pension. Anna taten die Füße weh in ihren dünnen Ballschuhen. Taxis fuhren vorbei, aber Herbert hielt keines an.

Vor der Pension nahm er sie in die Arme. »Muß ich wirklich gehen?«

»Ja!« sagte Anna fest.

»Wirklich?« wiederholte er.

»Ja!«

Er küßte sie und wandte sich dann zögernd zum Gehen.

Am nächsten Tag sah Anna den ›Mächtigen‹ wieder. Er war nicht so vergnügt wie am Vorabend, er überhäufte Anna nicht mit Komplimenten. Er war verstimmt. Den Grund konnte sie sich denken.

Er fragte nicht, wo Anna übernachtet hatte, er blieb höflich und distanziert, aber er ließ sie seine Verärgerung spüren.

Herbert rechnete mit ihm ab, gab ihm den Rest des Geldes und die Quittung.

Der ›Mächtige‹ schaute unwirsch auf das Geld. Dann polterte er los: »Warum habt ihr das denn nicht ausgegeben? Zum Essen, zum Trinken! Habt's euch wenigstens ein Taxi genommen?«

»Frau Ritter wollte das nicht!« erwiderte Herbert trocken.

Anna blieb noch zwei Tage in Frankfurt, hörte zahllose Referate über die Europa-Union und verlebte romantische Stunden mit Herbert. Sie gestattete ihm nicht, mit in ihr Pensionszimmer zu kommen. Sie umarmten sich auf Parkbänken, und sie waren auch so sehr glücklich.

Aber dann reiste sie nach Reichenhall zurück, und nichts war entschieden. Anna glaubte, ihr Leben teilen zu können, in zwei Kreise, die sich nicht berührten: In Frankfurt wollte sie sich als verliebtes junges Mädchen fühlen, in Reichenhall als Mutter und hart arbeitende Frau.

## 6.

Von Herbert kamen viele Briefe.

›...mein Beruf ödet mich an. Ohne Dich ist alles trostlos. Ich komme bald zu Dir, das mußt Du mir erlauben. Bitte, schreib mir, und wenn es nur ein paar Zeilen sind...‹

»Jeden Tag ein Brief aus Frankfurt!« bemerkte Berthold kritisch. »Was ist das für ein Mann? Was will der von dir, Mutti?«

»Ach, weißt du, Berthold, Herr Pauli berät mich in juristischen Fragen – wegen meiner Pension. Und ich möchte einen Roman schreiben, und ich spreche mit Herrn Pauli über den Stoff, ich kann das nicht allein. Daher die vielen Briefe. Ich kann dir ja vorlesen, was er schreibt: ›. . .der Aufbau eines Romans entspricht in etwa dem Aufbau einer Sonate oder einer Symphonie, die aus vier oder fünf Sätzen besteht und sich sozusagen in Rede und Gegenrede entwickelt. Man muß darauf achten, daß die Gewichte richtig verteilt sind, das Wesentliche betont und das Unwesentliche zurückgehalten wird. . .‹«

»Das reicht schon!« unterbrach Berthold. »So ist das also.« Er war mit der Antwort zufrieden.

»Ja, so ist das«, sagte Anna.

Sie wiederholte den Vorwand mit dem Roman so oft, daß sie am Ende selbst daran glaubte.

Tobias fragte nichts, er schaute die Mutter nur an, nahm ein Buch, setzte sich in seine Ecke und las.

Das Leben ging weiter. Es wurde Herbst, gelbe Blätter taumelten von den Linden, die Buchen loderten rot, im Kurpark bildete das herabfallende Laub einen dichten, bunten Teppich.

An einem Samstag erschien ein imposanter Herr im Lager und fragte nach Anna. Anna kannte ihn vom Sehen, und sie wußte auch seinen Namen: Dr. Roon, ein reicher Brauereibesitzer.

Er sah sich in Annas Zimmer um, das jetzt als Werkstatt diente, blickte auf die langen Tische, an denen die Arbeiterinnen Röcke für Rauschgoldengel falteten, Engelflügel aus Gold- und Silberpapier schnitten, Strohsterne flochten, hölzerne Engelköpfchen mit niedlichen Gesichtern bemalten.

»Frau Ritter«, sagte Dr. Roon, »ich bin gekommen, um Ihnen Grüße von Herrn Lachner aus München zu bestellen. . .«

Anna verschlug es den Atem. Der ›Mächtige‹! Er hatte sie nicht vergessen!

»...und um Ihnen eine Wohnung in meinem Haus anzubieten. Vorher allerdings möchte meine Frau Sie und Ihre Kinder kennenlernen. Wir haben bereits eine Flüchtlingsfamilie in unserem Haus. Einen russischen Fürsten aus Georgien – ein Schulfreund von Stalin.« Er schaute sich noch einmal in der Werkstatt um. »Hier können Sie wirklich nicht bleiben. Wie lange sind Sie schon im Lager?«

»Seit Kriegsende«, sagte Anna.

»Aha! Ja, dann bis heute abend, Frau Ritter... Aber bitte, noch eine Frage: Sind Sie katholisch?«

Anna war sofort klar, daß die Zugehörigkeit zur katholischen Kirche für Dr. Roon entscheidend war. »Ja, ich bin katholisch«, antwortete sie und besänftigte ihr sich regendes Gewissen, indem sie dachte: Das ist nicht gelogen, ich bin katholisch, meine Kinder sind zwar evangelisch, aber sie gehen oft mit mir in die katholische Kirche...

Dr. Roon nickte und ging.

Anna setzte sich auf einen Stuhl und barg das Gesicht in den Händen. Die Aussicht, aus dem Lager herauszukommen, war überwältigend. Und sie dachte dankbar an den ›Mächtigen‹, der sie nicht vergessen hatte, obwohl sie ihn enttäuscht hatte.

Am Abend lernten sie Frau Roon kennen, eine kleine Frau mit sanften Gesichtszügen. Wie ein Heiligenbild sah sie aus. Sie begrüßte Anna freundlich, betrachtete der Reihe nach Katharina, Tobias und Berthold. »Euch kenne ich ja schon. Ihr singt so schön im Kirchenchor in der Nicolai-Kirche...«

Die Nicolai-Kirche war eine katholische Kirche.

Frau Roon führte ihre Gäste aus der weiten Halle durch verschiedene Zimmer in ihren Salon.

Diese Villa schien der Krieg nie berührt zu haben. Möbel, Teppiche, Gemälde, Antiquitäten – alles strömte Reichtum und satte Bürgerlichkeit aus. Der Salon vermittelte fast den Eindruck einer Kapelle. Reliquien, fromme Bilder, Rosenkränze hingen an den Wänden. In einer Ecke war ein Altar aufgebaut mit Tabernakelschrank, Heiligenstatuen und geweihten Kerzen.

Frau Roon nahm Katharina bei der Hand. »Sehen Sie das Foto auf dem Altar, Kind? Das ist mein einziger Sohn. Er ging als ganz junger Soldat nach Rußland, und wir haben nie wieder etwas von ihm gehört. Trotzdem erwarte ich ihn täglich. Bei Tisch wird für ihn immer ein Gedeck mit aufgelegt. Ich gebe die Hoffnung nicht auf. Ich bete jeden Tag für meinen Sohn. Beten hilft...«

Also hatte der Krieg auch hier sein Opfer gefordert!

Die Zimmer, die Frau Roon Anna und ihren Kindern zugedacht hatte, lagen in der Mansarde. Ein großer Raum und angrenzend zwei schmale Kammern mit schrägen Wänden.

»Bad, Toilette und Kochgelegenheit sind auf dem Flur, Frau Ritter. Die haben Sie mit dem Fürsten zusammen. Er wohnt mit seiner Frau auf derselben Etage. Möbel stelle ich Ihnen zur Verfügung...«

»Ich habe einen Bauernschrank, an dem ich sehr hänge«, sagte Anna, »eine Anrichte und einige Kleinmöbel, die ich selbst bearbeitet und bemalt habe. Ich hätte die Sachen gern um mich, sie haben für mich ideellen Wert. Wenn Sie bitte erlauben...«

»Aber bitte, bitte, gern, Frau Ritter!«

Anna einigte sich mit Frau Roon über die Miete und hörte die Bedingungen: »Mein Mann ist sehr nervös und braucht absolute Ruhe. Die Kinder dürfen nicht das Treppengeländer herunterrutschen. Ich weiß, daß es zum Rutschen einlädt. Besuche, die Lärm verursachen, müßten Sie verhindern, Frau Ritter...« Und so weiter und so weiter. Auch der parkartige Garten blieb den Kindern versperrt. Anna unterwarf sich widerspruchslos. Sie wagte nicht einmal das Klavier zu erwähnen, das sie hatte mieten wollen.

Frau Roon stellte ihnen auch ihre Haushälterin vor. »Fräulein Reserl ist seit vielen Jahren bei uns. Bitte, wenden Sie sich mit allen Fragen an sie, Frau Ritter.«

Fräulein Reserl war eine ältere Frau mit harten Zügen und straff gekämmtem grauem Haar. Sie maß Anna mit geringschätzigen Blicken. Man merkte ihr an, daß sie die neuen Mieter als Eindringlinge empfand. Zu den Jungen sagte sie barsch: »Mit euch werde ich schon fertig!«

Frau Roon meinte begütigend: »Nun seien Sie nicht zu streng, Fräulein Reserl! Die Kinder singen im Kirchenchor...« Und zu Anna gewandt, sagte sie: »Unser Fräulein Reserl betet auch viel für meinen Sohn, Frau Ritter.« Sie öffnete die Tür zur Speisekammer.

Anna preßte die Hand vor den Mund, um den Überraschungsruf zu unterdrücken, der sich aus ihrer Kehle drängte: Die Speisekammer war angefüllt mit Obst, geräuchertem Schinken, Gemüse, Konserven, Weckgläsern und Kästen mit Bierflaschen. »Das Bier ist unser Brot«, sagte Frau Roon. »Sie dürfen sich davon nehmen, soviel Sie wollen. Es kostet uns nichts und Sie auch nicht, Frau Ritter.«

»Danke, Frau Roon!« sagte Anna, aber sie wußte schon im voraus, daß sie niemals eine Flasche Bier nehmen würde, wenn sie ihr nicht angeboten würde.

Sie zogen an einem Montag ein. Katharina ließ sich für zwei Tage von der Schule beurlauben.

Mutter und Tochter bewältigten den Umzug allein. Die Angestellten im Lager und die Heimarbeiter hätten gern geholfen. Aber Anna wollte Frau Roon nicht zumuten, daß fremde Leute ihr Haus betraten. Und für Fräulein Reserl waren Flüchtlinge Zigeuner.

Sie schleppten die schwere, in eine Couch verwandelte Matratze, den Bauernschrank, die Anrichte, die schwarzen Kistenmöbel mit den goldenen Ornamenten die Treppen hinauf. Alle Möbelstücke hatten sie mit Decken umwickelt, um jedes Geräusch zu ersticken. Es war eine Schinderei. Im Haus ließ sich niemand blicken, obwohl es einen Gärtner, einen Chauffeur und drei Hausangestellte gab.

Die Buben beteiligten sich auf Annas ausdrücklichen Wunsch nicht am Umzug. Sie war immer bestrebt, ihre Söhne von den alltäglichen Miseren und Beschämungen fernzuhalten. Nur Katharina teilte alles Schwere mit der Mutter. Die Söhne wurden geschont. Das ging so weit, daß Anna beispielsweise die Fußbodendielen nur dann scheuerte, wenn ihre Söhne nicht im Haus waren.

Anna legte sich keine Rechenschaft darüber ab, warum sie so handelte. Fürchtete sie, der Stolz der Jungen könne leiden? Oder daß sie die Achtung vor der Mutter verlören, wenn sie grobe Arbeiten verrichtete?

Schließlich waren die Zimmer eingerichtet. Weißgescheuerte Dielen, ein grüner Kachelofen, um den eine Bank lief, die Möbel standen am rechten Platz: Es war ein gemütliches Heim.

Anna und Katharina traten auf den Balkon, sahen hinunter in den verbotenen Garten, hinauf zu den Bergen und hinüber zum Flüchtlingslager, dem sie entronnen waren. Dort rief man zum Mittagessen, indem man zwei blecherne Kochtopfdeckel gegeneinander schlug.

»Ach, Mutti«, sagte Katharina, »diese Wohnung ist ein gewaltiger Fortschritt. Die Miete ist zwar nicht billig für unsere Verhältnisse, aber das schaffen wir schon.«

»Ja, die Miete ist ziemlich hoch«, bestätigte Anna. »Frau Roon hätte sie mir vermutlich erlassen, wenn ich gejammert hätte. Aber ich will keine Almosen. Die Werkstatt bleibt vorläufig im Lager. Sie macht mir Sorgen.«

Schon seit der Währungsreform waren die Umsätze zurückgegangen, seit das Geld wieder etwas wert war und es in den Geschäften plötzlich nicht mehr an Waren mangelte. Die Kunden kauften Annas Sachen nicht mehr. Anna mußte Leute entlassen und verfügte noch über einen großen Vorrat an

Rauschgoldengeln, Sternen und anderem Christbaumschmuck.

»Ich muß mich bald nach einer neuen Einnahmequelle umsehen«, überlegte Anna laut. »Die Buben brauchen das nicht zu wissen. Es wird mir schon etwas einfallen.«

»Ich mache ja bald mein Examen, Mutti«, tröstete Katharina sie, »dann helfe ich dir.« Sie lachte fröhlich. »Sebastian wird Augen machen, daß wir in einem so tollen Haus wohnen, Tür an Tür mit einem georgischen Fürsten!«

»Sebastian?« fragte Anna stirnrunzelnd.

»Ja, ich habe ihn eingeladen. Er kommt am nächsten Samstag mit dem Rad aus Salzburg...«

Anna lernte schnell, sich den veränderten Umständen anzupassen. Sie wurde zu einer fleißigen Kirchgängerin, was Frau Roon zu schätzen wußte.

Ihre Söhne gewannen im Handumdrehen die Sympathie des Gärtners, des Chauffeurs, und sogar Fräulein Reserl sagte: »Gut erzogen sind's, die Buben. Und falsch auch net. Sie tun mir net extra schön...«

Frau Roon schenkte ihnen von Zeit zu Zeit eine Tafel Schokolade, und wenn sie das Papier entfernten, kam ein Zehn-Mark-Schein zum Vorschein. Das war viel Geld in der damaligen Zeit! Auch das erste Ballkleid, das Katharina erhielt, stammte aus Frau Roons Kleiderschrank. Anna arbeitete es um, und so entstand ein Stilkleid aus grünem Voile mit schwarzen Spitzen, enger Taille und weitem gekraustem Rock.

Am Samstag kam Sebastian. Er trug wieder seine

schwarzblaue Samtjacke, Kniebundhose und Haferlschuhe. Auf dem Gepäckträger seines Fahrrads hatte er einen Strauß aus Latschenzweigen und Silberdisteln befestigt, den er Anna überreichte.

Unter dem Arm trug er eine Rolle, die er Katharina gab. Es war ein Aquarell, das den Untersberg in sturmbewegter dunkler Herbstnacht darstellte. Die Farben waren noch frisch, ebenso frisch wie die Schrift am unteren Rand des Bildes: ›Auf dem Weg zu Dir. . .‹

Dunkel wie das Bild war auch seine Stimmung. Er schaute sich zuerst nur stumm in der Wohnung um. Dann war er aber zu den Buben sehr nett, und Anna stellte fest, daß er charmant sein konnte, wenn er wollte.

Anna begegnete er mit respektvoller Reserviertheit, er hatte wieder den Schatten eines spöttischen Lächelns um die Lippen, so als wüßte er, daß Anna ihn nicht mochte. Und das beruhte sicher auf Gegenseitigkeit. Er sah in Anna eine Feindin, das spürte sie genau. Man durfte ihm daraus keinen Vorwurf machen. Sicher hatte sich Katharina bei ihm beklagt, daß sie um ihrer Liebe willen leiden müsse, daß die Mutter sie bevormunde und unterdrücke. . .Er sprach während des ganzen Nachmittags kaum ein Wort, auch nicht mit Katharina, die den Kaffeetisch deckte und sich bemühte, ein Gespräch in Gang zu bringen, an dem alle sich beteiligen konnten. Sie zeigte ihm die Arbeiten der Mutter, winzige Krippenfiguren, Puppen mit Hanfzöpfen, Kulissen für ein Kasperletheater.

Sebastian sah sich die Arbeiten an, sagte aber nichts. Gegen Abend gingen sie zu Schaubitzer. Die

Kapelle spielte, junge Leute drehten sich fröhlich im Tanz, unter ihnen auch Katharinas Schulfreunde aus ihrer Gymnasialzeit.

Am Tisch von Sebastian und Katharina wurde nicht gelacht, nicht gescherzt, nicht erzählt.

»Tanzen Sie doch mit Katharina, Sebastian«, forderte Anna ihn auf. Der stumme Gast ging ihr allmählich auf die Nerven.

»Ich tanze nicht«, sagte er. »Ich kann nicht tanzen.«

»Wie schade!« entfuhr es Anna. »Katharina tanzt so gern.«

Er lächelte sein sparsames, überlegenes Lächeln. »Ich mag nicht unter vielen Menschen sein und. . .« Er brach ab, als habe er schon zuviel gesagt.

»Partys mit seichtem Geschwätz und blödem Gekicher lehnen wir ab«, vollendete Katharina seinen Satz.

Schulfreunde kamen, um Katharina zum Tanz zu bitten. Aber sie winkte ab. »Nein, danke, ich tanze nicht.«

Nachdem Sebastian wieder nach Salzburg zurückgeradelt war, sagte Anna zu Katharina: »Das war ja ein bedrückender Abend! Ist Sebastian immer so schweigsam, so unzugänglich? Er raucht nicht, trinkt nicht, er ist ungesellig, er ist nicht fröhlich. Er lacht nicht. Worüber in aller Welt unterhaltet ihr euch nur, wenn ihr allein seid?«

»Ach, wir haben Gesprächsthemen genug. Mehr als genug. Wir reden über unsere Zukunft, unsere Arbeit. Bei uns gibt es keinen Leerlauf. Sebastian ist ein tiefveranlagter Mensch.«

»Mir kommt er sehr rechthaberisch vor«, meinte Anna.

»Er ist nicht rechthaberisch«, widersprach Katharina heftig. »Er hat einfach immer recht.«

Anna hatte das Gefühl, daß ihr Kämpfe bevorstanden.

Und so kam es dann auch.

Einige Tage später schlenderte sie mit Katharina durch die Ludwigstraße in Bad Reichenhall. An einer Litfaßsäule war ein Plakat angeschlagen, das für Eis am Stiel warb. Katharina blieb stehen und rief: »Schau mal, Mutti, das ist von Leupin!«

»Wer ist Leupin?« fragte Anna.

»Leupin ist ein berühmter Schweizer Grafiker. Er macht die besten Plakate und verdient irrsinniges Geld. Er kann sich alles leisten.«

»Nun, wenn er so berühmt ist. . .«

»Jetzt heißt es noch Leupin!« unterbrach Katharina sie mit hoher, siegessicherer Stimme, »aber in einigen Jahren heißt es nur noch Steinwieser, Steinwieser. Das verspreche ich dir. Und wenn wir das erreicht haben, dann werde ich deinen Bekannten meinen Mann vorstellen, deiner sogenannten guten Gesellschaft, all diesen Akademikern und Adeligen. Wir werden es ihnen schon zeigen!« Und zornig fügte sie hinzu: »Gib's auf, Mutti! Gib's endlich auf! Du schaffst es nicht, Sebastian und mich auseinanderzubringen. Ich glaube an ihn, ich liebe ihn, und ich halte an ihm fest, solange ich lebe.«

Aber Anna gab nicht auf.

»Und deine Talente, Katharina? Du bist vielseitig begabt, du könntest Malerin werden, Bildhauerin, Sängerin, Schauspielerin. . .«

»Du verstehst mich nicht, Mutti!« erwiderte Katharina nur.

Es schmerzte Anna, daß die Tochter ihr entglitt. Es schmerzte sie so sehr, daß sogar Herbert und seine Briefe in den Hintergrund traten. ›Ich will Sebastian nicht!‹ schrieb Anna in das blaue Schulheft. ›Ich will nicht, daß Katharina mit ihm womöglich arm wird, so arm, wie ich es als Kind, als junges Mädchen gewesen bin. Ich will eine andere, eine schöne, sorgenfreie, eine reiche Zukunft für Katharina...‹

Den georgischen Fürsten bekamen sie nicht zu Gesicht. Die Fürstin sah Anna an der gemeinsamen Kochstelle auf dem Korridor. Sie war schon eine alte Dame und hatte immer ein liebenswürdiges Lächeln auf den Lippen. Niemals hörte Anna von ihr ein Wort der Klage. Für die Kinder fand sie freundliche Worte. Sie lebte völlig zurückgezogen und versorgte ihren kleinen Haushalt ohne Hilfe. Sie sprach akzentfreies Deutsch, beherrschte aber auch Französisch.

Einmal verwechselte Anna die Türen und betrat aus Versehen ein Schlafzimmer. In einem großen Bett saß ein Mann mit weißem Bart. Anna mußte sofort an Moses denken, an das Bild des Moses in der Sixtinischen Kapelle. Zwar war sie noch niemals im Vatikan gewesen, aber sie kannte den Moses von Michelangelo aus Bildbänden und aus den kunstgeschichtlichen Vorlesungen, die sie in Königsberg gehört hatte.

Das also war der Fürst! Er trug einen weißen Russenkittel aus Leinen mit bauschigen Ärmeln und gesticktem Stehbörtchen. Er schaute überrascht von dem Buch auf, in dem er gelesen hatte, und lächelte freundlich, als Anna eine Entschuldigung stammelte. Er hatte große, ausdrucksvolle Augen und gepflegtes graues Haar, das ihm schütter bis auf die Schultern fiel. Er hob beruhigend die Hand und murmelte ein paar Worte, die Anna aber nicht verstand. Er sprach wohl russisch.

Es blieb das einzige Mal, daß sie dem Fürsten begegnete. Die Kinder sahen ihn nie, so daß sie schließlich gar nicht mehr an seine Existenz glaubten.

## 7.

Anna schlenderte, in Gedanken versunken, durch den Kurpark. Die Adventszeit rückte näher, und sie hatten nur noch wenig Geld.

»Grüß Gott, schöne Frau!« sagte eine tiefe Stimme.

Anna hob den Kopf. Vor ihr stand der ›Mächtige‹.

Sie hatte in der Zeitung gelesen, daß er auf einer Versammlung seiner Partei in Bad Reichenhall sprechen sollte, aber sie hatte nicht damit gerechnet, ihn zu treffen.

»So ein Zufall!« sagte er. »Unsere Wege kreuzen sich immer wieder. Es soll halt so sein. . .«

Anna reichte ihm die Hand. »Grüß Gott, Herr Lachner, ich freue mich, Sie zu sehen. Ach ja, die Wohnung! Ich bin Ihnen sehr dankbar. Ich weiß gar nicht, wie ich Ihnen danken soll.«

»Ich wüßte schon wie!« meinte er anzüglich.

Anna errötete. »Sie machen sich lustig über mich, Herr Lachner!«

»Keine Spur!« beteuerte er und zwinkerte ihr zu. »Nun, wie geht's? Ihre Geschäfte gehen wohl nicht besonders gut, gell?«

»Leider«, bekannte Anna.

Er wurde ernst. »Sie sollten ein Überbrückungsgeld bei der Regierungshauptkasse in München beantragen. Das steht Ihnen zu, bis die Frage Ihrer Pension geregelt ist.«

»Ich habe die Unterlagen beisammen«, sagte Anna, »und ich habe sie auch schon eingeschickt. Aber ich höre nichts. Die Herrschaften arbeiten dort anscheinend sehr säumig.«

»Sie müssen persönlich vorsprechen, Frau Ritter. Berufen Sie sich auf mich. Sagen Sie den Leuten, ich hätte Sie beraten. Die sollen sich mal tummeln!« Er lachte. »Beamte sind auch Männer. Die erliegen Ihren schönen Augen genau wie ich.« Er sah sie an. »Jetzt wird sie wieder rot wie ein kleines Mädchen. Das gefällt mir.«

»Im allgemeinen erröte ich nicht so leicht, Herr Lachner«, sagte Anna, »aber bei Ihnen – ich kann's nicht erklären...«

»Ist auch nicht notwendig!« meinte er. »Ich bin jederzeit für Sie da, jederzeit. Melden Sie sich bei mir. Sie wissen ja, wo Sie mich finden, gell?«

»Ja«, sagte Anna.

Sie gingen nebeneinander her.

Wie einfach könnte ich es haben! dachte Anna. Wie viele Wege könnte er mir ebnen, wenn ich mich bereit fände, seine Geliebte zu werden. Bestimmt ist er verheiratet. Aber in meiner Situation dürfte ich eigentlich nicht wählerisch sein.

Sie fand ihn anziehend. Da war eine Spannung zwischen ihnen, die sie nicht recht deuten konnte, eine Spannung, die sie spüren ließ, daß sie eine Frau war, die begehrt wurde.

Sie betrachtete ihn von der Seite, sah die Tränensäcke unter den kleinen, schlauen Augen, die roten, sinnlichen Lippen, die lose Haut des Doppelkinns, die Leberflecke auf dem Handrücken. Ach nein, nein! Er war alt, verglichen mit Herbert war er alt. Und doch! Wenn es Herbert nicht gegeben hätte, dann vielleicht...

Als sie sich verabschiedeten, sagte er noch einmal eindringlich: »Ich bin jederzeit für Sie da! Vergessen Sie das nicht!«

»Ich bin Ihnen sehr dankbar, Herr Lachner«, sagte Anna und ärgerte sich, weil ihr schon wieder das Blut in die Wangen stieg. Er lachte. »Freilich, freilich, das mit der Dankbarkeit weiß ich nun schon...«

Nur wenige Tage später machte Dr. Roon Anna ein Angebot: »Ich fahre nach München, Frau Ritter. Sie haben dort bei der Regierungshauptkasse zu tun, nicht wahr? Ich bin den ganzen Tag beschäftigt. Sie vereinbaren am besten mit dem Fahrer Zeitpunkt und Ort, wo er Sie am Abend abholen kann.«

Anna fuhr mit.

Sie suchte die Stelle auf, und man versprach ihr, ihre Angelegenheit beschleunigt voranzutreiben. Geld erhielt sie nicht, obwohl sie so sehr darauf gehofft hatte.

Sie mußte den Christbaumschmuck und die vielen Rauschgoldengel loswerden, die in den Kisten lagerten. Sie mußten weg, und wenn Anna sie verschenkte.

Während sie noch darüber nachgrübelte, kam ihr eine Idee. Sie ging zu einem großen Münchner Kaufhaus und bot dort ihre Waren an. Doch man lachte sie nur aus: »Vor einem Jahr hätten Sie kommen müssen! Jetzt ist es viel zu spät. Das Weihnachtsgeschäft ist angelaufen. Die Schaufensterdekorationen sind fertig. . .«

Dekorationen? Das Wort hakte sich in ihrem Kopf fest.

Am Tag darauf fiel ihr das Hotel auf dem Predigtstuhl ein.

Wie viele Hotels in Bayern war es von der amerikanischen Besatzungsmacht beschlagnahmt worden. Anna kannte den deutschen Geschäftsführer. Sie hatte ihre ganze Überredungskunst aufgewandt, bis sie im Foyer eine Vitrine erhielt, in der sie ihre Arbeiten ausstellen durfte.

Die Amerikaner kauften besonders gern Souvenirs, Puppen im Dirndlkleid oder in Lederhosen und Holzteller, auf denen gemalte Blumengebinde prangten: Enzian, Almenrausch und Edelweiß – Grüße aus dem Bayernland.

Anna fuhr hinauf zum Predigtstuhl.

»Brauchen Sie nicht eine stimmungsvolle Dekoration für die Adventszeit und für Heiligabend?« fragte sie den Geschäftsführer. »Ich würde das arrangieren. Sie brauchten nur für den Transport der Dinge zu sorgen, die ich benötige. Deutsche Weihnachten! Das könnte den Amerikanern doch gefallen.«

»Eine glänzende Idee!« sagte der Geschäftsführer. »Und was würde das Ganze kosten?«

»Ich würde Ihnen nur den Ladenpreis für jedes Stück berechnen, das ich für die Dekoration brauche. Für die Arbeit selbst würde ich nichts nehmen.«

Sie bekam den Auftrag.

Sie sah sich die nüchternen Räume an, die kahlen Wände, die langen Tische, die vielen Stühle. Hier, wo Soldaten in Uniform lässig durch die Gänge schlaksten, rauchend oder Kaugummi kauend, schien der Krieg noch gegenwärtig zu sein. Junge Männer, weit weg von ihrer Heimat und ihren Angehörigen.

Schon am nächsten Tag machte sie sich ans Werk, die Aufgabe reizte sie.

Sie schmückte die Wände mit Tannenzweigen, deren Spitzen sie mit Bronze vergoldete. Kleine rotbackige Äpfel und silberne Nüsse baumelten an Seidenbändern, Sterne aus Stroh und Schilf lugten aus dem Tannengrün. Blaue und weiße Kerzen. Und überall standen große Rauschgoldengel in ihren starren, glänzenden Gewändern und lächelten fromm mit lieblichen Gesichtern. Anna ging ganz in ihrer Arbeit auf. Sie freute sich, wie alles Gestalt annahm und sich weihnachtlich verwandelte, um so mehr, als die amerikanischen Soldaten begeistert waren und sich vor Staunen und Dankbarkeit nicht zu fassen wußten.

Der Erfolg machte Anna Mut. Sie suchte noch andere Häuser auf, die von den Amerikanern belegt waren, und dekorierte vier weitere Hotels in und um Berchtesgaden. Für jedes Hotel erfand sie eine andere Dekoration. Sie war in ihrem Element. Zu der Freude und dem Erfolg gesellte sich auch das gute Gefühl, Geld zu verdienen und wieder Boden unter den Füßen zu haben.

An einem Samstagabend kam Anna müde, aber froh von ihrer Arbeit heim. Es schneite sachte. Vor dem Roonschen Grundstück wandelte eine hohe schlanke Männergestalt mit hastigen Schritten auf und ab, den Kopf suchend erhoben, als warte er auf jemand.

Es war Herbert.

Anna war auf seinen Besuch nicht vorbereitet, weder innerlich noch äußerlich. Sie hatte ihm zwar ihre neue Anschrift und – für den Notfall – die Roonsche Telefonnummer mitgeteilt, sie hatte auch viele Briefe von Herbert erhalten, sie aber nur überflogen und beiseite gelegt.

Als er Anna erkannte, lief er mit ausgebreiteten Armen auf sie zu. »Anna! Wo warst du? So spät kommst du heim? Du bist ja ganz erschöpft. Was ist geschehen? Ich schreibe dir, du antwortest nicht. Ich telefoniere, du bist nicht zu sprechen. Ich komme hier an, du bist nicht da. Ich mußte einfach kommen! Ich hatte plötzlich große Angst, du hättest mich vergessen.«

»Du hast angerufen?« fragte Anna ungehalten. »Man hat mir nichts davon gesagt. Du darfst das nicht machen, Herbert! Roons wollen das offensichtlich nicht, sonst hätten sie mir doch Bescheid gesagt.«

»Roons, Roons!« rief er wütend. »Deine ewige Ängstlichkeit macht mich verrückt.«

»Du kennst die Menschen nicht, Herbert. Ich muß vorsichtig sein, ich muß an meinen guten Ruf denken, auch wenn dir das spießig vorkommt. Frau Roon ist sehr fromm. Ach, ich bin so müde. . .«

»Wo warst du, Anna? Warum kommst du mitten in der Nacht heim? Das gefällt mir gar nicht!« Er sagte das eine Nuance zu herrisch.

Auf einmal war ihr Herbert eine Last. Daß er hier auftauchte, unangemeldet, ohne eingeladen zu sein, daß er ihr Vorwürfe machte, Rechenschaft verlangte. Sie war das nicht gewohnt. Sie hatte zu lange allein gelebt, alle Sorgen allein getragen, alle Entscheidungen allein getroffen. Sie ließ sich keine Vorschriften machen. »Ich bin müde, ich will meine Ruhe haben!« sagte sie böse.

»Ich habe jeden Tag an dich gedacht«, sagte er leise und traurig. »Jede Stunde.«

Jetzt tat er ihr wieder leid. Sie sagte: »Ich habe auch immer an dich gedacht.« Es stimmte nicht. Sie hatte nur wenig an ihn gedacht. Sie hatte schwere Wochen hinter sich. Katharinas Liebesgeschichte mit Sebastian, die quälenden Geldsorgen, die Arbeitssuche und die neue Aufgabe in den Hotels hatten sie vollständig in Anspruch genommen.

»Morgen stelle ich dich Frau Roon vor, Herbert. Als Kollegen, als Leiter der Europa-Union-Jugend in Hessen. Ist dir das recht?« fragte sie versöhnlich.

Er war immer noch gekränkt. »Wenn du meinst, daß diese Ausreden nötig sind. . .Ich finde sie unwürdig.«

»Es geht halt nicht anders«, sagte sie. »Gute Nacht, Herbert!«

»Gute Nacht, Anna!«

Er wohnte wieder in dem kleinen Hotel am Kirchberger Bahnhof.

Am nächsten Tag machte er seinen Besuch.

Frau Roon begrüßte Herbert freundlich und huschte dann schnell in ihren Salon zurück. Vielleicht erinnerte Herbert sie an ihren vermißten Sohn, der etwa im gleichen Alter war – wenn er noch lebte.

Nun lernten auch Annas Söhne endlich den vielbesprochenen Herbert Pauli kennen. Es ging besser, als Anna angenommen hatte.

Was Tobias dachte, wußte Anna zwar nicht, aber Berthold nahm Herbert ganz arglos auf. »Sie schreiben so viele Briefe an Mutti«, sagte er unbekümmert. »Das wird einmal ein langer Roman, an dem Mutti da dichtet. Daß Sie ihr helfen, finde ich prima.«

Am Sonntag war Anna mit Herbert allein. Katharina war in Salzburg geblieben, die Söhne gingen zum Bergsteigen.

Sie unternahmen eine lange Wanderung außerhalb der Stadt. Anna wollte keine Bekannten treffen. Sie liefen durch schneebedeckte Auen, am Fluß entlang, hinauf zum alten Schloß. Herbert blieb stehen. »Engelsgesicht, ich habe dich noch nicht geküßt, seit ich hier bin.«

»Nicht hier!« wehrte Anna ab. »Wir sind nicht in Frankfurt.«

Er stöhnte. »Immer diese Angst! Wenn ich dich

nicht so lieb hätte, würde ich die Geduld mit dir verlieren. Aber deine Hand darf ich wenigstens halten?«

Anna nickte.

Er schien glücklich zu sein, glücklich mit dem wenigen an Zärtlichkeit, das sie ihm erlaubte.

Anna schalt sich selbst undankbar, feige, sogar grausam – aber sie konnte sich nicht helfen, als Herbert am Abend abreiste und sie dem Zug nachwinkte, da hatte sie wieder das Gefühl, als fiele ihr ein Stein vom Herzen.

Dabei hatte sie ihn doch gern, sie wollte ihn behalten. Der Zwiespalt machte ihr zu schaffen. Sie sprach sich mit Katharina aus. Aber es war nicht mehr wie früher. Die Tochter entfernte sich von der Mutter, nahm nicht mehr so innigen Anteil an ihren Problemen. Katharina hatte ihre eigenen Probleme, über die sie nicht redete.

Herbert schrieb bald.

»Liebe, einzige Anna, ich bin in Frankfurt angekommen und möchte am liebsten gleich zu Dir zurückfahren. Ich liebe Dich! Hier regnet es. Ich zähle die Tage bis zum Weihnachtsfest, bis zu unserem Wiedersehen...‹ Und er schrieb weiter: ›Ich möchte glücklich sein, glücklich mit Dir. Warum verheimlichst Du meine Liebe? Warum versteckst Du mich? Wie lange muß ich noch warten, bis Du endlich ganz mir gehörst?‹

Anna hatte ihn gebeten, erst am ersten Feiertag zu kommen. Den Heiligen Abend wollte sie mit ihren Kindern allein verbringen. Es sollte so sein, wie es immer gewesen war.

Weihnachten war gekommen. Der Christbaum stand in der Zimmerecke, ein schöner, buschiger Baum. Sie hatten ihn schon im Herbst im Wald ausgesucht und gezeichnet, um ihn in der Adventszeit selbst zu schlagen und nach Hause zu transportieren.

An dem Christbaumschmuck hatte die ganze Familie gearbeitet, geschnitzt, gemalt, geflochten.

Katharina schmückte den Baum. Sie war fröhlich wie schon lange nicht mehr. Sie sang, ihre Augen strahlten.

Die Geschenke lagen hübsch verpackt unter dem Baum. Es waren bescheidene Geschenke. Katharina und die Jungen schrieben immer noch Wunschzettel wie in Kindertagen: Taschenmesser, Skistöcke, eine Geldbörse, Brotschachteln, Handschuhe, einen Rucksack für Tobias, der leidenschaftlicher Bergsteiger war. Für Berthold Schallplatten mit seinen Lieblingsschlagern, außerdem italienische und französische Lehrbücher.

Auf Bertholds Wunschzettel stand ein rührender Satz: ›Falls noch ein größeres Geschenk abgeht, wäre ich auch für einen grünen Trachtenhut zu haben, jedoch nicht notwendig – Luxusartikel!‹

Anna war in heiterer, festlicher Stimmung. Sie betrachtete ihre Familie. Wir vier! dachte sie. Ich vermisse nichts und niemanden.

Katharina deckte den Teetisch, sie holte eine fünfte Tasse aus der Anrichte. »Die ist für Sebastian. Er kommt heute aus Salzburg mit dem Rad, um mir mein Weihnachtsgeschenk zu bringen.«

Sebastian? Sein Besuch störte Anna, schließlich

gehörte er nicht zur Familie. Aber sie sagte: »Gut, Katharina.« Und trotz ihres Widerstrebens begrüßte sie ihn freundlich, als er dann vor ihr stand.

Sein Lodenumhang war voller Schnee. Auf der Schulter trug er eine kleine Truhe, in der Hand hielt er eine Stehlampe. Beides stellte er wortlos unter den Weihnachtsbaum.

»Die Lampe ist für dich, Mutti!« erklärte Katharina. »Sebastian hat sie selbst angefertigt.«

Es war eine hübsche, originelle Lampe. Sie hatte einen einfachen Ständer mit einem viereckigen Fuß aus weichem Holz. Der Schirm war aus einer Strohmatte geschnitten, durch den die Glühbirne warmes Licht verbreitete.

Auch die Truhe war Sebastians eigene Arbeit. Er hatte sie wunderschön bemalt. Die Außenseiten zeigten auf mattblauem Grund die Verkündigung, die Heilige Familie und die Anbetung mit den Heiligen Drei Königen. Farbgebung und Stil erinnerten an alte Meister.

Der Deckel war mit dem gleichen Blau umrandet, dazwischen das Feld spangrün und mit stilisierten Blüten ausgefüllt, in die zwei Initialen verwoben waren.

Ein richtiges kleines Meisterwerk.

Anna bewunderte Lampe und Truhe, und sie sagte es Sebastian auch. »Was sind Sie für ein tüchtiger Mensch! Künstler und Handwerker in einem...«

»Ja, das ist er!« fügte Katharina stolz hinzu.

Dann tranken sie Tee und probierten die Plätzchen und den Stollen.

Sebastian war still und einsilbig. Er sprach nur,

wenn man ihn fragte. Anna war froh, als er sich verabschiedete, um nach Salzburg zurückzuradeln. »Wo verbringen Sie denn das Weihnachtsfest, Sebastian?« fragte sie noch.

»Bei meiner Mutter.«

»Sebastians Mutter ist allein«, erläuterte Katharina und begleitete Sebastian dann bis vor das Gartentor.

Anna studierte noch einmal die Initialen auf der Truhe K.S. – stand da, nicht K.R. für Katharina Ritter, nein; K.S., Katharina Steinwieser. Sebastian gab ihr schon jetzt seinen Namen, als seien sie bereits Mann und Frau. Wie sollte Anna reagieren?

Sie schwieg. Sie wollte keine Auseinandersetzung mit Katharina. Nicht heute, nicht am Weihnachtsabend. Und sie wollte Katharina auch nicht die Freude an Sebastians Geschenk nehmen, aus dem so viel Liebe sprach.

In der Nacht quälte Anna ein Alptraum. Der Tod wanderte durch ihren Traum, und er hatte Sebastians Gesicht, leichenblaß und voller Tragik.

Am nächsten Tag kam Herbert. Heimlich umarmte er Anna in der Küche und streifte ihr einen Armreif über, ziseliert und dünn vergoldet.

»Wie merkwürdig!« sagte Anna. »Tobias hat mir fast den gleichen geschenkt.«

Herbert hatte auch den Kindern Geschenke mitgebracht, Bücher und Briefpapier mit aufgedrucktem Namen.

Bei Tisch blickte Tobias auf den golden schimmernden Reif am Arm der Mutter. »Ist das mein Armreif?«

»Nein«, sagte Anna. »Stell dir vor, Tobias, Herr Pauli hat mir auch einen geschenkt.«

»Dann kann ich meinen ja zurücknehmen«, meinte Tobias.

Anna sah die Enttäuschung in seinen Augen. »Deiner gefällt mir besser, Tobias!« versicherte sie ihm rasch. »Ich werde ihn immer tragen.«

Sie sah ihren ältesten Sohn an. Er war kein Bub mehr, er war ein junger Mann, und er glich Martin, seinem Vater. Er hatte Martins schmales Gesicht, seine bräunliche Hautfarbe, die dunklen Haare, und die guten, klugen braunen Augen. Und vor allem besaß er Martins ausgeprägtes Ehrgefühl, seine Wahrheitsliebe und seine Selbstbeherrschung. Oft war er verschlossen, so wie Martin es gewesen war.

Darum freute es Anna besonders, als sich zwischen Tobias und Herbert ein Gespräch anbahnte, über Bücher, Filme, Musik, die Schule, die Bergsteigerei.

»Eigentlich wollte ich Lehrer werden«, erzählte Herbert ihm. »Studienrat. Aber als ich im ersten Semester studierte und meinen alten Klassenlehrer aufsuchte und ihm meine Unentschlossenheit mitteilte, da sagte der: ›Du bist ein Streiter, werde du mal Jurist...‹«

»Und war das ein guter Ratschlag?« fragte Tobias.

»Ich weiß nicht. Wenn ich daran denke, daß ich einmal als Staatsanwalt die Leute anklagen und sie ins Gefängnis schicken muß, kommen mir Zweifel.«

Es wurde ein harmonisches Weihnachtsfest. Herbert hatte seine Geige mitgebracht und spielte Beethovensonaten. Sie besuchten auch alle gemeinsam das Hochamt in der katholischen Kirche.

In Annas Heim gab es keine Gelegenheit für Küsse und Zärtlichkeiten. Erst als sie zu zweit durch den Schnee auf den Schroffen stapften, in der menschenleeren weißen Winterlandschaft, da umarmten und küßten sie sich.

»Komm bald wieder nach Frankfurt, Anna!« bat Herbert. »Ich habe deine Kinder gern, aber in Frankfurt bist du ganz anders, da bist du mein Mädchen. Komm bald!«

Anna versprach es.

Dann reiste Herbert ab, die Heimlichtuerei hatte ein Ende, und es drängte Anna, etwas mit ihren Händen zu schaffen. Nun, da Herbert fort war, empfand sie schon wieder Sehnsucht nach ihm. In Gedanken strich sie über seine Stirn, seine Wangen, seine Augen. Sie holte sich einen Klumpen Ton und begann zu arbeiten. Ihre Hände formten eine Kugel, die sie mit einem Messer durchschnitt und mit einem Löffel aushöhlte. Sie modellierte versunken, sie vergaß alles um sich her, sie arbeitete, strich, drückte, formte, knetete, es entstand eine Maske. Anna deckte ein Tuch darüber und legte die Maske zum Trocknen unter ihr Bett.

Als sie ausgetrocknet war, betrachtete Anna ihr Werk und stellte fest, daß es ihr gefiel. Sie hängte die Maske an die Wand, ohne sie brennen zu lassen. Katharina kam ins Zimmer und blieb plötzlich stehen. Sie deutete auf die Maske. »Hast du das gemacht?«

»Ja!« sagte Anna.

»Das ist ja Herbert. . .«

»Ja? Das sehe ich jetzt auch«, sagte Anna verwundert. »Es ist unbeabsichtigt entstanden, es ist in meinen Händen so geworden.«

Katharina betrachtete die Maske lange. »Schön hast du das gemacht, Mutti. Schenkst du sie Herbert?«

»Nein. Diese Maske nicht. Ich behalte sie mein Leben lang. . .«

## 8.

Ein Jahr verging. Es änderte sich nicht viel. Nicht zwischen Anna und Herbert, nicht zwischen Katharina und Sebastian. Auch Annas finanzielle Situation blieb unverändert. Die Werkstatt brachte fast nichts mehr ein, sie löste sich nach und nach von selbst auf.

Das Überbrückungsgeld wurde überwiesen. Es war nur wenig und deckte gerade Miete, Heizung und Stromrechnung. Gelegentlich formte Anna Kinderköpfchen auf Bestellung und verkaufte sie an die stolzen Eltern. Sie fertigte Ikonen an, Putten, für die sie – wenn auch nur unter Schwierigkeiten – Käufer fand. In den Schaufenstern der ihr bekannten Geschäfte stellte sie ihre Arbeiten aus.

Im Fasching wurde sie gebeten, Kinderfeste zu leiten, die in Hotels veranstaltet wurden. Berthold half ihr dabei. Sie spielten Kasperletheater, führten die Polonaise an, tanzten mit den kostümierten Kindern und trösteten die kleinen Cowboys, Prinzessinnen, Rotkäppchen, Könige und

Ritter, die sich in dem Trubel nicht wohl fühlten und weinend durch die geschmückten Räume irrten.

Katharina machte ihr Examen und nahm ihre erste Stellung in Salzburg an. Sie unterrichtete sozialgeschädigte Kinder in kunsthandwerklichen Fächern und Gymnastik.

Anna hoffte immer noch, daß sie sich nicht endgültig an Sebastian binden würde.

Es gab Diskussionen, sogar Streit.

»Katharina«, sagte Anna, »ich erkenne Sebastians Talente durchaus an, aber er wird es schwer haben. Er ist ein Außenseiter, ein Eigenbrödler. Du bist zart, Katharina, empfindlich. Du überanstrengst dich schon jetzt, deine Augen werden immer größer, dein Gesicht immer kleiner und durchsichtiger. Und nun willst du dir etwas aufladen, was du gar nicht schaffen kannst.«

»Das verstehst du nicht, Mutti!« widersprach Katharina. »Ich weiß, was ich schaffen kann. Ich liebe Sebastian. Und er mich auch.«

In den Sommerferien radelten Katharina und Sebastian nach Italien. Sie radelten bis nach Rom. Katharina schickte viele Ansichtskarten, auf denen sie überschwenglich Schönheiten und Sehenswürdigkeiten pries. ›Sebastian hat schon viele Aquarelle angelegt und Skizzen gemacht. Jeder Tag bringt uns neue Motive, neue Freunde, neue Erlebnisse. Wir sind glücklich. . .‹

Der Aufbau der Europa-Jugendgruppe ging nur zögernd voran. »Ohne mich!« sagten die meisten jungen Leute, »wir sehen und hören es ja von unseren Eltern, wohin die Hitlerjugend geführt hat!«, wenn Anna versuchte, ihnen die Ziele der Europa-Union nahezubringen und sie dafür zu begeistern: keine trennenden Grenzen, keine Feindschaft, nie wieder Krieg, alle Menschen werden Brüder. . .

In der Nacht malten Anna und ihre Helfer mit grüner Ölfarbe ein großes »E« auf die Mitte der Straßen, um die Leute aufmerksam zu machen, damit sie sich nach der Bedeutung dieses Buchstabens erkundigten.

Auf einer Tagung sah Anna den ›Mächtigen‹ wieder. Er hielt ihre Hand fest und sagte das gleiche wie bei ihrer letzten Begegnung: »Immer wieder kreuzen sich unsere Wege, Frau Ritter. Es soll halt so sein. Sie haben gut für die Union gearbeitet. Wollen Sie nicht ganz in die Politik einsteigen? Mit dem Kunstgewerbe ist ja wohl nicht mehr viel zu machen, habe ich gehört. Ich hätte da einen Kunden für Sie, einen reichen Mann, der gern das Köpfchen seiner Tochter modellieren lassen möchte. . .«

Katharina und Sebastian kehrten aus Italien zurück. Katharina leuchtete vor Glück. Gesund sah sie aus, gebräunt, schlank und fröhlich. Sie schwärmte von Italien und von Sebastian.

»Er ist ein Genie!« sagte sie. »Durch ihn habe ich sehen gelernt, fühlen, was echte Kunst ist. In der Sixtinischen Kapelle waren wir einen ganzen Tag. . .«

Anna hörte sich ihren begeisterten Bericht an. Sie freute sich, daß Katharina so viel Herrliches gesehen hatte, und vor allem, daß sie die strapaziöse Reise mit dem Fahrrad wohlbehalten überstanden hatte, mit dem wenigen Geld, das ihnen zur Verfügung stand, mit dem kleinen primitiven Zelt, in dem sie übernachtet hatte.

Aber sie machte sich doch auch Sorgen um ihre Tochter.

»Ich habe eine Überraschung für dich, Katharina«, sagte sie. »Sibylle von Enkendorf hat mir geschrieben. Du könntest eine Stellung als Lehrerin für Keramik und Bildhauerei in einem der besten und teuersten Internate Deutschlands bekommen und dich gleichzeitig in den anderen Fächern als Studentin weiterbilden. Ohne Schulgeld zu zahlen. Das Internat liegt an einem See, es hat Segelboote, Pferde, Tennisplätze. Und eine hübsche Internatskleidung! Ich war dort, ich habe mit dem Direktor gesprochen. Es ist alles perfekt. Es fehlt nur noch deine Einwilligung...«

Katharina hielt sich die Ohren zu. »Ich will nichts davon hören! Da gehe ich niemals hin. Das darf ich Sebastian gar nicht erzählen. Ich – in eine Uniform eingezwängt? Diese Gleichmacherei – scheußlich! Was bilden sich diese Snobs eigentlich ein? Nur weil ihre Eltern Geld haben? Ich bleibe in Salzburg, bei Sebastian.«

»Na, na, Katharina, sprich nicht so verächtlich vom Geld. Ohne Geld kann man nicht existieren. So ist die Welt nun einmal eingerichtet.«

»Geld, Geld! Ich hasse das Wort, es ist ein Wort zum Fürchten!« Katharina schlug die Fäuste gegeneinander. »Ich kenne schon deine Hintergedanken, Mutti. Ich soll mir da einen reichen Mann angeln. Aber ich will nicht! Ich will mit diesen Kreisen nichts zu tun haben.«

»Überlege es dir noch einmal, Katharina!« bat Anna. »Denk gründlich darüber nach, ehe du dich endgültig bindest.«

Aller Vernunft zum Trotz glaubte Anna eine Wendung erzwingen zu können. Erst als sie den Brief fand, der in der Tasche von Katharinas Arbeitsschürze steckte und aus Versehen mit in den Wäschebeutel geraten war, sah sie ein, daß sie auf verlorenem Posten kämpfte. Der Brief war von Sebastian.

Anna las die Zeilen, denen sie entnahm, daß Sebastian und Katharina die Absicht hatten, nach Australien auszuwandern und dort zu heiraten. So ernst stand es also!

Anna hatte das Bedürfnis, sich mit einem Menschen auszusprechen, der die Kinder von klein auf kannte. Sie schrieb an den Maler Karl, mit dem sie eine lange, innige Freundschaft verband. Er wohnte jetzt in Berlin.

Aber seine Antwort war auch keine Hilfe. Er schrieb: ›Mein liebstes Annettchen! Katharina will heiraten? Einen Künstler? Was ist dieser Sebastian für ein Mensch? Ich hätte gewünscht, Du würdest für Katharina einen leichteren Lebensweg finden. Sie ist ja auch noch zu jung zum Heiraten. Was soll ich dazu sagen? Katharina hat eben einen starken Willen, Du wirst wohl kaum etwas bei ihr durchsetzen können. Ich denke sehr oft an Dich, ich liebe Euch alle...‹

Keiner konnte Anna helfen, auch Herbert nicht. Das sah Anna jetzt ein.

In Gottes Namen! dachte sie. Ich will Sebastian annehmen. Sie mußte es tun, oder sie würde Katharina verlieren. Und das hätten sie beide nicht ertragen. Noch war Katharina ja da.

Aber Sebastian ging fort. Nicht nach Australien, sondern nach Deutschland. Er kaufte sich eine Fahrkarte von Salzburg nach Hamburg. Unterwegs wollte er die Reise in verschiedenen Städten unterbrechen, um sich nach einer geeigneten Stellung umzusehen. Es sollte nur ein Übergang sein. Sein Plan war, sich möglichst bald als Grafiker selbständig zu machen.

Im Rheinland fand er seine erste Anstellung, als Grafiker in einer Druckerei. Er fühlte sich offensichtlich sehr einsam, denn fast täglich schrieb er an Katharina, die wieder zur Mutter gezogen war. Auf schönen, großen Briefbögen, mit Tuschfeder und schwarzer Tusche. Er schickte viele Aquarelle, die das Leben am Rhein und auf dem Strom darstellten. Am Sonntag kamen regelmäßig Eilbriefe an.

»Mit seinem Chef verträgt sich Sebastian nicht«, erzählte Katharina.

»Das wundert mich nicht«, meinte Anna. »Sebastian ist halt eigensinnig, er weiß immer alles besser.«

»Er weiß es tatsächlich besser«, erklärte Katharina stolz. »Unterordnung ist seiner Natur zuwider. Er hat es auch nicht nötig, sich anzupassen.«

Bald kündigte Sebastian seine Stellung und wechselte nach Frankfurt über. Dort wohnte er bei Herbert, bis er sich eine neue Stellung gesucht und ein möbliertes Zimmer gefunden hatte.

»Frankfurt ist Sebastians Stadt«, sagte Katharina. »Da pulsiert die Wirtschaft, da rollt der Rubel, da liegt Sebastians große Zukunft. Davon bin ich fest überzeugt.«

Inzwischen verlief Katharinas Leben in den alten Bahnen. Sie ging weiter ihrem Beruf nach, fuhr täglich nach Salzburg, kehrte abends heim. Anna holte sie dann vom Bahnhof ab. In ihrer Freizeit arbeitete Katharina an ihrer Aussteuer. Sie mußte sparen. In einem Restegeschäft kaufte sie Leinen für die Bettwäsche, säumte, nähte, schürzte Knopflöcher in die Einschlagdecken. Sie schnitt Batist für Nachthemden zu, häkelte und strickte. Über jedes Stück, das fertig war, zeigte sie kindliche Freude. Sie legte die Sachen in den großen Überseekoffer, der noch von ihrem Vater stammte. Von Zeit zu Zeit trat sie an den Koffer heran, hob den Deckel hoch und nahm die Sachen in die Hand, als ob sie sich ihres Besitzes vergewissern wollte.

Anna kamen die Tränen, wenn sie ihre Tochter vor dem Koffer stehen sah. Katharina gönnte sich kein Vergnügen, ging nicht aus, nicht tanzen, sie hatte eigentlich gar nichts von ihrer Jugend. Dabei war sie doch ein fröhliches geselliges Mädchen, überall beliebt, umworben, sie wurde oft eingeladen, zu Parties, zu Hausbällen, zu Ausflügen – aber sie lehnte immer ab. Alle ihre Gedanken waren nur auf Sebastian und das gemeinsame Leben mit ihm gerichtet. »Sebastian wird groß, ganz groß, und dann hole ich alles nach«, sagte sie.

»Ich wünsche es dir von Herzen, Kind!« sagte Anna.

»Da kannst du ganz beruhigt sein, Mutti. Sebastian hat sich bei einer weltbekannten Werbefirma beworben. Die nehmen ihn mit Kußhand, wenn sie seine Arbeiten sehen. Die zahlen ihm ein gutes Gehalt. Da bin ich sicher.«

Und Katharina sollte recht behalten. Sie glaubte an Sebastian, sie wartete auf ihn. »Es wird nicht mehr lange dauern. . .«, sagte sie ständig.

Aber Anna dachte: Hoffentlich dauert es noch recht lange.

Eines Tages erhielt Anna einen Brief aus Frankfurt. Er kam von Sebastian.

›Liebe gnädige Frau! Daß ich nicht schon früher von mir hören ließ, hat seinen Grund darin, daß ich die letzten Wochen kaum eine freie Minute hatte und wichtige Verbindungen aufgenommen habe. Mit meinem Brief heute verbinde ich ein Anliegen: Ich habe ganz überraschend einen Mietvertrag abschließen können, wie er kaum günstiger sein könnte. Vertragspartner ist eine große Wohnbaugesellschaft, die sehr solide und dennoch preiswert baut und nur mit seriösen Objekten arbeitet. Ich betone das, um Ihnen zu zeigen, daß ich mich vorher genau informiert habe. Das Haus liegt in der Innenstadt, hat sechs Stockwerke und ist vorzüglich ausgestattet. Zentralheizung, Warmwasser, Lift. Die Wohnungen sind im Oktober bezugsfertig. Ich hatte noch weitere Angebote, Altbau und keine Zentralheizung, die ich aber Katharina nicht zumuten möchte. Diese Wohnung wäre für Katharina der Rahmen, den sie braucht. Später, später wird sie draußen im Grünen in unserem eigenen Haus wohnen. . .‹

Er schrieb dann noch von der Miete und vom –

Baukostenzuschuß. Er benötigte etwa dreitausend Mark.

Sebastian, das wußte Anna, besaß kein Geld. Also mußte sie eingreifen. Sie ging zur Bank, um ein Darlehen aufzunehmen. Es war ein demütigender Weg für sie, aber sie tat es für Katharina.

Sie bekam das Darlehen nach langen Verhandlungen und Bitten. Dann fuhr sie mit ihrer Tochter nach Frankfurt, um die Wohnung zu besichtigen. Sebastian hatte nicht zuviel versprochen, es war eine schöne Wohnung mit allem Komfort. Gegenüber lag der Justizpalast. Anna konnte vom Fenster aus in Herberts Büro schauen.

Am Abend saßen sie alle in Herberts Zimmer. Katharina und er flüsterten miteinander. Sebastian wirkte verstimmt. Plötzlich begann Katharina zu weinen. »Ich wußte doch nicht, daß ich den Ring jetzt schon brauche«, schluchzte sie.

»Was für einen Ring?« fragte Anna.

»Soll ich es Mutti sagen, Sebastian?« Katharinas Stimme klang ängstlich.

»Ja, warum nicht? Aber ich kann dir das auch abnehmen.«

Zu Anna gewandt, fuhr er dann fort: »Es handelt sich um den Verlobungsring. Wir haben ihn schon vor längerer Zeit in Salzburg gekauft. Und ich wünsche, daß Katharina ihn hier trägt.«

»Das ist doch kein Grund zur Aufregung«, meinte Anna. »Wir bitten Berthold, den Ring zu schicken.« Sie sagte das ärgerlich, weil es sie kränkte, daß Sebastian ihre Tochter wegen einer solchen Lappalie zum Weinen gebracht hatte.

Der Ring kam per Eilboten an. Berthold schrieb

dazu: ›Ich wußte gar nichts von der Verlobung. Warum diese Heimlichkeit? Ihr hättet mir das ruhig sagen können. Und warum eilt das so mit dem Ring? Soll denn bald schon Hochzeit sein? Hoffentlich erfahre ich wenigstens die rechtzeitig. . .‹

Anna las den Brief vor. »Das ist typisch Berthold!« sagte sie. »Er fühlt sich als Familienoberhaupt übergangen.«

»Wir heiraten im Frühjahr«, sagte Sebastian kurz.

Im Frühjahr! Das bedeutete, daß Anna ihre Katharina nur noch ein paar Monate bei sich zu Hause hatte.

Eine kurze Zeitspanne. Sie verflog viel zu schnell. Anna konnte die Zeit nicht aufhalten, so gern sie es getan hätte.

»Kinder können wir uns wohl zuerst nicht leisten«, meinte Katharina. »Aber wenn wir doch eins bekommen, würdest du es dann nehmen, Mutti? Ich muß ja alle Unruhe von Sebastian fernhalten, damit er sein Talent ungehindert entfalten kann.«

Sebastian, Sebastian – alles drehte sich um ihn! Sogar ihr Kind wollte Katharina um seinetwillen weggeben.

»Natürlich würde ich das Kind nehmen«, antwortete Anna. »Aber du würdest es mir nicht geben, weil du noch nicht weißt, wie eine Mutter fühlt.«

Schließlich war es soweit. Die Hochzeit wurde auf den 4. März festgelegt.

Anna ging ein zweites Mal zur Bank, um sich einen weiteren Kredit zu verschaffen. Sie stürzte sich in Schulden, die sie dann jahrelang abzahlen würde, wie sie schon im voraus wußte. Aber sie wollte das Geld ihrer Tochter schenken, um ihr den Start in das Eheleben zu erleichtern.

Denn Sebastian war nun freischaffender Grafiker. Er hatte die gute Stellung in dem Werbeunternehmen aufgegeben. Er hatte keine festen Einkünfte und vermutlich auch keine Ersparnisse. Zwar hatte er bereits Verbindung zu einem Kontakter und zu einem Industriefotografen aufgenommen, seine Fühler nach geeigneten Kunden ausgestreckt und die ersten kleineren Aufträge eingeholt. Aber er stand auf schwankendem Boden. Jedenfalls empfand Anna das so. Sie konnte den hochfliegenden Optimismus der jungen Leute nicht teilen.

Die Bank gab Anna das Geld nur, weil sich inzwischen die Frage ihrer Versorgungsansprüche geregelt hatte. Auf dem Papier hatte Anna schon die Pension, die ihr als Witwe eines Generalarztes zustand, allerdings nur auf dem Papier.

Anna wollte eine schöne Hochzeit für ihre Tochter, damit Katharina sich immer gern daran zurückerinnern würde.

Die standesamtliche Trauung fand in Bad Reichenhall statt. Dann fuhren sie nach Salzburg, wo die Einsegnung in der evangelischen Kirche vollzogen wurde. Katharina hatte Tränen in den Augen, als sie an Sebastians Arm die Kirche verließ.

Das Hochzeitsessen wurde im ›Eulenspiegel‹ eingenommen, in einem Raum, der sich gemütlich und kultiviert ausnahm mit seinen alten Möbeln, den Antiquitäten, den wertvollen Teppichen.

Tobias hielt die Tischrede. Er sprach von der Vergangenheit, vom Vater, der in der Runde fehlte. »...ich nehme hier seinen Platz ein. Er hat dich so sehr geliebt, Katharina. Auch wir lieben dich, wir geben dich nur ungern her. Wir wünschen dir alles Glück der Erde. Dir, Sebastian, gratuliere ich. Du hast eine gute Frau, so tüchtig und tapfer, wie es unsere Mutter ist...«

Anna glaubte ihren verstorbenen Mann zu sehen und zu hören. Wie sehr Tobias doch seinem Vater glich!

Sie waren nun alle sehr still. Auch Berthold. Erst jetzt wurde ihnen klar, was sie mit Katharina verloren. Die Schwester ging fort! Vorher hatten sie sich das nicht vorstellen können.

Beim Abschied sagte Katharina zu ihren Brüdern: »Jetzt müßt ihr euch um Mutti kümmern!«

Die Brüder sahen verblüfft auf, schauten beinahe ratlos von Katharina zur Mutter. Bisher war es für sie selbstverständlich gewesen, daß Katharina für die Mutter da war, während sie ihre eigenen Wege gingen.

Anna hatte gute Söhne: Tobias, der an den Wochenenden zum Bergsteigen ging – und Berthold, der Tennis und Eishockey spielte, der sich auf der Gitarre begleitete, wenn er mit seiner schönen Stimme Wanderlieder sang, und den die Mädchen umschwärmten. Gute, liebe Söhne – aber kein Ersatz für Katharina.

## 9.

Katharina war fort.

Anna vermißte sie schmerzlich, ihr Lachen, ihr Gesicht, ihre Stimme, sogar den Streit mit ihr.

Das Leben schien unerträglich leer. Selbst Herberts Briefe trösteten sie nicht.

Er schrieb: ›Mein lieber Engel, ich habe Dich lieb. Ich weiß, daß Deine Gedanken zur Zeit ganz andere Wege gehen und daß Du meine Briefe gar nicht mehr richtig liest. Ich möchte mit Dir verreisen. In den Süden, ans Meer. Du kennst das ja alles noch gar nicht. Wir beide! Nur wir beide! Eine richtige Liebesreise, auf der Du endlich ganz mir gehörst. Ich warte schon so lange. . .‹

Verreisen! dachte Anna. Ja, das ist das beste. Weg von hier und von den Erinnerungen an Katharina. Ich halte es hier nicht mehr aus!

Die Söhne redeten ihr zu. »Ich führe den Haushalt«, sagte Berthold. »Ich bin sparsam und passe auf Tobias auf. Mach dir keine Sorgen!«

Anna kaufte von ihren letzten Ersparnissen einen gebrauchten Volkswagen, endlich hatte sie wieder ein Auto. Das letzte war in Königsberg am Bahnhof stehengeblieben, als sie flüchteten. Sie hatte den Zündschlüssel einfach im Schloß steckengelassen. . .

Die Reise ging nach Frankreich.

In Saint-Tropez suchten sie sich eine Bleibe. Und sie fanden sie am einsamen Strand von Pampelon. Ein einstöckiges Sommerhäuschen, primitiv, ohne Komfort, mitten am Strand, umgeben von gelbblühenden Mimosenbüschen und verwilderten Weinstöcken. Das Weiß der Mauern, das Rot des Daches hoben sich vom Grün der Pinien ab.

Anna war begeistert. »Ein herrliches Land! Daß es so etwas gibt! Der blaue Himmel, das Meer, die Weinberge. . .Jetzt verstehe ich den Satz: Leben wie Gott in Frankreich!«

Sie fühlte sich gelöst, frei, hatte keine Bedenken mehr, es war ihr gleich, was die Leute von ihr und Herbert dachten, ob sie den Altersunterschied bemerkten oder nicht. Hier spielte das alles keine Rolle. Auch die Kinder rückten jeden Tag weiter weg, der Gedanke an sie bedrückte Anna nicht. Hier nicht!

Sie hätte nicht geglaubt, daß das Leben noch einmal so schön sein könnte.

Sie kauften gemeinsam die Lebensmittel in einem der Dörfer ein, Anna kochte, sie gingen Arm in Arm. Sie liebten sich. Überall, in den Dünen, in den verlassenen Weinbergen, auf dem schmalen harten Bett ihres Häuschens.

Und dieses traumhaft schöne Meer! Es war so ganz anders als die Ostsee, die Anna kannte. Die Wellen brachten den Geruch von Fremdheit und Weite mit. In der Ferne sah man nackte verliebte Paare, die eng umschlungen am Strand entlangschlenderten: Adam und Eva.

»Anna, es ist der Himmel mit dir!« sagte Herbert immer wieder. »Ich wußte es, ich wußte es. Du machst mich so glücklich, wie ich es nie zuvor erlebt habe. Endlich habe ich dich für mich allein. Keine Kinder, die an dir hängen. . .Mache ich dich auch glücklich? Du, eine Frau, die die Liebe kennt. . .«

»Du irrst dich, Herbert«, sagte Anna. »Ich habe nur wenig Erfahrung in der körperlichen Liebe. Es gab nur zwei Männer in meinem Leben. Zuerst Martin. Ich ging unberührt in die Ehe. Ich hatte keine Ahnung von allem. Niemand hatte mich aufgeklärt. Ich wagte es nicht einmal, mich vor meinem Mann zu entkleiden. Und er wollte mich wohl so haben, obwohl er mich über alles liebte. ›Eine Jungfrau mit drei Kindern!‹ spöttelten die Künstler in Nidden. Sie meinten das nicht böse, sie hatten mich gern.

Und dann kam Wolfgang König. Das war im Krieg. Martin war in Stalingrad vermißt. Ich war verzweifelt, hatte Angstträume. Ich arbeitete im Lazarett und sah das Elend der Verwundeten. Wolfgang König war kein Offizier. Er haßte die Nazis, er war strenggläubiger Katholik, Österreicher. Man hatte ihn degradiert und ließ ihn nicht im Kasino zu. Er war Arzt, Chirurg, Universitätsprofessor. Zu schwierigen Operationen wurde er ins Lazarett befohlen. So lernte ich ihn kennen. Ich war nicht in ihn verliebt. Ich hatte ihn nur gern und wollte ihm gut sein. Er war ein Verfemter, ein einsamer Soldat. Ein Märchen begann, ein sehr kurzes Märchen. Er weckte mich auf, er lehrte mich Liebkosungen, von denen ich nichts geahnt hatte. Ich lernte, daß ich mich meiner erotischen Wünsche nicht zu schämen brauchte – ich wurde eine Frau...

Du kennst den kleinen Bronzeleuchter auf meinem Schreibtisch, Herbert. Den schickte mir Wolfgang aus Frankreich als Talisman. Er hatte den gleichen. Man hatte ihn schnell versetzt. Unser Märchen war ein heimliches und gefährliches Märchen.

Nach dem Krieg besuchte er mich. Wir fuhren nach Bad Tölz, es wurde spät. ›Ich möchte unser Märchen noch einmal erleben‹, sagte er. Er bemerkte mein Zögern. ›Drängen will ich dich nicht!‹ – Ich wäre gern mit ihm gegangen, es war nicht Tugendhaftigkeit, die mich zurückhielt. Tugend ist, wenn keiner kommt, sagte man in Ostpreußen. Ich dachte an meine Kinder. Es waren immer die Kinder! Ich hätte ihnen nicht mehr in die Augen schauen können... So bin ich leider nun einmal. Und die Angst, schwanger zu werden...›Ein anderes Mal!‹ sagte ich. Es gab kein anderes Mal. Er ist bald darauf gestorben...«

Sie lagen in den Dünen und schauten auf das Meer.

Am Horizont erschienen die Silhouetten von Schiffen, sie kamen näher, glitten auf das Land zu.

»Sind das Kriegsschiffe?« fragte Anna.

»Ja, sie liegen im Hafen von Toulon.«

»Es wird doch keinen Krieg geben?« Anna setzte sich erschrocken auf. »So war es damals an der Ostsee auch, als ich mit den Kindern in Nidden war. Da kamen auch die Schiffe, so leise, so bedrohlich, so gespenstisch.«

»Sie machen nur eine Übung«, beruhigte Herbert sie. »Aber du bist hier an einem historischen Ort. Hier sind die Amerikaner im August 1944 gelandet, die Befreiung Frankreichs nahm ihren Anfang. Überall wurde gekämpft, am Strand, am Hafen, überall. Die Plage war zum Teil vermint...« Er erzählte noch mehr, er wußte viel.

»Man sollte das alles aufschreiben«, meinte Anna, als sie zu ihrem Häuschen zurückwanderten.

»Denk nicht mehr daran«, sagte Herbert. »Wir wollen den Krieg vergessen, das Leben genießen.«

Aber Anna ließ der Gedanke nicht los.

Sie machten einen Ausflug, durchfuhren ein ausgedehntes Weinbaugebiet, eine Palmenallee, bis sie auf der Höhe die Kapelle St. Anna erblickten. Eine Gedenktafel war an der Mauer angebracht.

Sie stiegen aus.

»Was steht da?« fragte Anna. »Du kannst das doch sicher für mich übersetzen, Herbert?«

Er übersetzte: »Hier wurde provenzalische Erde zuerst befreit im Morgengrauen des 15. August 1944. Hier hat sich die Brigade des Maures mit den amerikanischen Fallschirmjägern vereint.«

Anna wollte mehr darüber wissen. Sie machte sich Notizen in das blaue Schulheft, das sie immer bei sich trug. »Erkundige dich mal im Ort, Herbert.«

»Ich frage die Leute nicht gern«, antwortete Herbert. »Du weißt nicht, wie sie manchmal reagieren, weil du ihre Sprache nicht verstehst. Wir sind Deutsche, und die Wunden des Krieges sind noch nicht verheilt. Es ist noch zu früh. Wir wollen nicht daran rühren. Ich lege mich lieber an den Strand. Laß die Vergangenheit ruhen.«

Als sie später wieder in ihrem Häuschen waren, schrieb Anna in das blaue Schulheft: ›Ich wünschte, unsere Ferien würden nie vorübergehen. Ich bin so glücklich!‹

Aber dann waren die Ferien zu Ende. Eines Morgens mußten sie abreisen. Sie zählten ihr Geld. Viel war es nicht mehr. Anna schnitt mit einer Schere in den Weinbergen Trauben ab, kaufte ein französisches Stangenbrot, und so traten sie die Heimreise an, die sie auch über Trient führen sollte. Auf Trient freuten sie sich besonders.

Dort angelangt, fuhren sie durch die mittelalterlichen Gassen, besichtigten den Dom, und kehrten schließlich in einem alten Tiroler Gasthof im Angesicht des Neptun-Brunnens ein. An einem großen runden Tisch hatte sich eine italienische Familie versammelt: zwei Großmütter, Mutter und Vater, der einen Säugling im Arm hielt, während die größeren Kinder, gekleidet wie Prinzen, mit den Stühlen wippten, ihre Eisbecher umwarfen, schrien und tobten, ohne gerügt zu werden.

»Ich glaube, ich habe meine Kinder zu streng erzogen«, meinte Anna gedankenvoll, während sie die Familie beobachtete. »So übermütig durften sie niemals sein.« Herbert sagte nichts dazu.

In Reichenhall kam die Trennung. Herbert mußte zurück nach Frankfurt. Anna setzte ihn am Bahnhof ab und fuhr dann zu ihrer Wohnung. Sie war leer, die Söhne waren ausgeflogen, denn es war Sonntag. Niemand erwartete sie.

Sie wanderte durch die Räume und kam sich sehr verlassen vor. Ihr wurde bewußt, wie sehr sie Herbert brauchte. Sie durfte ihn auf keinen Fall verlieren...

Am nächsten Morgen rief sie ihn im Amt an.

Eine Frauenstimme meldete sich: »Staatsanwaltschaft Frankfurt...«

»Kann ich bitte Herrn Pauli sprechen?« fragte Anna.

»Er ist in einer Sitzung«, sagte die Dame. »Soll ich ihm etwas ausrichten?«

»Nein, danke.« Anna legte auf.

Sie ging zurück in ihre Wohnung und setzte sich auf die Ofenbank. Sie merkte, daß ihr die Knie zitterten.

Eine Frau war in Herberts Zimmer? Was tat sie da? Herbert hatte keine Sekretärin, das wußte Anna genau. Er saß allein in seinem Büro. Und nun diese Frau! Er hatte niemals etwas von einer Frau erzählt. Warum hatte er sie nie erwähnt, wo er doch sonst jede Kleinigkeit aus seinem Tagesablauf in seinen Briefen beschrieb? Und diese Frau unterschlug er?

Anna hatte bisher niemals über seine Beziehung zu anderen Frauen nachgedacht. Sie hatte sich nicht gefragt, ob er mit einer anderen Frau schlief, weil sie sich ihm verweigert hatte. Sie hatte diese Dinge einfach verdrängt. Aber jetzt, nach ihrer gemeinsamen Reise, war alles anders. Jetzt gehörte er ihr, jetzt hatte sie ein Recht auf ihn und seine Treue.

Herbert war ein zärtlicher Liebhaber. Wo hatte er seine Erfahrungen gesammelt?

Eifersucht ergriff Anna. Sie konnte an nichts anderes denken als an diese Frau am Telefon.

Sie rief noch einmal in Frankfurt an.

Wieder meldete sich die Dame.

»Ist Herr Pauli noch nicht da?« fragte Anna mit zitternder Stimme.

»Die Sitzung ist noch nicht zu Ende«, antwortete die Dame. »Kann Herr Pauli Sie zurückrufen? Ist es wichtig?«

»Ja, sagen Sie ihm, er möchte in Reichenhall anrufen. Er weiß dann schon Bescheid. . .Vielen Dank.«

Und dann wartete sie. Die Minuten schlichen dahin, eine Ewigkeit schien zu vergehen, kein Läuten des Telefons.

Anna war nahe daran, ein drittes Mal anzurufen. Am liebsten wäre sie auf der Stelle nach Frankfurt gefahren, um mit eigenen Augen zu sehen, was da los war.

Sie mußte bis zum Abend warten, bis endlich Fräulein Reserl aus der Halle rief: »Frau Ritter, Telefon für Sie!«

»Schade, daß du mich nicht erreicht hast«, sagte Herbert wohlgelaunt. »Weißt du, es war ein anstrengender Tag. Ich hatte eine häßliche Sache zu bearbeiten, ich mag gar nicht mit dir darüber sprechen. Ich mußte mich zuerst einmal ein bißchen davon erholen. Was gibt es denn so Dringendes, daß du gleich zweimal angerufen hast vom Telefon der gefürchteten Roons? Ist etwas passiert?«

Anna zwang sich zur Selbstbeherrschung, um nicht heftig zu werden. »Seit wann sitzt eine Dame in deinem Zimmer?« fragte sie spitz.

»Ach, das ist es!« Er lachte. »Was bist du doch für ein Dummerle, Anna. Das ist eine Referendarin, das wirst du noch oft erleben. Die Referendarinnen werden uns zugeteilt. Was hast du denn gedacht?«

Anna schwieg.

»Du bist doch nicht etwa eifersüchtig? Ich liebe nur dich, Anna, das weißt du doch.«

»Na ja, aber Frauen bei dir. . .«, murmelte sie immer noch nicht beschwichtigt. »Kannst du es nicht erreichen, daß dir Referendare zugeteilt werden statt Referendarinnen? Das wäre mir viel lieber. . .«

»Das kann doch nicht dein Ernst sein!« sagte er belustigt. »Du kannst mir doch nicht den Kontakt mit den Damen hier im Amt verbieten. Es gibt außer dir noch eine Menge Frauen auf der Welt...«

»Das weiß ich!« unterbrach Anna ihn zornig. »Ich weiß auch, daß die meisten jünger und hübscher sind als ich. Und du bist Junggeselle...«

»Das stimmt, ich bin Junggeselle. Aber du brauchst nur ja zu sagen, und ich nehme deine und meine Papiere, gehe damit zum Römer und bestelle das Aufgebot. Sei vernünftig, Anna! Quäle mich nicht mit törichter Eifersucht. Es ist schwer genug für mich, ohne dich zu sein. Denk lieber an unsere Reise und komm bald zu mir.«

Anna fuhr nach Frankfurt, auch um Katharina zum ersten Mal in ihrem neuen Heim zu besuchen.

Es war erstaunlich, was Sebastian mit relativ wenig Geld aus der Wohnung gemacht hatte. Die Einrichtung war ganz sein Werk. Er hatte die Möbel nicht nur entworfen, er hatte sie auch zum größten Teil selbst gebaut. Den zierlichen Sekretär für Katharina, seinen Maltisch, die Anrichte und das breite Bett aus lasiertem Lindenholz mit schwarzen Stahlrohrbeinen. Diesen Stil gab es erst Jahre später in exklusiven Einrichtungshäusern. Sogar die Fenstervorhänge, für die er große Nesselbahnen wählte, hatte er selbst eingefärbt und bedruckt. Sein Geschmack, sein Stil, sein künstlerischer Ausdruck! Er duldete nicht den Hauch eines fremden Einflusses in seiner Wohnung.

Anna fuhr von nun an öfter zu Herbert und richtete es immer so ein, daß sie auch Katharina besuchen konnte.

Sie und Sebastian arbeiteten fieberhaft: Verpakkungen, Illustrationen, Prospekte, Plakate für Filme, Badeorte, Kaufhäuser und für Fluggesellschaften.

Sebastian hatte Geschäftsverbindungen mit pharmazeutischen Unternehmen in Deutschland und in der Schweiz angeknüpft und erhielt große Aufträge. Viele seiner Entwürfe und Slogans wurden international bekannt.

Katharina vertraute er die gesamte Korrespondenz und die Verwaltung der Honorare an. Auch bei den grafischen Arbeiten half sie ihm. Sie begleitete ihn zu jeder Verhandlung, zu jedem Kunden und glich mit einem Lächeln aufkommende Verstimmungen aus, wenn Sebastian seine Auftraggeber durch seine hochfahrende Art vor den Kopf stieß.

Schon nach kurzer Zeit schafften sie sich ein Auto an. Damit erlangten sie Beweglichkeit, konnten ihren Kundenkreis erweitern und Zeit sparen. Und damit begann Sebastians Aufstieg.

Katharina veränderte sich. Sie wurde eine moderne Frau, schlanker als früher, der blühende Ausdruck ihres Gesichts wich einem blassen, verfeinerten Aussehen. Sie wirkte fast ätherisch. Das volle braune Haar trug sie nun in einer glatten Pagenfrisur, die wie ein dunkler Rahmen ihr Gesicht umschloß. Die Augen waren unnatürlich groß und – wie es Anna schien – traurig.

»Bist du glücklich?« fragte Anna sie einmal. »Ihr arbeitet zu viel. Du bist in den Beruf eingespannt und eine perfekte Hausfrau. Das ist zu viel für dich.«

Katharinas Gestalt straffte sich, ihre Augen flammten auf. Wenn sie ihren Mann angegriffen glaubte, wurde sie zur Löwin, die ihr Junges verteidigt. »Ich möchte mit keiner anderen Frau tauschen, Mutti! Unsere Arbeit ist schön. Besonders die für die Verlage. Ich lese die Neuerscheinungen und die Manuskripte, während Sebastian mit anderen Aufträgen beschäftigt ist. Er hätte ja gar nicht die Zeit, alles zu lesen. Wenn ich das Manuskript gelesen habe, erzähle ich ihm das Wesentliche des Inhalts und bereite so die Gestaltung des Umschlags mit vor. Ich bereite sie geistig mit vor. Verstehst du? Sebastian verläßt sich auf mich, er beschränkt sich darauf, die wichtigsten Stellen nachzulesen. Für uns ist das Freude. Wir kennen keine Langeweile und keine Probleme mit der Freizeit. Sebastian ist übrigens nicht nur Grafiker, sondern inzwischen auch Designer. Er arbeitet jetzt an dem Entwurf eines Gehäuses für einen Radioapparat. Doch am liebsten möchte er malen, malen. Aber das kommt schon noch...«

»Du wirst immer eleganter, Katharina«, bemerkte Anna bei einem ihrer Besuche, »und mit den Schuhen treibst du geradezu einen Kult. Auch Sebastian legt jetzt viel mehr Wert auf seine Kleidung.«

Aber obgleich es dem jungen Paar finanziell gutging, sorgte sich Anna, denn im Laufe der Zeit wurde Katharina immer dünner, durchsichtiger, nervöser. Sie klagte über Schlaflosigkeit, über Schmerzen im Rücken, am Herzen und in den Füßen, sie weinte leicht.

Anna riet ihr, einen Arzt aufzusuchen, und Katharina berichtete dann der Mutter: »Es ist nichts. Der Arzt meint, ich sei ein Spätentwickler und mit den Kindern sollten wir noch warten.« Doch dann brach es aus ihr heraus: »Ich bin nicht krank, Mutti! Die Arbeit ist auch nicht zu viel für mich. Es ist dieses Haus, was mich krank macht. Du ahnst nicht, Mutti, was für ein schreckliches Haus das ist.«

»Aber wieso denn?« fragte Anna verständnislos.

»Als wir die Wohnung mieteten, wußten wir nicht, was das hier für ein Viertel ist«, erzählte Katharina schluchzend. »Die ganze Nacht schreien die Huren auf der Straße herum. Schau nicht so ungläubig, Mutti! Auch die dicke Frau da drüben ist so eine.« Sie wies zu dem Eckhaus schräg gegenüber, wo eine schwarzhaarige gutgekleidete Frau in mittleren Jahren, die Ellenbogen auf ein Kissen gestützt, aus dem Fenster sah. Sie sah gar nicht unsolide aus, eher gutbürgerlich.

»Das kann ich nicht glauben«, sagte Anna erschüttert.

»Doch, doch! Sie lockt die Männer von der Straße herauf. Und das schlimmste ist die Wohnung über uns. Nachmittags um drei kommen die ersten Männer, und es nimmt kein Ende bis zum nächsten Morgen. Die ganze Nacht hindurch hört man den Lift surren und klicken. Die Geräusche, die wir mit anhören müssen, sind nicht zu beschreiben. Ich glaube, sie machen es auf dem Fußboden. Der Sebastian kennt so was doch auch nicht, genausowenig wie ich. Und die junge blonde Frau neben uns geht auch diesem Gewerbe nach. Wir hatten sie ein paarmal eingeladen, weil sie uns so gut gefiel. Jetzt ekele ich mich vor ihr. Mir geht das alles so auf die Nerven, daß ich nicht einmal mehr mit Sebastian schlafen kann. . .«

Anna nahm ihre Tochter in den Arm. »Ihr müßt hier wegziehen, das ist ganz klar.«

»Wir suchen ja schon eine ganze Weile«, schluchzte Katharina, »aber es ist nicht leicht, etwas Passendes zu finden. Wir wollen nicht mehr in der Stadt bleiben. Sebastian braucht Ruhe für seine Arbeit. Und wenn wir einmal Kinder haben, dann sollen sie in einem Garten spielen können. Und wenn Sebastian weiterhin so gut verdient, dann bauen wir uns ein Haus. Vorläufig sind wir aber noch nicht soweit.«

Sie zogen noch zweimal um, ehe sie das richtige Heim fanden, und zwar in Buchschlag, einem kleinen Ort mitten im Wald, wenige Kilometer südlich von Frankfurt. Dort mieteten sie ein Haus, umgeben von einem großen Garten. Vor dem Haus reckte sich eine riesige schwarze Tanne neben einem verwilderten Fliederbusch. Aprikosenbäumchen waren da, ein hoher Kirschbaum, Spalierobst, Birnen und Äpfel, Blumenrabatten.

Hier war Katharina endlich glücklich und voller Ideen. Sie bildete sich im Fotografieren aus, richtete sich ein Fotolabor ein und legte sich nach und nach ein umfangreiches Archiv an, das sie als Einnahmequelle nutzen wollte. Sie machte großartige Aufnahmen jeglicher Art, die Sebastian oft als Vorlage für seine grafischen Arbeiten dienten.

Sebastians Fleiß war fast übermenschlich. Er hatte Erfolg und verdiente viel Geld. Das kleine Auto aus der Anfangszeit war bald vergessen. Sie kauften sich einen schnellen stahlblauen Sportwagen mit Schiebedach. Sie reisten viel aus beruflichen Gründen: nach München, Zürich, nach Venedig. Sebastian rechnete Anna einmal den Zeitgewinn vor, den er mit diesem Wagen herausholen konnte, denn Zeit war für ihn Geld.

Der starke Motor des Wagens erschreckte Anna. Sie hatte keine ruhige Minute, wenn sie Katharina und Sebastian unterwegs wußte. Die alten Ängste kehrten wieder, durch ihre Träume wanderte nachts der Tod...

Katharina war unbändig stolz auf Sebastian. Sie fuhr mit ihm nach Bad Reichenhall, um ihn ihren früheren Freundinnen vorzuführen, der sogenannten guten Gesellschaft, die sich nun um seine Bekanntschaft riß. Sie reisten in die Schweiz zum Wintersport, sie waren überall.

Selbstbewußt war Sebastian immer schon gewesen, jetzt wurde er arrogant. Einmal sagte Anna: »Es ist schön, Sebastian, daß du dich so an uns gewöhnt hast.«

Er lachte. »Ich habe mich an euch gewöhnt? Ihr euch an mich!« Er sagte das scharf; offenbar fand er es absurd, ihm zu unterstellen, er habe sich angepaßt.

Katharina vermittelte sofort, um den Mißton auszuräumen. Sie lächelte ihr liebes Lächeln. »Jeder hat seinen Teil beigetragen, jeder hat ein bisserl nachgegeben. Ihr habt euch an uns gewöhnt und wir uns an euch...«

Katharina war eine ausgezeichnete Gastgeberin, sie kochte vorzüglich und verrichtete alles ohne Hilfe. Ein fremder Mensch im Haus – so meinte sie – hätte die Ausschließlichkeit, in der sie mit ihrem Mann lebte, gestört.

Wenn Anna in Frankfurt war, wohnte sie bei Herbert. Und obgleich ihre Besuche bei Katharina immer nur kurz waren, hatte sie jedesmal das Gefühl, zu stören.

Sie sprach mit Herbert darüber. Er legte tröstend den Arm um sie. »Du hast ja mich!«

»Aber ich möchte Katharina doch nahe sein«, sagte sie bekümmert.

»Vielleicht nehme ich mir eine Wohnung in Buchschlag«, meinte er. Aber er warnte Anna auch: »Du hältst Katharina immer noch zu fest. Das darfst du nicht. Du machst einen großen Fehler. Das ist nun einmal das Schicksal aller Mütter: Sie müssen ihre Kinder loslassen und – weiter lieben.«

»Das ist sehr schwer!« gestand Anna. »Wenn ich liebe, halte ich fest. Ich lasse dich ja auch nicht los, Herbert.«

»Das will ich hoffen, Anna!«

## 10.

Es schien sich alles nach Annas Wünschen zu entwickeln. Tobias studierte in Würzburg Medizin. In den Semesterferien arbeitete er im Wald, hoch im Gebirge. Er wohnte mit einem Trupp Waldarbeitern in einer Hütte, in der sie kochten und schliefen.

Berthold machte das Abitur und absolvierte sein Praktikum in Traunreut bei einem Elektrounternehmen. Er wollte Ingenieur werden.

Herbert zog nach Buchschlag, für Anna war ein

Zimmer in seiner Wohnung reserviert. Wenn sie Katharina auch nicht allzuoft sah, so spürte sie doch die Nähe der Tochter, sie telefonierten häufig miteinander, plauderten, verbrachten manche Abende gemeinsam.

Herbert gehörte mittlerweile zur Familie. Selbst Tobias und Berthold trafen keine Entscheidung, ohne sich vorher mit Herbert zu beraten Sie waren Freunde geworden.

Anna fuhr oft nach Buchschlag, so oft, wie es ihr eben möglich war.

Das Leben schien auf glatter Straße zu verlaufen, bergauf zu gehen.

Und darum war Anna betroffen, als Herbert ihr eines Tages am Telefon sagte: »Du wolltest doch am Mittwoch kommen, Anna. Bitte, verschieb's auf Donnerstag.«

Anna glaubte eine leichte Verlegenheit in seinem Tonfall wahrzunehmen. Ihr Mißtrauen wurde wach. »Warum? Hast du etwas anderes vor?«

»Schau, Anna«, sagte er, »ich habe hier einen Freundeskreis. Lauter junge Wissenschaftler, Universitätsassistenten. . .«

»Also, Männer! Gescheite Männer!« unterbrach Anna ihn erleichtert.

Er lachte. »Ja, Männer!«

»Die würde ich gern kennenlernen. Wir könnten sie zu uns einladen. Ich würde aber auch mit dir mitgehen.«

»Nein«, entgegnete Herbert schnell. »Diese Treffen finden immer ohne Damen statt.«

»Was macht ihr denn da?«

»Wir reden. Über Bücher, Politik, Philosophie,

Theater, Musik, über die Universität, über Religion, über die Zukunftsforschung...

»Und da darf ich nicht dabeisein? Schade, das würde mich interessieren.«

Herbert schwieg ein Weilchen. Dann sagte er zögernd: »Nun ja, wenn dir so viel daran liegt, führe ich dich in den Kreis ein.«

Sie spürte sein Widerstreben und sagte gekränkt: »Ist es dir peinlich, dich mit mir zu zeigen?«

»Anna, ich bitte dich!« rief er ärgerlich. »Sag so etwas nicht noch einmal!«

Am nächsten Mittwochabend lernte Anna Herberts Freunde kennen. Sie hatte sich schön gemacht, sie wollte seinen Freunden gefallen.

Das Beisammensein fand in einer großen Altbauwohnung in Frankfurt statt, die vollgestopft war mit Büchern: in Regalen, auf Sesseln, auf dem Fußboden gestapelt, auf den Fensterbrettern hinter dunklen Samtportieren. Es waren fast alles sehr gut aussehende junge Männer, die sich hier versammelt hatten und sich angeregt unterhielten.

Herbert war aufgeregt.

»Warum bist du so nervös?« fragte Anna ihn leise. »Weil ich die einzige Frau hier bin? Mir gefallen deine Freunde, sie gefallen mir alle.«

Er lächelte. »So?«

Ja, sie mochte sie alle, aber bei aller Liebenswürdigkeit, aller Aufmerksamkeit, die Herberts Freunde an den Tag legten, hatte sie doch das Gefühl, daß sie eine unsichtbare Schranke um sich aufbauten.

Sie mögen Herbert! durchfuhr es Anna. Sie bemühen sich um ihn. Mich mögen sie nicht. Ich bin ein

Fremdkörper in diesem Kreis. Ich hätte nicht mitgehen sollen.

Sie fühlte sich deprimiert, wie immer, wenn ihr Ablehnung widerfuhr. Und sie dachte: Ich bin zu alt, ich bin zu alt für Herberts Freunde.

Das hatte sie schon lange nicht mehr gedacht.

Und das Gefühl der Niedergeschlagenheit vertiefte sich noch, als sie einige Tage später zufällig Zeugin eines Gesprächs wurde:

Anna kannte eine ältere Dame in Frankfurt, die sehr vermögend war und in einer großen Villa wohnte. Anna fühlte sich zu ihr hingezogen und war dankbar für die Sympathie und die Gastfreundschaft die Frau Alberti ihr entgegenbrachte.

Es fanden Leseabende in ihrem Haus statt, es wurde musiziert, gegessen, getrunken. Auch Herbert wurde herzlich aufgenommen. Frau Alberti machte ihm sogar den Vorschlag, als Mieter zu ihr in die Villa zu ziehen. Es war eine abgeschlossene Gästewohnung vorhanden.

»Was für ein großzügiger Mensch Frau Alberti doch ist!« sagte Anna zu Herbert. »Ich verehre sie, sie ist mir eine mütterliche Freundin. Sie läßt mich nie spüren, daß wir beide nicht verheiratet sind. Sie denkt jung und modern. Bei einer offiziellen Einladung sagte sie zu mir: ›Ich stelle Sie und Herbert als Mann und Frau vor. Auf diese Weise gehen wir allen dummen Fragen aus dem Weg.‹ – Ich bin sehr froh, daß wir Frau Alberti haben.«

Aber sie war nicht lange froh.

Eines Abends hörte sie, wie Frau Alberti im Nebenzimmer leise zu einer Freundin sagte: »Der arme Herbert! Er tut mir leid. Er verdirbt sich sein ganzes

Leben mit dieser Frau. Er könnte ein junges Mädchen heiraten, Kinder haben, eine Familie gründen, ein normales Leben leben. Das würde auch seiner Karriere förderlich sein. Ich habe Herbert sehr gern, denn er ist ein feiner, kluger Mensch.«

»Und er sieht fabelhaft aus«, sagte die Freundin. »Er könnte unter den Töchtern der besten Kreise wählen, ihm stehen alle Türen offen. Aber das mit dieser Frau hat doch keinen Bestand! Das dauert noch ein paar Monate, bestenfalls ein Jahr, dann kommt er zur Besinnung und zieht sich von ihr zurück...«

»Anna ist eine nette, interessante Frau«, lenkte Frau Alberti ein, »ich habe nichts gegen sie. Nur Herbert tut mir leid! Daß sie nicht von sich aus diese Geschichte beendet! Es gibt doch genug Männer, die altersmäßig zu ihr passen und die ihr eine gesellschaftliche Position bieten könnten. Sie ist so ängstlich mit Herbert, unsicher, sie wagt kaum, ihn irgendwo einzuführen. Wie oft mußte ich sie bitten, bis sie ihn endlich mitbrachte. Sie ist intelligent, hat erwachsene Kinder, sie sollte vernünftig sein, wenn er es schon nicht ist. Sein Getue um sie ist manchmal richtig peinlich, lächerlich.«

»Solange er sie nicht heiratet«, beendete die Freundin das Thema, »brauchen wir uns nicht aufzuregen. Früher oder später ist das vorbei. Das ist doch logisch.«

Ja, das ist logisch! dachte Anna. Auch Frau Alberti nimmt insgeheim Anstoß. Sie sorgt sich um Herbert, nicht um mich. Nur Herbert ist ihr wichtig!

Enttäuscht und unglücklich fuhr Anna nach Buchschlag zurück. Sie erzählte Herbert nichts von diesem Vorfall. Er bereitete gerade einen Prozeß gegen einen Kinderschänder vor, was ihn stark belastete.

Am nächsten Morgen fuhr Anna wieder in die Stadt und betrachtete sich kritisch in den spiegelnden Schaufenstern. Sie war nicht zufrieden mit sich und ihrem Aussehen. Plötzlich hatten Herberts Beteuerungen, sie sei jung und schön, keine Überzeugungskraft mehr. Aber sie wollte jung und schön für ihn aussehen!

Sie überlegte, ob sie sich das Haar kurz schneiden lassen sollte, konnte sich aber nicht dazu entschließen.

Sie betrat ein Geschäft und kaufte sich ein Hemdblusenkleid, blau-weiß gestreift mit frischem Pikeekragen.

»Hübsch sehen Sie darin aus, gnädige Frau! Sehr jugendlich!« schmeichelte die Verkäuferin.

Anna behielt das Kleid gleich an und schlenderte durch die Straßen von Frankfurt. Sie fühlte sich besser. Männer drehten die Köpfe nach ihr um, und das tat ihr wohl.

Zu Hause stellte sie sich vor den Spiegel und probierte eine neue Frisur aus. Sie lockerte ihren Knoten und legte sich eine kokette Welle in die Stirn. Dann malte sie sich die Lippen an und tuschte die Wimpern, was sie sonst nie tat, außer wenn sie ins Theater ging.

Als Herbert am Abend vom Dienst heimkam, öffnete Anna ihm erwartungsvoll die Tür. Er sah sie verwirrt an, dann stieg eine leichte Röte in sein Gesicht. »Warum hast du das gemacht?« fragte er vorwurfsvoll. »Was soll das?« Er küßte sie nicht.

Anna konnte ein Gefühl der Beschämung nicht unterdrücken. Sie ging ins Badezimmer und wusch die Schminke ab.

Da erst nahm er sie in die Arme, und alles schien gut zu sein.

Aber es war nicht gut, es blieb eine kaum spürbare Verstimmung zurück. Zum ersten Mal zog Herbert sich in sich selbst zurück, zum ersten Mal fand Anna keinen Zugang zu ihm. Ja, er war freundlich, höflich, aber es war nicht gut, es war nicht so wie sonst.

Ein mit Herbert befreundeter Arzt hatte einmal gesagt: »Herbert ist seelisch labil. Er mag seinen Beruf nicht. Bisweilen leidet er an Depressionen und starken Kopfschmerzen. . .« Anna hatte das nicht geglaubt, und sie glaubte es auch jetzt nicht.

Sie fuhr früher nach Bad Reichenhall zurück als geplant. Herbert bat sie nicht, zu bleiben.

Unterwegs überfielen sie schwarze Gedanken.

Frau Albertis Worte klangen in ihren Ohren: ›Der arme Herbert! Er verdirbt sich sein ganzes Leben mit dieser Frau. Er könnte heiraten, eine Familie gründen, Kinder haben. . .‹

Sie hat recht! grübelte Anna vor sich hin. Vielleicht zerstöre ich sein Leben. Das will ich nicht, das darf ich nicht. Ja, wenn ich eine Persönlichkeit wäre, eine Schauspielerin, eine Sängerin, eine Malerin oder – eine Schriftstellerin. Dann könnte ich mir eine außergewöhnliche Liebe zugestehen. Dann hätte ich den Mut dazu. Aber so?

›. . .die Geschichte hat doch keinen Bestand! Das dauert bestenfalls ein Jahr, dann kommt er zur Besinnung und zieht sich zurück. . .‹

Vielleicht war er ja schon zur Besinnung gekommen, vielleicht wollte er sich zurückziehen und wagte nicht, es ihr zu sagen? Vielleicht bereute er schon, daß er ihr jemals begegnet war?

›. . .daß Anna nicht von sich aus dieses Verhältnis beendet! Sie sollte vernünftig sein, wenn er es schon nicht ist. . .‹

Ja, dachte Anna, ich muß vernünftig sein, ich bin die ältere, ich trage die Verantwortung.

›. . .es gibt ja genug Männer, die altersmäßig zu ihr passen. . .Peinlich, lächerlich. . .‹

Je weiter Anna fuhr, desto schwärzer wurden ihre Gedanken. Sie empfand ihre Lage als aussichtslos.

Natürlich gibt es Männer, die sich um mich bemühen, dachte sie. Der ›Mächtige‹ zum Beispiel. Und andere. Da lag doch ein Brief zu Hause. Sie hatte ihn schon vor Wochen erhalten und noch nicht beantwortet. . .

Daheim angelangt, kramte sie in ihrer Korrespondenz. Da war er, der Brief. Absender: Traugott von Sadowski, Hamburg. Traugott von Sadowski, Sohn eines Pfarrers, hatte von seiner Großmutter ein Gut in Ostpreußen geerbt. Aber er hatte sich auch als Journalist, Schauspieler und Rundfunkreporter betätigt. Anna hatte ihn damals recht gern gehabt. Er hatte unter Hitler viel leiden müssen. Er war verhaftet worden. Es hatte geheißen, ein Nachbar hätte ihn bei der Gestapo denunziert, weil er sich abfällig über Hitler geäußert hatte. Man hatte aber auch gemunkelt, er sei ein ›Homo‹ und habe einem jungen polnischen Fremdarbeiter erlaubt, in seinem Haus zu baden.

Damals hatte Anna nicht gewußt, was ein ›Homo‹ war. Und als Sadowskis Mutter sie anrief und sie bat, sich für ihren Sohn einzusetzen, indem sie sich als seine Geliebte ausgab, hatte Anna in ihrer großen Unerfahrenheit zugestimmt. Ihr Mann war in Rußland vermißt, ihn konnte sie nicht fragen.

Anna war zum Staatsanwalt gegangen und hatte ihr falsches Geständnis abgelegt. Doch der Staatsanwalt hatte sie ausgelacht. »Damit können Sie Ihrem Freund nicht helfen, gnädige Frau. Erstens glaube ich Ihnen nicht, und zweitens ist Ihr Märchen für den Fall Sadowski völlig unerheblich. . .«

Wie weit das alles zurücklag!

In all den Jahren hatte Anna nur einmal etwas von Sadowski gehört. Martin hatte ihn auf einer Karte aus russischer Gefangenschaft kurz erwähnt. Sie waren im selben Lager gewesen. Das schrieb Sadowski auch in seinem Brief. Er wußte, daß Martin in Rußland gestorben war.

›. . .oft wandern die Gedanken auf verwehten Wegen und begegnen in stummer Zwiesprache den Verstorbenen. Unter den Zahllosen, die während meiner fünf Rußlandjahre aus der Reihe traten und plötzlich nicht mehr da waren, erscheint mir oft Ihr Mann in seiner verläßlichen Kameradschaft. Er besuchte mich im Lazarett des Lagers Oranki und setzte sich zu mir auf meine Pritsche. Er war mir die erste feste Stütze. Nun ruht er schon viele Jahre an einem stillen Ort, der von der Tradition der russischen Kirche geprägt ist.

Ich würde Sie und Ihre Kinder so gern wiedersehen. Ich habe hier ein Theater und beabsichtige, ein Haus an der Alster zu kaufen. Das Haus soll ein kleiner Ersatz für mein Gut Sadrinen sein. Ich würde noch heute zu Fuß zurück in die Heimat laufen, wenn das möglich wäre. Ich habe niemanden mehr auf der Welt. Alle sind tot. Denken Sie manchmal noch daran, wie wir auf Sadrinen zusammen Tennis gespielt haben? Wollen Sie eigentlich für immer in Bad Reichenhall bleiben, oder was haben Sie vor? Demnächst habe ich in München zu tun. Dann werde ich mir erlauben, Sie zu besuchen.

Ich grüße Sie in alter Verehrung...‹

Ein Theater? Ein Haus an der Alster? dachte Anna. Nun ja, er war politisch Verfolgter und war dadurch wohl zu Geld gekommen. Wie gut, daß er die schlimme Zeit in der Strafkompanie und in russischer Gefangenschaft lebend überstanden hatte! Wie alt mag er jetzt sein? grübelte Anna weiter. Zehn Jahre älter als ich ist er bestimmt. Sie versuchte, sein Bild in ihr Gedächtnis zurückzurufen: ein mittelgroßer Mann, breite Schultern, dunkelblondes Haar, Geheimratsecken, dunkelbraune Augen, die – wie bei einem Mongolen – schräg in seinem Gesicht standen.

Anna beschloß, ihm zu schreiben und ihn einzuladen. Gleich!

Sadowski kam sehr bald. Schon eine Woche später stand er vor ihrer Tür. Er war stark gealtert, sein Gesicht war von Leiden gezeichnet, seine Haltung war leicht gebeugt.

Tobias und Berthold waren zufällig da. Sadowski begrüßte sie freudig. Er hatte Tobias als Kind immer besonders gern gehabt.

Sie tranken zusammen Tee, und Sadowski erzählte von der Kriegsgefangenschaft, von Martin: »Euer Vater war den Gefangenen nicht nur ein mustergültiger Arzt, er war ihnen auch seelischer Beistand. Er machte keinen Unterschied zwischen Offizieren und Mannschaften. Er zeigte durch sein Beispiel, wie man mit den Widrigkeiten des Gefangenendaseins fertig wird. Arbeiten, Holzfällen, Theaterspielen, Singen, er brachte uns sogar das Strümpfestricken bei, das er von eurer Mutter gelernt hatte...«

Die Söhne hörten zu. Der Vater! Sie waren ja noch Kinder gewesen, als der Vater zum letzten Mal in Urlaub war.

Sadowski fragte nach Katharina, es wurde eine lebhafte Unterhaltung.

Nach einer Weile verabschiedeten Tobias und Berthold sich, weil sie mit Freunden verabredet waren.

»Kommen Sie recht bald wieder, Herr von Sadowski«, bat Tobias. »Wir möchten noch viel mehr von unserem Vater wissen.«

Anna wunderte sich, daß Tobias, der sonst so zurückhaltend war, Sadowski zum Wiederkommen einlud.

Dann waren sie allein.

»Frau Anna, Sie haben sich kaum verändert«, setzte Sadowski die Unterhaltung fort. »Immer noch diese glatte, reine Haut.«

»Das kommt von der Buttermilch, die wir immer trinken«, erwiderte Anna.

Er lachte. Zum ersten Mal lachte er laut auf. »Buttermilch? Auf den Gütern in Ostpreußen bekamen die Jungschweine Buttermilch.«

Nun lachten sie beide.

»Ich habe Sie immer sehr verehrt, Frau Anna«, fuhr er fort.

»Das wußte ich nicht, Traugott...«

Er wechselte das Thema und erzählte von seinem Theater. »Ich habe in Hamburg einen Kreis von Menschen, die Ihnen gefallen würden, Frau Anna. Maler, Schauspieler, Sänger, Wissenschaftler. Wie damals der Kreis in Nidden. Haben Sie noch Verbindung mit den Freunden von früher? Wo sind sie alle geblieben?«

»Der Maler Karl ist in Berlin.« Anna deutete auf die Wand. »Da! Das Bild mit den Treitelkähnen hat er mir geschickt. Ich war zu Tränen gerührt.«

Er legte die Hand auf ihren Arm. »Ich schreibe an einem Buch, Frau Anna. Es hat noch keinen Titel. Es soll von Kunst, Kultur, Rittergütern und Bauernhöfen in einem versunkenen Land handeln.«

»Sie schreiben an einem Buch, Traugott?« rief Anna. »Das finde ich wunderbar. Ich habe nämlich auch begonnen, mein Leben aufzuzeichnen, verfremdet, als Roman. Aber es fällt mir schwer. Ich brauche einen Menschen, mit dem ich darüber sprechen kann, der Ostpreußen so gekannt hat wie ich. Ich bin auch bestimmt stilistisch nicht so gewandt wie Sie, nicht so gebildet.«

»Schade, daß Sie nicht in Hamburg wohnen, Frau Anna! Dort könnten wir zusammen arbeiten, uns gegenseitig helfen. Ich habe zwar einen großen Bekanntenkreis, wie ich bereits sagte, aber im Grunde ist man einsam, heimatlos.« Der leidende Ausdruck seines Gesichts vertiefte sich.

Anna sah, daß er trauerte, trauerte um Ostpreußen, um Sadrinen, die verlorene Heimat. Und so begann sie, ihm von sich zu erzählen, von ihrer Arbeit und den Kindern.

Am Abend lud sie ihn ein, mit ihr ein Konzert im Kurhaus zu besuchen. Auch in Königsberg hatte er sie manchmal zu Symphoniekonzerten begleitet – es war wie in alten Zeiten.

Auf dem Heimweg nahm er ihren Arm und sagte stockend: »Frau Anna, ich bin hergekommen, um Ihnen einen Vorschlag zu machen. Ihre Söhne könnten doch auch in Hamburg studieren. Mein Haus ist groß, da ist für alle Platz. Und ich brauche eine Frau, die meinem Haus vorsteht, meine Gäste empfängt. . .eine Lebensgefährtin sozusagen. Eine Frau wie Sie, Frau Anna! Wir beide und Ihre Söhne könnten doch zusammenleben. Wir haben vieles gemeinsam aus der Vergangenheit, und wir würden Gemeinsamkeiten für die Zukunft finden. Die Bücher, die wir schreiben, Freunde sein, liebe, gute Freunde. Eine Freundschaft, die tief im Menschlichen wurzelt, die jedem Freiheit läßt, eine Freundschaft ohne Eifersucht. . .«

Anna schwieg.

»Gibt es schon jemand in Ihrem Leben?« fragte er leise.

Anna zögerte kurz, dann antwortete sie: »Nein.«

»Überlegen Sie es sich, Anna. Und wenn Sie zu einem Entschluß gekommen sind, schreiben Sie mir. Es war schön mit Ihnen und Ihren Söhnen. Ich habe schon lange nicht mehr so herzlich gelacht.

Dabei glaubte ich schon, das Lachen verlernt zu haben.« Als sie vor ihrer Haustür angelangt waren, küßte er ihre Hand. »Auf Wiedersehen, Anna. Und danke auch für den schönen Abend.«

»Auf Wiedersehen, Traugott. Kommen Sie bald wieder!«

## 11.

Anna ging ins Haus.

Das Schicksal bietet mir eine Chance! dachte sie. Hamburg, das Haus an der Alster, schreiben können, den Roman fertigstellen, Gefährtin eines Theatermannes sein, Freundschaft, Toleranz, Respekt...

Sie stand in der Halle, schreckte zusammen, weil das Telefon klingelte.

So spät rief noch jemand an? Das würde doch nicht etwa Herbert sein? Er wußte doch, daß Roons so späte Anrufe nicht wünschten.

Sie nahm den Hörer ab. »Hier bei Roon«, flüsterte sie.

Es war tatsächlich Herbert. »Anna, ich habe eine Überraschung für dich. Eine Wohnung! Ich habe in der Süddeutschen Zeitung eine Anzeige gefunden: ›Suche kleine Wohnung in Bad Reichenhall oder Umgebung, biete große Wohnung in München-Schwabing.‹ – Ich bin hingefahren und habe mir die Gegend genau angesehen. Ich weiß ja, daß du Sonne und Himmel brauchst. Außerdem wollte ich feststellen, ob die Straße nicht zu laut ist. Es ist eine große Altbauwohnung mit vielen Nebenräumen. Und die Miete ist tragbar. Vierter Stock, sechs Zimmer, Etagenheizung. Das sind die Vorteile. Nun kommen einige wenige Nachteile: Kein Lift! Die Kohlen müssen aus dem Keller raufgeholt werden. Die Wohnung liegt nach Norden. Aber die große Wohnküche nach Süden. Du mußt die Wohnung nehmen, Anna! Dann bin ich immer zwei Stunden früher bei dir und kann eine Nacht länger bleiben. Ich kann bei dir wohnen und muß nicht ins Hotel gehen. Außerdem ist es eine Geldfrage. Du kannst nicht zwei Söhne in einer anderen Stadt studieren lassen. Das schaffst du finanziell nicht. Du hast München doch schon immer gemocht: die vielen Museen, Oper, Theater, Konzerte, die Plätze mit den Brunnen, den Englischen Garten! Und vor allem ist es eine Großstadt, in der nicht jeder jeden kennt. Wir können uns dort unbeobachtet fühlen. Ach, Anna, es ist mir in der letzten Zeit gar nicht gutgegangen. Entschuldige, wenn ich das sage, aber es war alles ein bißchen zuviel in letzter Zeit. Für die Wohnung ist übrigens leider ein Baukostenzuschuß und eine Ablösung für einige Dinge zu zahlen, insgesamt etwa viertausend Mark. Aber das schaffst du schon, und es ist doch eine schöne Aufgabe für dich, die Wohnung einzurichten, das macht dir doch Freude, nicht wahr?«

Er redete wie ein Wasserfall, was Anna gar nicht von ihm gewohnt war.

Endlich konnte sie ihn unterbrechen: »Das kostet doch alles viel zuviel Geld! Baukostenzuschuß, Ablösung, Umzug, Möbel für die vielen Zimmer und. . .«

»Es wird schon irgendwie gehen«, sagte er zuversichtlich. »Dann hast du auch endlich ein eigenes Telefon. Ich kann dich dann anrufen, wann ich will, ohne Rücksicht auf die Roons. Diese unwürdige Heimlichtuerei hat ein Ende.«

Er freute sich so, er war stolz auf seine Entdekkung, und es war ja auch rührend, daß er extra nach München gefahren war und sich das Haus und die Gegend eingehend angesehen hatte.

»Wir treffen uns am Sonntag in München, und ich zeige dir alles, ja? Ich schreib' dir noch. Gute Nacht, Anna. Ich liebe dich, vergiß mich nicht!«

»Du bist sehr lieb, Herbert!« sagte Anna und legte auf.

Dann stieg sie langsam die Treppe zu ihrer Wohnung hoch. Ihr Blick fiel auf den zusammengerollten Bogen, den sie in der Hand hielt. Das Programm für das Konzert, das sie mit Traugott von Sadowski besucht hatte.

Sadowski? Sadowski – das bedeutete einen leichteren Weg. Aber sie konnte diesen Weg nicht gehen. Sie würde nicht in dem Haus an der Alster wohnen. Sie hatte sich entschieden: für Herbert.

Sie würde Sadowski schreiben und dabei auch Herbert erwähnen. Schon am nächsten Morgen tat sie das dann auch.

Und Sadowski rief an und sagte: »Ich verstehe Sie, liebe Anna. Ich bleibe Ihr Freund, wenn Sie es mir gestatten. Ich hoffe, bei meinem nächsten Besuch Ihren Herbert kennenzulernen. . .«

Am nächsten Sonntag traf sich Anna mit Herbert in München.

Es war ein sonniger Herbsttag. Weiße Föhnwölkchen fächerten sich am blauen Himmel auf. Das Oktoberfest hatte begonnen. Geschmückte Pferdegespanne zogen blumenumkränzte Wagen mit Bierfässern durch die Straßen dem Festplatz zu. Männer und Frauen in Tracht, grüne Hüte mit weißem Adlerflaum oder Gamsbart, bestickte Lederhosen, weiße Kniestrümpfe mit Zopfmuster, kostbare Festdirndl, unter deren Saum die weißen Spitzen der Unterröcke blitzten. Blaskapellen schmetterten, die Burschen stießen helle jodelnde Juchzer aus und winkten den Leuten zu, die den Straßenrand säumten. Die Stadt schien von lustvoller Fröhlichkeit überzuschäumen.

In Schwabing hingegen war es still. Das im Jugendstil erbaute Haus lag in der Hohenzollernstraße. Große Ahornbäume reckten sich bis zum Dach hinauf. Ihr Laub verfärbte sich schon. »Das ist also Schwabing, das Künstlerviertel!« sagte Anna. »Hier gefällt es mir. Hier möchte ich leben.«

Herbert lachte. »Ich wußte es!«

Herbert legte den Kopf in den Nacken und reckte den Arm. »In der obersten Etage liegt die Wohnung. Im Krieg wurde das Haus von Bomben beschädigt und brannte bis zum zweiten Stock aus. Man hat es wieder aufgebaut. Deshalb der Baukostenzuschuß.«

Sie öffneten die schwere Holztür, in die ein Künstler vor vielen Jahren Engelchen geschnitzt hatte, die Girlanden aus Blumen und Früchten in den Händen hielten.

Dann traten sie ein, und Anna war wie geblendet: Helles Sonnenlicht flutete durch das Glasdach in das ganze Treppenhaus. Die Stufen aus Parkett, mit Stahlspänen gescheuert und blank gebohnert.

Und dann die Wohnung! Die Größe der Zimmer, ihr Zuschnitt beeindruckten Anna. Für die Dielen war altes Holz verwendet worden, sie knarrten unter ihren Schritten.

Das ist unsere Wohnung! dachte Anna. Sie sorgte sich nicht mehr um das Geld, sie ärgerte sich auch nicht, daß sie für Dinge, die sie eigentlich gar nicht brauchte, eine Ablösung zahlen mußte. In Gedanken richtete sie bereits die Wohnung ein. Sie sah sie schon vor sich mit weißen Wänden, braunen Balken, Gardinen aus sonnengelbem Stoff in den Nordzimmern, mit Farben, Bildern, mit einem kleinen Garten aus dem Schrägdach, in dem zu jeder Jahreszeit Pflanzen grünten, Zittergras und Küchenkräuter. . .Sie war voller Pläne.

Erst als sie sich von Herbert verabschiedet hatte und nach Reichenhall zurückfuhr, wurde ihr bewußt, daß sie im Begriff war, sich auf ein finanzielles Abenteuer einzulassen. Aber der Wechsel in die Universitätsstadt mußte sein. Bis zum Anfang des Wintersemesters würde sie es geschafft haben.

Nach Katharinas Hochzeit hatte sie sich geschworen, nie mehr ein Darlehen aufzunehmen. Sie hatte die Gänge zur Bank gehaßt. Aber nun konnte sie ihren Schwur nicht mehr halten.

Und dann begannen die Arbeit und die Freude.

Anna hatte besondere Vorstellungen von ihren Möbeln. Sie machte Entwürfe, Zeichnungen, die sie den Handwerkern vorlegte. Und sie fand Handwerker, die auf ihre Wünsche eingingen. Für die Betten ließ sie beim Dorfschreiner flache Rahmen aus hellem Kirschbaumholz anfertigen.

Der Meister schüttelte den Kopf. »Mei, Frau Ritter, was haben Sie da für Maße aufgeschrieben? Die stimmen doch nicht!«

»Die stimmen schon!« widersprach Anna. »Das sind Anderthalbschläfer. So sind die Betten in Frankreich, und die sollen meine Buben haben, damit auch mal ein Mädchen bei ihnen sein kann.«

Der Meister lachte schallend. »Frau Ritter, Sie sind ja wie ausgewechselt.«

Ja, Anna war wie ausgewechselt, übermütig, voller Tatkraft und Mut. Sie studierte die Inserate in der Zeitung, in denen alte Möbel angeboten wurden, kaufte preiswert einen Damenschreibtisch, frühes Biedermeier. Sie stöberte bei den Trödlern herum, erwarb alte beschädigte und verschmutzte Tische, Stühle, Kommoden, die sie säuberte und restaurierte. Sie war glücklich. Sie wollte schöne Dinge um sich haben, wenige, aber schöne Dinge.

»Weißt du, wem du ähnlich bist, Mutti?« fragte Katharina am Telefon, als Anna ihr begeistert berichtete. »Sebastian! Der macht auch alles selbst, der bestimmt, was Schönheit ist, der denkt nicht ans Geld, wenn er eine Idee hat. . .«

Der Umzug war eine Strapaze. Sie kamen nachts in München an, weil der Möbelspediteur keinen anderen Termin frei hatte.

Berthold kam aus Traunreut, um der Mutter zu helfen. Tobias konnte nicht kommen. Er zählte Bäume für die Forstverwaltung, hoch im Gebirge, um Geld zu verdienen.

»Ja, ja«, spöttelte Berthold, »der Herr Baron Tobias, der erscheint erst, wenn der Palast fertig ist. Wir dürfen schuften.«

»Tobias arbeitet doch auch«, beschwichtigte Anna ihn. »Wenn er gekonnt hätte, wäre er gekommen.«

Berthold mußte auch schon am nächsten Morgen nach Traunreut zurück.

Anna war nun allein in der großen Wohnung, und plötzlich fragte sie sich: War es richtig, was ich da gemacht habe? Alles aufzugeben in Bad Reichenhall, wo die Kinder herangewachsen sind und Freunde gewonnen haben? Reichenhall, das mir mit seinen Bergen, Wiesen, Wäldern so ans Herz gewachsen ist. Hier kenne ich keinen Menschen.

Das Klingeln der Türglocke schreckte sie aus ihren Gedanken. Anna wollte zunächst gar nicht öffnen, weil sie sich ängstigte. Es läutete ein zweites Mal.

Es war der Postbote, er brachte einen Eilbrief. Von Herbert. Ein kurzer, zärtlicher Brief, als Willkommensgruß in der neuen Wohnung.

Anna wurde es leichter ums Herz. Sie war nicht allein, Herbert war bei ihr mit seinen Gedanken, mit seiner Liebe...

Schwabing machte auf Anna den Eindruck einer Kleinstadt. Die Leute kannten sich, grüßten, sprachen miteinander. Auf einem Platz waren unter Bäumen Stühle und Tische aufgestellt. Sie gehörten zu dem italienischen Café San Marco.

Anna setzte sich, bestellte einen Milchkaffee und kam sich wie eine Urlauberin vor. Sie betrachtete die Menschen, die um sie herumsaßen. Ältere Leute, junge Paare, Studenten, die in einem Buch lasen oder schrieben. Kinder liefen vorbei, den Schulranzen auf dem Rücken, Frauen mit Einkaufstaschen.

San Marco wurde Annas Stammcafé. Sie kaufte sich ein neues blaues Schulheft, und dann saß sie an einem Tisch und trug ihre Gedanken ein. Oder sie schrieb an Herbert, während herbstrote Blätter von den Ahornbäumen rieselten. Sie schrieb von den Geschäften, den Boutiquen, erzählte ihm, daß sie Plakate gefunden hatte mit Reproduktionen von Chagall, Matisse und Picasso, die sie an die Wände geheftet hatte, damit sie mit ihren leuchtenden Farben die Zimmer verschönerten. Auch daß sie die altmodische hochbeinige Badewanne von außen mit hummerfarbener Ölfarbe angestrichen und den Fußboden dazu weiß lackiert hatte, berichtete sie Herbert.

›Ach, wenn Du hier wärst! Mit Dir Schwabing entdecken, durch die Leopoldstraße mit ihren Pappelreihen bummeln und die Brunnen vor der Universität bewundern. Und das Siegestor! Ich möchte gern mehr über das Bauwerk wissen. Wer es gebaut hat und warum. Du weißt das sicher. Ich will mir ein Vorlesungsverzeichnis für Kunstgeschichte besorgen. Du siehst, Herbert, ich schreibe Dir einfach, was mir in den Sinn kommt, denn ich kenne ja noch niemand hier, mit dem ich sprechen könnte.‹

Anna schrieb viel. Von ihren Sorgen schrieb sie nicht. Sie hatte Geldsorgen. Sie rechnete hin und her, aber ihre monatlichen Ausgaben überstiegen ihre Pension. Dazu die Bankschulden, die Studiengebühren für ihre Söhne, Telefon, der Kohlenvorrat für den Winter mußte bestellt werden, die Stromrechnung, die Anschaffungen, die Handwerker und... und... und...

Sie würde Studenten aufnehmen, zwei Zimmer vermieten müssen. Warum konnte Herbert eigentlich nicht seinen Beruf in München ausüben? Bei ihr wohnen? Seine Miete an sie zahlen statt in Buchschlag an fremde Leute?

Sie hatte Herbert schon gefragt, aber er hatte immer gesagt, es sei unmöglich. Anna konnte das nicht glauben.

Wer konnte ihr in dieser Angelegenheit raten? Es gab nur einen einzigen Menschen, mit dem sie dieses Problem besprechen konnte: den ›Mächtigen‹.

Sie suchte ihn auf, und er empfing sie sofort, nachdem seine Vorzimmerdame sie angemeldet hatte. Er kam ihr mit ausgestreckten Armen entgegen. Seine kleinen schlauen Augen glitzerten. »Grüß Gott, schöne Frau! Welch eine Überraschung!« Er ergriff ihre beiden Hände und hielt sie fest. »Wie geht es Ihnen? Sie haben mich lange warten lassen.«

Anna erzählte von ihrem Umzug nach München, von Katharinas Hochzeit, vom Studium der Söhne.

»Sie sehen blühend aus!« sagte er.

Anna wurde rot. Immer wurde sie rot, wenn sie mit dem ›Mächtigen‹ sprach.

Er lachte über ihre Verlegenheit und fuhr dann fort: »Ich habe oft an Sie gedacht.«

»Ich auch an Sie«, sagte Anna.

Das war gelogen. Sie hatte ihn nur aus ihrem Gedächtnis hervorgeholt, weil sie sich von ihm Hilfe erhoffte.

Er ahnte es. »Na, wo drückt Sie der Schuh?« fragte er.

»Es ist so...«, setzte Anna an, »ich komme wegen der Europa-Union...Könnte ich auch hier in München dafür arbeiten?«

»Na, na«, sagte er zweifelnd, »deshalb sind Sie doch nicht gekommen, oder?« Er ließ sich nicht täuschen.

»Also«, setzte Anna erneut an, »meine Söhne und ich kennen einen jungen Mann, der Assessor bei der Staatsanwaltschaft in Frankfurt ist. Er würde gern in München arbeiten. Er ist mit uns – mit meinen Söhnen – eng befreundet und hat keine Angehörigen mehr. Wäre ein Wechsel hier nach Bayern möglich?«

Der ›Mächtige‹ lächelte wissend. »Ist der junge Mann Flüchtling?«

»Nein, er ist Hesse...«

»So, so, dann ist es praktisch ausgeschlossen, liebe Frau Ritter. Es sei denn...« Der ›Mächtige‹ legte eine kleine Pause ein, wobei er Anna unverwandt in die Augen sah, »...es sei denn, daß einer von unseren Assessoren unbedingt nach Frankfurt will, weil er dort ein Mädchen hat.«

Anna fühlte sich durchschaut. Wieder stieg ihr das Blut in die Wangen.

Der ›Mächtige‹ lachte wieder.

Sie drängte ihn nicht weiter. »Vielen Dank, Herr Lachner! Entschuldigen Sie, daß ich Sie belästigt habe.«

»Ich fühle mich überhaupt nicht belästigt. Das wissen Sie auch genau.« Er begleitete sie zur Tür. »Kommen Sie einmal wieder. Ich möchte Sie nicht aus den Augen verlieren. Ich bin ein geduldiger Mann.«

»Ich komme gern«, antwortete Anna verwirrt.

»Versprochen?«

»Versprochen!«

Er küßte ihr die Hand.

Auf dem Heimweg glaubte sie immer noch, die warmen Männerlippen auf ihrer Haut zu spüren. Der ›Mächtige‹ ist ein gefährlicher Mann, dachte sie. Ihm könnte ich erliegen, wenn die Umstände anders wären. Damals in Frankfurt war ich noch nicht soweit. Aber jetzt? Er macht mich neugierig, er weckt Gefühle in mir, die ich nicht haben dürfte. Ich kann es mir nicht erklären. Eine Nacht mit dem ›Mächtigen‹? Nicht aus Berechnung! Er ist nicht schön, er ist nicht jung, aber er ist eine Versuchung für mich. Das hat nichts mit meiner Liebe zu Herbert zu tun, das nimmt nichts von ihr weg. . .›Schäm dich, Anna!‹ ermahnte sie sich dann selbst.

In der Veterinärstraße entdeckte sie ein Schild am Eingang eines Hauses: ›Zimmervermittlung. Nur für Studenten.‹

Anna fielen ihre Probleme ein. Sie ging in das Haus, fand das Büro und bot zwei Zimmer an.

Noch am selben Abend erschienen zwei junge nette Studenten bei ihr. Ausländer mit olivfarbener Haut. Erstsemester. Sie sprachen nur gebrochen Deutsch. Es waren Perser, und sie hatten Namen wie aus ›Tausend und eine Nacht‹: Tuna Tari und Subutai.

Anna zeigte ihnen die Zimmer und das Duschbad mit der Toilette und nannte die Bedingungen: Mädchenbesuche nur am Nachmittag, Sauberkeit, Rücksichtnahme. »Ich habe Söhne in Ihrem Alter, von denen ich das gleiche erwarte. Das Frühstück können Sie sich in der Küche selbst zubereiten, oder ich mache es Ihnen. Die Betten müssen Sie selbst machen.«

Sie waren mit allem einverstanden. Auch mit dem Mietpreis, den Anna hoch angesetzt hatte. Aber sie war noch unschlüssig. Sie wollte erst mit Berthold sprechen. Tuna Tari und Subutai waren die ersten Orientalen, mit denen sie in Berührung kam. »Kommen Sie bitte morgen früh noch einmal vorbei. Dann sehen wir weiter.«

Sie lächelten schüchtern und verließen mit einem fast demütigen Kopfnicken die Wohnung.

»Haben Sie viel Gepäck?« rief Anna noch hinter ihnen her.

»Nein!« beteuerten sie zweistimmig.

Anna sah ihnen nach, wie sie bemüht leise die Treppen hinuntergingen. Sie waren offensichtlich bestrebt, den besten Eindruck zu machen.

Und dann fand Anna zu ihrem Schrecken einen Hundertmarkschein auf ihrem Sekretär. Die Perser hatten ihn heimlich hingelegt. Als Anzahlung? Als Bestechung?

Am nächsten Morgen sagte Anna ihnen zu, und sie zogen gleich ein. Zunächst mit kleinem Gepäck. Die großen Koffer holten sie erst später, nachdem sie sicher waren, daß sie wirklich bleiben durften.

Es waren nette Burschen, und sie gehörten bald zur Familie.

»Eine große Familie hast du«, sagte Herbert, als er zu Besuch kam. »Vier junge Männer!« Er bewunderte die Wohnung. »Wie hast du das nur geschafft? Schön ist es hier!«

»Es fehlt noch viel«, meinte Anna, »ein paar Teppiche, alte Spiegel, Lampen, ein bißchen Luxus. Für dich habe ich als Gästezimmer einen kleinen Raum eingerichtet. Eigentlich gehört er Berthold.«

»Aha!« lachte er. »Das Dienstbotenzimmer.«

Sie feierten ihr Wiedersehen mit einer Flasche Wein. Herbert hatte seine Geige mitgebracht und spielte Annas Lieblingsstücke. Sie schmiedete Pläne für den Sonntag: durch den Englischen Garten wandern, vom Monopterus aus über die Stadt schauen und den Friedensengel golden in der Ferne leuchten sehen, Kirchen besuchen oder eine Gemäldeausstellung, vielleicht ergatterten sie Theaterkarten...

»Langsam, langsam«, unterbrach er sie. »Du willst zu viel auf einmal. Laß dir Zeit! Wir wollen einfach nur glücklich sein.«

Und sie waren glücklich. Sie verlebten einen schönen Sonntag. Herbert hatte am Montag in aller Frühe abreisen wollen, aber er bekam in der Nacht hohes Fieber.

Anna mußte einen Arzt rufen, der eine schwere Virusgrippe feststellte. »Und außerdem hat Herr Pauli ein Herzleiden, vermutlich von Kindheit an. Er kann zwar alt damit werden, wenn er vernünftig lebt, aber er muß sich schonen.«

»Ein Herzleiden?« wiederholte Anna bestürzt. »Das wußte ich nicht.«

»Am besten wäre es, wir brächten ihn ins Krankenhaus«, fuhr der Arzt fort. »Aber er sagte mir, er sei noch nicht Beamter und nicht versichert. Wollen Sie ihn hier behalten und pflegen? Es könnte lange dauern. . .«

Es dauerte zwei Monate. Herbert erholte sich nur langsam. Es waren Monate voller Mühsal für Anna. Es war nicht nur die zusätzliche Arbeit – das Geld reichte nicht. Aber sie brachte es nicht übers Herz, mit Herbert über die Ausgaben zu sprechen, die seine Krankheit verursachte.

Auch Berthold wurde der kranke Gast in seinem Zimmer allmählich zur Last. »Wie lange bleibt er denn noch da?« fragte er unwirsch. »Ich habe mich so darauf gefreut, ein eigenes Zimmer zu haben. Ich habe es satt, auf der Couch im Wohnzimmer zu schlafen.«

Es war eine schlimme Zeit. Aber Anna hatte sich entschieden, sie liebte Herbert.

Jeden Morgen las sie die Stellenangebote in der Zeitung. Sie suchte eine Arbeit, die sie neben ihren häuslichen Pflichten ausüben konnte, ohne daß ihre Söhne, Herbert oder die Perser etwas davon bemerkten.

Und sie fand Arbeit: Sie sprang in einem Verlag für den Fahrer ein, der einen Unfall gehabt hatte. Sie wusch Autos in einer Garage, sie reiste zweimal in der Woche durch die umliegenden Dörfer und führte in Gasthöfen Dampfkochtöpfe vor.

Es gelang ihr, ihre Familie zu täuschen. Sie glaubten Annas Ausreden: »Ihr wißt ja, daß ich einen alten Bekannten aus Königsberg getroffen habe, Professor Worringer. Ich war in der Uni als Gasthörerin in seiner Vorlesung... Ich habe meine Freundin Sibylle von Enkendorf in Garmisch besucht...Ich war bei einem Treffen ostpreußischer Ärzte...Ich muß nach Bad Reichenhall zum Gemeindeamt.«

Als Werbedame für Dampfkochtöpfe versagte Anna jedoch. Sie brachte es nicht fertig, auf die Leute einzureden, bis sie einen kauften, und so gelangen ihr nur wenige Abschlüsse.

Schließlich war Herbert endlich wieder gesund.

Am Tag vor seiner Abreise brachte der Postbote ein Einschreiben: Herberts Bestallung als Staatsanwalt. Jetzt war er Beamter auf Lebenszeit.

»Ich danke dir, Anna!« sagte er. »Wie kann ich das jemals wiedergutmachen?«

»Das brauchst du nicht, Herbert. Die Hauptsache ist, daß du wieder gesund bist.«

»Ich liebe dich, Anna! Du bist wirklich mein Engel, mein Schutzengel.«

Sie lächelte. Sie hatte sich entschieden.

## 12.

Sie hatte sich entschieden, und dabei blieb es. Die Zeit verging. Die Jungen studierten und hatten ihre Liebesaffären. Katharina und Sebastian arbeiteten weiter hart, und der Erfolg blieb ihnen treu.

Annas finanzielle Lage besserte sich. Auch der Roman in dem blauen Schulheft machte Fortschritte. Sie las Herbert daraus vor, wenn er bei ihr in München oder sie bei ihm in Buchschlag war.

In München fühlte Anna sich jedoch am wohlsten. München wurde ihre Stadt. Sie kannte alle Museen, die Theater, die Oper und all die ganzen kulturellen Schätze.

Sadowski besuchte sie, der Maler Karl, und Anna war ihnen eine gute Fremdenführerin.

Ihre Söhne spielten Tennis in einem Klub, in dem Anna neue Menschen kennenlernte. Sie nahm die alte Freundschaft mit Professor Worringer wieder auf.

Ruhe schien in Annas Leben einzukehren, und sie genoß das Gleichmaß ihrer Tage.

Jedes Wiedersehen mit Herbert war ein Fest. Wenn sie in Buchschlag war, gingen sie tanzen, nach Bad Homburg in die Tennis-Bar. In München tanzten sie zu Hause nach Schallplattenmusik. Die Trennung fiel ihnen jedesmal unsäglich schwer. Herbert schob den Abschied immer bis zur letzten Minute hinaus, und dann rasten sie zum Bahnhof; das war immer ein Montag, immer die frühe feuchte Morgendämmerung des Montags.

Es gab auch Streit.

Anna fand, daß Herbert zu wenig Interesse für ihren Roman zeigte. Er lobte sie, wenn sie ihm vorlas, aber das genügte ihr nicht. »Du willst mir nicht helfen«, schimpfte sie. »Du könntest es, aber du willst nicht. Wenn du im Gericht auch so lässig bist, wirst du nie befördert werden. Ich weiß, daß du ein ausgezeichneter Jurist bist. . .«

»Aber ich bin es ungern«, unterbrach er sie. »Ich weiß, du mit deinem Ehrgeiz möchtest am liebsten, daß ich Justizminister werde, möglichst schon morgen, damit du stolz auf mich sein kannst. Ich bin kein Erfolgsmensch, und ich leide auch nicht darunter. Die Karriere ist nicht mein Leben. Ich bin froh, wenn ich die Aktenberge nicht sehen muß. Ich brauche nicht viel. Meine Geige, meine Bücher, meine ganze Habe paßt in einen Koffer. Ich bin anders als du, du mußt mich nehmen, wie ich bin. Du bist eine Frau, die immer tätig sein muß. Kaum hast du etwas erreicht, sinnst du auf etwas Neues. Schreibe, wenn es dir Freude macht, aber denke dabei nicht an Erfolg. Und treib mich nicht an, Anna! Ich will Freude mit dir haben, Freude. Hol das blaue Schulheft nicht zu oft heraus, wenn ich bei dir bin.«

»Ich entdecke immer neue Seiten an dir, Herbert«, sagte sie.

»Ja, es braucht Zeit, bis man sich richtig kennenlernt«, meinte er.

Solche Debatten hatten sie häufig. Er begriff nicht, daß Anna ein Ziel brauchte, daß es sie drängte, etwas zu schaffen, daß sie ein Buch schreiben wollte und vieles mehr.

Auf Reisen war Herbert glücklich und unternehmungslustig. Dann blühte er förmlich auf.

Im Frühjahr planten sie wieder eine Reise. Nach Italien. Anna erzählte Katharina davon, als sie in Buchschlag war, und Katharina sagte: »Das freut mich für euch beide. Ich freue mich auch auf diesen Sommer, auf unseren Urlaub in Salzburg. Wir haben uns eine kleine Wohnung gemietet, direkt an der Salzach. Ich habe mich in der Akademie bei Kokoschka angemeldet. Und Sebastian? Ach, Mutti, Sebastian ist ein Genie. . .«

»Das weiß ich nun schon«, sagte Anna. Sie sah ihre Tochter an. Wie schön und fröhlich sie war! Voller Hoffnung für die Zukunft!

»Weißt du, Mutti«, fuhr Katharina fort, »noch nie habe ich das Erwachen der Natur und das Blühen der Blumen so bewußt und intensiv erlebt wie heuer. Es ist alles so schön! Jetzt sind wir bald vier Jahre verheiratet. Sebastian hat ein Grundstück im alten Teil von Buchschlag gekauft, auf dem wir einen Bungalow bauen wollen. Wir haben die Pläne schon gezeichnet. Bis zum Winter soll er fertig sein, dann ziehen wir ein. Auf eigenem Grund und Boden werden unsere Kinder aufwachsen. Ja, Mutti, wir denken jetzt an Kinder. Übrigens malt Sebastian in letzter Zeit viel, er hat ein surrealistisches Frauenbildnis in Arbeit. Ich glaube an Sebastian, ich habe immer an ihn geglaubt, felsenfest. Und Inga denkt genauso.«

»Wer ist Inga?« fragte Anna.

»Unsere Assistentin«, berichtete Katharina, »sie ist jung, hübsch, intelligent, tüchtig. Ich habe sie gern. Auch Sebastian versteht sich sehr gut mit ihr.«

»Bist du da nicht eifersüchtig?« fragte Anna erstaunt.

»Mutter, ich bitte dich!« wehrte Katharina ab. »Wo denkst du hin? Eifersucht ist im Grunde reinster Egoismus, und sie ist zerstörerisch. Liebe ist so zerbrechlich, wird so leicht geschädigt, man muß sie pflegen, sie nicht kränken, behutsam mit ihr umgehen. Kein Mensch ist des anderen Eigentum. . .«

Sie sagte noch mehr weise Sätze, und Anna hörte ihr zu.

»Du bist reifer als ich, Katharina«, sagte sie

schließlich. »Aber das bist du wohl immer gewesen.«

Das muß ich Herbert erzählen, dachte Anna, als sie zu seiner Wohnung zurückging.

Aber Herbert war nicht da. Sie schaute auf die Uhr. Er hatte sich verspätet. Sie wartete zehn Minuten, dann ging sie ihm entgegen. Kein Herbert! Sie wanderte weiter in die Richtung, aus der er kommen mußte.

Unruhe erfaßte sie.

War etwas passiert? War er womöglich wieder krank geworden? Hatte er seinen stillen, schweren Tag, weil er eine Anklage vertreten mußte, die ihm zuwider war, oder weil ihm eine Straftat zu geringfügig erschien, um dafür einen Menschen zu verurteilen und sein Leben zu ruinieren?

Anna ging an einem hellerleuchteten Café vorüber, schaute flüchtig durch die große Scheibe, und – da sah sie ihn. Er saß an einem Fenstertisch, und ihm gegenüber saß eine junge, schöne Frau. Sie hatte sich über den Tisch gebeugt, ihr Kopf war nahe an dem seinen, und sie sprach eifrig auf ihn ein, wobei sie die beringte Hand auf seinen Arm legte.

Die Unterhaltung wirkte angeregt, vertraulich. Und Herbert lachte!

Die Frau war ein ganz anderer Typ als Anna, schwarzhaarig, dunkeläugig, elegant, mondän. Sie gestikulierte temperamentvoll und entblößte beim Lachen weiße ebenmäßige Zähne.

Fassungslos starrte Anna auf die beiden, ihr Herz klopfte laut, wie eine heiße Welle stieg Eifersucht in ihr auf. Herbert bemerkte Anna nicht.

Und sie machte sich nicht bemerkbar. Sie ging nach Hause. Dort setzte sie sich und versuchte nachzudenken. Sie nahm sich fest vor, Herbert keine Szene zu machen. Sie rief sich Katharinas Worte ins Gedächtnis: Eifersucht ist reinster Egoismus. . .Man muß die Liebe behutsam behandeln, sie nicht kränken. . .Liebe ist so zerbrechlich. . .Aber all die weisen Worte halfen Anna nicht. In ihr tobte ein ohnmächtiger Schmerz, den Liebe zufügt, wenn sie sich verraten wähnt.

Betrog Herbert sie? Hatte er ein Abenteuer? Gab es zwischen ihm und dieser schönen Frau eine starke erotische Anziehung? So etwas kam vor. Aber bei Herbert hätte sie eine Treulosigkeit nicht ertragen. ›Kein Mensch ist des anderen Eigentum?‹ Doch! Herbert gehörte ihr!

Herbert kam bald. Er war gut gelaunt. Er küßte Anna und sagte munter: »Ich habe mich verspätet. Ich habe angerufen, aber du warst nicht da.«

Anna bemühte sich, ihrer Stimme einen festen Klang zu geben: »Ich war bei Katharina.«

»So? Und mich hat eine Freundin von Frau Alberti wegen einer Erbschaftsangelegenheit angerufen. Wir haben uns getroffen. Tolle Frau, die Frau Dr. Bassewitz, hochgebildet, geistreich, amüsant, spricht sogar Chinesisch. Ihr Vater ist Diplomat. . .«

Jedes Wort traf Anna wie eine Ohrfeige. Daß Herbert die Vorzüge dieser Frau aufzählte, ihr Wissen pries, erschien Anna taktlos und grausam. Als ob er ihr bewußt machen wollte, wie wenig sie selbst war, wie wenig sie wußte. Und Frau Alberti? Natürlich, Frau Alberti spielte Herbert junge

Frauen zu, um Anna aus seinem Leben zu verdrängen.

»Warum geht sie denn nicht zum Rechtsanwalt von Frau Alberti?« fragte Anna spitz und zu laut, »sie hat uns doch erzählt, wie hervorragend er ist. Warum kommt sie ausgerechnet zu dir?«

»Du siehst, wie begehrt ich bin!« scherzte er fröhlich. »Ein ausgezeichneter Jurist, hast du gesagt. Andere merken das auch.« Er strahlte Anna an. Sie zwang sich zu einem Lächeln. Es kostete sie große Anstrengung. Ihr tat das Herz so weh.

»Ich dusche noch schnell«, sagte er. »Dann bin ich wieder bei dir.«

Am liebsten hätte Anna sofort mit Katharina telefoniert, um sich bei ihr auszusprechen. Katharina, die über den Dingen stand, ohne Mißtrauen war und bei aller Liebe zu Sebastian immer einen kühlen Kopf bewahrte. Und sie, Anna? Sie benahm sich kindisch, dumm, hysterisch, sie kam mit ihrer eifersüchtigen, besitzergreifenden Natur nicht zurecht.

Ich will mich beherrschen, dachte Anna und ballte die Fäuste. Ich muß es schaffen!

Sie schaffte es, sie machte Herbert keine Szene, sie verschwieg ihm, daß sie ihn mit der Frau im Café gesehen hatte. Sie wagte gar nicht, an das Thema zu rühren, weil sie sich ihrer Selbstbeherrschung nicht sicher war.

Aber die Eifersucht zitterte lange in ihr nach, und diese schöne Frau Dr. Bassewitz hörte nicht auf, als Rivalin in einer Kammer ihres Gehirns herumzuspuken.

Und dann fuhren sie nach Italien. In Annas Auto. Sie chauffierte, wie immer. Die Reise ging über Innsbruck an den Gardasee und weiter bis La Spezia.

Die Ligurische Küste zog sie an. Und die Toskana.

Für Anna war alles neu, einmalig, ein Wunder.

Herbert hatte sich vorbereitet und erzählte Anna von der Geschichte Italiens, von der Antike, von den Etruskern, diesem geheimnisvollen Volk, das einst an der Ligurischen Küste gelandet war, ein Reich gegründet hatte und dann untergegangen war. »Bis heute weiß man nicht genau, wo sie herkamen, man hat immer noch nicht ihre Schrift enträtselt, ihren Totenkult...Ach, Anna, wir werden Volterra besuchen, das ist ein altes Etruskerstädtchen, und natürlich Florenz...« Er war wie berauscht. Die Müdigkeit, die ihm bisweilen zugesetzt hatte, war wie weggeblasen.

Von La Spezia aus suchten sie sich eine Bleibe.

Sie fanden eine kleine Felsenbucht und ein Dorf, das sie bezauberte. Die Gassen waren eng, die rosafarbenen, gelbgrauen und blauen Häuser auf Felsvorsprünge gebaut. Sie klammerten sich aneinander, als müßten sie sich gegenseitig stützen.

Anna und Herbert lehnten an verrosteten Eisengittern, hielten sich am Geländer fest und schauten auf das Meer hinunter, das blau und weiß die Felsen umbrandete, als ob sie schäumende Halskrausen trügen. Man blickte auf einen winzigen Hafen, in dem buntbemalte Boote schaukelten.

»Ist das schön, ist das schön!« sagte Anna immer wieder. »Hier bleiben wir!«

Sie gingen von Haus zu Haus und fragten nach einer Unterkunft. Vor den Türen standen große irdene Ölkrüge.

Bei einem Fischer mieteten sie zwei Stuben mit Küchenbenutzung. Es war eine primitive Behausung. Die Dusche, aus der das Wasser spärlich tröpfelte, stand draußen im steinigen Gärtchen. Sie fühlten sich frei, vom Alltag gelöst.

Nachdem sie schließlich eine Bleibe gefunden und die Koffer ausgepackt hatten, gingen sie wieder ins Zentrum des Dorfes. Sie wollten mit fröhlichen Menschen zusammensein. In dem kleinen, sauberen Speiseraum eines Lokals aßen sie und tranken Wein. Und um sie herum lachten und unterhielten sich die Gäste.

»Siehst du, Anna, das ist es, was ich mit dir erleben will – Freude!« Jeder Tag brachte Freude.

Sie fuhren mit dem Auto an der Küste entlang oder in das Hügelland hinauf. Die Natur zeigte sich in voller Pracht. An den Abhängen blühten winzige Orchideen in allen Farben. Und Pinien gab es, Kastanien, Ölbäume, deren Blätter silbrig im leichten Wind schimmerten. Und immer Sonne, Meer, blauer Himmel, an dem sich Wolken in wechselndem Spiel zu phantastischen Gebilden zusammenfügten.

Einmal hörten sie schon von weitem den Gesang kreischend heller Stimmen. Es waren Kinder, die ein frommes Lied sangen, dessen Text Anna nicht verstand. Und dann bog die Prozession um die Ecke. Voran der Priester und zwei Ministranten mit der Muttergottes auf einer Trage. Und die Kinder! Lauter kleine Mädchen in weißen Kittelkleidern und blauen Seidenschleifen am Kragen. Sie hielten Lilien in den Händen, die in gehäkelten weißen Garnhandschuhen steckten.

Anna und Herbert blieben am Straßenrand stehen, Anna faltete die Hände und verneigte sich vor dem Priester und der Prozession. Der Priester lächelte.

Herbert trat zu ihm, ging ein paar Schritte neben ihm her und wechselte leise ein paar Worte in italienischer Sprache mit ihm. Dann kam er zu Anna zurück.

»Was wolltest du von ihm?« fragte sie.

»Ich habe ihn gefragt, wo seine Kirche ist«, antwortete er. Am Abend stiegen sie eine steile, enge Treppe zum Meer hinunter.

»Das ist das Shelley-Treppchen«, erklärte Herbert. »Shelley war ein berühmter englischer Poet. Er ist 1822 in der Bucht von La Spezia ertrunken, als sein Segelboot in einem Gewittersturm kenterte. Er war kaum dreißig Jahre alt. Sein Freund, Lord Byron ließ ihn feierlich verbrennen und in Rom am Grabmal des Cestius beisetzen, wo auch Goethes einziger Sohn ruht. Shelley galt als Freidenker und erregte zu seiner Zeit viel Anstoß. Von ihm stammt der Satz: ›Ich glaube, daß Gott eine andere Bezeichnung für das Weltall ist.‹ – Hier im Süden könnte man ihm beinahe recht geben.«

»Was du alles weißt, Herbert!« sagte Anna bewundernd. »Ich lerne viel von dir.«

Sie waren allein. Das Meer warf hohe Wellen an den schmalen Strand. Herbert legte den Arm um Anna und küßte sie. »Ich bin so glücklich!« Dann zog er ein Etui aus seiner Tasche und klappte es auf.

Zwei Goldreifen waren darin, Eheringe. »Ich trage sie schon lange bei mir«, sagte er. »Das erkennst du an dem Datum, das ich beim Kauf eingravieren ließ, zusammen mit den Anfangsbuchstaben unserer Namen. Morgen gehen wir zu der kleinen Kirche dort oben. Der Pfarrer erwartet uns. Der Pfarrer, mit dem ich bei der Prozession gesprochen habe. Er wird uns segnen. Dann sind wir vor Gott Mann und Frau. Ohne Standesamt, ohne Urkunde. Willst du?«

Am nächsten Tag stiegen sie die vielen Stufen zu dem Kirchlein empor. Sie knieten vor dem Altar nieder, der Priester im Ornat sprach ein lateinisches Gebet, schlug das Kreuzzeichen und erteilte ihnen den Segen.

Die Heimreise führte sie dann durch die Toskana. Anna konnte sich nicht sattsehen an der Landschaft, an den alten verwinkelten Städtchen, den Mauern, den Türmen, dem Licht, den Farben, dem goldenen Ginster. Und überall blühten Rosen, dazu Glyzinien, die bis in die Kronen der Bäume rankten.

Florenz war ihr Ziel.

Nun sah Anna all die Werke, die sie bisher nur von Kunstpostkarten kannte. Die Medici-Kapelle, das Grabmal des Giuliano di Medici, die Marmorgestalten, ›die Dämmerung‹, ›die Nacht‹. . . Sie durfte Michelangelos Werke berühren.

Eng umschlungen schlenderten sie durch die Straßen und bewunderten die Fassaden der prächtigen Adelshäuser.

Plötzlich blieb Anna stehen. Auch Herbert verhielt den Schritt. Unter der Arkade eines Weinlokals saß der ›Mächtige‹. Anna sah wie gebannt zu ihm hinüber. Er entdeckte sie, ihre Blicke kreuzten sich. Aber er grüßte nicht, lächelte nicht, er schenkte Anna nicht einmal ein Kopfnicken.

Ja, ja, sie hatte ihr Versprechen nicht gehalten, ihn nicht mehr besucht, nichts von sich hören lassen. In diesem Augenblick wußte Anna, daß sie die Freundschaft des ›Mächtigen‹ verloren hatte. Es war vorbei. Schade!

Und dann waren auch die schönen Ferien vorbei.

»Addio, bellezza!« sagte Herbert. »Leb wohl, Schönheit!«

Es war Nacht, als sie den Stadtrand von München erreicht hatten. Herbert, der auf dem Beifahrersitz eingenickt war, wachte auf und sah auf die Uhr. »Ich muß morgen um acht Uhr in Frankfurt sein. Ich habe eine Sitzung. Fahr mich bitte gleich zum Bahnhof, Anna. Es geht ja fast jede Stunde ein Zug.«

Auf einmal erschien es Anna unmöglich, daß sie sich von Herbert trennen sollte, so schnell, nach dieser schönen Reise.

»Ich fahre dich nach Buchschlag«, erklärte sie kurzentschlossen.

»Auf keinen Fall«, widersprach er. »Das ist viel zu anstrengend für dich. Außerdem warten Tobias und Berthold auf dich. Sie haben dich lange genug entbehrt. Sie brauchen dich. Und deine Perser. . .Fahr mich zum Bahnhof, bitte!«

»Nein!« entgegnete sie eigensinnig. »Wir fahren jetzt nach Buchschlag, ohne in München Station zu machen. In Buchschlag ist Katharina. Ich möchte sie sehen und ihr von unserer Reise erzählen.«

»Anna«, sagte er eindringlich, »ich will das nicht. Fahr mich zum Bahnhof!«

Sie wunderte sich, daß er so energisch auf der Trennung beharrte. Und plötzlich tauchte das Gesicht der schönen Frau Bassewitz wieder in ihren Gedanken auf. All die Wochen hindurch war es versunken gewesen, zugedeckt von Erlebnissen, Kunst, Liebe. »Ich fahre dich nach Buchschlag, Herbert!« wiederholte sie.

Er schüttelte den Kopf, aber er widersprach nicht mehr.

Um sechs Uhr in der Frühe langten sie in Buchschlag an.

Todmüde stiegen sie aus dem Auto.

Es wurde nicht mehr viel gesprochen.

Herbert duschte, zog sich um, sie frühstückten. Dann fuhr er nach Frankfurt zum Gericht.

Anna wusch das Geschirr ab und räumte es fort. Sie fröstelte. Nach den rauschhaften Tagen im Süden machte sich Ernüchterung in ihr breit. Sie kämpfte dagegen an. Aber es nützte nichts.

Ich gehe jetzt zu Katharina! dachte sie. Wenn ich meine Katharina sehe, wird mir warm ums Herz.

Katharina empfing sie strahlend. »Tag, Mutti, welch eine Überraschung! Wir müssen jetzt leider gleich nach München. Wir haben dort beruflich zu tun und sind schon startbereit.«

»Ach wie schade«, sagte Anna enttäuscht.

Katharina hatte keine Zeit, sich um die Mutter zu kümmern. Sie hatten einen Gast, einen Verleger aus Zürich, der bis Karlsruhe mit ihnen fahren wollte.

»Morgen sind wir wieder da«, sagte Katharina tröstend. »Bleib doch so lange hier, Mutti. Leg dich erst einmal eine Weile in meinem Zimmer hin. Du siehst erschöpft aus.«

Sie ging nach oben, und Anna folgte ihr.

Vor dem begehbaren Schrank blieb Katharina stehen, schob die Türen zurück und nahm ein Kleid heraus. »Sieh mal, Mutti, so ein Kleid habe ich mir immer gewünscht. Schon als Kind habe ich davon geträumt. Und jetzt habe ich es. Ist es nicht schön?«

Es war ein weißes Kleid aus Baumwollspitze, ein kostbares Modellkleid. »Ich habe es noch niemals angehabt«, sagte Katharina.

Von draußen ertönte ungeduldiges Rufen. Sebastian saß schon am Steuer.

Katharina umarmte Anna und küßte sie. »Bis morgen, Mutti!«

»Behüt dich Gott, mein Kind!«

Katharina lief eilig davon. »Mach es dir gemütlich, Mutti«, rief sie noch.

Anna setzte sich auf das Bett. Sie legte die Hände vor das Gesicht. Niedergeschlagenheit ergriff sie.

Was sollte sie hier? Warum hatte sie nicht auf Herbert gehört und war in München geblieben, wo ihre Söhne waren und wo Katharina jetzt hinfuhr? Der Wunsch, bei Herbert zu bleiben, Mißtrauen, Eifersucht waren übermächtig gewesen.

Ob sie sich gleich ins Auto setzen und heimfahren sollte?

Anna verzweifelte an sich selbst. Sie weinte.

## 13.

Es wurde ein schlimmer Tag. Anna war nun allein in Herberts Wohnung. Sie kannte niemanden in Buchschlag, mit dem sie hätte sprechen können und kam sich entsetzlich verlassen vor. Zu allem Überfluß rief Herbert auch noch an und sagte: »Ich kann heute mittag nicht nach Hause kommen, Anna. Hier ist der Teufel los. Es ist so viel liegengeblieben. Ich hatte keine Urlaubsvertretung. Es wird wahrscheinlich auch heute abend spät werden...«

Anna begann erneut zu weinen. Sie bereute es bitter, daß sie ihrem Eigensinn nachgegeben hatte.

Sie rief in München an. Niemand meldete sich. Weder Tobias noch Berthold, auch nicht einer der Perser. Rastlosigkeit plagte sie. Sie lief hin und her, aus der Wohnung auf die Straße und wieder zurück. Sie zerfetzte einen Brief und zerschnitt ihr eigenes Foto. Lauter sinnlose Tätigkeiten.

Sie konnte nichts essen. Sie hockte vor dem Telefon und wählte ständig dieselbe Nummer: ihre Nummer in München. Endlich meldete sich Tobias.

»Habt ihr was von Katharina gehört?« fragte sie hastig.

»Wieso, ist sie denn in München?« Seine Stimme klang verdutzt.

»Ja.«

»Und wo bist du, Mutti?«

»In Buchschlag. Falls Katharina euch anruft, gebt mir sofort Bescheid!«

»Wird gemacht!« antwortete Tobias fröhlich. »Übrigens bin ich heute mit dem Examen fertig geworden, Mutti. Ich bin zufrieden. Sehr gut!«

»Schön«, sagte sie nervös. »Wiedersehen, Tobias. Ich komme morgen zurück.« Sie legte auf.

Der Tag schlich dahin. Immer noch keine Nachricht von Katharina. Warum rief sie nicht von München aus an? Es paßte nicht zu ihr, daß sie die Mutter im ungewissen ließ. Sie rief immer an, wenn sie unterwegs waren.

Kein Anruf!

Anna ging frühzeitig zu Bett und weinte sich in den Schlaf. Als Herbert zu später Stunde nach Hause kam, weckte er sie. »›Was hast du, Engelsgesicht? Du hast ganz laut im Schlaf gesprochen.« Er wollte sie küssen.

Sie wehrte ihn ab. »Laß mich! Katharina hat noch nirgends angerufen. Weder bei den Buben noch bei mir.«

Herbert versuchte sie zu beruhigen, aber seine Worte steigerten noch ihre Gereiztheit. »Laß mich bitte in Ruhe, Herbert!«

»Ich bin da, wenn du mich brauchst«, sagte er und zog sich in sein Zimmer zurück.

Anna drückte den Kopf in die Kissen und flüchtete sich wieder in den Schlaf.

Gegen ein Uhr nachts schreckte sie auf, weil sie hörte, wie die Wohnungstür geschlossen wurde. Schwere Schritte näherten sich ihrem Zimmer. Die Tür wurde geöffnet. Im Türrahmen standen drei Männer. Anna erkannte sie trotz der Dunkelheit sofort. Es waren ihre beiden Söhne und Sebastian. Mit gesenkten Köpfen standen sie da, einer hinter dem anderen.

»Wie kommt ihr hier herein?« fragte Anna benommen.

»Herbert hat Sebastian für die Zeit eures Urlaubs einen Zweitschlüssel gegeben.« Tobias trat an Annas Bett. »Mutti, du mußt jetzt sehr stark sein...«, sagte er zögernd. »Es ist etwas Furchtbares passiert.«

Anna setzte sich im Bett auf, und als sie begriff, daß die Männer allein waren, rief sie: »Wo ist Katharina?«

»Katharina ist bei einem Autounfall verunglückt... tödlich verunglückt«, stammelte Tobias.

Anna starrte ihn eine Weile stumm an. Dann brach es aus ihr hervor: »Das glaube ich nicht, das glaube ich nicht! Nein, nein! Sagt mir, daß sie in einem Krankenhaus liegt! Ich fahre dann gleich zu ihr, sie braucht mich...«

Anna war wie von Sinnen, sie wiederholte unentwegt die gleichen Sätze.

So ging es bis zum Morgen. Alle waren zum Umfallen erschöpft, auch Herbert, der immer wieder vergeblich versuchte, Anna zu trösten. Schließlich wandte sich Anna an Sebastian: »Ich will hier nicht bleiben. Ich will zu Katharina...Ich meine, ich möchte ihr nahe sein...bei euch zu Hause.«

Sebastian nickte, und sie machten sich schweigend auf den Weg. Als Anna dann das Haus ihrer Tochter betrat, sah sie drei rote Rosen auf dem Dielentisch liegen. Sie nahm sie in die Hand und fragte: »Von wem sind die Rosen?«

»Der Freund, der mit uns bis Karlsruhe gefahren ist, schenkte sie Katharina zum Abschied«, antwortete Sebastian.

»War er dabei, als es passierte?« Anna hatte ein

taubes Gefühl im Kopf, und sie wunderte sich, daß sie so schrecklich sachliche Fragen stellte.

»Nein«, sagte Sebastian. »Es geschah ja auf dem Rückweg von München.«

Warum lagen die drei langstieligen Rosen auf dem Tisch? Warum waren sie nicht bei Katharina, der sie gehörten und von der Sebastian und die Söhne sagten, sie sei tot?

Da stimmt etwas nicht! dachte Anna. Es ist alles nicht wahr. Ich habe einen meiner Alpträume...

Laut sagte sie zu Sebastian und den Jungen: »Legt euch hin, Kinder, versucht zu schlafen!« Dann sah sie sich in der Wohnung um und lauschte. Jetzt mußte Katharina doch jeden Augenblick aus ihrem Zimmer, aus dem Atelier oder aus der Küche kommen...

Niemand kam.

Und Anna entdeckte einen Schuh ihrer Tochter, der mit Blut bespritzt war. Auch ihre braune Wildlederjacke, den grauen Flanellrock und die weiße gefältelte Batistbluse, die unerbittliche Beweise der unfaßbaren Nachricht waren.

Anna ging in die Küche. Die Erstarrung wollte nicht von ihr weichen. Ihr Gehirn funktionierte nicht. Es kamen keine Tränen, aber sie machte alles richtig. Sie begann ein Frühstück vorzubereiten.

Ein paar Sonnenstrahlen fielen durch den orangefarbenen Vorhang und malten blasse Streifen auf den himmelblauen Fußboden und auf die Wände, die von den weißen Linien der Regale durchzogen wurden, auf denen Gläser in allen Größen, Formen und Farben standen. Katharina hatte sie auf ihren Reisen zusammengetragen. Lichtreflexe tanzten in ihnen.

Die Vorräte zeigten, wie verschwenderisch Katharina zu wirtschaften pflegte: Das Roastbeef im Kühlschrank hätte mindestens für acht Personen gereicht. Ein Stapel frischgebackener Tortenböden stand auf der Anrichte, ein Berg Obst lag in einem flachen Korb: Äpfel, Birnen, Orangen.

Anna schüttelte den Kopf und deckte den Frühstückstisch in der Diele, so wie Katharina es immer tat, wenn Besuch da war.

Als Anna nach ihren Söhnen sah, fand sie sie schlafend. Tobias im Wohnzimmer, Berthold im Atelier.

Sebastian dagegen lag wach auf dem breiten Ehebett im Schlafzimmer.

Der dunkle Vorhang an den Fenstern war nicht zugezogen. Durch die Scheiben sah man die riesige Tanne im Garten. Der Anblick gemahnte an einen Friedhof.

»Komm, Anna!« sagte er. »Setz dich zu mir!«

Anna trat widerstrebend näher und setzte sich auf die Bettkante.

»Wie konnte das geschehen?« fragte sie und wunderte sich wieder über ihre nüchterne Frage.

Sebastian preßte die Hände an die Schläfen. »Laß mich, Anna! Ich kann nicht sprechen, ich weiß nicht...«

»Wie konnte das nur geschehen?« wiederholte sie.

»Sie ist aus dem Auto gefallen.«

»Aus dem Auto gefallen?«

»Ja, beim Aufprall gegen das Brückengeländer

sprang die Tür auf. Der Wagen war ins Schleudern geraten.«

»Und dir ist nichts passiert?« fragte Anna.

Er hielt ihr seine rechte Hand hin; der kleine Finger wies eine Verletzung auf. »Ich wechselte auf den Fahrersitz über und brachte den Wagen zweihundert Meter weiter zum Stehen.«

»Warum geriet der Wagen ins Schleudern?« fragte Anna weiter.

»Es ging ein Gewitter nieder, die Straße war naß und rutschig.«

»Warum hast du Katharina fahren lassen? Das hast du doch sonst nie gemacht, wenn du dabei warst.«

»Ich wollte ihr eine Freude machen. Du weißt ja, Anna, wie gern sie den Wagen fuhr.«

»Warum habt ihr euch denn nicht ausgeruht? Warum habt ihr nicht irgendwo angehalten und übernachtet?«

»Wir waren früher fertig geworden und wollten so schnell wie möglich zurück an die Arbeit. Du weißt doch, daß wir eine Dokumentation herausbringen wollten.«

»Warum habt ihr denn nicht angehalten, als das Gewitter niederging?« bohrte Anna weiter.

»Das Gewitter war nicht allein der Grund für den Unfall. Da war wohl auch noch eine Ölspur auf der Fahrbahn. Die Polizei sagte mir, daß ein belgisches Ehepaar am Tag vorher an derselben Stelle tödlich verunglückt ist.«

Für Anna klangen seine Erklärungen nicht überzeugend, sie wurde nicht klug aus seinen Worten. Argwohn stieg in ihr auf. Vielleicht hatte Sebastian selbst am Steuer gesessen? Vielleicht trug er die Schuld an dem Unfall und wollte es nur nicht zugeben? Sie hatte es doch immer gefühlt, daß er nicht gut für ihre Tochter war. Sie hatte Katharinas Tod geträumt, im Traum Sebastians Gesicht gesehen, leichenblaß und voller Tragik...

»Und das Auto ist auch ziemlich hin«, murmelte er.

»Aber das ist doch völlig unwichtig!« rief Anna zornig.

Die Söhne kamen, auch Herbert.

»Was ist nun als erstes zu erledigen?« wollte Tobias wissen.

»Ich muß telefonieren«, sagte Sebastian, »mit der Werkstatt, die den Wagen abgeschleppt hat. Der ist natürlich ziemlich beschädigt.«

Anna warf ihm einen bösen Blick zu. Schon wieder fing er mit dem Auto an, obgleich sie ihn doch deshalb gerade erst getadelt hatte! Es kam ihr nicht in den Sinn, daß Sebastian in dem gleichen erstarrten Zustand sein könne wie sie selbst und daß er deshalb in einer Weise reagierte, die seine Umgebung befremden mußte. Es kam ihr nicht in den Sinn, daß er genauso litt wie sie selbst.

»Wo soll sie eigentlich begraben werden?« fragte sie, obwohl sie Katharinas Tod immer noch nicht wahrhaben wollte.

»Hättest du etwas dagegen, wenn ich sie nach Salzburg bringe?« fragte Sebastian.

»Buchschlag wäre an sich das nächstliegende – nach den Vorschriften«, schaltete sich Herbert ein.

»Mir wäre der Münchner Waldfriedhof am liebsten«, sagte Anna, »dann hätten wir sie in der Nähe und könnten sie immer besuchen. Der Waldfriedhof ist ein großer Park. Man merkt gar nicht, daß es ein Gottesacker ist. Da wird es Katharina gefallen...«

Die Söhne nickten zustimmend, doch dann sah Tobias, der Mediziner, die Mutter besorgt an und sagte behutsam, aber auch eindringlich: »Mutti! Mutti, Katharina ist tot!«

»Ja, Tobias«, bestätigte sie hilflos.

»Ihr werdet auf die Dauer nicht in München bleiben«, meinte Sebastian. »Wenn Tobias und Berthold erst selbständig sind, gehen sie weg. – Ich möchte Katharina in Salzburg haben.«

Wieder quollen in Anna bittere Gedanken hoch, und sosehr sie sich auch bemühte, die Feindseligkeit niederzukämpfen, die sich gegen den Schwiegersohn richtete – es gelang ihr nicht.

»Salzburg war ja eigentlich Katharinas Wahlheimat«, mischte sich Herbert erneut ein. »Dort hat sie ihre Mädchenjahre verbracht, dort hat sie Sebastian kennengelernt. Im Grunde entsprach diese Stadt doch ganz ihrem Wesen, nicht wahr, Anna?«

»Ja«, flüsterte sie.

Sebastian nahm den Hörer vom Telefon. »Ich muß den Werbeleiter in Ingelheim anrufen.« In Ingelheim befand sich eine pharmazeutische Fabrik. Er wählte langsam und bedächtig die Nummer, sagte dann, als der Teilnehmer sich meldete: »Ich kann in der nächsten Zeit nicht für Sie arbeiten. Meine Frau ist tödlich verunglückt.«

Er sprach ohne Erregung, kühl und geschäftsmäßig, als erledige er die Angelegenheit für einen anderen, als beträfe sie ihn nicht selbst. Und in Anna keimte gegen alle Vernunft eine vage Hoffnung auf: Meinte Sebastian am Ende gar nicht Katharina? Handelte es sich vielleicht um ein Mißverständnis? War ihr armer betäubter Kopf einer Halluzination zum Opfer gefallen?

Es entstand eine Pause.

Anna hörte undeutlich den erschrockenen Ausruf des Werbeleiters: »Nein! Das ist doch unmöglich!« Die weiteren Worte waren nicht zu verstehen.

Sebastian legte auf und rief eine Werbeagentur in Wiesbaden an. Als sich dort der Teilnehmer meldete, wiederholte Sebastian den Satz: »Ich kann in der nächsten Zeit nicht für Sie arbeiten. Meine Frau ist tödlich verunglückt.«

Wieder trat eine Pause ein, es war wie bei dem vergangenen Gespräch.

Danach rief er seine Schwester in Gmunden an. »Katharina ist tot. Hältst du es für möglich, daß sie als Nichtösterreicherin einen Platz auf dem Friedhof in Salzburg bekommt? Kannst du das mit dem Pfarrer besprechen? Ja, das schöne Auto ist natürlich ziemlich beschädigt.«

»Sebastian!« schrie Berthold empört. »Bist du nicht normal? Hör endlich von dem Auto auf! Was ist nur los mit dir?«

Sebastian gab keine Antwort, er schaute mit leerem Gesichtsausdruck vor sich hin.

Dann griff er wieder nach dem Hörer. Er rief einen Texter an, einen Freund, gab ihm die Trauerbotschaft bekannt und bat ihn, die Todesanzeige zu entwerfen.

Der Texter kam kurz darauf, er setzte sich allein ins Wohnzimmer, um über den Entwurf nachzudenken. Er hatte Katharina gut gekannt und sie verehrt. Noch vor wenigen Tagen hatte er sie im selben Raum gesehen und sich mit ihr unterhalten.

Er dachte lange nach, aber er bekam die Anzeige nicht zustande, so daß Herbert sie schließlich aufsetzte:

> KATHARINA STEINWIESER
> geborene Ritter
> ist am 4. Juni 1958 tödlich verunglückt.
> Zeitlebens voll guter Gedanken, hat sie an uns allen mit unermüdlicher Schaffensfreude ihr junges Leben erfüllt.
> Auf Erden ist uns kein Trost.

Sie packten ihre Sachen zusammen, um zu dem Dorf Scheppau an der Autobahn zu fahren, wo Katharina war.

Herbert fuhr nicht mit. Die Erschütterung hatte ihn krank gemacht, er bekam hohes Fieber.

Sie saßen schon im Auto, als Anna das Gespräch einfiel, das sie mit ihrer Tochter geführt hatte, bevor Katharina ihre letzte Reise antrat.

Anna stieg aus dem Auto, eilte in das Haus zurück und holte das Kleid aus Baumwollspitzen. Sie hatte es noch nie an ihrer Tochter gesehen, jetzt sollte Katharina es tragen.

Aber das Kleid war ärmellos, und Anna fürchtete, Katharina könne frieren, deshalb nahm sie auch den rosa Morgenrock mit. Und zwei Engelsköpfe, die Katharina noch in ihrer Salzburger Zeit als Keramikerin modelliert hatte und an denen sie sehr hing.

Im Garten brach Anna Blütenzweige von dem Kirschbaum, den Fliedersträuchern und den Mandelbäumen, um sie ihrer Tochter zu bringen.

Als sie einige Kilometer gefahren waren, hielt Sebastian vom Rücksitz aus wortlos Anna seine Hand hin. Schon seit Stunden hielt er etwas krampfhaft in der geballten Faust. Nun öffnete er die Faust, auf seiner Handfläche lag Katharinas Schmuck: die Perlenkette, das Goldkettchen mit der Münze, der Ring mit dem Mondstein und ihr Trauring.

Sebastian ließ den Schmuck in Annas Hand gleiten, und sie umschloß ihn mit ihren Fingern, so wie ihn vorher Sebastians Finger umschlossen hatten.

Anna glaubte, daß noch eine Spur Lebenswärme von dem Schmuck ausginge. Das verschaffte ihr Erleichterung. Und plötzlich war ihr Kopf klar, und sie wußte: Katharina ist tot! Sie wußte es jetzt.

»Dort ist das Dorf«, sagte Sebastian auf einmal. Er drehte den Kopf zur Seite und blickte über die Felder.

Das Dorf war von der Autobahn aus gut zu sehen. Die Kirche stand auf einer Anhöhe. Sie überragte die Häuser, die sich klein und verstreut um die Kirche sammelten. Sie fuhren bis vor das Pfarrhaus.

Dorfkinder liefen herbei und betrachteten neugierig die Ankömmlinge, so als wüßten sie schon, warum das fremde Auto hier hielt.

Anna hob den Mantel hoch und hielt ihn vor das Fenster, um sich vor den Blicken der Kinder zu schützen. Dabei sah sie ihr Gesicht im Autospiegel, es war rotfleckig, verstört, ganz fremd.

Aus dem kleinen Haus neben der Kirche traten der Kirchendiener und seine Frau.

Sebastian schienen sie schon zu kennen. Er sprach mit ihnen. Berthold nahm die Blütenzweige und den Koffer, der das Spitzenkleid, den Morgenrock und die Engelsköpfe enthielt.

»Ich will zu ihr«, sagte Anna.

»Nein, Mutti«, sagte Tobias, »mach das nicht! Behalte Katharina so in Erinnerung, wie sie war.«

Anna gehorchte.

Der Unglückswagen stand in einer Garage an der Auffahrt zur Autobahn. Er hatte ein paar tiefe Schrammen, und die linke Tür war verklemmt. Sie ließ sich nicht öffnen.

Der Unfall blieb Anna ein Rätsel.

»Wir müssen noch zum Bürgermeister, damit wir die Erlaubnis bekommen, Katharina nach Salzburg zu überführen«, sagte Sebastian.

Er erhielt die Erlaubnis.

Als Katharina auf dem Kommunalfriedhof in Salzburg beigesetzt wurde, war Herbert immer noch krank, so daß er nicht an der Beerdigung teilnehmen konnte.

In der Aussegnungshalle stand der braune Sarg aus Kiefernholz. Plötzlich erschien es Anna ganz und gar undenkbar, daß Katharina darin lag: im weißen Spitzenkleid, im rosa Morgenrock, mit den beiden Engelsköpfen.

Sie streichelte den Sarg. »Er ist so klein und schmal wie ein Kindersarg. War Katharina denn so klein und schmal?«

»Ja«, antwortete Sebastian, »sie war sehr schmal.«

Als sich der Trauerzug in Bewegung setzte, schien der Friedhof zum Leben zu erwachen. Von allen Seiten strömten junge Leute herbei, um sich anzuschließen. Katharinas Freunde aus Bad Reichenhall und aus Salzburg.

Am Grab sprach der Pfarrer, der vor wenigen Jahren Katharina und Sebastian getraut hatte. Er pries Katharina als frühvollendet, man müsse sie mit anderen Maßen messen, da sie eine Künstlerin gewesen sei. Und er sagte: »Der Tod öffnet ihr die Pforten zum Paradiese...«

Da schrie Anna auf: »Das ist nicht wahr! Der Tod hat ihr das Tor zum Leben zugeschlagen. Sie wollte leben...«, und mit tränenerstickter Stimme murmelte sie unaufhörlich die gleichen Worte: »...nur leben wollte sie, nur leben...« Sie zitterte am ganzen Körper. Die Söhne konnten sie nur schwer beruhigen.

Schließlich war alles vorbei. »Erde zu Erde, Staub zu Staub.«

Katharina war fortgegangen, unwiderruflich.

Am Nachmittag tranken sie Kaffee bei einer befreundeten Familie, die ein Haus am Rande der Stadt besaß.

Das Haus stand inmitten eines verwilderten Gartens, in dem Phlox in vielfarbiger Fülle blühte und seinen süßen Duft ausströmte. Phlox – ein Himmelsleitergewächs.

Es war ein heißer Föhntag, die Sonne brannte.

Das Kaffeetrinken verlief ohne Sentimentalität. Die Beklemmung war von den Trauergästen abgefallen. Man plauderte. Jeder versuchte zu berichten, was er aus Katharinas Leben wußte. Sebastian saß abseits und schwieg. Er schaute grübelnd vor sich hin. Anna wußte nicht, was er dachte. Sie hatte den Eindruck, daß er sich in jeder Minute weiter von ihnen allen entfernte, daß er weg wollte.

Ein Verleger gesellte sich zu Anna. Er war zu dem Begräbnis aus Frankfurt gekommen. »Gnädige Frau«, sagte er, »ich habe Ihre Tochter sehr verehrt, ich habe sie liebgehabt. Jeder, der sie kannte, hatte sie lieb. Sie hat ja für uns gearbeitet. Sie hat zusammen mit Sebastian die schönsten Buchumschläge für uns entworfen. Und sie war so jung, talentiert, sie hatte noch so viel vor, große Pläne. . .«

»Ich weiß«, sagte Anna nur.

Sie fuhr dann mit ihren Söhnen nach München zurück. Sebastian blieb in Salzburg.

Unterwegs sagte Tobias: »Du, Mutti, ich habe Sebastian vorgeschlagen, für ein paar Tage mit mir ins Hochgebirge zu gehen, in eine Hütte.«

»Und will er das?« fragte Anna.

»Ja. Wir machen uns morgen auf den Weg.«

Doch Tobias kam schon nach wenigen Tagen wieder heim – ohne Sebastian.

»Was habt ihr oben gemacht?« fragte Anna.

»Sebastian hat ein altes Holzkruzifix restauriert«, sagte Tobias.

Weiter erzählte er nichts.

## 14.

In den folgenden Monaten vermieden sie es, von Katharina zu sprechen.

Den Witwer sah Anna kaum. Auch wenn sie bei Herbert in Buchschlag war, traf sie Sebastian nicht an. Und es war ihr auch lieber so.

Sie sprachen nicht von Katharina, aber Katharina kam oft im Traum zu Anna.

Sie trug das weiße Spitzenkleid und setzte sich auf den Bettrand.

»Wie geht es Sebastian? Was macht seine Arbeit?«

»Sein Aufstieg geht ungebrochen weiter, Katharina. Überall sieht man seine Plakate, seine Buchumschläge.«

»Ich freue mich, Mutti. Ich habe es dir ja immer prophezeit, schon in Reichenhall. Alle meine Wünsche erfüllen sich. Du darfst nicht schlecht von ihm denken. Versprich mir, daß du keinen Groll gegen ihn hegst. Du mußt Sebastian mit meinen Augen sehen...«

»Ach, Katharina, ich fühle mich schuldig. Warum bin ich nicht in München geblieben? Ich hätte dir an dem Unglückstag nicht erlaubt, am gleichen Abend nach Frankfurt zurückzufahren. Ich hätte dich festgehalten...«

»Aber ich hätte mich nicht festhalten lassen, Mutti! Es sollte so sein. Quäl dich nicht! Dich trifft keine Schuld...«

Und dann lag Anna in halbwachem Zustand da und wußte nicht, was Traum und was Wirklichkeit war. Nur langsam kehrte das Bewußtsein zurück. Sie weinte.

Herbert legte ihr die Hand auf die Stirn. Die leichte Berührung half ihr.

So war es jedesmal.

Die Träume wiederholten sich lange Zeit.

Tobias war nun Assistenzarzt im Schwabinger Krankenhaus, er wollte in die Forschung gehen.

Berthold sattelte um, er wurde nicht Ingenieur, sondern Betriebswirt.

Herbert war Anna jetzt nur Freund, Bruder. Er war feinfühlig, er wartete.

Und er riet ihr: »Schreib an deinem Manuskript, Anna! Schreiben, das ist gut für dich. Eine Arbeit, die alle Kräfte in Anspruch nimmt, Verstand, Herz, Nerven, Gefühl. Eine Arbeit, die erleichtert und befreit.«

Anna stürzte sich in die Arbeit. Sie schrieb die Geschichte ihrer Tochter. »Du kennst weder Tag noch Stunde. . .«

Monate verstrichen, ein Jahr.

Allmählich erschien ihr Katharina seltener. Schließlich gar nicht mehr.

Nur noch ein einziges Mal. Als Sebastian heiratete – Inga. »Du mußt ihn verstehen, Mutti, er kann nicht allein sein. . .«

Der Winter kam, der Frühling.

Anna wurde sich der Isolation bewußt, in die sie sich hineingeschrieben hatte. Es wurde still um sie.

Eigentlich lebte sie gegen ihre Natur. Sie hatte gern Menschen um sich. Zu Menschen sprechen, nicht nur auf dem Papier, Antworten hören, nicht immer nur auf Herbert warten. Ins Theater gehen, in die Oper, ins Konzert, in Kunstausstellungen.

Aber allein wagte sie es noch nicht. Sie brauchte einen Mann an ihrer Seite – Herbert.

Die Söhne heirateten. Zuerst Tobias. Es ging nicht ohne Kämpfe ab. Es war so ähnlich wie bei Katharina und Sebastian. Anna wollte den Sohn nicht hergeben, sie wünschte sich eine andere Frau für ihn. Erst später sah sie ein, daß Tobias richtig gewählt hatte. – Dann heiratete auch Berthold. Und Anna beschlich das Gefühl, daß die Einsamkeit immer stärker auf sie zukam und sie einzumauern drohte.

Sie dachte nun oft über ihre Vergangenheit nach: Kindheit, Jugend, die Ehe mit Martin, Krieg, Martins Tod, Flucht, Neubeginn – ein langes, ereignisreiches Leben.

»Ich möchte das alles aufschreiben in mein blaues Schulheft«, sagte sie zu Herbert. »Aber je älter ich werde, desto schneller scheint die Zeit zu verfliegen. Ich habe Angst, daß ich nicht mehr alles schaffe, was ich vorhabe. Du mußt zu mir nach München ziehen. Nach Frankfurt gehe ich nicht. Frankfurt ist nicht meine Stadt. Du weißt schon – wegen Katharina. . .«

»Das ist nicht so einfach«, sagte er. »Der bayerische Staat übernimmt mich nicht in die Justiz. Ich könnte höchstens meine Frühpensionierung anstreben. Mit meinem kranken Herzen ginge das vielleicht.«

»Und dann?« fragte Anna. »Ohne Arbeit?«

»Ich würde mich nicht langweilen ohne die Aktenberge«, antwortete er. »Ich hätte meine Geige, meine Bücher, und wir könnten reisen, an die Cote d'Azur, in die Toskana, monatelang in den Tag hinein leben, ohne ängstlich auf das Datum schauen zu müssen. Wir hätten beide unsere Pensionen. Meine wäre zwar nicht hoch, weil ich nur wenige Dienstjahre habe, aber ich brauche nicht viel. An Besitz liegt mir nichts. Und notfalls«, er lächelte verschmitzt, »notfalls könnte ich am Straßenrand Geige spielen, und du gehst mit dem Hut sammeln...«

»Aber Herbert«, sagte sie ohne ein Lächeln, »du redest wie ein Bohémien. Ein Leben ohne Arbeit? Du bist zu jung, um ohne berufliche Pflichten zu sein.«

»Zu jung?« wiederholte er nachdenklich. »Zu jung? Wenn ich alt bin, kann ich womöglich all die Schönheiten, all die Freuden nicht mehr genießen. Und wer weiß, ob ich alt werde? Mein Vater starb jung, mein Großvater auch.«

Anna schwieg eine Weile. Dann sagte sie: »Ist das dein Ernst, Herbert? Du würdest mit mir herumvagabundieren und unser Geld ausgeben wollen? Ich will noch so viel anschaffen für die Wohnung, alte Möbel, Teppiche, Antiquitäten. Wenigstens zehn Jahre mußt du es noch aushalten bei der Staatsanwaltschaft. Könntest du wirklich ohne Arbeit leben?«

»Ja!« antwortete er ruhig. »Aber leider bleibt das wohl ein Wunschtraum. Ich fürchte, man wird mir keine Frühpensionierung bewilligen.«

»Keine Arbeit, keine Pflichten!« Anna schüttelte den Kopf. »Auf die Idee, Kommentare zu schreiben oder endlich deine Doktorarbeit in Angriff zu nehmen, kommst du wohl gar nicht?«

»Geliebte kleine Spießerin!« Er nahm sie in die

Arme. »Ich höre Frau Weise aus deinen Worten sprechen – Das Leben ist kein Vergnügen, sondern eine schwere Aufgabe. . .Wenn du tatsächlich Wert auf den akademischen Schnörkel legst, dann suche ich mir eben einen Doktorvater. Nur nicht gleich. Jetzt machen wir erst einmal eine Reise. In den Süden, ans Meer. Wir wollen uns ein bißchen freuen. Ja?«

Sie nickte. Doch dann sagte sie: »Aber erst nach dem 4. Juni.«

Der 4. Juni war Katharinas Todestag.

Danach brachen sie auf.

Anna war bedrückt. Und die Bedrückung hielt an. Sie konnte sich nicht über die Reise freuen. Nicht so wie früher. Sie ließ die Wohnung in der Obhut von Tuna Tari und Subutai, die immer noch studierten und es augenscheinlich nicht eilig hatten, ein Examen zu machen.

Die Reise ging nach Frankreich. Wie vor sieben Jahren. Oder waren es schon acht? Oder erst fünf? Anna rechnete nicht nach. Herbert war der Reisemarschall – wie immer. Er studierte die Autokarten, las Anna aus Provence-Büchern vor. Über jedes Schloß wußte er eine Geschichte zu erzählen.

Anna saß am Steuer, Herbert neben ihr, er sang in französischer Sprache, lachte, erklärte und wurde immer jünger, immer fröhlicher, je weiter das Auto gen Süden rollte.

Er sprach mit den Portiers der kleinen Hotels, in denen sie übernachteten. Sein blasses Gesicht nahm Farbe an, die stundenlangen Fahrten strengten ihn nicht an.

»Was macht dein krankes Herz?« fragte Anna.

Er strahlte. »Es liebt dich heftig!«

Anna schüttelte den Kopf.

Als sie in Monaco die erste Fischsuppe aßen, sagte er: »Hier möchte ich leben. Mit dir, Engelsgesicht. Du könntest eine Sprachschule besuchen und Französisch lernen, weil du ja ohne Arbeit und Ziel nicht sein kannst. Wie wäre das?«

»Monaco? Das ist viel zu elegant und zu teuer«, sagte sie. »Außerdem ist das ja nur ein Scherz von dir. Ich bin müde.«

»Ich bin überhaupt nicht müde«, sagte er munter. »Weißt du, diesmal gehen wir nicht nach Pampelon. Diesmal bleiben wir in St. Tropez, wo Leben ist.«

In einer engen Gasse in der Nähe des Hafens fanden sie ein kleines Hotel, das ihnen gefiel. Aber alle Zimmer waren vermietet.

Herbert sprach mit dem Besitzer, und der meinte schließlich: »Ich gebe Ihnen meine Privatwohnung. Ich wohne sowieso in meinen Weinbergen. Da habe ich ein Häuschen. Ich komme nur zum Kassieren runter, jeden Tag – ein, zwei Stunden.«

Die Wohnung war reizend. Sie lag im ersten Stockwerk. Zwei kleine Zimmer, eingerichtet mit alten provenzalischen Möbeln, ein Duschbad. Die Küche hatte der Hotelbesitzer zugesperrt. Von der Wohnung führte eine gewundene Stiege zu einem Dachgarten hinauf. Der Dachgarten war ein Paradies mit Blumen und Palmen und einem herrlichen Rundblick über das Meer und die Küstenstädte. Im Westen Marseille, im Osten Nizza. Und der Hafen, in dem Fischerboote und die Yachten der Millionäre schaukelten. An jedem Mittwoch war Markt, und dann drängten sich die Menschen, alle heiter, alle sorglos, sie umarmten und küßten sich, wenn sie sich begrüßten, lachten, schwatzten. Prominente, Touristen aus aller Herren Länder, Hippies, Kinder, Einheimische. Herbert ging täglich zum Blumenmarkt und brachte Unmengen von Nelken und Rosen mit, die er für wenig Geld kaufte.

Anna liebte den Dachgarten. Besonders am Morgen, wenn die Luft noch frisch und voller Meergeruch war, und am Abend, wenn sich der Himmel über Dächern und Bergen zu sanftem rötlichem Lila verfärbte. Aber auch in der Nacht, wenn die Sterne zum Greifen nah und groß am fast veilchenfarbenen Himmel blitzten.

Schon frühmorgens deckte Anna den Frühstückstisch auf dem Dachgarten. Herbert holte aus dem nahegelegenen Café frische Croissants und den Kaffee in der Thermosflasche.

Eines Morgens lehnte Anna an dem blumenüberwucherten Mäuerchen, das den Dachgarten umgrenzte und schaute nach Herbert aus.

Gedankenverloren beobachtete sie den Hafen, die Straße, die Passanten.

Ein junger Mann fiel ihr auf. Groß, schlank und beschwingt wanderte er dahin. Sein blondes Haar wehte im Frühwind, sein schmales Gesicht war braun gebrannt. Er trug ein blaues Hemd, dessen Manschetten lässig zurückgeschlagen waren, helle Baumwollhosen. Ein schicker Mann!

Zwei hübsche Mädchen kamen ihm entgegen. In knappen Shorts, die langen Beine gebräunt, die jungen Brüste wippten verführerisch unter weitausgeschnittenen hauchdünnen Seidenblusen. Sie lachten den jungen Mann an.

Er wandte ihnen den Kopf zu. Dann ging er weiter.

Die Mädchen blieben stehen, sahen ihm nach und kicherten miteinander.

Der junge Mann bog zum Café ein. Und da erkannte Anna ihn. Es war Herbert.

Ihr wurde heiß. Es war wie ein Stoß vor die Brust. Als ob sie aus einer Erstarrung erwachte.

Herbert! Die blutjungen Mädchen! Sie würden bestimmt gern mit ihm durch die Länder zigeunern, ohne nach Pflichten und Arbeit zu fragen.

Plötzlich wurde Anna klar, daß sie Herbert nach Katharinas Tod vernachlässigt, ihm nicht genug Zärtlichkeit gegeben hatte. Sie hatte alles angenommen: seine Fürsorge, seine Geduld, seine Zeit, seine Liebe. Immer genommen! Er hatte ihren Schmerz geteilt und mitgetragen, ihm hatte sie ihre zwiespältigen Gefühle, die Sebastian betrafen, aufgebürdet, und er hatte versucht, zu trösten, aufzuhellen, zu beschwichtigen. Und er war doch noch jung!

Anna eilte hinunter in die Wohnung und blickte in den Wandspiegel. War sie noch schön genug für Herbert?

Diese blutjungen Mädchen!

Herbert behauptete zwar, keine jungen Mädchen zu mögen, aber es gab auch viele Annas auf der Welt, Annas mit Häusern, Geld, großen Autos, ohne Familie, ohne einen Sack voll Sorgen...

Ich muß mich ändern, dachte Anna leidenschaftlich. Ich darf Herbert nicht verlieren. Ich liebe ihn, ich kann nicht loslassen. Bisher hat er immer um mich geworben. Jetzt bin ich an der Reihe. Als Herbert dann auf dem Dachgarten auftauchte, lief sie ihm entgegen. »Ich bin froh, daß du wieder da bist!«

Er lachte ein wenig erstaunt. »Aber, Engelsgesicht, hast du etwa Angst um mich gehabt?«

»Ich liebe dich!« sagte sie.

Das hatte sie schon lange nicht mehr gesagt.

»Ich weiß es«, sagte er.

»Verlaß mich nicht!« bat sie leise.

»Was ist denn geschehen?« fragte er. »Ich verlasse dich nicht, Anna. Nie! Das schwöre ich dir.«

Dieser Morgen brachte eine Wende.

Die Tage, die nun folgten, waren erfüllt von Liebe, Zärtlichkeit, Freude.

Sie standen auf der Hafenmole, seine Hand lag auf ihrer Schulter, sie wechselten ein paar Worte mit den Fischern, die ihre Netze knüpften. Sie lachten, wenn Anna über die Luxusschiffe spottete, auf deren Decks blaugestreifte Kinderfräulein mit den Sprößlingen der reichen Besitzer spielten. »Die Zwerge da wirken jetzt schon gelangweilt«, sagte Anna. »Winzige Snobs!«

»Nur kein Neid!« erwiderte Herbert. »Du kennst doch die Fabel vom Fuchs und den sauren Weintrauben, nicht wahr?«

Sie lagen am Strand, sonnten sich, schwammen im Meer. Herbert deklamierte Gedichte.

Oder sie bummelten durch die Gassen, blieben vor den Boutiquen stehen, betrachteten die Auslagen, und Anna kaufte Herbert einen sandfarbenen Kaschmirpullover.

»Leichtsinnig bist du!« lachte Herbert.

»Ich bin glücklich«, sagte sie.

Auch er wollte ihr etwas schenken.

In einer kleinen Boutique entdeckte Anna einen schwarzen Lackmantel. Für Regentage.

Dreimal probierte sie ihn an, aber Herbert konnte sich nicht entschließen.

Am vierten Tag brachte er ihn. »Du mußt wissen, Anna«, gestand er, »eigentlich bin ich geizig. Aber für dich springe ich über meinen eigenen Schatten. Und stell dir vor, was der Inhaber des Geschäfts zu mir gesagt hat. . .›Haben Sie sich endlich durchgerungen, Monsieur? Wenn ich eine so schöne Frau hätte, würde ich nicht lange überlegen. . .‹ Er hat mich beschämt, dieser Mann.«

Sie unternahmen Ausflüge nach Nizza, Cannes, nach Monte Carlo, wo sie durch die Spielbank wanderten, ohne Geld zu riskieren.

»Glück in der Liebe, Glück im Spiel, bedenk, für einen ist's zu viel. . .«

Sie fuhren in die Berge hinauf, zu dem Ort, in dem Picasso töpferte, zu den Blumenfeldern der Parfümstadt Grasse, ins Esterel, das Anna begeisterte mit dem Rot der Felsen, dem Blau des Meeres, dem Grün der Pinien.

Diesmal suchten sie nicht die Einsamkeit. Sie saßen in Straßencafés, hielten sich an den Händen, tanzten abends in einer Bar. Die Kapelle spielte »La vie en rose«, und Anna sang flüsternd den deutschen Text mit: »Schau mich bitte nicht so an, du weißt genau, ich kann dir dann nicht widerstehen. . .« Sie küßten sich, klammerten sich aneinander, schöpften jede Minute aus, als hätten sie unendlich viel Versäumtes nachzuholen.

Alles war neu, schön, aufregend, sie waren verliebt, und hier durften das alle Leute ruhig wissen. Hier fragte niemand in vorbedachter Bosheit: ›Ist der junge Mann Ihr Sohn?‹ Manchmal in den Nächten, wenn sie nebeneinander ruhten, sagte Anna: »Spiel mir etwas vor, Herbert!«

Und dann geigte er eine Etüde von Chopin, die später immer in ihren Ohren klang, wenn sie an St. Tropez dachte.

Wie immer zögerte Herbert die Heimfahrt bis zum letztmöglichen Termin hinaus, so daß Anna Tag und Nacht fahren mußte, damit er rechtzeitig in Frankfurt war, wo ein seit Wochen festgesetzter Strafprozeß auf ihn wartete.

Je näher sie der Grenze kamen, desto müder wurde Herbert. »Ich fühle mich wie zerbrochen, kaputt. Ich bin krank, ich will schlafen.«

»Du bist nicht krank!« schalt Anna. »›Wie gesund und übermütig warst du im Urlaub! Aber wenn Frankfurt und die Akten nur von weitem drohen, dann bist du auf einmal erschöpft.«

Er nahm ihre rechte Hand vom Steuer und legte sie auf seine Brust. »Fühl mal, wie mein Herz klopft!«

»Such einen Arzt in Frankfurt auf«, riet sie in plötzlicher Besorgnis. Sie küßte ihn schnell auf die Wange. »Ich liebe dich.«

Er lächelte und schloß die Augen.

Anna fuhr. Sie hörte seine regelmäßigen Atemzüge. Er schlief. In diesem Augenblick wußte sie, daß sie sich niemals trennen würden. Sie legte die Hände fester um das Steuerrad und blickte aufmerksam auf die nachtdunkle Straße.

# Epilog

Es blieben ihnen noch vierzehn Jahre.

In dieser Zeit erreichte Anna alles, was sie sich gewünscht hatte.

Ihre Söhne waren glücklich verheiratet und erfolgreich im Beruf. Enkelkinder kamen.

Herbert setzte seine Frühpensionierung durch und zog zu Anna nach München in eine neue große Wohnung, fast so schön wie in Königsberg.

Sie bestand darauf, daß er eine Anwaltskanzlei eröffnete, weil seine Pension nicht reichte. Es schien ihr unter seiner und ihrer Würde zu sein, wenn sie den Hauptteil ihrer Ausgaben hätte tragen müssen.

Und er war dann auch stolz, als er die Zulassung von der Anwaltskammer erhielt und eigenhändig das Schild an die Tür schlug: Herbert Pauli – Rechtsanwalt.

Anna tippte als seine Sekretärin. Das machte ihr Spaß. Sie traten in einen Golfklub ein, nahmen das reiche kulturelle Angebot Münchens wahr, Herbert musizierte, Anna fing wieder an zu modellieren.

Sie reisten viel, vor allem nach Frankreich, Paris und an die geliebte Cote d'Azur.

Und dann kam ein Tag im März.

Es war ein herrlicher Vorfrühlingsmorgen und so warm, daß Berthold, der sich zum Frühstück eingestellt hatte, den Vorschlag machte, gemeinsam zum Golfplatz zu fahren.

Herbert war blaß und geistesabwesend.

»Hast du wieder Kopfschmerzen?« fragte Anna.

Er antwortete nicht, und Anna fürchtete, daß eine seiner Depressionen ihn einzuschließen drohte. Er hatte in den letzten Tagen – wenn auch verhalten – von Arbeitsüberlastung und Konzentrationsschwäche gesprochen.

»Schade!« sagte Anna ein wenig gereizt. »Dann wird es heute nichts mit dem Golf.« Sie wäre gern mit Berthold mitgefahren. Jedes Beisammensein mit ihren Söhnen war ihr kostbar. Und Herbert hätte die frische Luft bestimmt gutgetan. Als Berthold sich verabschiedet hatte, sagte Herbert: »Ich muß zur Bank, in die Stadt. Fährst du mich, Engelsgesicht?«

»Nein«, antwortete sie gereizt. »Ich will die Regale im Büro einräumen.«

Er sah sie lange an, ging zur Tür, wandte sich noch einmal um, sah sie wieder an. »Ich rufe dich von der Stadt aus an. . .«

Anna wartete bis zum Mittag. Kein Anruf, kein Herbert! Ich hätte ihn fahren sollen! dachte sie. Warum habe ich ihm nicht den Gefallen getan? Ich fahre ihn doch immer. Nur weil ich lieber zum Golfplatz wollte. . .Ich werde ihm entgegengehen.

Sie lief zur Straßenbahn, wartete zwei, drei Bahnen ab, rannte zurück in die Wohnung, um Herberts eventuellen Telefonanruf nicht zu versäumen.

Kein Herbert, kein Anruf!

Wieder zur Straßenbahn, wieder zurück.

Angst preßte ihr das Herz zusammen. Das alles hatte sie doch schon einmal erlebt!

Ach, wenn Herbert kam, dann würde sie ihn in die Arme nehmen, nachsichtig sein, mehr auf ihn eingehen, zu ihm sagen: »Packen wir alles zusammen, mach deine Kanzlei zu. Laß uns für ein paar Monate in den Süden fahren, ans Meer. . .«

Herbert kam nicht.
Am Nachmittag läutete die Hausglocke.
Anna stürzte zur Tür und riß sie auf.
Ein junger Polizist stand vor ihr.
»Sind Sie Frau Ritter?« frage er unbeholfen. »Wohnt bei Ihnen Rechtsanwalt Herbert Pauli?«
»Ja. . .«
»Ich bringe Ihnen eine schlechte Nachricht. Herr Pauli ist an einem Herzanfall gestorben. Er ist auf der Straße zusammengebrochen. Am Marienplatz. Er liegt in der Gerichtsmedizin, in der Pathologie. Dort können Sie ihn sehen. Tja, ich muß jetzt gehen. . .«
Anna hatte ihm zugehört, ohne den Sinn seiner Worte richtig zu erfassen. Nun kam sie wieder zu sich. Sie hielt den Polizisten am Ärmel fest. »Das muß ein Irrtum sein. . .Bitte, lesen Sie noch einmal genau den Namen und die Anschrift. Da liegt bestimmt eine Verwechslung vor. . .«
Aber es war keine Verwechslung. Herbert war tot.
Sie rief ihre Söhne an. Sie kamen zu ihr, so schnell sie konnten. Sie waren sehr traurig.
»Ich habe Herbert viele Jahre lang gekannt«, schluchzte Anna.
»Einen Herbert findest du kein zweites Mal, Mutti«, sagte Berthold behutsam. »Er war ein sehr wertvoller Mensch.« Als er Annas Tränen sah, fügte er hinzu: »Herbert wollte bestimmt nicht, daß du weinst, Mutti.«
»Wo soll er denn begraben werden?« fragte Tobias.
»Hier bei uns, auf dem Friedhof von Obermen-

zing«, antwortete Berthold. »Hier bei uns, wo er hingehört.«

Als sie Herbert zur letzten Ruhe betteten, schien die Sonne von einem blauen Föhnhimmel. Schneeglöckchen standen in weißen Büscheln auf dem graugrünen Rasen. Gelbe Osterglocken blühten schon und Krokusse in vielen Farben. Kirchenglokken läuteten.

Anna sah zu den Raben hinauf, die krächzend die Aussegnungskapelle umflogen. Von der Straße hörte sie die hellen Stimmen der Kinder, die zur Schule gingen. Sie lachten und stritten sich.

Das Leben ging weiter...

Es waren viele Trauergäste erschienen. Nach dem Zeremoniell sprachen sie Anna ihr Beileid aus. »Arme Anna! Das ist ein schwerer Schlag für dich...«

Anna sagte nichts, sie betrauerte Herbert, nicht sich selbst.

Tage später, als sie allein war, dachte sie über ihre Zukunft nach.

Wie sollte sie ohne Herbert leben? Was blieb ihr?

Es blieben ihr die Söhne, deren Familien, Enkelkinder. Es blieben Erinnerungen, Katharina, Glück mit Katharina, Leid um Katharina, die Erlebnisse mit Herbert, seine Liebe, auch sein Tod, das blieb. Das konnte ihr niemand nehmen. Erfahrungen, die weiterwirkten.

Sie würde arbeiten, aus ihren Begabungen etwas machen.

Sicher würde sie oft weinen und sich Vorwürfe machen, wenn sie an Katharina und an Herbert dachte. Aber dann würde sie das blaue Schulheft hervorholen, sich alles von der Seele schreiben und darüber ihren Kummer vergessen...

Aus einem Psalm:

›Die Liebe ist langmütig, gütig ist die Liebe,
läßt sich nicht erbittern...
Nicht eifert die Liebe, rechnet das Böse nicht vor...
Alles glaubt sie, alles hofft sie, alles deckt sie, alles duldet sie...‹

## Nachwort
### Von Ingeborg Drewitz

Dieses Buch ist kein Roman, sondern die Geschichte eines Lebens, das die Autorin schreibend erinnert. Es ist eine fast modellhafte Geschichte: Ein kleines Mädchen vom Dorf, arm, einsam und – aus Gründen, die ihm verborgen bleiben – gemieden und verachtet, wächst im Lehrerhaushalt auf, von der Pflegemutter ausgenutzt, nicht geliebt. Sie hat nur einen Wunsch: diesem freudlosen Ort ihrer Kindheit zu entrinnen, der ihr Wärme und Geborgenheit versagt und an den sie doch ihr Leben lang eine sehnsüchtige Erinnerung bewahrt.

Sie schafft es, sich in der nächsten Universitätsstadt durchzuschlagen, sogar Laborhelferin an einem Universitätsinstitut zu werden. Sie schont sich nicht, ist verbiestert fleißig, denn sie will aus der Enge und Kälte ihrer Jugend heraus. Schüchtern, ja widerstandslos läßt sie sich von einem zwanzig Jahre älteren, liebenswürdigen und ganz im Verhaltenskodex seiner Kaste befangenen Militärarzt heiraten, der bald nach Königsberg in Ostpreußen versetzt wird.

Die Ehe gibt Anna eine gewisse Sicherheit, und bald findet sich die junge Frau dank ihres Charmes, ihres kindlich-trotzigen Selbstbehauptungswillens und ihrer Menschenbeobachtung zurecht. Kinder werden geboren.

Der gesellschaftliche Aufstieg ist, so scheint es, gelungen, wie er in Unterhaltungsromanen der Jahrhundertwende zu gelingen pflegt, wenn Barbara Kayser, die Schöpferin der ANNA, ihn nicht mit aller Behutsamkeit und Einfühlung in die Einsamkeit der jungen Frau in dem ihr so fremden Milieu widerlegte und der verborgenen Angst nachspürte, die das Scheinglück immer wieder bedroht. Wie zufällig wahrgenommene Szenen und Gespräche während der Hitler-Jahre weisen auf die heraufkommende Gefahr hin, auch wenn die große Geschichte ihrem Leben zunächst noch fern ist. Doch dann ereilt auch Anna das Unglück, und mit dem Aufbruch aus Ostpreußen und der Nachricht vom Tode ihres Mannes in der Kriegsgefangenschaft endet ein Abschnitt ihres Lebens.

In der Fortsetzung heißt es, Anna erlernte bei einem Schreinermeister das Drechseln und richtete eine Werkstatt ein, in der sie Rauschgoldengel und Krippen herstellte und Möbel restaurierte. Sie beschäftigte zeitweise hundert Angestellte und Heimarbeiter. Daß Barbara Kayser ohne Selbstmitleid erzählt, die Briefe des Mannes aus dem Gefangenenlager ihrem Bericht einheftet bis zur letzten Nachricht, bestätigt ihre Nähe, wenn nicht gar Identität mit der Anna, die aus einem störrisch entschlossenen Mädchen zu einer tapferen Frau geworden ist, die nicht nur verantwortlich für ihre Kinder, sondern auch wach für die Not anderer gelebt und gehandelt hat. Ihre Hoffnung, sich einmal in der kleinen, eigenen Welt einzukuscheln, ist zurückgeblieben. Nur in der Erinnerung leuchten die Stunden und Wochen und Jahre noch auf.

In der Tat: Eine modellhafte Geschichte, nicht ohne Mut zur Wahrhaftigkeit aufgeschrieben, denn Barbara Kayser schont ihre Anna nicht, auch wenn sie deren Konflikte und Schwächen nur berichtend streift, und sie ist gewiß nicht ohne Eitelkeit, die aber durch das Darüber-lächeln-Können gewinnend wirkt. So erzählt eine ältere Frau von den Erfolgen und den kleinen und großen Enttäuschungen, die sie erfahren hat.

Ist das ein Zeitdokument? – Ich meine ja, wenn auch mit einigem Zögern.

Die auf das eigene Fortkommen, die eigene kleine Familie gerichtete Energie, dieses Leben mit dem Rücken zum politischen Alltag ist ja die Wirklichkeit von Millionen. Sie war es auch in der Nazizeit, hat Macht und Entscheidungen, Verführung und Lüge denen »da oben« überlassen und hat denen »da unten«, wenn sie widerständig genug waren, sich nicht als Handlanger zu verdingen, nur die Rolle der Opfer zugeteilt.

Barbara Kayser läßt ihre Anna nicht klagen, nicht aufrechnen, was verloren ist, nicht anklagen, sondern handeln, sicher wieder mit dem Rücken zur Politik; aber die Kinder müssen eine Bleibe haben, sie müssen eine Ausbildung haben. So ist Anna eine von vielen Frauen: tüchtig, sympathisch, eigenwillig und gar nicht ohne Stolz, eine von denen, die das Leben weitertragen und gelernt haben, sich nicht so wichtig zu nehmen. Man muß auf sie acht haben, man darf sie gern haben. Zu fragen bleibt nach ihrer Kraft zur fortdauernden Veränderung, nachdem sie Kindheit und Jugend in einem – wie zu vermuten ist, gewiß schmerzlichen – Prozeß schreibend wiedergewonnen und bewältigt hat.